叹息桥

[美]理查德·拉索/著

林 燕/译

人民文学出版社

Richard Russo
Bridge of Sighs
根据 Vintage Books, 2008 年版译出。

BRIDGE OF SIGHS: Copyright © 2007 by Richard Russo
This edition arranged with Sobel Weber Associates, Inc.
through Andrew Nurnberg Associates International Limited

图书在版编目(CIP)数据

叹息桥/(美)理查德·拉索著;林燕译. —北京:人民文学出版社,2017
ISBN 978-7-02-012806-8

Ⅰ.①叹… Ⅱ.①理…②林… Ⅲ.①长篇小说—美国—现代 Ⅳ.①I712.45

中国版本图书馆 CIP 数据核字(2017)第 101389 号

责任编辑　马爱农
装帧设计　黄云香
责任校对　李　雪
责任印制　徐　冉

出版发行　人民文学出版社
社　　址　北京市朝内大街 166 号
邮政编码　100705
网　　址　http://www.rw-cn.com

印　　刷　三河市中晟雅豪印务有限公司
经　　销　全国新华书店

字　　数　495 千字
开　　本　880 毫米×1230 毫米　1/32
印　　张　19.875 插页 1
印　　数　1—5000
版　　次　2013 年 5 月北京第 1 版
印　　次　2019 年 11 月第 1 次印刷

书　　号　978-7-02-012806-8
定　　价　78.00 元

如有印装质量问题,请与本社图书销售中心调换。电话:01065233595

前　言

　　因为很久没有读过小说,即虚构文学,《叹息桥》于我,是一次难得的阅读体验。阅读过程中,书中的小镇,让我时时想起威廉·福克纳笔下的杰弗生镇,或者路遥《平凡的世界》中的双水村。二者都是截取地理位置上的一个点,描述社会不同阶层若干家庭几代人的故事,进而创造出宏大的历史景观。不过是福克纳采用了意识流、多角度叙事等现代主义文学手法,而路遥恪守了现实主义的文学传统,美国作家理查德·拉索的《叹息桥》则介乎这二者之间。

　　《叹息桥》是2007年问世的作品。理查德·拉索出生和成长于美国新英格兰地区的小镇,他的作品也多以之为背景,描写其历史和生活在那里的小人物的生老病死和喜怒悲欢。在此之前,他的另一部力作《帝国瀑布》曾获2002年普利策小说奖,奠定了他在美国乃至世界文学界的地位。《帝国瀑布》改编为电视电影时,海报上的宣传语曾大书特书:"每个小镇都有一部伟大的传奇。"《叹息桥》所写,又是一个小镇,也可视为一部伟大的传奇,之所以伟大,皆因其折射出了一个小镇,一个地区,一个国家,乃至大千世界芸芸众生的影像。

　　书中的托马斯顿镇,位于纽约上州,是个普通的小镇,有些平凡的百姓,过着寡淡的日子。这里有二十世纪中叶美国社会面对的种种问题、环境污染、种族歧视、贫富差距、少年人的反叛、工业的破坏、商业的革新、新的生活方式带来的冲击……这一切，又围绕着爱情、友情、亲情等等亘古不变的人类伦常徐徐铺展开，让人不再觉得那是万里之外的另一个国度，别一些人的故事，似乎它就发生在我们的此时和此地。我们可以从书中作为主线的四个家庭——林奇（也即露西）一家，努南（也即鲍比）一家，莎拉一家和贝弗利一家中，看到身边众人，甚至我们自己的身影。

书中大部分时候，采用了主人公露西的视角，他与其父老林奇，以及儿子欧文，搭建起一个超稳定的结构，"连想到变化都让他（们）憎恨"，一贯以不变的善良和乐观来应对必然到来的变化，让人不由得去关注他们的命运，直到故事的终结。

这就又说到了善与恶，像书中写的："他（老林奇）是任性地盲目相信同胞的基本善良，伯格先生是同样盲目和没有证据地相信人的腐败。"这个性善与性恶的问题，自有人类以来，讨论至今，仍然没有结果。《叹息桥》一书，又很奇妙，里面的男女老少，似乎并没有纯粹的恶人，就连露西的叔叔、貌似混混儿的德克兰，也逐渐展示出了他的开朗、热心、精明强干，让人慢慢喜欢上。善与恶，都是人性，善不能战胜恶，但同样，恶也不能战胜善，只是相持，此消彼长，此起彼伏，像莎拉的母亲说到，"人是不会变的。"此处感叹的，应当是抽象的"人"，或者说是人性。非要从人性中，彻底剔除恶，打造全新的人，或许带来的，却是更大的恶。

书中作为一种意象而存在的叹息桥，位于意大利威尼斯圣马可广场附近，始建于 1603 年，桥的一头连接圣马克广场上总督府里的审讯室，另一头连接监狱，死囚通过此桥之时，常是行刑前的一刻，不免会叹息即将结束的人生，叹息桥因此得名。

作者用叹息桥为此书命名，应当是有深意的：跨过叹息桥，就要打开结局，直面真相，也即人的本质。而人们出于种种原因，常常会不由自主地拖延结局，掩饰真相，这里，就需要作出选择。正如露西回顾少年人的一场殴斗时感叹的,"无论如何,在时光和重复尚未来得及销蚀存在的神秘感并使之变得平庸之前,鲍比实际上就实现了我们年轻人的梦想。我觉得只有鲍比一个人创造了生活,以及生活中的自我。"努南选择了出走,去经历更大更广阔的世界,实现自我。露西则随遇而安,选择了不选择。露西对此倒是有解释的,他说,"我或许真的可以选择自己是谁,但别人并不一定记得住我是谁。"不选择不一定出于懦弱,也许根本就是天性,但不选择到底也还是一种选择。镇上生民日复一日的存在,琐碎,俚俗,不温不火,混混沌沌,似乎离这座桥很远,但他们的一生,都在面对是否踏上这座桥的问题,结果,有人选择出走,有人选择滞留;有人选择爱情,有人选择成功;有人选择忠诚,有人选择背叛……而不作选择,到底也还是一种选择,选择过后,桥归桥,路归路,其后的风景如何,也只有"叹息复叹息"了。

行文至此,似乎有了一点让-保罗·萨特的存在主义的味道,作者想必不是由此出发而下笔的,但人生即选择,人通过选择,实现存在,获得本质,却是书中时时能够感觉到的。

作者的目力所及,都是些小人物,除了后来冲出小镇,走入欧洲,成为画家的努南。这些小人物,个个面目清晰,鲜活灵动。书中对女性的描写,也很精彩。她们的精明,她们的勇决,她们的刻薄,她们的温婉,她们的懦弱……都让人唏嘘之余,生出对人世间诸般美好的眷念。即使是那位着墨不多的黑人大妈罗莎小姐,身处乌烟瘴气的贫民窟中,出于信仰而多行慈善,也让人过目难忘。

拉索的笔触,细腻地描述了六十年间缓慢的小镇生活和不变的人性,以及大西洋彼岸艺术家的醉生梦死和创作激情。我们今日的生活,已经呈现碎片化的状态,能够耐心坐下,慢慢读完一本书,或许比读电脑,读微信,更多些别样的收获。而一部六百多页的大书,在这个速读、读图的时代,还能再版,还有人读,对著译者来说,当是一件很值得欣慰的事。

贾辉丰

二〇一七年二月

目　录

伯曼大院 …………………………………… 1
全是蠕虫 …………………………………… 37
有固定路线的人 …………………………… 59
当胸一击 …………………………………… 95
艾吉小店 …………………………………… 105
分界街 ……………………………………… 137
讣告 ………………………………………… 152
爱情 ………………………………………… 166
表面价值 …………………………………… 202
越线 ………………………………………… 251
鬼魂艾吉 …………………………………… 299
回家 ………………………………………… 311
梦见了鱼 …………………………………… 344
叹息桥 ……………………………………… 376
各色人等 …………………………………… 382
劳工节 ……………………………………… 403
冬天的鸟 …………………………………… 425
大教堂 ……………………………………… 453
激情曲线 …………………………………… 488
爱情 ………………………………………… 544

蓝色的门 ………………………………………… 551
家 ………………………………………………… 595
终点 ……………………………………………… 610

伯 曼 大 院

先说事实吧。

我叫卢易斯·查尔斯·林奇,六十岁。在这六十年里,有将近四十年的时间,我是同一个可爱女人的虽然不那么刺激但忠实的丈夫。我还是我们儿子欧文的慈爱父亲,但欧文本人现在已经长大,结了婚。他们夫妇没有孩子,而且,唉,这种情况可能会这样持续下去了。我结婚不久时,本来还可能有个女儿,但妻子怀孕到第四个月,出了一次车祸,流产了。那是老早以前的事了,但莎拉依然想着那个孩子,我也一样。

关于我的生活,或许最不寻常之处,就是我始终住在纽约上州的同一个小镇,现今这年头儿,此类事情已经闻所未闻。妻子的父母在她幼年时迁到这里,所以她对此前托马斯顿的事情记忆不多。她的情况与我大致相同。有些人听说我们的生活空间如此狭小,简直无法掩饰为我们感到的那份儿懊丧,仿佛因为地理上的局限,经历只怕不可能丰富,也不可能令人满意。当我向他们保证其实两者都存在的时候,他们的笑容表明,我们是天生的自欺欺人,只想用这种方式弥补我们没体验过的东西。我提醒这些人,直到前不久,人类绝大部分还都受到完全同样方式的限制,生活还可能囿于其他许多因素:匮乏、疾病、无知、孤独和没有信仰等等。不过,我的妻子若是嫁给别的什么人,会旅行得更多,这倒可能是事实。

我不想成为漂泊者,确实如此,如我刚才所说,一个不刺激但忠贞不移的伴侣。她听过我关于待在一个地方的所有论点,哲学的和其他的;在她脑子里,这一切不过是我天生的气质使然,是对惰性的自我辩解而已。也许她是对的。尽管如此,我并没觉得莎拉对我们的婚姻不满意。她爱我和我们的儿子,而且我觉得,她也爱我们的生活。不久前,她曾向我肯定过这一点,那时她有可能死去,我担心得要命,问她是否后悔我们共同建造的简单生活。

我们的节奏从来没有很快过,最近更慢了下来,但我希望这样想:我们没有周游世界,真正的原因,在于托马斯顿本身就很丰富多彩,而且需要人付出很多。除了从我父母那里继承的街头小店外,我们现在还拥有并经营另外两家便利店。我儿子挖苦地称它们为"林奇帝国"。虽然店铺的经营没到应付不了的程度,但它们却耗时费力。每一个都像宠物一样拒绝管教,但你不管它,它又恨你。除了为它们费神外,我还在许多,事实上是太多的委员会任职,结果闹得我晚年得了个绰号,叫"市长先生",这是人们赞美我的公民意识,但我也清楚,话里不免带有嘲讽。莎拉认为,人们利用了我的好脾气,因为我愿意倾听别人讲话,即便他们明显已经没话可讲。她担心我晚上常常回家很晚,然后情绪不佳,这当然是因为,市里可分的蛋糕年年缩小,而我们社区的需要却在持续增加。关于如何支出愈来愈少的资产,每年的争论变得愈来愈没教养,愈来愈不尊重人。妻子认为,现在该由年轻人来肩负他们的一份责任了,更别提出勤作假的事情。原则上,我衷心同意她的看法,但实际情况是,我刚从一个委员会辞职,就经不起劝说,又去参加了另一个。而且莎拉不是该说这种话的人,因为直到最近生病之前,她自己也在众多董事会和发展委员会服务。

尽管如此,过不了很久,我们成年生活的既定节奏还是要被打乱,原因是,虽说我愿意待在家里,我们,我和妻子,很快就要出门旅行了。我只有一个月的时间来为这一巨变做准备,在精神上适应失去我宝贵的日常生活——我称其为我的巡回路线,它几乎每天把我带到小镇的每个角落。我觉得,对一个生活方式如此固定的人来说,一个月的时间太少了,但我对一切计划都表示同意。我去拍了护照像,在邮局填了申请表,把所有必需的文件寄给国务院,所有这些都是在妻子和儿子警惕的目光下进行的,他们似乎认定,我一辈子厌恶旅行,真有可能去破坏我们的计划。欧文尤其坚持对我这个父亲的苛刻看法,仿佛在他母亲经历了这一切之后,我还会拒绝她什么。"对他留神点儿,妈,"他劝她,眯缝着眼睛,用我希望是假装的怀疑看着我,"你知道他是怎么回事。"

意大利。我们要去意大利。罗马,然后是佛罗伦萨,最后是威尼斯。

我刚表示同意,我们就被放逐到了导游书的汪洋大海中。妻子像个疯婆子一样研究起这些书来。"Aqua alta",昨晚她在终于关灯后说,声音在黑暗中显得又近又私密。她摸到我的手,在被子底下轻轻捏了一下。"在威尼斯,有种东西叫 aqua alta。高水位。"

"多高?"我问。

"淹没 calles。"

"什么是 calle?"

"你要是看点儿东西,就会知道,在意大利,街道叫 calles。"

"我们中有谁需要知道这个?"我问她,"你也去那里,对不对?我又不是一个人去,是不是?"

"aqua alta 厉害时,整个圣马可都在水下。"

"整个教堂?"我说,"那得有多高?"

她大声叹了口气。"圣马可不是教堂。是广场。圣马可广场。你需要我给你解释广场是什么吗?"

实际上,我知道 calles 是街道,也并非真的需要人解释 aqua alta 是什么。我对意大利故作无知,不过是为了逗她,这很快成为我们之间的一种游戏,而且是我们两人都喜爱的游戏。

"我们可能需要靴子。"妻子试探着说。

"我们有靴子。"

"橡胶靴。aqua alta 靴。听起来像报警器?"

"你没有合适的靴子,它们就会响警报吗?"

她在被子底下很快踢了我一脚。"为了警告你。高水位来时。所以你得穿靴子。"

"有谁会那样过日子?"

"威尼斯人。"

"也许我就坐在车里,等水退下去。"

又是一脚。"没有车。"

"对,没有车。"

"卢?"

"没有车,"我重复了一遍,"明白了。calles 是街道。但 calles 上没有车,一辆也没有。"

"鲍比没有给我们回信。"

我们的老朋友。从高中三年级起,我们的第三火枪手。很早很早以前就离开了我们。其实她不必告诉我没有得到回信。"也许他搬家了。也许他不住在威尼斯了。"

"也许他不愿见我们。"

"为什么?为什么他不愿见我们?"

我能感到妻子在黑暗中耸耸肩,觉出我们之间的那种游戏感开始消失。"你的故事写得怎样了?"

"挺好,"我告诉她,"我已经出生了。编年史的手法最好,你不这么认为吗?"

"我以为你在写托马斯顿的历史。"她说。

"里面有托马斯顿,但也有我。"

"那我呢?"她说,又拉起我的手。

"还没你呢。我刚是个婴儿。你还在下州。看不见,想不到。"

"你可以瞎编嘛。说我住在隔壁。那样我们就一直在一起了。"又开始开玩笑了。

"我想想吧,"我说,"但原来真住在隔壁的人就成了问题。我必须逼他们搬出去。"

"我可不想让你这样做。"

"真想瞎编一下。"我承认。

"编什么?"她打了个哈欠。我知道她一两分钟内就会睡着,平静地打鼾。

"所有的事情。"

"卢?"

"什么?"

"向我保证,你不会着魔。"

确实,我容易着魔。"不会的。"我向她保证。

但我并不是妻子警惕着魔的唯一原因。她父亲曾在高中教英文,每年夏天都写一部小说,写到最后,小说膨胀到一千多页,还是单行间距,而且仍然看不到结尾。我本人更喜欢读篇幅较短的东西。最近是讣告。我早上一边喝咖啡,一边读讣告,直接就翻到报纸的那一版,这让妻子很不安。但这是因为过了六十岁,是不是?死亡不是着魔,而是现实。上个月,我读到一个人的死讯,此人的生活从小就与我纠缠在一起。他也是死于车祸。我偷偷把它塞进信封,那信封里装了妻子给我们的老友鲍比的信,宣布我们将去旅游。鲍比会清楚地记得那人。我觉得,讣告与其说是关于死亡,不如说是关于生命的奇特轨道,死亡让我们看到了它的模式。到了六十岁,这些模式很重要。

"我在想,五十页应该够了。顶多一百页。我已经想出标题了:枯燥无比之故事。"

她对此没有反应，我瞥了一眼，看到她呼吸变得很有规律，眼睛已经闭上，眼皮一眨一眨的。

当然，鲍比很可能不想见我们这两个他最老的朋友。莎拉提醒我，不是每个人都像我那样珍惜往昔。迷恋往昔，她无疑是这个意思。热爱往昔。为往昔而烦恼。谈话中提到往昔而没有适当的过渡。如果我当年像母亲热切希望的那样念完大学学位，它就会成为历史，也使我有足够的理由如此酷爱回顾往昔。但是鲍比十八岁就逃离了我们的小镇、我们的州和国家，他可能并不想沿记忆的小路徜徉。在整个欧洲生活了一圈之后，他很可能早已忘记了他所逃离的一切。我可以戏称我的故事为"枯燥无比之故事"，但是对鲍比那样的人来说，这与真理，相距或不太远。我可以回头看我与他的通信，但我觉得，我知道里面能有什么——礼貌地感谢我寄给他任何东西：我们两人小时都认识的什么人结婚了，或者离婚了，或者被捕了，或者被诊断出患了什么病，或者死了。但仅仅是感谢而已。他在答复我的满篇消息的信时，从来不要求更多的消息，也不说"你有某某人的消息吗？"这类话。但我仍然相信鲍比会高兴见到我们，我和妻子对他来说，还没有变得不相干。

为什么不承认这一点呢？我最近常常想到他。

我的父亲名叫卢易斯·帕特里克·林奇——他的朋友叫他卢大个儿。我在接受洗礼时，被命名为卢易斯·查尔斯。查尔斯是我外祖父的名字，他们是想让别人也叫我卢，但我一辈子都被人叫外号，那是从我第一天去上卡尤加小学的幼儿园时开始的。文森特小姐的名单上有学生们的名、中名的首字母和姓氏。如果第一天早晨，她点名时念的是卢易斯·查尔斯·林奇，我想自己的童年会完全不同，但即便她不出错，早晚也会有人出错。她认识我父亲，你不能怪她假设我也叫卢，而且如果她说"卢·林奇"，一切也不会有问题。但出于某种原因，她选择把我中名的首字母念了出来。卢·C. 林奇,她是这样点的名。她念完后,我举起手。别的孩子扭过头来看我,我从他们迷惑的眼神中看出有什么事不对头,却只有我一个人不明白。即便这时,倘若文森特小姐只是看见我举了手,但只管继续念她的名单,可能也不会有什么问题。但她停了下来,耳朵注意到眼睛错过的东西,就在她迟疑的那片刻沉寂中,有人问道:"他难道叫露西①?"

放学后,我告诉母亲大家如何嘲笑我,一整天别人都叫我露西。她点点头,叹了口气,忧郁地承认:"小孩子真残酷。别让他们知道这伤了你的心,他们会忘掉这件事的。"

"怎样?"我问,意思是怎样才能不让他们知道。

"和他们一起笑。"她建议。

她一定怀疑对我来说这是不可能做到的,父亲一定也知道这一点,因为晚上我告诉他这件事时,他的眼睛里立刻溢满了泪水。"卢,看在上帝的分上。"母亲看到这情景时说。我不知道他是伤心我第一天上学就遭受如此嘲弄,还是感到内疚,因为他和母亲给我取名时,都没料到可能发生这等事,还是说他清楚母亲不清楚的事情,即我的同学永远不会忘记,永远不会厌倦这个玩笑,我一辈子都会给人叫做露西。后来的情况就是这样。

纽约州的托马斯顿是一个你从没听说过的地方,除非你喜好历史,迷恋艺术,或者研究癌症。这个小镇以托马斯·惠特科姆爵士的名字命名,他是法国与印第安人战争时的名人。我们这里出的另一个名人,是画家罗伯特·努南,他在托马斯顿长大,刚满十八岁就离开了,成年以后一直在欧洲。

要么,如我所说,除非你从事医学研究,否则是不大可能听说过托马斯顿的。如果你从事医学研究,你可能会记得多年前的那个研究,只为解释我们的癌症统计数字为何总是偏离人寿保险死

---

① 露西是女孩的名字。——译注

亡率统计表。正如我们大家怀疑的，罪魁祸首是过去四十年来封锁了这些数字的那个老旧的制革厂，它把染料和化学品倾泻到卡尤加小河，小河蜿蜒流过托马斯顿的大部分地区，最后流入小镇以南五英里的巴奇运河。我的整个青年时代，卡尤加的河水都在不断变幻颜色，全看当天用的是什么颜色的染料。对那些熟悉历史又对隐喻敏感的人来说，红色，当然是最骇人的。历史学家会回顾，我们不起眼的小河在阿迪朗达克的源头，是独立战争开始前那年发生的卡尤加屠杀的现场。出于某些原因，而这些原因大多因时间而模糊，一群莫霍克人受当地亲英分子的煽动，偷袭了一队从当时荷属阿尔巴尼出发去蒙特利尔的士兵。伏击完全出人意料，几小时内，有两百人遭屠杀。根据当地的传说，由于流了那么多血，从阿迪朗达克流淌下来的卡尤加河水变成红色，流过南边的农田，一路流到阿尔巴尼，虽然这说法的最后一部分可能带有政治性。

　　有人说，老制革厂的厂主灭绝了一条活生生的小河里的一切，毒害了沿岸的人民，应该被送进监狱。他们可能说得不错，但应当记住，也是这个制革厂，一百多年来维持了我们的生计，让卡尤加河水每四五天就变成红色的那些染料，也把面包和肉放在我们的餐桌上。我小时候，人们怕的只是河水不改变颜色，因为那意味着裁员和艰难时刻的到来。然而，尽管不承认，人人都提防这条小河，那些有钱人，造房子时远离河岸。癌症研究报告的发表，仅仅加强了我们共同的智慧：越靠近卡尤加河，越可能罹患癌症，甚至最稀奇古怪的癌症，病例都多得出奇。

　　支撑我们生计的正是毒害我们的东西。有没有这种可能呢？又有谁没有考虑过这一可怕的可能性呢？

　　虽然新世界最初的某些财富就产生在我们这个河谷，今日的托马斯顿却是个穷镇。如同古高卢①,托马斯顿也分为三部分,但它们绝非是平等的。最大的两个区分别坐落在分界街(如果你能相信)的两侧。我在东区度过大部分青春岁月,它是中产阶级下层的居住区,西区则是工业区和穷人住的地方。托马斯顿少有的几家黑人住在西区称为希尔山的地段。根据我的调查,他们都不是惠特科姆大宅里奴隶的后代,不过托马斯爵士如许多亲英分子一样,确实拥有过奴隶。我们这里黑人家庭的祖先,都是第一次世界大战之前,刚刚从南部和中西部迁来的。

托马斯顿的第三部分——伯若区——坐落在东北部,毗邻东区和惠特科姆公园,就地理面积和人口而言比东区和西区小,但我们拥有的一点财富,都集中在那里。毋庸置疑,在这里,你能找到托马斯顿乡间俱乐部,以及我们镇里最漂亮的公园,后者是夏日音乐会的所在地,还有最好的小学(托马斯顿的孩子们从来没有校车)。伯若区的街道宽阔,两旁树木成行。我们的房子离马路很远,草坪修剪齐整,多数都靠我们自己的劳作;老人雇邻居的孩子夏天割草,秋天耙树叶,在上州漫长的冬天里铲雪。伯若区的人行道很平坦,因此孩子们在上面骑自行车和滑旱冰都不会摔伤。我们小时候,骑自行车可没在意过安全问题,夏日里所有男孩都穿短裤,骑车时也不穿上衣,有时还光着脚丫。从车上摔下来,膝盖、胳膊肘和前额都会流血。几十年过去了,现在我们这些伯若区的父母不会让孩子们受我们当年的刮伤和擦伤,我们让孩子戴上高科技头盔,再加上霓虹灯色的护膝和护肘。我们也不在乎是否会有来自不那么富裕的西区和东区的孩子笑话他们。我们有钱保证孩子们的安全,于是我们就这样做了。

伯若区的居民大多是新教徒,政治上保守,是托马斯·惠特科姆爵士那样的亲英分子的后代,他们在我们的河谷定居下来,修建

---

① 罗马时代西欧的一部分,包括现在的法国、卢森堡和比利时。——译注

了大宅。他们忠于乔治王,如果他们得势,即使不是全美国,他们也会让整个阿迪朗达克区保存下来,作为英国贵族的大猎场。我岳父曾说,小镇的领导人不该决定恢复大宅(当地对托马斯爵士豪华宅邸的称呼)昔日的辉煌,而应铲平它,在上面建一家减价店。但他是个满腹牢骚的人,多数见解都很偏激。无论如何,那时的大宅已经是个空壳,多年前的一场大火把它烧得只剩下地基了。

我们伯若区的居民虽然在人数上少于东区和西区的天主教徒和注册民主党人,但小镇总是由一位共和党人做市长,被下州的自由开明派认为是一个不可救药的地方,不屑于在我们的地方电视上浪费很多竞选经费。我是在东区长大的孩子,总是疑惑为什么选举中少数会胜出多数。父亲解释不了这个问题,除了说事情从来如此。而母亲却知道为什么。原因在于手指甲。伯若区的人手指甲干净,因为他们从来不把它们弄脏,而西区人指甲太脏了,日复一日,从来没有完全干净过,最后他们也就不再费力。母亲说,我们这样的东区人虽然也辛勤劳作,但天性使然,非得要用粗毛刷子和肥皂拼命刷自己,直到刷得流血,这样我们的指甲就像那些自始至终从没脏过的人一样干净。她解释说,这是人的天性。你不会认同那些比你差的人。如果可以,你会同那些比你富有的人打交道,希望有一天你自己也变得富有。她宣称,明白了这一点,你就明白了美国,而不仅仅是托马斯顿。我问她是不是从来如此,她张嘴想回答,却又闭上了。"二十年后我来问你这个问题怎么样?"她提议。我颇有兴趣地同意了,很喜欢这个主意:二十年后我可能聪明到能够想出她想不出的答案。于是我们定了日期,发誓不忘记,但当然,我们忘记了。

我们现在住在伯若区,而且已经住了很多年,但我怀疑托马斯顿还有人会比我们夫妇更加民主和平等。从某种意义上说,我本人在东区和西区都有财产,足迹遍布全镇,而且我一辈子走遍了托马斯顿的大街小巷。即便现在,我每天也要至少走上一小时,经过托马斯顿不同的街区，人们认识我，我希望而且相信，他们都尊重我。"爸，有一天你会遇到自己在那里走来走去。"我们的儿子经常这样说，他同样从来都住在我们这个镇里。从象征意义上说，这话基本上是事实。在托马斯顿，几乎没有什么地方没留下我个人的记忆。

我承认，我遇到的走来走去的自己普通得几乎让人绝望。我身材高大，像父亲，这种相像对我来说从来都是快乐的源泉。我爱他的程度无以言表，即便是在他死后多年的今天，听到有人说他句坏话，我都会很伤心，更别提自己去说这种话了。但关于我们的相像，仍有一种甘苦相间的感觉。我认为自己是个有智慧的人，但我承认，这并不是我给人的一贯印象。人一辈子总会不经意间听到不少关于自己的议论，恍然得知，在别人对自己的看法与自己希望树立的形象之间，会有多大落差。我一向知道，自己的内心活动无法全部向外界表白，但也许所有人都是这么回事。谁不感慨自己未能得到充分理解呢？我生性羞涩，沉默寡言。别人常后悔急吼吼地发表意见，巴不得追回某些不友善和考虑不周的话，我却更经常遗憾自己没有把话说出来。更糟的是，这些遗憾累积起来，阻止了我的表达，直到最后堤坝决口，一些话莽撞地冲口而出，所评论的东西却早已过时。结果人们在了解我之前，往往觉得我反应很慢，这一点我也是像父亲。

我不记得自己几岁时，第一次偶然听到有人管大个子卢·林奇叫"小丑"，我当时很惊奇，跑去查字典，相信自己在此之前误解了它的意思。这或许是我第一次认识到，刻薄能在人身上藏得多深，面对刻薄，我们又是多么无助。无论如何，我注意到，最终慢慢喜欢上我的人似乎都为此尴尬，仿佛他们需要作出解释似的。虽然我得到了诚挚的、真正的爱，可能还超出了我理应得到的程度，但我一生中，父亲是唯一爱我又从不批评我的人，这也许是我无法批评他的原因。另一方面，我也是父亲的儿子：我们都是乐天派，生来念念不忘上天对我们的恩宠。对我们来说，更重要的是上天给我们的一切，而不是他没给我们的，或者给了我们一段时间又拿走的。父亲直到撒手人寰，对自己的生活都很满意，何况他死时还那么年轻。现在我对自己的生活也很满意。

我是在托马斯顿长大的，最初的记忆却是与外祖父母住在一栋小房子里，小房子位于南边三英里地远的地方，后院的斜坡一直下到卡尤加小河。冬天树木变得光秃秃的时候，从楼上的窗子可以看到河水闪闪发光，但大人不许我去岸边玩。外祖父有辆汽车，早上我在与父母共住的卧室里醒来，外祖父和父亲已经上班去了。我隐约记得母亲对住得"膝盖碰膝盖"很不痛快，我们在攒钱，好在城里租一套自己的公寓。由于旁边没有别的儿童，我成了一个安静、孤独的孩子，母亲一心让我去城里上幼儿园和交朋友。她上过一年商学院，相信只要我一进学校，她就能找到一个簿记员的兼职工作。

我们没能攒很多钱，因为到我该去上幼儿园时，父母租的住处在托马斯顿西区的伯曼大院。伯曼大院只有五栋建筑，街两侧各有两栋，另一栋是座三层楼，在平地的尽头，再过去就是斜向卡尤加河的陡坡。我记得总是弄不懂，它与我从外公家看到的竟然是同一条河，外公家对我来说仿佛是完全不同的世界。我的新卧室的窗子在房子背面，高得要命，我记得很怕从上面掉下去，然后滚下陡峭的河岸，落入河里。在我们街区，多数房子都是草草建成，几乎从建成那天起，就开始东倒西歪，烟囱裂了大缝，有的倒在隔壁邻居家歪斜的廊顶上。我还记得卡尤加河潮湿的化学味道，那味道总是弥漫在通往我们房间的过道里，不是暖气开得太足的公寓的味道，那里充满的是食用油和宠物待在室内时间太长而未洗澡的刺鼻味道。

父亲是送牛奶的工人。我们和外祖父母住在一起时，奶厂付给他的工资足够支撑我们的生活，现在却不行了，但当时我并不知道这一点。我很骄傲的是，在托马斯顿，似乎人人都认识和喜欢我父亲，我们无论走到哪里，人们都按按车喇叭，或隔着分界街与他打招呼，或在理发店门口和他握手。母亲却相反，人缘没那么好，我虽然爱她，有时也奇怪父亲为什么娶她。她瘦骨嶙峋的，一皱眉头，两条眉毛就锁在额头中央，而她多数时候都是皱着眉头。老照片显示，她从来就不漂亮。我不是说她丑，但她不是那种引人注目的女人。现在她总是一个让人瞧着陌生的女人。任何人稍有迟疑，她就会自报家门，仿佛她太理解他们的尴尬了。我觉得她缺少父亲那种敦厚、快乐的天性，真是让人遗憾，因为那至少还会给人留下某种印象。

我们搬到伯曼大院后，每次父亲出去送奶，母亲就在家里工作，为当地的几家小生意记账，额外赚点儿收入，这使父亲能够出手大方，早年他的这一点是有名的。"举止像大亨"，这是母亲对他喜欢借钱给人或买杯咖啡喝的评价。我想当时我并没有觉得我们穷，但我父母经常为钱的事情争执。父亲喜欢花两毛五或五毛钱在旧货摊上买东西，声称这些东西以后会值大钱，远远超出他的付出，但母亲觉得它们一文不值，因为它们对我们没什么用。他会花一块钱买条轮胎，如果它上面还有花纹的话，尽管当时我们还没有车。（他送牛奶开的车不能私用，但他得到特别允许，星期六上午送完牛奶后，可以开它去A&P①买菜。）"我认识一个人，愿意出两三块钱买它，容易得很。"他对母亲说，是指那条轮胎，多数时间他是对的。每次他从旧货摊买回她所谓的破烂，她都会瞥一眼，说："你干吗要买这玩意？"他答道，"就两毛五。"他也抵抗不了彩票的诱惑或者在扶轮社抽彩中中五毛钱的机会，尽管母亲坚持说那是"对无知者的征税"。他似乎经常中奖，让他觉得这证明自己

---

① 美国的一家连锁超市。——译注

没错，即便他赢的东西并不是我们需要的，甚至不是我们想要的。"如果一等奖是鼻伤风怎么办？"当父亲把他赢的一玻璃鱼缸软心豆粒糖递给母亲时，她问。他是猜中了里面有多少粒糖，才中了这个奖的。"你买了彩票吗？你根本不喜欢吃这种糖。"他只是回答说他可以学着喜欢它们。实际上，他本来有九百七十三次机会。"再说了，"他接着说，"我们的卢易喜欢吃软心豆粒糖，对不对？"我说对，而事实上我并不太喜欢。"太棒了，"母亲说，"至少值五十美元的龋齿。"但父亲确实总是能中奖，倘若非让我解释我家为什么如此幸运，我会说是因为父亲的运气好。我站在他身旁，就觉得运气好，相信自己将来也会成为赢家。

　　如果母亲觉得搬进城里能保证我交上朋友，她是失算了。上幼儿园的第一天，我就得了个绰号，让我提防其他的孩子。搬到伯曼大院一年后，我几乎仍像住在乡下外祖父母家一样孤独。我说"几乎"，是因为我确实有了一个勉强称得上朋友的朋友：鲍比·马库尼，他家住在我们那栋楼的二层。他父亲晚上在旅馆里做前台职员，但正在努力想在邮局谋一个职位，那时有邮差生病，他就去做替补。唉，我们的友谊基本上就是那种一起上下学的友谊。只要一回到伯曼大院，几乎就不再见面，直到第二天早上。我们周末也从来不一起玩。当然了，星期天马库尼一家人去芒特卡麦尔意大利人的教堂，我们林奇一家人和爱尔兰人一起在圣方济做礼拜。让人恼火的是，我和唯一的朋友同住一栋楼，却没有机会见到他。母亲的解释是，马库尼家的人喜欢自己在一起，我问为什么，她说他们就是那样。你不能强迫别人需要朋友，我们当然不能强迫马库尼家的人需要我们做朋友。

　　这些说法对我来说都没什么道理。父亲一向声称朋友越多越好，为什么马库尼家的人觉得朋友是个累赘，尤其是我们林奇家这些可爱又有趣的人？但母亲解释说，不是所有的人都像我们。其他的人有不同的处世方法。是我们的处世方法——或者说是父亲的处世方法——逼得别人不能落后于我们,尤其是在命运向我们微笑时。父亲如果在教堂抽奖时赢了二十块钱,他觉得别人都该知道。她断定,换了有些人,会对这好运气保密,省得别人嫉妒或来借钱。我觉得这种逻辑既新鲜,又让人不舒服。我们搬到伯曼大院前不久,外祖父母买了台电视机,可能是为了引诱我们别搬出去住。父亲喜欢看电视的程度与我差不多,最近我偶然听到父母在合计自己买一台二手电视机。父亲不明白我们为什么就买不起,可母亲负责付账单和平衡家里的收支,她明白。我恰巧知道马库尼家也在辩论同一件事,我告诉鲍比,我们如果先买了,会邀请他们过来看我们最喜欢的节目。我没跟父母商量就发出了邀请,以防他们有可能先买了一台,如果是那样,我们就可以和他们一起看,直到我们自己能买得起。我的想法是,像电视这样的东西,只能大家聚到一起看。现在我知道这个想法错了。大门可能不是敞开,而是比以前关得更紧了。

我得出的清晰印象是,母亲与马库尼太太单独在一起时可能是朋友,就像我和鲍比,但由于某种原因,她们的友谊是被禁止的。马库尼太太是个面色苍白、神经质的女人,爱尔兰人后裔。她似乎永远不出家门。我和鲍比放学回来,有时发现我们的母亲正偷偷摸摸地在楼下大厅里说话。马库尼太太怀里总是抱着鲍比的一个小弟弟,通常还会有另一双湿漉漉的小眼睛从门缝后面向外张望。但她一看见我和鲍比,就会迅速消失在门里,似乎自己做错了什么事,而我可能是个间谍,准备举报她的失检行为。

我是个孩子,就像孩子那样不能容忍神秘和模棱两可,因此我不断无情地追问母亲。为什么她和马库尼太太不能做朋友?为什么我自己与鲍比的友谊只限于往返学校的路上?为什么两家不能成为朋友?母亲对此的回答更加模棱两可,什么我们的处世理念迥异,因此没有什么共同之处。没有什么共同之处?我们难道不是镜子中对方的影子吗?我父亲是爱尔兰裔,母亲是意大利裔,而马库尼家正好相反。我记得,我们刚搬到伯曼大院,遇到他们时,我就觉得奇怪:我们两家是不是搞错了。马库尼太太柔弱,似乎更适合我父亲,而不是她所嫁的人,我禁不住想象,她若是和大个子卢·林奇这样好脾气的人一起生活,就不会这样神经质。而我母亲是个很有主见、轻易不会被人吓倒的女人,虽然我并不真希望这样,但她似乎与马库尼先生更相配。那样的话,他们去芒特卡麦尔的教堂,我们去圣方济,人人都在自己所属的地方。当然,我只是个小孩子,没有想到如果这样安排,我和鲍比就都不存在了。这只是看上去更行得通,我奇怪怎么就没有别人想到这一点。

我开始逐渐明白了鲍比和我不能成为更好朋友的原因。那是因为他父亲看不上我父亲。既然大家都喜欢我父亲,那么马库尼先生拒绝喜欢他,似乎就是故意有悖常理了。每次有机会,我都会仔细研究这位先生一番,希望弄明白到底是什么事情不对头。他个头没父亲高,但很壮实,肌肉发达,身子稍稍前倾,两手握拳又松开,仿佛他必须提醒自己不要太愤怒。他的前额上有一块紫红色的胎痣,就在发际之下,这胎痣的大小和颜色鲜艳的程度时时改变,握紧拳头时,它就会变大,颜色也会变深,这是与他松开拳头时相比。但他为何反对我父亲呢?在我想弄明白的一切中,这件事最紧迫,因为它似乎最费解。似乎与军队有点儿关系。马库尼先生服过役,父亲没有,显然他在这点上看不起父亲,虽然父亲没有参军是因为平足,并非不愿意或胆小。他费了些力气向马库尼先生解释这一点,马库尼先生只是笑笑说,"这点儿理由就管用了,真是滑稽。"他然后说,他认识很多平足的人都服了役。"不管怎么说,太遗憾了,"他接着说,"我们本来可以借重你这样一个一贯正确的人。"

父亲将他们的一番谈话告诉母亲,她轻蔑地哼了一声说:"你以为他参加过诺曼底登陆呢。"据马库尼太太说,她丈夫到达欧洲时,战争已经结束,按母亲的思维逻辑,这解释了他为什么到现在还在打仗。当她想起我在屋里,而且听见了这一切时,说道:"看你敢说出去。鲍比的母亲本不该说出她的家事,我也不该知道。"

马库尼先生套上他那身邮差制服,的确有军人风度,我几乎巴望哪天一抬头,会看到他携带武器。据母亲说,他管家也用军队那一套,强调纪律。在我们家里,纪律由母亲负责,虽然并没有这个必要。我从来不是个任性或不听话的孩子,有人责备地瞥我一眼就足以让我规矩起来。我的父母都从未对我动过一根手指。马库尼家的情况显然不同。马库尼先生大权独揽,母亲怀疑他实施的惩戒是很严厉的。这是否可能也是他不喜欢我父亲的一个原因呢?一个不用棍子的人。

如果说我理解不了马库尼先生的恨从何来,倒也罢了,但并不是只有我一个人这样。父亲也弄不明白,每次他们在大厅相遇,他对他甚至比对别人更友好。"卢,"母亲说,"随那家伙便吧。他不喜欢你,就不喜欢吧。"

"我对他做了什么,我就是想知道这一点。我什么也没做呀。"

"我知道,卢,"母亲说,"别管怎么说,随他去吧。"

但他做不到。连我都知道这一点。他总是注意着他,在信箱处或大厅里拦截他,我都能看出他是决心要让他喜欢自己,或者了解他不喜欢自己的原因。他通常用来活跃气氛的话题都是钱,例如东西越来越贵,似乎看不到头,你能做的只是不松劲,别再想赶到前面去。父亲觉得这些话题大家都热衷,容易聊起来,也有共同语言。"你知道苔莎这个周末在我们卢易的冬装上花了多少钱?"他大胆地问,"我简直不能相信。我们只有一个孩子。你们有仨,一定够受的。"这时他压低嗓门,马库尼先生没准能哀叹一下,或者如果愿意,还可以和他交流一下关于孩子大衣和靴子的情况。我想父亲怀疑马库尼先生打两份工,比自己在牛奶厂挣钱多,但他有三个孩子,另一个又快要出生,他估摸在钱上面,他们的情况多半是差不多。而且还有传闻说旅馆要关张。"我告诉苔莎,她不该去付卡洛威那家店的价钱,"看到马库尼先生拒绝评论,他继续说,"她本来可以去菲曼买便宜货,但觉得从长远来讲,便宜货更贵,我猜她是对的。"实际上,前一天晚上,当他发现我的冬装花了多少钱时,他的反应并不是这样。但现在他仔细想想之后,我能看出,花钱多成了他骄傲的理由。"再说了,如果你有钱,干吗要亏待孩子呢?如果你没钱,那当然另当别论,但如果你有,何必不多花一块钱呢?"

"因为你明天可能需要这一块钱。"马库尼先生终于说话了,把父亲推到一边,迎头关上了门。我觉得,他完全不必用那么大力气。

"多余向那人吹牛,"母亲对父亲说,"你明明知道他们在廉价旧货店给孩子买衣服。"

"那他的钱都花哪儿去了?"父亲问。

"卢,这不关我们的事。随他去吧。他不喜欢你。"

"我只是希望知道为什么。我从来没对他做过什么呀。"

母亲听了直揉太阳穴。

林奇家与马库尼家确实仅有一点共同之处,那就是只要有钱就离开西区的决心。母亲尤其认为,伯曼大院只是临时落脚之处。她最开始就想在东区租房子,但她生长在大萧条结束后,处事谨慎,她说不论什么东西,宁可没有,也不能得而复失。她为马库尼太太难过,她总是怀孕。母亲说,每生一个孩子,那可怜的女人就在西区拴得更牢。

我记得有一个傍晚去马库尼家敲门,在门外等了很长时间。门里有动静,因此我知道有人在家,我觉得有人就在门背后听着,希望不管是谁敲门,赶紧走开了事。直到我敲了第二遍,马库尼太太才有反应,她的声音离得很近。"谁呀?"她想知道,声音在颤抖。我刚一报出姓名,她就说:"鲍比不能出去。"其实我是为了归还母亲前一天借的东西。

我把发生的一切告诉母亲,她说:"那女人总是胆战心惊的。"我问鲍比的母亲到底害怕什么,母亲却称不知道。我不信她的话,而且想到我们楼里居然会有什么无名的东西,能吓坏一个大人,就觉得很恐怖,不知父亲能否保护我们。

在托马斯顿,圣方济是唯一由教会兴办的一所小学。我上完幼儿园,教区的神父格鲁克说服母亲,让我去那里入学,我想她还徒劳地希望我的绰号不会跟随我到那里。鲍比的父母则很不情愿地让他上了圣方济小学三年级,因为他在卡尤加小学与一帮野孩子混,不只一次因打架被停课,这尤其让马库尼太太忧心忡忡。有一次她们在楼道窃窃私语,母亲可能说了圣方济的孩子没那么好斗,让鲍比去那里上学对我可能也有好处。我们可以成为朋友,一起上下学。马库尼太太觉得这主意不错,但觉得她丈夫可能不愿多花钱,所以我们很惊讶,她居然赢了。母亲后来推测,马库尼先生之所以动摇,可能是因为圣方济的孩子穿校服,这一点他衷心拥护,认为服装对行为影响很大。

从卡尤加小学到伯曼大院,只有短短的一个街区,而圣方济则在相反的方向,要远六个街区。而且它是在卡尤加河的对岸,我们往返都得通过一个窄窄的步行桥。两个小学放学的时间相差十分钟,都是按年级顺序,低年级先放。如果你上一年级,有哥哥姐姐在二年级或三年级,允许你在办公室等着高年级放学,否则你就得直接回家。这一制度的弊病是,公立学校的大孩子与教区学校的小孩子同时放学。圣方济的孩子因为穿制服,而且老师是修女,已经成为被鄙视的对象。那些从正门出去的孩子往往受到冷嘲热讽的夹击。但对我们其他人来说,最近的回家之路是从后门出去,穿过学校小小的后院,然后从篱笆的缺口钻出。从那里,我们踏一条小径,穿过树丛,下到卡尤加河陡峭的岸边,穿过步行桥,爬上远处的堤岸。那里，距离我和鲍比在伯曼大院的家就只有短短的三个街区了。

这段行程的可怕之处是步行桥本身。由于河岸很低，从一侧的学校和另一侧的街道，都看不到这个桥。整个行程，下到一边的河岸，又从另一边的河岸上去，都只要一分钟，但是如果公立学校的孩子先到了步行桥，又没有家长在附近，圣方济的孩子就必须付"过桥费"才能通过。这过桥费可以是你拥有的任何东西：一分钱、一个弹子、新英格兰糖果糕点公司的一管老式圆片糖。你若是什么也没有，或者只有一支断了尖儿的铅笔，就会发现自己的头被夹住，屁股撅起来，来个大背跨，给狠狠摔在地上，然后如果你为了安全跑回原来的地方，就又被他们嘲笑。每次鲍比不上学，待在家里，我都要确保自己有点什么东西付"过桥费"。

这就是鲍比的特殊之处：他从来不用付"过桥费"，我和他在一起时也不用付。收"过桥费"的孩子们，正是头一年给鲍比招惹麻烦的人，因此他们相识。他们的头儿是个叫杰锡·奎恩的孩子，比我们大一岁，曾和鲍比一起被停课。出于某种原因，这让他们成了小心相处的朋友，同时也是对手。杰锡喜欢戏弄鲍比，说他是个胆小的天主教徒，现在只跟女孩一起混，我立即明白这指的是我的绰号。鲍比则问杰锡是否打算像他的父亲一样成为歌手，因为那个醉鬼喜欢放开嗓门唱歌，直到一头栽进制革厂旁边的水沟，失去知觉。

他们有一次几乎打起来，原因是我。刚开学时，收"过桥费"的孩子想把我摔倒，其中一个叫佩里·考斯洛斯基，他夹住我的头，其他人搜我的口袋。但鲍比让他们放开我，因为我和他在一起，不用付钱。他并没有质疑那些孩子把桥归为己有的权威，但坚持说因为我们是朋友，我也应该得到豁免。"谁说的？"佩里想知道，仿佛存在管辖这种豁免的规则似的。在他们争论细节时，我的头一直被夹着，直到杰锡·奎恩最后说："放开他，不值得。"

他们走了之后，我问鲍比，他为什么可以不付"过桥费"，因为我当然对此感到费解。但鲍比仅仅耸了耸肩，仿佛我是让他解释所有的自然法则。"有些人就是可以不付，卢斯，"他说，"其他人……"我们两人都知道其他人的遭遇，而我就属于那类人。这就是我很乐意有鲍比做朋友的原因之一，也是学年结束后他们搬到东区时我完全垮掉的原因。那之前不久，马库尼先生得到了邮局的全职工作。

第二年，我知道由于鲍比不在，公立学校的孩子会来找我的麻烦。多数时间，我的年级会按时放学，这意味着我将先于他们来到桥上。一旦安全地过了桥，我就会爬上河岸，奔回伯曼大院。有时，我从树丛中钻出来向家走去时，看到或听到他们从几个街区以外向这边呼啸而来，如果我飞奔而逃的样子太明显，他们就会大笑着喊："跑啊，露西，赶紧的！"而这些喊叫真的会让我飞奔起来。他们的笑声更大了。我们似乎都明白，哪天我的老师放学晚了那么关键的一两分钟，或者他们自己出于某种原因早出来一会儿，那么算账的时刻就到了，而这只是个时间问题。

这一天终于来了，我除了自己，也怨不得别人。我多待了一会儿，帮伯娜德塔修女拍粉笔擦，因为能做这件事是一种荣耀。等到我穿过院子，沿着小径下到河边时，瞥到树丛边有动静，下面绿丛暗处，恍惚听得有声响。当然，我可以转身回学校，请伯娜德塔修女打电话给母亲，让她来接我。不过，我尽管害怕桥上的那些孩子，却更害怕当个胆小鬼。看到步行桥上那些孩子（真正的威胁）拦路，转身跑回学校是一回事，看到个影子就跑，是另一回事，说不定那只是个一年级的毛孩子。拍粉笔擦的责任足足费了我十五分钟，后来我又与伯娜德塔修女说了一会儿话，这意味着，此刻，公立学校的孩子们可能已经走了。或者说，我继续沿着小径向树丛走去时，就是这样推论的。我在树丛边停下来，窥视下面河岸边的暗处,竖起耳朵听着。当然,有河水的声音,但它是全部吗?河水的汩汩声里有没有夹杂其他的声音,或者它掩盖了其他声音?

我不知道自己在那里站了多长时间,才开始小心翼翼地沿着小径向下走,树和暗影在我身后合上。步行桥的中央躺着一本练习簿。与我们的练习簿不同,公立学校的练习簿年复一年地使用,上面画满了铅笔道,年底时又用橡皮擦掉,上面的答案鬼影一样隐约可见,还有标出错误答案的符号。练习簿躺在那里,它的主人却不在附近,这可能吗?一声紧迫的低语滑出树丛。我站在那里,一动不动地等待着,但四处一片静悄悄,只有水的汩汩声和树梢上的风声。我跨上步行桥,随即听到身后有响动,我转过身,只见大橡树后闪出一个咧着嘴笑的男孩,堵住了我的退路。前方,出现了另外两个男孩,然后又有两个。

其中一个是杰锡·奎恩。他咧嘴笑着说:"嘿,露西——露西。"

我们沿小河行走。虽然此事发生在很久以前,那天下午的经历在我的记忆中依然栩栩如生。为防止我逃跑,他们一左一右,把我夹在中间。我刚抗议一声,他们就表明,在他们选择让我开溜之前,我就是他们的囚犯。我只要走得慢一点,或者表现出不愿走得离家太远,他们就会使劲推我往前,轮流拍我的后脑勺,问我既然有个女孩的名字,我是不是个女孩。只有杰锡·奎恩除外,他对这种取乐不感兴趣。每次我被人推搡或者绊了一下,他都会帮我站住脚,一路向我解释说,我对公立学校孩子的看法不对,他们并没有那么坏。对杰锡来说,我所受的待遇似乎一点儿不影响他的论调。

不是那么回事,他告诉我,他和他的朋友们办了个慈善俱乐部,目的是帮助那些倒霉鬼、伤残者和寡妇等等。收的钱是为了给他们付拐杖、杂货和手术费,他们的俱乐部已经做了很多好事。我是否认识珍妮丝·科利尔,那个坐轮椅的四年级学生?那你想象是谁给她搞到的那个轮椅。在他解释这一切的同时,我身后的假笑和嘲笑声不断,然后又有人绊我,我仰面朝天倒在河里,两只手掌都被石头擦破了皮,这让俘获我的人乐不可支。但杰锡·奎恩再次扶我站起来,向我保证没事,然后继续招募我进他们的俱乐部,好像他看不出我有什么理由不愿参加。倘若我想了解得更详细,应该知道我的老朋友鲍比·马库尼也是成员。"我们是他最好的哥儿们,"杰锡让我明白,"那些东区的孩子都是同性恋,所以他过来和我们玩。"

"你是同性恋吗,露西?"其他男孩中的一个问。

"他哪儿知道那是什么。"另一个人说。确实如此。

向下游走去的这一段路是多么奇怪的经历啊。让我最害怕的,是其他孩子令人不安的嘲弄与杰锡·奎恩虚假的友谊掺和在一起,他们的行为和他那些抚慰的话语,目的是相反的——那些男孩表明他们会伤害我,即便他们的头儿向我保证不会伤到我。更奇怪的是,尽管我知道,他的好心是向我开的这个残忍玩笑的一部分,但我身体的某一部分相信他,或者说是绝望地想相信他。他的虚情假意、他迫不及待地希望我承认自己错怪了他和他的朋友,从某种程度上说,虽然奇怪,却几乎让人相信,仿佛他在自己所耍的把戏背后,正在暗中扮演另一个孩子,而那个孩子又希望他确实就是他假扮的那个孩子。也许那好孩子是真实的。也许他不会让其他人伤害我。我还愿意相信他讲的鲍比的事也是真的,不论我们往哪里走,到了那里,鲍比都会在,然后他们会发现,谁是他真正最好的朋友。

我们终于来到一块荒芜的地方,两边的堤岸很陡峭,头顶上是一座摇摇晃晃的铁路高架桥,还有一座黑乎乎、东倒西歪的房子,房门朝向一个采石场。原来这里是他们的俱乐部。最远处的梁子上盖了几块三合板,中央摆了一个老旧的大铁箱。我们停在那里,其他几个孩子围成一圈,杰锡和我站在中央。杰锡看看那箱子,然后又打量了我一番,好像期望我从它的存在中,推断出一个有点分量的结论。他咧开嘴笑时,我从他的一嘴黄牙中看出,我错了,根本不存在好孩子。

"这么说,你愿意加入我们的俱乐部了?"他说,把手放在我的后脖颈上,使劲捏着。

我站在铁路枕木上,虽然身体是平衡的,但只要轻轻一搡,我就会从木板边上跌下去,掉到下面黑漆漆、凹凸不平的岩石上。我害怕说是说非都会招来同样灾难性的后果,只好说也许,我会问问我的父母,看看能否参加。

你看,这是个问题,他们告诉我。他们的组织是个秘密组织,第一条规则就是绝对不能让父母知道他们做的好事。所以我必须自己决定,如果我加入,我得庄严发誓永远不告诉任何人。也许就在那时,我明白了自己实际上没有选择,无论我说什么或做什么,都无法改变将要发生的事情,我开始流泪。好吧,我对他们说。好吧,我愿意参加。

"看哪,"其中一个男孩指着我说,"他高兴得直哭。"

他们说,剩下的就是入会仪式了。他们问我知道什么是入会仪式吗,我说不知道,他们打开了箱盖。

除了一条窄缝露出一丝微弱的光线,里面黑漆漆的,空气中散发着一股浓烈的尿味儿。"嘿,看看谁来了。"箱盖扣紧后我听到一个声音说。新来了什么人吗?我要得救了吗?

"我突然想起一件事,露西。"杰锡的口气很私密,仅仅离开几英寸远,"你不能加入我们的俱乐部了。猜猜为什么。"

我想止住抽噎,却止不住,因为既然当会员的可能性撤销了,我知道自己最开始就应该同意参加。

"告诉他。"

大家齐声喊道:"不让女孩参加。"又是一阵哄堂大笑。

然后又是杰锡的声音。"猜猜接下来会发生什么事。"

就在这时,响起了锯子的声音。

我醒过来时,周围漆黑一片,箱子外面是那样寂静,有一瞬间,我怀疑自己是在自家的床上,梦到自己被囚禁。但是我的房间从来没有这样黑过,窗外的树枝总是映出房子前面路灯朦胧的闪光。而且,当我试图伸伸腿时,才知道自己并非梦到箱子。

我在黑暗中躺了多久?或许并不太久,但我记得醒来后第一次感受到梦一般的平静,这种感受在我以后的一生中会变得如此熟悉。我被刚才的嘶叫与哀求,还有看到锯末透过那一丝微弱的光线漏下来时的惊慌失措弄得筋疲力尽,我在凄苦的绝望中等待锯子最终穿过箱盖,撕裂我的皮肉。但后来,奇怪的事情发生了。我意识到自己的挣扎徒劳无益,就投降了,最后干脆睡着了。我记得想到这是个实际的解决办法,如果我能让自己进入无意识状态,那么正在发生的事情,可能从某种意义上,就会因为我没在那里目睹而停止。虽然我回想不起自己把那个计划付诸实施,但我一定是那样做了,因为这会儿我醒过来,所受的折磨显然结束了。

我逐渐意识到两件事:时间在流逝,我是一个人。那银灰色的光线不见了,我因此推断夜色已经降临,而从箱子外死一般的寂静,我推断出,俘获我的那些人已经消失。我没有再觉得恐惧,而是感到一种精疲力竭、莫名其妙但非常真实的舒适。通过某种意念行为,我似乎让折磨我的人、他们的嘲笑、锯子的撕裂,所有这一切都消失了。但如果这是真实的,则又回避了一个重要问题:如果我能通过睡觉来驱逐那些孩子,那么现在我醒了,他们又会回来吗?整个过程又会重新开始吗?出于某种原因,我觉得不会,因此只静静地躺在那里,懒洋洋地满足于流逝过去的每一时刻,没有更多的恐惧。我确实想知道已经过去了多长时间,我的父母是否出来找我了。但这些考虑似乎很遥远。我被锁在一个漆黑的箱子里,有可能,甚至很可能永远出不去了,这应该吓得我要死,但却没有。在箱子里,我反而似乎进入了生命的一个崭新的、非常自然的阶段,呼吸着混杂在一起的浓烈、陈腐的空气和尿味,我明白有些尿味是我自己的,我在那里等待进一步的发展。对这些,我的好奇多于恐惧,仿佛后一种情感已经消耗殆尽。

我甚至可能又迷糊过去了,因为等我再次睁开眼睛,我听到歌声,开始很远,然后近了些,我记得不想让那些歌唱者——因为似乎有两个声音,一男一女——发现我。然后,他们的声音突然变响,我意识到,他们一定是走进了这个隐蔽的建筑。

女人放声大笑,然后是扇耳光的声音。"住嘴,住嘴,住嘴!"她求自己的伴侣,"你不知道那该死的歌词。"

"我知道歌词。"男人说,然后又开始唱。

又一记耳光。"住嘴!你不知道——"

"有一件事我确实知道,"男人说,"你再打我,我就踢你的屁股。"

"你不会打女人的。"

"我不明白你为什么会这样想,"男人答道,"我真的不明白。"

"给我。"

停了一下。"没了。"

一阵扭打,然后是女人充满失望的声音。"全没了。"她说。

"我他妈的不是刚告诉你吗?"

然后是玻璃砸到下面岩石破碎的声音。

"你不知道那些词。"女人重复道。

"老天,又来了。"

"应该是这样,"她说,清了清喉咙,用令人惊异的优美嗓音唱道,"后来我吻……你的唇……抚摸你期待的指尖……你的心——"

"我吻……你的奶头,"男人用柔和的颤音唱道,"用我的唇吻你的奶头——"

"不对！不对！不对！"女人反驳道，又是一记耳光的声音。实际上是两声，因为她刚掴了他一下，他一定是回掴了她，重重的一下，我能听出来，然后是她的哭泣声。

"我怎么告诉你的？"男人说。

"你打疼我了。"

"我没警告你不要再打我吗？"

"那只是闹着玩。"

"我也是闹着玩。"

女人用力吸着鼻子。"你玩得太粗野了。"

"你要斯文，回去找你嫁的那个傻胖子去吧。"

亲嘴的声音。他们一定就站在箱子旁边。"我要的不是他。我要的是你，"女人说，"我还要你对我好。"

"地狱里的人还要喝冰水呢。"

更多任性的呜咽。"我就在地狱里。我的整个生活就是地狱。我不想再待在地狱里。"

"地狱里的人要喝冰水。"

"别再说这种话了！别再那么刻薄。"更多亲嘴，"为什么所有人都这么刻薄？"

"地狱里的人——"

"住嘴！我发誓，你要是再说这句话——"

"到这边来。"

然后是拉开拉链和许多摸索的声音。"我看不见你。"女人咯咯笑着。

"那又怎样？你忘了我的样子吗？"

"我要看着你。你不想看着我吗？"

"不特别想。"

"你太刻薄。"

衣服扔到箱子上。

"到这边来。"男人又说。

"你到这边来,"女人说,然后立刻尖叫起来,"我的头发,你这狗娘养的。别揪我的头发。"

"那让你做什么,你就做什么。躺在毯子上。"

"别指挥我。你不是我丈夫。"

"好事别管多小,也得感谢上帝。"

"我根本不该让你操我,你这狗娘养的。"

"太晚了,"男人说。我听到女人在喘气,然后有一会儿,只有吭哧吭哧动物般的声音。然后安静下来,如此安静,我真担心他们能听到我的呼吸声。

"为什么一切非得这样可怕?"女人终于说。男人没有回答,她又补充说,"我恨他。"

"他也不是个坏蛋。"男人主动说。

"你又没嫁给他。"

"别这么日日夜夜每分钟都是个婊子。也许他会对你好一些。"

"你们男人倒是向着自己。"

我听到她起身,走回箱子边上,开始穿衣服。男人那边传来起瓶盖的声音。

"我记得你说没有了。"女人说。

"是没有了。这是另一瓶。"

她重重地坐在箱子上。"你应该带我去一家汽车旅馆。什么样的男人会把女人带到这种地方来?"

男人显然觉得没有必要回答这个具体问题,在其后的寂静中,我一定是弄出了什么声音,因为箱盖忽然被掀开,那女人注视着箱子里面的我。由于光从背后射来,她的脸只是个阴影,但甚至在昏暗的光线下,我也能看到她的乳房和暗色的乳头。她已经穿上了裙子,但腰部以上仍然裸着。她过了一刻才完全注意到我。

最后,她回过头去看着那个男人,用手指着我。
"箱子里有个小男孩。"她说。
"很好,"男人说,"告诉我还有另一个。"
"一个小男孩,"她又说,好像对自己刚才说的是真事感到惊奇。她把手伸进来,摸摸我的脸,"真的小男孩。"
"你喝醉了。"男人告诉她。
在我的注视下,她戴上胸罩,系上衬衣扣子,然后探身到箱子里,离得那么近,我能闻到她的呼吸和肉体。"他很刻薄。"她承认,然后盖上箱盖,我的惊奇几乎和她掀开箱盖时一样。
"我的包呢?"
"我他妈的怎么知道?"我听到那男人提上裤子,拉好拉链。
一声叹息。"掉了。"她抽泣道。
"掉哪里了?"
"下边。"
她的意思是掉到枕木之间了。
"给我捡上来?"
"滑稽。"男人说。
"我恨你,"她说,"我恨你超过恨我丈夫。"
"性满足没有把你的命运改善多少,是不是?"
声音渐渐远去。过了一会儿,我听到那女人说:"箱子里有个小男孩。"然后就什么也听不见了。

我对回家路上的经历只有很微茫的记忆。夜色下,我相信自己处于梦境的朦胧感消失了。那天下午还是清澈的卡尤加河水,现在变成了绛红色,这意味着上游的制革厂在夜班时用了一批新染料。月亮升起来了,几乎是圆月,它让翻腾的河水看上去像鲜血一般。我尽管很小心,还是有两次在岩石上失去平衡,掉进河里。我原来以为我们走出很长一段路,离步行桥可能有一英里远,但实际上没走多久,高高的河岸两边就出现了灯光。我认出在河道弯曲的地方,在那些赫然耸立、黑乎乎的形状中,悬崖一般的最大一块就是我们那座公寓楼的背面,而我自己那间亮着灯的卧室窗子,就不可思议地在那黑暗的顶峰上。多少个夜晚,我被风声或大榆树的枝杈擦过后墙的声音吵醒,下床来走到同一窗口,向下窥视月光笼罩的沟壑,懒洋洋地疑惑,如果不是在安全的室内,而是在外面那幽灵般的景色中,会是什么样子。

我看到步行桥时,立即认出那个一动不动站在桥上的黑色身影是我的父亲。当月亮溜进一片云彩背后,他的身影再次消失时,我想发出声音喊他。难道他在那里只是我的想象吗?我不敢肯定,于是没出声,但继续沿着河向前走,直至到达他茫然凝视桥下河水的地方。我觉得,他在看见我之前,一定先听到了我的脚步声。"是你吗,卢易?"他说,仿佛不能信任自己的感官,然后我就已经在他的怀里,呼吸着他身上的味道。我感到他巨大的身体因呜咽而颤动,于是也开始哭起来。我不知道我们就这样在那里站了多久,相互拥抱,颤抖着,但他紧紧的拥抱驱走了那种冷漠的梦境,为恢复以往正常的世界腾出了空间。

我和父亲从楼后的树丛中钻出来时,伯曼大院里到处都是警车,邻居们倾巢而出,站在自家门廊上。母亲正在同一位警察说话,是他第一个注意到我们走近的。"我找到他了,苔莎,"父亲喊道,他的声音听上去不可思议的拘谨,"我们的卢易很安全,完好无损。他就在这里,和我在一起。"

但母亲抬起头时脸上的惊恐表情,让我在一瞬间觉得,她并不爱我,她并不想让我被找到,这就像有时噩梦中的那种想象。当然,只有短短的一秒钟——看到我这满身染成鲜红色的小男孩时因恐惧生出的憎恶。在她眼里,我一定是恐惧的象征,这种恐惧从我下午放学后没回家就变得愈来愈厉害。然后她的理智恢复了,她走向我们,泪眼涟涟,站在自家门廊上的邻居们开始鼓掌欢呼,高兴自己原来想错了,因为他们当然也断定,再也看不到活着的我了。

甚至现在,五十年过后,我都深深感到这些事件的神奇,但解释会让它们平凡。在那只箱子里,我第一次经历了此后缠绕了我一生的"发作"。这些症状现在很熟悉了——困倦、精疲力竭,与现实脱离之感,"离开"的感觉,醒来时伴随一种奇特、莫名其妙、压倒一切的舒适。但在当时,这一切都是新出现的。我醒来时,没有觉得自己是受害者,反而具有讽刺意味地感觉得到了一个宝贵的礼物。被他们扣押时,我想象世界有多可怕,最后却明白,我在里面毕竟是安全的,我有让折磨自己的人消失的威力。在处理掉他们后,我要做的只是找到回家的路,投入父亲的怀抱。

那些警车当时好像是为了我的戏剧性归来而停在那里,但后来得知,它们其实与我无关。是附近的默迪克小酒馆里爆发了一场混战,打手之一住在伯曼大院,他想潜回家躲起来时被逮捕了。母亲听到外面的喧闹,以为找到我了,冲下楼梯,结果大失所望。她大半个下午和晚上都坐在一辆警车里,在西区转来转去,徒劳地寻找我的踪影。尽管我看起来像是一场血淋淋冒险的幸存者,但事实上,事情逐渐变得明朗:没有发生什么可怕的事情。在沿小河往家走时,我意识到了此前因为太害怕而没有领悟的事实:公立学校的孩子们并没有真打算伤害我。那对男女离开后,我终于爬出箱子,真相大白了。那些孩子锯的不是箱子,而是一根倾斜的橡子,锯子还挂在上面。它的重要意义我是逐步认识到的,每一步都很小,无法衡量。待第二天早上醒来躺在床上时,我才明白到底发生了什么,为什么我越是吓得尖声大叫,他们就笑得越凶。我后来得知,折磨我的人自己也吓坏了,他们打开箱子,却无法把我从强直性昏厥中唤醒。他们以为把我吓死了,立刻逃离现场。在一夜无眠后,有两个男孩崩溃了,承认了发生的一切。因此,最后我成了发生在离伯曼大院不到四分之一英里处的一场残忍恶作剧的受害者。

那晚唯一真正的奇迹，是父亲凌晨两点站在步行桥上。他从天黑时就一直站在那里，等我归来，这件事让母亲怒不可遏。她认为他执拗的守夜是对理性的嘲讽。前一年春天，西区一个与我年龄相仿的男孩失踪了，许多人相信是被一个陌生人拐走，谣传拐走他的那辆黑色轿车仍潜伏在这个街区。邻居和警察窃窃私语，觉得我可能遭遇同样的命运。母亲想知道，为什么父亲非要坚持守在我们屋后的桥上？难道他认为我们生活在神话故事中，只要等待足够长的时间，我就会在那里现身？

神奇的是，这恰恰就是发生在步行桥上的事情，他俯视打旋儿的红色河水时——希望我回家，纯粹通过他的意志力，把我从那箱子里，从我开始如此生动地想象的平行生活中解救出来。当他喊"我找到他了，苔莎"时，我觉得那基本上就是对情况的概述。他找到我了。我的小手安全地包在他的大手掌里，我觉得自己被找到了。"我们的卢易很安全，完好无损。"他告诉她，还有我，还有他自己，因此这成为现实。

我可能是安全的，但在那场煎熬之后，有几个月的时间，多数人都觉得我并非完好无损。伯娜德塔修女注意到，我上课的时候很容易走神，呆呆地望着窗外。"他的脑子在别处，"年轻的修女解释说，"我觉得他甚至不知道自己在想什么。"我在家时同样心不在焉。"刚才想什么呢？"母亲会问，不仅因为我精神上的恍惚而疑惑，有时还因为我脸上的表情而疑惑，"你能告诉我你在想什么吗？"

我不能。我的脑子似乎无处不在，却又哪儿也不在。一天下午，母亲走进我的卧室，发现我凝视着窗外，就是那扇俯视小河的窗子。那时已是十一月下旬，透过光秃的树枝，能分辨出远处铁路桥上那座建筑——我的受难地——的顶部。我记得当时我想，多奇怪啊,过去我从来没有注意过它。据母亲说,我处于一种灵魂出窍的状态,她没法把我拉回来。她心慌意乱,刚要打电话给医生,我却突然恢复过来,对发现她在我的房间里感到惊讶。她抓住我的胳膊肘,紧紧盯住我,我要躲避她的目光。"你刚才在哪里,宝贝儿?"她说,这成了她现在标准的询问,"你一定得告诉我。如果对我保守秘密,我就无法帮助你。"

我当然答不出来。我不知道自己需要帮助,而且没有秘密,除非这是我自己也不知道的秘密。我只知道母亲和伯娜德塔修女说有什么事情不对头。我们的家庭医生认为,我还处于恐惧之中,但我不记得自己在被绑架后的几星期和几个月里感到害怕。要说有什么,那就是我在箱子里醒来后感到的那种奇异的平静,以及一种能让折磨自己的人消失的威力感,在那之后持续下来。

然而,除非有父亲陪伴,我确实从来没有真正觉得快乐,这可能是因为,只有他没有暗示我失去了什么。我仰仗他的诊断——判明我是安全的和完好无损的。

母亲没有对外祖父母讲起发生的事情。我们搬到伯曼大院后不久,他们就卖掉自己的房子,搬到下州去了。表面上是为了离外婆生病了的姐姐近一点,但他们作出这一决定的理由肯定不只如此。母亲不顾他们的劝说搬进镇里,就是站在了父亲一边,如同她嫁给他一样。他们搬走,是要向她传达,现在她全靠自己了。外祖父母倒不是不喜欢父亲,但他们认为这档婚事门不当,户不对,也没有费心去掩饰自己的看法。直到今天,纽约上州还保持着对任何来自农村的东西的深刻偏见。在我们这个河谷,"农民"一词可以用来解释一切:从粗野到天生愚钝。父亲在农场长大,那里没有自来水、室内马桶和电,又因为他父母把农场押出去抵税,结果只能在县济贫院住到死。在他们看来,他因此配不上一个白领职员的女儿。

尽管如此,他们还是欢迎他——当然还有我——住进他们家。在我们搬到托马斯顿去之前,我们大家住得"膝盖碰膝盖"。母亲没有立即让她的父母知道我所受的磨难,原因之一是,她希望预先阻止他们说出或不说出"早就告诉过你"这样的话。此外,我后来的发作和心不在焉让她相信,我们需要再次搬家,这次是离开西区。而没有外祖父母的帮助,我们是无法做成这件事的。她别无选择,只有将骄傲吞进肚里。

这是我们坐火车(那时每天都有去下州的客车)去看他们时没有明言的目的。父亲没有陪我们去,正式的理由是牛奶场不准假,但我觉得是母亲拿定主意,觉得他留在家里,也许她的前景会好些。我也想待在托马斯顿,但母亲非要我一起去,因为父亲上班时没人照顾我。此外,她需要把我当做视觉上的辅助工具。她的任务毕竟很微妙。她不得不坦白我出了事,但同时又要让他们放心,明白没有什么可担心的。虽然最后我会康复,但现在我的医生相信,变化对我有好处。不是说托马斯顿的西区很危险,像外祖父母以前认为的那样,而是伯曼大院让我回想发生过的事情,怎么会不呢?而在新的街区,我会觉得安全。全新的环境可以强化他们对我说的,即那种事情永远不会再发生在我身上。我可并不赞成这个逻辑,因为我说过,我并不害怕,但我知道母亲赞成他们的说法。她对这一点的确定程度让我怀疑是不是有这种可能性:有的人害怕,自己却不知道。我小时候,母亲不只一次地暗示,她比我更了解我自己,因此我假定这是可能的。

外祖父母到火车站来接我们,我马上就看出来,母亲在电话中向他们讲了些什么,因为外祖母立即把我拉到怀里哭起来。外祖父似乎只是很生气,对母亲直摇头,她却没有屈服。"你们也知道,这事不能怪我。"她甚至在问候之前就这样对他说。

但是,如果外祖父母觉得我变了,那么我觉得他们也变了。从上次我见到他们以后,他们变老了。外祖父提前退休了,不再去推销保险。我记忆中他笔挺的身姿已成了往事。外祖母一直很苗条,现在骨瘦如柴,手也变得哆哆嗦嗦。他们对我们说,他们现在没车了,我们只能走回家去。前一年冬天,外祖父出了一次小车祸,于是他们断定车和保险都是他们生活中不必要的开支。在我们的两只箱子中,他拎起重的一只,但才走了一百码,就不得不把它放在人行道上,弯下腰,手扶着膝盖,喘个不停。后来是母亲和我提着箱子,但我们也不得不又歇了两次,他总是重重地依在外婆瘦弱的身躯上。他们看上去不仅有病,而且害怕,仿佛包括他们自己在内的整个世界,都不再可信任。过去我们住在一起时,大家的理解是,因为我父母需要他们的帮助。但是现在,我虽然年幼,不能完全明白是怎么回事,但我看得出,我们那时反过来给了他们一些重要的东西。他们熬过了大萧条,靠的是相互依偎,相信只要全家人在一起,事情就会好起来。而我们走了,他们少了经济上的负担,但他们的看法却不同。我们的离去撕裂了家庭的结构,让他们在一个突然充满敌意的世界上脆弱无援。

他们现在住在一个光线阴暗、两个卧室的公寓房里,与我们在伯曼大院的公寓房没有多大区别。里面塞满了高大笨重的家具,那是外祖母从娘家继承来的,虽然这里根本没有足够的空间摆放,到底难舍难分。她的姐姐——他们搬到下州就是为了照顾她——几个月前去世了,在我和母亲所住的另一间空余房间里,从地板到天花板,摞满了她在世时无法割舍的家具。房间里挤到我们上下床只能侧身而行。我可以看出,母亲看到她父母的生活境况后情绪大跌。我们来是希望能借到钱,但他们这寒酸、拥挤的公寓,再加上他们养不起车这一事实,都表明了他们自己手头有多么拮据。

在以后的几天中,母亲了解到其中原由。外祖父母搬到下州,部分原因是为了惩罚母亲的固执,但这甚至比我们搬到伯曼大院更糟糕。外祖母的姐姐没有人寿保险,死后必须由他们来支付丧葬费。而且,虽然他们自己没有提到,但他们两人都有病,严重到必须住医院。外祖母是肺炎,而外祖父的慢性哮喘突然加剧。结果到那时,他们卖房子的钱,大半都付了医疗费。外祖父意识到自己退休得太早,试图恢复原来的工作,但为时已晚,没有机会了。他们现在靠微薄的社会保险度日,指望不必动用余下的积蓄。他们的生活从几乎平安无事(如果不把我们计算在内的话),变成了月月都有紧急情况要应付。

不过,当我们坐上火车回家时,母亲还是得到了她来时希望得到的钱,她希望这钱够作为首付款,购买东区一所不太起眼的小房子。她看到父母的窘况,本不想拿这笔钱。但我是张王牌,她始终明白这一点,只要打了我这张牌,牌局就结束了。当然,她允诺还给他们这笔钱,因为她最近又揽到一份记账的工作,或许能够每个月给他们寄五十美元。外祖母让我们拿些家传的家具到我们的新家去,母亲同意了,允诺一等安顿好,就会或租或借一辆卡车,来拉这些家具。我想外祖母知道,何谓"安顿好",是由母亲来界定的,就像她知道,她无法割舍的家具,在女儿看来,既老旧,又丑陋。

外祖父先去世,就在我们离开短短几个月后。我和父亲留在家里,母亲再次坐火车南下,帮助安排他的葬礼。他虽然一生都在推销人寿保险,自己却没有买足够的保险。超出的费用让外祖母实际上成了赤贫,但母亲邀请她与我们同住,她却拒绝了。一个月之后,她也去世了。母亲把整屋子的家具变卖给纽约城里的古董商。看到那人脸上贪婪的满足感,她明白了自己没有看出这些自己厌恶的东西在别人眼里的价值。她是否也低估了自己的父母呢?我不知道她是否意识到这种可能性,但我想一定是这么回事。

她看清楚的另一件事,肯定是由于她父母的离世,我们失去了安全网。我们只能靠自己了。

全 是 蠕 虫

　　努南乘交通艇去塞特里。在那里,他去了一家露天咖啡馆,点了一杯卡布奇诺,等它送来后,才打开哥伦比亚大学寄来的那个牛皮纸袋。休在他出门前,强把这个纸袋塞给他。它与那年夏天寄来的那个一模一样,当时他在上面写了"收信人死亡,退回发信人"。现在想起来,他觉得那不是个高明的玩笑。那以后,他过了六十岁。他父亲就是六十岁死的。现在看起来,六十岁可能也是分配给努南的岁月,他现在的麻烦不再是一个个来,而是……他试图记起那句话是怎么说的,当麻烦不再一个个来,它们会大批而至。

　　如他已经知道的,牛皮纸袋里装的是推销该校艺术硕士课程的材料。他草草瞥了一眼,就发现,在这光洁的小册子上登出照片的那些画家、雕塑家和视觉艺术家,他一个也不认识,不过他们大多很年轻,而他已经很久没有去纽约了。他年轻时,试图跟上国内和欧洲其他地方发生的事情,但在过去十年里的某个时刻,他发现自己不再在乎。最近,他甚至对本地的艺术活动也缺乏耐心。如果他接受明年去哥伦比亚大学任教的邀请,而休也是这样逼迫他的,他是否会打起精神,去了解他的同事是些什么人?更不用说虚伪地装作对他们感兴趣了。仅仅考虑这件事都让他无精打采。他余下的时间就会消磨在同事关系中,而时间是每一个艺术家的王国里唯一真正有价值的东西。

不过等一下。在艺术硕士名册的教师中,他的确认出一个名叫埃文·波波夫的学者/批评家。这是个不大可能忘掉的名字,大约三十年前,针对努南上次在纽约举办的画展,他写过一篇很长的、佶屈聱牙的、极不恭敬的评论,指责他技术粗糙,尤其是憎恨同性恋。努南很高兴地注意到,那个目空一切的小傻瓜的职业生涯停留在副教授上,他最近的一本书是由西北一家无名大学的出版社出版的。已经获得终身教职的波波夫教授现在已经与职业上的焦虑隔绝,但令人欣慰的是,他却无法与耻辱隔绝,用曲别针别在他的脸部照片之下的一张手写的纸条就是证明。亲爱的鲍勃(如果我可以这样称呼你的话),字条开头这样写道。"你不可以。"努南在半个世界以外断然回答,引得近旁的一桌日本游客好奇地盯着他看。时间的推移给了学术艺术评论家许多遗憾的机会。我对你的画展的小小评论——对吧?已经过了三十年?——就是如此的一个机会。我真诚地希望对它的记忆,万一你还记得它的话,不会妨碍你加入我们的研究生导师队伍,那将给我和我的同事带来无上荣光。事实上,我期盼着就我们共同酷爱的题目,与你进行许多令人振奋的谈话,同样期盼你在下个月即将举行的画展。落款的签名是"痛悔的埃文"。努南不禁疑惑起来,系主任得把现在弱不禁风的波波夫的胳膊拧成什么样,才能买到这样一番虚情假意的奉承话?小小的评论?那该死的评论占了那期杂志整整三分之一的篇幅!什么共同的酷爱?难道这个卑鄙小人假定努南也是一个鸡奸者?

他把小册子、课目和附信拢到一起,塞回牛皮纸袋里,看了看表。他把休独自留在画室里去熟悉那些新画作,已经有半个小时了。努南知道,他会喜欢它们。它们都是辛苦之作,而且数量不少。休过去总责备他懒惰,但这回他得找些其他不满来发泄了。或许是《叹息桥》,虽然它还不是成品,也没打算拿到纽约或任何其他画展上去展出。努南画它的意义何在,以及他为何继续如此着魔地在它身上下工夫,这是他希望很快发现的两件事。为什么他早已进了坟墓的老爸,现在开始经常在他脑海中浮现,这是另一个问题。他喝完咖啡,拿了几块欧元压在小碟儿下面,手掌撑在桌上,费力地站起来。这压力引起他的手腕一阵抽搐,那钝痛既熟悉,多少又让人放心。父亲死时,他在欧洲,因此不知道老头儿是死于单独的一个大问题,还是一堆小问题。一堆。麻烦都是这样来的吗?

努南回到画室后,看到邮件已经到了,于是把它们拿上楼,又把它们和哥伦比亚大学的牛皮纸袋一起扔到床头柜上。

"努南,是你吗?"休的声音从画室传下来,"上来一下。我需要你的解释,这会儿就需要。"

这意味着他上钩了,恰如努南知道他会上钩一样。他把准备送到纽约画展的成品沿画室外墙摆在显眼的地方,那里光线最好。但那幅肖像,他却把它留在画架上,苫了块布。他知道得很清楚,休尤其会对它好奇心大起。孩子气的行为,他不得不承认,希望有人看到这幅画,但又没有准备好让人看。

"我需要你马上过来,否则我就要疯了。"

楼上,他的老友休·莫根,臭名昭著的画商和国际趣味的裁断者,一副纽约专业人士的打扮——那是为了纽约,不是为了他现在恰巧所在的地方。对休来说,那副打扮就是黑色名牌牛仔裤、黑色鸡心领毛衣和黑色便装上衣,仿佛他是来追求一个威尼斯寡妇的。他已经搜出努南收藏的上好葡萄酒,打开一瓶,而且如努南预测的那样,正站在那副遮着苫布的肖像的画架前,他的表情充满厌恶,努南一眼看出不把那可恶的东西藏起来有多么愚蠢。但这并不是说他没有获得某种恶意的满足感,这一点他不得不承认。

"老实说,我本来是要留着这瓶巴罗洛酒的。"他说,给自己倒了一杯,然后很不情愿地和朋友一起站在画架前。

他们是在艺术界并肩发迹的。七十年代在伦敦相遇,都是为了逃兵役而流亡国外。休在苏荷区有家小画廊,为努南举办了他的第一个真正画展。大赦后,他回到美国,在纽约开了一家画廊,后几年又在巴黎和罗马开了画廊。努南则留在欧洲,追逐女人、画作订单和明澈的光线——冲突与安适的最佳平衡——直到十年前终于定居威尼斯。下个月去纽约,是他二十多年来第一次回美国。

休审视那幅画、画家,然后再去看画。"你不应该更年轻一点吗?"他问。

"你不喜欢它?"

"嗯,全是蠕虫,对不对?"休的论点早就是,努南无论画什么,人还是物,唯一的主题都是苹果里的蠕虫,那些让人倒胃口的小小细节,它们留在观者的潜意识里,破坏了整体效果,表皮上那些苍白的小点,暗示着潜在的邪恶。休认为,这是在一个人人从小或多或少都中过毒的地方长大的结果。

"我们小时候都中过毒。"努南喜欢提醒他。

"他们把你毁了,你妈和你爸。他们可能并不是有意的,但他们毁了你?"

"我比拉金①还更多想到原罪呢,但随便怎样吧。无论如何,这画还没完成呢。"

"你是说,你画完后我就会喜欢它?"

努南耸耸肩,然后把巴罗洛酒举到光线下,眯着眼睛端详。

"我的意思是,上帝,"休说,冲那幅画挥了一下手,仿佛要让它消失似的,"你给它起名了吗?我能不能提个建议,叫《连环杀手艺术家画像》?或者《被灼伤的罹难者》?谁会这样画画?"

譬如卡拉瓦乔,努南想。《提着巨人头的大卫》。它可能是努

---

① 菲利普·拉金(Philip Larkin,1922—1985),英国诗人。——译注

南最喜欢的油画。他上次看那幅画是多久以前了？那个被砍下来的魔鬼般的头颅，卡拉瓦乔自己的头颅，依然充满狂怒，被一个弱小者提在手里，展示给全世界。死之前他希望再去看一次这幅画。

"我的上帝，"休接着说，"你那姿态看上去像要从画布上扑出来，扑向可能的买家。这让我不安，努南。对不起，但我不得不说，它让我不安。"

"你注意过吗？人们说'我不得不说'时，后面的话往往不需要说。"

"这是什么？"休不理睬努南，用他那副久经考验、怒气冲冲的方式，指着人物背后墙上的一块暗色长方形说。

"一幅画，"努南解释道，"那道金光是画框。"

"我知道那是一幅画。画的什么？"

"这有关系吗？"

"看起来像他妈的绞刑架。"

实际上，它是叹息桥，或者说应该是，如果努南让更多的光线照在上面的话。他看不出什么特殊的理由去解释。"那么就算是吧。"

"它在那里做什么？"

"对不起。它应该有什么用处吗？"

"啊，得了吧。你知道我是什么意思。你在预测自己有一天会吊死吗？或者说你是罪有应得？"

"别那么夸张行不行。你从哪里看出受过灼伤？"

"前额上的那块黑斑？发际那里？"

"胎记？"

休用食指捅了一下他的前额。"问题是，你没有胎记啊。"

努南又把画盖上了。"对你实际上应该看的那些画，你有什么感觉吗？"

他们一起——但休很勉强——走到沿墙摆放的成品那里。下个星期,它们就要全部装箱运到纽约去了。是努南的想象,还是休重新安排了它们的顺序?它们现在是按年代排列了。他觉得自己没有这样摆放它们,但谁知道呢,也许他是这样摆的吧。

"当然,都会卖出去的。"休承认,仿佛这根本不必说。但"当然"两字意味着某种保留或批评,意味着他以后会拐弯抹角地表达出来,或许吃晚饭的时候吧。"你很明智,没有答应给那家赌场超过三幅。"

"你那时可不是这样劝我的。"努南觉得非得这样提醒他一下。

"不过,钱是好东西,是不是。而那时你又急需钱用。"

"现在就相反了?"

"我常常奇怪,罗比,你到底把钱都花哪儿去了?"

休并不是唯一感到奇怪的人。努南和他的会计师每季度也有同样的疑惑。他父亲以军人般的严谨要求一个人记录每分钱的去处,这当然可以在很大程度上解释他的儿子在钱消失得无影无踪时,为什么总有一种模糊的骄傲感。

"你活得像贫民,"休继续把手一挥说,"可你还是毫无希望地债台高筑。"

"'毫无希望'可能说得有点儿过了吧,"努南告诉他,"这个词暗示着缺少希望,而对它,我还从来没到一无所有的地步。"

"实际上,它预示着缺少希望,"休纠正他说,"你还可以这样告诉我。你这些日子欠谁钱,欠多少?姑娘们,我假定。还有谁?""姑娘们"是努南的几个前妻,她们出于只有自己才知道的原因,继续借钱给他。男人通常不会那么傻。

"我得到处去问才知道。"他叹了口气。事实上,他对自己欠多少钱,理解有限,就像他对钱的去处,同样感觉模糊。"我唯一真正的支出是这个地方。"

"别又惹我滔滔不绝。"休说,一提找个新画室,他就不明白他的朋友那种好斗的、自我毁灭的惰性。

这十年的多数时间里，朱迪卡①这个地方的价钱还是付得起的，因为努南与拥有这栋楼的威尼斯人之间有个谅解，但那人后来死了，带走了那个谅解。那人的儿子得知房客是个知名画家，立即把房租涨了三倍。他肯定是个蠢货，但好的一面是，他住在米兰，似乎不太在乎努南常年欠六个月的房租，只要他付现金，这笔收入他永远都不申报。这一切都非常意大利式。但过去一年，休在当地一个地产商的帮助下，一直在找便宜一点儿的画室，而努南却不领情。"我要在自己的画家生涯完蛋时跳进潟湖。"他说。从他现在画室的房顶上，如果用力助跑，他是能够做到这一点的。他现在意识到，从纽约回来后，他就会更清楚自己离完蛋还有多远了。

"哥伦比亚大学那边可是屈尊来请你去做驻校教师的，你明白这一点吧？你到底看没看他们的材料？"

努南点点头。

"接了那活儿，就会有一套不错的公寓。他们还向我个人保证过，你的学生都很有才能。"

"最糟的那种，"努南说，"他们会吸走你的全部生活。除非你让他们滚蛋，饶了你，过后你又会觉得内疚。"

"你几时内疚过？"

"好吧，这是理论，是一个我不打算去尝试的理论。"

"因此你破产了。"

很可能，或许还很严重。可是……"那么还有国内税务局呢。一旦他们发现我常住下来，那些狗崽子会扣押我的工资抵付过去的税款。"

"他们如果发现你去那里访问过，也会拿走你卖画所得的

---

① 威尼斯潟湖上的一个月牙形小岛，与威尼斯主岛上的圣马可广场相对。——译注

钱。"休指出,不是没有道理。

"他们现在操心的是恐怖分子,不是画家。无论如何,我觉得还是应当坚持最初的计划。"

进和出,就两天。一天为艺术,尽义务地吃布里干酪,喝过凉的白葡萄酒,接受无数谄媚的介绍,直到一切都忍无可忍,然后努南猫腰从后面溜出去,溜进离得最近的小酒馆,痛快认真地喝几杯。第二天是诊断,到斯隆医院凯特灵中心去做一系列化验,然后乘下一个航班回威尼斯,没人会知道,只有受害者自己去等待评论、销售情况、验血或许还有活检的结果。想起来都让人累得慌。去程的飞机最糟糕,困在座位上,徒劳无益地用头等舱免费的烈酒来麻醉自己——休,至少于此要谢谢你——克服在走道上的慌乱,或许在着陆时吓得要死。如果这番经历糟糕到他鼓不起勇气登上回程的飞机怎么办?

努南觉出恐惧感在上升,他转过身,有点期待会听到自己宣布改变了主意,让那画展见鬼去吧。但是休已经不在那里。他又回到屋子的另一端,再次掀开盖住画架上那幅画的苫布。"为什么画没人会买的东西,我想知道这一点。这很愚蠢。你不应该继续画下去。我是说正经的。事实上,我禁止你再画下去。我们现在就把它烧了,好不好?"

如同所有的艺术品经销商,休认为自己是创作过程不可分割的一部分。一个画家开始新作前,不先与以后卖这幅画的人商量,那就是件蠢事。当然了,他并不真的想让努南停下来。虽然尚未完成,它仍然是这屋里最好的一幅画,休一定是知道的。甚至他说这画不适于销售时,也在忙着想出一个卖它的计划。他真正想知道的,是这画背后的故事。用这种价钱买艺术品的人,都渴望知道它背后的故事,作为他们以后向朋友反复絮叨的花边新闻。休可以这样解释说,这些是罗伯特·努南最后的画作,是他在第一次得知自己罹患绝症时开始画的。咔嚓一声,钱就来了!

闲聊。对商业至关重要。艺术的目的。

"好吧,我不画了。"努南兴高采烈地说,又把画盖上。

休根本不信他的话,但他当然假装相信,抬手与努南碰一下杯,让这成为正式结论。"我能看出来你为什么不愿分享这酒。它确实很棒。"

"我怀疑瓶塞是不是塞紧了。"努南说,再次把酒举到光线下。多年来摆弄化学品,让他的嗅觉和味觉变得迟钝,但近来由于某种原因,它们都变得敏锐起来,让人生厌,他忽然感到腻烦的食品越来越多。天哪,不完全对,说到全部感官,他的性高潮的强烈程度近来已经大大降低,更别提它们的频繁程度了,可怜的交换。

"开玩笑吧。我希望你还有这样的一瓶,"休让自己的目光直接落到努南身上,这是他到达此地以后,始终小心翼翼不去做的事情,"那么,你的体重掉了多少磅?"

"好几磅,我不能告诉你。皮带上两个孔。"准确地说,是三个孔,"没那么糟。我原来肥了点儿。"

休看上去很严肃的样子。"夜里盗汗?"

"实际上是夜里觉得恐惧。"凌晨三点猛然惊醒,莫名其妙地感到狂怒和恐惧。过去几个月闹得厉害,他变成夜间活动,夜里作画,直到精疲力竭,然后在黎明前的街道上游荡,白天睡觉。

"我有个主意,"休说,仿佛他刚发现了一个连傻子都懂的疗法,"我们去哈里吃饭。"

"你每回来都是同一个主意。"努南说,至少健康问题此刻可以搁置一边,让他松了一口气。即便他们是老朋友,他也不喜欢与休进行这样的谈话,因为不论天性还是职业,休都喜欢小道消息。如果他最近的体重没有下降得那么厉害,让他看上去瘦骨嶙峋,如果休对医学细节没有医生的眼光,努南本来甚至不会提这件事。"朱迪卡这里就有一家多尔奇餐馆。同一个主人,同样的菜单,同样的食物。还便宜。"

"我更喜欢哈里。"

"你的意思是,在哈里给众人观瞧。"

"这是我能禁得住的吗?"

"能。人能禁得住事情。"

休挑衅似的撅了一下屁股。"真的吗?人能禁得住什么事情?"

"好吧,"努南承认,"没多少事情。"性倾向不能。如果体重下降和夜里因恐惧而惊醒与癌症有关的话,那么它也不能。

"人可以选择不画绞刑架,我猜,"休说,仍然盯着那盖着苦布的画像,"这一点上我承认你说得对。"

他显然很想再揭开画上的苦布,它讲出了努南需要知道的一切,坐实了几星期以来他的内心感受。知道了这一点的喜悦驱走了他最后的恐惧,恰似喜悦最后总是驱走恐惧一样。

麻烦不是一个个来,而是……什么?

在威尼斯,努南最不喜欢的餐馆就是哈里。他很早就到了,但他发现休已经安坐在吧台前,被一群意大利青年团团围住,用他那十分夸张的意大利语接待这些仰慕者。事实上,他的意大利语比努南讲得流利多了。领班带着他们转来转去,穿过拥挤的用餐者,向屋里最讲究的餐桌走去,这时休用非常傲慢、做作的语调告知他:"我费了牛劲才把这张桌子包下来。告诉我,你有没有穿过正装?"

"当然了,"努南说,他穿泛白的灯心绒牛仔裤、干净的粗棉布衬衫、鼓鼓囊囊的毛衣和便鞋,"现在就是一个完美的例子。"

"我先要墨斗鱼调味饭,你也应该要它,"他们刚一坐定,休就宣布,"我不能相信。这里竟然没有人。真可悲。"

努南明白,休说"这里",是指威尼斯而不是餐馆,因为餐馆里挤满了人。"没有人"是指名人。

"飞机上也没有人,"他接着说,"人人害怕坐飞机。"

努南用鼻子哼了一声。"害怕坐飞机,却不怕生活在一个由傻瓜统治的国家。"

"一个正式选举出来的傻瓜。无论如何,是第二次了。"

"我们别谈政治了。"努南提议。除了意大利语,休还能讲流利的自由派语言,努南如果不是早怀疑休秘密投了共和党一票,他本来会觉得这很乏味。"我的胃有问题。"最近,胃酸似乎反到了他的舌尖,这是要在纽约找到原因的另一个"麻烦"。

"我正相反。我就像那个电影里和加里·格兰特在一起的奥黛丽·赫本,"休说,他的逻辑总是有点走偏,"事情越糟,我就越饿。"

"确实,"努南表示同意,"你就像奥黛丽·赫本。"

侍者来时,休为自己点了墨斗鱼调味饭,努南点了通心粉豆子浓汤,这又引出他的伙伴一大通议论:他穿的吃的都像个农民。为了免于更多的尴尬,休决定两人都点意大利海鲈,并指示侍者务必给他而不是给他的客人较大的一份。"我吃之前能知道这是鲈鱼而不是沙丁鱼吗?"

侍者向他保证能知道。

"我很怀疑,"侍者退去后,他小声对努南说,"地中海的鱼都被捞光了。大西洋这边他们端上来的鱼不值得剔去骨头。不过,只要我的那份比你大,我想必还能应付。"

努南掰了一块面包。"布雷特勋爵夫人的新作如何?"安妮·布雷塔尼是休在威尼斯的另一个客户,他上午去了她在圣克罗斯的画室。

"安妮永远是安妮,对不对?"休叹了口气,仿佛这很令人遗憾,"她觉得自己仍然处于你的阴影之下。"

"她不应该这样想啊。她很不错。"

"她说我总是先去她的画室,是我要把最好的留到最后。我问她,如果我先来看你,她会觉得如何,她说,那我就是按客户的重要性来排定先后。"

"你本来也可以请她来吃饭。"

"我请了,她也接受了。然后知道你要来,就提议改吃午餐了。喝到第四杯草根气泡酒时,那小可怜儿伤感起来,承认她仍然觉得你们两人应该在一起。"

努南听了忍俊不禁,想象容易紧张的安妮,在他挣扎于那来势汹汹的夜半恐惧时,该如何应付他。

"她正失恋呢,你知道这会让她变成什么样子。"

"如果是她提出这问题,只要她愿意,我随时都可以操她。"

这时,他们的第一道菜上来了,休伸手帮忙,把调味饭的香气快速送到他那急不可耐的鼻孔。从努南坐的地方,几乎不必要。腐烂的死鱼。他的胃翻腾起来。

"告诉我,"休说,"你真的喜欢当恶棍吗?"

"是的,"努南说。他的通心粉和豆子看起来像被人嚼过,"这是我依然喜欢的几件事之一。"

"对新工作带来的金钱,你和她都会感到惊喜。人们又开始买艺术品了。不是所有人的,但你的他们会买。安妮还得更努力才行,但她并不讨厌努力工作。"

"又来了。"努南说着把碗推开,里面的食物几乎没动。

"好吧,你在画展前一星期到纽约,这会要你的命吗?接受一两个采访——别那样看着我。是重要的采访,参加一两个聚会,在四季酒店露露面什么的。也许在《街谈巷议》栏目①中被人提到。"

"你不是总说我在公众面前举止失当吗?"

"此时此刻举止失当未必是坏事。时间太久了。你在纽约还

---

① 《纽约客》杂志的一个栏目。——译注

有崇拜者,但许多人已经忘记你过去有多坏。你可以辱骂一下我挑选的某个人。甚至不必有什么新花样。你土里土气的惯常状态就足以提醒人们你出身低贱,你来自那个可怕的小镇。坦内利维尔。"

"托马斯顿。"

"创造出点儿流言飞语,我是这个意思。"

"天哪,你真累死我了。你到这里还不到二十四小时,我发誓我得睡上一个礼拜了。"

"你的问题是,"休说,他的牙齿和嘴唇被墨斗鱼的墨汁染成黑色,"你认为卖画有失身份。每次你该去想提香时,你却总是处于丁托列托的状态。现在有一个家伙知道如何建立关系网。他在欧洲的每一个宫廷都有使节。他们不捧威尼斯人的艺术。他们在捧提香。"

努南探身到桌上,这样就不必提高嗓门。"关于提香?他是提香。而他们'捧'的那些画?是提香们。"

"好吧。你不追求名利?那去哥伦比亚大学好了。作画、教书,忘掉其他。"

"为什么?我有什么可能的理由要离开威尼斯?我现在作的画比我四十岁时还多。你自己也看到了。"

"是的,我看到了。我看到的让我相信,你需要离开这里一段时间。别举手反对。我打赌,今天你回去时,甚至没注意到我重新摆了你的画。"

努南想,这么说,自己是对的。"实际上我看出来了。你把它们按年代排列了。"

"唔,那并不是我脑子里想的排列原则,但这并不让我惊奇。我重新排列它们,结果它们是从暗走向更暗,再走向最暗。"

"你的意思是?"

"而最暗的是画架上的那幅《道连·格雷》①。脸的整个一面都在阴影中,我们不说墙上挂的那东西,从光源来说,毕竟我们根本就不该看到那东西。"

"那是叹息桥。"努南说,自己发出了一声叹息。

"哦,知道是这样,我觉得好多了。困扰你的不是死亡,不是诊断结果可能不妙。不,你是把自己等同于那些罪犯,正踏上从宫廷向地牢的最后旅程,唯有一死能让他们解脱。谢谢,这真让我感到宽慰。"

"这是幅很好的画。"

"好画,坏画,谁在乎?"

"我在乎。"

"我担心的不是作品的质量,而是这幅画是个谎言。那种狂暴,那双死鱼眼睛后面透出的自我憎恶的凝视,那不是你,罗比。我认识你很久了,你远不是圣人。说老实话,你永远麻烦多多,但那张画上的面孔不是你。无论好歹,你一贯是诚实的。你总是画你看到的,如果这就是你现在看到的,那可出了大毛病了。"休盯着他,此时嘴唇也黑了,实际上一副令人毛骨悚然的样子。这回轮到他探身到桌子中央。"我几乎要希望你真的患上癌症。多数癌症是可以医治的。"

"更耸人听闻了。"

"你遇到麻烦了,努南。我第一眼看到你,就明白了。你的朋友们也都明白。"他停了一下,让他理解他的意思。"你成了遁世者。别假装你没有。"

努南用鼻子哼了一声。"谁告诉你的?安妮·布雷塔尼?得了吧。"

"你或许有兴趣知道,安妮什么都没说,即使我直截了当地询

---

① 英国作家奥斯卡·王尔德的作品《道连·格雷的画像》中的主人公。——译注

问,她也没说。你知道在这方面我的本事有多大。"

"那是谁?"努南问道。

休似乎在权衡是否暴露他的消息来源。"几个月来唯独一次有人看到你,你在某个教堂哭得失去自控。就在一个大白天的下午。"

准确地说,是在圣母玛利亚-奥尔托教堂。努南记得那个下午。而且现在他知道是谁了。托德·李奇特纳,那个无赖。

"还有一件事,"休说,现在是节节紧逼了,"你上次打人是什么时候?"

"很久以前了,"努南说,很高兴有机会证明自己的精神是健康的,"我甚至记不起来,太久以前了。"

"确实,"休得意扬扬地说,"我的意思是,你一辈子都是什么?我来告诉你。你一辈子都是个挑衅者。到处刺人的家伙。麻木不仁的畜生。有时是恶霸,卑鄙无耻。但事情就是这样,每次你都能得逞。每次你都是老一套,无论是婚姻上的老一套,还是工作上的老一套,你都能找一个人来惹你怒火中烧,打断他的鼻梁,然后卷包跑到另一个新地方去了。然后你的下一幅画会很精彩,你的老一套全成了过去。现在呢?你躲在教堂里哭鼻子。好像再没有一点斗志。"

"你好像还没意识到,我现在就快要打断你的鼻梁了。"努南说,他的手腕已在预示般地抽搐。他预料休会被他的威胁吓得面色发白,因此,当休把身子探过来,凑近下巴让他打时,他反而吃了一惊。

"来打啊,"休对他说,除非努南看错了,他的眼里闪着泪花。屋子里安静下来,其他用餐的人都期待地看着他们,"像个斗士那样。别告诉我,你不记得怎么做了,因为我们两人都清楚得很。"他现在咧嘴笑了,每颗牙的四周都染上一圈墨斗鱼的墨汁,显得很怪异。

"找个镜子照照你自己吧。"努南唐突地打断他的伙伴,建议说。

"什么?"

努南摇了摇头。"嗨,我不想毁了这份惊奇。"

整整过了十分钟,休才从男厕所回来,牙齿又白得闪闪发光了。他不在时,努南吃完了自己的通心粉豆子浓汤,食物忽然变得美味起来。会不会他的朋友说得对,是当众打人这个想法改善了他的胃口?

其他用餐者又埋头吃他们的饭了。"大批而至。"休坐下后,努南说。

"对不起,你说什么?"

休去厕所时,他突然想了起来:麻烦不是一个个来,而是大批而至。他的情绪和他的胃口忽然都好起来。

海鲈上来时,大的一份放到了努南面前,休还没来得及和他换盘子,他已经兴高采烈地大嚼。休怒视着他,最后说:"你到底打算不打算告诉我?"

"告诉你什么?"为什么他在圣母玛利亚-奥尔托教堂里哭泣?那是努南意料之中的问题,他准备了一个油腔滑调的答复。那个教堂里有两幅丁托列托的画,好得不得了。好到逼得任何称职的画家都眼泪汪汪。

但休说的是:"你真的害怕什么?"

对这个问题,他没有现成的答案。但努南惊奇地听到自己老老实实地回答说:"此刻吗?任何一件小事。"

奇怪极了,并不是大事。他不怕死——努南对这一点相当肯定。如果得了癌症,那就得吧。倘若像休说得那样能治,他会去治疗。癌症就是癌症,你没有义务赋予它什么意义,尤其是如果你来自纽约州的托马斯顿,那里蜿蜒穿过小镇的河水每天的颜色都不一样,里面充满了现在承认的致癌染料。如果的确是癌,他反思,这倒有某种具有讽刺意味的对称——他逃离故乡已经如此之久,从来不曾回首,最后却被某种长期蛰伏的变异基因置于死地。

的确,癌症,如果确是癌症的话,这意味着他想多画几幅画时,却不能画那么多了。但十年以后,到了七十岁,也还是一样,八十岁时也还是一样。人是永远不知满足的,但如果是癌症,努南不会觉得受了欺骗。他从来没有想象自己会长寿,也没有特别觉得自己值得长寿。没有这么一条法律,好画家就应该活得比赖画家长,或者就此而言,活得比律师长。他没有什么可抱怨的。

好吧,因此别再提癌症了。是一阵阵无法控制的哀伤,甚至比偶尔发作的深夜恐惧,更让他害怕。那神秘的哀痛,它的来源无可名状。他就是感到哀伤。但因为什么,他却说不清楚。是不是身体内的某个开关坏了,让他的情感脱缰,逸出了自然的背景?倘若如此,为何只有哀痛?为何没有欢乐?他并没有领受过任何突如其来的、莫名其妙的、不可克服的欢乐的袭击。或者嫉妒,或者淫欲,或者羞耻。前一分钟还没有哀伤,后一分钟它就在那里了,像恶心一样在他心中升起。那天下午在圣母玛利亚-奥尔托,努南看见李奇特纳从方达曼法街向他走来,但那时他已经不知所措,完全无法控制自己了。他假装没听见那人叫他的名字,猫腰钻进一条窄窄的小巷,急急跑进教堂,在丁托列托的《最后的审判》前跪了差不多半小时,等待那一波波潮水般荒唐可笑的哀痛退去。他根据经验,知道它最终会退去,就像他知道他会精疲力竭、困惑迷茫,是的,还有胆战心惊。

他跪在那里时,教堂的前门开了几次,让昏暗的教堂里涌进柔和的光线,但努南没有想到,李奇特纳也尾随他进了教堂。那小笨蛋观察了他多长时间?而且自那个下午以来(五个月之前?更久?)他在多少晚宴上向多少人讲述过这件事?又有多少戏剧性的细节?他可能已经用它编出一个室内游戏了。"你们永远猜不出上星期我在圣母玛利亚-奥尔托看见谁把肠子都要哭出来了。我给你们个线索。当地的一个画家。"当然,每个人都会加入这个游戏,等到通心粉撤下去时,猜测已经变得愈来愈牵强了,直到有人最后将信将疑地说:"别跟我说是努南。"这时,李奇特纳会得意扬扬地说:"好吧,我不告诉你,但确实是他。""你说在《最后的审判》下面?"饭桌旁的一个女人问。"啊,我太喜欢这个故事了。好极了。谁说没有审判?"

"我跟你们说几个月了,他逃脱了。"到这时,晚宴的女主人会插话说。如果哈维·贝娄在那里,他会回忆有一天凌晨四点半,他在去费罗维亚火车站的路上,一拐弯与努南撞了个满怀,后者只嘟囔了一句,打招呼或者道歉,就急急忙忙消失在威尼斯的夜色中,仿佛背后有魔鬼追他。在这种时辰,他能从哪里来,又到哪里去呢?不是飞机场,也不是火车站,两者的方向都不对;再说了,他也没有拿任何行李。或许去拜访某个已婚女人。晚宴上多数女人都是已婚的,很可能至少有一人可以根据个人经验作证,努南在这方面本领高超。

"在《最后的审判》前哭泣,"第一个女人重复道,"我太喜欢这一点了。"虽然她不会说为什么,不会在她丈夫坐在旁边时说。

无论如何,到现在,这个故事大概已经传到大西洋彼岸。威尼斯的外侨圈子——作家、艺术家和访问学者——关系紧密,努南可以想象这故事不胫而走的速度。这也解释了为什么尽管他竭力劝阻,休仍然坚持要在纽约画展之前到这里来的原因。他提出的理由是担心安妮。安妮无疑很难伺候,所以努南没有怀疑他。现在,他本人似乎成了休真正担心的对象。也许这还不是最糟糕的。也许休并不真想来拜访。也许他只是来看看努南的状况是否适于举行画展。他听说有什么事情不对头,或许是从一些不同的来源听说的,所以决定来看看。

休半心半意地邀请他去酒店里喝一杯,然后再回去睡觉,他拒绝了,无所事事地回到朱迪卡。他喝得太多了,无法工作,但又想工作,而且如果不工作,不知道该怎么打发这个夜晚。他揭开画上的苫布,端详着自己的父亲。今晚之前,他对自己承认过画布上的人是他的父亲吗?他是一个月之前开始画这幅自画像的,但他后来意识到,画布上那双看着他的眼睛,是父亲的眼睛,不是他自己的。回想起来,当时完全有理由停笔,但他没有。以后的几天,他发现自己强调了他们的共同体征,最大限度地缩小了他从母亲身上继承的特征,让他感到不可思议的是,在他做了这些之后,画上的人变得不像他父亲倒更像努南本人了,仿佛省略母亲,他正在逼近自己的本质。这个过程有点儿像告诉给警方画像的画家,"我觉得他的鼻子更宽一点",他不过是在暗示自己,那是基于遥远而不是近期的记忆。他在最后才添上那块胎记,是一时心血来潮,那最后的诅咒性细节,虽然他一辈子都不能确定,它诅咒的是他们两人中的哪一个。他在做的一切都没有道理。一个形象有了一个人更多的特征,他怎么反而更像另一个人呢?他是不是疯了,还是达到了别的画家以前从未达到过的令人兴奋的新境界?其结果是艺术,还是令人毛骨悚然的裸露癖?

现在他意识到了,这正是他希望休看到这幅画的原因。而休的反应——这幅画是个谎言——从某种意义上,正是努南希望听到的。我不是我父亲。但是休,他的老朋友,不是认为这是一幅自画像吗?他甚至根本没有想到,画中人还有可能不是努南本人而是其他什么人。

尽管努南很不愿意承认这一点,但有一件事,休的看法是对的。由于脸的左侧处于阴影之中,他左肩之上的东西——那幅画中画——就不应被光照到。正常情况下,努南对光最在意,或者说是最小心。他怎么会放过如此基本的常识呢?

"不知道,"伊万杰琳承认,"你怎么会放过这一点?"

努南全神贯注地研究那幅画,没有听到她进来。或者说,也没有意识到自己一直在说话。"你好。"他说,试图掩饰自己对她突然出现的惊讶。她还穿着在画廊里的服装,根据时间判断,她或许刚关门。这一年生意清淡,她的画廊总是开到很晚。他不能确定自己是否高兴见到她,"我没听见你进来。"

"也没听见我在楼下叫你?"

"我想是吧。"

她走到他坐的地方,两手放在他肩上,吻了吻他的头顶。他奇怪自己什么时候成了那种女人可以偷偷挨近的男人。

"老大怎么样?"

"我猜你是说休?"

"没有冒犯的意思,"她说,"但我说的是他。我看见你开了好酒。"巴罗洛的空瓶子依然立在画架旁的桌子上。

"他不认为我得了癌症。"

"别听上去那么失望。姑妄听之,我也不认为你得了癌症。你瘦了,是因为你忘记了吃东西。"

"他觉得我得了忧郁症。甚至有自杀倾向,但他没明说。"不过在哈里吃酒香蛋黄羹这道甜点时,他差一点就说了出来。伊万杰琳对这一重要诊断没有任何反应,于是他说,"但你觉得……"

"我觉得你只是精神不佳罢了。"

他忍不住轻轻笑了两声。"谢谢。这差不多是我一整天得到的唯一一张信任票。"

"人会不知不觉陷入抑郁,"她无精打采地说,仿佛她对自己的话有第一手经验。

"因此这不过是我所处的一个阶段?我就等着它自然消失?"

她耸耸肩。"我不知道,努南。我真的不知道。"

"这就是你和休·莫根的区别。我认识他快四十年了,他没一次说过不知道。"

她绕过来,解开绸衫的扣子。"那只是我们的区别之一。"她说,让绸衫滑落到地板上,然后轻轻坐在他的膝上。

"他宣称,"他指着那幅画说,"那是一幅自我憎恶的习作。"

她甩掉脚上的鞋子,用大脚趾把椅子转了四分之一圈,为了自己也能研究那幅画。"嗯,你确实不会被人说成是自恋。"

她以前看过这幅画,也像休一样假定它是自画像,即便对它反感,也从来没有明说过。现在努南忽然想到另一件事,即他父亲在生命完结前不久,因为孤独显然发了疯。邻居们说,听到他在屋里诅咒,不是诅咒具体某个人,或者可能是在诅咒所有人。他露面时,总是蓬头垢面,衣衫不整,裤子的拉链敞开,他总是设法让人觉得,全靠至高无上的意志力,他才没有在街上见谁揍谁。如果有人想跟他说几句话,他只是怒目而视,仿佛不信任自己,唯恐发出一个音节,大坝就会决堤,谩骂的洪水就会淹没他们。这让努南感到疑惑。在他离开很久以后,父亲晚年时是不是也常常感到一阵阵不可言喻的哀伤,或夜晚的恐惧?那会是什么引起的呢?是来自卡尤加河的什么吗?是那河水吗?如果是,又能在哪种意义上为哪些事责备哪些人呢?

伊万杰琳扭过头,不再看那幅画,眯起眼睛打量他。"我们或者把那东西盖上,"她说,"或者把我盖上。"

努南吻了吻她裸露的乳房。"我应该去画廊的,是不是?"

"是。"

"我是个混蛋。"

"你是。"

"但别管怎样,你爱我。"

"我可不愿走那么远。"

"你愿意走多远?"

"楼下。一层楼。"

他们开始下楼去卧房,努南说:"我和你丈夫有仇。他有一次看到我哭,就到处宣扬。"

"哦,这事哪怕让他知道一点儿,他也会对你怀恨在心的。"

有固定路线的人

我父母在东区第三街买了一栋房子，样子很普通，外墙板是灰色的。附近街区住的都是劳动者，多数是爱尔兰裔，但也夹杂了不少意大利、波兰和斯拉夫裔。第三街有七个街区长，南端是汤米·菲林的街角食品店，北端是艾吉·鲁宾街角食品店。这里的单户住房不大，建在很小的宅地上，相互距离很近。每栋房前，人行道与街道之间，有窄窄的一条草地。楼上一般是两间小小的卧房和厕所，楼下是厨房、餐厅和起居室，但在电视出现后，多数家庭都把饭桌和椅子塞入厨房的一角，把餐厅改成以电视为中心的家庭娱乐室。起居室反而一般不用，除非来了客人。

但每隔一栋单户住房，就会有两三栋分成楼上、楼下两套公寓的大房子。就平方英尺而言，每套公寓的面积常常与单户住房同样大，但我们在住过伯曼大院后，觉得不与别人合住是一种特权。父亲喜欢对我们的新邻居说，他受不了别人住在自己的脚下或头顶，而我们以前一直是那样住的。母亲会叱责他说这种话，但叱责的程度太轻，没起多大效果，况且他对我们运气的改变又是如此兴高采烈。

我觉得，我们三人当中，他受搬家的影响最深。母亲也很高兴离开西区，但她很谨慎，也很害怕，因为不得不向外祖父母借了那么多钱。她还怕我们得到第三街和劳雷街拐角这栋小房子的代价太高。我敢肯定,至少开始时,作为房主的责任、支付分期付款和没有房东都让她恐惧。水龙头或马桶漏水,都让她有不必要的担忧,因为她唯恐它们是可怕冰山的一角,或者可能是一笔意外开支,后面还跟着一大串。这笔开支虽然不大,却很无情,而且无法列入预算。我常常发现她在地下室,看着大雨过后地上留下的一摊水发愁,或者在阁楼上研究屋顶,寻找种种迹象,证明自己做了蠢事,把我们所有的鸡蛋都放在一个篮子里。

父亲没有这样的疑虑。他总是为我们突如其来的好运而惊诧不已。他以前看到的是人们失去房子,就像他的父母失去农场。他过去压根没想到,自己有一天会拥有一栋房子。搬到第三街的第一年,只要不去送牛奶,他就把每分钟都用来刮门窗的贴脸,涂油漆,或者支撑要塌了的车库(即便我们当时还没有车可以停在里面),或者在门廊四周种上灌木,给房子添加一些小小的、廉价的、在母亲看来俗不可耐的饰物。倘若她允许,他会把我们的小草坪搞得花里胡哨。

他不但对我们和我们的前途充满信心,而且对我们的国家充满信心。他自豪地提醒我,在这里,任何人都可以有所成就,我们自己就是活生生的例子,证明了的"美国成功"。我虽然不敢肯定搬出"伯曼大院",搬到东区,我们就有了什么"成就",但我喜欢周围的新环境,而且看得出,我们虽然不富有,但生活比较优裕。我特别感到宽慰的是,父亲相信,我们生活的故事只会有幸福的结局。

有趣的是,这一故事的本质和寓意几乎立即就开始展现。在适应东区环境的过程中,我们突如其来的好运与其说是运气,不如说是实实在在的勤劳。我在学校接受的教育是,勤劳是自由社会中成功的关键。父亲觉得,努力工作和美德是同一钱币的两面。他现在认为,那些困在西区逃不出来的人家,户主都是二流子,他们下班路过酒馆就找不着家,把钱送给在制革厂周围游荡的赌票贩子,周末去赌马,让老婆孩子饿肚子。他认为,在美国,只要你洁身自好,总有一天会撞上好事。

毫不奇怪,母亲对我们生活改善的看法,以及她对美国的估计,都要复杂得多,而且我觉得,她远远不像父亲那样心满意足。碰到父亲兴高采烈、大吹大擂,她并不公开唱反调,但事后他们单独在一起时,她会提醒他,不是美德让我们搬出了伯曼大院,努力工作也没起多大作用,是她向父母借了钱。她不否认他确实一贯努力工作,但这并不意味着,他就有理由到处宣扬善有善报这类废话,因为好人没得好报的事情比比皆是。事实上,比起我们的勤劳加美德,我遇到的倒霉事才是我们搬到东区的真正原因。

她很少批评父亲,但她这样做时,他总是可怜兮兮地垂下头,宣称她没有理解他的意思。"我说的是,如果在俄国会怎么样?那里的人没有机会。人家给什么,你就得要什么。"母亲听了会给他一个白眼,说:"卢,你对俄国了解多少?你去过俄国一次吗?"他更窘了。"人家都这么说。"他会蹩脚地回答。可以预见,这会招来母亲的王牌评论:她才不管"人家"怎么说。是他的话让她头疼。

这一切并不见得说明她是个悲观主义者。她承认,我们家和我们的国家都在进步。这在很大程度上是因为——说到坏事——战争,她说因为有战争,才使我们大家首先是美国人,其次才是天主教徒、新教徒、意大利人或爱尔兰人。她和父亲小时候,托马斯顿各街区在种族上的划分很僵死,现在很多习惯开始打破。譬如圣方济小学,虽然依旧以爱尔兰人为主,但也有了波兰和意大利姓氏的孩子,其中一些人和我一样,是当时所谓通婚的产物。托马斯顿确实是个大熔炉,学校教育我们应该为它感到自豪,东区的街道尤其按人们的职业和经济地位划分,不论祖籍。如果说西区仍然主要由新移民组成,那是因为他们恰巧在制革厂和附近的制革作坊里从事收入最低的工作。最重要的是,他们经过努力也能离开西区,就像威尔逊家、鲁宾家、巩特尔家和其他许多东区人家一样。

如我所说,母亲完全承认这一点。但对其他事情,她就没那么乐观了。她让我明白,托马斯顿的经济存在两端,在这两端之间,没有什么流动性可言。你若是黑人,当然就要永远待在希尔山那两条街内。如果住在伯若,你或许也将永远在那里。母亲宣称,在美国,最幸运者与失败隔绝,而失败是倒霉者永远无法避免的命运。我问我们是否有望成为幸运者,她说,我们已经是幸运者。她说,中间是真正的美国、举足轻重的美国、值得去捍卫的美国。只是流动也有一个问题,那就是你可以走上坡路,如我们已经做到的那样,但也可能走下坡路。

我不知父母不同的世界观为何如此让我不安,但我确实有这个问题。我告诉了母亲,她的回答是:"卢易,真的吗?我们两人谁该改变想法呢?父亲还是我?"我觉得那根本不用说。父亲对我们现实生活的解释更让人放心,是一个让人无法放弃的更优雅、更完满的故事。只要相信美国,我们的地位就会继续上升,我想让大家都同意这个观点。我对这一点的态度很激烈,母亲一定从中得出我担心自己前途的结论,所以她急忙承认,我上完大学后,地位可能提高更多,倘若我愿意,可以当医生,也可以当律师(她说我凡事刨根问底,露出以后从事后一职业的苗头)。但她认为,她和父亲在这个世界上已经走到顶了。摆脱西区是你能希望一代人取得的最大成就。

我现在依然记得,这话让我非常气恼。我要的是我们全家而不是我个人的成功。勤劳和诚实提供的好处应该是无限的,她说有限,就意味着她不相信美国,或者更糟糕,是不相信我们。

母亲关于走下坡路的理论尤其让我不安。我要她向我保证,只要我们不做坏事、遵守规则,那种事情就不会发生在我们身上。"啊,卢易,"她说,抱了我一下,但我并不想要她的拥抱,"你让我拿你怎么办啊?"

我们隔壁，就是那种分成上下两套公寓的房子。楼下住着两个老姑娘——斯平纳科尔姐妹，两人都在蒙哥马利医院的病房工作。她们早上一起出门，傍晚一起回家，星期六晚上去看电影。就我们所知，她们从来没接待过任何男性客人。但她们喜欢小孩，偶尔我父母需要出门，她们似乎真的很高兴有机会照顾我。到了该把我送回家时，她们会大声说，希望我是她们的小男孩。我恐怕自己多次以很不客气的方式表示过，我真高兴情况不是那样。

在斯平纳科尔家，没一件东西可以引起男孩甚至很微小的兴趣。她们没有玩具，没有游戏，没有书，没有猜谜的提示。她们有台电视机，但只要有人来，她们就会把它关掉，我觉得这种做法很粗鲁。我们搬到东区后不久，买了一台电视机。在我们家，它永远开着，至少父亲在家时是这样。他认为这是我们理应提供给客人的许多乐趣之一。如果有棒球比赛，他喜欢看棒球比赛，如果没有，他喜欢看其他体育运动。他让我明白，专业摔跤是假摔跤，但这并不能减少他对它的欣赏。对母亲喜欢看的电视剧，例如"菲尔科电视剧场"，他没多大兴趣，但也不反对她看，那时他就坐在扶手椅上安详地打鼾。

只要有人敲门，斯平纳科尔姐妹就会跳起来关上电视机。父亲对此也觉得奇怪。"你们不必关电视，"他说，"不影响我。"斯平纳科尔姐妹听了会说（她们总是抢着说对方没说完的话），她们"并没真正在看"（伊迪丝），"只是在消磨时间"（珍妮特）。父母把我留给她们，我赶快向她们保证，我不讨厌电视，特别是如果在演《得克萨斯巡警队的故事》。但姐妹俩对如何招待客人看法坚定。"我们来聊聊吧。"她们提议说，抚平裙子，向下拉拉，盖住膝盖，满怀希望地看着我。凑巧的是，她们把楼上的公寓租给了我们的老朋友马库尼家。

好吧，这或许并非凑巧。事情是这样的：我发现在父母考虑购买的房子中,有一栋就在马库尼家隔壁,于是大力游说他们买这一栋,而且我能看出,父亲最喜欢第三街附近的环境。母亲的感觉很复杂。她和马库尼太太是朋友,但她可能觉得,离马库尼家这么近,降低了我们搬家的象征意义。她脑子里想的,或许是个完全陌生的街区。但她为马库尼太太难过,她又怀孕了,在东区似乎与在伯曼大院一样陷于困境。"我都忘了,我有多看不起那男人。"我无意中听母亲对父亲说。父母第一次去看房子的那个周末,马库尼先生显然走出来,站在门廊上。据母亲说,当他发现是谁在看隔壁的房子时,脸色阴沉下来,连额头上紫色胎记的颜色都变深了。

他们回家后,母亲说:"除非你向我保证不去理他,否则我们不买那栋房子。你明白吗?别管别人的闲事。你不是在同他竞争。他以前不喜欢你,现在也不喜欢你。你必须忍受这一点。"父亲张开嘴想辩驳,但看到她脸上的表情,又闭上了。"卢,我说话算话,"她对他说,又盯着我,让我作证人。"你父亲刚才向我保证了什么?"她说。"不去烦马库尼先生。"我说,很生她的气,而且不在乎她知道这一点。我恨她让父亲做出保证,就像我恨她让我做出保证一样。她怀疑地打量着我们,仿佛她知道得很清楚,不能太相信我们两人。她走了以后,父亲说:"我倒想知道,我对他做了什么。"

最后,无论有没有马库尼家,我们还是选定了第三街的房子。房主迫不及待要离开托马斯顿,出价降了很多,于是就这样定了下来。但我怀疑,真正的原因是我,因为我无意中听到母亲与伯耶医生的对话,他让她相信,第三街是最好的地点,原因很简单:我有一个朋友在这里。

父亲不会故意违背对母亲做出的保证,但我觉得连她也知道,这个保证是她从他身上勒索出来的,作为购买第三街房子的条件,所以他无法兑现。这就像让他停止呼吸或者停止爱我一样。如果她希望那样,他会努力,但这违背他的天性。或许她希望的是略微改变他的行为。按照她的思维方式,他就像一条啃鞋子的小狗。你或许无法打破这个颇有收益的习惯,但你能让它觉得内疚,至少能让它不至于每次你一转身,它就要那样做。这也算是一种安慰了。

在她指出父亲和马库尼先生不是在竞争之前,我从没想过,他会这样看问题,不过我仔细一想,这当然不无道理。我们两家不是一直在平行的轨道上行驶吗?都是刚从西区搬到城里一个较好的地区。尽管林奇家与马库尼家有差异,但我们不都是决心利用美国提供的机会,来证明自己的价值,获得成功,让前途有所保障吗?当然,托马斯顿也和其他地方一样,爱尔兰人和意大利人在判断自己的进步时,经常相互竞争。因此,除了所有这一切,还有另一个潜在的比较。马库尼先生现在是邮局的全职邮差了,他们都是"有固定路线的人",有自己的领地,负责一摊工作,要确保自己领地里的人获得所需的东西。他们都是行走于自己的世界并属于那世界的人。我觉得,这一点让父亲对马库尼先生的兴趣比过去更大,而且超过对我们东区其他邻居的兴趣。他们两人都是在流动的人。谁将抓住成功的机遇呢?

马库尼先生有某些优势——公平的优势,父亲从来不肯承认这一点。但在某些方面,他不得不承认,那家伙是干得不错。例如,邮局的工资高过奶厂,邮局工作人员永远能够拿到政府福利。而且邮差不像送奶工,不必早起。除了夏天六、七月天长一些,父亲总是摸黑起身,冬天太阳还没升起,他已经送完了一半人家的牛奶。但他不止一次向我坦白,即便有机会,他也不能肯定自己就愿意与马库尼先生交换工作,更别提他们各自的路线了。马库尼先生送信的路线是西区最糟糕的地段——格特,而父亲的路线在伯若区,是一条令人垂涎的路线,这证明他的雇主很看好他。他高声表示,如果邮局派给马库尼先生的路线是格特,那他就很担心他在邮局中的地位了。

父亲虽然保证不去烦扰鲍比的父亲,但此后不久,就开始称他为"通心粉先生"①,而且总是捅捅我,保证我听懂他的笑话。我觉得他没有意识到我的感觉很复杂。这个笑话很温和,但我从上幼儿园起,就被人称呼一个我不喜欢的名字,因此我对绰号非常敏感。父亲当然不同,他并没有当面称呼一个人的绰号,而且根本没有恶意,因此我假定,我和他之间可以有这么一个心照不宣的小小玩笑。我真正害怕的是,有一天鲍比在这里时,他会不小心脱口而出。而且我怀疑,因为母亲不许他与马库尼先生交谈的禁令逐步扩大,这是他采取的应对办法。她说"别去烦那家伙",意思显然不仅是父亲不应该同那家伙说话,而且包括不应该谈论他,即在谈话中不要提到那人的名字。除了已经做出的庄严保证外,这额外的压力一定是特别的不公平,因此他很高兴地发现,如果他提到"通心粉先生",就可以有更多回旋余地,引起的反应会温和一些。如果我报告说,马库尼家买了一台新电视机(据鲍比说,他们确实买了),父亲能够通过把整个事情变成一个玩笑来拷问我。通心粉先生买了一台电视机吗?通心粉先生买的是哪种电视机呀?新的还是二手的?通心粉太太喜欢新的通心粉电视机吗?

这些问题既是玩笑,又不是玩笑。以前我们都住在伯曼大院,父亲很了解我们各自的情况,但自从我们分开后,发生了哪些变化?马库尼家购置了什么东西?经济上宽裕了多少?又有两个小通心粉出生,这在多大程度上抵消了这些改进?他们仍在租房,这说明了一些问题,但他们也许正在积攒首付款,准备买房。他们是马上就要买了,还是仍要等很多年?父亲有个好打听的脑袋,而他现在被残酷地禁止使用这个脑袋。

因此,他不得不靠我来提供信息。马库尼家的人是喝可口可

---

① Marconi(马库尼)与 Macaroni(通心粉)的发音相似。——译注

乐,还是喝汤米·菲林和艾吉·鲁宾放在冰箱里贱卖的杂牌饮料? 我也从来没进过马库尼家的公寓,所以知道的并不比父亲多很多, 我告诉了他这一点。"有时不妨问问他。"他提议,指的是鲍比。 "他才不会做这种事,"母亲答道,"这不关我们的事。"

她似乎明白,父亲的好奇心总有一天会战胜他的保证,因此, 我们搬家后的头几个月里,她时刻警惕地盯着他,尤其是如果他在 马库尼先生送完信快回家时,找个机会跑出去站在门廊上。如果 她看到他偷偷走过去,想让鲍比的父亲参与友好谈话,就会使劲推 开窗子,大声喊她需要什么东西,他别无选择,只好像只丧家犬一 样往回走,谁让他违背或正要违背自己的保证,却被当场抓住了 呢。"你需要什么?"他回到厨房后嘟囔道。"我需要你好好琢磨 琢磨自己的记忆力,"母亲对他说,"我们搬到这里来,你是怎么向 我保证的?"他听了这话耸耸肩膀。"向某人问好并不等于烦他, 苔莎。我们是邻居啊,他们和我们。你不能不和人说话吧。"

本来一切可能还算好,但我们搬到第三街后不久,马库尼先生 买了一辆二手的庞蒂亚克小旅行车,足够拉上他们整个家族。不 过,他们除了星期六下午去超市,从来不用这辆车。"我就不明白 了,他买它做什么。他们也不去兜风。也不去湖边或别的什么地 方。"父亲总说,如果我们买得起车,这些就是我们要去做的事情, "那车成天蹲在那里。"

"你不需要明白,"母亲提醒他,"猜猜为什么?"

"我没说这关我什么事,"他答道,知道她要说什么,"只是这 样没有道理,我是这个意思。"

一个星期六下午,母亲去城里办事,父亲必是拿定主意,觉得 自己受够了,不愿再忍受马库尼家这些不可思议的事情。一小时 之前,他看到他们全家鱼贯坐进那辆庞蒂亚克,向 A&P 驶去。于 是,当斯平纳科尔姐妹出来坐在前门廊时,他告诉我,他要过去拜 访一下"女士们",但我知道斯平纳科尔姐妹只是借口,为了防止母亲突然回家来,让我说给她听的。

　　他在那里坐了半小时左右,那辆庞蒂亚克回来了,停到路边。父亲装作漫不经心的样子,站起来伸伸懒腰,告诉姐妹俩,他最好在妻子露面之前回去干活儿,免得她指责他游手好闲。马库尼先生从小旅行车中出来,看到父亲站在台阶前打招呼,他只是会心一笑,让马库尼太太和孩子们先走,他和鲍比留下来卸货。

　　"你们这车怎么样?"父亲问。

　　"挺好。"马库尼先生说,他的语气表明,两个字已经传达了他对这一话题的全部想法,可能还包括所有其他话题。鲍比看到我站在我家门廊上,冲我挥挥手。他父亲递给他一包东西。

　　"汽油价和所有……"父亲试探道,看对方没反应,就继续往下说。"我自己也在考虑买辆车,"他说,若有所思地揉着下巴,"但我在想为了什么?可以免费用那辆卡车,所以我决定还是算了。"

　　马库尼先生和鲍比卸完了购物袋,向门廊走去。"奶厂让你用他们的车干私事?"

　　父亲耸了耸肩膀。"实际上不应该那么做,"他承认,"但我知道老板人很好,他不在乎,只要我不走远。我来帮你提这些袋子吧?"旅行车的后盖关上了,还有两个袋子在那里。

　　"我们自己能行。"马库尼先生说,擦着父亲身边走过去,上了门廊的台阶。

　　"没事的,"父亲说,"反正我现在闲着。"

　　"我们自己能行,"他回过头又重复一遍,然后和鲍比一起消失在房子里。房门在他们身后砰的一声关上。父亲独自站在人行道上,注视着那两个没有拿进去的袋子,他的表情在我看来是一种真正的渴望。他如果得到允许去提这两个袋子,就可以窥视一下袋子里面,看看他们买的是名牌货还是货架最底层的杂牌货,肉是便宜的部位还是贵的部位。马库尼如果允许他帮忙,就会让他进屋,别管时间多短,他都能估计得差不多。我看得出,他在认真考虑未经允许就提起那两个口袋,但就在这时,母亲从街角拐过来,当场抓住了他。

"我刚才去探望女士们了,没干别的,"我们回到家后,他说,"问卢易好了。"

母亲瞥了我一眼,看到我一如既往准备站在父亲一边,又回过头去怒视他。

"难道连和他们说话都不让吗?"

"卢,你就这样下去吧,"她警告他,"你就这样下去,看会发生什么事。"

"我是替他难过,"他后来在吃晚饭时说,"那么多张嘴嗷嗷待哺,还有一个快出生了。"母亲做了他平素最喜欢的土豆牛肉烤锅,他却只吃了一丁点。我从他的面部表情看出,他在想,不知马库尼家在吃什么,而他自己叉子上的食物却变得没有味道了。

我很高兴,这种比来比去的事情虽然不断,父亲却从不拿自己的孩子跟别人比,因为鲍比·马库尼事事都比我强。他虽然比我矮半头,却天生是个运动员,球队选人时总是第一个选上他;我尽管长了个大个子,却总在最后被选之列,至少在我自愿参加比赛时是这样,而这种场合是少而又少。父亲喜欢看电视体育节目,但他在农场长大,无论哪种球类,他玩起来都像乡巴佬,笨手笨脚。这意味着应该接球时他接不稳,应该运球时他却踢了出去,这种笨拙也传给了我。他希望我去参加青年橄榄球,这是他在我这个年龄时想做的事。因为个子大,我猜自己可以当个不需要摆弄球的内线球员。但母亲认为橄榄球太危险,因此这件事就算完了,事实上我是乐得如此。

由于是独生子,我疯狂地读了不少书,在学校里功课也比鲍比好。但对我们这个年龄的男孩来说,这些并不重要。此外,我上圣方济小学，人人都知道它不如鲍比现在上的东区布里奇小学。他的表现虽然不突出，但所有老师都同意，他是最聪明的学生之一。他们指出，他愿意专心做某件事时，可以做得很出色。如我所说，父亲从来不把我和鲍比相比。我怀疑他是否知道如何去比，因为他对我的爱、他为我的成绩感到的自豪，就像我对他一样彻底。但出于某种原因，我敢肯定，马库尼先生会把儿子拿出来做比较，因此他对我的评价不高。当然，他什么也没说过，但现在我们又是邻居了，我的印象是，他很高兴鲍比和我没有同上一个学校。

因此，我很失望，对我们友谊的限制，并没有与在伯曼大院时有多大不同。我再次要求详细讨论这一问题，但我遇到同样的抵制，得到同样不满意的解释。马库尼家的人与我们不同。（怎么不同？）他们更愿意自己待在一起。（为什么？）鲍比没有我这么自由。（为什么没有？）过去我必须满足于一起上下学的友谊。现在我必须满足于星期六有几小时一起玩。本来我也可以知足了，但我总是隐约觉得，有什么事瞒着我。鲍比家总是禁止他出门，除了上学和送报纸。出于某种原因，我觉得这些惩罚都与我有关，也许是因为我每次问他做错了什么，他都说他不能说。如果不是因为我，还能是什么呢？每次我提出这一理论，母亲都会说："卢，看着我。这与你没有任何关系，亲爱的。"

"但我做了什么？"我伤心地说，当时并没有意识到，我听上去多么像父亲。（"我倒想知道，我对他做了什么。"）

她紧紧拥抱了我一下。"卢，亲爱的。你没有听我说。这与你……没……关系。"然后她不吉利地补充说，"那房子里有些事情你不知道，但它们与你——或者与你父亲——没有关系。"

什么事情，我问，但她不肯再说下去，只说它们不关我们的事。"我也不希望你盘问鲍比，明白吗？"

但这不公平。隔壁别管发生了什么事情，母亲是了解的。倘若说我们两家疏远，母亲和马库尼太太却没有。就我所知，她们的友谊得到豁免。诚然,它基本上是秘密的。马库尼太太应该待在家里,照顾鲍比的小弟弟们,但只要她丈夫和我父亲一去上班,她和母亲就可以秘密会面,我很肯定她们这样做了。有时我从学校回来,母亲在打电话,一看到我,就立即挂断。我脱掉校服后,会发现她心不在焉地盯着起居室窗外,如果她看到马库尼先生下班回来,空邮袋斜挎在肩上,她的脸色就会阴沉下来,我猜我的脸色也会阴沉下来。为什么她能有个密友,我就不能?

学年快结束时,有一天我回到家里,发现母亲不在。我家楼梯顶端上有一扇窗子,正对着隔壁二楼马库尼家的公寓。那天天气酷热,母亲打开了房里的每一扇窗,马库尼太太显然也做了同样的事情。两栋房子离得很近,我敢说我听到了抽泣声,然后是母亲安慰的话语:"好了,好了,会有办法的。"然后,我看到母亲的手伸出去,轻轻拍着马库尼太太的手。几分钟后,母亲回来了,看上去又震惊又愤怒,我问她去了哪里,她说去了汤米·菲林,但这不是个很高明的谎言,因为她什么东西也没买。

那天晚上,我躺在床上,听到透过暖气片传过来父母谈话的片段。"仅仅她说不算数,"父亲说,"你知道那女人有毛病。"

"我知道她不聪明,"母亲答道,"但不能因为这个就把她当条狗来对待。他还可能用链子把她拴在柱子上呢。"

那个月后来的一个上午,母亲给她打电话,接电话的是马库尼先生,她很惊讶,他应该去送信。背后有孩子的哭声。他说:"你有什么事?"她自报姓名,解释说她打电话是想知道马库尼太太是否感觉好些。她怀孕九个月了,因为炎热和潮湿,觉得很不舒服。

"D.C. 去看她姐姐了。"

"我不知道她还有个姐姐。"母亲说。

"你为什么应该知道?"他粗鲁地回答。

"她回来后,你让她给我打个电话行吗?"

"实际上,我宁愿你离她远点儿。"

"我觉得她根本没有姐姐,"那天吃晚饭时,母亲告诉父亲。她还在生气,甚至没有企图瞒我,"附近肯定没有。"

"你怎么知道?"

"因为那女人但凡有别的选择,早就走了。"

父亲张开嘴想说什么,看了看我,又闭上了。

"再说了,"母亲接着说,"她的状况也不能去任何地方。"

父亲考虑了一下,说:"怎么只许我管自己的事,你就不需要?"这也是我一直疑惑的问题。母亲对此即使有答案,也没有与我们分享。

几天后,马库尼家的小旅行车停到路边,前排乘客座位上坐着表情茫然的马库尼太太。她丈夫绕过来,给她打开车门,她仍然坐在那里,呆呆地向上望着他们的公寓。"扶她出来啊,你这狗娘养的,"母亲从前面窗子望出去,显然不在意我是否听到,"帮她一把,老天作证……"

但这时马库尼太太已从车里出来,摇摇摆摆地向门廊走去,一只手扶住栏杆,另一只手放在巨大的肚子下面。两天以后,她分娩了,又给鲍比生了个小弟弟。她丈夫刚挎上皮革邮袋去邮局,母亲就搭父亲送奶的车,到新医院去看她朋友。那天晚上,我们又是吃土豆牛肉烤锅,她一边吃一边报告说,马库尼太太似乎感觉好一些,曾经让她情绪低落的东西消失了。她向母亲保证,她挺好,从来没这么好过,没有理由为她担心。事实上,她急着回家,不想再和孩子们分开。父亲听了,对这锅土豆牛肉的胃口显然比上次好。"看见没有?"他告诉母亲,"你气得要死,其实什么事也没有。"

我很高兴,每次有什么事情证明母亲错了,我都会这样。自从那天晚上父母毫不费力就一致认为马库尼太太有"毛病",我想了很多,或许因为我的病,人们也这样说我。

"我还问起她姐姐怎么样了。"母亲推开自己碰都未碰的食物，对父亲说。他们交换的眼神告诉我，正如母亲怀疑的那样，马库尼太太没有姐姐。

那年夏天，我得到了第一辆真正的自行车。那个年代，这种车称为"英国车"，意味着有三个变速挡。这是件有趣的礼物，首先因为它是奢侈品，其次因为我根本没有提出想要这个礼物。我提到过鲍比正在把送报纸挣的钱攒起来，准备买一辆这样的车，所以我怀疑父亲看到了一个胜过马库尼先生的机会。母亲却有不同的理由。她认为我需要"走出去，扩展我的世界"。我爱看书，喜欢在书本里消磨时间，她其实挺喜欢这一点，但她看到附近其他的男孩扛着棒球棒，去美国军团的球场打棒球，又对我成天待在家里感到担心。我的体重增加了，母亲说我小小年纪，不该这样不爱活动。

但我相信，他们送我这辆自行车的真正目的，是希望它能帮助我逐渐摆脱对鲍比的依赖。举个例子说，鲍比的父亲在公园和娱乐公司认识什么人，给鲍比报名参加了某个免费的上午班，而且是在报名截止的前一天这样做的，因此等我发现，已经来不及了。鲍比下午必须帮助母亲照顾小弟弟，喂他们吃饭，傍晚又得送报纸。母亲不想让我无精打采地在房子周围转来转去，等着他露面。倘若我能在东区附近的街上骑骑车，也许能结识些新朋友。她一定是这样推理的。

最初，我对那自行车和我应该骑它去做的事情，都有一种警惕心理。我会骑车，但想起这件事，就觉得不舒服：我得到了一个不特别想要，也不特别需要的礼物，而它正是我最好的朋友想要也需要的东西。因此我做的第一件事，是主动向鲍比提出，他可以骑我的车送报纸。他表示感谢，但说他父亲不会允许他这样做。过了一星期，马库尼先生也给他买了一辆自行车，却是一辆二手的"美国"车，轮胎已经磨平，塑料车座破破烂烂，车条也生锈了。

头几个星期，我几乎只在人行道上骑我的新车，围着我们的街区绕来绕去。这比我在后院晃来晃去更让母亲担心。从技术上说，在人行道上骑车是违法的。后来，我的胆子慢慢大起来，上了马路，而且扩展了我的旅程，先是在我们街区的几条街道，然后是六七条，甚至更远。夏天过了一半时，我已经在镇子郊外发现了惠特科姆公园，公园的正中央，矗立着惠特科姆大宅，仅仅是一个空壳，当时归县政府所有。公园开阔的园地大多被一道高高的熟铁栅栏围住，栅栏的维护者是一个名叫加布里埃·茂克的小个子黑人，他住在大宅后面的小屋里。加布里埃视这些栅栏是他自己的栅栏，因为他的工作就是给它刷漆，从一端到另一端。大约有一英里长呢，他骄傲地宣布。正式说来他要照顾整个园地，但实际上这只意味着栅栏，因为县里没钱维护大宅和公园。他们唯一的预算是油漆栅栏，加布里埃每年要给它涂上厚厚的一层黑油漆，免得它生锈。这要花掉春、夏、秋三季他的全部时间，而上州的冬天一过，就又得重新开始。他唯一的另外一个职责，就是不让他人故意破坏这一财产。

我们相遇的那天，我把车靠在栅栏上，甚至没有看见他正在几英尺以外的地方刷漆。他用"孤苦伶仃"几个字，来形容我把下巴贴在黑铁栏杆之间，凝视通往斜坡下面大宅的草坪的样子。他似乎很骄傲自己知道这个词的意思。"你是一幅孤苦伶仃的图画。"他进一步发挥，而我终于注意到他。

"你怎么进到里边去的?"我感到奇怪。

"你进不来。不能让你进来，"他叹了口气，仿佛对不得不说出这一悲哀的事实很失望，"除了我，栅栏这边不该有任何人，而我也不应该离开。你觉得这样对头吗?维护这该死的栅栏，让历史"——说到这里，他做了个手势，指指背后惠特科姆大宅的方向——"走向毁灭。"

我一定看上去同意他的看法，因为他当场就决定偷偷放我进去。"但情况是,这栅栏并没有把整个地方围起来。树那边就可以进来。"我感兴趣地顺着他细细的食指看过去,他可能担心告诉我太多了,因为他说,"别管怎么说,你到底是谁啊?"

我告诉他,我是卢。

"这可没让我知道很多,"他说,"叫卢的人多了。我自己就认识半打。"

我对他说了我的姓。

"林奇,"他若有所思地重复道,"你爸是送奶工?"

我说对。

"你妈是苔莎?"

我禁不住想,这个看上去瘦得能从他正在油漆的栅栏中间钻出来的小黑人,对我们林奇家的人还知道得真不少。

"好姑娘,你妈妈。起码过去是。我猜她最后也错不了。"他从认识我父母的角度,又打量我一番,"这么说,你是小卢·林奇了。"

我摇摇头,解释说我的中名是查尔斯,是根据我外公的名字命名的,而我父亲的中名是帕特里克,那是根据谁的名字命名,我就不知道了。

"差点儿逃不过,"那小个子点点头,"我叫小加布里埃·茂克。我和我爸爸的名字完全一样,只是他已经死了。"

我觉得这不算什么区别,就说了出来。

"仍然一辈子叫小某某人,"他说,"即便他已经死了,而且不管我喜欢不喜欢,我都是小加布里埃·茂克。对我来说,永远没有老。你觉得这公平吗?"

我说不公平,又一时冲动,承认人人都叫我露西,他同意这厄运也不公平。我突然想到问他有没有儿子,他给他取了什么名字。

"他叫加布里埃·茂克三世,"他说,停下手来考虑这个决定,"大家都叫他三子。我们大家听了都气死了,这是事实。我猜是个最糟的名字,但我猜他过得挺好。"

他又开始刷漆,我跨上自行车,还没开始蹬脚镫子,他说:"别掉进那些洞里。"

"什么洞?"

"我怎么知道你会掉进什么洞?"小加布里埃·茂克反问了我一句,"他们说,整个宅地下面都是洞。老年间用来窖酒和火药,那时这里都是英国人的地盘。那些人靠这个赚钱,"他解释说,又回头朝大宅的方向点点头,"把烈酒和枪卖给印第安人。把他们搅和起来,这样他们就都跑到阿尔巴尼那边而不是在这里剥头皮。富人都是恶棍。你知道这一点,是不是?"

我可是第一次听到这个奇特的观点,而且它听上去像是亵渎,尤其是出自一个小黑人之口。毕竟,我们林奇家的人不是希望有一天能成为富人吗?

"你要是掉进一个洞里,没人能听到你喊救命。别指望我去救你。我可不打算钻到地底下去,死在里面三天都到不了。绝不破例。"

我保证自己会小心,我是认真的。想到脚下是空的,我直发毛。

"下次你来这周围,就过来打个招呼。我可以给你找点活干。我有各种各样的刷子。越早干完,我就越有时间号叫。你喜欢号叫吗?"

看我皱起眉头,他说:"你可能不知道我说的号叫是什么。"

为了表明他说的是什么,他装作从一个虚拟的容器里喝了一口,然后头一仰,号叫起来。我顺着栅栏骑车走了,他仍在那里咯咯笑着,快乐地号叫。我已经拿定主意,以后还来找加布里埃·茂克,虽然此刻我更感兴趣的是找到一个洞穴,却不掉进去。前面我说过,想到地球是空的让人仓皇失措,但如果我脚下的地上满是洞穴,我却愿意知道它们到底在哪里。

我发现,卖力蹬自行车最让我喜欢的一点是,离家越远,我的想法就越有趣,越不寻常。我发现自己可以在一个新的全景里思维,这是我在家或在自己熟悉的街区所没有的。当然,我只是个孩子,我的想法还是孩子的想法,因此它们或许不会异于成千上万同龄孩子的想法,但对我来说,它们是新的想法,仿佛与最近我身体的变化一样不可思议和莫名其妙。我现在每隔几个月就需要一双新鞋。最近母亲给我买裤子,总要让裤腿长出几英寸,然后把裤脚缅得厚厚的,待我长高后,再慢慢放出来。我骑上自行车出发时,心里总有一种预感,不仅可能有什么新发现,譬如惠特科姆公园的洞穴,或者碰上什么新的人,譬如小加布里埃·茂克,而且我可能有出乎意料的新想法,仿佛像母亲放出我的裤脚一样,放出自己的大脑和里面的想法。每次周游回家后,我都会愉快地感到,自己与出发前不同了,而且多少期待父母和邻居也注意到这一变化。

　　还有一点,即如果出发去探索未知令人激动,返回也是如此,方式虽然不同,但同样奇特。我几乎从不骑车直接回家,而是迂回穿过东区的所有街道,检点各种房子、棚屋和钢丝网眼栅栏,保证没有什么东西在我离开时消失,或者被下陷的大地吞没,保证一切都在正确的位置上,仿佛要重申所有这一切都属于我个人。我觉得,我也正在成为一个有固定路线的人,就像父亲和马库尼先生,鲍比也有送报纸的路线。我明白了熟悉感能给人带来多么强烈的愉悦,世上那些古老、安全、舒适的地方和世界自身能给人多少快慰。

　　那年夏天,我周游托马斯顿的旅行虽然广泛,却躲过了西区。只有一次,我冒险回到伯曼大院,很惊奇自己还能找到它。我们搬走的时间太长了,那条街看上去是那样陌生和出乎意料,就像那天早上我遇到小加布里埃·茂克时的惠特科姆公园。街道尽头的公寓房,那些高高的俯瞰小河的窗子,都像是一本丢失了的故事书,忘却了，却又失而复得。没有什么东西发生了我能确切指出的变化，但一切又都全然陌生，仿佛我们曾经住在那里这件事，只是我在东区家里做了一个令人难以置信的梦。我把自行车斜靠在步行桥上，沿着卡尤加河走了很远，一直走到铁路高架桥，它现在看起来甚至更加破旧不堪。原来稀稀拉拉盖在枕木上的木板不见了，因此，我以为那个箱子也不见了，直到我发现，它从枕木之间掉了下去，砸在下面的岩石上，摔碎了。唯有粗大横梁上锯子锯出的沟槽，还能证明在我身上发生的一切。这些沟槽现在与我的眼睛平行。我用食指抚摸着它们，惊异地发现，我在箱子里感到的恐惧，几乎已经异变成一种愉悦。

我记不得自己在那高架桥上待了多久。只是觉得或者想象自己觉得铁轨开始颤动，听到或者想象自己听到奔驰而来的火车的轰隆声时，我才离开。

那年头，多数人付钱给送奶工，是把钱留在屋后门廊上的一个锡制奶箱里。他们如果要两夸脱奶，就把一张或两张纸币放在信封里，或者写一张便条。我父亲会把应找还的零钱和牛奶一起放在奶箱里。星期六，他向不愿每天付钱的顾客收奶费，解决这一由来已久的制度必然会引起的争端。几乎每星期，都会有人记得，他们在奶箱里留了十美元，但实际上他们只留了五美元，或者说他们想要两夸脱奶而且付了钱，却只收到一夸脱。

我说过，父亲在伯若区的送奶路线是最好的路线，一部分原因是，收费比在西区或东区容易，但父亲认为富人更可能欺骗人。想起加布里埃·茂克说富人都是恶棍，我问父亲是否认为这是事实，他说不是，但他承认，越是富人，你对他们就越要小心，记性也要更好。西区的穷人付不出钱，这意味着为他们送奶的人不得不取消和他们的生意，或者"资助"他们，直到他们有能力付钱。但西区人从不像伯若区人那样质疑你的账单。

星期六只给商店送奶,不给居民送,而伯若区的商店比较少。父亲很早就收工,然后拐到家门口接我和鲍比·马库尼,让我们"在卡车上冲浪"。到那时,腾空的金属奶箱已经摞高,用绳围起来,靠在车帮上,以防它们在车拐弯时滑落下来,四处乱撞。父亲摆放得很仔细,留出后面的大部分空间,我和鲍比就站在那里,脚牢牢地踩在有罗纹的地板上,装出冲浪的样子,伸开双臂,保持平衡。卡车沿着伯若区宽阔的马路颠簸而行。我总是站在前面,这个位置的有利之处,是可以看到车什么时候拐弯。鲍比则是个运动员,在送奶车上也像在其他地方一样。他站在我身后,基本上什么也看不见。他宣称,看不见将要发生什么,才让这个游戏更有趣,但我会帮助他,在接近拐弯时大喊"左转!"或者"右急转!"我们的计划是,在拐弯时不抓住空奶箱或贯穿整个卡车的栏杆,也能保持平衡。每次我们左冲右撞,父亲都是在前面的司机座位上呵呵大笑,表示赞赏。

父亲当然不该在送奶时带上我和鲍比,但他觉得规则并不严格,人们时常这样做。因为不让带乘客,车上没有乘客的座位,所以父亲急刹车时,除了金属仪表盘,没有什么能挡住我和鲍比向前猛冲。我们飞起来时,父亲会试图抓住我们,他很擅长此道,但你永远不知道他的大拳头会抓住你什么地方——胳膊,头发。有时没有撞到仪表盘上,比撞在上面还疼。

"不行,你们今天不能去冲浪,"每星期六,他都是先这样对我们说,"鲍比的父亲不让他再玩这个。"马库尼先生早就讲清楚了这一点。因为有一次,鲍比回家时脑门上有个包,他父亲要知道是怎么回事,鲍比就解释说我们在送奶车上玩冲浪。很好玩,他说,而且真的没有危险,因为我父亲总是开得很慢。这是实话——送奶车就是想开快也不可能。

但第二个星期六,当我们的卡车开回来停在路边时,马库尼先生走出来,把父亲叫到一边。"告诉我这冲浪是怎么回事。"他要求道,气势汹汹地向父亲逼过去,额上的胎记变成了鲜紫色。近来他们的关系略有缓和,以致父亲提起来,甚至预测他的邻居已经决定化剑为犁了。

父亲向他解释,我们两人简直痴迷于每星期六上午的冲浪,整整一星期都在盼望这一时刻,他说马库尼先生真该听听我们在后面车厢里的笑声和喊叫声。今天他说结束时,我们两人极其的不情愿。父亲说,他对上星期鲍比的脑袋磕了个包感到抱歉。"他不到最后一秒钟,就是不愿意抓住。"他解释说,这也是事实。鲍比的无畏和他拒绝抓住栏杆或摞起的箱子,甚至不惜飞出去,是造成他受伤的原因。"别担心,"父亲向他保证,"我盯着他们呢。"

"你最好这么做,"马库尼先生说,"我的孩子如果在你的车上出了事,你可要负责。"

于是,到了下一个星期六,新规矩是不许在卡车上冲浪,但那让我们很痛苦。不许冲浪,我们就没有理由待在车上。"就一会儿,"我们恳求,"就五分钟?就这一个拐弯?求求你了。"我们就这样把父亲磨得无可奈何,慢慢地,不许冲浪变成了只在回家的路上才能冲浪,这限制了可能受伤的时间。他又说,你们两人小心啊,因为鲍比要是受了伤,他爸会活剥了我的皮,他不剥,你妈也会剥的,因为说老实话,她也不喜欢这个主意。

为何如此担心我们会受伤?因为那是必然发生的事情。否则,我们怎么知道游戏结束了呢?当然,我们的伤都不严重——通常是挤了手指头,膝盖擦破了皮。多数星期六,我们的冲浪都是在我哭了之后结束,因为鲍比即使受伤也不哭,所以父亲无从知道他受了伤,这样游戏就还会继续。我对鲍比的自控力嫉妒之极,竭力模仿他,但我怀疑自己永远也掌握不了那个绝技。他为什么从来不哭?这对我来说,甚至比当年住伯曼大院时他从来不必付过桥费更神秘。每个星期六,我都告诉自己,这回我绝对不哭,但到时候我撞在车帮上,父亲听到冲撞声,从座位上回过头来看我们,我的决心融化了，与其说是因为疼痛，不如说是因为他的表情，那表情显示出他知道我受伤了，我既然瞒不了他，何必再装呢？然后眼泪就在那里了，忍不住流了出来。

即便如此，用不了多久，我们就把马库尼先生的严正警告忘得一干二净。为什么不呢？他一定知道我们恢复冲浪了。我们两人下车时，总有一人跛着腿，或者在揉胳膊肘，但我们总是兴高采烈，大声笑着、喊着，让父亲保证下星期六还这样做。这并不困难，因为他像我们一样喜爱这件事。父亲从来不谈自己的童年，但据母亲说，它根本不能称为真正的童年，它是一连串残酷、单调、无休止的杂活，从日出干到日落。她解释说，所以他才不急于让我像鲍比一样去送报纸，或者有过多的家务负担。我必须保持自己房间的清洁，应该学习的时候必须学习，但在其他方面，我就是父亲当年没有机会去做的那种男孩。他从我们的欢乐冲浪中得到的快乐，纯粹是一种通过别人的体验获得的快乐，他的笑容是咧着大嘴绽开的笑容。

我自己在星期六上午体验的欢乐，则更加复杂。我确实整个星期都在盼望这一冲浪。我说过，它几乎是我能够与鲍比共度的唯一时光。但随着夏天的流逝，我开始感到不安，因为我知道自己身体的一部分在等待，实际上是在盼望我的朋友受伤。这当然与他没关系，完全是因为我的懦弱和嫉妒。我觉得，嫉妒是因为我明白，鲍比的勇敢意味着他得到更多的快乐，而我自己的胆小和躲避危险却剥夺了我对这种快乐的享受。每星期我都告诉自己勇敢些，这个星期六不要为了安全而伸手去扶。我将放弃控制，东倒西歪，大声欢笑，彻底放纵自己。但每次出游都与上一次相同，到时候我就会抓住。既然希望拥有勇气不起作用，我开始希望发生完全不同的事情。当然，我从来没想让鲍比受重伤。那将意味着一切的结束。但我确实希望只有一次，他疼得哭起来，在我看来，这将缩小我与他的巨大差距。

因此，我们在送奶车上的冲浪以唯一可能的方式结束了。当鲍比被甩到卡车车帮上时，我实际上并没有看到他碰断手腕。但我听到了骨头折断的声音。我的懦弱拯救了我，没有遭遇同样的命运。我事先看到了那弯道，在最后一秒钟伸出手去，抓住了一个固定住的牛奶箱。鲍比却猝不及防，飞了出去。

他一定知道自己的手腕折断了，因为他顿时变得面色雪白，当我们的视线相交时，他看到了我的震惊和恐惧，立即坐下来，背靠车帮，把手放在膝盖上，抵御卡车的震动。我觉得，父亲听到的不是鲍比手腕折断的可怕声音，而是接下来的寂静。他立刻朝后喊起来，想知道我们是不是没事。鲍比拒绝说话，我说没事，但他立即就明白了。如果我们没在后面大呼小叫，那就是出事了，而且很严重，超过其他每星期六上午。他没有把车停在路边，从前面爬到后面黑乎乎的车厢里，而是下了车，绕到后面，把后车门整个敞开，好让光线照进来。他只看了一眼鲍比手腕的角度，就变得面无血色。我以为他会生气，他却没有，只是关上车门，回到车上，掉头向家里开去。这时，不是鲍比而是我开始哭起来。

我们的车停到路边，马库尼先生正坐在楼上他家的前廊子上看杂志。甚至在父亲打开后车门之前，他似乎就知道出了事。从伯若区往回开的路上，鲍比开始觉得恶心，现在他的衬衫前襟因呕吐物而闪闪发光。

马库尼先生从屋子里走出来，父亲开始说："这是个事——"但马库尼先生竖起食指，仿佛在说"等一下"，可他们两人站在那里时，他一直竖着手指，这完全改变了这个姿势的含义。父亲似乎明白了，他是让他闭嘴，而至少那一刻，他是闭上了嘴。然后，马库尼先生把身子探进车里，抱下鲍比，扶他坐进小旅行车。"我——"父亲又开始说，但马库尼先生再次竖起食指，等父亲退到人行道上，才绕过去，从驾驶座那边钻进车里，坐在鲍比旁边。鲍比此时已经瘫靠在车门上，终于疼得晕了过去。

我在回忆几分钟前他对我说的话，当时我们一起坐在黑乎乎的车厢中，除了奶箱发出的碰撞声，一切都静悄悄的。"你没有喊要拐弯。"他的语气与其说是愤怒，不如说是感到奇怪，但这同样是指责。我不知道说什么好，但他刚说完这几个字，我就意识到他说的是实情。

很奇怪，我们会记错童年时发生的事情，不仅记错顺序，而且记错前因后果。鲍比的手腕骨折后不久，马库尼家又搬家了。在与母亲讨论此事之前，我自己的记忆一直是，送奶车上发生的事情是引起马库尼家搬离东区的原因。但她说，在此之前，我们知道他们要搬家已经有好几个月了。整个那年夏天，我一直在害怕与自己唯一的朋友分手，非常清楚我们的星期六上午已经屈指可数。所以他们才给我买了那辆新自行车——减轻马库尼家搬走带来的打击，至少在理论上给我提供了去他们新家探望的手段。

他们搬家的原因，是邮局出人意料地提升了鲍比的父亲。通常，人们需要很多年才能爬上邮局的晋升阶梯，但那年春天，由于出现了某个丑闻，邮局进行大清洗。从下州调来的新邮政局长换掉了多数员工，包括几个资深的邮差。马库尼先生得到提升，恰恰是因为他与别人不相往来，因此没有污点。有人私下说，是他告发了自己的同事。

据母亲说，对鲍比手腕骨折一事，马库尼先生之所以如此大发雷霆，不是因为父亲忽视了他的警告，而是他怀疑父亲妒忌他们的好运，故意这样做。当然，这个指控荒诞无稽，但马库尼先生的提升和他决定不仅搬走，而且在伯若区买房子（在父亲送奶的路线上！），可能破坏了他们之间的微妙平衡，这一点倒可能是真实的。母亲记得，父亲不仅仅向她表示祝贺，还流露出即便我们林奇家有这个能力，也永远不会搬到伯若区去。他说，我们就喜欢东区，这里有我们需要的一切。马库尼先生并不隐瞒，他认为父亲的态度不过是酸葡萄。据母亲说,这一日益激化的仇恨是冲浪事件的背景。

有一件事可以肯定:马库尼先生的怒气到第二天也丝毫没有减弱。那天上午,我们看到鲍比从医院回来,右臂直到胳膊肘都裹在石膏里。母亲劝父亲等一等,别急着到隔壁去,但他争辩说,那样反而显得我们不关心。但我怀疑,他是急于表达自己前一天没能说出来的话。前一天,他两次刚张口,都被马库尼先生竖起食指制止了。他要说的是,他曾反复警告我们,要我们小心,否则会受伤,但他没有开快车,见鬼,他从来不想发生这样的事,而且这是一个意料之外的事故,发生在我身上的几率,与发生在鲍比身上一样高,他希望这不会引起敌意——全都是不该说的话。

马库尼先生打开房门,从他看到是谁站在门外的那一刹那起,存在敌意这一点就是再明显不过了。鲍比躺在沙发上,看上去虚弱、苍白,绑着石膏的胳膊重重地压在胸脯上。他看到了是谁来看他,但并没有试图站起来。我瞥到马库尼太太那张灰色的、充满恐惧的脸从厨房偷偷向外张望。我以为她丈夫会对父亲很无礼,例如说你他妈的想要什么之类的话。但他上下打量父亲一番,然后是我,然后又是父亲。"好啊,是你们啊,"他说,"在这儿等着。"说完迎面把门关上。

我们没等很久,他回来了,手里拿着几张淡绿色的纸,递给父亲。父亲打开它们,我看到上面是托马斯顿地区医院的抬头,右边是一行数字,父亲艰难地咽了几口唾沫。"该死,我来负责这事,如果你希望这样。"他说,目光绕过马库尼先生,落到躺在沙发上的鲍比身上。我想,"如果你希望"反映出父亲的惊奇。毕竟马库尼为政府工作,有很好的医疗保险。

"我应该这样希望。"马库尼先生说。

"我不是说,我马上就能付清一切。"父亲承认,悲哀地注视着那一长串数字。

"那是为什么?"马库尼先生说,"你总是喋喋不休地说,你打算买这个买那个,打算去这里去那里。听你说话,谁都以为你能拿出一大笔现金来。"

"如果他们能够与我一起……"父亲说。

"与你一起?他们为什么要那样做?"

"我不是说他们拿不到钱。几个月以后——"

"你觉得要几个月?"

父亲耸了耸肩膀,好像在说,很难说,简单的减法不足以计算如此复杂的筹资。当然,他需要的是与母亲商量,她可以精确地算出需要多长时间,但他不打算说出这一点。"如果他们与我一起……"

马库尼先生一把抓回医院的账单,厌恶地摇摇头。"告诉你,"他说,"回家去吧。"

父亲无力地伸出手,要拿账单。"该死,我没说——"

"已经付了,"马库尼先生说,"都搞定了。"

"你不打算——"

"回家去吧。"

我想回家,极其强烈地想回家,但父亲不想。他只是站在那里,看上去像是矮了半截。他仍然没有直视马库尼先生,而是眯着眼睛看屋里的鲍比,一脸渴望的表情。他痛恨与任何事情隔离,此时此刻,他希望进到屋里,而不是站在外面。可他想不出办法,能让不欢迎他的马库尼先生至少让出路来。我意识到,他原来计划能有机会与鲍比谈谈。他善于和孩子打交道,立刻就能让鲍比大笑起来,记住我们在送奶车上的欢乐,并且告诉鲍比,石膏很快就会拆掉。而鲍比会承认,现在骨头固定了,疼得就不那么厉害了。父亲想象,用不了多久,我们大家又会成为朋友。也许我们会是最先在鲍比的石膏上签名的人。他自己是个亲切友善的人,相信亲切友善的解决办法,他很容易原谅人,原谅是他一贯自由施舍的东西,他不能理解为何有些人那么吝啬,而且从中获取乐趣。

也许,因此他没有注意到我在拽他的袖子,想让他明白,我们即使没有达到目的,也该走了。我觉得很尴尬,我能看清的事情,父亲却似乎怎么也不明白,我知道他可以永远站在那里,但马库尼先生仍然不会让他进去,不会可怜他,不会发善心。最后那扇门终于关上了,我们两人站在门口印着"欢迎"二字的脚垫上,他仍然一动不动。他张口说话时,我的第一个想法是,他没有意识到马库尼先生已经不在那里了。因为他站在那里,呆呆地凝视着那扇紧闭的门,所以我没有立即意识到,他是在对我说话:"永远不要这样,卢易。"

我说我不会。

"我是说,不要这样对待任何人。"他继续说。

我急着想要离开,因此说我明白。

"永远不要这样对待人,仿佛你希望他们死掉。"

我怕只要答话,我们就会永远站在原地,所以没有说话,因为再多站一秒钟,我都忍受不了。

在楼下的门廊里,我们遇到了从教堂回来的斯平纳科尔姐妹。"嘿,林奇先生。早上好啊,卢易。"她们一前一后地说。

"真是个……"其中一人开始说。

"大好天,对不对?"另一个接着说完。

她们两人满脸堆笑地看着我们,都没有注意到有什么不对头。

"是啊,大好天。"父亲表示同意,因为他喜欢同意别人的看法,尤其是关于天气,或者是关于大多数人是好人,事情最终会好起来等等。

那天余下的时间,他都默不作声。吃过晚饭后,他说要出去一会儿,而星期天晚上,他素来是不出去的。星期天晚上有埃德·萨利文的节目,我们总是带着宗教般的虔诚去看他的节目,虽然对哪一幕最精彩,我们很少意见一致。父亲不在家,我和母亲兴味索然地看完那节目,她起身关掉电视。"在那边发生了什么?"她问。我告诉她马库尼先生有多刻薄,当父亲主动提出付账时,他如何一把从他手中夺过医院的账单。这一切似乎都在她的意料之中。我说完后,她沉默了片刻,然后说:"你父亲……"然后又沉默了,显然觉得,无论她准备告诉我什么,最好还是别说。

"他什么时候回来?"我问,因为他已经走了很长时间,我想象不出他能去什么地方。

"啊,我相信你早上醒来时,他已经回来了。别担心,他只是需要些时间,去纠正这个世界。一旦事情恢复到他希望的……"她的声音愈来愈小。

正常情况下,这种话听上去像批评,我会觉得很讨厌,但这次,母亲似乎一反常态,没有发火或气恼,只是对事情的结果感到悲哀。我觉得,我明白她的话是什么意思,即他纠正这个世界,以便自己能在其中活下去。我自己的世界这一整天也处于失常状态,我知道原因,却不知道拿它怎么办。实际上我知道怎么办,却不愿去做。一整天,我眼前都是鲍比躺在沙发上的样子,苍白、面带病容,整个换了一个人。我不禁想起自己如何希望发生这样的事情,如何嫉妒他拒绝哭泣。他仍然没有哭,而我现在的感觉更糟了。不仅如此,最后,我听到自己说:"拐弯时我没有喊。"

母亲严肃地看着我。"我不懂你的话。"

"是我的错。"我说,解释了事情的经过:冲浪时鲍比总是站在我身后,拐弯时需要我先说出来,以便他有所防备,我一直都是这样做的,除了这一次。我告诉她,我不知道自己为什么没有喊,我从来没想让鲍比伤得这么重,一切都是我的错,他也这样说了,因此我们再不会是朋友。

"你们当然还会是朋友,"她说,有一刹那,我希望她是对的,但我意识到,事情不是这样,"他会原谅你的。"

我摇摇头。"不,他不会。"

"他会的,"她坚持说,"你原谅过他,不是吗?"

"原谅他什么?"

她盯着我的眼睛,我不能正视她。"你知道是什么。"

"我不知道,"我说,几乎说不出话来。

"你是不想知道,"她答道,"但是你知道。"

"我不知道。"我很可能喊了起来。

"好吧,"她说,目光转向别处,对我感到失望,"好吧,卢。"

那天夜里,父亲很晚才回来。我听见他在屋前的台阶上绊了一下,摸索着进了门,最后缓慢吃力地走上楼梯,进了我隔壁的卧房。母亲仍然醒着,我在黑暗中可以听到他们轻轻的对话声,但听不清他们在说什么。她很可能只是让他上床去,说一切都会好的,他需要睡觉,因为再过几小时,他又要起来去上班。另一个可能性是,他们在谈论我的事。

我之所以醒着听到父亲回来,是因为我仍在反复琢磨母亲所说的那件我知道却不愿承认的事情。黑暗中我拿定主意。早上我要再次告诉她,她错了,不存在什么我知道但不想知道的事情。我会不断坚持,直到她别无选择,只能同意我的说法:鲍比没在高架桥上,当我求他们别把我锯成两半的时候,他没有同别人一起大笑。没有,我没有原谅他,因为没有什么需要原谅的。

那天下午,马库尼先生的家当装上了一辆鲜黄色的搬家车。我站在屋前的台阶上阴郁地看着,因为在此之前,我得到了具体的指示:不要挡搬运工人的路。我不断希望,在这最后的一天,鲍比会过来陪陪我,但母亲说,他父母忙着搬家,他可能有照顾小弟弟的任务。下午过了一半时,他出现在一扇敞开的窗前,我向他挥手,他没有理睬,过了一会儿,他父亲从同一窗前经过,拉上了百叶窗。

有一件事情，母亲是对的。鲍比显然原谅了我没有在拐弯时提前喊出来，至少，我们没再提起过这件事。在他们搬走前的一个月里，他仍然到我家来过几次，但几乎每次都是刚进屋，马库尼太太就打电话过来，催他回家。当然，我们再没有在送奶车上冲浪。

父亲恢复了好心情，但从马库尼先生让我们站在门厅那天起，他们两人没再说过话。我惊奇却如释重负地发现，父亲不再想方设法博得马库尼先生的欢心，母亲显然已经说服他，让他觉得那是注定要失败的。在漫长、炎热、潮湿的日子里，家家户户窗户大敞，我听到马库尼先生说，他认为鲍比此时离开第三街正是时候，他的声音突然变得很真切。对这句没有上下文的评论，我不禁觉得，他们是在谈论我们林奇家。随着他们搬家日期的接近，我问鲍比他的新电话号码，但他说还不知道。他说一知道就会打电话来，但他的语调中，有什么东西让我觉得，他并不打算这样做。我甚至不知道他们的新房子在哪里，只知道是在伯若区的某个地方。

无论如何，他们搬家时，我一个人坐在那里，看上去一定垂头丧气，因为父亲回家吃中饭时，建议我们进屋给母亲帮忙，而我们过去从不这样做。做饭是她的工作，我们的厨房又不大。在饭菜摆到桌上之前，她不喜欢我们在那里碍手碍脚。但这次，她似乎理解他的理由，还停下手里的活计，给我们做了一罐柠檬汁，并说天气真是热疯了，她很可怜那些搬运工。

她在我和父亲面前摆了两只带着水汽的高脚玻璃杯。"今后一两个礼拜，你和鲍比反正不会有多少机会见面。"她说。再过一个星期就到劳工节了，学校一开学，我上圣方济，鲍比回布里奇，各自为其他的事情忙碌。"除此之外，"她接着说，"伯若区也不是世界的尽头。"

但感觉上它就是世界的尽头。自从离开西区，我们从未回去过一次，而鲍比从伯若区回我们这里，唯一的理由就是我，我却开始明白，这个理由不足以让他回来。

不过母亲说得对,生活在继续。我只在八月最后的一个星期里四处游荡,自怜自艾,此后学校开学了。至少,我的记忆如此。

而母亲的回忆是,那是我年轻生命中最糟的一个秋天,马库尼家搬走后,我一直伤心欲绝,而且变得很好斗。九月和十月,我还几次发病,都比夏天发病的时间长,弄得我精疲力竭,垂头丧气。我在大铁箱里第一次发病时,曾感到乐观和轻松愉快,还有一种威力感,这几次却都没有出现,反而好几天头脑愚钝,无精打采。据母亲说,我刚觉得好一点,就跳上自行车,骑遍伯若区的所有街道,寻找马库尼的新居,决心恢复我与鲍比的友谊。她甚至回忆说,曾接到马库尼太太一个惊恐的电话,说她丈夫很生气。每次他从前面的窗户看出去,都看到我在那里,坐在我的自行车上,沮丧地盯着他们的房子。

后面这一说法根本不可能是真的。首先,我若沉湎于这种行为,是不可能忘记的,再者说,我直到第二年春天,才确切知道马库尼家搬到哪里,因为正如我担心的那样,鲍比从没打电话来,告诉他的电话号码和住址。不错,在八月的最后一个星期和九月初,我是骑车在伯若区穿来穿去,希望能"偶然"遇到他,或者看见他在外面玩,也许是和他的新朋友一起。因此我的假设是,可能有一天下午,马库尼先生从前面窗子看出去,惊讶地看到我骑车经过那里。但说我那个秋天去纠缠他们则很荒唐可笑。

母亲记得的事情,可能是有一个星期六下午我骑车出去。我自己的模糊记忆是,我去拜访了加布里埃·茂克,然后从惠特科姆大宅回家,最直接的路线是穿过伯若区。无论如何,我拐了一个弯,惊奇地看到父亲的送奶车停在路旁。因为他上午就应该已经收完奶费,所以我首先是惊恐地想到,一定出了什么事——或者是因为他莫名其妙地生我的气,或者是因为母亲出了事,所以他来接我回家。我一定露出很害怕的样子,因为他从车里出来时,好像觉得自己来得正是时候。

"卢易?"他说——很尴尬的样子,我觉得他的声音有些不对头,仿佛伯若区还有另外一个男孩,长得与他在东区的孩子一模一样,他在确定了我是谁之前,不想做任何事,"你在这里做什么?"

我耸耸肩。为什么我就不能在这里?

"你想搭车跟我一起回家吗?"他打开卡车的后门,我们把自行车搬上去,靠在用绳子围起的奶箱旁。

我已经说过,那时的送奶车上没有乘客座位。通常如果我单独和父亲在车里,我会把几个奶箱翻过来,坐在上面,就在大变速杆右侧。那变速杆从地板上的洞里伸出来。但那天,我正要去拿奶箱,父亲拍拍他的坐垫,让我坐到坐垫边,平衡好,然后他用胳膊搂住我的肩膀。似乎有很长时间了,我第一次感觉这样好。

"你知道这些房子里住的都是什么人吗?"他问。

我承认不知道,于是他把车放在自动挡上,带我慢慢巡视伯若区的各条街道,也就是不久前我和鲍比星期六上午冲浪的那些街道。他指着街道两旁的房子,告诉我这里住的是哪位医生,那里住的是哪位律师,哪栋房子属于宝石剧院的老板,还有制革厂老板贝弗利的家在哪里。这是他送奶的路线,城里最好的路线,我可以看出他很骄傲自己知道这一切。他说这些人里,有许多人腰缠万贯,他们不想工作就可以不工作,但我觉得这一点很难置信。有几个伯若区的居民看到父亲经过,向他招手。他显然为此而高兴。但也有些人在我们擦肩而过时,并没有理会父亲的招手,甚至好像没看到我们,但我们实际上车速很慢,这样父亲就可以一直搂着我,不必变速。

"事实上,哪里的人都一样,"他说,仿佛在解释那些没有理会他招手的人,"他们就是那样,你也没有办法。"他还在想着马库尼先生吗?

我点点头。

"你知道,我们附近街区的有些人不喜欢看到西区人在周围晃荡?"

我当然知道他在说什么。斯平纳科尔姐妹就尤其坚决不赞成那些不属于这里的人来访。

"这里的人也是一样。看到不住在伯若区的人,他们就会说,他在这里干什么?即便你并没有打扰任何人。你懂吗?"

"我不该骑自行车到这里来?"我说,觉得这是他想告诉我的。

"不完全如此,"他说,语气有些勉强,"这里是美国。你有权去任何你想去的地方。任何人说你不属于这里,你都可以提醒他,他是在什么国家。"

我点点头,觉得很困惑。

"但有些时候,最好不要激怒别人。如果他们认为你不属于这里,去他们的,这是我的想法。我的意思是,我们住的地方也挺好,是不是?第三街?"

我说,我觉得第三街挺好。

"朋友也是一样,"他接着说,"最好是与愿意和你交朋友的人做朋友。"

"鲍比愿意做朋友,"我说,明白他要说什么,"只是他爸爸不让他这样做。"

我们已经到了伯若区的边缘,父亲左转进入东区——属于我们的那部分小镇。我突然想到,我们悠闲的巡游一定经过马库尼的新家。它毕竟就在父亲送奶的路线上,因此他一定知道是哪一栋房子。他无疑会每周两次,把牛奶瓶放在他们的锡制奶箱里,收他们留在那里的钱,并找给他们零钱。他们跟他说过话吗?或者他跟他们说过话吗?他敲门时,马库尼先生是否蜷缩在屋里?父亲是否试图让他们邀请他进屋看一看?我一直全神贯注于自己的失望,从未想过要去想象一下他们的离去对他的影响。他不再能认为,自己仍在与"通心粉先生"竞争。如果那曾经是一场竞赛,他已经输了。他接受了这个事实,这才是他现在想告诉我的。

"你那些犯病,"他说,让我猝不及防,"你犯病时是在想鲍比吗?"

我告诉他没有,我可以想任何事情,也可以什么都不想。我开始犯病时,总是觉得眼前的东西变得模糊、遥远,觉得很困。那种感觉真的并不坏。我并不害怕。它更像是我脱离了自己的躯壳,成为一个旁观者,仿佛我的身体轻到可以浮走。实际上,那部分感觉挺不错,好像我从什么东西中解脱出来。

我永远忘不了他听了我的解释后脸上的表情。"你不会那样做,对不对,卢易?让你自己浮走?"

我告诉他,我不会。

"永远不会?"

"永远不会。"我保证,这似乎让我们两人都安心了。因为浮走的感觉虽然不错,但回来的感觉也是同样。实际上,那天下午乘父亲的送奶车回到我们东区,感觉就有点像我从一次犯病中恢复。巡游过伯若区后,我们的房子看上去很小,但我们把车停在路边时,出于某种原因,它看上去正适合我们,正适合我们的身份。我确实喜欢我们的街道,一端是艾吉·鲁宾,另一端是汤米·菲林。我喜欢住在斯平纳科尔姐妹的隔壁,即使我去拜访时,她们会关上电视机。但只有一件事让我不安。

"我只是希望他说话算话,"我告诉父亲,"他说会打电话来,告诉我新的电话号码。"

"他们可能保留了过去的号码。"他说,我再次觉得很惊讶。我过去以为,搬家后就会有新号码,而搬进斯平纳科尔姐妹楼上的人,会继承马库尼家原来的号码。

我一直没找到机会,直到那天晚上,母亲洗完碗,到屋外门廊上与我和父亲一起乘凉。他们两人刚坐定,我就说要上厕所,进屋去迅速拨了那个我心中仍然记着的号码。铃声响了三下,鲍比本人接了电话,但我还没有把事情想明白。他一连说了几声"喂",我却吓呆了,站在那里不知说什么好。我怎么能问他的手腕是否痊愈,石膏是否拆掉?或者说我感到抱歉,拐弯时没有喊,我希望他和他家搬回第三街来,让事情恢复原状。说现在的这一新安排对他们来说可能不错,对我却不然。

马库尼先生从他手中拿过电话,吼道:"你他妈的是谁?"直到这时,我才轻轻把听筒放回去。

当胸一击

"嘿！"伊万杰琳说。她捅了捅努南，仿佛在捅一只似死非死的危险动物。她穿戴整齐地站在床边，显然准备好，如果需要，拔腿就跑。"跟我说话呀，努南。"

"说什么？"他昏昏沉沉地说，用胳膊肘支着抬起身子。听到他的声音柔和、清醒，她显然放松下来。毕竟没有必要逃跑。

迄今为止，她是唯一目睹过他犯夜晚恐惧症的人。那是一个多月前的事，但那次经历在她的脑海里记忆犹新。入睡半小时后，他突然在一阵狂怒中醒来。她错误地企图让他镇静下来，他却根本不认识她是谁，猛击过去，实际上是重重地击中了她的脸，闹得她很难向丈夫解释因此造成的黑眼圈是怎么回事。从那以后，他们达成协议，不再冒险重复这一事件。他们继续那种偶然、随意的做爱，但完事之后，没等到性交后的困乏袭来，他们两人中的一个就要回家去。今晚她在迷迷糊糊睡去之前，问他的最后一句话是他困不困。他说不困，以为自己能够醒着，结果也睡着了。

"我假定你能告诉我，你为什么抱歉。"

"我说梦话了？"

她坐在床边，手背轻轻贴在他的面颊上。"你不断地说，你有多么抱歉。听起来一点儿不像你。"

"不像我的声音？"

"不，是你的声音，没问题。但这话不像是从你嘴里说出来，如果你明白我的意思。有点儿像休·莫根说'我不知道'。别管怎么说，我接受你的道歉，虽然它不是给我的。"

努南把脚伸出床外，"我猜你要走？"

"快半夜了。"

"你若能等到我穿上裤子，我就送你回家。"

"真不应该让人看到我们在一起。"她说，但他可以看出，这一反对在等着他去推翻。

结果无论是交通艇还是街上，都只有他们两人。连圣马可广场也是人迹稀少，只是在弗罗里安咖啡馆外面，还有最后的一些乐手在收起乐器，一些侍者把椅子摞上一辆有轮子的推车。

"托德什么时候回来？"他们到圣斯台方诺市中心广场时，他问。她的画廊就在那里，他们住在画廊楼上。

"明天。"她说。托德·李奇特纳是个失败的小说家，后来改写游记，经常要为几个杂志出差，"说到这个，你会再见到休吗？"

"有可能。我的印象是，他纠缠我还没完呢。"

"提醒他，他答应过要顺路到画廊来。"

"如果他答应过，就没必要提醒他。"

"我有一两样东西真的希望他能看一下。"

"庞蒂？"

她点点头。"还有琴·纽金特的新作。"

努南耸了耸肩膀。"庞蒂的那幅不错。休有可能喜欢。"但也可能不喜欢。而且他想不出休和任何别人会有理由喜欢纽金特的那幅画。

伊万杰琳一定是看透了他的心思，或许甚至同意他的评价，因为她扭过头去，附近一盏路灯的光线恰好亮到可以照出她湿润的眼睛。"我不知道我的画廊还能维持多久，"她说，声音里充满了无奈和委屈，"有时我甚至记不起来为什么还要开下去。我继续在做的事情,多半都是因为习惯,首先是早上起床。"

和他上床是另一个例子,很显然——连说的必要都没有。

"人容易陷在老一套里出不来。"努南说。但老一套并不一定是坏事。或许艺术家的训练、过程和常规——如果你愿意,可以说这是习惯——就是有目的的老一套。如果你有才华,又有运气,你会得到某种自由作为回报,至少是在画布的范围内。当然不符合直觉,但是你得到了。危险的是你失去了常规训练的目的,如果可能的话,只剩下习惯来解释和证明自己。那么不可能时怎么办?也许你就完蛋了。完成那些动作,那些动作是得不到回答也无法回答的微弱的祷告。为什么他成为夜游者,夜复一夜地走同一路线?所有六个地方:圣马可、卡斯蒂罗、卡纳里乔、圣保罗、多索杜若、圣克罗斯。总是这个顺序,从来不是相反的顺序,用空间来衡量时间,反之亦然。归根结底,他与他父亲是多么不同啊,他父亲的严格纪律从来只是植根于控制别人的自私需要。

"我真的爱威尼斯,"伊万杰琳接着说,"但住在这里是件荒唐事。"

"那你去哪里呢?"

"是啊,这是个问题。"

"你丈夫怎么想?"

"能知道倒好了。我如果能猜出来,就可以反其道而行之。"

"试着做一点小的改变,"他提议说,"一些无关紧要的事情。看看有什么感觉。"

"实际上我一直在想这件事。我一直在想改变的小事情就是你。"

"如果你想伤害我的感情——"

"我没有,"她说,眼泪开始流下来,"我没有。我的意思是……你今晚真的享受在一起的时光吗?它有没有对你说明什么?"

这问题问得很公平。他最终精疲力竭达到的高潮尽管令人满意，却显得很遥远，它发生在一条平行轨道上，震荡被地面吸收了一半，没有碰撞的危险。只是因为年龄吗？感情回报递减的规律在肉体上的反映？"你过来我很高兴。"他说，这是真的，但他现在很高兴把她归还给她的丈夫和她的生活，这也是真的。

"想听点儿疯话吗？"

"我猜是吧？"

她用衬衫袖子拭了拭眼睛，眼影把袖子弄脏了。"这似乎是我对你的希望，努南。我希望在很长一段时间里不再见到你。这是第一件事。第二件事，是如果休明天来，我希望你同他一起来。"

"我想你刚才总结了四十年来我与女人关系的价值，"他微笑着说，"这不是一次新的举棋不定。只是对你来说是新的。"

"你想上楼来吗？"

"现在？老天，不。"

她走了，重重的关门声在运河上空回响。他说着她的名字，然后推了推门，但她随手锁上了。很幸运，因为他本来可能会跟着她进去。他在门口徘徊了一阵，然后退后几步，退到水边，抬头望上去，等待里面有一盏灯亮起来。它终于亮了，反射在闪闪发光的水面上和运河周围暗色的砖墙上。一幅图画，努南意识到。也是某个记忆？又过了一会儿，伊芙出现在窗口，探身到窗外，来关百叶窗。他觉得她没有看到他站在楼下的阴影里，但她的声音传了下来，轻得几乎听不见。"回家去吧，努南。"百叶窗关上后，运河又变黑了，图画消失了。

他拐过街角，开始下三级台阶，想走上那条通往圣斯台方诺市中心广场的狭窄小街，突然有什么东西重重地击中他的胸口。他还没弄清是怎么回事，就莫名其妙地听到铜板在他脚下的石子路上跳舞的声音。托德·李奇特纳那张苍白的脸短暂地游入他的视线,努南一眨眼,它又消失了。他退后一步,揉着肋骨,那里的疼痛是他唯一能够确定的真实。然后他再次看到另一个人,他正在黑暗中费力地捡起四处散落的铜板。"你真是个王八蛋,努南。"李奇特纳似乎没有想到,他跪在地上四处摸索时,这真正的王八蛋说不定正好可以踢他的脑袋,而努南如果不是因为被那些铜板给搞迷糊了,可能就会这样做了。那重重的一击和同时发生的铜板飞散,不合逻辑地表明,他的胸膛里充满了铜板,被这一击释放出来,好似糖果从彩罐中飞出。他本来宁愿有另一种解释,即李奇特纳打了他,以前努南从没想到他还有这等力气和信心,但努南试图提出一个问题时,却发现自己喘不上气来。一切都太离奇了,于是他坐在台阶上,看着李奇特纳在黑暗中四处摸索,寻找那些他似乎认为属于他的铜板。有一个铜板落在努南两脚之间,他把它捡起来研究着。光线很暗,但他可以发誓,那是两毛五分钱的美国铜板。

李奇特纳终于站起来,走过来俯视着他,表情里掺杂着愤怒和开始领悟到的尴尬(除非努南感觉错了)。显然,至少有一点,伊万杰琳没有说对。她的丈夫并非一点不知道。努南递给他那个铜板,他立即把它扔进运河。"你这混蛋。"他说,仍在哆嗦,但他的怒气似乎在减弱,尴尬却在增加。

努南恢复了呼吸,同时还有了一个想法:李奇特纳一定是为了加重拳头的力量,所以手里握着一卷钢镚儿,但刚出手一拳,包着钢镚儿的纸就裂开了。意识到这一点后,刚才一时倾斜的世界又正了过来。"你回来早了。"他说,声音有气无力。

"昨天就回来了,"李奇特纳说,"如果你有兴趣知道,我一直住在他妈的一家旅馆里。"

"那之前你去哪里了?"

"拉斯维加斯。"

努南笑了,那卷钢镚现在讲得通了。他玩的是两毛五的老虎机。十足的李奇特纳。

"我就知道有什么人。我就知道。"他仍俯视着努南,紧握拳头。

"你要是再打我,我就把你扔进运河。"

李奇特纳退后了一步。"嘿,我可是有冤要伸的人。"他愤怒地说。

"依然如此,"努南说,仍在按摩自己的胸骨,"我可是事先警告你了。"

对李奇特纳来说,努南不想第二次被打的决心似乎很不公平地限制了诉讼程序。但毫无疑问,努南会兑现自己的威胁,因此他耸耸肩说:"你没事吧?"

"我猜是吧。"努南说,但他并不能肯定,此刻仍然坐在那里。他的呼吸已经恢复正常,但觉得另外那个人的拳头仍在他的胸腔里,鼓起、收缩,"很疼,如果这样你感觉好些的话。"

"很好,"李奇特纳说,向他伸出一只手,"我很高兴。"

努南让他把自己拉起来。"现在你要怎么样?"

李奇特纳又耸耸肩,现在是尴尬万分了。"我不知道,"他承认,"事情没按我想象的方式发展。我猜我没怎么想击中你的脸以后怎么办。"

"你击中的是我的胸。"

"你在下台阶,我错过了时机。我猜我是耐心不够。"

努南走到水边,咳了几口痰,啐进运河里。

"我想我们可以找个地方谈谈,"李奇特纳说,现在他的两只手垂在身边,"圣玛格丽特广场的酒吧可能还开着。"

"那里全是学生,"努南提醒他,"小孩子。"

"没关系,"李奇特纳说,"我们的行为就像小孩子,我们也可以和他们一起喝酒。"他实际上似乎对努南没有表现出更大的热情而失望,"我可能还不应该回家去。在我镇静下来之前不应该。"

努南觉得他看上去很镇静,而且他好像怕的是被妻子打,而不是打妻子。他似乎完全明白自己十年只能出一次手,而他在不到两分钟前已经打出了这一拳。"我以为你住在旅馆里。"

"就住了两晚上。如果我今天晚上没发现是谁,就打算去问她了。"

正如努南预测的那样,他们在圣玛格丽特广场上找到那家酒吧,里面挤满了大学生,其中几位,从他们那些奇装异服上可以看出来,正在庆祝期末考试结束。他们找了一张桌子,尽量离那些学生远点儿,但结果还是不够远。"毕业……毕业。"他们一起单调地吟唱着,一个穿成阴茎似的小伙子正捧着个罐子发出咕咚咕咚的声音。努南要了啤酒,李奇特纳点的是堪培利开胃酒。酒上来时,后者的怒气又恢复了一些。"我就知道一定是你,"他说,"我就知道。"

"怎么知道?"努南奇怪地问,对他的逻辑很好奇。他恰巧知道,在他之前,伊万杰琳有过好几个情人。怎么就把他们都排除了呢?

"你是我知道的唯一打女人的男人。这一点让人恶心。我不能原谅这一点。"李奇特纳补充道,以防努南请他原谅。

"那实际上是个意外。你要是不相信我,问她好了。"

显然他是问过了,但他的憎恶让他不能承认这一点。"那么操她呢?我猜也是意外。"

"好吧,既然你提起,整个这件事都有意外的特性。现在可能已经结束了,如果你有兴趣的话。"

"不对,"李奇特纳任性地说,"不是有什么兴趣,这事也没有结束,对我来说没有。是我得想象你们两人胡搞。知道了这些事,我怎么在威尼斯待下去?"

努南很想对他说,他这样很愚蠢,因为即使没有他努南在威尼斯,也会有另一个男人在巴黎,在伦敦,或者在爱荷华的达文波特。

李奇特纳的问题,或者说问题之一,是他的妻子不快乐,这种情况即使不普遍,也接近普遍。她渴望更多的东西。例如,她的渴望超出了托德·李奇特纳。再例如,她的渴望也超出了努南。谁他妈的没有渴望呢?"也许你应该离婚。"他提议说。

李奇特纳嗤笑了一声,一口喝完他的开胃酒。"你喜欢那样,是不是?"

"实际上,"努南说,尽量做到诚恳,"你怎样我都不在乎。离开或者留下来。离婚或者不离婚。你觉得怎样最不痛苦,就怎样做好了。"

"我从来没有说过我痛苦。"李奇特纳答道,现在背也直起来了。

"对不起,我以为你痛苦。"

"也许就这一秒钟,"他痛苦地承认,"但伊芙和我经历过比你更糟糕的事情。糟糕得多。"

"我希望你不打算告诉我这些。"

"而且我对她也不是百分之百的忠诚。"他自豪地补充道。

"你估计的百分比是多少?"

李奇特纳没有理睬他。"但我从来没有操过朋友的妻子。那是我的底线。"

"我们是朋友?你和我?"

"我们不是朋友吗?"

观看一个感情如此丰富的人真让人惊愕,每一种新的感情都是前后矛盾,每一种都很重要,但又不能令人满足,不能持久,或者说不甚可靠。努南不能肯定他所看到的是一个人,还是他们这种年龄的男人的普遍状态。"我猜我以前没这样想过,"努南说。并不是说想过就有多重要。

"努南,那天在教堂,你让我心碎。那时,我真觉得与你非常近。"

"多近？隔几条长椅？"

李奇特纳耸耸肩，看上去很可怜的样子。"喂，你不愿做朋友？没人强迫你。"

侍者从旁边走过，努南摇了摇头。喝第二杯会强化李奇特纳关于他们是朋友的说法，而这正是他决意要避免的。李奇特纳掏出一些钱。"很遗憾我打了你。"他说。

"我也遗憾。"努南说，仍然觉得另一个人的拳头在他的胸腔里。

"你是遗憾操了我的妻子，还是遗憾我打了你？"

只是遗憾，努南想，并没能够比刚才与伊万杰琳在一起时讲得更清楚。如果你不能解释自己为什么遗憾，遗憾又有什么用处呢？努南小时候在这套刻板的问答上花过很多时间，因此对其很怀疑。那时你学会像图解句子一样图解罪过，但除非你能够解释自己做错了什么以及为什么做错，否则你是不会得到原谅的。

他们起身离开时，那些学生还在吟唱。"毕业！毕业！"他们喊道。"去你妈的！去你妈的！"一个打扮成树精灵的姑娘把她的大啤酒罐弄出咕咚咕咚的声音，然后得意扬扬地放下。近处，那个他们进来时正在咕咚咕咚的阴茎已经瘫在椅子上，蔫了。

到了外面的广场上，李奇特纳一副哭像。"我不能回家。"

"你肯定能，"努南说。他出来和一个刚袭击过他的男人喝了一杯，因为这样做似乎是得体的，但要适可而止，"只是别打伊万杰琳，因为你会感到遗憾的。这一点我可以绝对保证。"

"问题是，我现在不应在这里。不应在威尼斯。我的飞机要到早上才降落呢。让我在你的沙发上过一夜吧？想想看，这至少是你可以做的吧。"

努南想了一下，得出的结论正好相反。但他还是说："你怎么没有箱子？"

"存在费罗维亚火车站了。"

"如果你愿意,去拿了来。我给你留着门。"

"啊,好吧,"李奇特纳说,"看上去我可以信任你。"

艾吉小店

我在楼上书房里工作，听到外面有蹚水的声音，意识到一定是欧文在汲水。我从窗子看出去，知道自己没有错。我的儿子跪在地上，周围摆满了一加仑的塑料桶。（父亲若是看到这些，会有多惊骇啊！）欧文的头发已经开始稀疏，头顶上的那块地方和父亲当年一样，因此，我当然也是如此。欧文正在用我们屋外的一个水龙头往塑料桶里灌水。水溢出来后，他放下桶，拧紧塑料盖，又把另一只桶放在水流下。他的动作又快又有效率，但他不屑于在换另一只桶前先关上水龙头，因此他的裤子膝盖处都浸在水里。我数了数，有七个一加仑的容器，够一星期用了，可以用来饮用、煮咖啡、煮通心粉和土豆等等。

他和妻子布琳迪住在镇子边上一栋整洁、普通的小房子里，离惠特科姆公园不远。他们最近发现自己的井水污染了，淋浴还可以，但绝对不适于饮用。两年前他们想买这地方，我和莎拉就催他们先化验水，但布琳迪爱上了这栋房子，结果他们刚得知有另外一对夫妇感兴趣，准备出价，就放弃了某些检查。显然，是他们的房地产经纪人劝告他们，如有多人出价，卖主往往接受"最干净的"出价，即附带条件最少的出价。因此，出价倒是干净了，水却是脏的。州里规定的检查已经显示出，整个房子用的涂料都含铅，阁楼上有石棉，氡的含量也接近不安全的边缘。但布琳迪来自西区的一个大家庭，喜欢住在乡村，想象不出还能再找到另一栋如意的房子，于是我们出了首付，他们在虚线上方签了字。其他的出价从来没有兑现，因此莎拉很怀疑根本没有这些出价。毕竟自上世纪六十年代以来，乡村人口一直就在稳步下降。在托马斯顿镇里，每隔三四栋，就有一栋房子的草地上插着待售的牌子，而且它们通常会在市场上滞留两年，乡村的房子滞留的时间就更长。因此，对布琳迪一眼看上的这个地方，有多大可能他们真的必须去竞争才能得到呢？

我本人曾希望他们留在镇里。我们在第三街的房子租了出去，本来，等到租约期满，我可以让他们不交房租住在那里。那房子装修得很好，空间也足够大，即使他们有了孩子也一样，因为他们本来是计划要孩子的。还有一点我得承认：我儿子和他的妻子在我长大的房子里养育一个家庭，这个主意我很喜欢，我猜是因为对称。但是正如莎拉所说，这是我的对称，不是他们的对称。欧文当然是在伯若区的房子里长大，没在第三街住过一分钟，所以那样做，对他不可能有对我一样的意义。况且那个街区也与当年大不相同了。我觉得他们可以看到这样做实际的一面，但又觉得布琳迪不会喜欢住得离店铺这样近。"这是他们的生活，"莎拉看到我很失望，就提醒我，"让他们自己去过吧。"

但是去年冬天，布琳迪小产了，因此我们仍然自责，没有坚持让他们对房子进行全面检查。我们本来可以把这一条作为给他们首付的条件，但在当时，这看起来不太好，有操纵他们的嫌疑。此外，我们后来交谈过的每一个人都认为，虽然他们的井里发现了砷，有可能促成布琳迪的小产，但也不能一口咬定这是唯一的原因。在这个县里找找看，哪里有一口井不含砷的。一位检查员，也是我父亲的老朋友，就是这样说的。找找看，一所二十年以上的房子涂料不含铅，一个没有用石棉绝缘的阁楼。更别提我们生活中真正的罪魁祸首卡尤加河了。在我们的问题中，最微不足道的，可能就是氡和低含量的砷了。

如果说我儿子夫妇在他们买房的事情上很愚蠢或很粗心,我是理解的。我确实理解。我清晰地记得,父亲为我们在第三街和劳雷街拐角的房子感到自豪。有时,星期天一大早,他第一个醒来,穿上衣服,跑到马路对面,坐在马路牙子上,端详我们的房子,仿佛没有必要的距离,他就无法理解它。想想我写他与马库尼先生的竞争,我怀疑到此为止自己是不是写了对他不利的话。如同许多他们那一代的人,他是战后乐观主义的产物,他们环顾世界,看到事情越变越好,而且没有任何理由不该继续这样看。我们从伯曼大院搬到东区,不就证明了这一点吗?证明了这种乐观主义不无道理?不是他在西区不快活。我不知道他在任何地方会不快活,只要我们大家在一起,他和母亲,还有我。但是搬到东区改变了一切。

我觉得,我们的小房子尽管不起眼,但它在父亲心中植下了这一观念:"前进"既有可能,又是可取的。因此,他陷入了自己永远无法自圆其说的矛盾之中,而且不知道是怎么陷入和为何陷入的。一方面,他自认为我们运气很好,对此非常满足。他说,我没有理由有一天不能在伯若区拥有一栋房子。多年来,我真的相信,他这样说是在尽量表达他认为我心目中的希望,而不是他自己的渴望,甚至不一定是他对我的希望。这一点自相矛盾。他发现,拥抱前进的观念,产生了意外的义务,这义务就是在我心中培植我作为美国人的权利:如果我想,我就有权利怀抱宏伟的梦想。于是,他尽了他的义务。

但我的意思是,父亲已经得到了他想要的东西。他向马库尼先生暗示,他觉得我们永远不会搬到伯若区,那并不是酸葡萄。那天下午我们回到自己的街区,他说东区对我们很合适,我现在真的相信,他确确实实就是这个意思。人不一定想要他们去竞争的东西。当然,他像害怕落后一样相信前进,而且他相信自己有权利希望得到更多。他只是不能想象那会有什么后果。他不愿在竞争中输给马库尼先生,对此我不怀疑,但这并不意味着他嫉妒胜利者获得了战利品。对他来说,伯若区那些堂皇的大房子,并没有让我们的房子变得很小、很破旧。我再重复一遍:我父亲得到了他想要的东西。

欧文在楼下装满了那些塑料桶,把它们摞在小卡车座位后面的货厢里。这时,我在试图确定,自己是不是感觉到了模糊的失望。我希望不是,否则就很可怕。更可能的情况是,我只是希望更了解他。他毕竟不是个复杂的人,我往往事先就知道他会做什么或说什么。譬如,我知道,他在运走那些水桶之前,会进屋从我们的冰箱里拿出牛奶,不顾她妈妈的一贯反对,直接嘴对着纸盒喝牛奶,如果让我看见他这副模样,他又会内疚得要命。我了解他。确实如此。但如果有人问我,我儿子希望从生活中得到什么,他的梦想是什么,他的恐惧是什么,我却一无所知。我知道他爱我和莎拉,他忠于布琳迪。去年她小产时,没有人能比他更体贴、更温柔。倘若他们最终有了孩子,欧文将是一个耐心的好父亲。但奇怪的是,他身上一贯缺少激情,这让我和他母亲疑惑不解。多年前,供租赁的卡车上有一种叫"督察"的装置,用来防止超速和鲁莽驾车,我儿子身上似乎也有类似的机制。极度快乐、愤怒和恐惧似乎都与他无缘。

欧文成长期间,他的老师也摸不透他是怎么回事,他那么耐心地等待放学,等待人们停止纠缠他,逼他读那些他不喜欢的书。他等待不必再去回答他们那些稀奇古怪的问题,不必在空白的笔记本填满他不相信的话。无一例外,他打败了他们以他的名义所作的各种努力,但我却不记得,有哪个教师不是更喜欢欧文,而喜欢他们获奖的学生。他天性温和、内向,从不反抗或质疑他们。他如果怀疑他们所留作业的智慧,或者他们所教课程的重要性,也总是把看法憋在心里。他从小就是更多责备自己,而不是别人。有一次我问莎拉,她是否觉得像她父亲那样的天才教师,可以深入到欧文的内心深处,迫使这孤独的孩子变得开放。她只是笑笑,吻我说,不会,欧文是我的儿子。我妻子总认为,我内心深处有一处完全属于自己的地方,那里城墙高筑,难以攻破,是个无人能进的地方,连她也进不去。她还认为,那是我犯病时去的地方。我儿子是不是也有这样一处地方?我们大家是不是都有这样一处地方?

欧文可能让他的老师们受挫、沮丧,但不是因为他懒惰,这一点我绝对放心,而且可以感到自豪。他刚长大一点,会用割草机,我们家和邻居家的草坪就统统归他照管。冬天下雪时,铲雪车把各家的车道堆满厚实的积雪,即便雪堆比他高,欧文也会把我们的车道挖出来。他把自己挣来的钱整整齐齐地叠好,存进托马斯顿储蓄和贷款银行,每个月都把银行的数字与自己的数字核对,如果它们完全吻合,而且数字增大,他就很高兴,但他似乎从来不为什么具体的目标省钱。当然,他长大一点,就在店里干活,认真、勤勉地履行职责。难道我不该希望他像我一样热爱这个小店?像我一样看待它?但我能肯定他不是这样吗?事实上,我不能肯定,我只是担心。等到我和他母亲不在了,他和布琳迪会不会卖掉这份遗产?有可能。

几年前我得知,欧文曾决心在阿迪朗达克买下一个老旧的钓鱼营地,等我知道时,事情已经过了很久。广告上的价格似乎特别便宜,但湖边的十几栋小木屋年久失修,修缮费用几乎昂贵到奢侈的地步。地点偏僻在夏秋两季是优点,但第一场雪过后,有五个月的时间,住在主要房子里的人实际上成了囚犯,最近的商店和医生都有数英里远,去最近的医院或学校,则需要几小时,那里绝对不是孩子能住的地方。我怀疑是布琳迪让他明白了,这想法有多么不实际,不过我倒是很高兴知道,这世上居然还有什么事情让我儿子梦寐以求,以致因为得不到而伤心欲绝,即便他没有把这件事告诉我。对一个从不知道自己想要什么的人来说,如果他真的知道了,却无法得到,这似乎很不公平。我告诉自己,下次他想要什么别的东西时,会幸运一些。如果他为了得到它,不惜卖掉遗产,那就卖掉好了。坚持让他爱我所爱,是太过分了。我知道。我知道。

事实上,如果他们卖掉西区南分界街上的那家店,我倒不在乎。从感情上说,它对我并无价值。我们买它时,父亲已经死了。它的经营情况好过我们在东区的那家店,但我们已经几次遭到持枪抢劫,而且很长时间了,我对那里的收入方式有反感。当然,我们也卖便利店通常出售的商品——面包、牛奶和其他一些人们用完后不愿跑远路去超市买的东西。但是,真正吸引他们的是彩票机。过去几年,分界街的这家店彩票销售额排在全州前五名。"绝望者迫不及待要纳税",这是母亲对此事的描述。她总是认为,赌博,特别是州政府提倡的五花八门的合法赌博,是对无知者的征税。而分界街上那家店生意红火,可能如她所说,正是对这一无知的精确衡量。如果父亲活着,我不能肯定,他对这个问题的看法会完全相同,但我知道,他会感到不安,不仅因为抢劫,还因为那些衣衫褴褛的人们在彩票机前排长队,尤其是有人在深夜酒吧关门后,耐心等待自己运气的改变。店里不得不多雇一个人,唯一的目的,是拿走这些人兜里最后的两块钱。他不会为拥有这样一个店铺而骄傲,我也不会。

当然,若让布琳迪来决定,要卖的就不是分界街上的那家店了。为什么要卖赚钱的买卖,她会说。很难说她的逻辑有错。这家店生意更忙,这一点毫无疑问,而她喜欢忙,尤其是现在。自从小产后,她好像变了一个人,但我与妻子说起这一变化时,她提醒我,这是意料之中的事情。很自然,她同情布琳迪,因为我们婚后不久,她自己也小产过。"你不记得我过了多长时间才缓过来?我们对她要有耐心。"对此我都理解。我确实理解。但我担心,这个损失在她和欧文之间打进一个楔子,因为我觉得她现在对他很冷淡,仿佛他总是让她难以忍受,或者挡了她的路,他必须躲开,她才能做自己需要做的事，虽然让我看，太多的错误都是起因于这种不耐烦。当然，我从来没有表达过这一看法。他们在乡下买的那栋房子，就是她当初想要的那栋房子，现在她却说它与世隔绝。她希望"甩掉这个包袱"，回归文明，重新拥有朋友。几个月前布琳迪说出这一希望时，我母亲说："文明？托马斯顿？"她从不隐瞒自己不喜欢这个孙媳妇。"你可以让那女孩离开西区。"她说，然后声音低了下去。

"爸。"欧文说。我发现牛奶盒已经在他嘴边。"我不知道你在家。"他把牛奶放回冰箱，关上门，"对不起。"

"你需要水，为什么不从店里拿？"我问，看到他把自己的裤子弄得一塌糊涂。

"那水是花钱的。"

"那你花的时间和力气呢？"我纯粹是为了辩论才这样说，事实上我欣赏他的节俭，"它们就一钱不值吗？"

"我猜你是对的，"他说，"也许我应该那么想。"

你不一定非得同意我的意见，我想告诉他。你不一定非得放弃。

"妈妈说，你在楼上写你的历史。"

"没那么伟大。"我告诉他，但我写的确实超过了我的预想，我低估了往昔的拖拽和记忆的毒害，好吧，还有自我解释的吸引力。

"里面有我了吗？"

"没有，还没有呢。连你母亲都还没出场呢。"

"哇！"他说，真的很钦佩，我不能肯定钦佩什么，是在他母亲之前，我居然也有生活，还是在他出现之前，就已经有那么多值得记载的东西。

"收到你们那个朋友的回信了吗？"他说，他总是这样常常让我惊异，可以这么轻松自如，就从一件事转到另一件事，仿佛害怕在一件事上滞留太久，会被它套住似的，"就是住在那边的那个人?"

"还没有。"我告诉他。

"你们从什么时候起就没见过他?"

"高中最后一年。"

"哇,"他说,"他真的差点儿打死自己的父亲?"

这第二声"哇"是什么意思?哇,我真有那么多年没见过鲍比?或者是,哇,差一点弑父?"谁告诉你的——"

"当然是妈妈。"

我意识到,写到鲍比,让我对欧文从来不缺少朋友感到欣慰。他随和、友善,交朋友和保持友谊都不费力。许多人去别处上大学和谋生,回来度假和探访父母时,总是与欧文联系。那些男孩,有几个是伯若区的,很有钱,在萨肯达加水库旁、甚至在乔治湖边租赁或拥有第二栋房屋,他们经常邀请欧文和布琳迪夏天去度长周末。就我所知,这些友谊很有益、不复杂、没有麻烦,充满了简单的关爱。他们还破例对布琳迪表示欢迎,但我从欧文提到的几件事中猜出,她并不喜欢和他们相处,或许是因为高中时的事情,还有他们现在的生活相对轻松。她更喜欢自己在西区的朋友。她声称,他们更实在,不装模作样。

"店里谁在照应?"我突然想起来问。

"布琳迪。"他说。我很惊异。

"我以为她更喜欢分界街的店。"

他耸耸肩。"是她告诉你的吗?"

我试图回忆。也许不是。也许只是我的印象。"茂克先生昨晚来了吗?"

欧文摇摇头。"上次我见到他的时候,他看上去不大好。"

"我知道。"我说,决心去搞清楚。

欧文走后,我回到楼上,读了一遍刚才写的最后一页,重新坐上父亲的送奶车,巡游伯若区。当时在我眼里,那些街道是多么神奇，多么遥远啊。它们在记忆里依然神奇，但现在，我对它们了如指掌，因为我成年后，大部分时间走的都是这些街道。我热泪盈眶，再次听到父亲解释，沿着他送奶的路线，住的都是哪些人，除了极少的例外，这些人早已不住在这里。

只有一件事听起来不真实。我说父亲得到了他想要的一切，这不确实。他还有一个愿望。只是他当时不知道而已。

我们搬到东区后不久，绕经城外的公路边就开了一家崭新的A&P。一夜之间，从伯若区到西区，点缀家家户户后廊子的锡牛奶箱开始消失。有谣言说，父亲所在的牛奶厂要卖掉，新厂主将取消送奶到家的做法。父亲却认为，人们到A&P买牛奶只是一个阶段。他的推理是，既然有人直接把瓶装牛奶送上家门，为什么要走好长一段路去A&P，买装在蜡纸盒里的牛奶？他说伯若区居民尤其喜欢送奶到家的方便。也许奶厂会取消对西区的服务，为省一两分钱，那里的人愿意去超级市场。西区人是有名的，愿意烧一箱汽油，去四处寻找油价最低的地方，仿佛那箱油不花钱。但父亲相信东区和伯若区的居民更聪明。可以预见，母亲的看法不同。她的思维逻辑是，节省每一分钱是人的本性，因此她力劝父亲做好准备，迎接没有送奶车乃至没有牛奶瓶的未来。

她是对的，通常如此。那个拥有奶厂又喜欢我父亲的"老头子"，曾发誓永远不会卖掉奶厂，但他后来卖掉了，而且很快就搬走了。新厂主立即削减西区的送奶服务，而且放出话来，下一个就是东区。父亲在公开场合从不动摇，继续相信伯若区那条赚钱的线路不会有危险，但牛奶箱在继续消失，直到最后，他的线路不可否认地在缩小。往往上午才过一半，他就已经回到家里。他脱去白色的工作服，跑到卡尤加小饭馆，和在那里消磨时光的季节性失业者一起喝咖啡。他们中的许多人被制革厂解雇，每年春天都失业，但他们很坚忍，耐心等待被招回去工作，这种情况每年秋天必然会出现,但现在却来得愈来愈晚了。

那些日子,在小饭馆,人们的话题愈来愈多地围绕托马斯顿的前途,以及它是否还有前途。许多人认为没有,父亲却把振作这些失败主义者的信心当做己任。他提醒他们,托马斯顿人从独立战争之前就开始鞣革,因此他预测,他们在一段时间内还会继续这样做。世事是有周期的,好似月缺月圆。也许再过一年,人人又会都有全天工作了,甚至可能还要加班呢。饥荒之后不都是盛宴吗?他愿意付钱为人买一杯咖啡,或者借一小笔钱给一个最后守信誉还钱的人。再加上他快乐的好脾气,在午餐柜台边,他总是很受欢迎,他的乐观情绪从来不受质疑。只有他的弟弟德克兰除外。对父亲的高调问题,德克兰叔叔总有答案。饥荒之后是什么?是死亡。死亡之后是什么?是腐烂。照德克兰叔叔看,下一个失业的就是卢·林奇。而且无论何时,只要在公开场合碰到他哥哥,他总是高声发表这个看法。"我希望你有储蓄,大傻。"他拍着父亲的背说。他从不叫他名字,喜欢叫大哥,更经常是叫大傻,他知道父亲恨这称呼。"你确实知道恐龙的结局,对不对?"死亡。腐烂。

父亲虽然喜欢与那些人来往,但无论是小饭馆,还是理发馆或香烟店,只要德克兰在里面,他就绝不迈进一步。他不喜欢他的弟弟,后者总是麻烦不断,不是上报纸,就是进监狱,父亲说他败坏我们林奇家的名声。德克兰叔叔比父亲小一岁,但他十六岁就离开了穷途末路的家庭农场,入伍参军(他后来因参与走私而退伍),父亲因此困在那里,直到念完高中,过了十八岁。据母亲说,他仍恨弟弟逃走。如果看到德克兰在小餐馆的收款机旁夸夸其谈,他会干脆回家,安心坐在前廊子上。赶上这条街上有人刷油漆或修房子,他会走过去,站在梯子下,提出自己的建议,与别人纵向对话,或者闲逛到汤米·菲林的小店,与人闲聊。下午过了一半时,他转悠够了,又回到前廊,和我在那里度过沉思的一小时,我看书,他看《托马斯顿卫报》,那报纸总是这时辰送来。透过纱门,我们可以听到母亲开始在后面准备晚饭,对我来说,这是一天中最宁静的时刻,世上的一切似乎都恰到好处。

但是我知道,一切都开始不对头了。牛奶箱继续从托马斯顿各家的后廊消失,父亲开始变得愈来愈沉默寡言,愈来愈不喜欢社交。在公开场合,他从不改变自己的立场,坚持对他的所有听众说,他的路线是安全的,但他担心从阿尔巴尼来的新厂主不喜欢他。厂里的实际规矩并没有改变,但突然开始强制实施起来。不再允许父亲送完奶后把车停在我家门前,私自用车现在成了开除的理由,未经批准允许人搭车也是一样。由于每条规矩都直接影响到他,父亲不禁怀疑,它们就是具体针对他的。新厂主是不是对鲍比·马库尼出事有所耳闻?或者马库尼先生自己去报告,希望他被解雇?他当然不能去询问,否则不是变成了不打自招?

他的前途继续不明朗,这肯定影响到我们的家庭计划。在托马斯顿,七年级和八年级是初中,那一年(六年级),父母争论(他们把他们之间的争论称为"讨论")的众多话题之一,是我应该留在圣方济,还是转到公立初中。这个"讨论"与他们的多数"讨论"不同,让我觉得困惑的是,他们似乎都在为对方的观点辩护。本来母亲总希望我上教会学校,并不是因为她致力于天主教教育,而是因为公立学校的环境太糟糕。绑架过我的男孩们就是例证(虽然杰锡·奎恩那时已不再是威胁,他已经进了管教学校),连上圣方济就没能保护我不受他们的欺负。我不像鲍比·马库尼那样善于打架,母亲也不想让我成为那样的人。她的思路是,在公立学校,我或者受到残忍的欺负,或者自己变成残忍的人。父亲对此没那么担心,他以前在农场时,就是坐校车,上同样的这些学校,没有遇到过什么可怕的事情,除非像母亲这样,总在考虑被人嘲笑的问题。搬到东区时,我像他一样,也是假定自己将去上公立学校,但母亲坚持己见,说我在原来的地方挺好,而且受到照顾——不知那是什么意思——我将留在那里,到九年级上高中时再说。

但是现在，母亲突然开始大声表示，可能我明年就该离开圣方济。所有公立学校的孩子都在同一条船上——即从熟悉的小学进入初中的新环境。她已经被迫承认，我以后不可能去上富尔顿主教高中。我们根本没那么多钱，既上私立高中，又上大学，而后者更重要。母亲对此也下定决心：我必须上大学，没什么多可说的。这一点没什么可讨论的。父亲可以尽情纳闷我们从哪里弄来这么多钱，但每次只要他一开口，母亲就会突然住嘴，用眼睛盯着他，直到他软下来承认我当然必须上大学，如果迫不得已，他会去抢银行。只有到她从屋里走出去后，他才会嘟囔道，照他看，只有抢银行才行。因此，听到父亲说我应再留在圣方济两年，是很奇怪的事情。

最后我才恍然大悟，他们讨论的并不是学校。他们一直在争论的是，父亲是否会失去工作，关于学校的争论实际上只是那一争论的延续。曾经希望我上教会学校的母亲认为，父亲会失去工作，这意味着圣方济的学费虽然不多，却成为我们不再支付得起的奢侈品。而从来都认为公立学校没什么不好的父亲，却坚定不移地认为自己不会丢掉那份工作，这意味着，如果母亲希望我继续在圣方济念下去，就没有理由改变做法。

我们房子的斜对面，隔着一条街，是艾吉·鲁宾的街角小店。众所周知，人们可以在那家小店里玩彩票赌博或一日双赌。事实上，这两种赌博德克兰叔叔都玩，他是那里的常客，但他似乎从来不买东西。只要他的车停在店门前，父亲就会叠起报纸进屋，直到他离开，否则德克兰叔叔瞥见他坐在那里，就会悠闲自在地走过来，问他是否记得恐龙的命运，不管怎么说，他可是时时忘不了。母亲对她这个一事无成的小叔子却表现出令人厌烦的容忍，或许是因为他总说她漂亮，而她实际上并不漂亮。他还说，如果她厌倦了自己所嫁的那具僵尸，他邀请她和他在一起。她对此的答复永远是,她怀疑自己永远不会厌倦到那种地步,德克兰叔叔则回答说,那也说不准。

我希望自己喜欢德克兰叔叔,但我不信任他,这在很大程度上,是因为他让我想起步行桥上的那个男人。当时我在铁箱里醒来,天已经黑了,我并没有真正看见他,而且我记忆中那人的声音与他也不一样。但他们确实爱用几种共同的说法。每次我叔叔说某某人不是坏蛋,或者说地狱里的人要喝冰水,我就无法摆脱他们可能是同一个人的想法。此外,德克兰叔叔总在许诺给我买东西,带我去什么地方,但他从没兑现过这些许诺。"一句话,那就是你叔叔,"很久以前,在我充满希望又大失所望之后,父亲就这样向我解释,"没完没了的许诺。"

"他只是喜欢让人高兴,"母亲说,她的语调比平时温柔。但是然后,她的声调又恢复了通常评判人时的锐利,"如果他的结果有点儿对不上号,那又怎么了,他是林奇家的人嘛。"

令人发愁的那几个月慢慢过去,我情不自禁注意到,父亲对艾吉·鲁宾的兴趣愈来愈大。似乎每次我从书本上抬起头,都看见他的眼睛盯着那家小店,却不看手里举着的《托马斯顿卫报》。有时,他若有所思地揉着下巴,仿佛在猜测从店里出来的人手中的纸袋有多重,从而算出人们在店里花了多少钱。他的兴趣让我特别奇怪,因为我们家的人早就觉得艾吉的小店是个大笑话。天气允许时,艾吉喜欢把水果箱放在店前的遮棚下,我和父亲经常打赌,附近会有多少条狗跑来停在店前,抬起一条腿,往甜瓜上撒尿。我们对艾吉很友好,但我们跟他做的唯一生意,是母亲在别处买日用品和食品时忘记了的小东西。他的小店根本比不上第三街南头的汤米·菲林,我们主要去那里买东西。汤米早晚会让他的对手摆脱痛苦,这只是个时间问题。当然,照母亲说,A&P 早晚也会对汤米·菲林做同样的事情。新的 A&P 是人们所谓的现代商店。在那里,你不必像在汤米·菲林那样,等屠夫把一磅碎牛肉装到纸杯里,包上粉红色的纸,再用纸绳捆起来。在新的 A&P,不像在镇里那家较小的老店,碎牛肉已经安全地罩在玻璃纸下。而人们似乎更喜欢这种做法。

到了八月,父亲开始每天找借口去艾吉小店。有时我也跟过去,但多数时间我不去,因为我有一种他不愿我在那里的感觉。三三两两新失业的人自称是精英咖啡俱乐部,他们围着收款机消磨时光,与艾吉做伴。艾吉深色皮肤,小个子,几乎是个侏儒。他们说笑话,但有女人或小孩进来,他们就会住嘴。父亲说,那种笑话不适宜我听,我最好还是留在家里,在前廊上看书。不过凡是我听到的,似乎都与理发馆或卡尤加小饭馆的笑话没什么两样。

母亲也注意到父亲对艾吉的新兴趣。有一天,他叠起报纸向街对面走去,她出现在纱门口,戴着围裙,用纸巾擦干手,憎恨地凝视着那家小店。"我向老天发誓,"她喃喃道,"如果他在那里赌马,这真是最后一根稻草①。"她总是说某件事是最后一根稻草,我觉得,它们多得够堆成一个大草堆,原来谚语的含义已经找不到了。

我有时心绪不佳,就蹬上自行车,去惠特科姆公园,帮小加布里埃·茂克油漆栅栏。加布里埃非要叫我小林奇,尽管我多次解释,我中间的名字与父亲不同。"别管那些,"他对我说,"你长得真像他。说话像,动作像。简直是一个模子刻出来的。"

第一次邂逅,我就得出他年轻时认识我母亲的印象,但他显然也认识我父亲。"没人不认识卢·林奇。"他补充道,让我很自豪自己长得像一个谁都认识的人,希望自己是小卢·林奇,而不是因绰号是个女孩名字而著名的卢易斯·查尔斯·林奇。加布里埃叫

---

① 英文谚语"压断骆驼脖子的最后一根稻草",形容让人终于无法忍受的事。——译注

我小林奇的真正原因是,人人叫他小茂克,他觉得这个负担应该有人分担。最初,我问他,我应该怎么称呼他,他说他不在乎。"随你便,"他说,"你随便叫我什么难听的名字都行。你费再大力气,都伤不了我的感情。除了黑鬼,什么都行。叫我黑鬼,我就把你的胼子挖出来。我有刀子,别以为我没有。"

我可没想叫他黑鬼,我肯定他明白这一点。"胼子是什么?"我问,不知发音相仿是否让它与"黑鬼"这个词有某种神秘的联系。

"一个零件,"加布里埃毫无助益地解释道,"你妈妈没给你吃过鸡吗?"

我说吃过,各种各样的做法。

"她可能把鸡胼扔掉了。白人不吃鸡胼。你愿意,就叫我鸡胼好了。伤不了我的感情。"

我刚一出现,他就递给我一把闲着的刷子。"好好涂,涂厚点儿,"他总是这样提醒我,"别涂太薄。油漆用不完的,别担心。"有时我们一起涂,他在栅栏这边,我在栅栏那边。有时他只是四仰八叉躺在草地上,给我下命令。"今天我是工头儿,"他会说,"我闭上眼睛休息,你干活儿。别以为我睡着了,因为我没有。"对于我突然出现,愿意替他油漆栅栏,加布里埃似乎是又高兴,又觉得好笑。他说我的帮忙让他有更多时间号叫。"你知道我说号叫是什么意思?"每次我去看他,他都会问这个问题,每次我都假装不知道。"哪天晚上偷偷溜出来,"他建议说,"太阳下山以后来,你会听到我号叫。"

他还想知道我计划长大后做什么。我总是告诉他,我仍然在想。显然,我会去上大学,这意味着我不会像父亲那样送牛奶。我可能也不会住在托马斯顿,因为据母亲说,那是对教育的可怕浪费。她的想法是,我应该出去闯天下,去做托马斯顿人做不了的事情,去看托马斯顿人看不到的东西。"体验生活"是她的扼要概括。如果我不小心提到,也许有一天我会回来,住进伯若区的一所房子(因为父亲建议我这样做),她会严厉地盯着我。"你想让我伤心,对不对?所以你才这样,是不是?"

"女人都这样,"加布里埃点点头说,"她们都有这种到处去的想法。去这里。去那里。我们呢?我们待在原地。我们这里有多好。把瓶盖拧开,喝下去,冲着月亮号叫。不论你在哪里,月亮都在同一个地方。如果你能上月亮,那可能还值得一去。从那里往下看整个地球。我也会去的。"

我不能肯定这个想法是否聪明,或者是否可行,我就照直说了。首先,我指出,如果你在月亮,你看地球是往上看,不是往下看。另一方面,你不会看很长时间,因为月亮上没有氧气,这意味着你没有多少机会欣赏你的宝贵位置,就会窒息。加布里埃承认,在空气这一点上,我可能是对的。他听说过,月亮上没有空气,但仰头看地球却没有道理。我试图解释,这是引力问题。在月亮上,你脚站着的地面就是下,天空才是上,这与地球上是一样的。但加布里埃说,这更像一架梯子。你如果爬到顶上,回头看你原来的地方,你是往下看。如果那梯子一直伸到月亮上,你就还是往下看。

我知道他的逻辑有什么地方不对头,花了几乎一小时来说服他承认自己错了,但他确信自己能够区分上下,根本不肯听我说。事实上,他觉得我还是离家近一点好,不要去过母亲为我设计的那种流浪者生活。连上下都分不清楚的人,没资格远行。我起身还给他刷子,说我准备去找洞穴,据他说这公园里有洞穴,甚至这时,他还不肯放弃这个话题。"告诉我,"我骑上自行车后,他说,"假定你走到半路,发现一个洞,掉了进去。你是掉上去,还是掉下去?"

他自己错了,反而嘲笑我,因此我不仅有点儿生气,而且不很优雅地承认,我更喜欢掉下去,而不是掉上去。

"那么我就是往下看了,"加布里埃说,"如果你是掉上去,我就要到树梢上去找你了。但现在我可以集中在地上了。"

我提醒他说,我们第一天见面,他警告过我,如果我掉进洞里,他不打算去找我。

"那是在我们成为朋友之前,"他说,这让我又惊又喜。我后悔自己不该为他如此固执而生气。我甚至从来没想到过,我们可以成为朋友。他与我父母同龄,又是偶然相遇,这似乎让我排除了交朋友的想法。我脸上的表情一定显露出这一点,因为他马上补充说:"除非你不愿有棕色皮肤的朋友。"这让我觉得更难受了,因为我也那样想过。

母亲虽然急于让我去探索世界,但在发现我走了多远,遇到了什么人时却很惊奇。一天晚上,我告诉她,我花了半个下午帮加布里埃·茂克油漆栅栏。她告诉我,在与我年龄相仿时,加布里埃曾迷上了她,而且不明白那是不允许的。他的父亲用皮带向他解释什么是规矩。

这个故事让人不安,因此,我不能肯定自己相信有这么回事。加布里埃爱上一个白人姑娘,这一点倒是貌似真实,但是托马斯顿有那么多白人姑娘,他怎么就选中了母亲?而且,为什么一个男人能用自己的名字给儿子命名,反过来又为他挑错了姑娘而打他?

我提出了这些没有多少说服力的观点,母亲用一种特殊的眼神看着我,凡是她想让我明白,对于这个世界是怎么回事,我还有很多东西需要学时,就会用这种眼神。老加布里埃·茂克当然首先会努力解释,但那男孩固执得要命。母亲向我保证,他父亲不会从狠揍儿子中获得快乐。他这样做,是为了别人不必这样做,而且别人会揍得更狠,因为那时候——她承认,现在或许也一样,托马斯顿有一些白人连想都不用想,就会去希尔小丘,教训与加布里埃同龄的所有男孩,确保他们不会漏掉自找的那顿揍。不,老加布里埃·茂克先用皮带抽了儿子,然后手拿帽子,出现在她父亲的前廊上,鼻青脸肿的小加布里埃跟在后面,这样我的外祖父就会知道,他听到的是实话。老加布里埃·茂克没有正视外祖父的眼睛,他看到儿子的视线越过他们,看着站在门里的母亲时,就狠狠地扇了他一巴掌,说:"别往里面看。你和这位先生房子里的一切都没有关系。"对我的外祖父,他只是一遍遍地重复,他不必担心。一切都已经搞定。那男孩现在明白了。没什么需要担心的,一切都过去了。

我能看出,母亲对这件事记忆犹新,她重新经历了这一可怕的时刻,年轻的加布里埃·茂克鼻青脸肿,活生生地站在她面前。倘若我不催她回答我的第二个问题,她会让它停留在那里。"为什么是我?"她摇摇头说,"谁知道啊?"她显然想结束这个话题,然后我看出她改变了主意。"实际上,不是这么回事。他喜欢我,是因为我友善。你想知道最离奇的是什么吗?我的友善甚至不是对他。是对他的妹妹。"

我还真不知道加布里埃有个妹妹,就说了出来。

"我们上高中时,她得白血病死了,"母亲解释道,"老天,我有好多年没想到过她了。凯琳·茂克。她和我一班。加布里埃比我们大一岁。我记得一年级时,我们所有的女孩都很想参加幼女童子军,我问凯琳是不是也准备参加。她只笑笑说,她已经是幼女童子军了,但她后来承认,真正的原因是她父母没钱买童子军的制服。其实并没有要求穿制服,但如果凯琳不能有其他女孩都有的东西,她父亲就不愿让她参加。我一直在省零用钱,所以我求你外公外婆在给我买制服时,也给凯琳买一套。我俩的尺寸一样,所以很容易。开始时他们拒绝了,因为制服的价钱超过我节省的零用钱。但他们看到我很伤心,就说,如果凯琳的父母同意,他们可以把缺的钱补足。我从一开始就知道他们不会愿意,但我想他们会感谢这一姿态,也会记住。那一顿揍加布里埃挨得那么狠,就是因为他吻的是我,而不是其他白人女孩。"

"他吻你了?"我惊异地说。

"这是件很蠢的事。在哈德孙街上,离四角街半个街区的地方,他就直接走过来,当着所有人的面,吻了我。"

"为什么?"

"因为那时他和你现在的年纪差不多。因为男孩会坠入情网。因为我和她妹妹嘲笑他个子长得矮,他想向我证明不是那样。各种各样的原因,卢易。别站在那里冲我皱眉头。利用你的想象力好不好。"

实际上,我一直在利用我的想象力。我希望的是停止利用它。

"想想看,用皮带抽一个十一岁的孩子,"她说,想摆脱掉这一记忆。然后,她又看看我,这回轮到她皱眉头了,"另外,除了你父亲,还有别人想吻吻我,你也别这么大惊小怪行不行?"

"但是——"我开始说,又停下了,意识到无论我说什么,只会让事情更糟糕。

一天,我从惠特科姆公园回来,发现父母在争吵,这次连他们自己也难以称其为讨论了。事实上,他们全神贯注,似乎没有注意到,或者也不在乎我走进房间。

"好吧,你就不签字把它们退回去吧,"母亲说。在他们两人之间的桌上,摆着厚厚一叠文件,"我可不打算拿这房子冒险,我也不会拿卢的大学冒险。"

父亲的狼狈,很像鲍比·马库尼折断手腕,我们送他回家那天上午的模样。"那你要我怎么办,苔莎?不做这个,我应该做什么?"

这让母亲缓和下来,但并没有堵住她的嘴。"有一年时间了,我一直在告诉你,这一天早晚会到来,"她说,"一年多了。"

"我说的不是这个,"他对她说,看起来更畏怯的样子,"我说的是,我这样的人应该做什么?我这么做也是为了我们大家。"

她听了更加缓和了一点,但她当然不会放弃。"可是,卢,你看不出来吗?你不断说这是为了我们大家,也许你就是这么相信的,但这不是实话。这是为了你和你的骄傲。这是为了能在小饭馆里吹牛,就像你以前对马库尼先生吹牛,对所有人吹牛一样。你脑子里想的是什么,卢?你是第一个丢了工作的人吗?你会找到另一份工作的。丢了一份工作,并不意味着你就应该出去,把我们剩下的一切,都押在一个命中注定要完蛋的街头小店上,它不过是个人们去赌马的地方。"

"我不会在那里赌马,苔莎。你知道我不会做那种事。"

母亲恼怒地倒抽了一口气,一头撞到厨房的桌子上,撞得那么重,盐和胡椒瓶子都跳了起来。她在桌上趴了一会儿,最后抬起头来,再次看着他。"是的,卢,我知道你不会在那里赌马。我知道这一点。但事实是,艾吉的生意里,只有赌马是赚钱的。你觉得他这么长时间没关张的原因什么?"

"你知道他病得多厉害——"

"不,我不知道,"母亲打断他的话,"卢,并不是有人说了,就意味着事情是真的。你不知道这一点吗?他告诉你他病了,是因为他想让你买下那家店。他不想让你知道实情,因为实情是他撑不下去了,因为那不可能做到。汤米·菲林要卖他的那家店,已经两年了,他的生意是艾吉的两倍大。托马斯顿过去有二十几家街头小店,可能还不止。现在只剩六家了。它们怎么了?超级市场。卢,你看不明白吗?街头小店的命运和瓶装牛奶是一样的。"

甚至我都明白父亲不该去说他接下来说的话。更糟的是他们之间持续的沉默,直到他最后说:"瓶装牛奶就是更好。"

让我吃惊的是,母亲开始哭泣。"啊,卢,卢,"她哽咽道,"你难道看不出来,你的想法无济于事吗?人们已经决定了。他们喜欢超级市场。他们喜欢纸盒装的牛奶。谁在乎哪个更好啊?人们喜欢不好的东西时,他们就是喜欢。他们往往就是喜欢不好的东西,而不是好东西。你已经被多数票击败了。"

她把头垂在小臂上继续哭,直到那时,父亲才终于意识到我站在那里。"我买下了艾吉·鲁宾的店,"他没必要地解释道。我一定是看上去吓坏了,因为他补充说,"我也不想让你为这件事担心。我不想让你为任何事担心。"

回首往事,我觉得,父亲买下艾吉·鲁宾的店,对我们家来说,是比从伯曼大院搬到东区还要大的地震性事件。对此,我和母亲的记忆又有出入。她的记忆是,艾吉·鲁宾不过是她被迫做出让步的又一件事,又一个她既不能控制又没有选择的情况。而我自己的记忆是,父亲宣布买下小店,启动了一场为时数月的斗争,在此期间,母亲根本不是做出了让步。从一开始,她就拒绝走进店门一步。她表明,覆水难收,但艾吉小店是父亲做的傻事,不是她做的,她做梦也不会放弃她的簿记工作。我若是愿意,放学后可以去帮忙,星期六或者星期日也可以去,但绝不能两天都去。是的,她可以为店里做账,但父亲必须把付款收据、供应商的账单和其他需要的文件带回家。否则,他就得靠自己了。他没有与她商量就走出这一步是……她甚至不知说什么好。

好几个星期,母亲似乎都在忧郁、阴沉和无法言喻的狂怒之间摇摆。陷入前者时,她仿佛可以看到未来,明白向我们走来的命运最后是不可阻挡的,否则的话,她就得和父亲一样看问题,分担同样的恐惧,而他们从来就是不同的。其他时候,阴沉、无言的宿命变成了暴怒,她会接二连三怒火万丈地向他提问。"你鬼迷心窍了?你有什么毛病?怎么睁开眼睛看问题就这么困难,卢,看事情的真相?为什么你总是……?为什么你就非得这样……?"

这时她会不知说什么好,而愤怒也会慢慢退去。父亲从不回嘴,只是站在那里等待——沉默、耐心、畏怯、缩着肩膀,好似这一切对他来说,也像对她一样神秘。最后,母亲终于明白,如果需要,他就打算永远沉默下去。如果我碰巧在场,她也会打量我,但如果她指望我来解释父亲的论点,说出他说不出的话,那她就是大错特错了。这之后,她会泪水盈眶,透过百叶窗,凝视外面黑乎乎的街道,十字路口对面的艾吉·鲁宾,仿佛她唯一能控制自己感情的办法,就是假装这个房间里已经不存在我们两人。

当她的狂怒变成哀伤时,我总是很高兴,因为我受不了那些问了半句的绝望的问题。"卢,卢,为什么你总是……?为什么你就非得这样……?"我不管怎么努力,也禁不住觉得这些问题既针对父亲,也针对我。我们不是叫同样的名字吗?我不是也愿意同样乐观地看待问题吗?如小加布里埃·茂克所说,我与他不是同一个模子里刻出来的吗?如果他有毛病,我不是同样该受责备吗?更糟糕的是,我驱逐不走那种恐惧,即有一天,她会完成一个她总是试图说清楚的一半问题,而当她这样做时,就意味着我们家末日的到来。仿佛她也明白,完全明白,她准备说的话,有粉碎我们的力量,只说了一半,就已经足够可怕了。

买下艾吉·鲁宾对父亲也有深远的影响,他的生活因此而彻底改变。成人以来,他第一次突然不再有固定的路线。他习惯了走出去,在外面的世界,有明确、简单的任务,有他的好脾气作为执行这些任务的主要工具。但现在,他却不得不固定在一个地方,相信世界会来找他,而它真的来了,他又得恰好有它所需要的东西。他待在店里,就好似是一个刚被关进监狱的人,没有得到任何解释,同时还在他一无所知的问题上受到残酷拷问。他被困在艾吉的怪兽收银机后面,两只脚倒来倒去,等待下一件事情发生,无论那是什么事情。一个顾客进来,打听有没有什么商品,他像逃犯似的从柜台后面冲出来,有时在店里跑上两三圈,才找到人家要的东西,然后阴沉地回到收银机后面,把卖的钱计入现金机,等待他的下一次逃亡式解脱。他现在意识到,在城里闲溜达,到卡尤加小饭馆喝咖啡、吃面圈,到理发店与人说说笑话,那种日子一去不返了。如果修房顶的工人、油漆工或管子工突然出现在斯平纳科尔家隔壁,或者是甘萨尔家门口,他也没有一点时间可以离开岗位,溜达到街对面,给人家提提建议。他别无选择,只能等待人们在午饭时间来找他——而那也得假定他们不去街那头的汤米·菲林,而是买他冰箱里的饮料。不出所料,艾吉过去的许多常客,在不能赌钱或赌马之后,就逐渐消失了。第一个月,父亲有时要等一小时或更长的时间,才会有一个顾客进来。德克兰叔叔只来过一次,四下看看,与父亲相视一眼,摇摇头,一句话没说就走了。

　　父母经常为了钱吵架,因为无论他们怎么努力,到了月底,我们仍然是入不敷出。父亲不是个挥霍浪费的人,但未雨绸缪不是他的天性。他的思路是,大多数时间,太阳都会放射光芒。母亲却从她的父母处继承了完全相反的观点。对她来说,晴天是稀有之物。明天将会下雨,唯一的问题是雨会下多大。她认为我们不一定需要诺亚方舟,但她赞成只把钱花在真正需要的地方。什么东西可以维持长久,让她相信下星期不必再买,她就愿意花大钱。相形之下,父亲更喜欢闪光的东西,特别是如果它还便宜的话。他兜里揣着零钱到城里走一趟,会这儿花两毛五,那儿花一毛,最后的一分钱还会去买一块柠檬糖,而且会对所买的每件小东西沾沾自喜。说到钱,母亲认为他像只慢撒气的轮胎,找不到哪里漏气,甚至不知道它漏气了,但每隔三四天,早上起来它就瘪了。在买下艾吉·鲁宾之前,他们之间的争论无论多么激烈,总能和平解决。两人一旦都平静下来,就会坐到厨房桌旁,中间放一个本子和一支削尖的铅笔。她会指给他看,他所做的事情或者想做的事情的后果。母亲是左撇子,在桌旁,父亲总是坐在她左边,看着本子上出现一栏栏数字。过了一会儿,通常是在母亲计算到一半时,他拿过她手中的铅笔,放在桌上,然后把自己的手放在她手上,有时整整持续一分钟,他们同意什么话也不说,直到最后他笑了,仿佛在说,谁对谁错并不真正重要,他把铅笔还给她,而她总是叹口气,接过铅笔,仿佛承认当然他是对的,这根本就不重要。这样的仪式,我在童年时代目睹了多少次？甚至现在，我仍然可以感到那些姿态的甜蜜：父亲先从她手中拿过铅笔，然后再还回去。

但是艾吉小店不同。当然，我知道父母仍然相爱，但如果他们的爱没有那么深了怎么办？如果母亲因为这店铺，不再那么爱父亲了怎么办？而且这个"不那么"到了不足以把我们联系在一起的地步怎么办？我小时候，大多数时间，"离婚"还是个闻所未闻的字眼，现在却像癌症一样，忽然成了人们的口头禅。家庭似乎是可以解体的。人们私下里悄悄说，住在街那头的马尔罗尼家离开托马斯顿的真正原因，不是他在下州找到了一份新工作，而是他在阿姆斯特丹有了另一个女人。父亲买下艾吉·鲁宾，活生生地向我表明，父母现在处于新的冲突之中，危险更大了。就我们家庭的故事而言，我一贯视为理所当然的快乐结尾，是没有任何保障的。母亲的愤怒和恐惧可以像她对他的爱，甚至像对我的爱一样强大。发生在其他家庭的事情，有一天也可能发生在我们的家庭。

我不愿去思考这些问题，而是尽可能多花时间在店里，我知道母亲不会迈进店门。我在店里学会了如何接受送货，整理储藏间，调换乳制品柜里的乳制品，防止它们变坏，如何往货架上上货和操作巨大的收银机。开始时生意很少，父亲可以一人应付所有这些杂事，但他喜欢我在近旁。他似乎从一开始就知道，我像他一样热爱这个小店——它那干燥、温暖的气息，那些上窄下宽、拥挤的货架，它属于我们，尽管我们保留了艾吉·鲁宾这一店名，免得花钱订做新招牌。奇怪的是，虽然有那么多要担心的事，这期间我犯病的次数反而减少了，而且在店里时从来没有犯过病。

我如果不在店里帮忙，就继续骑自行车探险，有时去惠特科姆公园看加布里埃，帮他油漆栅栏，并且徒劳地寻找那些他坚持说这庄园里比比皆是的洞穴。那年夏天，我还成了托马斯顿免费图书馆的常客。我一向爱看书，现在每周六上午去借六本书——最多就许借这么多。晚上，我总是看到母亲催我关灯，然后清早醒来，看到不得不去洗澡、吃早点、去学校。父亲不是个爱读书的人，但他对我这个贪婪的习惯感到惊异和骄傲。"你简直不能相信，"他向所有碰巧进到店里，又表现出一点儿兴趣的人报告说，"他上星期读的那些书。没一本薄的。"如果我碰巧在那里，他就会把我叫过去，当着顾客的面考我。"给他们讲讲你读的书。"他会说。我会自豪地迅速报出它们的名字——儒勒·凡尔纳、H.G.威尔斯、H.瑞德·哈格德和埃德加·赖斯·巴勒斯的著作。有时，我们街区那些聚在艾吉小店的男人会表示怀疑，提出一些问题，想让我说错话，但我读了这些书，他们却没有，因此我占有不公平的优势。最后他们只好点点头，同意我并没吹牛，尽管这一点很难让人相信。我会沾沾自喜，直到话题转到棒球和赛车上。

母亲恪守诺言，从不迈进店门一步，但她每星期日花一些时间为店里做账。对父亲的做事方式，她又是摇头，又是揉太阳穴。事情马上就清楚了，她对这生意的看法是正确的。艾吉·鲁宾就是一个赌马经纪人，现在如此之多过去的常客退出，让父亲心慌意乱。有一段时间，他表面上装出勇敢的样子，耸耸肩说："生意会好的。"母亲听了这话，眼睛不离分类账目，回答道："真的吗，卢？为什么？"她完全明白他不能解释为什么，因为他不知道为什么。他希望会是那样，就像他希望她会很快变得温和一些，拿起铅笔，向他解释哪里做错了，应该怎样做。他已经做了不该做的事，买下艾吉·鲁宾而且没有与她商量，因为他深知，如果与她商量，她会劝他不要做，甚至禁止他做。她现在的做法，就是要向他显示他的行为的后果。他想照自己的方式办？好啊。他可以先去做，让她知道事情的结果。仿佛她在享受看他受苦的乐趣。

我当时没有理解的是，她的策略同样注定要失败。她不能给他这个具体的教训，不能真正做到这一点，原因很简单，因为如果他失败，我们就都失败了。甚至他的痛苦——他的确很痛苦，等待她把自己的解决办法告诉他——也不是他一个人的痛苦。我们焦急地等待这痛苦过去,全都陷入忧郁之中。她在等待什么呢?来自上帝的示意?来自父亲本人的示意?我觉得似乎如此,这就是我如此怨恨她的原因。他显然在等待她给他指出补救的办法,而她似乎在等待他说出某个神奇的词,仿佛格劳乔·马克斯①的节目中那个能让假鸟从天空中掉下来的词。他最终会说出来,但我觉得不安的是,我永远不知道那个词是什么,因为这里没有铃铛和口哨,也没有掉下来的鸟。

整整过了两个月后,一个星期日,无论那个神奇的词是什么,都说了出来。我和他坐在前廊子上,母亲在屋里给店里做账,收据和发票摊了厨房一桌子。我在看书,父亲坐在最上面一级台阶上,阴郁地凝视着店铺,那天是犹太人的安息日,店没有开门。母亲终于从屋里走出来,坐在他身旁,举着打开的分类账,但他却看着别处。"我猜人们更喜欢汤米·菲林,而不是我。"他说话的时候手使劲一挥,把整条街都囊括进来。

"啊,卢,"母亲说,声音不像前些日子那么严厉了,"你为什么就非这样……?"她的声音愈来愈小,像以往一样。过了一会儿,她又重新尝试,"听着,情况是不好,但不是你所想的。汤米·菲林只是个小雪豹。你这样的人比汤米强多了。"

"那他们为什么去他的店里买东西,不到我的店里来?"

母亲揉着太阳穴。"卢,"她说,"你动动脑子好不好。汤米·菲林不是你的问题。新开的 A&P 才是你的问题。你和汤米·菲林都要被它埋葬在同一个没有标志的坟墓中,除非我们能够防止此事发生。你难道看不明白这一点?"

他看不明白。我只要看他一眼,就知道,但我也不能肯定她是什么意思。

---

① Groucho Marx (1890—1977 年),美国喜剧演员、电影演员、机智大师。——译注

"我们怎么能跟那些超低价格竞争?"他说,这是他对所有超级市场的称呼,"它们大批量进货。供应商不肯给我们同样的低价。"

"这我知道。卢,你不能打败A&P的优势。你永远不会像它们那样大。你永远别想有那么宽的走道,你不可能给人们很多的选择。你唯一的机会是,利用你的优势去打败它们。"

我突然发现自己挺直了腰板。我不知道艾吉小店有哪些优势,我可以看出父亲也不知道,但他认真听着,想发现这一点,我也是一样。

"卢,你的店小。你必须找出让小成为优势的办法。"

父亲瞥了我一眼。他觉得有道理,他不知我是否也觉得有道理。"我们怎样才能做到这一点呢?"

我合上书,从椅子上站起来,和他们一起坐到台阶上,听母亲又说了一个钟头。她说话时,我发现自己对她的怨气慢慢消失了。我发现,这几个星期,或许是从父亲宣布买下艾吉那一刻起,她就一直在盘算,如何让他做的这件傻事行得通。最初她感到恐惧,她要让他知道,这是他的傻事,他一个人的,但她当然始终明白这不是,因此,或许她在连自己都不承认的情况下,设计了一个计划,而她现在终于准备好与人分享了。

她说话时,有一点变得明朗起来:尽管表面上她是在对父亲讲话,但也是说给我这个他的主要盟友和帮手听的。她不时看我一眼,表明在这方面,她指望的是我,通常是些她认为他会忘记或者不擅长的事情。我当然意识到,这些姿态是对我的信任,但它们也像是对他的小小背叛,我发现自己低头去看身下的台阶,羞愧地不愿承认父亲的缺点。我还对自己的怀疑感到难为情,即一个男孩对她正在解释的事情,理解得都能比他更深刻,虽然他感激得要命,对她所说的每件事都连连点头,偶尔还对我挤挤眼睛或咧嘴一笑,仿佛要表明,这正是我们一直在等待的,搭档,你母亲终于全想明白了,现在不再阻挡我们了。

她解释说,艾吉·鲁宾只有一个很微小的优势,就是人们可以快速出入,而她宣称,时间是另一种形式的金钱。人们去城外高速公路边的 A&P,必须花费三十分钟,但他们冲进我们的小店,可以节省二十五分钟。如果艾吉的东西贵很多,他们就不会这样做,因此诀窍是让他们相信,他们节省的时间可以弥补略高一点的价格。她承认,大脑的一部分会明白这不是真的,但那部分并不重要。况且,重要的是牢记,我们店里出售的东西也是不同的。人们到艾吉来,大多是买他们用完的东西——牛奶、面包、手纸,因此它们的价格,必须定在与超市相差几分钱的范围内,即便这意味着,我们在它们身上赚不到任何钱。我们定价高的,是那些他们不需要和不会专门跑来买的东西,是那些他们既然已经到了这里,会一时冲动所买的东西。她认为,整个商店的安排应该是,人们最需要的东西摆在后面,他们无论进出,必得经过他们不需要的东西。定价大大超过实际价格的东西,例如糖果、电池,应尽可能放在离收款机最近的地方。

她接着说,同样重要的是,牢记女人和男人不一样。女人手里有钱,但没有时间可以浪费。女人如果碰见一群游手好闲的二流子,像苍蝇一样围在收款机周围胡说八道,她是不会愿意走进艾吉·鲁宾的。母亲这样说的时候,意味深长地看了父亲一眼,她知道他有多喜欢让精英咖啡俱乐部的那帮家伙待在店里,虽然他们花的钱从来不值一提。他觉得他们让店里有一种做买卖的气氛。如果不是母亲现在提到这一点,他永远不会想到,他们实际上可能对做买卖是一种妨碍。"咖啡俱乐部对任何人都没害处,"他说,捍卫他们的大众性质,"要是有女人进来,他们会闭嘴的。"

"我知道,卢,"母亲说,"他们只会闭嘴,不再说那些近乎下流的笑话,看起来很沮丧地站在那里,等待她离开,好继续讲下去。"在罕见的几次有女人到艾吉买东西时,情况确实是这样。

"那我怎么办?告诉他们别再来?"

母亲似乎认为这是个好办法,但却说:"把他们挪到另一边去。在那边的柜台上放一只咖啡壶,至少要让他们买咖啡。"

"让他们为咖啡付钱?"

"别这么说。说加第一杯免费。主要是让他们离门口远点儿。"

马路对面,一只癞皮狗从店旁跑过,停下来,抬起一条腿,往蔬菜水果箱里撒了一泡尿,如果店开门,那里是放香瓜的。这狗杂种尿完后,还朝我们这边瞥了一眼,然后一颠一颠地跑上山坡,我要不是见多识广,就要发誓说它冲我们咧嘴笑了。我看着它跑远,同时母亲在解释我们必须营业到更晚,也许到晚上十点或十一点,星期日从教堂回来后也要营业。

"我不怕卖力气,苔莎,"父亲说,"这你知道。卢易也是一把好手。"

"只能在放学之后,"我还没来得及自告奋勇多干活,母亲已经在重申这一点,"他晚饭以后得做功课。星期六或者星期日,不能两天都去。这孩子需要童年。"

"我不是小孩子了。"我说。

"谁说的?"她问,很久时间以来第一次对我微笑。告诉我们从现在起,事事应该怎样做,这似乎让她高兴了一点儿。

"我说的。"我告诉她,也笑起来,很高兴我们又成为一家人,我也不必再生她的气。"我差点儿忘了,"她转回身对父亲说,"我给你买了件礼物。"她起身回屋,过了一会儿,拿了一支黑色的手枪出来,用长长的枪管指着父亲,他的脸色变白了。"为你买那家店,我应该开枪打你,"她说,突然又变得严肃起来,"你知道,是不是?"她把枪抛向空中,然后抓住枪管,伸过去递给父亲。他注视着那家伙,仿佛一碰它,它就可能爆炸似的。

"我觉得不会有人来抢我们,苔莎。"他有气无力地说。

我凝视着那武器,为迸出子弹来的那个小孔竟然那么小而着迷。

"不是为那个。"她对他说。

父亲和我四目相觑。

"这是气枪,"她解释说,"射出来的是气枪子弹。"

这时候,恰好就在这时候,同一条狗又从山坡上一路小跑下来,两旁还跟了另外两条杂种狗。它们排着队从街心跑过,没有注意到母亲从台阶上站起来,穿过十字路口向它们走去。领头的杂种狗径直向同一水果箱跑去,但这回,当它抬起后腿时,只听沉闷的砰的一声,它像杂技团里的动物一样跳起来,身子扭曲着,悬在空中,整整有一拍的时间。但它掉回到人行道后并没有变得聪明起来,而是疯狂地回身看自己的屁股,而且害怕地吼叫,好像无论被什么东西咬了,那东西还张着嘴。另外两条狗吓了一跳,但似乎不能把这突然的疯狂与母亲手里举着的东西联系起来,而这东西现在正对着它们。其中一条狗好奇地看着第一条狗继续吼叫,追自己的尾巴,然后它看烦了,就抬起自己的后腿,这时又响起砰的一声,现在是两条狗在艾吉·鲁宾门前舞蹈、转圈和哀叫了。

第三条狗现在真正怀疑地注视着母亲和那支枪了。你几乎可以看出那畜生智力低下、混乱的脑子里在想什么。一方面,它真的想撒尿,更不用说在我们的水果箱里撒尿这一根深蒂固、持久不变的习惯了。另一方面,是最近的经验所产生的恐惧,尽管那是间接的经验。它看看自己那些突然变得疯狂起来的伙伴,又看看母亲,开始跷起腿,又想了想,盯着这个拿枪的女人看了很长时间,才沿着街道跑走了,还不时回头看看她在哪里。它的伙伴们跟在后面,对事情这一不可解释的转折恨之入骨。

它们走后,母亲回到前廊,我们一直坐在那里,用全新的目光注视着她,至少我是这样。"卢,别让任何家伙在你的瓜上撒尿,"她说,"这是今天我对你的最后一条忠告。"

她说完进屋去了。

那天晚上吃完晚饭,我们又像过去一样,一家人在一起看埃德·萨利文的节目。节目完了以后,父亲变得坐立不安起来,拿起半导体收音机,到前廊去听他喜欢的乡村音乐。过了一会儿,我们听到他关上收音机,然后前廊的台阶在他的身体重压下发出呻吟。我走到窗前,透过百叶向外窥视,看到他经过拐角的路灯,手伸进口袋里掏钥匙,然后进了艾吉·鲁宾。我等待店里的灯亮起来,但它们没有,我感到很惊奇。我可以看出,母亲看都没看,就知道他去了哪里。

"他在做什么?"我疑惑地大声问。

她继续盯着电视屏幕。"看电视吧,"她说,"我怀疑他是第一次真正看到那家店。"

我不喜欢她话中的含义,即父亲没有真正看到自己面前是什么,我觉得自己刚才放弃的怨恨,有些又回来了。但我确实想知道她的更多想法。"现在好了吗?店里?"

"没有,"她毫不犹豫地说,"只是不会倒得那么快。"

"我觉得它会成功。"我固执地说。

"我希望你是对的,"她说,听起来像是这个意思,"不管怎么说,他不知道自己还能做什么别的,所以我猜他是只能做这个了。"

"你可以帮帮忙,"我说。

她严厉地看着我。"我正在帮忙。"她说,"你一定知道这一点。"

"我的意思是帮助他,"我说,完全明白她的意思,"在店里。"

"我不能帮他,卢,"她说,"我必须帮助我们。"

"有什么两样?"

"请别让我解释你已经明白的事情。"她说,直盯着我的眼睛。

是我把视线移开的。

那天晚上,我躺在床上,听见父亲回来了,不一会儿,父母的声音开始透过暖气片传过来。我只听到部分谈话,但足以明白,他们的对话意味着,关于他们最近的冲突,最糟糕的部分已经结束。但他们的新盟约是有代价的。店铺楼上有套公寓,以前艾吉总是把它租给母亲说的那些西区人,夏天炎热的夜晚,那些人光着膀子,满不在乎地坐在外面摇摇晃晃的廊子上。他们有时伏在栏杆上,冲下面停在路边的人喊话,底下的人则坐在他老掉牙的、破旧的别克车和庞蒂亚克车里按喇叭。那套公寓现在空了,在我们搞到钱装修之前,是无法租给体面人的。"我不能离开这房子,卢。这房子是用我父母的钱买的。他们本来知道不该把钱给我们,但他们还是给了。我不会搬到那楼上去。永远不会。"父亲开始抗议说,他并没有这种企图。她冷冷地让他别讲了。"永远别对我说它是可以修好的。住在店铺楼上更方便。我们在那里会快活。永远别对我说那种话。"

父亲当然保证他不会。

分 界 街

父亲丢了送奶的工作，买下艾吉·鲁宾，这至少解决了我那年秋天去哪里上学的问题。格鲁克神父听说我们的打算后，到我家来了一次，试图说服父母打消让我离开圣方济的念头。他提醒他们，圣方济处于摇摇欲坠的边缘，不能失去像我这样的天主教徒好学生。他说，我们对信仰、教区和教授我们的善良嬷嬷都有义务。他这些话是对父亲说的，或许希望他是需要说服的人。"我唯一的义务，"母亲仅用一个代词，就机敏地打消了那一误解，她对他说，"是对这个家。圣方济只能自谋生路。"

"你的意思不是——"格鲁克神父开始说，但母亲打断了他的话。

"我就是那个意思。"

神父决定换个办法，把注意力转向我。"你在圣方济成绩很好。"他慈祥地微笑着，但我从来不喜欢这家伙，他的眼睛死盯着你，好像你做了或者打算做什么错事，"你在那里快活吧？你喜欢嬷嬷们吧？伯纳德蒂嬷嬷对你照顾得很好，是不是？"

我承认这都是事实。说话的是神父，我能有什么选择？我的确喜欢伯纳德蒂嬷嬷，不过最近我也常对母亲说，我愿意躲开她那过于注意的目光，我期待去上公立学校。我猜，我本来可以向格鲁克神父重复这一切，但我太懦弱，只能闭着嘴不说话。

"你现在感觉好一些吧？"

我扭过头去看母亲。以前我感觉不好吗？我看到她的眼睛危险地眯了起来。父亲看上去像我一样困惑。

"那些公立学校的孩子欺负过你,对不对？"格鲁克神父说,他的微笑现在甚至更带同情味道了,仿佛步行桥事件自发生以来,经常出现在他的脑海中。

"你竟敢吓唬他。"母亲说,她的手开始发抖。

神父注视了我一下,然后转向母亲,这一停顿显然是为了表明,他不习惯听命于人,尤其是一个女人。倘若如此,那他一定要更吃惊了,因为另一个命令接踵而来。

"你也别来吓唬我。"

"苔莎,"神父说,现在是对她慈祥微笑了,"我不是敌人。"

母亲把视线转向别处,避开他的目光,这时我突然感到一阵恶心。格鲁克神父在星期日做弥撒时堵住父亲——那天母亲因感冒待在家里,说他想与我们三人一起讨论一下我离开圣方济的事情。事后她曾求父亲给教区长打电话,让格鲁克神父不要来。父亲说:"告诉神父不要来？我怎么能那样做啊,苔莎？"

"好吧,行,"她让步了,"但我向上帝发誓,你最好别站在他一边。"到目前为止,父亲还没说一句话,但她似乎意识到,她是孤军作战,可怜的女人。她在天主教家庭长大,或许除了反叛的天性,她没有理由相信自己能够斗得过一个神父。我可以看出她已经输了,道歉已到嘴边,但格鲁克神父出乎意料地犯了一个令人求之不得的错误。"我们都希望露西有最好——"他说。

我看到母亲一下子变得强硬起来。这家伙开始叫我的外号。是我的想象,还是他意识到自己失言后,脸上一下失去血色？

"我有一小笔可以自行使用的紧急基金……"他接着说,勇敢地试图重新开始,"我相信我们可以找到妥协的办法。"

但母亲已经站起来。她走到房间的另一边,拿起神父的那半杯咖啡,站在那里,俯视着他。她全身都在颤抖,因为愤怒,还是恐惧,还是两者都有,我说不清。我看到父亲惊得张口结舌,我怀疑自己也是一样。

但母亲说话时,声音出奇的平静。"这就是妥协:我们继续参加主日弥撒,给你的募捐盘子里留下信封,其实我们已经捐不起这钱了,除非你情愿我们不这样做。"

格鲁克神父又转向父亲,而父亲犯了个错误,在此刻抬起头,两人都带着虔诚的怜悯表情。

"妥协,"母亲接着说,"是你的管家不时到我们的店里来买一夸脱牛奶。"然后她走过去,打开前门,指着对面的艾吉·鲁宾,"我们和汤米·菲林在同一条街上,所以她找到我们不应该有什么问题。"

"苔莎,"格鲁克神父答道,很不情愿地站起来,"我很失望——"

"大家都一样,"母亲告诉他,"我们也很失望。我丈夫因丢了工作而失望。我们住在伯曼大院时,卢想成为祭坛侍童,你却没有从西区选一个人,他很失望。至于我自己的失望,就别让我说了吧。"

格鲁克神父走后,母亲过了二十分钟才不再颤抖。她像只困兽,在厨房与起居室之间走来走去,停下来,张开嘴想说话,闭上,又踱起步来。父亲一直坐在那里,仿佛不相信他的腿能支撑自己。"别那样看着我,"母亲终于说,然后瞪了我一眼,"你也一样。"

"我没说你错了,"父亲承认,"不是这个。只是……他提出——"

"借钱。他提出的是借钱给你,卢。我们是必须要还钱的。还有利息,如果我了解他的话。"

"我没说——"

"我没有去拿那支枪,就算他运气了。"

听到这话,父亲的眼睛睁得滚圆,他扭头看我,好像我能证实他确实听到这话。这个人是谁啊?模样像他的妻子,行为却像疯婆子。那天母亲拿出那杆气枪,镇定地向那些野狗射击,他已经大惊失色。现在证明不完全对。现在这同一个疯婆子——肯定是冒名顶替者,还为自己丢了向神父开枪的黄金机会表示遗憾。

她可怜他,这本来挺好,除了这意味着轮到我了。"大笑"是她给我的建议。

我一定看上去也像父亲一样困惑,因为她仰望天花板,咕哝道:"上帝啊,"然后又盯着我,"碰到可笑的事情就得这样,你得笑。"

我过了一会儿才明白她的意思。看到格鲁克神父像那只狗一样跳到空中,大屁股被冰冷的钢弹咬了一下,我必须承认,这想法确实可笑,我的一部分也真的想笑。但只是小小的一部分,大部分仍然吓得够呛。

初中是西区和东区孩子的生活开始与伯若区孩子的生活合为一体的地方。学校本身坐落在分界街,那条街与我们的主要商业干道哈德孙街垂直交叉。我直到成年后,才明白它具有讽刺意味地代表了我们这个不对称的小镇的东西分界。但即便小时候,我也知道,分界街是真实的,越过这条街意味着什么。人们认为托马斯顿镇里方方正正的八个街区本身既不属于这边,也不属于那边,但那里的多数生意,无论位于分界街的哪一侧,都是或者迎合东区,或者迎合西区的顾客。(伯若区的居民往往根本不在托马斯顿买东西,而是去"线下面",人人都这样称阿尔巴尼和斯克内克塔迪。)无论什么店,我们都有两个。两个首饰店,一个廉价的,卖给西区人,一个略微高档一点儿,卖给我们。母亲这样的东区女人,一般都在谢丽尔·林时装店购物,而西区人则去艾尔莎服装店。男人和男孩则有卡洛威,它的橱窗里有个小小的标牌,为我外祖父一直喜欢的牌子"伯塔尼500"做广告。父亲不喜欢把钱花在买衣服上,所以往往钻进比较廉价的西区店福尔曼,然后告诉母亲说,他是在卡洛威买的衬衫或裤子,但她可没那么傻。即使他剪去标签,扔掉购物袋,她仍能区分出他是在哪家店买的,就像在街头骗人的把戏里,一眼看出哪个顶针下有药片。

托马斯顿的酒吧同样是隔离的。东区的酒吧称为酒店,是男人们看完垒球比赛后聚集的地方,女人也可以和丈夫同去,很安全,太阳下山前,甚至欢迎小孩和父母一起去。你可以在吧台要个汉堡包,还有从大桶里放出来的便宜啤酒。周末时,可以折叠的大长桌上提供免费的冷切肉和土豆沙拉自助餐。免费的食品有时招来衣衫褴褛、看上去饥肠辘辘的西区人,他们通常受到的接待很冷淡,酒吧侍者懒洋洋地问他们,"家里那边"的情况怎样了。

西区的酒吧则更粗野——低级酒馆,人们这样称它们,多数位于格特,济贫院和两家当铺也在那里,它们都自称是音乐店,窗前摆放着破破烂烂的电吉他、稀奇古怪的手风琴或者长号,给人造成这种幻象。西区的女人往往无人陪伴,就可以进这些低级酒馆。一次在小饭馆里,我无意中听到德克兰叔叔谈论前一个星期六晚上他在一个西区下等酒吧的经历。德克兰叔叔是在分界街两侧均能游刃有余的少数几人之一。他说,一个叫吉娜的女人(人的记忆力真是奇特,她的名字跨越五十年,向我奔了回来)走进来,从头上拽下套头衫,然后一晚上都把光裸的乳房放在吧台上。我当然立即构想出很久以前那个晚上的画面,那个打开铁箱,向内窥视的女人,她那光裸的肥大乳房悬垂下来。

等其他男人终于不再试图让他承认自己夸大其词时,德克兰叔叔断言道:"是的,你永远不知道在分界街的另一边,会发生什么事。"一边赞赏地咯咯笑起来。"戴着奶罩,你是说。"一人做最后的努力。没有,德克兰叔叔坚持说,他能区分戴奶罩的奶子和不戴奶罩的奶子,它们是后者。其他人全都陷入阴沉的遗憾,遗憾没有亲眼目睹如此令人惊叹的美妙事件。

当然,这不是柏林墙。西区人家如果富裕起来,可以像我们一样越过分界街,进入更美好的新生活,恰似家境恶化的家庭,有时发现自己向相反的方向滑去。多数人家都在分界街两侧有表亲,姑妈姨妈、叔叔舅舅,但是去探望他们,就像到了另有一套习俗的另一个城镇,甚至另一个国家。这种分隔自然引发恐惧和不信任,但往往也引发向往。就拿廉价商店做例子。我们东区人有伍尔沃思,店里有宽敞的通道和明亮的日光灯,还有专营烤奶酪和金枪鱼沙拉三明治、罐头番茄和鸡汤面的午餐柜台。伍尔沃思专门迎合镇中心商店店员的需要,这些人无论什么天气,都身穿熨得平平整整的短袖白衬衫,还把给女招待的两毛五或三毛五分钱小费留在盘子下面。正面的一扇橱窗总是专门用来展示昂贵的玩具,西区的孩子总是聚在这里,把流着鼻涕的鼻子贴在玻璃上,直到他们的父母把他们轰到南面的纽伯里店。

纽伯里这个西区的廉价店既吸引我,又让我害怕。店里满是廉价的塑料玩具,它们的包装破了,用胶带粘起来。店里通道又窄又挤,那些俗艳的、带有异国情调的商品,至少在我的记忆中,照在容器上的只有外面街上的光线。纽伯里最吸引我的多数物品,都是只在那里出售,别的地方没有,例如像《怪诞故事》那样骇人听闻的杂志和马龙·白兰度在《飞车党》电影招贴上戴的摩托车头盔。整个店里弥漫着一股爆米花的味道,它们或多或少都是来自离前门不远的一台锈迹斑斑、烟雾缭绕的老式机器。每一粒爆米花都是鲜艳的黄色,活像狂犬的眼珠。它们不仅看上去是黄色,而且味道也是黄色。无须赘言,它们香气扑鼻,根据当地的传说,这是因为那台机器从不清洗,也从不换油。我和母亲经过纽伯里时,她会皱着鼻子说:"老天,这股味道。"她一点儿不知道,我是多么渴望有一天长大了,可以自己走进去,花上几小时调查它那黑暗、芬芳的神秘。甚至那时,我似乎也知道,所有这一切将在初中时开始发生。

因此,上七年级时,除了备受保护的孩子,我们大多开始与自己街区以外的孩子分享空间和空气。星期一到星期五,上午八点到下午三点,来自各处的孩子混杂在位于上分界街的初中大厅里(如果不是课堂里的话),但这只是发生在周末的一种新的社交的前奏。例如星期六下午,我们循着自己几乎一无所知的规矩,聚集到宝石剧院。我们东区的孩子会在纽伯里买爆米花,奇怪的是,电影院的管理层似乎并不在意。他们自己的爆米花除了价格很贵外,疲疲沓沓,那种白颜色像得了白癜风,而且一点味道没有。让东区和伯若区的孩子骄傲的是,我们在电影院的糖果柜台买雪粒糖、枣味胶糖和饮料(我们坚持不要冰),而西区孩子裤兜里装的,是没牌子的陈年糖果,常常与其说是从纽伯里买的,不如说是偷来的。而且他们一般都不会买饮料。从我们留在座位下的碎屑,那些星期六午后的电影就会真相大白——西区的孩子聚在剧院左边,我们东区和伯若区的孩子聚在右边。但黏糊糊的地板还揭示了另一个真相,因为奇怪的是,在西区孩子的糖纸中,竟有雪粒糖的盒子和被鞋子踩瘪了的枣味胶糖。我们知道有这样的事,因为剧院的灯光刚一暗下去,就有人影开始沿着屏幕的最下端偷偷移动起来,左边的向右移,右边的向左移。当灯光再次亮起来时,神经质的新星座已经形成,但他们只在剧院里面聚在一起。一旦走出剧院,在傍晚的暮光下,隔离重又出现,水上的油珠又开始乱转起来。

如果说西区的孩子星期六下午必须越过分界街去看电影,那么东区的孩子是每个星期五晚上必须越过它,去格特边上的基督教青年会旧址参加初中舞会。舞会七点开始,而在发薪的日子,到那个时候,附近的酒馆已像开锅似的,只要门一开,我们就可以听到里面寻欢作乐的喧闹声。到九点钟,舞会开始放人出来,也有黑乎乎的人群从酒吧里冒出来,有时德克兰叔叔也在他们中间。他们是出来色眯眯地睨视那些比较成熟的女孩的，多数都是西区女孩，因为东区的家长在基督教青年会的停车场等他们的女儿，不让她们在回家的路上昂首挺胸地经过那些低级酒馆。

关于周五晚上的这些舞会，一切都富有戏剧色彩。所有的人都在那里。当然，希尔山的黑人孩子不在，只有我们这些有社交资本的人，有一点儿或者很多（连我们自己都不知道有多少，但我们在学习）的人。七点整以前，前门是关着的，我们被迫在寒冷的室外转圈圈。其实整个学年都有舞会，但在我的记忆中，那永远是冬天。可是屋里又热得让人冒汗，三层楼上的旧健身房里挤满几百个十二、三岁的孩子，在跳吉特巴舞。我早年在托马斯顿的生活经历里，最颠覆社会秩序的事情莫过于基督教青年会的舞会，而正是这种颠覆，立即就让人觉得震颤和恐惧。我们聚在外面，等待开门，伯若区的孩子聚成一堆，东区和西区的孩子组成自己的圈子——统治学校午餐饭桌的社会规则在这里仍然适用。但那里也存在着一股电流，一种意识，即只要门一开，我们爬上黑乎乎的六层楼梯，空气中弥漫着附近更衣室的强烈期望和地下室游泳池的氯气味，任何事情都可能发生，我们严格遵守的常规即将打破。在室内，我们将进入一个新世界，它很像那个旧世界，甚至可能与它平行，但也惊心动魄、危险地脱离了正轨。存在需要了解的秘密，而就是在这里，我们将要了解这些秘密。

若是有人绊了一下，或者有大人出现在一楼的平台上，试图让如潮水涌入破船般向上涌去的人群慢下来，楼梯上就会挤得水泄不通，欲望、焦虑和难以抑制的希望立即受到了阻挠，它似乎无穷尽地推迟了我们进入健身房、进入神秘本身的时间，而那里已经开始放音乐，我们在楼梯上可以听到。这时，可怕的预感开始出现。一次，我就这样被堵在那里，偶然看了一眼身旁的女孩，当我们的视线相遇时，我看到她眼里溢满泪水。可能她只是害怕被人踩踏。她与她的朋友被挤散了，我们虽然无法向前，下面的人却继续往上挤，因此楼梯上人人都是身子前倾，脚却动弹不了。为了保持平衡，我们用手使劲推着前面人的脊背。有那么一瞬间，我们像半倾的多米诺骨牌一样叠在一起。

那是一种解释。但我认出这女孩也是东区人，现在想起来，她的眼里充满了被压抑的期盼。她在想象自己的朋友已在楼上跳舞，比她超前了很多，让她永远也赶不上。到她加入进去时，她整整一周日思夜想的男孩已经被人抢走。她曾在拥挤的食堂里与他四目相视，他太受人喜爱（承认这一点），因此很难是个现实的渴望。我们大家都有一种强烈的感觉，即在那挤得水泄不通的楼梯上，遭到威胁的，几乎就是我们未来的生活，我们在健身房里的一举一动，都具有想象不到的重要性，我们被人观察、评判、选择或诅咒。在家里、在学校，大人都告诉我们慢一点，前面还有一辈子的生活在等着你。但被困在那楼梯上，就明白了时间是多么稀缺，虚度起来又是多么迅速。

我对进入初中的最大期待，是能够再次见到鲍比·马库尼。由于按姓名字母排列顺序分配年级教室，林奇和马库尼很有可能分在一起。自从马库尼家搬到伯若区，我开始接受我和鲍比不可能再成为好朋友这一现实。马库尼先生可能逼他做出保证，母亲也警告我不要抱什么希望，但我还是有胆量希望，我们可以一起吃午饭，在他和他的新朋友所坐的饭桌上，我也会受到欢迎。我很腼腆，又是从天主教学校来的，所以很害怕在充满敌意的新环境里没有朋友。

即便降低了期望，我还是注定要失望。开学第一天，我们的年级老师马尔文先生点名，点到鲍比时，没人回答，他在出勤表上做了个记号。他病了吗？他明天会来吗？我认识的两个西区女孩交换了一下眼色，但我不能破解其中的含义。也许这与马库尼太太有关。我敢肯定，母亲与她以前的朋友保持着联系，因为有时夜里，在我应该睡着了的时候，我听见她的名字透过暖气片传了过来。我能够拼凑出她又怀孕了，鲍比又有了一个小弟弟。就在孩子出生前，她显然又一次意外出走，但我有可能听错这最后的一部分。我总是断断续续听到父母的谈话，然后暖气来了，我不得不在这些词语、句子和故事中填空。所以母亲可能只是在回忆马库尼太太以前去看她姐姐的事情，而母亲过去就怀疑这个姐姐是否存在。我清楚地记得听到，"这回是去了加拿大"，但父母那时也可能是在说别人了。我不只一次盘问母亲马库尼太太的事情。问她有没有去她的老朋友在伯若区的新家。没有。她们经常通电话吗？没有。有没有鲍比的新消息？没有。让我恼怒的是，她能与马库尼太太保持联系，却禁止我与鲍比来往。我希望初中能改变这一切。

那个星期，每天点名都点到鲍比的名字，每天马尔文先生都在出勤表上记上旷课。最后到了星期五，一贯坐在最后一排的佩里·考斯洛斯基嫌烦了，把脚跷在前面的课桌上，大声呻吟道："他走了。"马尔文先生似乎已经从佩里没精打采和戏剧性的厌烦中断定，他既不可信，也不能受到鼓励。那个星期前两天，在年级教室点名，点到我时，佩里大声喊："他喜欢人家叫他露西。"不出所料，这引出哄堂大笑。"那他可以自己告诉我，"老师说，"或者你也喜欢让他给你取个外号？"佩里听了只是耸耸肩。"他倒来试试看。"

现在，马尔文先生用毫不掩饰的厌恶看着那男孩。"你怎么知道？"意思可能是说，鲍比家住伯若区，而佩里是西区的孩子。

"谁都知道。"佩里答道，但没有细说。

我立即坐立不安起来。走了？走哪里去了？难道马库尼家又搬家了？我忽然觉出自己太阳穴上的血管在跳动。我试图告诉自己，马尔文先生是对的。佩里·考斯洛斯基这样的孩子怎么会知道鲍比·马库尼的事情呢？但从他脸上自鸣得意的表情，我能看出,他确实知道些什么。

我们中间坐着一个瘦小的黑人男孩,下一个点到的就是他的名字——加布里埃·茂克。我们的目光对视了一下。有没有这种可能,甚至连他都知道鲍比在哪里?年级大课结束后,我们同时走出教室,来到走廊上,我甚至没打招呼,就冲口说出我的问题。他知不知道鲍比·马库尼到哪里去了?他看我的表情表明,我跟他说话是破了某种规矩,我觉出自己的脸红了。"人们叫你三子,是不是?"我说,正要解释我一个白人孩子,怎么会碰巧知道他的绰号,我和他父亲在城外的惠特科姆公园度过许多愉快的时光,但加布里埃·茂克三世眼睛直愣愣地看着前面说:"我没有父亲。"

父母也声称他们什么都不知道。我审问了他们两人整整一个周末,然后相信了他们说的是实话。星期一点名时,没有再叫鲍比的名字,过后我鼓足勇气,走近佩里·考斯洛斯基,问他说鲍比走了是什么意思。

"你没听说?"他说,对我的无知极其蔑视,"你住在哪里——洞里吗?"他告诉我,鲍比被送到下州的佩恩军校去了,这所军校在当地被称为佩恩大宅。传说它比管教学校还糟。

"为什么呢?"我说,立即为我的老朋友感到害怕。

"你是说,你没听说打架的事?他和杰锡?"

没有公立学校的朋友,就等于生活在洞穴中,因此我当然没有听说。以后的几天,我会发现别人都知道鲍比与杰锡·奎恩的那场搏斗。一个如此戏剧性、如此英勇的事件,正在不可避免地从事实变为传说。细节因讲故事的人不同而各异,但骨架却与佩里·考斯洛斯基那天所讲的基本相同。令人惊异的是,那场搏斗就发生在警察局门外,两个未穿警服的警察袖手旁观。是什么引起的敌意?啊,那正是故事浪漫的一面,因为显然并没有原因。每个目击者都同意,没有前奏,没有相互侮辱,没有挑衅,没有你推我搡,没有逐步升级，而所有这些都是托马斯顿搏斗的传统前奏曲。人们看到，这两个男孩在街上面对面走过来，你以为他们要握手。结果却是仿佛有人喊了一声开打，两人同时出拳，但两人都打空了。几分钟之内，就聚集了一大群热心的围观者，西区的孩子怂恿杰锡·奎恩，东区和伯若区的孩子为鲍比喝彩。其他的警察听到喧闹声，也从警察局走出来，这通常就会让敌对行动停止，但这回却没有。

街边的搏斗激烈地进行了多长时间？两分钟？十分钟？半小时？这取决于谁在对你讲述。但这全在意料之中。虽然大家都说自己有第一手的证据，但多数叙述这一故事的孩子实际上并未在场。打架发生后的几天里，还发生过其他混战，当东区的某个孩子正在热情表演这一事件时，一个西区的孩子打断他说："你那时根本没在场。"没人愿意承认自己错过了如此重要的事件。但有一点，大家的看法却是一致的，即流血的程度：流了很多血。星期五晚上的基督教青年会舞会和星期六下午的宝石剧场电影之后，初中的孩子打群架是很普通的事情，但真正的流血却很罕见，打肿嘴唇和眼睛通常就是叫停的充足理由。然而，凡是描述鲍比与杰锡·奎恩的这场史诗性搏斗的人都同意，打完架时，两个男孩的脸、拳头和前胸的衬衫都是血糊糊的。街边也有很多血，以致不得不用消防水龙头冲洗。

我当时太年轻，没有经验，不明白众口一词的事情往往最值得怀疑，尤其是如果它们骇人听闻。听到这种细节——消防水龙头！——而且得到一个个讲故事的人的证实，让我相信它们一定是真的。我也不知道，自己作为一个听者有多么重要，因为故事就像病毒，有新受体可传染，它才有可能肆虐。鲍比·马库尼与杰锡·奎恩之间的战斗，虽然沉浸在光荣之中，但到学校开学时，已经要偃旗息鼓了。当大家发现，居然初中里还有一个男孩根本没听说过这个故事，我出人意料地成了那天最受欢迎的人。这儿又来了个新人,可以听你讲故事。

除了流血之外,还有一个事实,是讲故事的人都同意的,无论他是来自东区还是西区。那就是:鲍比·马库尼赢了。这让我惊得目瞪口呆。我的老朋友顽强好斗,听到这一点我并不惊奇。毕竟当年他父母送他上圣方济,就是因为他不断跟人打架。而且我有足够的理由记得他忍受疼痛的耐力。但鲍比虽然能打架,他的对手却是个打手。从上卡尤加小学以来,杰锡·奎恩在这方面的声望就是年年上升。实际上,他在管教学校待了一年,传说他在那里打架时用刀子捅死过一个孩子。我尽管容易上当受骗,但连我都怀疑这是真的,不过碰上被这种传言包围的男孩,已经足以让人却步。

然后是他的外貌。杰锡十三岁时瘦得像根棍儿,瘦得你可以透过T恤衫看到他的肋骨。他虽然留过级,比我们其他人都几乎大两岁,但他只是中等个头,一副饥肠辘辘、营养不良的样子,在不同情况下,他很可能成为牲口群中被食肉动物吃掉的男孩。但杰锡不是这样。连个头大得多、总是渴望打架的佩里·考斯洛斯基都不愿惹他,而且我们大家都知道为什么。你只要看一眼杰锡,就知道他是那种一无所有的孩子,这就是他为什么可以要人命的原因。他从大人那里,尤其是从他的老师那里,知道自己无前途可言,而他似乎全身心地拥抱这种判决。他那一副饿狼般的笑容承认了这一点,所以你不想看到这笑容是冲你来的。鲍比会愿意和他打架,简直令人无法想象。而他打赢了,则是对情理的挑战。

但无论如何,他打赢了。根据各种传说,他们打得很残酷——拳打脚踢,有人甚至说用牙咬——好像为此目的经过训练的狗,直到精疲力竭和疼痛到无法再继续下去,他们还在继续打,可能只是慢了一点儿,但怀着同样坚定的决心,要把对方往死里打,直到杰锡终于仰面朝天躺在地上,目光呆滞,人已经迷迷糊糊。鲍比骑在他身上,用膝盖把他的两只胳膊顶在地上,继续揍。据说到了这个阶段,杰锡已经不再挣扎,但他那副狼一般的笑容似乎在说:"别停下来。"鲍比终于累得用右手打不动,只好换成左手。(关于最后的这一细节,我实际上碰巧知道甚至一些目击者都不知道的事情——他一定又弄伤了在我父亲的送奶车上骨折的手腕。)无论如何,终于有一位警察走了过来,把他从杰锡的胸膛上拽起来说:"这回够了吧。你想干什么,打死他吗?"

显然,鲍比用只剩下的那么一点劲儿来回答说,是的,他是想打死他。

真奇怪,我们一生中对命运的看法会有多少改变。年轻时,我们相信青年所相信的一切,即生活充满了选择。我们站在一百道大门前,选择进入哪一道,进去后我们又面对一百道大门,又做新的选择。我们不仅选择将来做什么,而且选择成为什么样的人。或许每次选择后,这些门在我们身后关闭的声音,都应该让我们感到不安,但并没有。这些门往往一模一样,有些情况下,甚至通往同样的地方,这也没有让我们感到不安。偶尔,一扇门锁了,但没有关系,因为还有其他许多的门。我们忽视了选择本身可能就是幻象这一明显的可能性,因为我们好奇地想知道,下一扇门的背后是什么,我们希望它将把我们引向神秘的核心。甚至面对愈来愈多的反证,我们依然坚信,在做出所有的选择后,我们不仅将发现自己真正的命运,而且将发现它的意义。年轻人看待生活的方式是从前及后,他们的眼睛盯着望远镜,焦急地扫视着无边的天空和无数的机会。用自由意志诱惑我们同时警告我们肩负义务的宗教,更让青年需要在巨大道德评判的背景下,看到自己在戏剧性的中心做出选择。

但在某一时刻,这一切都改变了。因失望和重复而生出的怀疑取代了好奇。我们在厌倦之中开始觉察到真相:身后已经关闭的门超过了前面依然敞开的门。我们第一次很想掉转望远镜,从错误的那一端窥视世界,但谁能说这一端就是错的呢？到那时,事情看起来是多么不同啊！更大的画面展开,个人的决定向后退去,变得不重要了。正如每个人到中年时开始做的那样,从后及前地审视生活,剥去其神秘的色彩,把它裹在宿命之中。宿命正是戏剧性的敌人。或者说,我——卢易斯·查尔斯·林奇——有时这样觉得。我的人生,如果不是我所控制不了的不可避免的多米诺骨牌,又是什么呢？

然而,并非所有的神秘感都已消失,也并非所有的意义都已消失。无论我们的看法如何,有些事件还是保持了它们的戏剧性和重要意义。对我来说,鲍比·马库尼与杰锡·奎恩之间那场史诗性的搏斗,就是这样的一个事件。想象鲍比骑在他的对手身上,用仅存的每一分力气揍他,是的,企图打死那家伙,让我心里充满了惊叹。谁能猜到,有一天,这个男孩会成为让纽约州托马斯顿欢呼的最大名人,甚至超过托马斯·惠特科姆爵士本人呢？我不禁想到,无论如何,在时光和重复尚未来得及销蚀存在的神秘感并使之变得平庸之前,鲍比实际上就实现了我们年轻人的梦想。我觉得,只有鲍比一个人创造了生活,以及这个生活中的自我。

讣　告

　　他们来到他在朱迪卡的房子，走上三楼。"这沙发不怎么样。"努南承认。李奇特纳阴沉地注视着那沙发，仿佛已独立得出了同样的结论。"我去给你拿枕头和毯子。"
　　他回来时，李奇特纳穿着袜子站在画架前。画布又被揭开了。"看起来真像你。"他主动说。
　　"谢谢，"努南说，"我也这么想。"
　　李奇特纳重重地倒在沙发上，显然为自己侮辱对方的话没有达到明显效果感到失望。
　　"我应该警告你，我夜里有时会有恐怖行动。"
　　李奇特纳的脸变白了。"你什么？"
　　"所以伊万杰琳才会有青眼圈。她想让我平静下来，没奏效。"
　　李奇特纳看上去真的吓坏了。"那我该怎么办？"
　　"拼命跑。"
　　"告诉我，"他在努南走到楼梯口时说，"你爱她吗？"
　　"不爱，"努南回答得太快了，但这问题让他吃惊，"你呢？"李奇特纳只是瞪着他，于是他说："你今晚不必回答。多想想，早上告诉我好了。"
　　"我又不是非得告诉你。"

"睡觉吧。"

他下了楼，脱掉衣服，看了一眼哥伦比亚大学寄来的那个鼓鼓囊囊的大纸袋，心想也许可以把里面的材料拿出来读一读，权当安眠药好了，但他把它碰到床和床头柜之间的缝隙里去了。他去捡它，却发现还有另外一封信也掉在同一缝隙里，看样子还没打开过。发信人的地址是美国纽约州托马斯顿榆树街 37 号，这立即让他希望，不如让它原封不动地留在那里。它几个礼拜以前，也许一个月以前就到了，没有必要打开它，至少没有必要马上打开它，因为露西的所有来信都差不多。一成不变，不是某某人死了，就是某某人诊断出患了绝症，信封里装着一张地方报纸的讣告，或者一张手写的字条，往往可以用句首的三个字来概括：记得吗？记得摩托车华尔锡吗？三马路？他的女儿得了纤维囊肿，他们没有医疗保险，因此你能做什么吗……我知道你与我一样，碰到孩子的事，因此……口气中总暗示着一种亲密，仿佛这许多年来，他与努南仍是最要好的朋友，有同样的基本价值观。努南记得回复了那封信：卢，究竟是什么让你觉得我喜欢小孩？但他还是寄了一张支票，而他往往是拒绝的。许多年前，有一次，露西以修复惠特科姆大宅筹款委员会主席的名义写道：鲍比，我知道自从高中四年级后，你就没有回过家，但我和莎拉都希望，你能伸出援手。这是我们的历史。如果我们不在乎，谁会在乎呢？努南在回信中写道：没人在乎，我希望。我知道我肯定不在乎。问候莎拉。努南有点儿希望露西会生气，但他显然没有，因为恳求信接踵而至，至少一年一次，通常是代表努南记不起来的什么人，但露西经常在信中附些褪了色的学校老照片，有时能唤起最模糊的记忆。

他把有几分透明的信封举到灯前，晃了晃，看到里面有一张折起来的、画了线的报纸，从中掉出一个小方块：校刊上的照片。还出现了一小窄条报纸：必不可少的讣告。但努南还注意到了这封信寄到时他没注意的事情。写地址的整齐小字不是露西而是莎拉的笔迹，一股内疚的凉意从他的脊椎骨油然升起。难道露西出了什么事？他童年时代的好友——他成了一个大惊小怪、讨人嫌的家伙——离开了人世，信封里的照片可能是他的照片，努南感到一种很像恐惧的感觉。幸运的是，稍一反思，就显出了这是多么不可能。如果是那样，莎拉会立即与他联系。不，信封上可能是莎拉的笔迹，但里面的内容纯粹是露西。

他撕开信封，看到的不是一张而是两张年鉴上的照片。他没想到能认出上面的人，却一眼就认了出来：杰锡·奎恩。据讣告上说，六十二岁的杰锡喝醉了，开车越过中线，与对面驶来的车迎头相撞。努南读着那段骇人听闻的细节，有一瞬间，他不再是身处意大利的成年人，而是纽约州托马斯顿的一个男孩，跪在杰锡的肩膀上，用垂在骨折了的手腕子上的拳头，猛击他的脸。这一架是他第一次彻底失去自控，他还记得后来惊奇地感到的那种强烈的解放感。仿佛他暂时成了另一个人。直到他终于回到自己的身体里并恢复正常神智后，才意识到自己的手腕再次折断，就是在露西父亲的送奶车上，像树枝一样咔吧折断的那只手腕。现在，整整五十年过后，几乎在世界的另一端，它又突突跳着疼了起来。他一边按摩手腕，一边读着露西的便条：还记得那个步行桥吗？还记得我只要和你在一起，就不需要付过桥费吗？对露西来说，这便条异常之短。通常总有很多事情他不知努南是否记得。

他回过头去看照片，现在看得更仔细了。在第一张照片上，九岁的杰锡是卡尤加小学三年级学生，但他看上去，已经像是在用深深怀疑的目光审视世界。那时他们是秘友。努南的所有友谊势必都是秘密的。他的父亲——他现在正从楼上的画布上向外看——是个死板、狂暴的人，他的死板来自于军队的纪律，他的狂暴来自于没见过打仗，或者至少努南现在是这样假设的。他到欧洲时，第二次世界大战已经结束，他在德国驻扎一年，多数时间在一张桌子后面度过。服完役后，他别无选择，只能回到黛布·努南身边，在他学会自我控制之前,这个东区女孩被他搞大了肚子。他在海外时,她一直与父母住在一起,到他回去,她几乎认不出,他就是那个曾经把她骗上床的随和、迷人的家伙。他阴沉、固执,解释说他现在是事事讲究纪律。纪律要求他们严格控制时间和金钱。他还告诉她,他新发现的信条是,夫妻间的性事不是为了作乐,而是为了生儿育女。他对自己、对她、对他不在时来到人间的小男孩都很严厉。他在儿子交朋友的事情上格外警惕。犹太人、黑人、波兰人、斯拉夫人和爱尔兰人都不适合。在他看来,这些人处于社会最底层是有原因的。老实说,他也不喜欢意大利人和天主教徒,尽管让他丢脸的是,这两者他都有份儿。

奎恩家住在下分界街一栋没有油漆过的破房子里,当然是彻头彻尾的爱尔兰人了。他们唯一的才干,似乎就是接二连三地生产他们养不起的野孩子。杰锡的父亲是个脾气好但爱伤感的醉鬼,总是被人轰出酒吧。格特(这个词努南已经忘记了,直到露西在一封信中提到它)的其他常客是因为打架被轰出去,杰锡的父亲却是因为唱歌。傍晚时,有人提议他来给他们唱一曲,他会欣然接受,唱完后又有人给他买杯酒,这总是让他很想再唱一首。没过多久,人们就会一哄而起,让他闭上臭嘴,但到那时,他已经唱得来劲儿,而且相信大多数人希望他继续唱下去。为了保证在喧闹声中,大家能听到他的歌声,他喜欢站在吧台上,而且似乎永远记不住,爬上去的结果,无一例外都是被逐出酒吧,而且这种驱逐常常既粗鲁又凶狠。酒吧关门后,他回到家,通常是嘴唇肿得厚厚的,面颊上擦破了皮,渗出血来,因为他被人重重扔在人行道上。仅有的歌没有了,取代它的是伤心的自知。他会叫醒妻子,从厨房抽屉里拿出一把削皮的钝刀,说:"让我摆脱苦难吧,佩格。没有我,你和孩子们会好过一些。"这当然是实话,但那女人显然很容易被矫揉造作所感动,因为她总是解除他的武装,把他带到床上,显然期待让整个小镇,起码是让西区充满小奎恩。

第二张照片是初中时拍的,努南觉得很像早期的快照。只有拍照的对象在正式拍照和再次拍照的那两天都旷课,这种照片才会被放入年鉴。到这时,转变已经出现,那男孩的眼里流露出的,已经不仅是怀疑,还有对死亡和背叛的了解。努南还记得他父亲如何死去的可怕故事。到那时,那家伙的妻子已经开始不情愿地接受他的结论:没有他,她和她的一窝孩子会过得更好。他一直住在弹子房的楼上,但有时醉得太厉害,就忘记了这一点,又回家去。那个风雪交加的夜晚,家门锁了,他没有能够叫醒妻子,尽管他在她的卧室窗下唱了一首情歌,据说过去他这样做总会奏效,但最近一段时间不行了。但他的歌声吵醒了一个邻居,这位邻居告诉他,他已经打电话叫了警察,老奎恩一听赶快踏过深深的雪堆,绕到房后,藏起来躲警察。警察走后,他用手打碎后门的一块玻璃,并割破了手,而且割得很厉害。但门还是打不开,他显然坐到了台阶上,考虑自己还有什么别的选择,其实他是没有选择了,但他不知道。整整两天后,他的妻儿发现他坐在那里,浑身上下被雪覆盖,冻得硬邦邦。他们是去北巴思看她的父母了,才回来。在那种情况下,孩子们认不出这是他们的父亲,于是他们的母亲灵机一动,告诉他们这一定是个流浪汉,除了杰锡,他们都相信了这个谎言。那时杰锡一定只有十一二岁。在那张照片的下方,他的名字后面有一个冒号,然后是一片空白,那里应该是列出课外活动的地方——天主教青年组织、辩论小组、科学俱乐部。杰锡没有一条这样的记录。努南觉得,放上那个冒号很残忍。

他们那天打架,原因远远超出当时两人的理解。在杰锡彻底的无畏和完全无视后果的背后,潜藏着后院廊子上冻僵的"流浪汉",以及对一个可以发生那种事情的世界的理解。难怪那男孩的心肠那么硬,看世界的目光那么怀疑和狂暴。

但努南自己不也是同样吗?同一年夏天,他的艰难教育开始了,他得知母亲极不快乐的原因:父亲几乎每天送完信后,都去找一个西区女人，然后才回伯若区的家。他后来得知，他们还住在伯曼大院时，母亲就知道这件事。父亲并不把这桩婚外情当成天大的秘密。那天下午，他从西区那个公寓的窗口望出去，看到他的大儿子跨在自行车上，从街对面向这边瞭望，他也一点儿不慌张。吃晚饭时，他目光阴沉地盯着那孩子，问他去下分界街做什么，那里与他没有关系。彼时彼刻，努南学到了几个宝贵的教训，包括是与非无关紧要，重要的是力量。他父亲的权威仅仅来自于此。否则，努南为何在他的逼视下感到内疚呢？是他的父亲与下分界街无关，但那根本就不重要。他还大吃一惊地发现，不爱自己的父亲也是可能的。事实上，用纯粹的恨去填补失去爱的真空，能够让你的生活更有意义。那种仇恨能够让你具备必要的决心和耐力，等待有一天力量的转移，等待你的年龄和身体都长大了，足够推翻这种力量，你自己就获得与他同等的权威。

那西区女人的公寓就在奎恩家隔壁，因此杰锡在他之前，就知道了那桩婚外情。杰锡没有与他分享这信息，直到他听说，鲍比把他的女朋友——那女孩恰巧是努南的远房表妹——骗去玩"剥猪猡"扑克游戏。想到努南看见他女朋友光裸的乳房，一个他自己尚未有幸看到的奇观，这想法是他们打架的表面原因，但实际原因有关他们各自的父亲，即盼望死去的复生，盼望活着的死去，而它们都没有实现的可能。

警察把努南带回家，说他和人打架了，他父亲想知道的第一件事，就是谁挑起的事端。努南说了实话：他和杰锡差不多同时出拳，一位警察证实是这么回事。

"奎恩家的那孩子比我儿子大两岁。"努南的父亲提醒他们。

他们承认可能如此，但两人打得太凶了，他们不得不把奎恩家的孩子送医院。

"那你们为何不把我儿子也送医院呢？"他注意到了警察没有注意到的事情：他儿子的手从骨折了的手腕上软塌塌地垂下来。

"你儿子打赢了。他不需要去医院。"

努南的父亲粗暴地抓住他的小臂,举起来让他们看。"手腕子断了还不够格吗?"

这是努南记得的最后一件事。他醒来时是独自在医院,脑门上鼓了一个大包,手腕子绑在石膏里。他没有见到父亲或母亲,直到第二天他们来接他回家。父亲在车上宣布,秋天送他去军校,也许在那里,他可以学会一点自律。父亲从什么地方听说,打架的原因是他的远房表妹。"你和她搞了什么名堂?"努南意识到,这比打架本身还让他父亲生气,于是不想回答这个问题。他的母亲也在车上,他不想解释"剥猪猡"扑克游戏,而且他的小弟弟们全挤在后排座上。"没什么。"他说。

"没什么。"他父亲重复道,冲着前方的路点点头,他的胎记在怦怦跳。过了一会儿,他说:"你知道上帝为什么造出女人吗?回答我。"

他不明白父亲想要说什么,于是说不知道。

"那么我来告诉你。上帝造出女人,于是我们就知道了如何毁灭自己的生活。你不信,就看看我吧。"

但努南拒绝这样做。他也透过挡风玻璃凝视着前方的路。

"D.C.,你有什么要说的吗?"他调整了一下后视镜,以便看到她的反应,"也许,你想纠正我的说法?你有不同的意见要表达吗?"

努南回过头去看他的母亲,她摇头时眼里充满泪水。

父亲厌恶地点点头。"看看她,"他对努南说,"好好看看她。你想最后背上这样的包袱吗?这是你对未来的设想吗?"

他低头去看手腕子上的石膏,希望它更大一些,更重一些,这样他就能把它当做棒子,砸在父亲头上。即便因此撞了车,他也不在乎。即使他们都死了,甚至他的小弟弟们也死了,他也在所不惜。

"我不这么觉得。"他父亲最后说。

努南最不希望发生的事情,就是去上军校,但他还是心甘情愿地走了。与杰锡·奎恩打架,以及他自己变成了另一个人,这些都让他恐惧。他奇怪一个人是否可能如此掏空自己的身体,过后又回到自己的躯壳中?更可怕的是,他感觉到这种能力可能是一种才能,一种他在人生中将会再次需要,或许经常需要的才能。看看父亲就是提醒自己,那场战斗既没有耗尽他的蔑视,也没有耗尽他的怒火。或许离开家是最好的结局。

还有另外一个原因。他若是走了,就不必再去看母亲的模样——在他知道那个西区女人之后。因为他回过头去,看到坐在后排座位上的她,尽管不愿承认,他也明白了父亲的意思。

努南听见李奇特纳在楼上走动,希望他不会找出什么理由下楼来。房间里依然弥漫着伊万杰琳的气味,以及他们做爱留下的陈腐味道。直到这时,努南才想起,也许把李奇特纳独自留在画室,与他的画在一起,是一件蠢事。如果早上他上楼去,发现他的客人不见了,他的画被刀划得七零八落,他的纽约画展泡汤了,他会作何感想?他会有感觉吗?今晚看到李奇特纳在他的无数情感——狂怒、愤慨、怜悯、爱、困惑——之间跳来跳去,他觉得很累,但也感到妒忌。让他更加不安的是自己在情感上的贫乏,超过了与别人老婆在一起时他自己感受到的那点愉悦。

他从床上起来,光脚走到楼梯口,听着。听什么呢?画布被撕成碎片的声音?压抑的哭泣声?但是楼上很安静,说明李奇特纳或者睡着了,或者躺在黑暗中,默默琢磨着自己婚姻的不可思议。他为什么未能占满伊万杰琳的生活?他以前肯定是那样希望的。他如果诚实,就还会思考,为什么她也不能完全让他幸福。他们怎么会闹到让对方如此失望的地步?他决定放弃自己显然不很擅长的小说,改写自己拿手的旅游文章,难道这个决定就是他们的不幸的开始吗？她是否将他的决定视为懦弱的表现,过早地承认了失败？而伊万杰琳本人呢？她如何让他失望？因为她不再像他们结婚时那样美丽？他会那么浅薄吗？还是她不再需要他,她现在的激情是她那勉强维持的画廊？如果能够让它成功,她就会摆脱他。这就是她决心努力所要达到的东西吗？或者是其他什么毁掉了他们的爱情,威尼斯本身的不良气氛,在这里度过太多的夏天,吸进运河蒸发出的毒气？再次责怪水有问题？努南发现自己在猜测他们小时候的情况,诧异是否可以把成人的病态追溯到那么遥远的过去。露西,至少从他的信中判断,还是过去的那个男孩,更有甚之,杰锡·奎恩滑过中线似乎也是不可避免,唯一的惊人之处,是用了这么长时间。

自从那场史诗性的战斗以后,努南的道路只有一次与杰锡相交,那是高中的最后一年。那年秋天,他到处打工,其中一个是星期天晚上,去西区一个叫默迪克的小酒馆做侍者,那时的合法饮酒年龄是十八岁。那天他刚宣布关门前只能再点最后一杯,杰锡不慌不忙地晃了进来,他的头发与初中时一样,湿漉漉地向后梳成鸭屁股式。他几年前辍学了,刚到合法年龄就这样做了,然后一直在没有工会组织的建筑工地干活。努南偶尔在分界街瞥到他,下班时满身脏兮兮的。他们通常只是小心翼翼地打个招呼。现在他在自动唱机上选了一首弗兰克·瓦利的老歌,然后很文雅地坐到吧台后面的凳子上,努南怀疑,这可能已成为他展示成人特色的姿势。他等了一下才过去,没有久到激怒他的老对手,但也不急于过去热情服务。"你怎么样,杰锡？"他问道,声音保持中性,既不友好,也没有敌意,表明事情可以向另一个男孩希望的方向发展,尽管两人实际上都已不再是男孩。

有一瞬间,杰锡没有说话,这短暂的沉默却雄辩地承认,短短几年前他们之间的一切已经所剩无几,他们都不再是过去的自己。"我还在这里。"他终于说。他要散装啤酒,努南给他汲了一杯,还在旁边放了一小杯廉价的黑麦威士忌。"伯若的日子过得怎么样?"

"我不知道。"努南说。几星期前,他搬出父亲的房子,现在住在城里哈德孙街莱克索药店的楼上。交游广博的德克兰·林奇与房主达成协议,让努南不交房租,白住在那里,只要他不在房子里抽烟、派对或让无赖进来。那里没有厨房,也没有浴室,这意味着他得去基督教青年会淋浴,而且只能用睡袋,睡在地板上。

"你家老头儿愿意?"

"我这么做了,才不管他愿不愿意。"

杰锡点点头,吸了一口烟。"看过两次你打球。几乎让我希望自己没退学。否则你们可以用我。"

努南说,是啊,可能吧,但他对此完全不能想象。"那你就必须放弃那个。"他说,指抽烟。

"那就滚蛋吧,"杰锡说,"这么说,你要毕业了?"

努南承认他可能会,不知这问题里是不是有一丝依依不舍的意思。

杰锡一口吞下那一小杯威士忌。"然后呢?"

他决定含糊其辞。如果能拿到奖学金,也许去上大学。如果拿不到,可能参军,但那意味着去越南。

"我试了去参军,"杰锡说,"但体检不合格。"

但他知道他不会去参军,杰锡似乎也知道这一点。他邪恶地冲努南咧嘴一笑。"你现在同南·贝弗利在一起,"他说。不是问他,而是告诉他,以防他试图否认,"她什么样?"

"是个好姑娘。"努南答道,不想再多说。杰锡将啤酒杯推过来,要再加一杯。努南想说不行,已经过了关门时间,但他还是给他又倒了一小杯劣等威士忌,还添满一杯啤酒。到此刻为止,杰锡还没有任何掏钱包的表示。

"我结婚了,"他说,"你也许已经知道。"

努南说不知道,他没听说。

"她是个婊子,"杰锡不带感情地说,然后说了她娘家的姓氏,努南对这名字只有模糊的记忆,但想不起一张能对上号的脸,"她肯定是到处和人乱搞,好像我在意似的。"他补充说。

努南无言以对。

"但我们有个小女孩,"或许这确实是他在意的一件事。"他们还在谈论我们,你知道,"他说,微笑起来,"我们打的那场架?第一拳没打着你,否则结果会不同。"

"我不记得那么多了。"努南告诉他。这绝对是实话。

"否则会不同,"杰锡重复了一遍,有一瞬间,努南不知他是否可能在考虑重新开战,"否则肯定会不同。不过你知道吗?这不会改变任何事情。你还会是现在的你。我还会是现在的我。他妈的命运,你是控制不了的。"

"你可能说的对。"

"操,我说的就是对。"杰锡断断续续喝下第二杯威士忌。

"好了,"努南说,"你喝完啤酒,我就得关门了。"

杰锡点点头,不情愿地承认只好这样,这个世界充满了可恨但必须做的事。"谢谢你一直没关门。今天是我的生日。"

"我刚才不知道。"努南承认,祝他生日快乐。

"重要的是,我们,你和我,那时根本就不该打那一架。"他说,然后喝干他的啤酒。他仍然没有伸手掏钱包,努南猜他不会掏了。那天毕竟是他的生日。"我从来没想打,真的。"

"我也是。"努南说。

"见鬼,"杰锡说,从高凳上滑下来,"我当时就知道。但告诉我,你还和卡伦好吗?"

他的远房表妹,他在"剥猪猡"扑克游戏中打赢的那个。努南告诉他没有,他在街上见过她几次,仅仅打个招呼而已。

"我希望是这样,"杰锡说,"她现在有三百磅重。我们如果决定再打架，也得为了争另一个人。"

努南告诉他，他觉得不会发生这样的事，杰锡说他也觉得不会发生，他们为此握了握手，他觉得杰锡用力抓住他那只受伤的手腕。门在杰锡身后关上，努南过去把它锁上。他后来再没见过杰锡。他觉得诧异，不知杰锡终于让自己滑过中线之前，内心已经死去了多久？回想起那天晚上在默迪克，努南可以看出，他已经是个宿命论者，相信人控制不了"他妈的命运"。仅仅二十岁，奋斗无用的看法已经对他产生了那样强大的作用。为争一个体重两三年后变成三百磅的姑娘打架，有什么意义呢？在这之后，是漫长的第二幕，其间一切都未改变。杰锡的第二幕，像很多人的第二幕一样，似乎并无存在的必要，特别是一旦你知道了第一幕和第三幕。有时你甚至不需要知道第三幕。面对它，努南自己的第二幕有点儿单调拖拉。假设他现在仍在第二幕之中，没有无意识地滑向第三幕。他与伊万杰琳·李奇特纳无精打采的婚外情，肯定是像第二幕的郁滞。他困倦地想，在杰锡的第二幕中，是否还有什么他不知道的东西呢？也许他似乎喜爱的女儿，意外地给了他与未来的联系，即那晚他在默迪克不能想象的未来。在孩子面前，是很难保持宿命的。因此，也许是这样。他希望是这样，他希望那是个事故，而不是杰锡故意让车进入了终场的第三幕。

努南把讣告、照片和纸条都塞回到信封里，又觉得奇怪起来：怎么会信封是莎拉写的，而里面的内容纯粹是露西的呢。这是一个他仍然不时想起的大谜里面的小谜。说到漫长、单调、乏味的第二幕，嫁给一个如此传统、谨慎的男人三十多年，莎拉的生活会是什么样。莎拉十八岁时像他一样，她精神的点点滴滴都在渴望冒险。努南记得，她的母亲就是个自由的精灵，莎拉崇拜那种野性，而且可能在内心深处，她甚至想象自己也成为那样的人。但最后，她选择了安定和保障。谁知道呢？也许她是幸福的。有些人尽管经历了各种厄运，都努力过得幸福，恰似世界上许多幸运儿，却竟然弄到很悲惨的地步。莎拉是个明智的人，或许早就接受了这一切。还是孩子时，她就决心对自己手中的牌负责，尽管还没有抽牌，而且发牌者是个有名的骗子。她还决心充分利用现有的一切，尽量把事情往好里想。

莎拉如果嫁给他，而不是嫁给露西，她将需要另一种妥协，一种肯定会带来更大痛苦的妥协。当然，这痛苦发生在比纽约州托马斯顿更有趣的地方，她除了痛苦，还会有更多与爱情相伴而来的东西。她可能会与他的前妻们友好相处，她们那些人如同幸存者，每年聚会，讨论他究竟有什么地方吸引她们，甚至吸引任何女人。"你没有能力去爱。"他的第二任妻子曾经这样告诉他。她实际上是在他们刚刚做完爱之后说的这话。据努南回忆，那做爱还相当成功，因此这评论让他很吃惊，更不用说评论的时间了。莎拉会不会得出同样的结论，说出同样的话呢？有可能，甚至可能性很大。有一点可以肯定，话出自她口，他会更加在意。另一方面，也许她正是他所需要的。努南考虑这一可能性只有两秒钟，就抛弃了这个想法。他身上最好的东西只作为油彩出现在画布上。想象一种不同的生活，等于想象一个不同的自己去过这种生活。

无论如何都不重要了。他已经开始相信，艺术是不断变化的，而就他的理解，爱情却取决于永恒不变，这正是努南一辈子所坚决拒绝的。在情感的天平上，人们所谓的爱情，在平静的一端，是酿成失望和指责的完美食谱，在邪恶的一端则是谋杀。莎拉会像所有其他不幸游入他的轨道的女人，在他最终背叛她之后（归根结底，他是他父亲的儿子），学会从别的男人那里得到安抚和慰藉。伊万杰琳盘点自己的婚姻生活后，就是这样做的。

她因为嫁给露西而避免了这一切。这意味着，她至少不必担心事情变来变去。与露西在一起，事情不会有变化。他永远是露西——稳定，动作、脑筋和言语都很迟钝（这些正是努南敏捷的地方），还有经久不衰的善良。都是乏味的品德，但并不等于不重要，尤其是对莎拉这样内心有激烈冲突的人。露西本人的戏剧又如何呢？在努南离开托马斯顿时，露西像杰锡·奎恩一样，似乎已经到达了结尾。在莎拉身上，他似乎找到了超出他敢于希望的一切，他的第二幕如杰锡的一样难以想象。哪里有危险？哪里是悬念？

努南打了个哈欠，把信封放回到床头柜上，关了灯。过了一会儿，他又把灯打开，意识到自己已经解开了一个小谜。信封上是莎拉的笔迹，那是因为，在某时某刻，那里面装的是她的一封信。首先，那信封是粉蓝色的，再者，它显然非常女性，完全不同于那种粗大的公文信封，而露西却是一贯使用后者来寄他剪下的照片和报纸。他是否用蒸汽熏开了信封，读了信，然后用自己喜欢的内容取代了它？谈到不可知的第二幕。

努南这次关上灯后，没有再把它打开，而是微笑着睡着了。

爱　情

如果胜利者出人意料地退出战场,会发生什么事呢？

如果鲍比·马库尼没有被送到军校去,他无疑会成为托马斯顿初中的统治者。但他突然莫名其妙地退出了,这产生了一个真空,而弥补这一真空的正是杰锡·奎恩本人。他曾被打败这一点似乎并不重要。鲍比的消失所起的作用,首先是破坏,然后是缓和,最后是从公共记录上一笔勾销了他的伟大胜利。当然,这是一个逐步的过程,一种渐进,但到八年级开学时,也就是距他们打架一年后,杰锡·奎恩大获全胜,鲍比名誉扫地。

当然,孩子们仍然记得而且谈论那场战斗。连西区人也不否认鲍比打赢了,但他的消失被视为懦夫行为。没有人公开这样说,至少在他有可能回来时是这样,只是有人悄悄说,而且没人反驳他们。鲍比是被他父亲放逐,这一点似乎并不重要。人们需要知道的就是他不在了。不错,他确实打赢了,但杰锡从来没有求饶、没有放弃或承认失败。即便他仰面朝天躺在人行道上,满脸是血,目光呆滞,但他那狼一般的笑容仍在宣布,事情并没有完。鲍比·马库尼赢了第一轮,那又如何？下星期五晚上舞会结束,或者星期六下午宝石剧院的电影散场后,杰锡会再与他会面,而且这回,他可以被突然袭击一次,但不会有第二次。有些目击者马后炮地回忆说,上次有人把鲍比从他身上拉下来时,他警告说,他们之间没有完,这解释了为什么马库尼先生把鲍比送走。很可能是鲍比求他家老头子这样做的。此外,第二年夏天他没有回家,圣诞节时也躲在父母的房子里不出门。为什么?因为他知道,如果在街上露面,会发生什么事。

随着历史被小心翼翼地篡改,杰锡·奎恩对初中的统治,比他如果打赢那场架还稳固。整个七年级,我们东区的孩子都在希望,鲍比能回来捍卫自己的荣誉和我们的荣誉,但最后我们心灰意懒,也看清形势,自己开始伤心地怀疑起来。鲍比虽然打得很英勇,但他是侥幸取胜。对这件事实在是只能这样看了。

而杰锡有他自己的妙处。几乎每个男孩,包括我们东区的许多孩子,都在模仿他。例如他走路的姿势。他总是踮着脚尖走路,我们永远在模仿他大步行走中的急停。如果父母允许,我们本来会事事模仿他。我们的头发会亮光光、湿漉漉地向后梳成鸭屁股式,垂在衣领上。的确,我们许多人早上离开家时是一种发型,到学校就变成了另一种。我们会穿紧绷在腿上的黑棉布瘦腿裤,白色T恤衫,外面套上磨旧的皮夹克,像他那伙儿西区男孩一样。对我们来说,这些都是"内衣",外面非得穿上那些令人尴尬的格子衬衫,还得掖在鼓鼓囊囊的棉布裤子里。那些衬衫是我们无知的姑姑姨妈、叔叔舅舅送给我们的圣诞节礼物。那些裤子则像我们父亲的裤子一样在风中摆动。父母提醒我们:我们养的可不是小无赖。鲍比走了,我们东区的孩子几乎很高兴,因为他看起来太像我们。

杰锡的女朋友叫卡伦·西里洛,毋庸赘言,她是西区女孩。杰锡的那伙儿男孩很自大,不屑于去参加基督教青年会的舞会,他也很自大,不屑于建立传统的关系。人人都明白卡伦属于他,因为她像那时的女孩一样,戴着他的戒指,那戒指裹在不透明的胶带里,直到完全适合她的无名指。但杰锡的神秘有一部分在于,他从不公开向她表示甚至一丁点儿爱意。从来没人看到过他们接吻,甚至手拉手。对我们其他人来说，这只能意味着一件事：他们"发生关系了"。其他"确定了关系"的初中生，在宝石剧院里公开搂脖子亲嘴儿，在学校课间时手拉手（受到严格禁止），在基督教青年会跳所有的慢拍舞，女孩的胳膊搂着男孩的脖子，腰贴着腰，实际上更多是拥抱的慢动作。

卡伦和她的几个西区女友一起参加基督教青年会的舞会，她们用睫毛膏把眼睛涂得那样黑，看去上像挨过打一样，而且黑色的头发被发胶弄得像戴了钢盔。我说过杰锡瘦到精瘦的地步，但她却非常肉感，十二岁时已经有成熟女人的身段，每星期五晚上都穿一件淡蓝色的安哥拉羊毛衫，羊毛衫下的乳房丰满。她的声音沙哑，而且比多数男生的声音还低沉，她是镇里最美丽的姑娘。她唯一的对手，是伯若区一个名叫南·贝弗利的金发女孩，她的父亲是制革厂的厂主。男孩们总是在学校操场上、基督教青年会外面或者剧院后面，为了南而打架，经常是在偶然听到或略微想象到什么事情后，为捍卫她的名誉而战。南总有固定的关系。到我们听说她与某位男友分手时，已经有其他人取代了他了。但她仍是一副单纯无邪的样子，我们用一个词来形容她和她那样的女孩，这个词就是"干净"。

没有人为卡伦·西里洛打架。首先，她没有什么名誉需要捍卫，但更重要的是，没有人敢为她打架。她是杰锡的女友，在基督教青年会，她只和她的女友跳吉特巴舞，直到响起大家期盼的慢拍舞曲。然后，她的女友们一个接一个地进入舞池，她独自站在那里，而舞池对面，一百来个男孩怯懦地站在那里，充满渴望地观望着，在我们能够想象的范围内，想象成为杰锡·奎恩会是什么样子。我们可以肯定，那天晚上，他迟早会把自己那些被尼古丁熏黄的手指，伸进她柔软的安哥拉羊毛衫，悄悄向上滑去。

杰锡那伙人总要到很晚时才会在舞会上露面。卡尤加小河蜿蜒流过基督教青年会的房后，有时我们瞥到他们在河边的树丛中吸烟，据传他们还喝威士忌。学年的大部分时间，七点以前天就黑了，所以我们实际上并不能看到他们，但是因为遥远的怪笑声和烟头鲜红的闪光，我们知道他们在那里。等到舞会进入最后半小时，站在楼梯最上方的人关了钱箱之后，他们开始缓缓步入，从容不迫、漫不经心，仿佛要表示，在此刻之前，他们忘了还有这场舞会。我们会发现，他们中的一人穿过健身房，幽灵般地移动着，在人群中穿行。当我们转身想与身旁的人分享这一令人激动的消息时，我们会发现，另一个怪笑的幽灵已经站在我们身边。他们在这里。你可以感受到，这一事实电流般在健身房里四下滑行。我不知当时我们是什么想法。当时有任何人会想象这个星期五将有变化吗？

甚至音乐都变了，或至少似乎是变了，变得更阴郁、更危险。西区男孩最擅长的，是一种排成一排的舞蹈，称为顿足爵士舞，它需要某种特殊的节拍。我们知道有些唱片是顿足爵士曲，只要一听到开头的几小节，跳吉特巴舞的伯若区孩子和东区孩子就会让出场地，以便形成纯一色男生的顿足爵士舞队列。通常在舞会的头一个小时，不管谁放唱片，都会给我们东区想模仿此道的人放一个这样的曲子，让我们能够练习一下，希望后来在真正跳顿足爵士舞的人出现时，我们也可以加入队列，勉强被接受。但那舞步错综复杂，它的移动取决于不断创新，由排头的人喊出秩序。口令喊晚了，就得不到执行，喊早了，秩序则会大乱。

顿足爵士舞最像军事演习，舞者穿着靴子，舞步必须异常精确，每一个动作做起来都必须毫无表情、冷冰冰的，五十个或一百个男孩一起按拍子转向同一个新方向。如果转错了，你就会面对向前行进的大军，然后是围观者的嘲弄和大笑。顿足爵士舞的核心不是作为多数舞蹈基础的求爱，而是严格控制的愤怒。它的标志性动作总是保留到模进的最后几小节，这时队列中的每个男孩不是用脚后跟转向新方向，而是用脚后跟使劲跺地板，发出让健身房震颤的霹雳声。它的目的不会让人误解——那就是宣战。

但晚上的最后一曲总是慢拍,灯光暗下来,发出时间和机会正在溜走的信号,仿佛我们不知道这一点似的。永远忠心耿耿的卡伦·西里洛此时得到了奖励,因为始终冷冰冰的杰锡·奎恩碰碰她的胳膊肘,无言地把她带入舞池。南·贝弗利已经在那里了,和她在一起的,是一个她选择来馈赠她那多变感情的伯若男孩。在我的记忆中,即便不是现实,那最后一曲的第一句歌词属于这两对最公开的舞伴:伯若区的一对光彩照人,大声欢笑,谨慎地触摸,南甩着金色的头发,她的新男友快乐得像个知道自己的宽限期屈指可数的小孩子。他们的对手则沉默无声,几乎没有什么动作,一个愤怒、精瘦的男孩,把一个已经是女人模样的七年级女孩拉向自己。

他们多么美丽啊!两对都是。让我们等了整整一星期的这一时刻是多么美丽啊,我们为这最后的慢拍舞结双成对。两对变成四对,四对变成十六对,十六对变成三十二对,我们东区的男孩来回看着,一会儿看站在健身房一侧散发着肉欲的西区女孩,一会儿看站在另一侧的纯洁的伯若区女孩,两边都需要我们所没有的勇气。因此,我们才最后总是去请一位就住在我们那条街上的女孩,一位我们非常肯定不会拒绝我们的女孩。我们之中有谁知道那东区女孩的心思呢?在最后的两小时里——或者最后的两分钟里——她到底心碎了多少次?

在基督教青年会门外,法治很快建立起来。停车场上,伯若区和东区女孩的父母,在他们的女儿们出现时,让车头的大灯一闪一闪,或者让喇叭发出短促的声音。和你在一起的那个男孩是谁?谁也不是。可他一定是什么人。不,谁也不是。然后,等车散开后,突然出现了楼梯上打起来了的传言,接下来是逃跑——二十个、五十个、也许是一百个七、八年级学生,在哈德孙街上炸开了锅,越过分界街,街那边意味着安全。有人在追我们吗?没人知道。也没人愿意回头去看。只是拼命地、不停地奔跑。越过分界街。他们就不敢过来了,甚至杰锡那伙人也没有那么大胆,可他们有时确实敢,所以我们拼命跑,那些西区的幽灵拼命追。是现实?还是我们的想象?根本无从知道。

本来鲍比可以告诉我们。但鲍比走了。

我们买了艾吉·鲁宾之后,过了整整六个月,父亲才能够把那楼上的公寓租出去。在过去的房客搬走(照母亲的说法,是半夜偷偷溜走的)之前,父亲甚至没来得及和他们谈谈租约的问题。父亲告诉母亲不必担忧,很快就会找到新房客。他的错误是同意她去视察这房产。显然,她拒绝进店门一步的决定,并不适用于那公寓。父亲同意她先过去看看,然后再决定收取多少租金。她从楼上下来时,脸上的表情表明,关于艾吉·鲁宾的世界大战进入了一个新阶段。"你去过那上面吗,卢?"那天吃晚饭时,她问。

嗯,是的,上去过,他说,但没有真正察看。重要的是店铺,而不是楼上。当然,他猜测需要好好打扫一下。毕竟,他们知道最后住在那里的几个房客,西区的难民,所以他预料那里会很脏。但楼下地窖里还剩下一些油漆,可以用来把那地方刷得明亮一点儿。

"脏?"母亲说,"油漆?卢,那上面失过火。"

我看得出,这对父亲来说是新闻。

"失火?在哪里?"

"前屋。"

"我看不出失过火啊。"

母亲听了,开始揉太阳穴,每次她想让他明白什么事,他却表示怀疑时,她都是这样。"告诉我,卢,"她说,"他们把那么大幅的画留在墙上,你不觉得奇怪吗?他们拿走了所有其他的东西,包括房子里一半的固定装置,但他们把那幅画留了下来。你觉得这说明了什么?"

"他们不想要那幅画了?"

"不对,卢。这说明你应该看看画的背后。那是电线起火的地方,画后面的墙上。"她让其中的含义慢慢显现出来,"另一件事。你有没有掀开马桶盖子看看?"

"没有。"

"你够幸运的。"

"怎么了?"

"四个字。又黑又满。"

我和父亲都停下不吃了。"我会上去把它冲了。"他说。

"我试过了,卢,不过也许你的运气更好。"

第二天,承包人检查了留下巨大火烧痕迹的那面墙里的电线,告诉母亲说:"你们挺幸运的。幸好他们没有烧掉整栋房子。"

"那要看怎么说了。"她答道,让他奇怪地皱起眉头。我则明白她的意思。如果那些以前的房客把这地方烧没了,父亲也就买不成这铺子了。"起火的原因是什么?"

"随便说说的话,是住在这里的人,别管是谁,偷用店里的电,可以不花钱。也许是自己布的线。有些人,哦?"

他们检查了公寓里的其他地方,那人在小本子上草草记录着。检查完毕,他算了一下,举起小本子给母亲看。不管他写了什么,都让她震惊得一屁股坐在便桶上,就是那个前一天下午还让她厌恶得要死的便桶,而且马桶的情况在这一天里并没有实质性的改善。

"当然,这是你按规矩去做,"他承认,"工会管子工和电工。"他停了一下,仿佛在决定是否接着说下去。"也让人怀疑楼下的状况。"

她唯一能说的,就是"上帝啊"。

"好吧,"那人说,"我喜欢你,苔莎。你给我们记账总是做得不错,所以我给你检查是免费的。你如果愿意雇用我们,我会尽量给你优惠,而且你可以分期付款。真希望能给你点儿好消息。"

母亲继续盯着地板,仿佛她的视线是 X 光,能够透到下面的店铺去,父亲正在那里与精英俱乐部的人聊天。最后,便桶中散发出的臭味终于把她带回到现实世界,我们回到前屋。

"你们买下这地方之前,没有找人来检查一下吗?"

她摇摇头。"你知道卢这个人,他大概放弃了。"

我们又站在那里,凝视着火烧的痕迹。"我会从这里下手,"他说,"电线的线路。"

那天晚上,在一堆与购买店铺有关的文件中,母亲找到了检查报告,可以肯定,那上面适当列出了那天下午他们注意到的每一个问题。母亲的承包商朋友担心得没错,整个店铺的线路状况都是"低于标准,有潜在的危险"。

当她念完最后一段,父亲说:"也许这就是我们能够这么便宜地买下这地方的原因。"

"是你,卢,"她提醒他,"是你这么便宜地买下这地方的原因。"

但我却不禁注意到,在买卖过户合同的最下方,有他们两人的签名。父亲的笔迹直上直下。我不得不承认,它看上去像小孩子写的,尽量不超出线外。母亲写的是娟秀的小字,看上去很专业。苔莎·卢易丝·林奇,这让我惊奇。在此之前,我不知道她的中名是什么,甚至不知道她还有中名。

我们几乎花了六个月的时间,才完成所有必要的修缮,我不知道父母从哪里弄到的钱。但他们终于找到了新房客。十一月一个昏暗的下午,天下着雨,我放学回家,正碰上新房客在搬家。那天上午,他们的家当就已经送到了,但来的不是搬家车,而是由小卡车和锈迹斑斑的旅行车组成的车队。它们都不当不正地停在艾吉·鲁宾的前面,让父亲的顾客很难像往常一样快速进出。他们没有一件东西是装在箱子或盒子里的。母亲觉得就像是把所有东西直接从房客原来住的地方扔进车厢。等我回到家时,有些东西已经卸了下来,但有几辆小卡车上,仍然摞着高高的家具和床垫,用旧晾衣绳捆着,也不管这一整天都在下雨。"愤怒的葡萄①。"母亲喃喃道,从百叶窗的缝隙中向外张望。

新房客南茜·萨尔瓦多是她高中时的旧友,那群腆着一模一样啤酒肚的男人是她的兄弟,停在路边的是他们的车。每隔半小时,他们就在二楼的斜顶下休息,喝啤酒,然后把空了的啤酒罐砸扁,甩到或试图甩到停在楼下街上的卡车的车厢里。据母亲说,他们带了一箱啤酒来,没到中午就喝光了,又去 A&P 买了一些,虽然父亲的店里就卖啤酒。

如果不是陷入困境,母亲本来会更恼火的。她通常不可怜任何人,但她的确可怜南茜,她在镇里的一个美容厅工作,日子正不好过。她已经离过两次婚,因此放弃了再结婚,即使不是放弃了男人的话。她在一系列"叔叔"的帮助下抚养女儿,最近的一位名叫巴迪·纽尔特,是二流子。她告诉母亲,她希望通过搬进我们的公寓来躲开巴迪。

父亲并不想把房子租给一辈子住在格特的南茜。他觉得,花了那么多钱修理这地方,难道就为了把它租给一个很快又会让它的模样和味道沦落成贫民窟的人?母亲说服他同意这样做,我可以看出,她现在已经后悔了。

我去店里帮忙,这是我放学后的一贯做法。这时,父亲对南茜的兄弟马上就要到了忍无可忍的地步。照这个速度,明天这时候,他们也卸不完那些淋得透湿的床垫。他让我照管收款机,自己出去,捡扔在街上的啤酒罐。他刚捡了一半,南茜的一个兄弟就在楼

---

① 美国作家约翰·斯坦培克 1939 年的小说。小说主人公刑满被释回家,发现家乡一片荒芜,只得携家乘坐一辆破旧的汽车到西部谋生。——译注

上凉台上喊:"嘿,别动那些啤酒罐。"

显然他们喝不同牌子的啤酒,而且在记分,而父亲把它们搞乱了。这样他们怎能搞得清下一箱啤酒该由谁付钱呢?父亲绝不让步,提醒南茜的兄弟这里不是格特,东区人不把空啤酒罐随便扔到街上。那人对此的回答是,如果真是这样,他很高兴自己不住在这里。但他们没有再反对父亲进行清理,过了半小时,另一个兄弟下来说,他们对自己的行为感到抱歉,为了弥补,他们将从父亲那里买一箱啤酒。"你觉得还需要多长时间?"父亲问。

那家伙耸耸肩,仿佛在说,因为有那么多变数,这可说不准。但他走了以后,父亲冒险猜测:等到啤酒没有了,也没钱买更多的啤酒时,活儿就干完了。

但他没有猜对。南茜的兄弟们显然领会了他的意思,因为他们开始带劲儿地干活,把最后一些浸水的床垫子和家具拽上楼梯。半小时后,他们全都踩着脚跑到楼下,跳进车里,把车从马路牙子上猛地开下来,让轮胎发出尖利的摩擦声,喇叭高声鸣叫,然后向我们店里掷出更多空罐子,酩酊大醉、大喊大叫地离去了。

父亲接受了母亲关于怎样经营的劝告,改成平时营业到晚上十点,周五和周六开到午夜。这实际上意味着,我们一家再也没有一起吃饭的机会。有些晚上,我和母亲吃完饭后,她盛出一盘,让我给父亲送过去,他就站在收款机旁吃。后来他对我的能力有了更多的信任,有时就回家在厨房里吃,由我来照顾店里的生意。傍晚时,店里通常没什么生意,有时在他离开的半小时里,连一桩生意也没有,然后又开始忙起来。

南茜·萨尔瓦多的兄弟们来帮她搬到楼上的那天,店里就只有我一个人。其实店里的活儿不少——备货和整理货架,但父亲指示我,绝不能扔下收款机不管,所以我常常是带一本书过来,帮我消磨时间。我看书很容易入迷,那天晚上,门口的铃铛响起来,我勉强懵懵懂懂地离开书中的情节,直到看清来人是谁。她身上穿的,正是星期五晚上舞会上的那件安哥拉羊毛衫,我从门敞开带进来的一阵风中闻到她身上的香水味道。卡伦·西里洛,我想。紧接着是另一个想法:杰锡的女孩。

她似乎只是快速地扫视了一眼,就接受了我和小店,这表明她此时无事可做,又没有其他的选择。她深深叹了一口气,走到收款机旁,随手从架子上拿起一本《电视节目报》,迅速翻了几页,看上去很失望地发现,里面主要都是文字。"嘿!"她好像是对那杂志说。

当杂志没有答腔时,我说你好,我的声音有些哑,但她似乎并没有注意到。她又看了看我,她的近距离注意让我又骄傲又害怕。卡伦·西里洛从来不看男孩第二眼。很难知道这是为什么,因为她是杰锡的女孩,不允许她这样做,还是因为同一原因,她没有这个欲望。

"我认识你吗?"

答案是又认识又不认识。我们的确在同一年级,每天见面,但没有什么特殊的原因会让她注意到我。"我也在七年级,"我告诉她,"但我们没有上同样的课。"

"你一定很聪明,"她说,然后又说,"那好吗?"

这把我弄糊涂了。她想知道聪明是否像人称赞得那么好?只是在她伸出手来时,我才意识到,她问的是我在读的那本书:H. 赖德·哈格德的《她》。我把书递过去,她用翻《电视节目报》时的那种效率和缺乏兴趣翻着书页。"是的,很好,"我说,无法完全抑制自己的热情。如果她知道我心里把她当做书中的主人公,她会怎么想,"是关于——"

"别给我讲,"她说,把书还给我,"可能有一天我会读它。"

我想说她真应该这样做,并解释为什么,但意识到这涉及给她讲述整本书,而她刚让我别这样做。

她注意到我的犹豫。"怎么,"她说,"你觉得我不读书?我读很多东西呢。"

哪怕她稍微有一点儿在意我怎么想,都让我惊异万分。"比方说?"我问,真的为自己可能与卡伦·西里洛有些共同点而激动。

她耸耸肩。"书,"她说,声音里有一种挑战的味道。

我控制自己不笑出来,意识到她是严肃的。"它们很好……书。"我说,内心因这话听上去很傻而蜷缩起来。

"书是不错。"她承认,不再有兴趣假装读书,而且似乎要表明,还有其他一些比书更好、但我一无所知的事情。

"来一盒议会牌香烟怎么样?"她说,冲我身后的香烟柜台点点头。我又犹豫了。她还没到可以买香烟的年龄,就像我没到可以卖香烟的年龄,父亲对未成年人是很严格的。

"没关系。"她让我放心,那音调表明,她不会逼我做坏事,我们不会被抓住,对她来说,我做不做都没什么了不起,她在很多地方都能搞到香烟,没人在乎她抽烟,我如果拒绝就是傻子。我递给她一盒议会牌,她当场就撕开丝带,揭开锡纸。"来一支?"我摇摇头,她把它们放进自己的手袋里,"你不抽烟?"

"不经常抽。"我说,不想听上去像个傻瓜,但我们两人都知道我就是傻瓜。

"你不应该抽,"她说,让我很惊奇,"烟贵着呢。对肺也不好。"她触了触自己左乳下的毛衣,显然认为自己的肺在那里。至于我为什么就不该做她自己正在做的事情,她没有解释。"啊,"她说,再次打量我一番,这次是眯着眼睛,仿佛我想办法把自己变得模糊不清起来,"你叫什么来的?"

"卢,"我说,但她还眯着眼睛看我,我补充说,"林奇。"

"不会吧,"她说,眼睛眯得更厉害了,"是露西,对不对?"

"是的。"我承认,觉得血都涌到脸上。

"怎么回事?"她奇怪,"怎么弄成这样的?"

"卢易斯·查尔斯·林奇,"我解释道,"在幼儿园时,老师把我的名字说成卢·C.林奇。"

"真糟糕,"她认真考虑这事情后承认,"你过去是鲍比的朋友,对吗?"

我点点头,很自豪。也有一点儿神经质,不能肯定如果她报告给她的男朋友,这种承认会引起什么后果。我希望她记得自己用的词——我"过去"是鲍比·马库尼的朋友,我只承认了这一点。"你认识他?"

"他是我的远房表亲那类破玩意儿,"她耸耸肩,"我猜我们再也见不到他了。可惜了。他挺好。"

她这时是目不转睛地打量我。我认为,她说再也见不到他,是指杰锡·奎恩威胁说,如果鲍比回托马斯顿,他就要杀了他。这是个我觉得需要谨慎对待的话题,虽然我很想对她的话表示同意,即确实很可惜,而且鲍比确实是挺好。"他家曾经住在那里。"我说,指了指斯平纳科尔家的房子。但她没有转身去看,却继续盯着我,我可以感觉到在她的审视下自己浑身发热。我的腿几乎要站不住了,但我突然意识到,她根本没在看我,而是在看店深处模糊的一个点。我除了说话,没有别的事情好做,所以我说:"听说他妈妈病了。"

"你是说她讨厌住在这个屎洞里。"卡伦嗤之以鼻,"她试着逃跑了好几次,每次都被抓回来。"

人可以如此漫不经心地表达如此无礼的意见,这一点让我目瞪口呆。我从不知道竟然有什么人,认为托马斯顿不是个居住的好地方。的确,母亲常常哀叹它没有提供更多的机会,而且缺少她所谓的文化。但有人断言它是"屎洞",还是让我震惊。更糟糕的是,卡伦·西里洛打量艾吉·鲁宾的方式表明,照她看,如果有人需要更多的证据来证明她的观点,他们不需要往远处看。我不知道这种被误导的观点可能来自何方？我能想象的唯一解释是，作为西区人，她通过自己在托马斯顿最不繁华地段的有限经历，来概括整个托马斯顿。我迟疑着试图表明这一点，所以说："是的，但他们现在住在伯若区了，马库尼家。"

"屎洞。"卡伦·西里洛再次说，她的语调甚至更无聊、更不屑一顾，她所相信的东西显然是不可动摇的。而我很惊讶地发现，我与她相反的观点也是不可动摇的。面对她的固执，我突然觉得心中涌起对我们小镇的忠诚，尤其是对我们东区街道的忠诚——对斯平纳科尔家、冈瑟家和毕晓普家，主要是对自己的小家的忠诚。我还没来得及说出任何辩护的话，门上的铃铛又响了，我抬起头，料想而且几乎是希望，进来的是父亲，但那却是杰锡·奎恩本人。他进来时，整个世界比卡伦·西里洛几分钟前搅乱 H. 赖德·哈格德的世界时颤动得更厉害。我能解释这一颤动的唯一方式，是我深刻地感觉到，这两个西区人在第三街与劳雷街拐角的出现是绝对违禁的事情。我并不具体知道什么人订立了什么规矩，以及哪些事情是允许的。但现在这样肯定是不允许的。发生了违约行为。规矩被破坏。界限被打破。存在某个永恒的法则，让杰锡和他那一伙人到最后半小时才能加入基督教青年会的舞会，也让西区的孩子不能进入由犹太孩子、伯若区孩子和东区几个"有才华"的孩子组成的快班；同样一些基本的因素，也让杰锡那一伙中的每个人在学校走廊和外面操场上引人注目——所有这一切，都因为他们出现在我们的小店而成了问题，如此巨大的现实错位让我哑口无言。杰锡迈着他那标志性的吉格舞步伐向我走来，我对他从容不迫地越过一切无形的障碍感到错愕，他的样子仿佛这些障碍并不存在，而我们三人肯定都知道，它们确实存在。

由于杰锡从不公开表示对卡伦的爱慕，所以他不去拉她的手，也没有其他什么表示，并不让我惊奇。而她似乎不用看一眼，就知道谁进了店里。"嘿！"她说，直盯着我，但我知道这是对他说的。

突然变成一对二的形势。我记得当时是这样想的。一分钟以前，无论似乎多么不可能，我是在交朋友的边缘。而现在，我又是孤单一人了。

"这是谁？"杰锡说，也看着我。假若他认出，我是那个曾经被他关在箱子里，装作要锯成两半的孩子，他却没有露出任何痕迹。如果他认出我，我怎么办？说来遗憾，我知道如何回答他的提问，因为在他花一两秒钟跟他的女友一起站在柜台前时，我已经想好了以下一番话：没有什么恶感，那事发生在很久以前，也没什么了不起，现在不会做噩梦，或者偶尔发病后想象自己又被锁在箱子里，甚至闻到尿味。我现在甚至记得，自己当时感到内疚，觉得他可能多年来一直为我担心。我远远不是怀恨在心，而是急于想让他放心。

"他？他是卢，"卡伦告诉他，让我对可以成为自己希望的人感到惊奇，"他是鲍比的朋友。"

我觉得血从自己的脸上退去。

"哪个鲍比？"她的男友问，像个可能的买主一样打量小店。

"哪个鲍比？"她哼了一声，重复他的问题，"踢你屁股的那个鲍比。我的表亲鲍比。就是那个鲍比。"

我的心跳到嗓子眼里，我觉得自己的膝盖发软，但杰锡却表现得非常奇怪。他轻轻发出一声邪恶的干笑，然后冲卡伦的方向微微点了点头，仿佛在说，女孩，你能有什么办法？仿佛我们两人——杰锡·奎恩和露西·林奇——都是倒霉蛋。仿佛我在后屋有个像卡伦·西里洛一样的女朋友。仿佛我心中有数。

现在他们两人都在打量我了，或许是好奇地要看我站在哪一边。如果此时柜台后面有个大箱子，我宁可自愿爬进去，盖上盖子。

"卢挺好的。他给了我一盒烟。"卡伦说，冲我笑笑，看我敢不敢说，这烟不是礼物，我父亲的店里没有不付钱的香烟或其他东西。我凭直觉知道,这是成为卢而不是露西的代价,这意味着那烟将是白给的。而且仅仅是这一次的代价。

"我们走吧。"杰锡说,然后把食指伸进卡伦便裤的松紧带里,轻轻一拉。当那松紧带被拉开时,我可以看到他的手指在她光裸的皮肤和内裤之间——而她似乎并不反对他的做法,这甚至比那动作更让人吃惊。性,我想,只有这一个字。滑下去停留在她光裸的皮肤与内裤之间的那根瘦削手指意味着性。而在这期间,她的目光始终没有离开过我。

"再见,邻居,"她说,虽然我只隐约听见这句话。杰锡已经转过身,松开她腰上的松紧带——可以听见啪的一声——向门口走去。卡伦跟在后面,回过头说,"谢谢你的烟,卢。你是个王子。"

艾吉·鲁宾的正面整个是玻璃窗,从收款机后面,我可以清楚地看到我们家的房子。就在杰锡把手放在门把上拉门的那一刻,我们家的前门开了,父亲出现在那里,仿佛两件事因一个原因相连,而且我有一种奇怪的感觉,即在杰锡开门的那一刻之前,父亲被困在我们的房子里,无法走出来。是我的想象,还是他穿过十字路口的脚步声中有某种紧迫感?

"那是谁?"他想知道,关上身后的门。

"谁?"我无力地说。

"刚出去的那两个人。"他说,瞥了一眼香烟架,单盒的香烟摆放在那里。有一刹那,我怀疑他在回家吃饭前数过它们,现在又在数它们。但一秒钟之后,他就只看着我了。

"学校里的两个小孩。"我说,迎着他的目光,然后低下头。如果我说出他们的名字,他会记得杰锡·奎恩吗?那些很久以前把我锁在箱子里的男孩,父亲是否知道他们的名字?他若是把相隔的这些年联系起来,会怎样想?

他似乎还想要说些什么,但就在这时,我们听到墙那边咚咚咚上楼的脚步声。"他们又回来了。"我说,意思是指南茜的兄弟,但我知道不是他们。外面没有小卡车停到路边，跺脚的声音虽然很大，但跟整个下午相比差远了。那是些笨重的大块头你推我搡，撞到墙上，用穿着靴子的脚后跟猛跺未铺地毯的楼梯。我突然明白了卡伦称我邻居的含义。

那天晚上，我宣布想早睡，母亲狐疑地打量我了几眼，想知道我是否不舒服，或者要犯病了。但我希望单独待在黑暗中。我躺在那里，把这件事思来想去，几小时睡不着。卡伦·西里洛将成为我的邻居。我很可能每天都会看到杰锡·奎恩。如果她成为我的朋友，他是不是必然也会成为我的朋友？这想法几乎令人激动得难以想象。我白给了人一盒香烟，因此背叛了我父亲，这当然让我不安。我这样做，不是在加速我家走向经济上的毁灭吗？但我躺在那里，想得最多的是，杰锡多么随便就把手指滑进卡伦的裤腰带，我试着想象自己同样恬不知耻和自信地做某件事。

我不知道自己什么时候终于睡着了，但我记得，我不再那么在乎鲍比的离去。如果他和他家仍住在斯平纳科尔姐妹的楼上，我就不得不与他分享卡伦和杰锡。现在，对我来说，他们代表了一种神秘感的实现，我开始在心底对一切都怀有这种神秘感，它是那么深奥难解，如同我父母为什么相爱，为什么有的人过步行桥得付钱，有的人就不用付钱，还有为什么马库尼太太那样的女人非要从自己家里逃跑。而这一切又如同我自己突如其来变得不稳定的神秘身份一样不可解释。如果我的牌玩得对，我可能像父亲一样是卢·林奇，而不是一个有女孩名字的男孩。卡伦在介绍我时，说我是卢，不就暗示了这层意思吗？我再次觉得，我的前途可能并没有刻在石头上。通往未来的门忽然敞开，阳光透过这扇门涌了进来，在黑漆漆的房间里，令人目眩。

我可以选择自己是谁。

有段时间，事情似乎按照我的希望发展。每天晚上，父亲让我照管店里,这时卡伦就会出现。我们聊天,通常是聊学校的事。她认为我们的老师都是白痴,我让她想象我同意她的观点。她相信,老师对学校里的笨孩子怀有恶意,是因为他们自己愚蠢。这个论点我以前从来没听说过,所以过了一会儿才明白她是什么意思。"拿咱们来说吧,"她解释道,"你聪明,我傻。所以他们喜欢你而讨厌我。"我抗议说我没那么聪明,她对此一点不接受。"好吧,"她承认,"你没犹太人聪明,但你也不像我这么傻。你比杰锡聪明多了。"她补充说,显然觉得没有必要忠于她的男朋友。我说,也许因为我做功课,所以可能老师对我这样的孩子有不公平的高评价,她对这种说法也不屑一顾。她也试过一段时间做功课这样的破烂事,但反而更糟,因为她总是做错。对她来说,作业做错了比根本不做还糟糕,因为做功课既花了时间,又费了力气,结果与不做一样,不做功课则两者都不需要。她说,此外我们的老师事先就决定好了,比如谁得好分,谁不及格。"问杰锡。"她最后说,没有向我解释,为什么她刚承认一个人远远不如我聪明,我却应该重视他的意见。

卡伦的逻辑一贯离奇,但这可算是最离奇的了。照她看,一个人愚蠢,并不意味着他的看法就一定没有道理。她觉得在大多数问题上,没有理由不信任她男朋友的智慧,同样,她也不认为他留了两级就说明什么。"杰锡什么都知道,"她坚持说,然后补充道,"各种各样的胡说八道。"她在修辞上起决定性作用的论点。

我不断期望他加入我们,但第一天晚上之后,他就不再出现,我从卡伦那里得出的印象是,他最近有点儿被软禁了,至少在除周末以外的晚上。她的解释是,"他答应他家老太婆了"。卡伦满嘴西区的表达方式,比如"母亲"是"老太婆"。显然杰锡家"老头子"死了,现在只有他和老太婆,还有他的兄弟。卡伦自己的父亲不知在何处,这就是她与她母亲不同姓的原因,而她似乎断定这也是正常的。卡伦继续说,杰锡家老太婆还行。她只是想让他老老实实守规矩,否则他再胡闹一次,就得回管教所去,然后是进监狱。因此除了上学和周末,杰锡都被软禁在家。"你是我唯一的朋友,卢,"她最后忧郁地说,"给一盒议会牌香烟怎么样?"

我虽然继续给卡伦香烟,她却想得周到,不在店里点烟,我对此很感激,因为父亲不喜欢人在店里抽烟,即便是通过正当手段得到的烟。除了德克兰叔叔,不允许别人在店里抽烟。德克兰叔叔在一切情况下都为所欲为,但他很少来拜访我们。我偶然说出一句我想"恢复"抽烟,卡伦坚持不让我那样做。"抽烟会得癌,特别是女孩。我三十岁时,他们可能就不得不割掉我的奶头。"她这样说时,一只手托住一个乳房,让我知道她指的是什么。"奶头"这个词从卡伦·西里洛嘴里说出来,差点儿让我晕过去,当她用手托住它们时,我不知是什么没有让我倒下去。

倘若如卡伦宣称的那样,我是她唯一的朋友,你在学校里是别想猜出来的。我们只在过道或学校外相遇,但我很快就明白了,她无意公开承认我们傍晚的友谊,有几次我冲她微笑甚至招手,但她的表情从不改变,但我敢肯定她看见我了。卡伦拥有一种特殊的才能,我只在其他一两个人身上看到过这种超人的能力,她能直直地看着你,然后似乎并没有转移视线,就变成看着你身后的某一点了。这一改变是如此微妙,你能得出的唯一结论是,她从一开始就根本没有看着你,或者是你曾经在那里,然后消失了。

在学校时,杰锡有时会跟她在一起,但他同样从来不认识我。这种忽视让我明白了一个教训:我或许真的可以选择自己是谁,但别人并不一定记得住我是谁。

似乎为了公平,托马斯顿的免费图书馆位于分界街的最北端,隔壁就是公墓。至少在冬天,从一楼的后窗户看出去,可以看到在公墓最高点的旗杆旁,是托马斯·惠特科姆爵士墓地的方尖碑。星期六早上,我通常起得很早,帮助父亲打开店门,但到十一点左右,他会把我轰出来,让我去做点有意思的事。我在店里挣的钱直接存入我的大学学费基金,但星期六时他们会给我零用钱,让我付那天的午场电影费和我一星期的小小开销。电影下午一点开演,所以我通常去图书馆消磨开演前的两小时,还我前一周读完的书,再借一批新书。学年期间,我每周读的书不可能像夏天那么多,所以我会花更多时间挑选。我的习惯是,把十几本书拿到书架中间的小桌子上,仔细读有塑料护封的封底和里面的勒口。

一个星期六,我在那里,觉得听到外面有人唱歌,我朝窗外望去,惊奇地发现,加布里埃·茂克摇摇晃晃地走在穿过公墓的小路上,这条小路最后通往图书馆后面的停车场。他还声嘶力竭地唱着什么。我听不出他的歌词,因为他唱得太快,但叠句是"没有了,没有了,没有了,没有了",这部分他咆哮的声音最大。他拿着一个瓶状的牛皮纸口袋,走到停车场边上,停下来,把纸袋举到嘴边,仰头喝了几口,直到瓶子里无论是什么,都已经空空如也。此后,他呆呆地看着它,一副垂头丧气的样子。然后,他身上发生了滑稽的变化,他反而更兴致勃勃地唱起来——"没有了,没有了,没有了,没有了",仿佛歌词与环境出乎意料的吻合是滑稽无比的事情。他继续走着,没有注意到停车场四周脚腕高的金属护栏,不幸绊在了上面。

他摔得很重,很可能受伤,但他很快就爬起来,左右看看是否有人绊他。瓶子摔到脚边,但显然没有摔碎,他把它从纸袋里掏出来,举得高高的,对着光,再次确保里面已经空了,然后翻过来,像摇晃番茄酱瓶子一样摇着,第三次确保里面空了。"没有了,没有了,没有了,没有了,"他用柔和的颤音唱着,热情减退了一些,玩笑开始变得没味了。德尔克斯太太听到外面的喧闹声,离开借书和还书台,走过来,从我所在的窗口向外张望,看到一个小醉鬼在停车场里唱歌,就摇摇头,嘴里嘟囔着什么,又回到她的桌旁。

加布里埃站在两辆车之间,其中一辆恰巧是杰克·贝弗利的新凯迪拉克。我之所以知道那辆车属于谁，是因为几分钟前，我看到他和南抱着一摞书从里面钻出来。现在他们正站在借书和还书台前，德尔克斯太太从护封里拿出小卡片盖章，标上还书日期，这项工作她做得极为认真，保证每个章都盖在下一个长方形格子的正中央。其他图书馆员都乱七八糟地随便盖，但她不赞同那种马虎的工作态度，我很赞赏她这一点。但贝弗利先生一脸不耐烦的表情，表明他并不像我一样赞赏。南顺着一长排书架看过来，看到我坐在窗口，微微一笑，让我左右环顾，看看她是否可能在冲别人微笑。等到我确定她的微笑是冲我而来时，她和她父亲已经拿着书向前门走去。

我正在思忖这一切，突然听到窗外有玻璃碎了的声音。我看到我那位一起油漆栅栏的朋友，正在凯迪拉克车旁跳吉格舞，绿色的碎玻璃在周围的地上闪闪发光。"没有了，没有了，没有了，没有了，上路吧，杰克，"他重又热情地唱起来。我看到，那辆凯迪车的后窗触目地裂了一条斜斜的大缝。后来，加布里埃一定是听到贝弗利父女走近的声音，因为他从停着的汽车之间飞奔而去。他醉成那样，还能如此快速敏捷，真超出了我的意料。就在他消失在楼拐角处的一刹那，贝弗利父女绕过另一方向的拐角，进入了视野，贝弗利先生停住脚步，抓住女儿的小臂。我猜，他是想阻止她正在做的事情：踩着碎玻璃向车旁跑去，为了离近一点看是怎么回事。她的父亲站在那里没动，眼睛盯着加布里埃匆匆离去的方向。

接下来发生的事情也许最令人惊异。南·贝弗利哭了起来。他们父女两人离我坐的地方有二三十码远，但我仍能看到她脸上现出的迷惑不解和恐惧神情，他把她搂在怀里，我猜，他试图解释为什么有人会做出如此可恨的事情。在某一时刻，他注意到我在看着他们。他让南镇静下来，帮她坐进前排座位后，走了过来。窗玻璃很厚，所以他的声音听上去很小，但我当然不需要听到许多，就知道他问的是什么。你看到是谁干的了吗？我摇摇头，没有看到。

看完午场电影,我回到艾吉,发现自己仍然希望没有对贝弗利先生撒谎。南和她的男友也去看电影了,并没有显露出刚才遇到什么不快的迹象。我告诉父亲我看见加布里埃·茂克的行为,但没有提对南的父亲撒谎。父亲的反应完全在我意料之中,他说不应该损害他人的财产。也许加布里埃有什么原因,他并没有说他没有原因,但这依然不是借口。因为我仍然对父母看问题的方式不同这一点很感兴趣,所以后来又与母亲讨论了这件事,甚至更详细地描述加布里埃醉到什么程度,先是大喊"没有了,没有了,没有了,没有了",然后用威士忌瓶子砸贝弗利家凯迪拉克车的后窗。她没有立即评论,于是我向她坦白了没有告诉父亲的事情,即我说自己什么也没看见。"你知道,"她说,"你有时真让我骄傲。"

入睡之前,我思考着这件事。母亲为我骄傲,我很想为此而得意。但是在她身上,从来没有什么是完全彻底的,我觉得,如果"有时"我让她骄傲,那一定还有其他一些时候,我没有让她骄傲。

第二天是星期日,我发现加布里埃背靠惠特科姆公园的栅栏墙,两腿伸成八字形,坐在那里。新划破的一道伤口正好把眉毛一分为二,我不必问那伤口是怎么来的。他一定听见了我的自行车骑上石子路,但他依然闭着眼睛,有一瞬间,我怀疑他可能死了。最后,我把车靠在栅栏上,他却睁开一只眼睛。但他睁错了,因为这让那眉毛又裂开了,沁出小血珠。

"小林奇,"他说,"这么好的上午,你怎么样?"

"已经是下午了。"我说,坐在他身旁。

"已经下午了?"他说,"不可能。是上午,我看太阳就知道。"

如果加布里埃认定一件事,我知道最好别跟他争,但这次很难做到这一点。"是下午了,"我告诉他,"我看表就知道。"我给他看我的表,但他不感兴趣。

"一定是表快了,"他说,两眼都闭上了,"你回家去,告诉你妈妈,你忘了上弦。告诉她,你不知道时间。"

"如果我忘了上弦,"我说,"它只会走得慢,或者停下来。不可能反而快了。这不合逻辑。"

"小林奇,帮我个忙好不好?走吧。我没力气跟固执的白人男孩争论,今天不行,我没劲儿。通常我可以,但今天不行。"

我只好气哼哼地坐在那里,直到他终于又睁开同一只眼睛,这让伤口露出粉红色,第二次冒出血珠。"你还在这里?"

我说我认为是这样。

"我也认为你在这里。好吧,告诉我,你昨晚干什么了。你出去号叫了吗?"

过去一个月左右,我和加布里埃达成协议,假装我也像他一样喜爱号叫。每个星期日,我们各自描述自己前一天晚上是怎样号叫的,惊讶我们怎么会在号叫时未遇到对方。加布里埃猜想,我们在不同的圈子里号叫。交换这些故事通常挺好玩,但我目睹了前一天发生的事情,没有情绪这样做,所以说我待在家里。

"你不过是个业余号叫者,"加布里埃说,"所以,我敢打赌,你甚至不知道昨晚是什么?"

"是什么?"

"看见没有?这就是我所说的。你是业余的。"

"昨晚是什么?"

"昨晚是满月,小林奇。真正的号叫者会知道这个。要想号叫,最好的夜晚是满月。你是业余的,你不知道满月。"

我恐怕,我们又在开始另一个那种讨论,即最后是加布里埃告诉我,我分不清上下。"你为什么这么喜欢号叫?"我问,因为这是我一直不解的事情。

"我不喜欢,"他说,让我惊讶,"如果由我来决定,我根本不会号叫。被迫的,我就是这样。如果你不是个业余者,你会知道这一点。"

　　这对话甚至比平时进行得还慢。一般来说,加布里埃喜欢聊天,但从来不急于说出什么名堂。前进两步,后退一步,是他喜欢的那种舞蹈。而后退的一步往往是某种侮辱。

　　"不知道我干吗要浪费时间,教育白人男孩和业余者。尤其是你。你既是白人男孩,又是业余的。你根本就没希望。"

　　虽然加布里埃与母亲并无共同之处,说的也是完全不同的语言,但他有时让我想起她,他们都断言我是个迟钝而且不愿学习的人。"是什么逼你号叫的?"

　　"屄,"加布里埃说,"你觉得怎样?"

　　我耸耸肩,立刻觉得很不舒服。我以前在类似的情况下听到过有人用这个字,明白它指的是什么,也知道我不该讨论这个字。

　　"屄让你发疯,"加布里埃又说,"你还太小,不知道是怎么回事。"

　　我再次耸耸肩,希望承认他说得对,然后开始新的话题。

　　"但你喜欢屄,我打赌。"

　　再次耸耸肩。

　　"你别再冲我耸肩膀了。你够大了,应该知道这个了。你喜欢还是不喜欢。甚至业余白人男孩都知道自己喜欢还是不喜欢。"

　　在这种情况下,我说,我猜我喜欢。

　　"对这个事没什么可猜的。猜。"他哼了一声说,"你这个白人男孩。"

　　我说好吧,行,我喜欢屄。

　　"现在当心你的语言,"他劝告说,"你妈妈要是听见你说喜欢屄,你可要倒大霉了。到时候可别找我帮忙,因为我非得告诉她实话不可,你怎么自己告诉我的,你喜欢屄。那你就要倒霉了,是不是?"

加布里埃的情绪似乎一下子高涨起来。现在他的两只眼睛都睁开了,几分钟前还很细弱的声音,现在响亮起来。

"好的一面是,你可能不会有棕色皮肤的女朋友。也不错,听我的话。最开始,你是她们需要的一切。她们会这样告诉你。'蜜糖,我只需要你。你真可爱。'然后有一天你没注意,她们发现耶稣了。黑人女孩发现耶稣了。她可能用针和线把它缝起来。安上拉锁,她,或者你,就一辈子别想了。"

我希望改变话题,不是因为加布里埃关于女人的看法没有意思,而是因为我对别的事情更感兴趣。由于知道了他的号叫是怎么回事,我不难理解他的妻子为什么愈来愈厌烦他的鬼把戏。我想知道的是,他做了什么事情,让他的儿子说自己没有父亲。我试图想象我自己的父亲做出什么事,能够让我那样否认他的存在,但我完全想象不出来。

"黑人女孩发现了耶稣,下一个她发现的就是魔鬼了。你知道谁是魔鬼?"

我有一个很不错的想法。"你?"

"他妈的对极了。现在你成了魔鬼。昨天你是蜜糖,你那么可爱。今天你就成魔鬼了。那么快就把你赶出去,你的头都晕了。说'再别回这里来'。这之前她和你一样爱号叫,现在却是'别再上这里来闹什么号叫。这个孩子学你,'她说。因为现在你有一个孩子,如果倒霉就有两个孩子了。很快,她就把孩子毒害得也反对你。不要你做他的爹,而要其他与他没什么关系的男人。也许是牧师。有人好得太厉害了,不号叫。你就守着白人女孩,你知道什么对你好。她们年纪越大,就越喜欢这事。长得丑的也一样。再没有什么强过又老又丑的白人女人了。知道感恩。"

这似乎结束了这堂课。加布里埃再次闭上了眼睛,沉默了很久,我以为他睡着了。但当我重新骑上自行车时,他又说话了,眼睛仍旧闭着。"这么说,昨天你告发我了,是不是?"

"你什么意思?"

"别跟我吞吞吐吐。我看见你坐在图书馆的窗前,全看见了。他们一定问你是谁干的。"

"我说没看见。"

他只是点点头,没有睁开眼睛,说:"你长得真像你爸,小林奇。一个模子刻出来的。但你是你妈的儿子。"他一定是觉出我在怒视他,"我猜你不喜欢我这么说。"

"你做的事情不怎么漂亮,"我对他说,"拿瓶子砸贝弗利先生的车。他从来没对你做过什么。"

"你怎么知道他做没做过?"

他的话有道理,但我并不打算让出道德制高点。"好吧,"我说,"他对你做过什么?"

开始时他没有回答,但最后说:"没什么。那人没对我做过什么。实话说,我为自己感到羞愧,行为像个大傻瓜。那女人是对的,她不想跟我有任何瓜葛。警告孩子反对我也是对的。是我自己的错,整个一团糟都是我的错。这回你高兴了吧,小卢·林奇?这回全对了吧?再有人问你,分清上下了吧?"

我并不高兴,我觉得他也知道。这是我和加布里埃·茂克争论,第一次取胜,但比输给他还糟。的确,我不喜欢他说我是母亲的儿子,即便我知道他这么说是一种褒扬。我也不喜欢他叫我小卢·林奇,感觉是一种侮辱。似乎这两种说法都应该让我高兴,但两种都没有。最后我蹬车离开惠特科姆公园时,只觉得内疚。这其实也没有道理。不是我喝醉酒后,用瓶子砸别人的凯迪拉克。也不是我坐在地上,头痛恶心,眉毛破了,渗出血迹,暴露出自己的愚蠢。他可以随便讽刺,但如他所说,这确实都是他的错。

但我愈接近建立一个无懈可击的理由来击败我的朋友,我的感觉就愈糟,愈相信自己确实是个迟钝而且不愿学习的人。也许我确实分不清上下。

那时的托马斯顿和现在一样,只有一家出租车公司,就是哈德孙公司。他们在黄页电话簿上登的广告,提到有一个出租车"车队",车辆干净宽敞,司机礼貌准时——母亲说,证明你可以随便胡吹,不用负责任。哈德孙出租车公司喜欢生锈的小旅行车,聚乙烯座套破破烂烂,后仓门被撞得永远打不开。通常车还没有影子,你就听到它了,摇摇晃晃地在路边擦出火花。所有的司机都像是那天早上刚结束了四个月的狂饮。对这些人来说,礼貌不是问题,因为他们反正什么话也说不出来。

大约在卡伦和她的母亲搬到店铺楼上那套公寓一个月后,有一天,就是这样的一辆出租车和一位司机停在了艾吉·鲁宾门前。那车停在那里,司机一动不动,眼睛盯着前方,那副模样让我和父亲都怀疑,他是不是死在了我们的马路牙子上,而那车停的角度又让我们看不见后座上是不是有乘客。当时父亲正打算回家吃晚饭,一看这种情形就不愿走了,想弄清是怎么回事再说。他于是待在收款机后面没有动。车的后座上终于有了动静,仿佛一个人从可怕的梦中醒来,而哈德孙出租车的酸臭后座代表了一种明显的改善。那人无论是谁,都在那里扭动了半天,显然是在摸索车费。但似乎是徒劳无功,因为司机扭过厚脖颈上的脑袋,想在自己还活着的时候记住乘客的模样。先是一只手从后座上伸出来,激烈地指着店里,然后一个衣衫不整、梨子身材的男人钻了出来。他进屋时还在掏兜。我的目光无法离开他的头发。贴在那人额前的一绺头发是我没见过的奇观。父亲的那一绺多数时间已经够可观了。

"嘿,大个子,"他对父亲说,"给我一张五元的票子,让我打发了那个杂种司机。我马上就还你,我发誓。"

"说话干净点儿行不行。"父亲指着我说。

"操……好吧,对不起。"他说。然后站在那里等着,仿佛这一道歉就肯定可以搬走要求陌生人借给他钱的障碍。

"你衬衫口袋里不是有吗?"父亲问,因为那口袋里伸出票子的一角。

那人把票子抽出来,一副很无辜的样子。"你在这儿呢,你这鸡巴——"他住了嘴,想起我来。

他转身出去,大步走到出租车旁,透过乘客座位一边的车窗,把票子递进去。那司机二话不说,开车就走,根本不理梨子形状的人发出的诅咒,后者显然以为他会找给他钱。

我觉得自己从来没见过比站在路边的那个家伙更倒霉的人了,其实,任何一个人想去召唤不打算停下的出租车,都会同样不走运,特别是当你知道有人在看你的笑话时。只是因为年纪小,我并不完全理解这一点。那人没有立即转身,但当他转过来后,他仰着身子,凝视萨尔瓦多家的公寓,仿佛要记住每一个不起眼的细节。你能看出,他似乎希望有别的选择,但却没有。所以最后,他又把头伸进店里,说:"他妈的怎么上楼去啊?"然后他注意到父亲的表情,"怎么上楼去?"

父亲告诉他,入口在店的侧面。

"那好。"他说,显然喜欢这一奇怪的布局,但他以后仍然需要不断被告知楼梯的位置。他瞥了一眼我们的水果箱,说:"你们这里卖花吗?"水果和花实际上成了一回事。

父亲说我们不卖花。

那人点点头,好像对失望习以为常,然后又抬头看看楼上的公寓,考虑了一下。"啤酒?"

父亲指指倚着后墙的冰柜。

那人仍立在原地,即门口。

"你们赊不赊账?"

"假如你住在这个街区,"父亲说,"假如我认识你。"

那人听了大为高兴,走进来,随手关上了门。"巴迪·纽尔特。"他说,伸出手来与父亲握手,然后两只脚倒来倒去,似乎在等待父亲证实,这种直截了当的介绍就可以让他有资格赊账了。"我将住在……"他冲天花板仰仰头,"没有比那里更是这个街区了吧。"

"和南茜一起?"父亲说,显然很不高兴。

巴迪·纽尔特点点头,像是很不习惯让人不高兴。

"我得先得到她的同意才行。"父亲说,我能看出他很矛盾。一方面,他不愿去信任一个已经有不少丑事的人。另一方面,他又不愿从一开始就搞坏与一个新顾客的关系。他瞥了一眼街对面我家的房子,仿佛母亲的建议能从那里发射出来。

巴迪满心渴望地看着啤酒冰柜。"她不会在乎的,"他说,试图听起来很随便,"她和我,我们……"他瞥了我一眼,声音愈来愈小,相信自己加了密码的信息已经被人接受。

如果是我,连一片口香糖也不会给巴迪。他的小老鼠眼挤在一起,四处乱瞟,不肯停留在一处。我看着它们都累得慌。父亲耸耸肩,勉强表示同意,巴迪一个箭步冲过去,提起两盒六罐装的啤酒,夹在胳膊下,又伸手去拿第三盒,这时父亲冲他喊起来,说他只能拿一盒,直到他跟南茜把事情搞清楚。巴迪显得很失望,把所有三盒都放回去,选了另一盒更贵的牌子。

"有点贵,"他在父亲把款额计入收款机时说,"你的价格。"

"你前面拿的那种比较便宜。"父亲承认。

巴迪耸耸肩。"去他妈的,是不是?"他咧嘴冲我笑笑,显然希望找到一个同意他的个人哲学的人,然后他又记起父亲的禁令。"去他的,是不是?"他纠正了自己,很高兴如此彻底地抹去了脏话。

"你得签字才行。"当他拿起那盒六罐装的啤酒向门口走去时,父亲说。

巴迪·纽尔特小心翼翼地在父亲给他的小纸条上签了名,仿佛它可能追踪什么不愉快的影响。"有没有……?"他说,做了一个手势,表示开瓶器。

父亲从柜台下面拿出一个给他,他敏捷地启开瓶盖,然后想偷偷把开瓶器放进兜里,这才注意到上面有根绳子拴着。"哎呀!"他说,把开瓶器放回到柜台上。然后,他当着我们的面,把半瓶啤酒灌进肚里,这似乎为他提供了爬上楼所必需的勇气。我们听他踩着缓慢、沉重的步伐上楼去,听到他敲门,喊道:"嘿,宝贝儿?"

现在安全了,父亲决定去吃晚饭,但他还没走到门口,我们就听到急速下楼的脚步声,南茜·萨尔瓦多冲进门来,把六罐啤酒——现在是五罐了——砰的一声摔在柜台上。"林奇先生,别把巴迪·纽尔特的任何东西记在我账上,"她说,先看看他,又看看我,仿佛怀疑我可能是非要实施这一规则的人,"永远别这样。就是因为他,我才不得不离开所有的朋友搬到这里来。"

父亲看上去吓坏了,碰到怒火冲天的女人,他总是这个模样。"好好好。只是他说——"

"别听他的,"她说,又使劲瞪着我们两人,确保我们听明白了,"他是个骗子。你要是相信那家伙的一个字,你就活该倒霉了。"这个声明似乎来自深邃广博的经验,"即便我以后改变主意,告诉你可以这样做,也永远不行。我要你遵守这一条,林奇先生。"

父亲点点头,被弄得糊里糊涂,但还是同意了。

"那一罐啤酒多少钱?"

他告诉了她,她从钱包里掏出钢镚儿,递了过去。

"我劝你根本别让他进你的店,"她补充道,"除了是个骗子外,他还是个小偷。"我想指出,他已经想把我们的开瓶器揣到兜里了,但没开口。"事实上,只要能做到,就尽量别与巴迪·纽尔特打交道。"

"好吧。"父亲表示同意。她看了我一眼,我也说好。

她现在冷静了点。"我应该去检查一下自己这可恨的脑子是不是出了毛病，"她说，一边按摩着自己的眉毛，"我不知道一到他身上我是怎么回事。现在他在楼上，一副可怜兮兮的样子。今天晚上，我就会给他饭吃，到明天，我就会借给他钱，到明天晚上……"她若有所思地看着我，似乎决定还是别说出到那时她会为巴迪·纽尔特做什么。"我要是有理智，就应该开枪打死他。十年后就能出狱，成个自由的女人。可是现在，我看到自己一辈子跟巴迪·纽尔特干上了，连假释的机会都没有。"

又响起"砰砰砰"下楼的脚步声。南茜甚至更用力地按摩自己的前额，尽管它已经被她按红了。"我生活的另一线光明来了。"

确实，卡伦走了进来，砰的一声重重地关上门，弄得玻璃哗啦啦直响。你能看出她有多恼怒，但她用食指指着南茜尖叫时，我还是很吃惊。"这真是臭狗屎，妈！"我觉得从未听到过我这个年龄的人，冲着成年人大喊大叫，而且当着别人的面。替卡伦说句公道话，我不能肯定她甚至意识到我们在场。她的感情就是已经失控到那种程度。母女俩对峙着，相隔几英尺远，艾吉·鲁宾仿佛变成了一个舞台。卡伦的两只手紧握成拳头。她母亲的肩膀耷拉下来，一下子泄了气，根本没有能力去打这场特殊的战斗。"你保证过，妈！"卡伦尖叫道，"你说过再不会这样。别装出你没说过的样子。"

"别冲我喊了，卡伦，"她说，"你让我头痛。他是突然袭击。我还没决定怎么办呢。"

"那你现在就决定。"卡伦说。

"卡伦——"

"就现在，妈。我可不想每次洗澡时，都不知道这混蛋是不是跪在门外，亮晶晶的小眼睛贴在钥匙孔上。"

"巴迪不会做那事的。"南茜有气无力地说，更多是对我们，而不是对她的女儿。

"别撒谎了,你这愚蠢的婊子!你自己抓到他的。那天晚上我醒了,他站在我床边,那是怎么回事?"

"他梦游,卡伦。"

"对。手里抓着那玩艺儿,直接就进了我的房间。"

"卡伦——"

"他还是我,妈?"

这最后通牒让她紧张起来。"你要去哪儿,卡伦?"

我看得出来,这问题对她女儿打击很大,它暗示着决定已经做出。

"除了我,谁会受得了你?"

卡伦的眼里突然溢满泪水,但她拒绝哭出来。"你是说,除了你和巴迪?"

她母亲的呜咽来得一样快。"我他妈的生活里需要点儿什么,卡伦,我很抱歉,但我确实需要点儿什么。即便只是巴迪·纽尔特。你有一天会明白的。也许很快,按你现在走的这条路。"

"你混蛋,妈。"卡伦说,几乎是耳语。然后她走了,这回让门大敞四开。她的母亲久久没有动一动,留下我和父亲低头研究自己的鞋子。

"我猜我还是把那五罐啤酒拿走吧。"她终于说。当父亲把它们递给她时,她忧郁地看着我。"别长大。"她喃喃自语,然后走掉了。

父亲刚才很想走,现在却似乎很不情愿把我一人留在店里,哪怕只是很短时间。"我警告过你母亲,这样的事会发生。"他说,把南茜的赊账放回到现金抽屉下面。但他的话里没有怨恨,不像母亲在说"我告诉过你"时那样。

父亲终于到街那边去了,这时南茜的一个兄弟开着卡车停到门口。杰锡·奎恩与他在一起。他们上了楼,几分钟后和卡伦一起下来,巴迪·纽尔特跟在他们身后,恭敬地保持一定的距离。没有南茜的踪影。因为门关着,我听不清他们在说什么,但巴迪似乎在争论,说卡伦不必因为他而逃跑。她拖着一只旧纸箱,试图把箱子推到小卡车座位后面,这时箱袢迸开了,衣服洒落在街边的明沟里。仅仅到这时,她才开始哭起来。巴迪过来帮忙,她尖叫着让他靠边。我看不出杰锡和南茜的兄弟是觉得同一警告适用于他们,还是不能肯定她是否愿意让他们碰她的内衣,但不管怎么说,他们只是站在那里,看她把东西塞回箱子。当然,她塞完后,箱子还是关不上,她只能把它放在膝盖上,尽量搂紧。我希望或许她记得我在那里,抬头看看我,但她直直地凝视前方,她的舅舅和男友爬上车,坐在她两边。卡车开走时,巴迪挥挥手,但没人理睬他。

我实际上有点儿为他难过,他孤零零地站在路边,心里一定明白,仅仅他的出现就足以让人们散去。但然后,他转身面对艾吉·鲁宾,脸上的表情却吓坏了我。那表情一点儿不像他想借钱付出租车费时的模样。那张脸既卑微,又邪恶,而且正盯着我。有一瞬间,我脑子里出现了一种荒谬的想法:巴迪·纽尔特责怪我应对刚刚发生的事情负责。

但他走后,我出去站在他刚才站的地方,因为到那时,我才突然想到,他看到的可能根本不是我。黄昏时分,外面还很亮,因此玻璃窗在反光。有没有这种可能:那冰冷、蔑视和骇人的表情,是他每天在镜子里看到的自己的表情?这一点甚至比认为他迁怒于我更可怕。我不能不注意到,我自己的脸也在无意识地模仿巴迪的表情。

我向屋里走去,却看到母亲开枪打过的那三条野狗,从南面一颠儿一颠儿地向我跑来。我在屋里柜台下找到那支枪,拎着它回到屋外。那三条狗看见我,都停下来,我举起枪,它们掉转身,仓皇向西区跑去。就我所知,它们是东区的狗,但那天我觉得它们是西区的狗杂种,因为它们不属于我们这个街区,我向它们四周的空气中射出很多气枪子弹。

第二天晚上，母亲在她的账簿上记账，每逢电视里没什么好节目时，她就会这样做。家里静悄悄的，父亲在店里。她的眼睛盯着翻开的分类账本，手指在计算器键盘上飞舞，计算器总是摆在厨房桌子的中央。在这种时刻，她的注意力极其集中，我怀疑我说什么，她根本听不见。这就是为什么在这种时刻，我总企图悄悄说点儿令人尴尬的消息，例如数学测验没考好，物理作业得了B等等，但这一策略从来没成功过。那天晚上，我有心事，所以也和她一起坐在桌旁。我一直在想南茜·萨尔瓦多的话，即虽然她明白不应那样做，但她照样会立即借钱给巴迪·纽尔特，恢复老习惯，而她本来是希望通过和女儿搬到东区来，逃避这些习惯的。我觉得，任何人聪明到能够猜出未来，就应该聪明到能够避免这种未来。就南茜而言，这似乎仅仅是一个自控问题，这个概念圣方济的修女们早已牢牢钉入我们心中了。南茜明明知道巴迪·纽尔特对她和卡伦都有害，问题不过是根据这一了解采取行动。她的兄弟帮她搬进来后，她不是第二天就坐在我们的厨房里，大声宣布她终于汲取了教训，要和巴迪·纽尔特一刀两断吗？她不是说，如果他在东区露面，她甚至不会让他进门吗？我问母亲，如果打算以后轻而易举就放弃，当初说这样的话有什么用？我仔细观察了巴迪，得出的结论是：任何头脑正常的女人，都应该能够抵抗他的魅力。事实上，我甚至想象不出他能有什么魅力。母亲随我这样说了一阵子，然后停下来，不再敲打键盘，而是郑重其事地看着我。

"卢易，你要想在这个世界上生存，看人就得学得更精明一点，"她说，那么严肃，很伤我的感情，"你不会当真认为，人们仅仅说了要做什么事，就真准备做吧？"

"但是为什么呢？"我说，"为什么她会同意他回来？"

"卢，你知道答案。"

"我不知道。"我说，有点儿怒气冲冲了。事实上，我觉得不解的，不只是南茜·萨尔瓦多，还有成年人总体的行为。虽然加布里埃·茂克对在图书馆停车场的醉酒行为，表示了在我看来真正的悔过之意，但从那以后，我又看到他醉过两次，一次在弹子房外，一次是舞会结束后在基督教青年会对面的街上。父母不断的争论也很烦人。如果连我都能预见到他们各自对某个话题会说什么，他们为什么就不能呢？他们有什么必要一遍遍重复自己，一遍遍表明同一立场？我长大了也会变成那样吗？一次次重复自己的足迹，无意识地那样做，或者更糟，根本不在乎？

母亲对我抬了抬眉毛，每次她怀疑我是故意装作不解时，就这样做。"听着，马库尼家搬走时，鲍比向你保证会打电话来，是不是？但他没有打。这样做不太像话，你很生他的气。"

我耸耸肩，不愿承认一直生他的气。

"但如果明天他出现在这里，又想和你做朋友，你会原谅他，对不对？"

我又耸耸肩。

"为什么呢？"她说，看我没有回答，她继续说，"因为世上最可怕的就是孤单。你心里明白这是真的，对不对？"

我不情愿地点点头。"但巴迪·纽尔特？"

她不买我的账。"哪样更糟？坏朋友还是没朋友？"

我说不知道。

"知道，你知道。别当那种一辈子揣着明白装糊涂的人。"这话的潜台词是："别像你父亲那样"，他整整一年都知道自己将失去送奶的工作，却装作不知道。我想反驳她的话，但她右手的手指又开始在计算器键盘上飞舞，左手的手指在那些栏目中上下追踪着数字。

"这就是为什么你和爸爸……"我无法把这句话说完。

"我和你父亲两人在一起，是因为我们相爱。也因为我们爱你。"

这当然是我一直希望得到的回答,听到这些话,我的感觉很好。但我觉得,她却没有那么高兴,因为当我起身向楼上走去时,她说:"不要试图明白爱是怎么回事。"

我保证不那样做。

"也别浪费时间,去希望世界会有所不同。你改变不了它。不要指望人们会改变。你自己也一样。"

"我不能成为什么人?"我问她,因为最近我一直在想这个问题。

她抬起头来看看我,我们的目光相遇了。我有一个明显的印象,是她打算告诉我什么,但是然后,她又回到她的那些数字,它们最后加起来总是得到理想的结果。

爱则不同。

表面价值

这些日子，母亲喜欢早吃饭。午饭十点半，晚饭五点。对此我理解。确实理解。因为欧文早上五点半来开店门，那之后她就很少能再睡下去，因此一切事情都向前推，包括吃饭的时间。但星期五是我们两人固定的午餐聚会时间，所以她愿意把时间推到十一点半，来"凑我的时间"，但实际上，城里的朵茨三明治店也要到那时才开门。老县城路上新开张了一个地方，名叫"高抽屉咖啡馆"，那里离惠特科姆公园不远，我提议带她到那里去，但她更愿意去朵茨，可能是因为那里的食物清淡、老式。我们通常都是最早到的客人，这意味着可以坐到窗旁，俯视哈德孙街和宝石老剧院，后者的修复几乎完成。以后它不再放电影，而是用来举行音乐会和特殊活动。我和莎拉去意大利时它开张，错过那个日子我会很伤心。

我到艾吉时早了几分钟，所以决定就这样进去和收款机旁的布琳迪打个招呼。门上的铃铛宣布了我的到达，它还是当年我照管店里时宣布卡伦·西里洛光临的那个铃铛。我已经记不清这期间我们换了多少个收款机，最近一款还是电脑化的，又薄又轻，但铃铛上的那个小兵依旧英勇。"你好，老爹，"她以自己那种心不在焉的方式说，"你们收拾好了吗？"

"这你得问莎拉。"我对她说，迅速扫了一眼存货，压抑住满意的微笑，或者说试图这样做。可爱的老艾吉啊。我半是期望着父亲会从后屋走进来，抱着一大箱手纸，等我放到货架上去。为了这，我什么都愿放弃。

"我希望是我去就好了。"布琳迪说。

"我也这么觉得，"我对她说，"欧文在哪里？"我料想她会说在后屋，因为后屋的门开着，如果里面没人，它是不应该开着的。

"在西区的店里呢，"她说，"老天，谁不想去意大利啊？"

"莎拉说，我一到那里就会好的。"

"那你可能会。她最了解你。"

"她也这么说。"我知道她的话隐约含有挖苦我缺乏自知的意思，但我忍不住微笑。我觉得，有你爱的什么人比你更了解自己，这是一句恭维话，当年人们用同样的话说我母亲时，父亲也是这样认为的。有人了解你至深，但仍然爱你，你难道不是个有福之人吗？上个月我花了那么多时间思考往昔，我特别高兴有人如此了解我，却不后悔跟我过了一辈子，而且多数时间是在这间店里。

"那边一切都好吗？"我问。最近那边的收款机出了问题，欧文在考虑解雇那个经理。

"只有欧文知道。"布琳迪说，那语气让我不再说话。莎拉担心他们两人的关系不对头，已经有一段时间了。我不愿意相信这是真的。像过去一样，我宁愿认为儿媳妇的冷淡是针对我，或者是针对莎拉和我，而不是我们的儿子。

"如果他需要什么，让他给我打电话。"我告诉她，她说行，她会那样做。这些日子，在欧文所谓的林奇王朝，包括托马斯顿仅存的三个街角食品店——现在叫"便民店"，加上我们的录像带租赁店，夏天还有托马斯顿冰激凌店，我的工作是哪里需要哪里去。如果有人打电话来告病假，或者因为孩子请事假，我就去顶班。事实上，我希望有更多这样的顶班。录像店有自己的经理和员工，小冰激凌店是季节性的，因此有时我觉得——这些日子很流行的那个词是什么来的？——被边缘化了。但我确实理解欧文的思路。有一天，他将接管我们全部的三家店，无论我是否让他对承担这个责任有充分的准备。我必须允许他按自己的方式办事，允许他犯自己的错误。我决心不插手，无论对他，还是对布琳迪，后者对干预更加敏感。所以我才没有走过去关上后屋的门，尽管我很想那样做。

我上了楼，刚一敲门，没到一秒钟，门就开了，母亲已经穿好大衣，系好扣子，这意味着，她一直站在门后，不耐烦地等待我的到来。上帝知道她等了多长时间，我可以问她，但我依然不会知道，因为她会说，她看到我把车停在外面，或者听到我上楼的脚步声，这些无疑都是实话，但说明不了她不是在一小时前就准备就绪，而且恐怕是焦急地等待这一切结束。如果莎拉能来，事情会有所不同，可能更愉快一点。这么多年来，妻子在我与母亲之间，一直是个很好的缓冲，多少能够提醒我们，尽管常常争吵，我们的关系依然非常亲密。

但是星期五，莎拉在初中教课。二十多年来，她一直是个优秀教师，只要我们日益缩小的预算允许，就尽量在初中和高中兼职。今年她生病后，教课少了，却重新捡起旧日的爱好。学生放学后，她留在初中的美术教室里，拼命地画。她当然否认这是或曾经是她的酷爱。她说，真正的画家就会成为画家。那是他们成为画家的原因。在他们与画作之间，没有别的东西。环境不会成为障碍，生活也不会。譬如米开朗基罗、提香、卡拉瓦乔和其他古代大师，我们将在意大利看到他们的作品。譬如鲍比，她有时就事论事地补充道。但不管怎么说，她星期五要去教课，因此我和母亲只能靠自己去周旋了，我有时觉得，从我小时候开始，这些周旋就没有改变过。没准母子之间就是这样。如果父亲活着，谁知道呢？

她在我的面颊上干巴巴地吻了一下，就走到过道里，很快带上身后的房门，但我还是瞥到沙发后面墙上的那块暗色污迹，多年前失火留下的痕迹。中间这些年,那面墙粉刷过多次,有一次甚至贴了墙纸,但最终,火烧过地方的一圈轮廓还是淡淡显露出来,逐渐变得更暗更丑。母亲喜欢称它为原罪,她这样说,是指父亲当初买下艾吉·鲁宾。虽然她称这只是个玩笑,我却总觉得这话太尖酸刻薄。不能否认,艾吉改变了我们的生活,它是一个可怕的冒险,换了母亲,她永远不会去冒这个险。的确,父亲病倒后,我们倒霉了一阵,失去了自己的房子,母亲被迫违背自己坚定的誓言,搬到店铺的楼上去住。但说艾吉是让我家倒霉的第一块多米诺骨牌,那是不公平的。人的一切活动都有前因后果,母亲诅咒艾吉太武断了。我们可以轻易把一切都怪罪于父亲的病,怪罪污染了的小河让他生病,怪罪他的病带来堆积如山的医院账单。但为什么不怪罪奶厂停止往家送奶呢,或者怪罪那些把我锁在大箱子里的公立学校的男孩呢?如果不是他们,我们可能永远不会离开伯曼大院。如果永远不跨过分界街,我们的生活会是什么样子?这个世界有许许多多的罪过,但没有什么是原罪。

我看到母亲今天身体很僵硬,就提议说:"干吗不用那把椅子呢?"但她马上就用弯曲的手指紧紧抓住楼梯的扶手,开始下那又陡又窄的楼梯。两年前,她的关节炎开始恶化,上下楼梯显然成了考验,而且是灾难,我不顾她的尖声反对,装了自动椅。现在她的右脚内翻,平衡也不行了。我害怕她摔倒,但我应该预见到她的固执。她称那椅子为"那个该死的装置",说它很危险,如果她坐上去时,它松了或齿轮断了,她就会一下子摔到楼梯底下去。我当然争论说,那椅子的好处是让她恢复自由,行动随便,无须等人来扶她。"问题是我有什么地方可去?"她回答道。这让我禁不住笑了起来,事情发生了多大变化。当年她和父亲给我买了第一辆自行车,她的想法是让我走出家门,加入世界。"我去哪里啊?"我记得自己问。"到外面去,走远点儿,什么地方都行。"她这样回答。现在我为这把轮椅破费颇多,我想对她说同样的话,但我当然没有说。

因此，除了极稀少的例外，它一直毫无用处地扔在楼梯的最下层。

母亲现在就在那里说："好了。"这是"我告诉过你吧，我对付得了这楼梯，你白费了钱"的省略。除非我错了，还有"我喜欢我的牢房，我喜欢起居室墙上那丑陋的污迹。因为生活中的有些事不是用油漆和墙纸能够挡住的，也是修理不好的"。她坚持认为，我永远不能理解的正是这一点。

我扶她坐进车里，她低头盯着自己的膝盖，一如既往地拒绝看街对面我们曾经住过的房子。我曾在那里度过童年的大部分时光。五年前，它终于又回到市场，我把它买下来，想向她表示，我们毕竟没有失去它，但她根本不接受。"我一个人住那么大的房子做什么？"她说。

"生活？"我暗示道，"像你过去那样生活？"

不行。"要干的活儿太多。现在住这里还更好些。"然后是结论性的论点，"再说，现在也太晚了。"

好吧，现在来故技重演。"你想去试试那家新餐馆吗？'高抽屉'？"我问她。"菜应该不错。"

仿佛我不知道回答会是什么。

朵茨外面的路边上停了一辆车，母亲看了保险杠上贴的小标语，生起气来。"支持我们的部队。"她说，声音里充满了厌恶。

这是个我宁愿回避的话题，因为她对国内外非个人事务的意见，变得很有个人色彩。她看不起我们的总统，说他是个骗人的傻瓜，他的谎言和愚蠢让两千多美国人付出了生命代价，但她最看不起的，是那些选他的人，而且她怀疑其中包括她的儿子，虽然我从未告诉过她，我投票选了谁。莎拉说，母亲并不想让自己的政治观点如此个人化，但我小时候听到过多少次同样咄咄逼人的讽刺，先针对父亲，后来又延伸到我。"卢，你为什么会相信这种事情？"父亲会回答，因为那个家伙发誓这是真的。"你是告诉我，他这么说你就相信？那就是理由？"父亲会胆怯地回答,我没觉得他有什么理由要撒谎。"没错儿,但他有一百个你不知道而且永远不会发现的理由,因为你只看事情的表面价值。卢,这就叫被人耍着玩儿。"

更加个人化的,是她声称,从我们总统的体形,特别是他的面部表情,就可以看出他有多蠢。她声称,你只要看看他那副模样。此处莎拉无疑是对的。我把母亲对总统的攻击内化了,我承认,他确实很像阿尔弗莱德·E.纽曼①。但总的来说,我拒绝接受外表可以决定一个人内心的看法。人们往往假定,像父亲和我这样动作迟缓的大块头,肯定思维也迟钝。在学校,我的老师们总需要一段时间,才能意识到我很聪明。我承认自己的智力并非很高,但我善于观察,讲究方法,而且没有偏见。人们总认为愿意费心思考的人愚钝,我觉得这似乎具有讽刺意味。我小时候,母亲有个习惯,一向我提问题就打响指,"行了,卢,你很聪明。你知道答案。别假装不知道。"这话的意思是,别假装像你父亲,她似乎永远在说这句话。我因此甚至更要仔细斟酌。即使我确实比父亲聪明,有他没有的优势,就果真能成为更好的人吗?

于是我说:"咱们别谈总统好不好?"

"好啊,"母亲欣然同意,"如果你承认你投了他的票,我会非常高兴永远不再提他的名字。"

让她得到所希望的答案,承认我是她认为的那种人,这样做很诱人,但我做不到,她也知道这一点。她过去曾用同一话题烦扰父亲,有时直接、有时间接地告诉他应该投谁的票,过后再盘问他是否照她的建议做了。我有时觉得,他在投票箱里所做的事情,是他婚姻生活中的唯一秘密,或者至少是他唯一能够保守的秘密。他

---

① Alfred E. Neuman,美国讽刺幽默杂志《疯狂》(*Mad*)封面上的一名"白痴小孩"。——译注

喜欢不时背着她偷偷摸摸做点小事，比如在西区的店里买件便宜衬衫，却告诉她是在卡洛威买的，但她总是知道得更清楚，这只能加深他对她的认知能力的尊重。他知道最好不要说谎，所以一说到投票，他就干脆拒绝说话。而我总是遵循他的榜样。的确，只有我知道父亲在投票箱里做了什么。他在死前不久向我吐露了这个秘密，这是他最后的爱的举动之一。"别告诉你母亲。"他毫无必要地说。"别告诉任何人。"他补充道，满眼泪水。那时他经常处于疼痛之中，他服药的效果至多是断断续续的。

母亲看我假装研究菜单，不理睬她的挑战，就说："好吧，如果你觉得那是个秘密，就留着别说好了。"

"我会的，谢谢。"我向她保证。

母亲点了她每次都点的菜：炭烤奶酪三明治和一杯稀稀的番茄汤。朵茨的食物除了便宜外，还很清淡，这一点她也很欣赏。到了她这个年纪，许多妇女都有反胃的毛病，吃了辛辣的食物晚上会睡不着觉。她也一样。我也点了自己的老一套：汉堡和炸薯条。我们默默地吃了一会儿，直到钟敲十二点，人们开始闲逛进来，他们都是哈德孙街和分界街仅存的几家店铺的老板和店员。他们大多喜欢坐在柜台前，为了与朵茨聊天或相互聊天，但许多人走到我们桌旁打招呼。"我希望他会付账。"他们对母亲说，她说她也这么希望。这是城里的一个经久不衰的笑话，即我是个一毛不拔的吝啬鬼，经常在自己的口袋里找不到钱包。"他带你去过'高抽屉'了吗？"他们想知道。她对此的回答是还没有，认为没必要详述。"让他带你去，"他们建议，"除了他，这里还有别的人能付得起那里的价格吗？"

吃完饭，我问："我们走了，你行吗？"她说当然行。"欧文和布琳迪多数时间就在楼下。总有一个人在。"

但不是两个人。母亲像莎拉一样担心他们的关系不好。

"你写下手机号码了吗？"莎拉从斯克内克塔迪的一家店租了

一部手机,她声称那个店员看上去只有十五岁,他发誓我们旅行时这手机可以用。对莎拉提出的每个问题,那男孩的回答都是"绝对行。"她尽量逼他把事情讲清楚。欧洲的任何地方?"绝对。"意大利是我们要去的地方。"真的吗?真了不起。"你肯定到那儿也没问题?"绝对。"

等着瞧吧。

"我不会有问题的,"母亲告诉我,"那么你呢?"她问,因为上星期我犯了个错误,告诉她,我担心在国外犯病,这个担心我甚至没有对莎拉提起过,但她可能也猜到了。

我告诉她,我不会有问题,我更担心的是飞行时间太长,这让她变得温和起来。她把手伸到桌子这边,放在我手上,这个姿势让我又变成了一个孩子。这也许是我告诉她的首要原因。每次我处境危险时,无论是真实的还是想象中的危险,她都会让自己中止审判。事实上,我怀疑我们的关系之所以变得动辄就吵架,部分原因是我有太长时间不犯病了。很奇怪,我的旧病仍是我们关系中的一张王牌,是我的唯一王牌,我意识到,打这张牌是多么错误和不地道。

但我吐露的这一恐惧并非谎言。往往在犯病前,我都会觉得有点儿"不对头",仿佛在视线或意识的边缘,有什么东西让我无法聚焦,一种模模糊糊,有点像偏头痛患者称为光环的东西。我成年以后犯病时尤其如此,但也许小时候同一效果已经存在,我只是不知道而已。但那时,母亲能够预报要出事了,她会注意到一种疏离,我身上的某一部分不能参与,让我显出困惑或矛盾的样子。但我们两人从来都不能肯定。有时我的心不在焉只是担心数学大考,或者偶然听到或可能误解了父母谈话的片段,那些片段夜晚透过暖气片传进我的卧室。换言之,是一种会自动消失的暂时的担心,不代表要发生任何事情,只说明人性。

现在的情况很可能就是这样。我因为写自己的故事,又把自己带回到经常发病的那段时期,这可能解释了我最近感到的光环,特别是在我放下笔,回到现实生活中来的时候。在这种时候,我不禁怀疑自己是否即将犯病,或者我所感到的轻微迷惘不过是今昔的碰撞所造成,是我这个年纪的人,在情不自禁试图看到自己生活的地毯图案①时所会有的感觉。即我说的人性,而不是露西·林奇的独特情况。我猜,通过吐露我对意大利的恐惧,我是在询问母亲,如果她仍有那预知的本领,她是否观察到任何过去的症状。

"我是不愿给莎拉找麻烦,"我说,"你知道我犯病后什么样。如果我在那里犯病,她就只能什么都靠自己了。我只是不断希望,我们走前能收到鲍比的信。那样的话,如果出了什么事……"

这当然正是根本不该说的话,因为这让我看上去像个小孩子,一再需要安慰。对母亲大声说出鲍比的名字,效果是意想不到的,让过去那个依赖人的孩子,又偷偷回到我的声音里,一个跨越了几十年的回声。这等于我再次告诉母亲,我只是希望鲍比履行诺言,打电话来告诉他的新号码,或者是我希望他未被送到下州的学校,或者我希望他在圣诞节假期会打电话来。我可怜的母亲,除了气恼之外,无数次告诉我,我必须停止依靠他,我的那些希望毫无意义,因为我甚至不能肯定圣诞节他会回家来,或者即便他愿意,他父亲会允许他打电话来。最后,她告诉我,我如果不肯停止在脑子里反反复复地担心同一件事,我就要犯病了。

所以,当我说为了妻子的缘故希望收到鲍比·马库尼(他甚至已经不存在,至少这个名字不再存在)的信时,她用那种忧郁的眼神注视着我,好像在说,我像以往一样自欺欺人。我知道她会这样看着我,但这眼神是善意的,就像她有时这样看父亲,她不再试图改变他,而是接受他本人,甚至接受自己对他的爱。她没有把手拿开,我必须承认,这是个安慰,虽然挺丢脸。这对她也是个安慰

---

① 《地毯图案》是亨利·詹姆斯的一个短篇小说。——译注

吗？暂时放弃我们母子之间持续了如此之久的不满？

"啊,卢,"她说,使劲捏着我的手,那么用力,她那因患关节炎而弯曲的手指一定会疼起来的,"你为什么非要如此……"

我无言以对,就像无法解释我为什么说希望鲍比在我们走前回信一样。因为我确确实实地知道,那根本不会发生。

我把车停在剧院后面的停车场上,计划吃完饭去拿车,省得母亲走路。但现在她说想锻炼一下,于是我们穿过马路,慢慢沿着宝石剧院和已经废弃的纽伯里之间的小巷子向上走,没有说话。对我来说,这条巷子是托马斯顿鬼魂出没最多的地方。从它最后一次爆出黄色的玉米花到现在,已经过了近四十年,但我仍然能够嗅到那廉价爆米花的味道,还有卡伦·西里洛身上廉价香水的味道。这里也是生锈的防火梯通往电影院出口的地方,星期六放午场电影时,那个出口总是用铁链子拴住,以免买了票的西区孩子偷偷上楼,跑到那该死的平台上,放他不买票的朋友们进来。我在这个防火梯的第二节上,目睹了我青年时代最骇人听闻的事件。看来我的故事如果想继续写下去,就不得不在下星期的某个时候,把这一事件记录在纸上。岁月荏苒,但回想那个下午发生的事情,我仍然觉得羞愧难当,想跳过这一插曲,或者放弃这整个写作。

我们沿着小巷往上走,各自想着心事,走到半路,母亲突然抓住我的肘部,想让自己站稳,我感到她的身体变得僵硬起来,然后看到一个身材像梨子的老头步履蹒跚地向我们走来。由于背光,我没有立即认出他。他穿着从廉价旧货店买来的破衣服,包括一件托马斯顿中学获奖运动员的夹克衫,它的身体部分是蓝色毛料做的,已经褪了色,袖子则是金色的皮革,它一定已经有三十多年的历史。那人的年纪跟母亲差不多,一头花白头发。我最后认出了贴在额前的那缕头发。

这条巷子很窄,巴迪·纽尔特让自己站在正中央。我们要想过去,只能是母亲从一边绕过他,我从另一边,可这样,她就得放开我的手臂,而我能感觉出,她是不愿这么做的。我们别无选择,只好停下来,打量着巴迪,他也在打量我们,显然很高兴看见我们的尴尬处境。

"我认识你们,"他说,先看看母亲,再看看我,"你们有什么要给我吗?"

我伸手掏钱包,母亲说不行,既是对我,也是对他。

他看到我的手在动,又停下来,于是他就等着,看它会不会再动起来。"给我点钱,我就不告诉别人。"他说。这并不真是什么个人威胁,母亲也清楚这一点。巴迪神经错乱以后,就这样与人打招呼。他要的只是一两块钱,我通常会给他,然后他说好吧,他不告诉别人。我不知道,即便他真的认出我们两人中的一个,他觉得自己知道什么。他只是相信,人们会给他钱来保守自己的秘密,无论他是否知道他们是谁。

"谁也不会给你任何东西,"母亲告诉他,"麻烦你能不能让开路?你身上的味道真难闻。"

巴迪等了一下,然后照办了。"你以为我不知道你的事,但我知道,"他在我们走过去时对她说,"你以为我不会告诉别人,但我会。"

"一直往前走。"母亲说,她猜出我的心思,因为我很想回去,给那家伙一块钱。

"林奇,"他在我们背后大喊,"那是你们该死的姓。"然后他像过去一样邪恶地大笑起来,仿佛曾经抓住我们在他的店里偷窃而不是相反,仿佛知道我们的姓,就证明他知道我们的一切,包括我们做的或者他想象我们做的每一件错事。

我和母亲都没再说话,直到我们回到艾吉。在楼道里,她似乎用仅剩下的一点意志,坐进那把升降椅,按了一下按钮,让那"该死的装置"升上楼去。我跟了上去,恐怕她荒谬的担心变成现实。

第二天，我在学校没看见卡伦·西里洛，但因为我们没有共同的课程，所以我一直到那周结束，才意识到她走了，不仅是离开店铺楼上的公寓。星期六，她妈妈下楼来买烟，我才有机会问她。

我已经注意到，南茜不再来拜访母亲，而且只要父亲在柜台后，就不到艾吉·鲁宾来，我怀疑这是因为他们最近吵过架。父亲从德克兰叔叔（他了解这种事）那里得知，关于巴迪，南茜并没有言过其实，许多年来，他因各种罪名被捕，这些指控从在商店扒窃，到严重盗窃，乃至敲诈勒索未遂，但关于最后这一罪名，后来撤诉了。父亲听说这些以后，当然不愿让他住在楼上，特别不愿让他进店里，南茜一定传达了这一信息，因为现在每次她进来，巴迪都在外面溜达，试着理顺那绺耷拉下来的头发。

巴迪搬进来后，第一个星期并没有努力去找工作。他的职业是快餐厨子，但托马斯顿有三家雇用这种人的餐馆，两家在城外的公路边，他觉得步行去太远了，而他和南茜又都没有车。但南茜工作的美容厅在下分界街，从艾吉走，与到公路的距离差不多，而她天天步行上班。当然，卡尤加小饭馆在城里，但他以前在那里工作过几回，每次都被炒了鱿鱼。

"她现在到莫霍克那边上学去了。"南茜解释说，她一定看到我脸上的失望神情，所以自己的表情变得诡诈起来。"别担心，她会回来的,"她补充道。"卡伦也没那么喜欢我姐姐,她姨父也不是个好东西。奎恩家那孩子被送回管教学校了,他就属于那地方。论排队你可能就是下一个。"她在说出这一可能性后,更仔细地看着我。"你是像她说的,属于那种聪明孩子吗?"看我没有否认,她耸耸肩,"你妈很聪明。所以我猜你是天生的。"

"我爸也聪明。"我告诉她。

"我只能相信你的话,"她说,"你的分数很好?"

"相当好。"

"都是 B?"

"还有 A。"我说,因为确实如此。

"可惜啊。我女儿更喜欢白痴。"

巴迪在外面不耐烦地敲玻璃,催她快走。

"说到天生。"她猜到我的想法,承认道。

那年秋天,又过了一段时间,我父亲成了英雄。

发生这事还是因为他听取了母亲的建议,周末营业到半夜,因为周五和周六晚上十点到十二点卖出的啤酒比周一到周五全天还多。麻烦有时也会有,不够年龄的小孩要买烈酒,父亲不肯卖给他们,他们就变得好斗起来,把车子开走时,让轮胎刮着马路,发出刺耳的声音,惹得邻居们很生气。他们抱怨说,以前店主是真的艾吉·鲁宾时,从来没有这样吵闹过。其他一些人仍然憎恨父亲关掉赌马生意,以前在后屋,那个生意好得很。艾吉本人住在医院里治疗肺癌,许多人报告说,他打算病一治好就把生意买回来。"要是能治好。"母亲说。

在我所说的那个晚上,快午夜了,父亲正在查看当天的赛马小报,听广播里关于萨拉托加轻驾车赛马的扼要重述。他从来不赌马,但如同托马斯顿的几乎每一个人,跟踪这些消息,因为需要能够与他的常客讨论赛马的结果,几乎所有那些人每天都要下注。

我也碰巧知道,他有一个记录虚拟赌注的活页本,忠实地记录他选的马里哪一匹赢了,能赢多少钱,还有所有输了的马,因此他能说得出来,他的虚拟赌注挣了多少钱。德克兰叔叔不知怎么发现了这个活页本,他无情地嘲笑父亲,宣称他做每一件事情都是想象中的,原因很简单,就是他下贱到不愿花所需的两块钱去让它变为现实。父亲回答道,所以他总有这两块钱,而他的弟弟则永远指望去借两块钱。

尽管如此,赛马小报上的字很小,这意味着父亲必须戴上眼镜,而他逐渐意识到,镜片边上有橘红色在闪烁。最初,他以为是店里的白炽灯在作怪,直到他抬起头,看到十字路口对面斯平纳科尔姐妹的房子,从一楼半开的一扇窗子下面,伸出一条火舌。那时,马库尼家原来租住的楼上的那套公寓仍然空着。

他接下来做的,是给母亲打电话。我记得起居室小茶几上的电话铃声把我吵醒。母亲正在楼下看书,背对着窗子,她必须把椅子转过来,才能拿起电话,就在这时,她也看见了。"卢!"她说,"隔壁着火了!"

他告诉她,这正是他打电话的原因。

"你给消防队打电话了吗?"

"你来打,好吗?"他说,"我马上就过去。"

那时当然还没有911这个号码。消防队的号码在电话簿的最前面,但你必须找到它,然后拨所有的七个号码。此外,现在听起来虽然很奇怪,但打电话的事情,父亲一般都让母亲去做。在家时,他总是让母亲去接电话。如果他想和什么人说话,他宁可去找他们,或者说:"苔莎,给管子工打个电话行吗?"店里有部电话,但他找出各种借口不接它们。有一天母亲打电话过去,坚持让电话铃响下去,直到最后他终于接了。他解释说自己太忙,所以没接。她说:"别跟我来这一套。我站在前屋看着你呢。你根本就是一个人在那里。"

"那又怎样,你要干什么?"

"我要知道你为什么害怕那该死的电话。"

"我没有害怕电话——"他开始说,但她挂断了。

我本人的理论是,相比电话,他更害怕电话簿。我从未见过我的祖父母,但我能肯定祖母是文盲。祖父的认字能力刚够对付事儿。因此,父亲刚上学时落后很多,而且他从来没赶上过。他对我如饥似渴地读书感到骄傲,这或许就是原因,而母亲谴责他读报时嘴唇嚅动,他觉得很不好意思。托马斯顿的电话簿是薄薄一本,但我能看出,那长长的一栏又一栏类似的名字让他沮丧,因为他所要找的名字藏在其他许多名字之中。紧急情况下,他可能不记得消防队的号码在前面,即便他记得,他会发现,至少前面还有十几个其他的应急号码,因此断定应该做的事情,是给母亲打电话。

她给消防队打了电话,挂断后,看到我下楼来,揉着惺忪的睡眼,呆呆地凝视着窗外隔壁的火苗。到那时,实际上已经能够听到火的声音了。"卢,穿好衣服,"她说,"赶快,万一火苗蹿过来。"

"爸爸在哪儿?"

"穿衣服!"她重复道,推我上楼梯。我照办了,但显然不够快,因为过了一会儿,她冲进我的房间,抓住我的胳膊肘。

到我们走出屋外,左邻右舍已经站在他们的前廊上,手指着蔓延到二层的熊熊火焰,警笛声由远而近。十字路口对面,艾吉·鲁宾里面灯火通明,但没有父亲的影子。南茜·萨尔瓦多用袍子紧紧裹住胸脯,巴迪·纽尔特穿着平角短裤和T恤衫,站在外面二层凉台上观望这些活动。

"爸爸在哪儿?"我又问,但我的问题淹没在拐角处消防车的尖叫声中,母亲只把我拉得离她更近一些。

在马库尼家住过的公寓,火苗在空荡荡的窗户上飞舞。"赶快,别让它蹿上房顶!"一个消防队员喊着。另一人及时地将厚厚的水龙接到给水栓上。那给水栓就在我家草坪上,我每星期在它周围剪草时,都觉得那东西很讨厌,不知它为什么在那里。"里面有人吗?"我听到一个消防队员问母亲。

她回答这问题本来用不了一秒钟,但这问题,再加上她紧紧地搂着我,足以让我明白,父亲在那燃烧的房子里。

"一层住着两个女人,"母亲说,"我觉得我丈夫进去了——"

就在这时,几扇窗子爆炸了,飞了出来,我们后退了好几步,街上的每个人都倒抽了一口气。

"哪里是卧室?"

在后面,母亲说。两个消防队员开始绕到房子的另一边。

"往这边浇浇。"一个人冲手持水龙头的大个消防队员喊。后者掉转水龙头,开始浇我们的房顶和后廊子,它们离火舌舔着的斯平纳科尔姐妹的屋檐仅几英尺远。在水的巨大力量下,一扇纱窗稀里哗啦地落在下面的走道上。

"看呀!"有人喊。我看到楼下公寓的前门打开了,黑烟滚滚而出。过了一会儿,一个孩子出现了。

当时看上去就是这样,当然,并没有孩子住在那里。我过了一会儿才意识到,那个被呛得弯着腰的人影,是两姐妹中的一个(我从来说不明白她们是怎么回事),她全身都是烟灰,而且我吃惊地意识到,她是一丝不挂。我的大脑立即给出了一个原因。大火把她的衣服烧没了。

"从这边走,伊迪丝!"她回身向屋里喊(因此喊的人是珍妮特),"从这边走,林奇先生! 快!"

几个消防队员跑上台阶,其中一人甩过去一条毯子,把她裹起来,我觉得她想冲回燃烧的屋里,但那人用力把她拽下前廊的台阶。另一名消防队员开始往里冲,但停在门洞口,探身进去拉伊迪丝·斯平纳科尔的手,把她拽了出来。她也是满身黑灰,一丝不挂。

下一幕甚至比她们的赤身裸体更让我吃惊。就在消防队员把伊迪丝拽出房子时,她转过身,用她的另一只手往外拽。我预料父亲出现时,也会是赤身裸体。毕竟那两姐妹的衣服都被火烧了,因此他可能处于同样状态。事隔这么多年,我仍然记得,当时我更担心的是他赤身裸体站在所有邻居面前,而不是他可能在烈焰中受伤。因此,当他穿着全身衣服出现时,我反而大吃一惊。当然,他的白衬衫袖子被烟熏黑了,但它并没有着火。

"卢!"母亲喊,冲过拦住大家不让靠前的消防队员。我听到父亲大吼了一声"苔莎!"他被烟熏得什么也看不见,但试图通过母亲的声音确定她在哪里。现在他安全了,眼泪开始流下我的面颊,仿佛我独自一人站在人行道上,被人遗忘了很久。我看到父母在前廊的台阶下拥抱,然后一拥而上的人群挡住了我的视线。

就在这时,斯平纳科尔家房子仅剩的窗子爆炸了,玻璃雨点般洒在街上。整个房子被火焰吞没,我们都被赶到街对面安全的地方。消防队员为了减少损失,集中保住隔壁的房子。我在围观的人群中挤来挤去,听到伊迪丝·斯平纳科尔哭喊着:"我们的家!我们的家啊,珍妮特!看啊,它没有了!"她在邻居家的前廊上紧抱着自己的妹妹。

我终于在更远的一家前廊子上找到了我的父母。母亲紧紧搂着父亲,仿佛搂着一个长得太大了的大男孩,他裹着一条毯子,浑身剧烈地颤抖,眼泪在沾满烟灰的脸上留下一条条长道子。我走上台阶,坐在他们身旁,但他们两人似乎都没有注意到我。父亲看上去有点怪,然后我意识到了原因:他的眉毛烧没了。"卢易。"他说,终于认出我来,把我拉近他的身旁,很高兴有别的东西可看,因为他受不了面对那熊熊的火焰。"苔莎,我们的房子也会被烧掉吗?"他问。

"不会的,卢。"她向他保证,但她不朝火的方向看,只是看着他。

"我们怎么办呢?"他想知道。

"它不会被烧掉的,卢,"她说,"你救了它。如果你没看见发生了什么事——"

"店没事吧?"他问,这让我向艾吉·鲁宾的方向看去。我奇怪为什么店会有事呢,它不是在马路的另一侧吗?

"店挺好的,卢。房子也没事。你救了珍妮特和伊迪丝。你救了她们的命,卢。"

她们相互偎依着坐在隔壁的台阶上。父亲朝她们的方向看去,仿佛要确定,是否看到她们在那里,是证明这一结论的充足证据。"那卢易哭什么?"他不明白。

"我不知道,"母亲说,第一次打量着我笑了,这让我也笑起来,更确切地说,是发出由解脱、惊叹和残余的恐惧组合成的某种声音。

二十分钟后,在全体街坊的目睹下,斯平纳科尔家的房子被夷为平地。

第二天,我醒来时觉得疲惫不堪,甚至怀疑自己在梦中犯病了,因为有时犯病的形式就是生动的梦境。我拉开卧室的窗帘,惊异地发现自己一眼看到了冈瑟家的房子,在此之前,那房子不在我们的视线之内。斯平纳科尔家的房子只剩下阴燃的房基和倾倒的烟囱。趁母亲在洗澡,我迅速穿好衣服,走出去查看那废墟。夜里下了雨,烟灰成了宽宽的小溪流入地沟。父亲已经起来,到店里去了,那里路边停了一辆警车。我并没有觉得奇怪,因为昨夜毕竟发生了戏剧性事件,但确实有什么东西在我记忆的边缘轻轻触动。我试图让它凸显出来,它却不肯。

我家房子遭受的损失超过了我的想象。烈焰散发出的热气让离得近的一面的涂料鼓了起来,房顶和后廊子的飞檐被烤焦了。昨夜母亲和消防队员都害怕火苗会从斯平纳科尔家蹿到我家,当时那想法似乎很牵强,但现在我看出那种可能性有多大,这又让我记起伊迪丝·斯平纳科尔的哭泣:"我们的家! ……我们的家啊!"我不知现在她们怎么办。我希望她们不会搬到我们家来,因为那意味着我们再也不能看电视了。

想到这些,我回忆起,昨夜当一切终于都平静下来,我去睡觉后,暖气片传来父母的谈话。"我找到她们时,她们就是那样。"我听到父亲说。母亲听了答道:"哼,我倒没那么吃惊。"以后不久我就睡着了,因为当时我太兴奋、太疲倦,无法考虑究竟是什么没有让母亲那么吃惊。

我回到屋里时,她已经穿着晨袍坐在桌旁,凝视着一杯温吞吞的咖啡。看到我已经起来而且穿好了衣服,她说:"我们去做弥撒前,你应该洗个澡。"从母亲严厉谴责格鲁克神父那天起,我们就很少去教堂,但我理解为什么今天早上可能不同。上帝留心守候了我们,因此我们应该去感谢他。"必须洗吗?"我说,准备好她让我快去。

"不是必须。"

我在桌子对面坐下来,忽然记起那辆警车。

她好像猜出我在想什么,说:"咱们的店被人盗了。"

"什么时候?"

"大家都在看救火时。你父亲没来得及锁门……"

"多少钱——"

"抽屉里所有的钱。星期六我们生意最好,所以……"她摇了摇头,我从来没见她如此沮丧过,"什么样的人……"

我在淋浴时,突然想起她提出的这个问题的答案。前一天晚上,我和她在外面街上时,我看了一眼艾吉·鲁宾,以为会看到父亲从店里冲出来,但我看到的是,穿着晨袍的南茜·萨尔瓦多和穿着平角短裤和无袖T恤衫的巴迪·纽尔特站在他们的阳台上。后来,父亲问店里有没有事时,我又看了看那边,看到巴迪站在店前的人行道上,手插在裤兜里。这意味着这中间他进屋穿好了衣服。

当时我断定他一定是下楼来，因为街上可以看得更清楚。但这并没有道理。他们从楼上的阳台已经看得再清楚不过了。

巴迪·纽尔特盗了我们的店。

火灾发生在星期六夜里，因此，父亲是星期一以后，才出现在《托马斯顿卫报》的头版上。在那张照片里，他对着照相机举起两只绑着绷带的手，而且如我前面所说，没有了眉毛。除此之外，他的毛发基本上未受损害——百利霜男用发油显然没有燃烧。他的头发梳成他特有的背头，考虑到他当时手的情况，那一定是母亲帮他梳的。我小时候一直认为父亲很英俊，是人们眼中那种外表和行为都很特殊的人，但现在我猜，所有的男孩都会这样看待自己的父亲。现在他栩栩如生地活在我的记忆里，旧报纸上的照片让我突然手足无措，我禁不住觉得这张照片没有照好，尽管这人是我的父亲，是大个子卢·林奇，脸上带着无所顾忌的好脾气的笑容，身材高大笨拙。

我当然还留着那篇文章。报纸很旧了，变得又黄又脆，但安全地镶在玻璃镜框里，挂在我书房的墙上。有一段时间，我们有几十张复印件，都是第三街的邻居们为我们保存的。我记得起居室的角落里有一叠报纸。我一张张翻阅它们，觉得既自豪又失望，因为所有的照片和报道都是一模一样。我想，如果每张报纸上有父亲不同的照片，如同棒球球员卡，那该多好，我们就可以把它们全部收藏起来。当然，到了第二天，就有其他新闻出来，这似乎也不公平。

即便在那时，我发现有意思的是，被大火毁掉房子的斯平纳科尔姐妹，在那篇文章中却没有占多大篇幅。当然提到她们的名字，但没有照片，甚至里面各版也没有。下一个星期一，阿尔巴尼电视台派了一个摄制组到托马斯顿来，他们显然对她们也没多大兴趣。这些人来采访我的父亲。他很不情愿当英雄，母亲好说歹说，他才同意接受采访。他的不情愿与其说是出自谦虚,不如说纯粹是对斯平纳科尔姐妹公寓里发生的事情感到尴尬,他怕与记者们谈过后,事情必定会泄漏出去。

一个原因是,他救了斯平纳科尔姐妹,但她们也救了他。等他进到房子里叫醒她们,她们的卧室已经烟雾弥漫,他也辨不清方向了。姐妹俩当然闭着眼睛也能找到路,而这正是在滚滚黑烟中所需要。其中一位显然知道应该趴下,在地板上爬。但父亲在什么地方遇到了障碍,其中一位实际上不得不回去找他,这是让他觉得羞愧的地方。

"要是他们发现了,怎么办?"他问母亲,指的是记者。

"你救了她们的命,卢,"她提醒他,"谁领着谁并不重要。如果你没进去找她们,她们会被活活烧死的。"

"但她们是——"

"不对,卢。你是。这就是为什么他们要找你谈。人们希望你是英雄。"

他的尴尬还有另一个来源,但我要再长大很多,才能把各种情况拼凑在一起:斯平纳科尔姐妹从燃烧的房子里跑出来时令人惊异的一丝不挂;母亲那晚后来评论说,"我不那么吃惊";以及后来那两姐妹搬走了,没有在托马斯顿新找个地方。我常常想,父亲本人在许多方面都很天真,所以不知他对目睹的事情懂得多少,而母亲又得向他解释多少。他很容易轻信别人,所以一定觉得难以相信,人们不只是在言辞上而且生活上也都是个弥天大谎。"表面价值,"母亲总是说,"为什么你非要看事情的表面价值呢?"或许我最喜欢的就是他的天真,所以我一辈子都不愿听一句有损他形象的话,所以这么多年,我不仅始终把那张英雄的照片安全地镶在玻璃框里,而且每次指给人看时,总要解释这照片不像他。

卡伦·西里洛的母亲说得对。在把裂开的箱子塞进她舅舅的小卡车后,才过了一个月,卡伦又回来了。当时我正独自一人在艾吉·鲁宾,沉浸在一本书中,前门开了,带进一阵微风,但我根本没听见她进来。

"啊,卢,"她说,"你想我吗?"

"当然啦,"我说,把书扣着放下,仔细打量着她。如果说有何变化,她的美丽更加惊人了。脸上带着一如既往的无聊表情。她拿起我的书,快速翻着,仿佛要看它有多少页,然后又放下,她的好奇心得到了彻底的满足,而我刚才正在读的那一页却找不到了,不过我不在乎。

"怎么?"她说,"我的鼻屎掉出来了吗?"

"没有啊,"我说,吓了一跳。那模样太不适宜想象了。

"那你为什么这样看我?"

我不明白她的意思,就说:"我没有啊。"

"现在又那样看了。"

这是她最喜欢的那种对话,充满了无法解决的冲突。如果我继续否认怪模怪样地看着她,她就会继续无休无止地说现在又那样看了。"好吧,"我说,"你的鼻屎掉出来了。"

"可笑,"她说,"等着瞧吧,看我告诉杰锡你说了什么。"我一定是脸色变得刷白,因为她很快补充说:"别吓得尿裤子,卢。我只是开玩笑。"

"啊,"我说,"对。"

"有各种事情我都不会告诉杰锡。"她挑衅地说。

"比如什么?"

"你知道,秘密。"

"什么样的秘密?"我说,因她可能与我分享一个秘密而心跳起来。

"我如果不告诉他,为什么要告诉你呢?"

我对此没有现成的答案。

"你在说什么?我能够信任你吗?"

"我猜可以。"我耸耸肩。

她似乎花了很长时间考虑这一点。"好吧,你先来。"

"我先来什么?"

"告诉我一个秘密,然后我再告诉你。"

"我没有秘密。"

"每个人都有秘密。我敢打赌你有无数秘密。"

"为什么?"

"你看上去像,"她告诉我,"好吧,我来。问我任何事,我告诉你真话。"

"你为什么又回来了?"

"我想你了。"她说,直视着我,向我挑战,让我否认这种可能性。

"我以为你准备说真话呢。"

"知道吗,卢?你没有自信。我知道是这么回事,因为我也同样。"

"你?"我说,无法掩饰我的惊讶。

她耸耸肩。"不错。我有这些对我有用。"——她用双手托住自己的乳房,让它们更松软一些——"但别的还有什么呢?"

幸运的是,这似乎只是一种修辞上的反问,并不需要回答。"那……"我开始说,仰头瞥了一眼天花板,巴迪·纽尔特可能在楼上,也可能不在。我最近很少看到他。他在哈德孙出租车公司找到了工作,在格特酒馆关门后,开车送醉鬼回家,那个买卖挺兴旺。所以他白天睡觉。自从那次火灾后,他没进过我们的小店。有时他站在外面,眼巴巴地往里看,然后咚咚咚上楼去,几分钟后,卡伦的母亲就会下楼来买他所渴望的东西,通常是六罐装的便宜啤酒或一盒烟。有时他走到楼上那摇摇晃晃的阳台上,让纱门在身后砰的一声关上。他不穿衬衫,像别人抓头皮那样若有所思地抓肚皮，然后回到屋里，纱门再次砰的一声关上。母亲说，有一天他会拉开拉链，冲着栏杆外面撒尿，她完全预料他做得出来，但迄今为止他还没有。现在，我很想与卡伦分享我的怀疑，即巴迪盗窃了我们的店。"我觉得——"

"他要敢试任何事，杰锡会杀了他。或许是你。你为我会这样做，对不对？"

我听到这提议，脸都红了。"我觉得我不会真去杀他。"我说，希望暗示我出于慈悲决定不去谋杀他。

"这么说，你不是我的朋友？"

"不对。我是你的朋友，只是——"

"那给几支烟怎么样？给我一盒议会牌，别的我就不管了。反正杰锡更有办法杀掉巴迪。"

我从货架上拿下一包烟，她打开自己的包，有一瞬间，我以为她真的会付钱，但她只是把烟塞了进去。"再拿一盒骆驼牌给杰锡。"她没抬眼皮，补充道。

"我真的不应该这样做。我父亲……"

她盯着我，眼睛里露出几乎不加抑制的恼怒。"啊，好吧。我还以为我们是好朋友呢，行。"

我把骆驼牌递给她时，明白她在我身上使了她最拿手的花招。她走了一个月，我已经忘记了她的这种能力：看着我，似乎同时又看着我肩膀上面的某一点。她似乎在说，我可以在那里，也可以不在，全凭她的心血来潮了。

卡伦几乎已经出了门，突然停下来，仿佛想起什么事情。"那边原来是不是有栋房子？"她说，指着我家与冈瑟家之间的空地。

"烧毁了。"

"真的！"

"我父亲救了住在里面的两位女士。"我告诉她，希望自己有一天也像他那样，即便这意味着一辈子装糊涂。

"天哪,我当时要在这里就好了。"她说,现在不觉得无聊了,但仿佛真的是这个意思。

那天晚上,后来我才意识到,我们之间隐约性感的刺激性对话,其实就是为了香烟。卡伦无法一进门就直截了当地讨要香烟,她首先得表明我们是朋友,表明我们之间的亲近程度。我始终没有怀疑,这完全是个猫捉老鼠的游戏,等到我明白,已经太晚了。这表明,聪明并没有它应有的优势。如母亲一贯坚持的那样,我是聪明,肯定比卡伦聪明。但如果我这么容易就被人捉弄,聪明就没有多少用处。

或者说,世间有两种聪明,卡伦的聪明是另一种,也许那种聪明更有优势。我记得母亲告诉我,我要在这个世界生存,看人就得更聪明一点儿,但我身上的某些东西抗拒这个看法,不是因为它是假的,而是因为我不喜欢。我宁可想象卡伦·西里洛是我的朋友,或者可能做我的朋友,也许有一天,她会需要我,去把她从巴迪·纽尔特手中拯救出来。我宁可想象她把我塑造成这个角色并不荒谬。我毕竟是我父亲的儿子,他勇敢地冲进一所燃烧的房子,因此,我或许也比自己知道的更勇敢。那天夜里睡着前,大概有一小时,我都在想象我成为卡伦的拯救者所需要的一系列复杂情况。杰锡·奎恩、卡伦的母亲和我自己的父母都必须在别的地方。我单独在楼下店里,听到她呼救的喊声。我即便害怕楼上发生的事情,害怕如果我出面干涉会遇到什么危险,也会吞下自己的恐惧,摸黑上楼去。或许让街上癞皮狗恐惧上帝的气枪,也会对巴迪·纽尔特这条癞皮狗起作用。我几乎在自己的脑海中形成拯救的画面。然后它消失了,我独自躺在黑暗中,只有母亲的劝告陪伴着我——我要生存下去,就需要变得更聪明起来。

具有讽刺意味的是,那劝告的确让我起了疑心,但不是怀疑卡伦·西里洛,而是怀疑母亲。我意识到,她总会比卡伦超前一步,而不是像我这样落后一步。她会识破每一个阴谋诡计的本来面目。为什么呢？因为她自己就很狡猾。她两种聪明都具备——我的那种和卡伦的那种。可我为什么不愿像母亲一样呢？我对这一点感到疑惑。我知道，下次卡伦再来讨烟时，我还会给她，好让自己继续相信我们是朋友，这又是为什么呢？

我躺在黑暗中，一遍遍试图想象爬上那些楼梯，把卡伦从性变态的巴迪·纽尔特手中拯救出来，而每向上走一步，母亲的声音就在我的脑海中回响。不要成为那种本来明白却一辈子装糊涂的人……不要浪费时间，希望世界会有所不同……不要期望人们改变自己的本性……

那个春天，阿尔巴尼的报纸刊登了一组关于哈德孙河污染的文章，这条河曾经是大马哈鱼洄游的地方，现在却受到各种工业废料的污染。这家报纸一直在批评通用电气公司这样的污染大户，但也举出毒害这条大河支流的那些较小的、特别是致命的污染源。他们甚至提到我们这条小小的卡尤加河，指出制革厂的下游已经没有任何鱼类生存，甚至极端到呼吁开展研究，确定制革厂的化学染料是否损害了我们的地下水，并暗示它与这个县骇人听闻的癌症统计数字有联系。《托马斯顿卫报》对此发表社论，讽刺阿尔巴尼的那家报纸，差一点称那些指控是共产主义者的阴谋，目的是破坏我们唯一可行的工业，这个结论得到托马斯顿绝大多数居民的喝彩。

但在阿尔巴尼那组文章刊登后不久，杰克·贝弗利家前面就出现了待售的牌子，那房子可是伯若区最宏伟的住宅。这个消息像海潮一样席卷整个小镇。早有传言说，制革厂不久就会永远关张，现在它雇用的工人已经年年减少，季节性的裁员也来得更早，持续的时间更长。如果贝弗利家开始卖房，也许这传言就是确实的。父亲一如既往地更加乐观。他怀疑制革厂会很快关张，为了证明自己充满希望是有道理的,他列出许多论据。当年他证明牛奶厂不会很快中止送奶用的也是同样的论据。毕竟托马斯顿的鞣革历史之长,超过了任何人的记忆。情况不太好或许有一阵了,但它们必然会再兴盛起来。为什么?因为事情都有周期。衰后必然是兴。必然的。他总是把他认为最有力的论据留到最后。"如果制革厂关张了,"他会说,还要停顿一下以示强调,"这周围的人怎么办?"对他来说,越是灾难性的事件,越是不可能发生。

精英咖啡俱乐部的成员继续聚集在咖啡壶周围——现在挪到了艾吉小店的后面,我父亲的乐观主义让他们情绪振奋。这很可能是他们仍然愿意到艾吉来的唯一理由,既然不能每天赌两次了。他往往在我们的小店打烊后,向母亲重复这些谈话,尽管他本应知道,她是个更冷酷的顾客。一天晚上,我们快要看完电视上播放的洋基队①比赛,他说:"制革厂要是关张了,卢易和他的朋友们在附近怎么找工作啊?"

母亲通常都是随便他说,但那天整个一下午她都在为艾吉做账,晚上时情绪非常恶劣。"别把卢扯进去,"她说,从椅子上站起来,"首先,他没有朋友。他不在学校或不做功课时,每一分钟都在店里给你帮忙。"

她说的是事实,我们都知道这一点。最初,我是严格遵守限制我在店里时间的规矩,但我喜欢艾吉,喜欢和父亲做伴,所以这些规矩慢慢失去了作用。我知道母亲反对我把时间花在店里,而且在等着我的分数下滑,哪怕只有一点,就可以制止我去了,但迄今为止我的分数并没有下滑。

"其次,无论制革厂关不关,卢都不会去那里工作,也不会在艾吉·鲁宾工作一辈子。他要去上大学。"

"我没那么说。"父亲说,吃惊地看到她站在他的椅子前面,挡

---

① 纽约职业棒球队。——译注

在他与洋基队之间,用食指指着他。

"我刚才明明听你说了,你为什么总是说你没说?"她想知道,"你应该去当政客。前一分钟刚说过,下一分钟就忘得干干净净。"

"我不是说卢易要去那里工作,"他解释道,"我是说人们。如果没有了工作,这里的人们怎么办?"

"饿肚子,卢,"她立即答道,"要不就搬到有工作的地方去。"

"他们的房子在这里,苔莎。人们一起都失业,房子怎么卖得出去?"

"他们是卖不出去。银行会把它们收走。"

父亲固执地摇摇头。"他们不会让这种事情发生——"

"'他们'是谁,卢?我就奇怪了。"

"贝弗利家和他们,"他说,"他们在这里也有房子。你知道他们在伯若区的房子值多少钱?"

"没有他们在佛罗里达的房子值钱。醒醒吧,卢。你称为他们的人?他们会毫无损失地抽身的。他们可不傻。"

但是你傻,这是她没有说出来的话。

然后她上楼去了,留下父亲呆呆地盯着电视,冲洋基队员点头,仿佛他们的问题与托马斯顿的问题无法摆脱地纠葛在一起。"我不是说制革厂永远不会关门,"他对我承认,"我只是说,它不一定像你母亲说的那样。她也不是事事都知道。"但这最后一句是悄悄说的。

我们最初听说贝弗利家前院竖起标牌,是在一星期的中间,但直到星期日上午,我们才亲眼看到它。父亲并没有说我们要去哪里,只提议趁母亲记账之时,我们开车去兜兜风,但我猜到他的想法了。我们停在贝弗利家对面的街旁,父亲关了点火开关,但引擎继续空转了整整十秒钟,最后终于抖动着陷入沉默。在牛奶厂更严格限制个人使用公司的卡车后,我们买了这辆二手的福特车。

但自从买下艾吉后,这辆车就很少开。父亲总在店里,母亲从不开车,因此它经常连续几星期闲在路边。她不断说,我们应该卖了它,省下保险费,但他不想完全没有交通工具。而且他喜欢开玩笑说,就他所知,只有我们拥有一辆跑起来不愿停的汽车。但今天他没有开这种玩笑。

他只是久久坐在那里,凝视着那所房子。它是粉色的,只有一层,向四面蔓延出一大片,后院被高高的栅栏围住,透过栅栏的板条,可以看到游泳池蓝色的闪光。不错,那里确实竖立着人人都在谈论的待售的牌子。我认为,父亲在亲眼目睹之前,并没有完全相信它的存在,即便到那时,他也不能确定它的含义。我从他搓着下巴的姿势中猜出,他正在试图寻找另外的解释。我也觉得这件事很难相信,但我的原因更多来自我的世界。贝弗利家不能搬走,因为他们搬走了,我的初中世界的完美对称就会垮台。南·贝弗利必须留在托马斯顿,才能对卡伦·西里洛起到平衡作用——光明女孩与黑暗女孩。两人没有对方,能存在下去吗?我看不出怎么可能。我连考虑一下这种可能性都觉得恶心,所以,在父亲试图为那待售的牌子找到其他的解释时,我在那里想象南的父母搬走,她留了下来,与我当场虚构出的一个愿意收容她的姑姑和叔叔在一起。

我们静静地待了一会儿,试图让自己的世界成立,直到父亲终于张口说话。"卢易,人们得拥有多少才能快乐呢?"他大声说,仿佛他觉得我实际上知道答案,"如果你住在那样的房子里,你难道会不快乐吗?"

我说我会快乐,而且是认真的。

"所有人都会快乐,"他点点头说,很高兴造成这么一个懂事的孩子,"如果你有这一切,你怎么能不快乐呢?"

我和父亲单独在一起时,有时我能听到母亲对他的话的反应,现在我就听到她说:"卢,你以为人们那么容易就会满足?你怎么得出这个结论的?"

我敢肯定父亲不具备这个技能,否则他连这一半都不会说出来。"你长大后,如果住在这样一栋房子里,你要高兴。别让任何人说这一切成就都不是你努力的结果。"

我允诺不会那样。

"你甚至不需要拥有这一切才算有所成就,"他继续说,"我和你叔叔？我们在一所既没有自来水也没有电的房子里长大。你不一定非得样样都有才能快乐。"

街对面房子的前门打开了,贝弗利先生出现在门口,后面跟着一位衣着高雅的苗条女人,我猜是贝弗利太太,最后是光彩照人、干净纯洁的南本人,她的金发在早晨的阳光下格外显眼。他们显然是要去教堂,三人似乎都立即注意到我们,这让我想滑到车座底下去。我们坐在那里,看上去一定是非常的格格不入。伯若区的街道格外宽阔,但在这条街上,我们的车是唯一一看得见的车辆,其他所有的车都安全地停在车库里,或者闪闪发光地展示在有两个车宽的私人车道上。我觉得,父亲也意识到我们不属于这里,我为他感到难过,因为作为送奶工,他曾经一度属于这里,至少是在一天里的某个时间。

贝弗利们如果奇怪我们是谁,为什么停在这里,他们却没有露出任何痕迹。东区人要是看到不属于那里的陌生人,就会盯着人家看,公开怀疑他们是什么人,可能是谁家的客人。贝弗利们没有这样做。父母和光彩照人的女儿只是坐进他们那辆闪闪发光的凯迪拉克中。我注意到,那车的后窗已经修好。我看到贝弗利先生调整了一下后视镜,或许是想再好好看我们一眼,但更可能是为了倒车时看得更清楚。他们的凯迪拉克从拐角消失后,父亲看上去很受打击,仿佛他们不是去教堂,而是就在此刻,永远地离开了这个镇子。

我们的福特像它不肯停止运转一样讨厌启动,但它最终还是启动了。我以为现在要回家去了,但我们再次慢慢游览伯若区,就像那天在送奶车里,他告诉我大人物都住在这里一样。或许他只是想安慰自己,即便贝弗利家搬走,仍有许多显赫的家庭住在那里,但我怀疑他是否也在琢磨,我们如何从目前的境地达到这种地位。一家街头小店,即便经营得更好,会把我们带到这里来吗?或者艾吉·鲁宾只意味着我们可以留在原处,不必回伯曼大院去。

我们的车走完伯若区的所有街道,然后开出城,缓缓来到惠特科姆公园。那里没有加布里埃·茂克的踪影。栅栏的另一侧,大宅看上去既宏伟又衰朽,我不知它是否向父亲表明(如向我表明的那样),母亲说得对,上升不是美国生活的唯一方向——得到的东西可以复失,而加布里埃的栅栏围起来的,不过是一堆壮丽的废墟。倘若如父亲坚信的那样,下降之后必然是上升,那么它所支持的,岂不是上升之后必然下降吗?

"我猜,曾经住在那里的家伙大概是这周围第一个致富的人,"他说,"我不知道他是怎么成功的,但人们一定喜欢他。"归根结底,这是父亲一贯衡量事务的尺度。你成了富人,这意味着人们喜欢你,愿意和你做生意,不愿和别人做生意。也许,还甚至意味着上帝喜欢你。

我们没有回家,而是把车停在了卡尤加小饭馆。我们通常会坐在柜台式长桌前,这样父亲可以和柜台旁干活的斯坦或随便哪个人闲聊天,因此,当他把我们领到后面一个空着的火车座时,我很吃惊。我们坐了下来,旁边的一扇窗俯视着下面的小河,因为制革厂星期日关门,河水今天是水的颜色,但河滩仍像往常一样五彩缤纷,像鳟鱼的侧面。

"我猜我不该买艾吉,"他凄惨地说,"入不敷出,我们也没法更努力了。"

我想让他高兴,就说:"会好起来的,我们刚开始嘛。"

我不知道他为什么要重视我在这件事上的意见,但他确实似乎高兴起来,把手伸到桌子这边,充满爱意地揉揉我的脑袋。"你知道,"他说,"你不喜欢在店里干活时就别干。"

"我喜欢干。"我向他保证,这是真话,除了良心有愧的地方。有好几个月了,我一直不要钱,白给卡伦·西里洛香烟。那个星期有一天,我独自一人在店里,她的两个西区女友跑进来。我在基督教青年会的舞会上认识她们,当时我非常肯定,她们是来偷东西的。她们一进来就分头向不同的方向走去。其中一人问了我一个问题,吸引了我的注意力,另一个把什么偷偷塞进包里。我也说不出她拿了什么,我只瞥到一眼,但当我的视线越过小店和她的视线相交时,我可以肯定是这么回事。她们没有买任何东西就走了,包括没有买那女孩询问我的东西。我后来才想到,可能是卡伦让她们这样做的,告诉她们,我通常什么时候独自在店里。

再早两个星期,有一次我半夜还没睡着,无意间听到父母谈话的片段。"那你解释一下,卢。告诉我卡车送来的东西怎么就不翼而飞了。存货目录里明明有,然后就没了。如果你卖了,收款机会显示出来。"难怪艾吉快完蛋了。不仅有一个人人皆知的小偷住在店铺楼上,而且父亲偶尔没有亲自照管艾吉,却把它交给了一个犹大。

我知道他就是怀疑自己梦游偷东西,也不会怀疑到我,这是让我特别苦恼的原因。他对我的信任是如此全心全意和不容置疑,我都不敢肯定,即便我彻底坦白,他会不会相信我。即便我告诉他(虽然我觉得我做不到),他也可能只是坐在那里,期待地看着我,等我讲出没有讲出的那部分,没有那部分,无法得出可靠的结论。但我怎么能告诉他,卡伦·西里洛是我根本没有力量抵御的白日梦呢?

"我猜她一定是最可爱的啰?"

我因他在饭馆里能偷听到我的想法而大吃一惊,我能做的只有用低沉而沙哑的声音表示同意。他从来没和我谈过女孩,我总是想象,如果有一天我们谈起来,只会慢慢切入,因为他和我一样害怕这个主题。而现在,我们在承认卡伦是最漂亮的女孩,这意味着父亲一定也注意到了她那神秘的吸引力。

"你和她同年级?"

我刚要提醒他,他完全清楚我和卡伦同在八年级,忽然想到他讨论的根本不是卡伦。他是在说南·贝弗利,他刚看见她钻进她家的凯迪拉克。

"那姑娘好吗?"

我一定是明显露出解脱感。南·贝弗利是一个我们可以作为谈资的女孩,于是我开始向他解释,她是全校最红的女孩,红到男孩们星期五晚上在基督教青年会外面为她而打架。他听了忧郁地点点头,仿佛他的记忆被唤起。他在我这个年龄,是否也有同样的事情发生,他的朋友们也为最漂亮的女孩打架吗?也许是南的母亲?父亲是不是这样的男孩呢?很难想象他恋爱。我知道他和母亲一定有过激情,因为那是爱情的结果,但我感激随着时间的推移,疯狂演变为一种更像友谊或生意伙伴的关系,我自己可以在其中成为不可分割的一部分。甚至看到父亲回忆激情也让人窘迫。

"你和她在基督教青年会是舞伴吗?"

我耸耸肩,说"有时是",他竟然令人惊异地相信了,这让我的感觉更加糟糕。在所有的谎言之上,又加上一个。

这时,我们的汉堡和奶昔上来了,还有一大盘浸在咖啡色肉汁里的炸薯条。父亲不喜欢边吃饭边说话,因此我们令人难堪的对话暂停了一会儿,我也不必边吃饭边撒谎了。但是父亲用最后一根油腻腻的薯条擦干净最后一点儿肉汁,说:"她不一定非得是最可爱的,你知道……你喜欢的人?"

我觉得刚才吃的东西在胃里翻腾起来。虽然我知道事实如此,但我不愿意他说母亲不是最可爱的。

"你要找的人,"他继续说,"应该是最善良的。"

我知道我应该评论，因此表示同意。

"你喜欢的人，她也要喜欢你。"我不禁注意到，他因为这感情上的举重而突然出了很多汗，我不知道他为什么觉得这有必要。"不仅是你喜欢她。要相互喜欢才行。"

这种对话需要我们全神贯注，或许正因为如此，我们没有看到德克兰叔叔走进来，直到他站在我们的座位旁边，对我说，小家伙，靠那边点儿，那时我才注意到他。如平时一样，他的胡楂子有三天没刮了，在挤到我旁边坐下时，他发出我总是与他联系在一起的那种干巴巴的引起震荡的短促的声音，仿佛他的舌尖上有一丝烟草，他下决心要把它消灭。他每次吐吐沫，我都跟踪他吐出东西的抛物线，但从来没有什么落在地上。"怎么回事，"他看着我说，"你竟然不给留一根可恨的薯条？"

"你可以自己点一盘，"父亲说，"没那么贵。"

"我不想自己来一盘。像你那个吃法，我很快就会变得跟你一个模样。"叔叔说，仍然打量着我，"说到这个，你是每天都越来越像你老爸了。你们俩人都长了个尖脑袋。"他用坚硬的指节敲我的头顶，让我知道他说的是哪块地方。

"卢易，可以走了吗？"

"你急什么？"德克兰叔叔想知道，"放松点儿。喝杯咖啡。我请客，如果这样你感觉好一点儿的话。"

父亲已经有一半身子离开了座位，但他的弟弟不动地方，把我堵在里面，于是他又坐了回去。

"来点儿冰激凌吧，"叔叔向我建议，"也由我付账。"

"他刚吃过奶昔。"父亲告诉他。

"那又怎么样？"

女招待端来两杯咖啡，还给我端来一碟香草冰激凌。

"你听说曼纽奇的店关张了吗？"叔叔说，依然看着我，但这话显然是对父亲说的。父亲听到这个消息，脸色煞白。曼纽奇是西区的一个街头老店,规模是艾吉·鲁宾的三倍。过去的一年,叔叔在那里工作,卖肉。他不去给人修屋顶或在酒吧当侍者时,就做这个工作。

"怎么会呢?"

"那混蛋儿子,你以为呢?喜欢装成大赌棍的样子。他本来可以慢慢地把老头的钱输光,却非要这么快。去赛马场之前,就先到店里来,需要多少钱,直接从抽屉里拿。那老头快死了。上次我见到他时,他只有九十磅重,除了抬抬右胳膊,什么也干不了,就这样完了他也得睡一会儿,因为累坏了。"

父亲摇摇头说:"西区。"

"西区,东区……究竟有什么区别?那孩子是个懒汉。"现在他又开始研究我,仿佛怀疑我也会成为同样的儿子,"别管怎么说,你明白这意味着什么,对不对?"

他要说的是,你就是下一个。你知道恐龙的下场吧?死亡。腐朽。

"我猜这意味着你丢了工作。"父亲说。我认为这是一个很有力的反驳。

"对,但别的呢?"他现在对父亲笑起来,"你想吧,我就坐在这里数。"他说,伸出左手,从大拇指开始数。"一、二、三。"

"我可不打算——"父亲开始说。

"苔莎马上就明白了。"叔叔打断他的话,为吸引注意力,用手指头打着榧子:四、五。"我刚一跟她说曼纽奇成了历史,她就向我解释了自己的想法。"现在是右手了:六、七、八、九、十。

"你什么时候见到苔莎了?"

他又回到左手:十一、十二、十三。"就刚才。她告诉我,你们可能在这里吃薯条和肉汁。"右手:十七、十八、十九。

这意味着,他要你给他一个工作。我试图通过通灵术,向父亲传递这一想法,而叔叔那些残忍的手指头还在继续伸着。我肯定他数到二十时,会第三次重新开始,但他只是冲父亲摇摇头。"再过一个小时,我们也还是得坐在这里想,是不是?"他说。"这意味着,"现在他压低了嗓门,"你在伯若区的所有那些有钱的朋友,没地方去为他们的周日晚餐买皇冠花排了。"

"A&P呢?"父亲问。

"他们用锯子来锯猪排,他们那样做。"德克兰叔叔蔑视地说。

"需要的家什我们都没有,"父亲说,"肉类保鲜柜。切片机。磅秤。我不知道还有什么其他的。所有这些东西都需要钱。"

"新的都很贵。"他弟弟意味深长地承认。

"到哪里去找好用的二手货呢?"

德克兰叔叔盯着父亲整整两秒钟,然后转过头端详我。"好吧,"他说,"你和你老爸长着同样的尖脑袋,但我来冒个险,我猜你已经猜出来了。"

我讨厌站在他一边跟父亲作对,但我确实猜出来了,不能假装不知道。"买曼纽奇的?"我冒险说。

"你多大了?"他说,又去看他哥哥,后者此刻正欣喜地看着我,自豪得要命。

"十三岁。"

"十三岁,"他重复道,"好吧,我得走了。其他的事情苔莎会向你们解释。实话说,你们做不做我都不在乎。我知道怎么切皇冠花排,但我也能用锯子锯猪排。A&P一直找我去给他们干活,有一年了,所以你们看着办吧。"

"我会考虑的。"父亲说,疑心重重地看着他溜出火车座。

"好吧,随你考虑好了。但你的时间不多,所以我建议你别用平常的节奏。"

"绝不,"父亲等他走了以后说,"我雇他,我刚一转身,他就偷偷赌博去了。"

实际上,对于德克兰叔叔有多不可靠,我觉得,如果我父母有一次意见相同,那就是对这件事。这完全像他能做出来的事:让我们花我们没有的钱,然后他在最后一分钟退出,置我们于困境。但我可以看出,父亲在考虑这件事。尽管他弟弟总是毫不留情地戏弄人,父亲却常常说他精明过人,总能设法安然脱险,几乎像一个没有野心的人所能做的一样。

但我们在收款台员那里发现,德克兰叔叔既没有付咖啡钱,也没有付我的冰激凌钱。"这,"父亲举着未付的账单说,"就是我们不想与他有任何瓜葛的原因。"

我们回家后,厨房的桌子上依然堆满母亲簿记的工具——计算器和长长的卷纸,活页本,上面是一排排数字,一摞水管供应公司、安吉罗比萨饼店、贝克花店的旧分类账本——但她本人却不在那里。有一瞬间,我害怕地想起马库尼太太的系列失踪。我觉得母亲不会做那样的事情,但我也有一种明显的感觉,她也不是简单地出去做什么。父亲喊着她的名字,上楼去看她是否在打盹,但我知道她不在楼上,就像我知道她不是去邻居串门了。她甚至没有关上计算器,这表明她是匆匆停下一个重要的工作,去照顾某个甚至更重要的事情。

父亲重新出现在楼梯口,他停下来,若有所思地挠挠头皮,这个姿势让我很不高兴,可能是因为德克兰叔叔刚提到我们两人有同样的尖脑袋,如果真有那块地方的话,现在他就在挠它。

"她去艾吉了。"我对他说,忽然敢肯定这是真的,无论是否有道理,而且我能看出,这个可能性让他惊恐,就像让我惊恐一样。自从发誓不踏进店门一步,母亲一直恪守诺言。白天她如果需要和父亲说话,就拉开店门,让父亲出来。这意味着,如果现在她真的在那里,那一定是有重大的原因,而且我能看出,无论那原因是什么,他都很担心。

我们发现她手拿卷尺站在店中央。"那面墙必须推倒,"我们进去时她说,手指着她脑子里想的那面墙,"你会少一个停车位。也许两个。"

她在计划怎么摆放肉类保鲜柜。父亲明白这一点。

"我们不想与德克兰有什么瓜葛,"他说,"他不可靠。"为了说明他的观点,他告诉她在饭馆发生的事情,他怎么主动提出买咖啡和冰激凌,然后不付钱就走了。

"但你看不出来吗,卢?你弟弟是可靠的。你可以依靠他去做他一贯做的事情。他像你一样可靠,不过是以他的方式。你总是你。你弟弟也总是你弟弟。你们两人做的事情都没有一丁点儿出人意料的地方。"

我很想指出,父亲买下艾吉·鲁宾肯定是出乎她意料的事情,但我决定保持缄默。

"我可不想让他在这里,苔莎。"

"那可是好消息,"她说,"六个月以后,他就不在这里了。你什么时候看到过德克兰·林奇做事有长性的?这让我们有六个月的时间,学到他手里的本事。"

我立即注意到那个代词,但我敢肯定,父亲没注意到。他太担心母亲把我们引向什么方向了。"他来了,人们会以为这是他的店。不是我的店。"

"现在你的问题是,巴迪·纽尔特觉得这是他的店。"母亲说,更让他觉得不知所云了。她做了个手势,让我们跟她进了后屋。储藏室里很黑,只有一扇小窗子,在墙上很高的地方,透进一点光线。父亲要去开电灯开关,她却拧开手电筒。我开始说话,但她把一根手指按在唇上。"我找到漏洞了,"她轻声说,把手电筒的光束照到一扇门上,门前有两个大箱子堵在那里。我原先一直假定这扇门是通往地窖的,"猜猜它通向哪里?"

她的话刚一出口,我就明白了。它不是通往下面,而是通往楼上,通向楼上的公寓。父亲也明白了她的意思。"门锁着呢,苔莎。"他说,身子探过箱子,去拉那把挂锁。

"嘘!"她说,做了个手势让他靠边。她把手电筒递给我,走到那扇门边,把耳朵贴在门上听着。寂静中,我们隐约听到从楼上公寓传来的说话声——我觉得是卡伦和她母亲的声音,还有脚步声。最后,母亲终于满意了,这时,让我们大吃一惊的是,她把门推开了。当然,不是你想象的那样,因为门是锁着的。门从有折页的那边开了一条缝,宽到足以让一个人钻进来。我意识到,那两个箱子并没有像我原来以为的那样直接挡在门前。如果门按设计的方向打开,它们可以挡住门,但换一个方向,它们就根本不起作用了。

她收回手电筒,用它的光束寻找着,先找到两个固定折页的钉子,它们躺在第一级台阶上,然后是固定在门上的临时把手,这样门可以从里面开关,最后是印在布满灰尘的楼梯上的脚印,有上楼的,也有下楼的,以及地板和下面几级台阶上的木头刨花。我和父亲目瞪口呆地看着她关上门,上下两截折页都正好折上。如果离近看,你可以看出,门虽然关上了,却没有对得严丝合缝,但你为什么要离近看呢?

"他一定是在什么时候把门卸下来刨平了,"我们回到店里后,母亲解释说,"我们唯一猜不出的,是他最初怎么把那两个钉子弄出来的。只有从我们这边才能做这件事。一定是在有人送货来,你和司机都在前面时,他溜进去的。"

这次父亲注意到那个代词了。"我们?"他说。

"是你弟弟猜出来的,不是我。"她告诉他。

我说不清楚,究竟哪一点让父亲更沮丧:巴迪·纽尔特一直在有计划地偷我们的东西,还是他弟弟猜出了是怎么回事。他一屁股跌坐在柜台后面的凳子上,久久没有出声。母亲似乎对这一沉默很满意。最后,他说:"我们怎么办?"

"这一部分,是我想出来的。"她对他说。

那天夜里,巴迪·纽尔特最后一次拜访我们。拂晓时分,我被什么声音吵醒,它只可能是哈德孙出租车公司的一辆车在附近空转引擎的声音。六点钟时,我又被电话铃吵醒,那是父亲克服了自己对电话的厌恶,给母亲打过来的。他像平时一样去艾吉开门,发现通往楼上公寓的那扇门开了,被卡在那里。巴迪推那扇门时,一定相当吃惊。他一定觉出了父亲钉在地上的垫片,但已经来不及了,门的底部滑过微微倾斜的光滑斜坡,掉进那个一英寸深的槽里,卡着动不了。他然后一定惊慌失措,因为可以看出,他用力想再把它关上时,门裂了。

母亲给警察打了电话,解释我们如何当场抓住他。警察来到店里时,父亲看上去很尴尬,仿佛被她用计抓到的不是巴迪,而是他自己。我明白他的感觉。我鄙视巴迪,但他被当场抓住,并意识到,尽管自己很小心、很诡秘、很聪明(巴迪的行窃确实很高明),还有人比他更聪明,现在他的真面目暴露在光天化日之下,这有特别屈辱的一面。我觉得,巴迪·纽尔特一定是因为受不了这一点,才卷了东西,扔进哈德孙出租车的后车厢,逃之夭夭了,留下睡眼惺忪的卡伦和南茜,在母亲敲门时来开门。而母亲身边,一边站着一个身材魁梧的警察。

这时,我和父亲留在楼下的店里,没有胆量目睹楼上发生的事情。清早,来喝咖啡的人开始鱼贯而入,我甚至没有胃口听父亲向他们解释,为什么外面路旁停着警车。我退到后屋,去照管早上面包和牛奶送货的事情。

无论怎么努力,我都无法不去想巴迪。他成年后的大部分时间,都是一条蛇和一个贼。在他那可悲的生活中,最糟糕的肯定是暴露了真面目所带来的后果。他为什么不罢手呢?我吃惊的是,我刚一提出这个问题,答案接踵而至。巴迪·纽尔特不是因为偷东西成了贼,而是因为是个贼而偷东西。他有一个清单,每次被抓住,他都把错误加在这个清单上,保证下次不再犯这个错误,那个清单越来越长,但他从来没想过要洗手不干。在他的想象中,解决的办法是提高技巧。第一天他乘哈德孙出租车到我们店里,研究玻璃窗反射出的自己的形象,我看到的就是真正的巴迪·纽尔特,一个本性不思悔改的人。我从他的表情看出,他厌恶自己,但还有我没看出的东西,即与本性抗争的徒劳无益。那天我们的橱窗反射出的那个人,还会去做那些让他的生活堕落于此的事情。他一定也知道后果,即不久之后,就会有另一辆哈德孙出租车来把他载走,这次是在半夜,载向更大的灾难和耻辱。这就是他那可怕一笑的含义——屈服于不可避免。

甚至更让人胆寒的是,我记得自己走到外面,研究玻璃窗中反射出的自己的身影,惊异地看到巴迪·纽尔特那可怕的自我厌恶,也映在我的脸上。我开始疑惑,如果我们大家都是本性难改怎么办?如果相信相反的结论只是哄骗自己怎么办?母亲说,如果我想在这个世界上生存,对人的认识就得更聪明一点,她想传达的是这个意思吗?她是想要我明白,我们本无多少选择,只有步履艰难地前行,重复我们的错误,永远不能汲取教训,或者更糟,即使汲取了也永远无法利用?

我还没能解决这些问题,母亲就和两个警察一起回到楼下。他们三人站在艾吉外面说话,直到其中一个警察望了望楼上的公寓,耸耸肩,仿佛在说,好吧,如果你想这样办。他们坐回到警车里,开走了。母亲回到店里,沉着脸打量父亲那些来喝咖啡的顾客,直到他们难为情起来,纷纷走了。然后她把注意力转向我,目不转睛地盯着我,我怀疑自己是否也应离开。我仍然不习惯看见她在艾吉,我能看出,父亲对她的存在也不知如何是好。

"好吧,"她终于说,"至少他不在了。"

"钱怎么办?"父亲说,我猜是指所有被偷的啤酒和香烟的成本。

"就当它们也没有了吧,因为就是这么回事。"

"也许他们能抓到他，"我冒险说。我觉得巴迪不是那种有运气逃过警察的人。

"那又有什么用？"她说，"让巴迪·纽尔特还你东西，比从萝卜里刮出血来还难。"

"那她呢？"父亲说，冲天花板点点头。

这回轮到母亲耸肩了。"她声称对他搞的名堂一无所知。"

屋外，母亲用气枪打过的那几条狗，又颠颠地从街上跑过来。它们跑近时，三条狗实际上都穿过马路，继续神经质地用眼角斜视店里，这个景象似乎让她高兴起来，我必须承认，我也高兴起来。想到巴迪，我正要得出一切都是白费的结论，但这些狗却提出了相反的结论。它们的行为改变了，是它们本身经历的直接结果。诚然，它们可能比巴迪聪明，但仍然可以那么说。

"别管怎么样，"母亲转向父亲说，"你不是想要个合伙人跟你一起冒险吗？我猜你现在有了一个。"

父亲看上去要哭出来了。"怎么他非得是我的合伙人？我付他工钱不行？他在曼纽奇时，不就是那样的吗？"

她用力揉了揉太阳穴。"我没说你弟弟，卢。我说的是我。"

午饭后，我留下照看店里，父母去西区考察曼纽奇的保鲜柜和其他设备。如果我们准备雇用德克兰叔叔来卖精制肉品，那些设备都是必需的。第二天，他们将与承包商讨论，把房子向停车场推进，需要花多少钱。

平时，一天里顾客最少的时间是中午刚过的时候，但我却忙着应付接连光临的邻居们，他们假装来买半加仑牛奶，实际上是感到好奇，想知道为什么早上警车在外面停了那么长时间。两点钟左右，一辆破破烂烂的小卡车停在店前的马路边，轮胎擦地发出尖锐的声音。然后是另一辆，接着是第三辆，南茜的兄弟们排着队从车里钻出，气喘吁吁地上楼去她的公寓。十分钟后，一只砸扁了的啤酒罐,叮叮咣咣飞进一辆卡车的车厢,又弹出来掉在街上,接下来是第二只,它倒是留在了车厢里,第三只根本没沾到卡车的边儿。用这种方式加强了体力后,他们把不到一年前拽到楼上的同一些东西又拽下来。南茜本人在楼下督战,看到我独自在店里,就进来买一包烟。她的眼睛又红又肿,但她显然已经成功地从觉得丢人过渡到愤怒。

"我希望别有人以为我离开这里会伤心,"她说,仿佛怀疑我可能是这个人,"这里的人好像觉得自己的屎不臭。"

我猜她说"这里",是指整个东区,而不只是我们这个街区。至于我们的屎臭不臭,我的印象是,我们不过是觉得,可能我们的屎不如巴迪·纽尔特那么臭,但我没有说话。

"我要是愿意,可以告诉你一两件你妈妈的那些事,"她继续说,"但我不想说。你觉得我的卡伦疯疯癫癫?你应该知道知道你妈过去是啥样。你爸根本不知道他中了什么彩。也不只他一个,他只是最没经验。不信问你叔叔。"

但然后,她在嘴唇上做了个拉上拉链的动作,表示她说得太多了,我别想从她嘴里掏出更多的东西。她向门口走去,冲她的兄弟们喊道:"你们开玩笑吧,是不是?"他们正在一辆小卡车的后部,平衡她的弹簧褥子和床垫。

我惊奇地看到,那几个兄弟里最胖的一个转过身来,做了个拉开拉链的动作,但这个拉链是在他的裆部,他从中拿出想象的阴茎,开始疯狂地抚摸它。

南茜似乎并未把两个拉链联系起来,又转向我。"更邪乎的是,她竟敢说成是我知道巴迪从这个所谓的店里偷啤酒和狗屎。好像我没从一开始就告诉她,他是个贼。好像全城都不知道,巴迪·纽尔特有魔术师的手指。好像他妈的我自己的钱包不是每隔一天早上就轻了好多。"

听南茜·萨尔瓦多讲话,我开始明白卡伦的那些奇怪逻辑来自何处。如果我对南茜理解准确,她是说,巴迪·纽尔特是,或者应该是,一个共同的负担。不错,他是偷了我们的东西,但是拒绝让他继续下去,我们就是逃避了应该公平分担的责任,这意味着她不得不承担她那一份,还有我们的一份。

"巴迪·纽尔特,"她轻蔑地啐了一口,"你要是知道我为什么就该受这个王八蛋的罪,我希望你来告诉我。我一定前世造了孽,我只能这么说。"

外面,那些兄弟们用一条旧晾衣绳,把摇摇晃晃的弹簧褥子和床垫捆好。"行了,这回没问题了,"南茜喃喃道,然后看看我,"你没有兄弟,是不是?"

她很清楚我没有兄弟,但似乎还在等待我的回答,所以我承认自己是独生子。

"你真有运气。"她说着走了。

我不知道这期间卡伦在哪里。我不断向前面的窗外张望,期望她会出现,但她始终没有。由于我是独自在店里,我以为她会进来道别,也许再哄我拿出最后一包烟。但她也许为巴迪的事感到内疚,决定让我下钩。下午过了一半时,那些兄弟又排着队钻回他们的车队,一溜烟开走了。最后一辆小卡车拐弯时太猛,晾衣绳断了,弹簧褥子滚了下来,正掉在我家前面。我们的福特车停在路边,那翻滚的弹簧褥子齐刷刷地切掉了车上的侧视镜,然后靠在前挡板上。父亲回来后,我告诉他发生了什么事,下午剩下的时间,我们一直等着南茜的兄弟回来捡那弹簧褥子,以便要求他们赔偿给我们的车造成的损害,但他们始终没有出现。后来天开始下雨,父亲说:"好啊。"我们就让那褥子在雨里淋了一下午。到了晚上,它已经浸满了水,我们只好把它拖到房后去,准备扔在那里,等到收垃圾日时,垃圾车来把它拉走。让我们惊奇的是,第二天早上它却没有了踪影。"西区。"关于这一话题,母亲只有这一句话。

那天晚些时候,我和她上楼去检查那公寓的情况,心里嘀咕我们会看到什么情景。又一次失火的证据？又一个黑黢黢、里面都是大便的马桶？那天吃完早饭后，母亲就没说什么话。睡了一觉醒来，她似乎对自己投身艾吉·鲁宾的决定又犹豫起来。但公寓的情况并没有她害怕的那样糟。巴迪可能是个无赖，但南茜保持了房间的整洁，我们没有发现进一步毁坏的迹象，所以我对母亲的阴沉情绪没有改善感到吃惊。也许她在为自己的老朋友不得不搬回格特感到难过。母亲总是说，人一旦尝到好日子的甜头，退回去就难了，因为你即便以前不在乎一无所有，但现在，你就永远忘不了好日子，甩不开知道还有好日子这一点了。

或许她在思考，她自己的未来是不是受到了减损。她曾在自己与小店之间竖起一道经济和心理上的防火墙，现在她意识到，拆毁了这道防火墙，我们大家是多么脆弱。她过去决心尽量保留自己在簿记方面的顾客，让我们永远有那份收入可以依靠。但她现在致力于让艾吉成功，虽然很久以前，她就告诉我，它不可能成功，我们至多只能希望这街头小店慢慢失败，让我们勉强维持生计，直到被 A&P 或以后出现的什么逐出苦难，而那一时刻的到来是不可避免的。

她的逻辑一定是，通过成为有正式权力的合伙人，她可以稍稍阻止这一命运，让它晚发生一点，也许到我上完大学。如果她在店里，有第一手经验，就可以施加更多影响。她可以留心我们的存货，保证我们的订货量适当，不让父亲被那些油滑的推销员诱入圈套，保证我们拿到的，不是剩在卡车车厢里、推销不出去的东西。她常说，她怀疑，因为父亲害怕女人，女顾客一看到他那么紧张不安，就不愿再到艾吉买东西。她在那里，可以减轻这个问题，也可以让他有更多时间出去转转。但关键问题是，她认为艾吉若想成功，必须有自己的特色，向人们提供一些他们在 A&P 或其他街头小店买不到的东西。譬如上好的皇冠花排。

当时我没有意识到，为了按照这个路子扩大艾吉，父母不仅从托马斯顿储蓄银行贷了一笔款，而且把我们的房子作为抵押借了第二按揭。当然，我即使知道，也会为他们的决定欢呼，因为我像父亲一样热爱艾吉、相信艾吉，希望母亲成为这一冒险的同谋。我希望我们是一家人，献身同一事业。如果需要，我甚至希望把我的"一家人"的定义扩大到德克兰叔叔，特别是因为，他很可能如父母一致认为的那样，不会待长。

我从来没有想到过，现在我们齐心协力投身的事业有可能是个错误。尽管母亲显然有种种恐惧，甚至在南茜·萨尔瓦多身上目睹了个人命运的迅速逆转，我都从来没有怀疑过，我们最终有可能不成功。毕竟，没有巴迪·纽尔特那样的人在把我们往下拽。我们从伯曼大院搬到东区，似乎就是自然的，如果幸运，有一天，这一进步会把我们一直带到伯若区。当然，会有挫折，但我们最终会胜利。

母亲虽然天生谨慎，但一定是在很长时间里分享了这一孤注一掷的信念，这一盲目的信仰，至少长到签署了业务扩展贷款和第二按揭。我怀疑她会真的恐惧我们也会像她的老朋友一样不得不回到西区。她恐惧的命运是那个公寓本身，因为当我们站在那又小又黑的空屋子里时，我觉得母亲可能有某种不祥的预感，想象我们在彻底不走运后，可能会失去她不顾高昂的代价向外祖父母借钱买下的那个小小的房子，还有她与他们的争论。他们不愿她嫁给父亲，而且不愿她嫁给托马斯顿的任何人。他们打算让她去别处上学，遇到地位更高一点的男孩，更合适的配偶，他能让她生活在一个溪水和河水的颜色是水而不是血的地方。但她站在父亲一边，他们为此伤透了心。多年以后，她站在这里，再次确认那个决定，再次站在他一边，加入一个她曾经认为是愚蠢的冒险事业，而且这次是冒失去一切的危险。

当母亲思忖我们的未来时，我在干什么呢？沉思过去。她的过去。或者说是南茜·萨尔瓦多关于她的过去的版本。南茜说的话有可能是真的吗？关于她过去如何疯狂的话。我记得试图去使这一切与我只知道是我母亲的那个女人相一致，与我自己关于父母历史的非常不同的版本相一致。我过去从来没想过他们的恋爱经历。不知为什么，我总是想象父亲一开始就向她求婚。他出现在她家门口的台阶下，一个陌生人，向她求婚，她当然同意。这么一个人人认识、人人喜爱的人去求婚，托马斯顿的任何其他姑娘如果有这个运气，都会同意的。她才是不知道自己中了什么彩。

我听到后楼梯上的脚步声时，正在翻来覆去思考这件事。我叔叔出现在门口，我顿时明白了谁是我们的新房客。也许是因为吃惊，特别是因为我应该预料到他的出现，我开始意识到那光环——视野边缘上那团模模糊糊的东西，末梢神经的刺痛。它从昨天就开始了，我一直没有理睬它。这当然不是什么新现象，同样不是新现象的还有我看到叔叔站在那里，再次荒谬地觉得，他就是很久以前我在箱子里醒来后听到讲话声的那个男人。这一次新出现的是，我突然肯定，那个和他在一起的女人，那个打开箱盖凝视着我的女人，是我的母亲。

甚至到现在，我还在惊异，在某些异常时刻，我们怎么会有能力去拥抱那些最自相矛盾的逻辑，仿佛真与假并非如我们所知，它们不是相反的，而且实质上是诡诈的兄弟。我心目中仍然可以看到，那晚打开箱盖的女人用醉酒后天真的惊奇凝视着我说："是个小男孩！"我相信，我在此处无须表明，那个女人不是我的母亲，但我还是要强调这一点。尽管光线从她身后射来，但她是个大块头的女人，苍白、肥胖，而且是金发。她们的声音绝无共同之处。那么为什么只要我的叔叔一出现，我的脑子里就会有一扇小门打开，让如此古怪的想法钻进来？为什么尽管有相反的结论性证据，它仍然如此难以驱除？

"怎么回事，小家伙？"叔叔想知道。出于什么原因，他现在不是站在门口，而是站在母亲身旁，两人都好奇地盯着我。我猜我一定也在凝视着他们,或者什么也没凝视。我意识到自己刚才犯病了,所以想说话,却像几乎每次刚"醒来"时那样,因为完全错乱而找不到适当的词。有时,我如果太快就试图说话,结果会是无法把语音准确地组合成熟悉的字,嘴里会发出一些令人费解的音节。如果症状不太严重,我可以掌握正确的词,但不知如何把它们组成正确的顺序,这几乎同样吓人。通常我能通过观察目睹我犯病的人,估计出犯病的严重程度,我相当肯定这次犯病的时间不太长,因为德克兰叔叔现在就站在离他刚才的位置几英尺远的地方,母亲的姿势表明,她刚刚才意识到有什么事情不对头。她蹲在我前面,执起我的手说:"卢,你恢复了吗?"

我点点头,还不信任语言,而且德克兰叔叔在那里,他从来没亲眼见过我犯病,现在满腹狐疑地打量着我,就像看到事故现场已被宣布死亡的人,突然坐了起来东张西望。

"你身上很凉,"母亲说,把我的两只手合在一起,用自己的手搓着,"你想下楼去看爸爸吗?"

这是我每次发病后所希望的事情,所以我再次点点头,她也没有觉得吃惊。我和通常犯病时一样,觉得筋疲力尽、口渴,仿佛在一条尘土飞扬的路上走了很多天,累得不知自己能否走到楼下,但我不想让人抱,也不想让人扶,尤其是不想让德克兰叔叔扶。"这太奇怪了,小家伙,"我们下楼时他说,"你明白,对不对?"

"他不会有事的,"母亲让他放心,"他有一阵子没犯病了。"

呼吸到外面的空气,我觉得那种模糊开始消散,但我仍然觉得麻木和不知所措。我们一进店门,父亲立即就明白发生了什么。"你犯病了,卢易?"他说,与其说是提出问题,不如说是一种确认。我闭上眼睛,让这一切在他声音的抚慰下消失。现在大多数症状都消失了,除了手指头和脚指头上的刺痛,还有口渴的感觉。他让我坐在收款机旁的凳子上。"你想喝汽水吗?"

"我,"我说,我想说"是的",但没说出来。

"难道不应该——"德克兰叔叔开始说。我知道他要说什么。难道我不应该去看医生吗？

"不用，他只需要静静地坐一会儿，对不对，卢易？"

我决心说"是的"，而且也费了很大力气，但出来的仍然是"我"。

"我，对啊。"德克兰叔叔重复道，直翻白眼。

我不想再说话，就把注意力集中在父亲的白衬衫上。他向保冷箱走去，拿了一瓶葡萄汽水回来。我一口气喝下去半瓶，然后闭上眼睛，把注意力集中在父亲放在我肩上的大手。当我再次睁开眼睛时，我看到我的病过去了。叔叔就是我的叔叔，不是箱子外面的那个男人，母亲就是我的母亲。我又是我自己了：卢易斯·查尔斯·林奇。

越　线

　　我告诉莎拉，我们遇到了巴迪·纽尔特，她说："太糟了，真的。他甚至不该在那条街上。"我本来不会提起这事，但莎拉已经看出我心绪不佳。我宁愿她怪巴迪，而不是怪我母亲。莎拉明天会问起她这件事，虽然我不希望她这样做。星期六是莎拉去看母亲的日子，判断她下一个星期需要什么。有很少几件艾吉没有的货，她会去杂货店和凯马特①买，加上母亲需要的其他东西。明天的单子会比平时长，因为到下星期五时，我们已经坐在去意大利的飞机上，而母亲又不愿意麻烦欧文。

　　"要是我，就不会提起这事，"我告诉莎拉，"我觉得整个事情让她不高兴。"

　　又一个假话，或者说一半是假话。我不是觉得这一插曲让她不高兴，而是知道它确实让她不高兴。回到楼上的公寓里，她没脱大衣就瘫坐在读书专用的椅子上，呆呆地盯着墙上暗色的污迹，仿佛它突然具有了新的含义，我只好去泡茶，而她通常是不让我做这件事的。母亲不喜欢人进她的厨房，所以我好半天才找到所需要的东西。等我回到前屋，她已经脱了大衣，镇静下来。"我打算把它扔了，除非你想要。"她说，递给我一张照片。

―――――――――
　　① 美国国内最大的打折零售商之一。——译注

我放下她的杯子,拿起照片,立即觉得很茫然。照片上,母亲顽皮地坐在艾吉·鲁宾的柜台上,父亲和德克兰叔叔站在她身后。三人都冲着照相机微笑,但他们的笑容是那样不同,让我感触甚深。德克兰叔叔是一贯心照不宣的假笑,完全符合他的性格。父亲的笑容也与他的性格相符,他笑得太开心,太不设防,这表明他得到了自己梦想的一切,茫然不知自己为何有如此好运。不怀好意的人往往称这种笑容为"傻笑",据说我也继承了这种笑容。母亲的笑容最让人疑惑。他们三人一起在店里,这一点说明了拍照片的时间,是在她打破自己的誓言,加入父亲的冒险之后不久。我记得那是一段快乐的时光,但我不知道,具体是什么引发了如此顽皮的态度。是谁说服她爬上柜台,跷起二郎腿,摆出日历女郎的姿态?她的笑容不仅表明她卸去了某些负担,而且表明她听到有人说她美丽,而且相信这一点。换言之,这不符合她的性格。母亲通常根本拒绝让人拍照,在那些她同意拍照的稀少场合,她似乎总是试图让自己消失,而且多数情况下做得很成功。

那么我在哪里呢?举着照相机?有道理,但我不记得这件事了,尽管我对那段时期的记忆无所不包,我的小小史记就表明了这一点。"我觉得以前从没见过这张照片,"我对她说,"我当然要了。"

"我在翻一本老相册时发现的。"她说。

"我希望你要扔这样的东西时,别管什么,先问我一声。"我说。她对此的回答是:"我这不是在问你嘛。"

两三年前开始的这种送礼物的方式让我不安。母亲拿出属于父亲的某个物品,问我是否对它"感兴趣"。有些我可以理解。父亲喜欢收藏无用的小玩艺。整整三十年,他把跳蚤市场和后院旧货摊上的东西甚至破烂买回家,让她快来看,还说如果不是他正好走过,这东西就要被人扔掉,她会说,"妙极了,更多垃圾。"但最终,连她也承认,他很有眼光,买了不少总有一天人们愿意花钱买的东西，虽然也许不是今天。它们是棒球球员卡，年代久远的竞选证章等等。后来在他生病，我们看起来快失去一切的时候，我们卖掉了不少他的宝贝，帮助支付各种费用，结果留下的倒是他看走眼的破烂，那些东西二十年前值两毛五分钱或五毛钱，现在仍然只值那么多。他死后，我把一箱箱从跳蚤市场买来的小玩艺放在储藏室，离不开它们，特别是如果我回忆起他把这东西买回家来那天的情形，或者他关于这东西为什么有一天会值钱的解释。我现在仍然不时浏览一下这些东西。现在这些箱子都摆在我们的地窖里，有一天，欧文会在那里发现它们。

很难知道我儿子会如何处理青蛙那样的东西。父亲不喜欢黄色笑话或任何色情的东西，但有一天晚上，我去艾吉换他回家吃晚饭，他问我能不能区分公青蛙和母青蛙，然后把两只陶瓷青蛙从柜台后面推到我面前。当时我正到了为任何与性有关的问题苦恼的年龄，不愿在如此重要的题目上显得很蠢。我记得自己很害怕地盯着那两个一模一样的青蛙。我承认自己不知道，他说："没那么难。"然后把它们翻过来，露出苍白的肚皮，一只上面有惹人注目的阴茎，另一只上面有乳房和小小的大麦粒一样的阴道。我后来才知道，这两只青蛙是德克兰叔叔的礼物，父亲不能区分它们让德克兰叔叔从中得到很多乐趣。欧文无疑会把它们全扔掉，但他来扔总比我扔强。

我理解母亲为什么可能希望摆脱这些可疑的东西。我确实理解。但是去年，有一天我还是想起，她的公寓里已经没剩多少东西可以让她想起他，甚至想起他们的婚姻。她是否在试图从记忆中抹去他？过去的十八个月里，她多次以地方太挤为理由，主动把东西送给我，但那些东西也如这张照片一样，根本不占地方。仿佛沙发上方的暗色污迹，就足以让她回忆起他们在一起的生活，我承认，这个可能性让我更加愤懑。

也许这就是原因，当她问我是否对这张她和父亲及德克兰叔叔的照片"感兴趣"时,我感到憎恨像胆汁一样直往上冒。我像往常一样告诉自己压下这憎恨,尤其是今天,刚刚发生了巴迪·纽尔特让她生气的事情,而且再过不到一周,我和莎拉就要去意大利。母亲老了,虚弱多病,她有她的理由,而我不可能知道所有这些理由,甚至她自己也不见得知道。或许,这与其说与父亲有关,不如说与她自己感觉死亡将至有关。这种送礼使她阴沉地承认我们最终不能带走任何东西。但我仍然听到自己说:"妈,你有没有看出来,我们无论讨论什么,争的都是爸爸的事情?"

她没有立即回答,我觉得或许她也在想同样的事情,也许想了很多年了。我接着说:"为什么你觉得那么重要,非要我对他的记忆与你相同?为什么要我不爱他?"

她霎时间气得浑身发抖。"我从来没要你不爱你父亲,"她宣布,"我要你爱我。"

我后来说话了吗?我不记得了。我想大概没有。

"你想到过吗?这么些年,你想到过哪怕一次,你本来也可以站在我一边吗?想到过我也可能需要朋友吗?"

有多长时间,我们坐在那里,默默地凝视着沙发上方的污迹,两人心里都明白,我们越过了新的一条线?母亲最后说:"回家去吧,卢。"她的怒气来得快,去得也快,让她整个人都掏空了,好像也犯了一次我那样的病。我当然希望能够收回我说的每一个字。"莎拉会惦记你的。"

"你没事吧?"

"我的生活是我自己造成的,"她说,"不是你的错。我倒希望是呢。"

我在门口说:"我让你失望了,对不起。"我肯定自己这么说,多少是为了给她一个否认的机会。

"你父亲死后,"她承认道,"我确实希望过你改变看问题的方式。但你所有的信念反而更坚定了。可我从来没要你不爱他。"

我相信这一点吗？我猜我相信。我知道我相信。

那么，随着时间的推移，我是否僵化在自己固执的信念中呢？我猜，那也是事实。

吃完晚饭，和莎拉一起洗完盘子，我走进书房，读了读我写的最后几页，试图根据今天，就是这天发生的一切，调整我记忆中的往昔。我是否应该继续写下去？重历童年时代事件的欲望是否植根于想看清事情的真相？母亲一贯宣称，这是她对我的希望。还是仅仅想把自己已经硬化的结论刻在石头上？人怎么能知道呢？而最终又有什么区别呢？谁会在乎一个单独个体的生活，除非那个单独个体的使命就是过这个生活的人？母亲有权过她的生活，我也同样有权过我的生活，难道不是这样吗？难道非得存在一个能够调和一切大小版本的版本吗？这样的版本可能存在吗？

但是她的谴责让我不安，在一定程度上，因为它们并非新的谴责，还因为我感到了它们的真实性。我希望能够否认自己失去了机会，没能成为母亲的朋友。当然，我是选择了站在父亲一边。但她谴责的核心是，她认为我故意不诚实，总是看我喜欢的东西，而不看事实。父亲从来没有这样想。难道我选择他，站在他一边，是因为他把我想得更好？

此时此刻，当我在夜的黑暗中审视这天发生的事件时，我倾向于同意她的评价。毕竟可以拿出最新的证据。吃晚饭时，我告诉莎拉，我们遇到了巴迪·纽尔特，他把母亲气成什么样，但我一字没提我们的争论，也没有重复母亲的谴责。我把它们作为秘密，是因为我知道，母亲不会告诉任何人，甚至不会告诉她特别喜爱的莎拉。这个秘密会永远锁在一个安全的地方，除非我自己决定披露，而我已经决定了不这样做。

我认为，有些事情的本质就是要永远锁起来，原因很简单，暴露它们没有现实的好处。例如，父亲生病时对我吐露的事情，我从来没有告诉过任何人，甚至没有告诉莎拉。我一直想告诉莎拉。他的秘密沉重地压在我心头，尤其是最近几年。我告诉自己，他并没有不让我告诉莎拉，他爱莎拉，信任莎拉心地善良。但他指示我"谁也别告诉"，因此我没有说。我没告诉过任何人的是，每个选举日，父亲进入投票室后，都待在那里，等他觉得写完选票所需的时间到了，就把它放回到保密封套里，什么也没有写。他不能或不愿遵循母亲的意见，但对自己的结论又没有足够的信心。他感到民主的重任，认为不应由他这样的人做出如此重大的决定。因为他是个骄傲的美国人，他知道自己有投票的权利。但他也知道，他还有不投票的权利，因此每个选举日，他都行使了这两个权利。

我替他恪守了这长时间的秘密，是因为我为他感到羞耻？倘若母亲知道此事，她肯定会这样感觉。还是因为我害怕莎拉听到后会伤心？或者因为知道了他的想法，我自己很伤心？他竟然觉得投票选举是适合母亲，后来是适合我做的事情，而不适合他。我不知道，但他的秘密就是我要保守的秘密，因此我将继续保守下去。我不是巴迪·纽尔特。我不在屈辱里寻找黄金。那么讲述我的故事又有什么意义呢？为什么要去扫描过去，寻找它如此不愿放弃的形状和含义，同时却要压制它们中的一些而夸大另一些呢？

但是过生活与讲述生活之间有那么大的区别吗？我们难道不是每天上百次地决定不去作证？我们不是甚至在直觉那一层就开始否认和压制吗？例如今天，在那条鬼魂出没的小巷里，我和母亲都看到了那件几乎肯定应为我们关于父亲的激烈争吵而负责的东西，但我们两人在当时和以后都没有承认它。母亲可能老了，但她的眼神依然锐利。我敢肯定，她注意到了巴迪身上那件被虫蛀了的旧校队运动服，她也看到了，衣领下原先绣着主人名字的丝线被拆去，留下一个鬼魂般的提醒，就像她的沙发后面墙上那块总能从层层油漆后面渗出的污迹。那件外套曾经骄傲地属于一个人，一个向世界宣布自己是大个子卢的人。我们在相互的秘密中难道不是串通一气的图谋吗？

我必须努力不去想巴迪穿着父亲的旧外套在托马斯顿走来走去这件事。毕竟这种事在小城里时有发生。我长大期间，要追踪一件衣服的出处很困难。譬如，一件蓝色外套，可能是伯若区一个初中或高中男孩的父母给他买的，但到第二年夏天，他可能穿不下了，于是这件外套就被捐给了他们的教堂，此后它出现在某个东区孩子的身上，而第二年他的父母又把这件衣服拿到善念机构①，在那里，一位西区母亲又把它买下来给她的儿子。我永远不会忘记，在高中毕业舞会上，一个伯若区女孩、也是南·贝弗利的朋友，专门过来告诉莎拉，她看上去有多漂亮，一年前她在初中毕业舞会穿的那件晚礼服，现在穿在莎拉身上，比穿在她自己身上漂亮多了。

我们的成年生活被如此之多的往事所纠缠，这奇怪吗？我们一次次走在宝石剧院与廉价店之间这条小巷中，就像我和母亲今天这样，穿过空间，当然，也穿过时间，如欧文所说，遇到我们自己在那里走来走去。当年莎拉穿着那条连衣裙，看去上是多么美丽。对那个不漂亮的伯若区女孩来说，破坏一下莎拉的美丽，得有多么重要啊。她一定极想从莎拉身上扯下那条裙子。

我再见到巴迪·纽尔特时，要给他钱，换回父亲的外套。我不愿让他穿着它。

---

① 美国的一个非营利组织。——译注

过了一个月左右,一个星期六,我在纽伯里排队买爆玉米花,忽然觉得胳膊肘触到像枕头一样柔软的东西,又听到一个熟悉的声音说:"卢,你想我吗?"那个枕头,当然是卡伦·西里洛的乳房。她有两个女孩陪伴,就是在艾吉偷过东西的那两个,与卡伦比起来,她们是苍白、瘦削的鬼影,而卡伦还是一如既往的肉感。我很惊讶她能认出排在前面的我,尤其是在纽伯里这个地方。

我结结巴巴地说,是的,我想念她,这是真的,但同样真实的是,我并不怀念她向我讨免费香烟。现在巴迪不再能来偷我们的东西,艾吉的情况改善了。装修进展顺利,下个星期,我们要歇业几天,好推倒原来的外墙,装上从曼纽奇店里买来的肉类保鲜柜。叔叔做监工,以保证妥善安装,他宣称在曼纽奇的店里,一切都是乱七八糟。母亲说,然后我们要摆出架势来,重新开张。

我感到意外的是,到目前为止,德克兰叔叔一直很可靠,按时出现(这倒没什么难,因为他现在就住在楼上),而且愿意帮忙解决难题。我没料到他干起活来是把好手,但他确实是。他仍叫父亲大个儿,叫我小家伙,但对其他残忍的玩笑,他调低了调子。父亲心中则似乎在店的中央画了一条线,他们每人各司其职。他虽然仍然不信任叔叔,但我看得出,他弟弟认真做事的态度也打动了他,他欣赏叔叔与母亲商量重要事情时的态度,尽管这种礼貌从未延伸到他身上。他们似乎一致认为,她是这一行动的老板,而且是天然的中间人。

叔叔继续小心翼翼地观察我。从他第一次目睹我犯病以来,我又犯过两次,他仿佛得出这样的结论,我是为了引人注意而故意犯病。至少我不愿琢磨出引起这些发作的原因,也是在逃避责任。如果我尿床,得到的同情都不会比这少。"别再喝那河里的水,小家伙。"每次听说我犯病,德克兰叔叔就会这样劝我。"他没事。"父亲让他放心。"别为我们的卢易担心。"母亲听了会补充说,卡尤加河正在毒害镇里的每一个人,不仅我一人,然后话题就会转到癌症,最近哪一个人又被诊断出患了癌症。阿尔巴尼那家报纸现在每周都有关于癌症的报道,我们当地的报纸继续称其为蛊惑人心。

排队买爆玉米花时,我在看一本儒勒·凡尔纳的书,现在卡伦拿过去,快速翻了几页,看到大王鱿的插图时,停了一刻,然后把书还给我。与以往一样,她的好奇心完全得到了满足。"你要去看电影?"

我说是的,问她是否也去。

"可能吧,"她说,"卢,你想跟我坐一起吗?我是一个人。"我望了望她的女友,觉得不可思议。难道她们不去看电影?她们似乎都不反对卡伦关于单独一人的相当不严谨的定义,但我觉得,这对她们是一种模糊的侮辱。而且杰锡在哪里?难道他的软禁时间现在延长到周末了?或者他们两人吹了?我主动提出给卡伦买爆玉米花,她说:"当然了,卢。"仿佛她奇怪我为什么花了这么长时间才提出来。"也给她们买,是吧?"她说,指她的女友。我打开钱包,又拿出一块钱,这时我再次感到胳膊肘触到枕头般柔软的东西,我看到她探身过来,看我的钱包里还剩多少钱。"卢可阔了,"她告诉她的朋友,"他每周工作一百小时。"

我们手拿爆玉米花,走向旁边的剧院门口,加入那里的长队,等待进场。"卢,你会给我出钱吧?就像约会或那种烂事一样?"

我赶紧算了一下,得出自己的钱刚够的结论,松了一口气,但我原来是能买汽水的,这回不行了。一个小小的代价。真的与卡伦·西里洛"约会或那种烂事"的可能性让我喘不过气来。

"也给她们买?"她说,指的又是她的女友。

我说不行,我的钱就够我们俩的。我装出超过自己实际感觉的遗憾样子,因为与她们三人约会,可不能与卡伦单独约会同日而语。我给她们看了我的钱包,她们这才很不情愿地去掏自己的钱包。

我不想看她们摸索硬币,就转过身去,恰好看到杰锡·奎恩最好的朋友佩里·考斯洛斯基无精打采地沿街向我们走来。这时,我才想到,我和卡伦一起看电影,会被报告给杰锡。我转回身对着我的同伴,但在此之前,我先注意到一件怪事。佩里似乎在和一个不存在的人说话,而同一时刻,他自己似乎也意识到这一点。他立即停下来,退后几步,装出兴致勃勃研究橱窗里什么东西的样子。倘若这橱窗不属于一家礼服店,我还可以接受这一切——用母亲最喜欢的话说,就是"表面价值"。

进了电影院,我跟着卡伦和她的女友走到最后一排,她和杰锡总是坐在那里。不言而喻,这一排是他们的专用座,灯光暗下来,电影开始后,你是不允许回头去看他们爱抚亲吻的。如我所说,杰锡从不在公开场合向卡伦示爱,但星期六下午在昏暗的电影院里却是例外。对他们俩在黑漆漆的后排做到什么程度,大家有无穷无尽的猜测,但除了瞥一眼,谁也不敢有更多举动。南·贝弗利无论与哪个男孩在一起,都是坐在前排,当他们的脑袋凑到一起第一次亲吻时,感兴趣的观众不少于看屏幕上亲吻的观众。

我们刚在后排坐定,我就发现,整个电影院里的孩子都在注意我们。他们都从座位上扭过头,凝视着我们。那个露西·林奇和卡伦·西里洛坐到一起了?东区男孩的嫉妒本来很让人愉快,如果他们只是嫉妒而不觉得恐惧的话,但我从他们的表情中看到了恐惧。一个东区男孩实际上站起来,走到我们坐的地方,探过身来耳语道:"你这家伙在干什么呀?"但他的声音大到卡伦和她的朋友也能听到。

"没干什么,"我说,又心虚地补充道,"我们只是朋友。她过去住在我们店的楼上。"现在我倒庆幸自己刚才为三个女孩而不只是卡伦一人买了爆玉米花。如果有人误解,这是我要强调的一点。但我仍然觉得,问一声杰锡在哪里可能比较明智,我这样做了,试图听上去随随便便,好像我希望他露面似的。如果他露面,我不在乎挪动一下,坐到卡伦的女友中间。

"谁知道?"卡伦说,仿佛知道自己男友的踪迹与她无关,"怎么啦?你怕他露面,发现我们俩单独坐在这里?"

那两个女友都探身过来,咧嘴冲我笑,我再次感到惊讶:她们似乎并不在意自己的实际存在根本不算数。

"你这么大个儿,"卡伦继续说,"我打赌你打得过杰锡,没问题。"

怎么回答这个评论当然很棘手。我若表现出一丝同意的迹象,星期一上午,学校里就会传开,我宣称能打败杰锡·奎恩,然后那里就非打一架不可。

"那你现在住在哪里?"我说,假装对谁更厉害这个话题不感兴趣。

"某个烂地方,"卡伦欢快地承认,"你不会知道那地方。"

"我也许知道。"我说,但我觉得也许她说得没错。

"你知道伯曼大院吗?"

我坐直了身子。"我以前住过伯曼大院。7号。"

这回轮到卡伦扭身来打量我了,仿佛奇怪我为何对这种事撒谎。没有疑问,现在她看着的是我,而不是我身后的某一点。"我们就住在那里,"她说,"伯曼大院7号。"

我感到凉飕飕的,就像你遇到一个不太可能发生的巧合一样。我几乎害怕去问下一个明显的问题。"我们住的是三楼那个公寓。"

"你在骗我吧,"她说,"哪个房间是你的?"

我描述了自己过去的房间,高高的小窗户俯视下面的小河。

"他们给我的也是这间。小孩总是住最糟的房间。"

想到我们在同一房间里赤身裸体,现在又一起坐在昏暗的电影院里,这一联想让我的心跳停了一拍。这一切有一种令人难以置信的亲密和可怕,我再次觉得需要改变话题。"'他们'是谁?"

"巴迪和我家老太婆。还能有谁?"

"巴迪回来了?"我说,很惊讶。

"他去了什么地方吗?"

"我以为他走了。警察——"

"巴迪除非死了,否则走不了。"

就在这时,电影院里的灯光开始暗下去,我开始面对前方,却惊讶地意识到,我右边的座位已经有人坐了。

"你记得卢吧?"卡伦说,探过身子,为了可以直接对她的男朋友说话,"店里的。"

佩里·考斯洛斯基一定先到小卖部买汽水去了,因为现在,他侧着身子走进我们前面的一排,就停在我正前方的座位。他把汽水递给杰锡,跪在座位上,面对着我。"你怎么会坐在卡伦旁边?"他说,"她又不是你的女朋友。"

"卢给我买的票,"卡伦说,听上去很无聊的样子,"还给我买了爆玉米花。可比有些人强多了。"

正片之前的预告片已经开始,杰锡显然是卡伦刚才那话所指的对象,但他似乎沉浸在预告中。他喝了一小口汽水,然后越过我传给卡伦,她也喝了一口,又把它传回去,没管她的女友。我很明白没自己什么事,但我喉咙里的爆玉米花忽然变得像尘土一样干巴巴的。

"这么说,你觉得,你给她买了票,她就是你女朋友了?"佩里说。

我说没有,我没那样想。

"你觉得你给她买了一袋爆玉米花,她就得怎么样?让你随便摸,还是怎么的?"

我向他保证,我也没那么想。我希望卡伦为我辩护两句,但她似乎也沉浸在电影预告中,因此有很长时间,佩里就跪在那里盯着我。

卡伦终于说话了:"卢不是那种人。"

"是真的吗?"他说,似笑非笑地看着我,"那你是哪种人?"

"我不知道。"我对他说,在这种情况下,这是我能想出的最安全的回答。

这时一个引座员出现在走道旁,用手电筒的光束照着佩里,做手势让他转过身去,他照办了,但引座员一走,他又恢复了原来的姿势。"露西,我们去散散步吧,你和我。"

"一会儿见,"卡伦在我站起来后说,并没有真正看着我,"谢谢你给我买爆玉米花。"

杰锡的注意力仍在银幕上,他起身让我过去,然后坐在卡伦旁边的座位上。佩里做了个手势,让我跟他走,我照办了,猜想他打算把我带到外面的巷子里,但其实我们是走到外面的大厅里。他拎起挂着"请勿入内"牌子的天鹅绒绳子,带我上到二楼楼座,然后嘎吱嘎吱下到最前面一排。从我们所处的较高位置,可以追踪到楼下引座员手电筒的光亮。杰锡和卡伦就在我们下面,她的女友也挪到其他地方去了。他握着卡伦的手,两人都瘫在座位上,但让我惊奇的是,他们并没有做任何事情。佩里注意到我的目光扫向哪里,就用胳膊肘捅了我一下。"你如果还在想着大奶子,忘了它吧。"他说,声音很低,神秘兮兮,但几乎又是友好的。我正要断定这是个警告,他却补充说,"没戏。"

楼下,在他的西区朋友中间,佩里是个威胁。现在我们却似乎忽然成了好朋友了。他看见屏幕上的什么,开始吃吃笑起来,虽然我没觉得那上面有什么好笑的事情。"该死,"他说,"刚才在下面,我觉得你都要尿裤子了。"

"你干吗那么生气?"我说。这实际上只是我的一半疑惑。另一半是为什么他又不再生气了?

"谁?我?那是做出来看的。好像我在乎你乱摸卡伦。"

"那为什么——"

"你越线了。"

"什么线?"

"什么线是什么意思?那条线。"

"我不——"

"你不知道?我能看出来。现在你知道了,对不对?"

实际上,我还是不能确定。是我为卡伦买了爆玉米花,所以越线?还是给她买电影票?坐在她身旁,而不是坐在她的朋友中间?显然有一个人可以坐在那里,当然是单独坐。或者是那一排本身,我根本就不能进去?

"就像分界街,"佩里解释说,"你必须明白自己属于哪里。你必须明白自己是什么人。无论如何,这事结束了。别再想了。就像我说的,西里洛是个风骚娘们儿。你不信,去问杰锡好了。"

好像我会去似的。"那他为什么——"

"不甩了她?因为他怕臊娘们儿,这就是为什么。"他斜了我一眼,"你知道什么是怕臊娘们儿?"

我以前听说过这个词,也许是在艾吉,或者是在卡尤加小饭馆。如果有人说他必须回家,否则老婆会生气,人们就会说这种话。德克兰叔叔碰上情绪变得尖酸刻薄时,就会这样说我父亲。因此我点点头。当然啦,我知道怕臊娘们儿是什么意思。

"有件事我敢打赌你不知道,"佩里接着说,他的声音依然小得几乎听不见,虽然故事片已经开始,剧场里变得安静下来,"好说话的女孩通常不是你想象的那种。如果你感兴趣,我可以告诉你,谁会主动让你搞。"他脑子里想什么呢?我觉得奇怪。说出她们的名字?指出她们在下面漆黑的剧场里坐在哪里,然后我能从后脑勺认出她们。"通常是间货,"他继续说,"我说间货,你懂是什么意思吧?"

不像"怕臊娘们儿",我还真不知道这"间货"是什么,但我说,我当然明白他的意思。

这引得他用嘴唇发出放屁的声音。"去他妈的你知道,"他说,"我造出来的这个词。"

我告诉他,我是有点儿知道。

"好吧,告诉我'间货'是什么。"

我冒险一猜。"中间的?"

他诧异地看着我。"对了,"他承认,"不漂亮,也不丑。丑女孩?她干脆放弃了,因为反正没人愿意跟她搞。如果她真像南那么漂亮,或者她有卡伦那样的奶子,也用不着主动让人搞。间货就是那些必须得给你点什么的人。否则,她们跟丑也差不多,我说得对不对?"我无法批评他的逻辑,他又继续说:"你还不一定能料到的是,东区的间货最主动让你搞,因为她们两方面都是间货。不丑,又不漂亮,不是西区,又不是伯若区。她们不知道自己他妈的是什么,所以必须主动让人搞。"

我能看出,他对自己这个严谨的推理颇为得意,也很高兴有人听他说。我看不出,佩里究竟只是个理论家,还是真有经验。他满脸紫色痤疮,可不是个英俊小伙儿。

"你住东区,对不对?"我说是,他点点头。"你要是愿意,可是美死了,"他说,"说到越线,你能相信那混蛋事吗?"他靠过来,这样我可以顺着他食指看过去。

开始我不知道自己该看什么,但这时,银幕上的场景从黑夜转换到白天,我看到他指着一个黑人男孩。这本身并无让人惊异之处。星期六的午场通常都有黑人在场。他们坐在一起,即前两排的最左边,是看银幕角度最差的地方。他们背后有两三排缓冲区,总是空着,白人孩子不愿离他们太近。从二楼的座位看去,这两三排像一道宽宽的走道,仿佛为了方便到达出口,座位都被挪走了。

佩里指的那个男孩没和其他黑人坐在一起,而是坐在剧院相反的一侧,那里通常是伯若区孩子聚集的地方,他旁边坐的女孩看上去是白人。那一排就坐了他们两人,这也不奇怪。就因为这一个男孩,又产生了一个缓冲区,但比其他黑人孩子产生的缓冲区小一点。

佩里摇摇头,一副不耐烦、厌恶又不胜惊异的模样,或者说我觉得他是这样。"他妈的三子。那家伙永远是疯子。"

三子。当然,我想。加布里埃·茂克三世。我们只说过一次话,他告诉我,他没有父亲。当时,这几乎让我觉得是亵渎上帝,我现在回想起来还直打冷战,因为这个男孩不仅有父亲,而且在重复他父亲的错误。我还回忆起,那男孩的祖父拽着自己的儿子,到我祖父家前廊子的台阶下道歉。"都解决了,"他不断地说,"一切都过去了。"当然,我无从了解,这个男孩是否知道他的父亲吻过一个白人女孩,结果为此受罚。他是否也像我一样,不太知道,或者根本就不知道存在自己跨过的那条线?他是不是心血来潮坐在那个白人女孩身旁,像我坐在卡伦·西里洛身旁一样,只是在人们扭头看他是什么样的傻瓜和正在冒多大危险时,才意识到这一点?还是他故意作对,决心去做他父亲以前做过的事情?那女孩又是怎么回事?她只是愚蠢、善良,像母亲以前那样,还就是他的女朋友?

"我的意思是,他一定知道,对不对?知道这种混事你得保密。用锹把它埋起来,然后再把锹埋起来。居然在众目睽睽之下!

那你就是让人家来管这件事。也许人家只想管自己的事,只要你让他们那样,但你不让。"

我倒挺想多听他讲讲这些,但佩里对这个话题迅速失去了兴趣。"这么说,你住在东区哪里?"

"第三街?"

"艾吉·鲁宾附近?"

"艾吉·鲁宾是我们家的。"

"不是开玩笑吧。嘿,我们可能要成邻居了,"佩里说,比我预料的要高兴得多,"我家老头子去通用电气了。"

他不必再解释其他。在位于斯克内克塔迪的通用电气公司找到份工作,意味着你有了离开的车票。离开制革厂。离开永远的低工资。离开格特。离开整个西区。

"我猜明年这个时候,我就穿格子衬衫了,"他很悲哀地说,指的是我穿的衬衫。他本人穿着西区制服:黑瘦腿裤子,很薄的白色T恤衫,穿旧了的黑色短筒靴,"也许还能提到高班去。"

我觉得不会有那种危险,但没说出来。我开始理解,卡伦酷爱的信念——我们的老师事先根据谁有钱,谁没钱,早把我们的命运安排好了——在西区广泛流传。佩里觉得,老师可能因为他家搬到分界街另一边,就会突然对他重视起来,这种想法让我觉得很滑稽,但他似乎觉得这种逻辑很自然,而且不可避免,就像穿格子衬衫一样。当然,还有更多的话可说,但电影吸引了我们的注意力,我们安静下来,大约还剩十五分钟时,佩里宣布他要去拜访那个"蠢货"。他走了以后,我借机趴在栏杆上,费力地观察楼下的卡伦和杰锡。他们仍然拉着手,她凑在他的耳边悄悄说着什么,除此之外什么也没有。楼下前排,南·贝弗利把头依偎在她此刻男友的肩膀上,我歪着头,想体验一下斜着眼睛看电影是什么滋味。

每星期六下午,南在电影院露面,是一件让人放心的大事。贝弗利家的房子外面仍竖着待售的牌子。父亲和我每星期天都开车去伯若区察看。父亲从来不说我们去做什么，但我明白。我们不再把车停在街对面，他也没有再评论过那个牌子，但我们一转过街角，我就看出他的目光在焦灼地搜寻那牌子，看到它仍在那里，他松了一口气。这是坏事，但没有竖起已售出的牌子，就是好事。"这里谁能买得起那样的房子？"他喜欢向来艾吉喝咖啡的人提出这个问题。他希望答案是：没人买得起。

就在那个星期，贝弗利太太来到艾吉，就是我们看见坐进凯迪拉克的那个苗条女人，德克兰叔叔已经为她切好了上好的肋排。"现在，但愿她知道如何烤它吧，"她出门后，他说，"如果她烤得时间太长，结果就是我们的错，这也就是我们最后一次见到她和她的朋友。"我问为什么是我们的错，他只是看看我没说话。现在我明白了，他要告诉我的，与佩里在楼座上所说的，几乎是同一个意思——事情按照自己的方式发生，你的任务是弄明白它如何运作，而不是为什么。

说到佩里，我注意到，他溜到后排卡伦和杰锡旁边，别管他悄悄说了什么，杰锡只是耸了耸肩膀。然后，两个男孩从座位上半抬起身子，佩里指了指茂克三子和那白人女孩所坐的方向。这时屏幕上一声枪响，我的注意力转移到电影的高潮上，到我再回过头去看时，佩里已经挪到剧院的另一侧。他的嘴唇在蠕动，但我看到他是自言自语，他的身体僵直，两手握成拳头。他给人的印象是，他在说服自己去做什么事。

银幕上出现了滚动的片尾字幕，灯光开始亮起来，他坚定地向那一对孩子走去。孩子们已经开始涌入走道，但他们看到他走过来时，又很快退回去。我看到佩里冲着那排里面喊，但听不到他喊什么，然后是吃惊的茂克三子向他转过身，摇摇头。站在他们之间的那个白人女孩看上去很害怕，说着也许是"走开！"之类的话，但佩里没有理她，而是绕过她猛扑过去，狠狠地推了茂克三子一把。

这时人群中响起这种情况下一贯会出现的单调而有节奏的喊

声:"打……打……打……"我看到引座员推开聚集的人群,向那边走去。佩里和那黑人男孩已经扭成一团,就在那白人女孩面前,她被推倒在座位上,捂着鼻子。引座员终于来了,把两个男孩拉开,又把他们推出通往小巷的旁门,然后关上门,仿佛发生在门外的事就与他无关了。我注意到,那些黑人孩子都站在座位上,想看看乱哄哄的是怎么回事。我从他们把头凑到一起的样子,可以看出,他们知道有一个自己人牵涉其中。我想知道杰锡对这一切的反应,就朝下面他和卡伦坐的地方看去,但他们已经不见了。

为了避免有人看见我从楼上下来,我必须等到剧院里空了再出去。引座员站在楼梯脚下天鹅绒绳子的另一侧,一本正经地屈着膝盖,直到(他觉得)最后一个孩子安全地出了门。他又消失在剧院里,应该是去清扫一百多个没心没肺的初中生留下的垃圾,此时我才敢溜下楼梯,绕过绳子。我在向外走时,注意到一扇有办公室标记的门半掩着,一个女孩坐在里面,头垂在膝盖之间。她那卷曲的黑发垂下来,因此我看不见她的五官,但我知道,她一定是和茂克三子在一起的那个女孩。她拿着一条血迹斑斑的手绢。

门后有个声音说:"还是没人接,"然后是挂断电话的声音,"还有别的什么人我们可以给打电话吗?"

"没关系。"女孩说,她的声音很轻,充满惊恐。她抬起头来说话时,我看到她的鼻子上有干了的血痂,眼睛哭肿了。即便这样,我还是认出来,她是八年级学生莎拉·伯格,我觉得她也认出了我。"我现在好些了。"她说,又低下了头。我走出去,来到街上。

星期六下午,剧院外停车场上的打架斗殴不是稀罕事,但它们都有一种懒散和尽义务的味道。它们似乎常常是电影本身过分渲染的传奇事件的产物。如此之多的少男少女挤在一家剧院里,观看一个爱情疯子的故事,这无疑会造成精力过剩。结果通常是你推我搡,好斗者互相讥讽,骂人,但并不真正害怕事情会升级。毕竟隔两个门就是警察局,而且停车场正对面就是卡麦尔山教堂和修道院。甚至一群群吵吵嚷嚷、兴奋的旁观者,往往也不能产生真正的敌对情绪。我在加入今天聚在那里的人群时,预计看到的就是这种松弛的冲突。

但我刚在巷子里走了一半,就觉出有什么事情不对头。也许是那相对的安静。围观者圈子有三四层厚,所以最初我无法判断出到底发生了什么事,但后来,我注意到剧院的防火梯放下来了,于是我爬上最下面的两级,想看得更清楚一点。茂克三子正在从人行道上爬起来,他的嘴唇破了,红色的血与他深色的皮肤形成鲜明的对照。他的样子表明,他已经不是第一次从地上爬起来了。或许,佩里开始时是用手推他的胸脯,但最后这一下显然是打在了脸上。那男孩用舌头舔舔裂开的嘴唇,一定是尝到了血的味道,因为他啐了一口,虽然啐得离他的对手并不近,但佩里对这一行动选择了不同的解释。"你觉得你可以啐我?你是这样觉得吗?"

那男孩只是阴沉地盯着佩里,两条胳膊垂在身旁。他很瘦,虽然比他父亲高不少,但绝不是佩里的对手。后者又开始推他,茂克三子努力想站稳,但还是倒了下去,他坐在地上,只是看着自己被沙石磨破的手。佩里握着拳头,紧盯着他。

"他妈的,佩里。"杰锡·奎恩说。他站在里面一圈,卡伦站在他身旁,像往常一样觉得很无聊的样子。"算了吧。你在乎什么?"但即使佩里听到这一劝告,他也没有露出任何迹象,杰锡似乎也不想更多干涉。人人都知道,他只要再打一次架,就得回管教学校。所以他那帮人里,才有其他人获得如此之多的权力。

"告诉我,凭什么你就可以做这事,"佩里对茂克三子说,"我知道你知道。"那男孩试图站起来,佩里把一只大脚蹬在他的肩膀上,让他四仰八叉躺在地上。"坐那儿别动,直到你说出我想知道的事情。"

不远处,可能有五六个黑人孩子聚在一起。你能看出,他们不喜欢正在发生的事情,但他们保持距离。或许他们警告过加布里埃·茂克三世别干蠢事,但他坚持要做,所以他选择了独自一人。甚至从我站的防火梯上,也能看到他眼里噙着的泪水,但还有决心。

那男孩螃蟹似的急急向后挪了几下,又站起来,两只胳膊仍垂在身旁。这时佩里说:"我刚告诉你不要动,你就动。你打算告诉我你凭什么这样做吗?"茂克三子摇摇头,你可以看出,他准备再被推一下,但这次,佩里却击中了他的脸。这一下出乎所有人意料之外,不光三子。不仅光天化日之下,在剧院后面打架,从来没有打到这个程度,而且那挨打的男孩既没有退缩,也没有试图躲避这一击,他接受佩里的拳头,仿佛他一辈子都在接受这种打击,明白躲也是逃不掉的。他的头咔吧一声向后仰去,身子重重地跌坐在人行道上,鼻子里冒出的血咕嘟咕嘟流到前胸的白衬衫上。人人都吓得倒抽了一口气,一个女孩——也许是南·贝弗利——说:"别让他们打了。"她没有针对某个具体的人,仿佛她认为,两个男孩有同样的责任。显然,甚至那些急于挤进去看热闹的人,现在也后退了一步,不想再看了。你现在甚至不能称其为打架了。它只是一个男孩狠揍另一个男孩。茂克三子还不如把手反绑在背后。我没有目睹鲍比·马库尼与杰锡·奎恩之间那场传奇性的战斗,但我知道,它绝不像我现在看到的这样。那场战斗充满了光荣,这场却只有血腥。

三子坐在人行道上,眨眨眼睛,摇摇头,或许是想让自己清醒一下,这个动作让血甩来甩去,引得人群又倒抽一口气。现在其他的黑人开始骚动,男孩们似乎明白,出面干涉是他们的义务,但他们显然害怕这样做的后果。女孩们轻轻地催促他们做些什么,但似乎没人知道该怎么办。不仅他们不知如何是好,佩里本人也不知道下一步怎么办。他仍紧握拳头,监视着那男孩,但他再次张口时,语调却不同了。

"告诉我,你凭什么做那事?"他重复道,但这一次,他的问题里有一股恳求的味道,仿佛他绝望地需要知道,事情怎么会闹到这个地步。我想起他在电影院里的话:人们有时不想管闲事,却没有办法。被打得晕晕乎乎的三子开始再次挣扎着站起来,这时,我看到佩里偷偷瞟了杰锡一眼,后者说:"算了吧。"但他的声音小得几乎听不见,我从佩里耷拉下去的肩膀可以看出,他很想算了。三子现在又站了起来,摇摇晃晃,目光呆滞。"你做了错事,"佩里提醒他,实际上是指导他做出正确的回答,这样更多的惩罚就没必要了,"告诉我,我就不打你了。"

那男孩眨了眨眼,把头扭开,又啐了一口血,然后回过头来,用他那毫无生气的眼睛紧盯着佩里,后者等了一下,免得自己错了,三子打算说话。但然后,他又一拳击了过去。这一次,三子是尾骨先着地,接着后脑勺磕在地上,发出一声令人毛骨悚然的声响,此后他就一动不动地躺在那里。如果不是有血,他就像睡着了一样。

现在,希尔山的其他男孩终于鼓足了勇气过来,白人孩子退到一边,让他们走进到圈子里面。"三子,"我听到其中一人说,"醒醒啊,三子。"但加布里埃·茂克三世一动不动,一个黑人女孩开始尖叫:"他死了!你们把他打死了!"

好半天,我觉得所有人都相信了她的话,包括佩里在内,他看上去吓坏了,仿佛自己要蜷缩到人行道上似的。但是然后,三子的脚抽动起来,我们看到他口吐血沫。有人说:"简直是个大傻瓜。"

倘若别人还有不同的赐福祈祷,他们却没有说出来。我意识到,这将是星期一上午初中走廊里流传的故事,我开始觉得恶心起来。在这个故事中,佩里·考斯洛斯基痛打一个不还手的男孩,这一点并不重要。这个故事的主旨是一个黑鬼的顽固和愚蠢,他不懂得坐在地上别动,给他机会不挨打,他都不知道利用。他这完全是自作自受。学校里最蠢的白人男孩,也不会蠢到这种地步。

这时,几个警察走出警察局,溜溜达达地向这边走来,命令人群散开。我注意到,杰锡蹲在黑人男孩中间,对依然一动不动的三子说着什么。佩里已经不见了。我没注意到卡伦站在防火梯旁,直到她张口说:"高兴点儿,卢,"她说,听上去更无聊的样子,"本来有可能是你的,对不对?"

第二天是星期日,早上我醒来时,迷迷糊糊觉得德克兰叔叔到我们家来过。我睡着时,他的声音和父母的声音一起透过暖气片传了过来。我不能肯定他是什么时候来的,是我昨晚睡着之后,还是今早醒来之前。也许我在做梦。毕竟,他喜欢星期六夜里坐到酒吧关门,星期日中午前起床出门也与他的性格不符,而且他更不可能到我们这里来。因为他只要在艾吉等着我们露面就行了。

楼下,母亲留了一张纸条,说她出去一会儿,上午就回来。父亲已经去店里了,准备开门。我给自己倒了一碗麦片粥,睡意蒙眬地不知是否发生了什么事。但我觉得太头昏脑涨,不愿想象可能是什么事。我盯着碗底浅浅的一点儿牛奶,听到母亲回来了,她弄出那么大的动静,我知道她很生气。她进了厨房,看到我,停下来,仿佛我是她生气的原因。

"你刚起来?"她说,瞥了一眼冰箱上的钟。

我点点头,直到这时,才意识到时间有多晚了。

"你睡了十二个小时,"她说,现在更认真地端详着我,"你犯病了吗?"

"没有。"我告诉她。

她轻轻推开我的空碗。"你吃完了,还想继续傻瞪着这碗?"

"我吃完了,"我告诉她,"你生什么气?"

"我生我们住的这个愚蠢小镇的气。"

我很高兴让她生气的是小镇而不是我,虽然作为居民,我仍觉得脱不了干系。

"我真应该听你外公的话。愚蠢、无知和暴力。他称之为'托马斯顿三连胜'①。"说到这里,她把我的碗扔进洗碗池,碗碎了。"好啊,"她说,听上去近乎很高兴,"好极了。"她开始把大一点的碎片捡出来,扔进垃圾桶。"你昨天去看的那个电影,"她捡完后说,"电影结束后,有人打了一架。你知道这事吗?"

此时我醒了过来,小心翼翼地承认自己知道。

"你在那里?"她想知道,"你看见了?"

我又点点头,很惶惑。

"那个男孩现在昏迷不醒,"她说,"他可能会死掉。"

我想抑制自己的感情,但抑制不住。我再次看到三子仰面躺在那里,一动不动,除了抽搐的脚丫子和嘴唇上颤动的血沫子。

"我的上帝,卢易。难道没有一个人出来制止?你们都在干什么,就站在那里旁观?"我因羞愧而涨红了脸,望着窗外,以前那里曾是斯平纳科尔姐妹的房子。这时母亲说:"你们当时有多少人站在那里?"

我耸了耸肩膀,与前一天一样觉得很无助。"我们所有人,"我说,"每一个人。"

"每一个人,"她重复道,"因此就没事了,因为每一个人都在那里?"

"不,"我说,刚说出一个音节就哽咽了,我被自己的懦弱压得喘不过气来。

"我认识那男孩的父亲,卢。"母亲说,我的脑海中不由自主地出现了"他吻过你"几个字。

"对不起。"我说,眼泪涌了出来。

当然,她看到我这样,生出恻隐之心。她在桌子对面坐下,拿起我的手。"我并不是说,你比别人的责任更大。"她说。

但她的仁慈不知怎么比暴怒更糟糕。"爸爸冲进斯平纳科尔

---

① 赛马赌博的一种形式。——译注

家,"我说,"那房子还着火了。"

"卢,听我说,"她说,眉头拧了起来,眼睛里也溢满泪水,"你爸爸是成年人。你是孩子。不能把孩子的作为与成年人相比。别担心。你长大了,也会勇敢的。"

"为什么?"我说,不知我身上有什么东西,让她觉得我以后会比现在勇敢。

"听着,你爸爸勇敢,不是因为他冲进着火的房子,而是因为……"她停在那里,有片刻茫然,似乎不知如何解释父亲的勇气。后来,我已经开始不再指望她会说完自己的想法,她却说:"卢,人们很难日复一日地相信什么。很难每天都相信艾吉,相信你所生活的国家和城镇。你知道你父亲是什么样的,他怎样爱一件事情。怎样坚定地相信这里胜过他从来没有去过的一切地方。他从来也没有怀疑过。"

我点点头,想到他从不怀疑的还有我。"卢易没有问题。"他永远这样说。因为他这样说,我也就这样相信。这就是我发病过后需要他的原因,我需要他把大手放在我的肩膀上说,别为我们的卢易担心。因为在他说这话之前,我内心深处明白,我的情况不好,而且没有他的帮助,就永远不会好。

"我以前在艾吉白给过卡伦·西里洛香烟,没收钱。"我对她说。出于某种理由,我想让她知道真相,即我是个懦夫,不仅是昨天,而且是每一天。

但她并没有因此而更不高兴,她只是微笑着,那种悲哀的微笑,那种我一直憎恨的微笑,因为这意味着,她以前就知道真相。"啊,小甜甜,你当然那样干过。"

不过这确实让我好受一点。"爸爸知道吗?"

"不知道,"她说,"我一直试图解释的就是这一点。你父亲宁愿以某种方式看问题。事情的真相并不重要。"

她放开我的手,我说:"他会死吗?"

她看上去吓了一跳,然后明白了我的意思。"茂克家的孩子?我不知道。"

"佩里·考斯洛斯基会怎样呢?"

"我也不知道。"她说,从桌旁站起来。

"他也不愿这样做,"我告诉她,回忆起佩里那阴沉的责任感,"他想住手。但大家都在看,他不知如何住手。"

我不指望母亲能理解这一点,她当时不在场,但她显然理解了,"啊,上帝,"她说,"如果你想让我高兴起来,那就算了,好吗?"

后来我在艾吉才得知,因为那场架,昨晚还发生了其他事件。据德克兰叔叔说,加布里埃·茂克喝得酩酊大醉,出现在西区默迪克小酒馆外面,寻找佩里·考斯洛斯基的父亲。后者正坐在吧台的另一头,大声怀疑说,他儿子是托马斯顿唯一敢站出来捍卫一个白人女孩名誉的人,却可能得去坐牢。每一杯杜松子酒下肚,这一可怕的不公正就变得更加明显。默迪克的侍者听说加布里埃·茂克等在门外,也许还厌烦了酒后伤感的考斯洛斯基,就出来找到靠在栏杆上的加布里埃。"回家去吧,小加布里埃,"他对那个小黑人说,"你儿子的事,我很难过,但你不能进里面来。你也知道为什么,所以别逼着我向你解释。"

"我他妈的当然知道为什么,"加布里埃回答说,"不许我儿子进电影院也是同一个原因。"

"这可不是真的,"侍者说,"你儿子遇到麻烦不是因为这个原因。电影院里有不少你们的人,他们什么事都没有。现在你还是回希尔山去吧。"

"我哪儿也不去。"加布里埃向他保证。

"你最好还是走吧,小加布里埃。我是当真的。"

"让他出来,我要割掉他的肠子,"加布里埃说,"然后我就回家。"

"谁呀？"

"约翰尼·考斯洛斯基。你觉得是谁？"

"约翰尼·考斯洛斯基又没有碰你的儿子。"

加布里埃·茂克说他知道。但他应该怎么办？割掉一个十三岁男孩的肠子吗？

"你应该回家去，别让坏事变得更糟。"

"我儿子躺在医院里，"加布里埃对他说，"不能说话。连眼睛都睁不开。只是躺在那里，好像已经不在他的身体里面了。除了死掉，还有什么更糟呢？总得有人受惩罚吧，所以让那家伙出来。"

"回家去吧，小加布里埃，"侍者重复道，"我个人很喜欢你，你儿子刚出了事，我不想现在又打电话叫警察，但我们这里不允许这种行为的，你还是回家去吧。"

"让他出来。"加布里埃坚持说。

一小时后，默迪克变得热闹起来。每次有客人进出，加布里埃·茂克都会堵在门口，说让约翰尼·考斯洛斯基出来。他站在门外的情景，据德克兰叔叔说，让人们觉得滑稽，所以如果十分钟过去，没人进出的话，就会有人走过去，拉开门看看，保证他还在那里。"让他出来。"加布里埃冲里面喊，这也让人们觉得滑稽，因此下次有人进出时，酒吧里的所以人就会在凳子上转过身来，嘲弄地齐声大喊："让他出来？"加布里埃似乎并不在乎自己是人们取笑的对象，听了会回答："让他出来，我正等着哪。"

德克兰叔叔实际上是在另一家酒馆喝酒，直到他听说默迪克的这些乐子。"你好，茂克先生，"他对加布里埃说，也和他一起站在最高一级台阶上。论到与托马斯顿黑人的和谐关系，没几个人比得上德克兰叔叔，"你今天真倒霉，我很难过。"

或许是因为有人这么客气地和他讲话，加布里埃低头看着自己的鞋子，几乎是悄声说："让他出来。"德克兰叔叔说他几乎就要哭了。

"让谁出来？"

"约翰尼·K。"加布里埃对他说。

"他根本就不在里面，茂克先生，"叔叔对他说，虽然他还没迈进酒馆一步，不可能知道，"你搭我的车回家怎么样？我的车就在这里。"

"他坐在吧台的那头，"加布里埃说，"从这里就可以看见那家伙。"

就在这时，门开了，一些醉鬼摇摇晃晃走了出来，约翰尼·考斯洛斯基当然就在加布里埃说的那个地方。从里面传来"让他出来？"的合唱。

"那不是约翰尼·K，"叔叔显然很诚挚地说，"那是他的兄弟杰里。你酒喝得太多，分不清他们了。"

但是加布里埃根本不接受。"杰里·K住在亚特兰大。去年搬过去的。"

德克兰叔叔或者是忘了这件事，或者是根本不知道。"真的吗？他搬了吗？"情急下编出这么一个小谎话，却被一个喝醉了的小黑人毫不费力地戳破，这让人失望，也有点儿尴尬。他原来很有信心，认为自己能让加布里埃相信约翰尼·考斯洛斯基是他的兄弟杰里，因为两人实在长得很像，但后者现在如果住在乔治亚州，他就没辙了。

加布里埃显然没有因为叔叔企图把他搞糊涂而责怪他。"我们住的这叫什么鬼地方？一个黑人孩子，被打得半死，没人帮忙，没人做任何事情。"

"人们是不像话，"叔叔承认，"他们喜欢这种混蛋事。"

加布里埃觉得不可思议似的摇摇头。"喜欢看一个黑人孩子因为去看一场电影被打得昏迷不醒？"

叔叔肯定地点头。"过不了五分钟，警察来了，开枪打你，里面那些人也会看得高兴呢。"

"让他们来吧。我要割掉他们的肠子。"

然后,他拿出计划使用的刀子给他看,德克兰叔叔装出从没见过弹簧折刀的样子。当加布里埃撤一下按钮,刀片弹出来,锁定位置后,他说:"嘿,再来一遍。"

加布里埃很得意,高兴地服从了,很在行地把刀片折回到刀柄里,然后叔叔把刀拿了过去。"还给我。"加布里埃说,很惊奇这人刚才还承认人们不像话,现在却对他这样做。

"我来告诉你,"德克兰叔叔说,"让我拿一会儿。明天早上还给你。"

加布里埃冲他眨眼睛。"我的刀子在你口袋里,那我怎么割掉他的肠子?"

就在这时,两辆警车停到路边,下来几个怒气冲冲的警察,瞬间就把那个小黑人面朝下按在水泥地上,双手反扣在背后。"小心点,"一个警察说,"他有刀子。"

"不,他没有。"德克兰叔叔告诉他们。

但是有人警告过警察他有刀子,所以他们不信。他们把他的裤子拉到脚腕子处,以便清查他口袋里的东西。而据叔叔说,加布里埃没有穿内裤。到那时,默迪克里的顾客开始一涌而出,站在人行道上。加布里埃被拉起来,站在聚集的人群面前,一个人说:"我以为这些人鸡巴都很大呢。"挣扎中,加布里埃的一颗门牙被打掉了,鲜血顺着下巴流下来,滴到衬衫上。

德克兰叔叔建议那个说话的人脱下裤子来比一比,那人迟疑了。只有一个人仍留在默迪克里,没有出来,那就是约翰尼·考斯洛斯基。他乘机偷着给自己倒了一杯杜松子酒,此后一直坐在凳子上,等到酒吧关门,而且愈来愈相信这个世界太不公正。

那个星期天下午,我骑自行车去惠特科姆公园,盼望加布里埃可能在那里，但他当然不在。我知道他被逮走，但觉得那时他可能已经出来了。我知道他放黑油漆的那个小屋，就去找来油漆，然后找到他还没有刷的那段，开始油漆起来，先在一边，然后在另一边，想象加布里埃回来后会有多么吃惊。他如果仔细想想，会猜出来是谁帮的忙，会高兴的。

但那星期过了一半，他还没有回来。星期五我回家时，衣服上沾了黑油漆，母亲问我是怎么回事。正常情况下，我放学后都直接去艾吉，但这星期，我几乎没露面。我告诉母亲，加布里埃·茂克在监狱，我去替他刷油漆了。她叹了口气说，她希望我早点儿说就好了。加布里埃星期一就被解雇了，所以这栅栏现在不再归他管了。我问为什么，她说："因为黑人不可以用刀子威胁白人。"

"但德克兰叔叔把刀拿走了，"我抗议说，"他们搜身时——"

"别人看见了，卢。他威胁了一个白人。"

"但这不公平。"我说，觉得自己年轻、无助而且愚蠢。

"当然不公平，"母亲说，"一个人一辈子就在那里一遍遍地油漆栅栏，而那栅栏又属于一个白人奴隶主，你觉得这公平吗？如果我们雇用茂克先生到艾吉打工，人们就不再到店里来买东西，你觉得这公平吗？"

她说这话的方式，表明她和父亲已经谈过此事，而我不费劲就能重新构筑这个谈话。对加布里埃和他儿子受到的这种不公正待遇，她的感受比他深，她想尽量伸出援手。但她也是她自己所谓的现实主义者，因此，让一个黑人在艾吉打工，算计要付出什么代价的，是她而不是父亲。我们的有些邻居不会在乎，但另一些人则会口头上称没关系，但在家里没有牛奶面包时，会悄悄地改去汤米·菲林，或者开车去 A&P。母亲知道，艾吉虽然整修一新，但仍然是个小本买卖。她明白稍不小心，就会让我们失去微薄的利润，出现赤字。雇一个小黑人就可能出现这种情况。

父亲自然而然在两方面不同意她的推理。面对她的满腔怒火，他承认三子和加布里埃受到了不公正的对待，但他觉得，这不一定等于我们就特别有责任找到补救办法，别管这办法是不是完全。我们这种人对自己的家庭负责，不对别人的家庭负责。当然，那些黑人孩子星期六下午完全有权利去看电影，有权利坐在他们喜欢坐的地方，坐在他们喜欢的人旁边。但他内心深处更相信，人们应该和睦相处，不要引起本来可以轻易避免的麻烦。很久以前，他带我沿送奶的路线在伯若区走了一遭，希望我明白的，就是这个中心意思。是的，我完全有权利在那里。这是美国，我是美国人。但他觉得这不是个权利或特权的问题。一个人知道自己属于哪里，只会对他更有利。他要我懂得，东区是个好地方，我们家是个好家庭。当然，你有权要不同的东西，或者要你认为更好的东西，但那一权利不应毁坏你本来已经有幸拥有的东西。他不反对加布里埃·茂克三世有权要他想要的东西，但欲望本身让他不解。那些可爱的黑人小姑娘怎么了？他问母亲。她们有什么不好？是什么让那男孩有如此愚蠢的欲望？明明对你有害处，偏要这样，结果能得到什么好呢？

但他也怀疑母亲对我家邻居的悲观看法。"他们不会在乎。"我能听见他说，不理解地耸了耸他那宽大的肩膀。他年轻时，在去伯若送奶之前，曾给希尔山送过奶；他与住在那里的黑人相处，虽然没有他弟弟那么自在，但他认识并喜欢他们中的很多人。现在他们在分界街相遇，还会交谈，我看不出这些交谈与他在小饭馆和理发店与白人交谈有什么不同。他问一个黑人过得怎么样，那人会提到他上星期赢了双赌，或者说他过去两年总赌一个数字，刚刚不用了，昨天那数字就碰上了。父亲会惋惜地说，他要再多坚持一天就好了，或者问他赢了钱做什么，对此那个人会回答："当然是花掉它，你觉得呢？"我注意到，父亲不像他在饭馆或理发馆里那样，他不和这些人握手，但我觉得这种保留是双方的。他相信行为举止应有礼貌，他们也一样。他喜欢说，如果人们相处得体，这个世界就不会有那么多麻烦。

"人们不会互爱的。"他说。

"真的吗,卢?"母亲会打断他的话,"耶稣不是说,我们都应该那样做吗?"

"只要行为有礼貌,"他继续说,现在是对我,而不是对她了,"对人好又不需要付出什么。"

他认为人性基本上是好的,为了证明自己的观点,他会举出几个人的名字,有些就是这个街区的——譬如冈瑟老先生,他的癌症那么厉害,但他从来不抱怨。其他是一些名人,譬如米基·曼特尔[1],或者约翰·韦恩[2]。这总让母亲直揉太阳穴,大声说自己真是白费劲。

是否雇用加布里埃·茂克的问题,结果并没有什么实际意义,因为他在被控进行犯罪威胁后,卷上一个小包,叫来哈德孙公司的出租车,那个司机是巴迪·纽尔特,在确定加布里埃有钱付费后,就把他送到富尔顿的火车站去了。我因此变得更加没有朋友了。我有时在学校,或者星期六下午在电影院看到卡伦·西里洛,但她从来不搭理我。有时我觉得她准备理我了,结果她又用眼睛玩那套让我消失的把戏。有一次,我们在基督教青年会的楼梯上碰上了,挤在一起等健身房开门。我想找个话题,就问伯曼大院的情况怎样了,并提醒她,现在她和她妈,假定还有巴迪,所住的那个公寓,以前我也住过,但她只冷漠地看着我说:"卢,你可真够怪的。你知道吗?"但在提出这一个人评价后,她又想起问我是否有钱。她和她的女友不知自己的钱够不够进舞场。我有钱,但我说没有,觉得我心里有什么东西因为这个谎话而改变了。我很高兴没给她

---

[1] Mickey Mantle(1931—1995),美国职业棒球明星。——译注
[2] John Wayne(1907—1979),美国电影明星。——译注

钱，但我也觉得没精打采。再说她和女友也找到办法进去了。我知道，我的软弱，以及我拒绝不了给卡伦她所要的东西，是我与她之间的唯一联系，如果我刚才的说谎代表了力量，那么它很可能打碎重建我们在艾吉时亲密关系的任何希望。她一如既往，是杰锡·奎恩的女孩。

同一时期，即八年级的后半年，杰锡本人变得甚至更加像个幽灵，有时会一连几个星期失去踪影。当然，旷课对他并不是稀罕事。他常常逃学，或者在主教室点完名后，就从体育馆的门溜走，这种行为有时会不情愿地导致停课处罚。但现在在城里也很少能看见他。他仍领导着那一群苍白的鬼魂，但他们聚在弹子球房外面或卡尤加河岸边时，他却不在那里。他只是附带参与了发生在茂克三子身上的事情，后者挨打后，几星期处于昏迷状态。但杰锡还是为此受到了牵连，或许因为警察在停车场里发现他跪在三子旁边。甚至在当时，我就觉得这很有讽刺意义：他被鲍比·马库尼打成那样，却以胜利者的姿态出现，而最终废除这一状态的，却是个一拳未出的瘦弱黑人男孩。一夜之间，似乎人人都明白了，杰锡和他那一伙人只是初中独特的一个现象，等过渡到高中，他们就不复存在，那里是膀大腰圆的棒球队员的天下。

那场架打过后不久，如佩里所预报，考斯洛斯基家果然搬到东区来了。原来出于某种原因，我断定既然发生这些事件，自然就不会允许他们越过分界街。但一个星期一上午，佩里穿着一件短袖格子衬衫，出现在学校。他的新制服立即引起杰锡帮里一个男孩的嘲笑，但是佩里一把抓住他的咽喉，把他拎起来，说要把他放在医院茂克三子隔壁的病床上。那孩子赶快说他只是开个玩笑，佩里这才松手。在这一事件发生后的几天里，我们都在期待听到佩里以前的朋友把他一人堵在什么地方，教训教训他究竟谁说了算，但这根本没有发生，进一步证明杰锡的恐怖统治正在结束。它的真正来临比我们想象的还要快。追溯往事，我们觉得几乎每星期都有人挨打、受侮辱,但实际上有多少呢?现在算起来,数目并不大。那伙人究竟有多少?一个月之前还觉得数不清,真的算起来,数目也不大。人人皆知西区发誓效忠杰锡的男孩都带刀子,但我们看到过一个吗?

后来到了五月下旬,还有几周就要放暑假了,一个谣言开始不胫而走,它解释了杰锡神秘失踪的原因。他病了,需要动手术。放假前一天,他出现在学校里,看上去瘦弱无力,我们明白了,那个传言是真的,这引起了新的恐惧。我们东区的孩子从未想到过,疾病竟敢袭击杰锡·奎恩,而且还能取胜。

那个夏天,由于谣言失去了学校这个传播的场所,而且还要考虑高中和随之而来的新的恐惧,杰锡从我们的集体意识中消失了。七月下旬,佩里·考斯洛斯基到艾吉来买汽水,我知道,到那时,我已经有一个月没想到过杰锡了。"你听说杰锡的事了吧?"他说。我承认没有,他耸了耸肩膀说:"医生摘掉了他左边的蛋蛋。我猜他现在没那么厉害了。"

让德克兰叔叔成为伯若区家庭主妇首选的肉贩,这个做法还真的吸引了东区以外的顾客,但它也有某些意外的后果。随着店面的扩大和时间的延长,我们有应接不暇的感觉。艾吉里如果有活儿要做,父亲就不愿离开,而那里的活计没完没了,他是不可能一周七天,每一分钟都在那里的。他清早开店,夜晚打烊,但母亲坚持要他中间出去一会儿。他有时只是过街去给自己做个三明治,然后坐在前廊子上看报纸,或者去卡尤加小饭馆或托马斯顿烧烤店,吃个汉堡包或辣味热狗,一边吃,一边和被解雇的工人聊天。制革厂削减到只剩一班了,但至今还没有彻底关张。

母亲克服了绝不愿进艾吉·鲁宾的障碍,如今在那里工作的时间几乎与父亲一样多。除了处理库存外,她听从德克兰叔叔的劝告,开始做色拉来增加保鲜柜里的内容,最初只是土豆、通心粉和三种豆子的色拉。当伯若区的主妇更喜欢她的色拉,而不是A&P的白醋色拉时,她高兴极了。她还保持着自己的簿记客户,父亲半夜打烊回家时,她往往还盯着某个分类账,手指在计算器的键盘上飞舞,一支铅笔咬在两排牙齿之间,咬得那么深,牙印儿都咬到铅芯了。他劝她到此为止,她说好,马上就来,但往往一小时或更长时间以后,我被她穿着拖鞋轻轻上楼的声音吵醒。大多数时间,她就把计算器留在厨房饭桌上,我们吃饭时,就在它周围清出一块地方,通常只有一个人或两个人在。全家人坐在一起吃饭,早已成了往事。

德克兰叔叔依然是个宝贵财富,这超出了我的料想。他可以很轻松地和伯若区的女人调情。这些女人进店时,往往车就停在路边,火都没有熄,仿佛决心尽量少花时间,但她们无法让德克兰叔叔着急。"珍妮丝,"他会说,"我知道,就因为你急得火烧火燎,你觉得我就该把我的大拇指割下来,我可不打算这么做。"珍妮丝听了会说:"对我的内裤你知道什么?"①"我只是听说的,"他答道,"你感兴趣的话,我可以告诉你。""我没兴趣。"那女人坚持说。但你可以看出来,她喜欢这种交谈。"别着急,贝弗,"他会对下一个没耐心的顾客说,"我认识你嫁的那个不可救药的家伙,你没必要急着赶回家。""你是全世界动作最慢的屠夫了。"贝弗会告诉他,然后他就会说,地狱里的人还要喝冰水呢。当他终于把这些女人要的皇冠花排递给她们时,他会说:"谢谢,美人儿。"不管她是不是美人,觉不觉得自己是美人,或者完全清楚自己不是美人。"我就住这楼上,你知道。万一哪天晚上你想来找我。"父亲偶尔听到这种挑逗,不能肯定这种行为在东区是否妥当,但母亲不同意。"他只是让那些虚荣、愚蠢的女人感觉良好罢了。我明白,因

---

① 前一句中的"急得火烧火燎"是英语俚语"get your knickers in a twist"。Knickers是女用内裤的意思。——译注

为他也这样对我,我也觉得舒服。我如果觉得你学得会的话,早就让他教你了。"

"如果她们告诉自己的丈夫——"他开始说。

"她们不会告诉自己的丈夫。"母亲说,我知道,她那种自信让他觉得很窘。

学校一放暑假,我的工作时间也很长了。母亲、父亲和叔叔的职责很明确,我却是什么需要做什么,这取决于一天中不同的时间。上午后半段和下午前半段,是叔叔最忙的时候,有时他需要我去清洗切片机,整理保鲜柜,换屠夫用的纸或纸绳。我能应付肉类柜台的基本活计,比如一磅牛肉末或半打打好的猪排,他则去照顾复杂的订购和麻烦的顾客。早上是父亲需要帮助,因此我就站在收款机旁,他去照顾进货,等他回来后,我去后屋拆纸箱子,给货架和冷柜上货,把以前的产品挪到前面,刚上的货推在后面,尽管这并不能防止伯若区的女人伸长胳膊,去够最里面的那半加仑牛奶。傍晚时,我骑自行车在周围送货,晚上则帮助母亲做色拉。到夏天结束时,我的色拉做得比她的都好,因为她常常分心,一会儿注意她的簿记,一会儿注意炉子上的东西。一天晚上,我进厨房,看见我们最大的平底锅被烧得通红,在热气腾腾的炉子上跳舞。母亲在锅里装满了水,然后全忘记了,让水在那里沸腾。我开始责备她,说如此心不在焉很危险,她听了警告我说:"别这样。就因为你很重要,并不意味着你……"

"并不意味着我什么?"我问,觉得她话出口又说不下去很有意思。

"我不知道。"她承认,眼睛开始湿润起来。

我并没在正式的工资单上,但我送货得到的小费让我有了零花钱。母亲用我的名字在托马斯顿储蓄和借贷银行开了一个户头,她称之为我上大学的基金。每个星期五下午,她把按正式雇员工资发给我的钱存到这个账户里。艾吉·鲁宾的所有支票都由她写,不仅付给供应商,而且付给我叔叔、我父亲,如果能出得起,还付给她自己。"上帝才知道税务局会怎么解释。"每星期她写完这些支票都会说。"假如他们把我们送上法庭,让你站在证人席上,"她告诉我,"你就说你没有为我们工作。"

"他们要让我发誓怎么办?"

"你随便怎么骂他们都行,"她说,"就是别告诉他们真相。"

托马斯顿公理会的教堂大厅位于上分界街。教堂本身十年前被夷为平地,但被认为具有历史意义的钟楼还矗立在那里。具有讽刺意味的是,引起教堂本身受到谴责的正是那个大钟,一个星期日,礼拜即将结束,支撑大钟的朽木忽然坍塌,它掉下来,发出震天动地的恐怖巨响,吓得几个教友当场皈依了天主教。其后的检查断言,整个教堂的结构都不稳固,于是公理会教友在小镇的另一边觅得一块地,立即破土动工,新建一座教堂。现在钟楼独自矗立在那里,看上去傻头傻脑,与人们预想的完全一样。它被永久关闭,还挂上大锁,以防中学生爬上去,在楼顶的钟阁里喝酒做爱。公理会原计划在新教堂边上建一座大厅,但资金告罄,只好仍然使用以前的大厅,举行与教会有关的活动,并出租用于市民活动,如一年一度的艺术展。

艺术展总是占据两层大厅。楼上展出范围更大的托马斯顿县成人艺术家的作品,地下一层展出学生的作品,从一年级到十二年级。这些学生都是被老师逼迫交出作品的。那一年是我在初中的最后一年,我交了一幅铅笔画,画的是艾吉。我费了很大力气,花了差不多一星期时间,开始时觉得可以画得很好,因此认真画阴影,这里涂深一点,那里涂浅一点,但越画越糟,我也说不出为什么。父亲说它很像我们的店,这让我高兴,母亲也表示同意,但我能看出,她心怀疑虑,又不能说出来,这让我感到一种怨愤。我本来希望能出席颁奖仪式,但真正的小店需要我,因此我到第二天才有机会去看评委是否给了我的画一个奖。

教堂大厅的门上贴了一张告示,说月底之前,学生的展品将继续在那里展出。我以为会有很多好奇的人在那里转来转去,欣赏我们的努力,但进去一看,却发现那间屋里根本没有人。金属折叠椅上,摆着昨天庆祝活动留下的几个粘着蛋糕屑的纸盘子和一次性塑料杯子。这间屋子没有窗子,天花板很低,点着明亮的荧光灯。外面的一圈墙壁和屋子中央临时竖起来的几面软木隔墙上,挤满了获得一、二、三等奖的作品,还有整个十二年级获得毕业生荣誉奖的展品。我看了一眼就知道,我画的艾吉·鲁宾没在八年级的作品中。如果不是注意到沿墙根摆着几个箱子,上面标着"其他"二字,我当时可能就走了。那些箱子也是按年级排列的,我在一叠作品中间靠下的地方找到自己的画。在刺目的荧光灯下,它看上去脏兮兮的,我立即因尴尬而觉得恶心。

技术上说,这张画并不算太糟,特别是与我们班级其他男孩相比较,他们画的大多是纽约巨人队的橄榄球员,或者是普通汽车。但他们的作品中有我羡慕的某种"正常"。毕竟,什么样的十三岁男孩才会去画自家开的街头小店呢?我记起卡伦·西里洛的话——"你真够怪的,卢,你知道吗?"——而且感觉到她的评判的全部分量。更糟的是,我让我们的小店看去上疲惫无力、生气全无。仿佛我在无意中记录了为何没有更多的人光顾。我忽然非常感激它没有获奖,绝望地想从公众视线中消灭这个证据。虽然标着"其他"二字的箱子不会吸引很多注意,但我仍然想把自己的画叠起来,放进口袋,这时我听到近旁有个声音在说:"画得不错。"

我没有听见她进来,但立即就认出,说话的人是莎拉·伯格,那个在电影院与加布里埃·茂克三世坐在一起的女孩。那件事发生后的几星期里,我在学校走廊上见过她,总是独自一人,面带惊恐的表情,现在也是这样。混战中,她的鼻梁挨了一胳膊肘,两个眼圈都黑了,现在一个月过去,一边的颧骨仍然有点黄里透青。

"但你应该相信自己画的线条。"她说,从我手中拿过那张画,认真研究起来。或许因为不明白她说"相信线条"是什么意思,我觉得这话很刺耳,后悔刚才没有快点儿把它藏起来。"你把所有地方都涂上阴影。好像你害怕白颜色。"

她的食指在画面上移动,却没有触到纸上。它在这里停停,那里停停,好让我明白她的意思。的确,我把所有地方都涂上阴影,一直涂到纸的四边,这就是我刚才觉得这画脏兮兮的原因。说来奇怪,我画的时候,用铅笔的一侧小心翼翼地涂出各种微妙不同的阴影,它当时正是我最骄傲之处。现在看来,那时我觉得是优点的地方,恰恰是它的主要弱点。我一直在责备自己努力不够,多少辜负了艾吉,但现在,我忽然意识到,再多花一小时、两小时或四小时,只会让它变得更糟。这种情况让我有些不知所措。学校对我的教诲一直是,只要努力耕耘,就会有所收获。

"留白并不是欺骗,"莎拉·伯格解释说,"它表明光从何处来。如果线条很好,有些画可以基本上是白的。"

"这是我爸爸的店。"我不着边际地说。

"艾吉·鲁宾,"她说,"我认出来了。"

当然,门上有招牌,因此……

"我的意思是,即使没有招牌,我也会认出来,"她说,脸涨得通红,"真傻。我真傻。"

"不,不,"我赶紧说,自己都觉得吃惊,"是这张画很傻。"

"评委给了它两个对号。"她说,指着右上角我没有注意到的两个铅笔符号。

"这表示好吗?"

她点点头。"三个对号是最高分。多数人只有一个。"

我们又去翻箱子里的画。她说得对,绝大多数人只有一个对号。四五个人得了两个,和我画的艾吉一样。我找不到有三个对号的。"我猜我们班不是很有才华。"我说,很恼火评委会竟然得出这样让人出丑的结论。

"两个获奖者得了三个对号,"她说,指着房间另一边的软木墙,"第三名和荣誉奖得了两个对号,这表明你和那些人一样好……"这本来可以让我高兴起来,但她又补充道:"是几乎。"仿佛一丝不苟的诚实迫使她这样说。

我觉得她的知识很丰富。"那你……?"

她抱歉地耸耸肩膀。"这是我唯一擅长的事情。"她向我保证,恐怕我认定她在吹牛。经过一阵尴尬的沉默后,她说:"我可以指给你看我的画。"

"当然。"我说,让我惊奇的是,她拉起我的手,领我穿过房间,仿佛否则的话,我就可能找不到她的画。她的手纤细而温暖,握在我的手里恰到好处,仿佛它就属于那里。我记起杰锡如何将食指滑入卡伦所穿便裤的松紧带里,那姿势看上去和解释起来是如何刺激。我们的动作不会令人联想到性,但以某种我说不清的方式,它却更好。我能感觉到自己浑身涌动着愉悦、惊异和爱慕。卡伦的母亲说父亲不知中了什么彩,是不是就是这个意思呢?母亲做的是否也是如此简单的事情呢?她是否只是牵着父亲的手,领他穿过房间,让他站在她想让他看的东西面前?她的手柔弱、温暖,开启了父亲心中某些他并不知道其存在的东西?

莎拉的参选作品是一幅钢笔画,画的是一个六七岁模样的男孩,你能看出为什么在它的右上角,有三个粗粗的对号。的确,那男孩的五官看上去有点儿比例失调。似乎一只眼睛比另一只略大一点儿,离鼻子的距离也不相等。但它们是活的,那两只眼睛。她没有画那男孩的眼睛怎么看。它们仿佛是真的,他正在用它们来看世界。它们让你去诧异,想知道他在看什么。你能看出,那东西就在画外,还能看出那东西让他担心。你能看出光来自何处。莎拉的名字出现在右下角,小得不可思议,仿佛她的信心都贯注在画里,到签名时已经所剩无几。

"我的小弟弟,"她说,"他得白血病死了。我始终在画他。我们有许多照片,我就对着照片画。如果我按照自己的记忆画,画出来从来都不像他。"

"我是独生子。"我告诉她,觉得关于死去的男孩,如果不说点什么,很不合适。

"我也是,"她说,"我的意思是现在。只有爸爸和我。"

"那你的——"

"他们分居了。鲁迪死后,她不想再住在这里。我夏天和她住。我爸爸在高中教书。"

"伯格先生。"我说,想了想他们之间的关系。甚至上初中时,我们就听说过伯格先生。所有人都想躲避他的英文课。"我听说他很严厉。"我说,希望暗示,这是孩子们不喜欢他的原因,而不是因为他嘴里或身上散发出臭味。我等着听莎拉·伯格证实或否认她父亲是否严厉,因为她应该知道。她没有这样做,这时我注意到她画的小弟弟只得了二等奖,而不是一等奖。南·贝弗利画的水彩画小狗却得了一等奖,但我注意到,她的三个对号有些奇怪。两个是一样的黑墨水,第三个看去上却不同,是蓝墨水,仿佛是什么人事后加上去的。莎拉注意到这一点了吗?虽然我决定不提出这个问题,但这第三个对号让我想起卡伦·西里洛,她坚信我们的老师事先已经安排好了一切,所有的好运都归伯若区的孩子。再仔细看看莎拉·伯格,我惊讶地发现,她很漂亮,这是我以前没注意到的。而且她的眼睛与画中男孩的眼睛很相像,一只比另一只大一点儿,而且低一点儿。在领我穿过房间后,她松开我的手,但我仍能感觉到它的温暖,我希望还有什么别的地方她能领我去。

"你应该得第一的,"我对她说,"你的画要好得多。"后面这句话我说得很轻,虽然房间里只有我们两人。这种评论如果被人无意中听到,校园里是会打起来的。

"南画得也很好。"她说,我能看出,她喜欢有个理由说出她的名字,仿佛这样她们就有可能成为朋友。我甚至更喜欢莎拉·伯格了。

我手里还握着我画的艾吉,我因此生出了一个主意。"也许有一天你也能画画艾吉,"我提议,刚说完就觉得自己很蠢。她为什么乐意画艾吉呢?"你可以向我显示,哪些部分应该留白。"愈来愈傻了。

但她笑了,仿佛她需要的就是一个这样的邀请。当我们的视线相交时,我多少预料她会像卡伦·西里洛那样,把视线移到中距离的某一点上。但她没有。她的视线始终与我的交织在一起。

我断定,这一定意味着我是存在的。

第二天,莎拉·伯格就手执写生簿出现了。我在后屋干活,等我出来时,她已经在那里了,盘腿坐在街对面的草地上。"你永远猜不着那姑娘在干什么。"父亲说,奇怪地望着窗外的她。

"画我们的店?"我说。

"她在画我们的店,"他说,显然没听到我的话,"你应该看到她的笔在动。"

我只在后屋待了二十分钟左右,但这显然已经够莎拉画好几张速写了,它们现在散落在她身旁的草地上。有些只有几笔线条,有些看上去完成了一半。没有一张我能看出她为什么会放弃了重来。甚至她画了几笔就放弃的那些,也比我忙活了一星期的那张更有希望。她正在画的这张是最好的。她已经勾勒出整个店的轮廓,把它分为四部分,现在似乎正在从中心向外扩展,虽然出于某种原因,隔一会儿她就会停下正在画的那部分,仿佛突然想起什么,瞥一眼艾吉,又看看她的写生簿,在临近的部分画上几笔,再回到原来的部分。"你爸爸真好,"她说,没有看我,"彻底的好。多数好人只好到中途。"

她自己似乎也是"彻底"的好,我想鼓足勇气这样说,但花得时间太长，只好放弃。但我很高兴看到她，很高兴她没有忘记给艾吉作画的允诺，很高兴她第二天就来了，很高兴她依然像前一天那样无拘无束、自由自在。从艺术展出来后，我们去伍尔沃思的午餐柜台喝杯可口可乐，那时正是下午三四点，那地方只有我们两人。我习惯了卡伦·西里洛，预备由我来付账，但莎拉不肯，坚持各付各的。甚至在可口可乐还没有上来时，她就开始讲述个人历史。她说，她家是犹太人，但他们不行宗教仪式，而是信奉她父亲所谓的人本主义，这在更大程度上是一个信仰体系。他们不去教堂，只信仰她父亲所谓的人的本真的高尚。莎拉让我明白，他们像我们一样吃猪排，也庆祝圣诞节，至少是作为促进友谊的季节，虽然作为人本主义者，他们不认同基督是上帝等等的观念。认为他是好人就足够了。那些认为他好但是还不够好，基督必须是上帝的人，就是那些发明十字军东征、西班牙宗教裁判和大屠杀的人。她把所有这些秘密一股脑吐了出来，让我得到鼓励，也想主动吐露我自己的秘密。我告诉她，我们是天主教徒，但她似乎已经猜出来了。对我初中前上圣方济小学，她似乎也不吃惊，这意味着，我们相信基督是上帝，但我们可能同意，十字军东征和西班牙宗教裁判（我是后来去查了字典）和大屠杀是坏事。如果我懂得伯格先生的人本主义，我怀疑我们可能也是同一类人。艾吉星期日开门，格鲁克神父曾向母亲提出这个问题，但他倒霉了，母亲让他少管闲事，此后我们有一个月没去做弥撒，现在我们星期五也吃肉，这是个促进基督教大联合的举动，让我们与吃猪排的伯格家很相似，至少我是这么想。

伯格家是莎拉上二年级时从长岛搬到托马斯顿来的，原因是什么，甚至连她也不完全清楚。他父亲在那里也是高中教师，而且根据她说和没说的，我得出的印象是，他遇到了某种麻烦，因此需要重新找工作。莎拉承认，他不喜欢托马斯顿，因为我们的小镇对他信仰的人的本真的高尚是一个极大的考验，因为你买不到一个还过得去的硬面包圈，无论上面是否有熏鲑鱼。

还有那件事。是她父亲坚持要她接受小加布里埃的邀请，去看那个灾难性的电影。一般他不允许女儿出去约会，但这是一个表明态度的机会。伯格先生认为，托马斯顿的黑人被隔离在聚集区内，那些隔离他们的人，其偏执和无知，可与伯明翰和塞尔玛①的公民相比。为什么不呢？至少在象征意义上，我们是托马斯·惠特科姆爵士的后代。他与托马斯·杰弗逊一样，是个奴隶主。两人无疑都相信人人生来平等，但这个人是指白人土地所有者。伯格先生认为，从定义上说，所有的美国爱国者都是伪君子。

"我父亲是满腹牢骚。"莎拉叹了口气说，用吸管大声吸进最后一口可口可乐，我必须同意她的说法。为了给她留下深刻印象，我说可能会选他的课，但她警告我说，他不会喜欢我。"你喜欢托马斯顿，所以他会认为你是个傻瓜。此外，他只喜欢愤怒的人。"

"你并不愤怒。"我指出。

"我不算在内。"她耸了耸肩膀，开始我假定她的意思是，无论怎么样，他都会爱她，因为她是他的女儿。但她语调中的某种东西表明，还有另一种可能性——他父亲真的不认为她值得算在内。

当年莎拉的小弟弟还活着，她的母亲还与他们住在一起，那时伯格家在伯若区附近的第七大道租了一栋房子。现在只有他们两人了，他们在离分界街两个街区远的地方租了一栋小一点也便宜一点的房子。技术上讲，那里属于东区，但离那些小酒馆和基督教青年会很近。直到最近，她最好的朋友一直是个叫萨莉·多伊尔的女孩，她就住在她家隔壁，她们总是一起去跳舞，星期六下午一起去看电影。但小加布里埃出现在莎拉家门口，带她去看电影，这之后，那位女孩的母亲就不让她们接触了，伯格先生为此似乎还挺

---

① 伯明翰和塞尔玛均为美国南方城市，历史上种族隔离现象严重，上世纪六十年代是美国民权运动的发源地。——译注

高兴,他把整个事件视为一个教育机会。他告诉他的女儿,她上大学后,会有很多朋友,很好的朋友。他们会不同,他这么说是指会更好。(我没说话,但这让我想起我的外祖父母,他们对母亲有同样的期待。)莎拉会去上哥伦比亚大学,这已经决定了,伯格先生自己就在那里上了两年,然后才转到州立师范学院去的,他在那里遇到了莎拉的母亲。他坚称自己离开哥大的原因,是他家的经济情况恶化,但莎拉的母亲却说,他是被要求离开的,以免遭被开除的耻辱。

我告诉莎拉,我母亲也是坚定不移地要我去上大学,尽管我们还没有决定去哪里。我还告诉她,父亲怀疑我们能否付得起学费,但这种意见是不允许他公开说出来的,莎拉听了微笑起来。我告诉她,她不要太难过,我也失去了自己最好的朋友。我描述了星期六上午我和鲍比·马库尼乘父亲的送奶车冲浪的情景,描述了鲍比,他的勇气,他的手腕子断了,疼得吐了,都不肯哭出来。我的描述一定很成功,所以我说完后,她说很遗憾从没有机会遇到他。我承认自己有时还想他,但这当然不能与你的小弟弟夭折和妈妈离去相提并论,我想我应该觉得自己很幸运。我说这话是想表示同情,但莎拉的眼里溢满了泪水,我知道自己说了蠢话。然后我送她回家,试着想让谈话重新变得轻松有趣,但她死去的弟弟和出走的母亲仿佛一直与我们在一起。在走回艾吉的路上,我懊悔自己说了错话。现在,她再不会愿意给艾吉作画,或者和我一起去伍尔沃思,各付各的账了。

但现在她就在那里,用特殊的笔在画板上擦着。我后来得知,那是她母亲送她的礼物,她母亲本人就是很好的艺术家。莎拉的好心情恢复了,在她的笔下,艾吉活了起来。她差不多画完时,母亲端着两个不锈钢盆子从家里走出来,盆里是为店里做的通心粉色拉和土豆色拉。我在人行道上迎着母亲,拿过一大盆,然后帮她放进保鲜柜的最里端,牛肉末旁边。我和母亲回到路边时,莎拉正在把完成的速写从写生簿上撕下来。

"这是我的朋友莎拉。"我告诉母亲,很高兴自己可以这样说,不必害怕遭到反驳。和卡伦·西里洛在一起,我是不敢说这种话的,因为她或许会说,我们是朋友,卢?什么时候有这等事发生?

"她在艺术展上得了二等奖。"我接着说。

"明白了。"母亲说,很惊异她画得那么好,别人也都会这样觉得的。看上去,艾吉成了一个连母亲也会为拥有它而感到骄傲的地方,这种店铺,不会让你稍不留意,就变成乞丐。

"你喜欢的话,可以给你。"莎拉说。

"但你画了半天。"母亲表示反对。

"它是你们的店。"莎拉说。

母亲一定看出来,莎拉为这张画感到自豪,她也希望我们留下它。"我们来把它镶在镜框里,挂在收款机旁怎么样?挂在那里,人人都能看到。你来店里玩时,也能看到。"

这时店里开始忙起来,所以直到下午,也就是莎拉走了很久以后,我才终于有机会仔细审视这幅成品。我看到她在画中加了人物。一个女人,显然是母亲,正弯腰把一盆色拉放进保鲜柜,德克兰叔叔拉着柜门,从那头油亮的黑发上,可以认出他来。收款机后面的男人,从他的虎背熊腰,显然可以看出是父亲。她还让艾吉有了生意,这主意大概是从我那里得来的。前一天坐在伍尔沃思的柜台前,我承认,我们总是担心艾吉难以维持下去,因此她画上三个顾客。最近的一个背朝观者,正要进店门,正因为他把门打开,我们才有机会看到店里。两个人站在收款机旁,一个男孩,一个女孩,似乎正在付款。我再仔细一看,才意识到这两个人是我和莎拉。她非常专业地画了几笔,代表我那天穿的格子衬衫,由此可以辨认出来。莎拉比我矮半头,她的特点是深色卷发。再仔细一看,我们是手拉手。

她把我们画在了一起。我就是这样明白了这一点。

那幅画现在还在。当年母亲实践了诺言,把它镶在镜框里,但父亲坚持要把我的画也镶上,这样人们就可以加以比较。他觉得我的画也一样有价值,持这种看法的人当然只占少数。两幅画都在艾吉·鲁宾的收款机上方挂了多年,我和莎拉不只一次惊叹,她在一两个小时内就捕捉到了我们当时的真实世界。当然,除了事实外,它似乎不仅是一幅画,而且是一个预言。在她天真无邪的描绘中,艾吉似乎很兴旺,而有一段时间,它确实如此。以后的四年,大多数时间里,我们的店铺看上去似乎都会兴旺发达,在一定程度上,培育了这个幻象的,是包括汤米·菲林在内的其他许多街头小店都破产了,而我们仿佛找到了自己的位置。我一贯认为,艾吉没有失败过,没有真正失败过。是我们的好运消失了,但也只是那么一段时间。

莎拉画的这个幸福、欢快,充满希望的地方,也标志着某种过渡,至少对我来说是这样。它尤其意味着,初中那些最可怕的恐惧和社交方面的忧虑结束了。感觉到这种变化的并非只有我一个人。实际上我第一次见到莎拉,她是在剧院经理的办公室,一副惊恐万状的样子。我有时觉得,从她把自己画成我们家庭一员的那天起,她就开始克服了这种惊恐,而她也确实很快成为我们家的一员。父亲特别喜爱她,这一点毫不奇怪。我记得告诉他,莎拉说他是彻底的好人,他听后眼里溢满泪水。德克兰叔叔像对所有女性那样,毫不留情地拿她打趣,提醒她自己并不像看上去的那么老,有一天,谁知道呢?

我能看出母亲也喜欢莎拉,但她很谨慎。整个高中期间,她都在提醒我们,我们还很年轻。我们是好朋友,这很好,但是世界很大,我们不应该仅仅因为对其没有概念,就怀疑这一点。有时,我和莎拉在一起,发现母亲在用困惑、担忧的目光注视着我们——或者只是注视我?我想象不出其中的原因,因此觉得不安。莎拉的父亲从来没有公开反对我们的友谊,但我能看出,莎拉说得对,他不喜欢我。我告诉母亲,她说这也许不是针对我个人。他也许认为所有的男孩都配不上他的小女儿。他是个犹太父亲,我不应该让他的意见影响我。不知他怎么知道了我的绰号,而且喜欢那样叫我,总用一种讽刺、调侃的方式。可我不在乎。

正如莎拉的描绘,到八年级结束时,我和她已经变得形影不离。母亲注意到另外一件事,它的重要性连我都没有注意到:自从遇到莎拉,我没再犯过一次病。"因为长大了,就不犯病了。"这是父亲的乐观解释。"我们的卢易没什么毛病。"他笑容满面地对我说。"从来就没毛病。"我比以往任何时候都希望这是真的,所以,我没对莎拉提起童年和少年时代常常困扰我的这种病。我也没有告诉她,我在箱子里所受的折磨,这个事件现在终于褪色到不重要的地位。如果我很好,那件事又有什么关系呢。

当时,我没有留意莎拉画中的第三个顾客,那个正要走进店来的顾客。他在画中是最没特点的一个人物。虽然我总假定他是男性,但你实际上无法肯定他的性别。几年后,当父亲被诊断出有病,我开始觉得那个黑影代表了疾病,它已经踏上我们的门槛,我们却没有意识到它的存在。我问莎拉作画时脑子里是否想到具体的某个人,我不记得提出这个问题时,我是多大岁数,我和她是否已经结婚。那个人的姿势很夸张,很奇特,仿佛他需要扶住敞开的门,才能不失去平衡。我预料她会说,没有具体的人,她只是随便想象出一个顾客,所以我很吃惊地得知,她在这个最突出的位置,放上了一个她从未谋面的人。但她听我栩栩如生地描绘过这个人,因此希望有一天能见到他。

鲍比·马库尼。

鬼魂艾吉

欧文走进店里，发现我盯着收款机背后墙上的那幅画——他母亲画的艾吉·鲁宾。镶在玻璃镜框里的这幅画，如今已经又黄又脆。我陷入深思之中，没有听到门上那只旧铃铛的响声。这样也好，否则我可能期待转身看到的是年轻的鲍比，或者是卡伦、德克兰叔叔，甚至是我父亲。

"爸？"欧文说，吓了我一跳，"你犯病了？"

我告诉他没有，我没有犯病，努力听上去不露出恼怒的痕迹。只要能做到，我不会让儿子看到我犯病的情景，但我至少希望，他对这种可能性的反应能更恰当一点。倘若我真的犯病，问我是没用的。最好是走开，半小时后再回来。但我因此生气也不公平，因为他平生只亲眼见过两三次我犯病，而且每次都相隔很久，因此，他忘记了该怎么办，或者说忘记了实际上没什么可做，也是情有可原。世上只有两个人，对我犯病的严重性或时间长短有很大影响，那就是父亲和妻子。可怜的欧文，不禁觉得自己应该做点什么，其实他知道，或者说他动动脑子就知道，没什么可做。

"你的眼睛全红了。"我转过身后，他说，仔细打量我，这让我也有机会打量他。我儿子长得很像我，每过一年就更像，但我不知他对这种相像有何感想。小时候，别人告诉我长得像父亲，我为此高兴和骄傲得不得了，后来在生活中，我也喜欢在街上被人误认成大个子卢·林奇。显然,欧文最近也被人误认成我,但我的印象是,他并不以此为荣。

尽管如此,他显然因为撞上我在做白日梦而尴尬。"妈妈不会有事的,"他向我保证,"我才从家里出来。她看上去好极了。"

"我知道。"我对他说。

"他们全拿掉了,"他继续说,仿佛我不同意他的说法,"没有理由——"

"我知道。"

明天我要和她一起去看肿瘤学专家,证实这一点。假如血液化验没有不测,我们就正式得到了出国旅行的许可。毫无疑问,去意大利的憧憬加快了莎拉康复的速度,而且大大有助于她重新建立安康感。她的体力和精力日日改善,弄得我的适可而止的警告,反而更像是抱怨而不是爱惜。

我或许应该告诉欧文,他搞错了我忧虑的原因,但对解释我的肿眼泡,担心他母亲的健康倒是个更好的借口,比真实的原因强多了,我不能肯定自己解释得了后者。欧文有副好心肠,但他对复杂的感情没有耐心,年轻人都这样。莎拉总是提醒我,他并不那么年轻了。无论如何,我不再去想这一点。

我怀疑自己能否解释清楚,他母亲的画放大了我内心深处的感觉,即我的生活存在另一个可以替换的版本,而且最近,这种感觉大大地加重了。我觉得自己陷于当前这个版本,实际上却属于另一版本。我的另一种生活,虽然难以捉摸,却多少比我的所谓现实生活更加真实。那个影子版本包括了理应在内的一切——艾吉本身、父母、我和妻子,鲍比在外面,正要进来。自从莎拉在遥远的过去描绘了我们的世界,两件不该发生的事情发生了。父亲死于癌症,鲍比逃离托马斯顿,遁入更大的世界,再没有回来。

不久前,我问莎拉是否也曾有过这种感觉,即还存在另一种现实,在那里,事情按它们原本的面目存在,天意没有受挫。"你是什么意思啊?"莎拉说,真的感到不解,"卢,人们失去父亲。而且鲍比当时如不离开,会遇到什么事情?你不会真以为他能与我们一起待在艾吉吧?"

我听了这话不禁微笑起来。每次莎拉用这种特殊的语调跟我说话,我都会想起,以前父亲在"应该"的迷宫中绝望地绕来绕去时,母亲试图让他开窍的情景。在父亲的那个世界中,牛奶送来时应该是瓶装的,肉应该包在油纸而不是玻璃纸里,而且用线绳捆上。妻子当然没错,失去双亲中的一人本是人世中的常事,我让人觉得我的损失不同寻常,我应该得到豁免,确实是没有顾及别人。毕竟莎拉父母双亡,还失去了小弟弟。我也不是说,当名利在其他地方招手时,鲍比能够留在或者应该留在亲爱的老托马斯顿。我觉得不好意思,一定看上去一副局促不安的样子,当年母亲击碎父亲的逻辑,用理性的光芒揭示他的愚蠢时,他就是这副模样。我清楚地记得,我当时不希望母亲那样做,不如让他按自己喜欢的方式去思想,去感觉。毕竟,人如果有一种强烈的感情,用逻辑当然证明不了它的无效。

谁不依然怀疑这一点呢?天意确实受到了挫折,关于生活的真实叙述虽然在快乐地进行着,但却沿着一条严格平行的轨道,因此难以理解。我企图向莎拉解释却没有成功的是,我不是认为父亲应该没有死去,而是认为,在另外的那个艾吉,真正的艾吉,他没有死,他一直活着,而且像过去一样生机勃勃,那个艾吉比我们的艾吉更真实,原因很简单,就因为他在那里,是它的一部分。当然,在隔壁的那个世界,他上了年纪,我们都担心他的健康。那另一个世界并不完美,那里面的一切不是理想化的。他可能明天被诊断出患了某种可怕的疾病。他也过得时好时坏。他的健康每况愈下,与别人一样,甚至与母亲一样。有时他在店里,与其说是帮忙,不如说是找麻烦,他做任何事情,都坚持按自己一贯的做法,在破纸片上记下要做的事情,把它们塞在收款机的抽屉下面,拒绝利用计算机记录库存,因此引起无尽的麻烦。当然,他从来不与彩票机妥协,而彩票机救了艾吉,我们因此能够买下另外两家小店。父亲多年前买下艾吉时,曾向母亲保证,永远不在那里赌马或者卖彩票,即便赌马和卖彩票现在不仅合法,而且得到州政府的资助,但他有时觉得那样做就是未守诺言。

如果这种叙述只因为不真实而显得异想天开,我只能说,它比现实更真实,而鲍比的出现甚至更加升华了这一真实性。门上的铃声响了,我们看到鲍比带着他新女友走了进来,怎么会令人难以置信呢?当然,他也老了,现在腹部凸出,以前的酷爱运动屈从于多年的豪华生活。他的两鬓灰白,头发却依然茂密,他善于与当地的姑娘,现在是女人,所有的女人周旋。他每周带不同的女人到店里来,那些女人都明白,自己是在接受面试,看看能否成为四架马车之一——我和莎拉,鲍比和这个新女人。这当然不会成功,我们还是三个人,这是没有办法的。他当然还是脾气暴躁,照样爱打架,连我儿子那样年龄的男人,都知道最好别与他纠缠。他们虽然不知道他与杰锡·奎恩的那场传奇性搏斗,但只要看他一眼,就明白他勇敢果断,是个危险的对手。

我没有住在那个世界,甚至没有老想着它。我没有发疯。但在一些古怪的时刻,我确实感到它的存在,我承认,最近更加经常,不过完全是有理由的。这几个星期,我一直生活在过去,每天花很多时间去写我的故事,如果我继续写下去,鲍比很快就要回到这个故事中来。我希望在去意大利之前写完,但我不能肯定是否能做得到。

关于另一个艾吉,我的中心意思是,作为叙述,它是有联系的,而且有道理。尽管就事实而言,它不真实,但它听上去有真实的色彩——鲍比仍在这里,星期五下班后晃到店里,亲切地说一声"你们好,林奇一家",并把新女友介绍给我父亲,父亲开玩笑地警告那女人要提防他。相形之下,现实反而显得牵强——鲍比跑掉了,改姓他母亲娘家的姓,一路吵吵闹闹地从伦敦漂泊到巴黎、巴塞罗那、罗马,最后到威尼斯,经过一系列错综复杂的婚姻和婚外情,获得的声名与耻辱同样多,而且(我觉得这一点最奇怪)从来没有,一次也没有,回来看我们这些爱他的人。这怎么能说是貌似真实呢?

我试图向莎拉解释这一切时,并不确切知道自己想做什么。我当然不指望她真的相信那另一个艾吉。我猜我只是希望,她能看到这个故事内在的真和美。即便作为纯粹的怪念头,我的莎拉难道就没有像我一样有足够理由沉溺其中吗?从某种角度说,难道鲍比不是劫持了本来属于她的命运吗?当年是她去纽约的库铂联盟学院①学习艺术,所有费用全免;曾有众多的大学愿意为她提供奖学金;她才华横溢,前程似锦。而鲍比在逃离托马斯顿之前,从来没在纸上或画布上画过一笔。莎拉审视我们老朋友的生活,得出以下的结论,不是再自然不过了吗?即他们的命运交换了,宛如两个睡在相邻摇篮中的婴儿被交换。但莎拉很快会指出,事情一旦已经发生,它是否发生的可能性,就变得没有任何实际意义。写实与貌似真实不是现实的穷亲戚。这无疑正是我父母间一切争论的核心。无怪乎父亲满盘皆输。

"你正在写的故事里发生了什么?"这星期前两天我们躺在床上互通情况时,莎拉问我。我听出她语调里的担忧,"卢卢还活着吗?"卢卢——她对父亲的爱称。

"没有,他死了,"我向她保证。我们的床上谈话大多是嬉戏和温柔,我现在也采取或试图采取这种口气,"鲍比走了,再没回来。他成了大画家,住在威尼斯。我们去那里拜访他。但我还没有写到那一步。"

---

① Cooper Union,全名为库铂联盟高级文理学院,成立于1859年,是美国最享盛名的学院之一。——译注

她听到我恪守事实,似乎解脱了一些,但仍在担心什么,或许是担心我虽然允诺,但仍然沉湎于我的故事。的确,过去我想象,叙述我的如此平凡的一生,不需要多少时间,现在则大大超过了预想,而且过去我判断,有百十页就足以达到我的目的,现在也大大超过。我走进自己的小书斋,关上门,这样就听不到电话或电视的声音了。莎拉不禁回忆起那些阴沉的日子,我们称之为我的地图时代。我试图让她放心,相信这次不同,但我不能怪她担心。我对这一事业的投入程度令人吃惊,或许也让她想起她父亲。那可怜的人,永远在写一个没有结尾的故事,一个耗时耗力而不能使人充实的故事。但我当然没有她父亲的那种野心。他认为他的故事很重要,声名财富自然会随之而来,而我做这件事,只是为了自娱自乐和自我启迪。对莎拉的父亲来说,唯有最宏伟的梦想才值得梦想。艾吉不值一提。此外,我的叙述根本没有搞得我心神不宁,而是具有可以证明的心理疗效,我觉得它是一个令人愉快的转移。"我是在出发之前消磨时间。我需要记得一切。我不想感到困惑。"

"对什么感到困惑?"

"我们的生活。我们的经历。我们为什么以我们的方式而不是其他方式生活。"

"啊,卢,"妻子拉住我的手说,"我希望你不要如此较真儿好不好?"

完全是母亲过去总对父亲说的话。

"如果我们还收不到鲍比的回信——"

"还有时间。"我对她说,但看到她如此固执,我的心沉了下去。

"他的画室在这里,"她用手指着,那张威尼斯地图铺在床上,"就在这附近。"她的食指在整个朱迪卡岛上轻轻滑过,表明——我觉得是令人忧伤地表明——鲍比可能在任何地方,没有明确的方向,我们可能永远找不到他。

回到艾吉——现实中的艾吉,欧文说:"你弄得妈妈心烦意乱。你知道这一点,对不对?"

"是吗?"

"她的箱子都装好了。你还没开始呢。"

"这用不了多少时间。"

"上星期你把护照扔了,这是真的吗?"

"寄来时信封上没有标记。我不知道它是什么。"

他看我的那副模样,暗示着他也不比他母亲更能接受这一解释。"你觉得我故意扔了它?"我又问,"我干吗要那样做?"

我做了什么,值得他们如此苛刻的怀疑?我们已经买好飞机票,订了旅馆,付了所有的钱,那可是一笔小小的财富。

"不是这地方的事儿,"莎拉承认,吻了吻我额头上她不担心的那块地方。"而是这里。"她解释说,嬉戏地用大拇指按住我头盖骨上的一点,我总是想象我的病就出在那下面,一块又小又黑的地方,最初是一个基因出了毛病,然后是一群扭曲的细胞,像偏头痛那样生长,直到它们超载了,让我整个人停止运转。"是你进出不了的地方,我对它得留点神。"我儿子显然也在留神。

现在我和他转换了位置,欧文绕到柜台里面,像我父亲和我过去那样,这一简单动作带来的愉悦是那样难以抵御,那样强烈,我很想与他分享这一切。但我知道,应该控制这一冲动,所以我这样做了,但我在柜台的另一边,一时变得不知所措。儿子打开收款机,检查抽屉,保证自己需要的东西都在里面。他确信。我查过了。

"你去过画室吗?"他说,一边点钱,嘴唇一边蠕动。

"哪里?"我说,记起他母亲的手指滑过威尼斯地图,寻找鲍比的画室。

"艺术教室。初中的。妈妈的一幅新作就要完成了,相当不错。你应该顺路去看看。"

我告诉他,我会去的,然后在脑子里做了记录,今天一会儿就要把这件事做了。莎拉会因此高兴,知道我本来可以等她把画带回家来,但我不怕麻烦去看了。前两天她说过"画得顺手"这类话,但我恐怕自己有一瞬间现出茫然的样子,不明白她是什么意思。当然,我当时正想着那些房子的事情,我们在伯若区的那栋房子,也可能是第三街上的那栋,或者是西区的公寓。我赶忙遮掩自己的错误,但还是不够快,我看到那一瞬间,她的脸上掠过受伤害的表情。所以今天一会儿,我不仅要去画室,还要花时间记住这幅新作,这样我们吃晚饭时就可以详细讨论了。

"布琳迪呢?"我突然想起问。在艾吉的时间表上,应该是她值班,而不是欧文。

"她去阿尔巴尼了。"他解释道,或者说解释了一半,告诉我她去了哪里,却没有说原因。或许是去看那个医生,此人告诉她再怀孕的可能性不大。也有可能去看另一个有不同说法的专家。或者她只是去购物。

"她是不是不喜欢我?"我听到自己问。欧文仍在数钱,现在是数零钱了,因此过了一会儿才回答。

他斜了我一眼,我说不出是因为这个问题太奇怪,还是出乎他意料。连我自己也有些吃惊。"为什么她会不喜欢你?"

"她有时好像很不耐烦。我不想管闲事,但是——"

"她就是那样,爸爸,"他安慰我,"到现在你应该了解了。你应该看看她怎样对我。"

不是我期待的回答。"你觉得她不快活吗?"

"因为什么?"

我耸了耸肩膀。"我不知道。"

"也许是因为过去的事,"他说,指的是流产,"妈妈也因此沮丧过,是不是?"

"是的。"我说,回想着。

"但她挺过去了。"

事实上,主要是欧文的出生让她挺了过去,但如果布琳迪不能再受孕,我几乎无法对儿子说这话。"有什么事我能做,你会告诉我,是吗?"

"当然了,老爹,"他说,"但是没有什么事。"

他的口气非常肯定,我希望他别那样。我开口想告诉他,却闭上了嘴。他又开始数钱。

加布里埃·茂克住在伯曼大院属于我们的那栋楼里,一层的一个小小公寓,就在以前马库尼家住过的公寓之下。他在那里住了十多年,不用交房租,但要看门和照管房子。他现在很老了,但用起扳子和油漆刷子来,依然敏捷,能派上用场。表面上看,你猜不出他的年纪比母亲还要大。他也去我们在西区的店里帮忙,但据欧文说,他有好几天没露面了,所以我急着要去弄清楚他的情况。我本来可以打电话,但他没有电话。

我敲门以后,加布里埃过了半天才来开门。"小林奇。"他说,眼睛红红的,布满血丝,眼神呆滞。他把门四敞大开,让我进去,但我仍然站在楼道里。加布里埃似乎觉得,因为我拥有这栋楼,我随时有权进他的房间,这一点让我不安。我试图向他解释,这是他的公寓,他对我可以像对其他人一样,有权让我走开,但他不这么看。他上年纪后的那股固执劲儿,与多年前我们辩论上与下时一模一样。

"茂克先生。"我说。多年来,我始终用这种规定的方式称呼他,但他坚持说,他并不在乎我叫他什么。如果我愿意,叫他胗子也行。"我只是来看看你怎么样。"

"明天就回去工作,"他向我保证,"有点儿不痛快,没别的事儿。"

即便在楼道里,我也能嗅出他那潮湿的孤独,还有他连着几天没有出屋,甚至没有打开过一扇窗子。加布里埃不再喝酒,("不再号叫。我号叫是往事了。现在你得为我们两个人号叫,小林奇,虽然你还是个业余的。")除非有什么事让他想起自己的儿子:或许是那孩子的生日,或许是希尔山某个黑人孩子在新的基督教青年会后面挨打的消息。这些不痛快通常持续几天,但加布里埃再出现时,并没有表现得更糟,他再没有在公共场合出丑,甚至不受人怂恿。托马斯顿有些爱开玩笑的人,在街上看到他,还会喊"让他出来!"但多数人都太年轻,记不得那天晚上在默迪克酒馆发生的事情。有个故事与这酒馆有关,但他们记不得是什么了。有些人向加布里埃借火,这是在半开玩笑地暗指,人们大多相信,多年前是他放火烧了惠特科姆大宅。

"有什么事我能做吗?"我问他,但我知道,没什么事我能做。

"一切事都留在那里,"他告诉我,意思是指他不在时,伯曼大院和店里堆起来的事情,"早上就去。"

"你肯定不需要去看医生?"

"有什么用?"他说,"她就会告诉我,我很蠢。说些我不知道的事情,我有时兴许还会去看她。"

"你真够独特的,茂克先生。"我对他说。

"不对,"他说,忽然变得坚决起来,"我只是个复制品。你也是。"

我听了笑起来。

"事实上,你是个比我大一点的复制品。你和你父亲是一个模子刻出来的。你就是大个子卢·林奇本人。小大个子卢。你那样咧嘴冲我笑,走吧。你让我牙疼。"

我不再咧嘴笑。

"你妈妈可好?"

我说她很好。

"好女人,你妈妈。可能都不记得我了。"

"她当然记得你,茂克先生。她常问起你。"

"那样的女人足以让男人学好,让男人感到羞愧。你娶了另一个好女人,所以你明白我的意思。看,你又笑上了。"

他一边说,一边关上门。

我既然到了这里,就在这房产里巡视一番,看看有什么麻烦,特别是地基。有人这样警告我:在某个多雨的春天,整个楼会顺着陡峭的河岸,坍塌进河里。但不一定在我的有生之年,这意味着它将是欧文需要应付的另一件事。这条街上的其他建筑并没有那么大的坍塌危险,尽管它们的主人任其衰败,一点点地腐烂,而我们是花了钱维修的。我觉得这一点很有讽刺意味。愚蠢,有些人会说,的确,投资伯曼大院没什么太多的道理。母亲说我是在徒劳无益地试图"拥有自己的生活",否则为什么往伯曼大院里扔那么多钱,还有我无法说服她搬回去住的第三街的房子?还有一个她拒不相信的答案,就是尽管我和莎拉现在住在伯若区,但我始终认为自己不仅是全镇的居民,而且是全镇的产物。我为什么就不该在所有三个区都投资呢?我在每个区都有一个便民店,为什么就不能有房产?我并没有试图拥有自己的生活,只是承认自己的生活,并叙述我们的家庭及其虽小但重要的旅程。这难道不是一个美国故事吗?我们不属于战后最典型的美国人吗?父亲会这样看这个问题,所以母亲持相反观点也就很自然了。

无论如何,伯曼大院这些公寓现在的状况,好过多年前马库尼家和我们林奇家住在那里时的情况,我对此感到骄傲。我们收的房租不多,有时甚至入不敷出,但长期来讲,我们找到了很好的房客,多数人和睦相处多年,相互尊重,也善待这里的财产。尽管地段不好,总有人在等待租我们的房子。

附近没有人,于是我跌跌撞撞地下到岸边,来到步行桥曾经所在的地方。自从圣方济关闭，这里人烟稀少，步行桥逐渐成了这里漫长严冬的牺牲品。下游古老的高架桥多年前被判处死刑，已经拆毁。当年有些勇敢的男孩子，从高架桥边跳进下面的砂砾坑，这些坑里现在也长满野草。尽管周围贴满告示，人们仍把这里作为非正式的垃圾场，以逃避县垃圾填埋地的收费。由于它们的象征性，我没有理由怀念这步行桥或高架桥，但事实上，我却怀念它们。失去一个地方与失去一个人真的没多大区别。两个桥都在未经允许的情况下消失了，在需要证词和证据时，让自己的作用缩小了。事情发生过。我曾经在那里。曾几何时，那里确实有一座步行桥。我父亲就站在上面。现在想起来，我正在忠实记录的故事，或许不过是我试图恢复不复存在的过去的一点可怜的企图。鲍比作画也是为此吗？留下他的画作为见证？

半小时后，我开车停在一处红绿灯前，因为刚才滑进河里，我的鞋子湿了，动一动就嘎吱嘎吱响。我正在努力想象如何向莎拉解释这一笨手笨脚的行为，却看见布琳迪和一个我不认识的男人从下分界街的一栋两层公寓中出来。天很凉，她穿了外套，但那个男人只穿着衬衫，头发蓬乱。他冷漠地靠在敞开的门洞旁，那样子让我想起已经死去一些年的德克兰叔叔。无论这男人是谁，布琳迪比他矮一头，当她转身面对他时，我几乎预料她会踮起脚尖去吻他，但她没有。这时交通灯变了，我后面的车在按喇叭，她转过身来，脸红扑扑的，容光焕发，直到她看见我。我没来得及移开视线，装作什么也没看见，她脸上的表情变了。

回　家

对他母亲的最后一次逃跑，有两件事让努南惊讶。一是她居然跑了那么远，跑到佛罗里达的杰克逊维尔；二是她离开了那么久，几乎有两个月。他是事后才听说这件事的，那时他在下州，还有一年就要从军校毕业。鉴于他高中第三年的混乱情况，能否毕业并不能肯定，但如果他能毕业，等待他的只有征兵，而且几乎肯定是要去越南。如果他在毕业前被开除，越南就更不用等多久了。

当然，从他还是小孩子起，母亲就始终在逃跑。但他回家后，才明白了悲惨的真相，即她终于实现了梦寐以求的彻底出逃。如果他在，他会劝她继续失踪，但她没有那样做，而是从佛罗里达打电话给他父亲，告诉他，她可以考虑回去，但条件是努南也能回去。所以他才能在托马斯顿上最后一年高中，才能遇到莎拉，他和父亲的冲突才会有最后的残酷解决。他后来常常想，如果他母亲想象得出她所启动的一连串事件，她还会不会让他回家。

她第一次逃走时，他几岁——六岁？那时，他们还住在伯曼大院，她的丈夫在旅馆上班，但她忘掉了星期五不同，那天他的工作是邮差。她手提皮箱，拐了一个弯，刚好与从一栋公寓房出来的他撞了个满怀。如果她低头继续走，也可能不会露馅，因为他一边走一边翻着一沓信。但她发出一声尖叫，他抬头一看，一切都完了。

他抓过皮箱,想当场打开,但有一把小锁锁住了它,于是他把它摔到附近的砖墙上,箱子开了,他把她的衣服扔到街上,又让箱子飞过附近的涵洞,落到下面的岸边。她浑身哆嗦,开始往下走,去捡箱子,以为这是对她的惩罚的一部分,但他说不行,什么也别动,都留在那里,衣服也一样,甚至她的内衣。他让她回家去,她只属于那里。她辩解说,他们买不起新的,他的回答是她早该想到这一点。现在她就没衣服过下去吧。

努南虽然年幼,但在母亲离开之前,已经发觉事情不对头。她让他别担心,她只是那天要出去,他应该照顾几个小弟弟,直到父亲下班回家。若有紧急情况,他可以上楼找林奇太太。他知道她在说假话,她不仅仅是那天要出去,所以看她如此之快就回来了,他觉得很惊奇,问箱子哪里去了,她说没有了,然后就哭起来。最后她告诉他发生了什么事。她不愿他去捡她的东西,他知道父亲也不想让他去捡,但他还是不顾后果地去了。现在想起来,努南觉得,这似乎是他与父亲无休止的较量意志的开始。

他到现场时,母亲的衣服还散落在街上。有些已被汽车轧过。人们出来站在廊子上,看他一个小孩子捡这些物品,收她的内裤和乳罩等他知道自己不该碰的东西,这尤其让他难堪。那箱子躺在下面河边,合页松了,他把它拽上来,把衣服装进去,当然它是关不上了。在这种情况下,别管多难拿,他还是把它弄回到几个街区以外的伯曼大院。他离开时,母亲就坐在一把椅子上,现在仍然坐在那里,一手捂着嘴,一手捂着鼓起的肚子,小弟弟们围在她脚边,凭直觉感到事态的严重性,第一次很听话。

以后很多年,她的逃跑技术提高了,但从来还是不够好。第二次,她跑到哈德孙街和分界街拐角的香烟店,灰狗长途汽车站在那里,但那个卖票的男人认识她丈夫,往他办公室打了个电话。那之后的一次,她叫了一辆哈德孙公司的出租车,乘它到了富尔顿的火车站,买了一张去纽约的火车票。她的计划是在福德海姆下车,改乘慢车进城,以骗过努南的父亲。但她因计划这些事情筋疲力尽,而且头几天晚上没有睡好,所以竟然在火车上睡着了。车到纽约中央火车站后,其他人都下车了,列车员叫醒她,旁边还有另外两个人,一人抓住她的胳膊肘,另一人提着箱子。那个二手箱子是她前一个星期买的,一直藏在壁橱后面。她预计那些人会打开箱子,把她的衣服扔到铁轨上,但他们只是把她送上另一辆往回开的火车。她本来可以找个地方下车,例如波基普西,照原来的计划再逃,但到那时,她对自己丈夫的能量之大,魔爪触及之远,已经敬畏之极,仿佛他设法让她相信,他有一个像美国邮政系统一样庞大的间谍和同谋网络,他们所有人都致力于确保她不越雷池一步。他和他们的三个儿子等在富尔顿的站台上。"欢迎回家,D.C.,"他对她说,"你的旅行愉快吗?"在火车站的停车场,他把她的箱子扔进金属的大垃圾箱。

以后的每次逃跑都让她变得愈来愈老练,但努南的父亲也愈来愈能预测到她的逃跑企图。一切都对她不利。首先,她总是在怀孕时逃跑。当然大部分时间,她都在怀孕,但这仍然是问题。如果在怀孕初期,她的情况还比较好,也没那么容易被追她的人认出。但她的绝望总是在怀孕七个月时达到高潮,让她觉得再待下去无法忍受。努南长到十岁,已经能够像父亲一样清楚地看出这一切正在来临,随着时间的接近,他会留心观察有没有出现一只新箱子。

她的丈夫不可能分分秒秒盯着她,他要保住自己的工作,所以他的策略是不给她钱,让逃跑变得更困难。他给她的钱只够买每周的食品杂货,而且警告附近的店铺,未经他同意,不许她赊账。但无论他钱给得多少,她都设法攒够买汽车票或火车票的钱。她丈夫每天下班回家,都要仔细清点,保证家产没有失踪,他也通知了托马斯顿的两家当铺老板,她可能会很快出现,希望抛售他们的贵重物品。

虽然父亲预先做了许多手脚对付她，但努南上六年级时，她的那次逃跑几乎成功。有人（努南怀疑是林奇太太）让她搭车到阿尔巴尼，她在那里买了去纽约的火车票，但她并没有上车，而是乘一辆出租车到汽车站，上了一辆去蒙特利尔的灰狗。她相信，她丈夫的魔爪还不至于已经跨过国界。到边境时，也许是因为她看上去没来由地很恐惧，所以让她下车接受询问，出于需要，她的回答含糊其辞。她不知道自己会住在哪里。在加拿大逗留多长时间？直到她丈夫找到她，把她带回家。她准备花多少钱？她钱包里有五十块钱，除非她弄错了，否则她会花掉所有的钱。模棱两可的回答招来更多的问题，她在他们的脸上看到了这些问题带来的怀疑。这些人显然认识她丈夫，他们不想让她进入加拿大。她坐在他们讯问她的那间小屋里，呆呆地看着窗外的巴士，其他乘客在座位上坐立不安，怪她浪费了他们的时间。多久了？她瞥了一眼门上方的大钟，它刚刚在那里，然后不在了，然后所有的东西都不在了。

她醒来时，躺在一张小床上，胳膊上插着静脉管。她被告知不用担心，她的孩子没事儿。一切都会好的。他们翻了她的包，发现了一张图书馆卡，就给托马斯顿问讯处打电话，得到了她的电话号码。她丈夫正在来这里的路上。

努南知道自己会受罚。他老爸没多久就发现她买了去纽约的火车票，因此当他接到加拿大边界一家医院的电话时，非常吃惊。她哪里来的那么多钱，既买火车票又买汽车票？挂断电话后，他满腹狐疑地打量着儿子，努南内疚地移开视线，这是个错误。

他们回来后，父亲刚一进门，就又开始死死盯着努南，为了让他明白，虽然他花了十小时把母亲弄回来，但他注意的焦点一点儿没变。"欢迎回家，D.C.。"他说。母亲站在门口，低着头，一只手托住巨大的肚皮。努南听到她在喃喃，他觉得，她说的可能是"求你了"。

"你说什么，D.C.？"他父亲说，"你有什么话要对家人说吗？"

"求你了。"她说,这次勉强可以听到。她从丈夫身后窥视着努南,努南知道,她在用那三个字哀求他们两人,求她的儿子不要进一步对抗父亲,求她的丈夫不要为她的所为惩罚儿子。

他站在那里,吓得浑身发抖,父亲走过来。"好啊,"他说,"你已经有时间想过这件事了。罗伯特,你觉得你母亲从哪里搞到那么多钱?"

"是我省下来的。"母亲说。

"见鬼!是你省下来的,D.C.。"他对她说。从他们进门,他的眼睛一刻也没有离开努南。"一张你用都没用的火车票?一张去蒙特利尔的汽车票?"

"我每周都留出一点儿钱,"她说,"的确是这样……我保证。"

"明天我给银行打电话,"他对努南说,"问你的活期账户里有多少钱,他们会告诉我什么?"

努南的视线与母亲的视线相交,看出说假话没有用。上星期,他把账户里的钱全取了出来,那是五个月送报纸的钱。同一天,他在厅里的壁橱后面发现了另一只奇怪的箱子,正是母亲一贯藏箱子的地方。买火车票但不用它,这是他的主意。让他的父亲到南边去找,她往北边去。他记得,他向母亲解释怎样做时,她脸上的表情是害怕,同时又为他骗人的天赋和策略感到骄傲。总有一天,他将是他父亲的对手。他不久就会长大成人,准备好应付这个世界抛给他的命运。

但今天还不行。今天他仍是个孩子,此刻他浑身瑟瑟发抖,像此前的十个小时一样,等待将要发生的一切。他不傻,他知道应该说对不起。为了他自己,也为母亲。说对不起。说他不知道她要这钱的用途。无论他说什么,她都会证明他的说法。尽管父亲不会相信他们两人,但这是他想听的,他一旦听到,事情就会逐渐缓和。对不起,这是应该说的话,也是唯一可说的话。但他听到自己说:"你是她出走的原因。你若是对她好点儿,她也不会想跑。她恨的是你。"在他的呜咽中，这些话几乎听不清楚。

他说这话时，父亲俯视着他，握紧大拳头。因为震怒，他发际上的胎记现在变成了深紫色。努南记得，自己虽然害怕，但几乎松了一口气，想到这回好了，今天那可怕的打击终于来了。但这时，他的小弟弟们开始大哭，母亲急迫地替他求情，乞求丈夫不要打他，说他只是个孩子，他一点儿不知道她要钱做什么，他刚才的话并不真是那个意思。除此之外，这也不是真的，她不恨他，也不想离开家，不真的想。她只是有时太累了，不知所措，她害怕会在孩子们面前尖叫起来。"他会道歉的，"她说，"鲍比马上就会道歉。你会的，是不是，亲爱的？"她走过去，到他站的地方，跪下来，拿起他的手，亲吻着，眼泪弄湿了他的手。她看上去多丑啊，他记得自己当时这样想，她的脸因为需要和恐惧而扭曲。"告诉他，你的话不是那个意思，好吗？为妈妈这样做？"

那时，努南还不明白，父亲其实不会打他。他要到几年后在军校时才明白。这是一个炫目的、有彻底改造作用的新发现。父亲虽然总是威胁要把这孩子揍扁，但他其实没打过他一次，而且他现在想起来，也没打过他母亲。他当时为什么就没想到，成年人也能像校园恶霸一样呢？当然，对于无生命的物体，父亲是个神圣的暴君。那年年初，母亲把菜烤焦了，他一把抓起那派莱克斯耐热玻璃烤盘，直接把食物倒进垃圾桶，拒绝让人尝一口。然后，为了表明他的意图——毁掉盘子本身，他把它砸到柜子角上，在这个过程中，他划破了虎口的皮肤，鲜血涌进水池，他脸上现出可怕的满足感。"看到了吗？"他不断说，先把伤口给母亲看，然后给努南看，"看到了吗？"他似乎在说，当然，这血是我的，但下一次就可能轮到你。下次，如果你不小心，就轮到你了。多少年来，努南看到他父亲踢垃圾桶、撕破箱子、把瓶子摔到屋子另一边，瓶子碎了，里面的东西顺着墙往下流。

但是，他父亲总想让他害怕的是，有一天他会失去控制，真的出现流血事件。毫无疑问，他母亲的血，或许还有他自己的血。甚至还有他的小弟弟的血。在军校时，努南意识到，父亲是在用自己的血来吓唬人。这种认识带有解放的性质，虽然也是有代价的。如果他十五岁就能想明白这一点，他母亲又有什么毛病呢？为什么她永远不明白？战战兢兢这么多年，难道就没有一次识破，自己嫁的不仅是个恶棍，而且是个懦夫？她一个成年女子，怎么可能日复一日、年复一年地被同一个把戏所欺骗？

而且，为什么他自己当时（即他父亲握着大拳头俯视他的那一天）没有意识到，他不必说那些话？即使他不说，也不会发生任何事情。他怎么那么蠢呢？在军校的房间里，他记起自己遵照母亲的请求，说"对不起，爸爸"时，声音颤抖得多么厉害。就在那一刻，他觉得自己心里有什么东西硬了起来。最后他终于认识到，那是决心。决心效仿他而不是她。

母亲从佛罗里达的杰克逊维尔回来，行程更远，所以他先于母亲到了家里。父亲借机定了一些基本规矩。"你想留在这里，就得重新做人。我说什么，你做什么，"他说，食指离努南的鼻子只有一英寸远，他的弟弟们在旁边看着，"我说跳，你问的唯一问题是跳多高。你懂了吗？"

"懂了。"努南说。被一个自己始终惧怕但现在不再怕的人威胁，感觉很奇怪。他很想抓住那根手指，折断它，但他没有那样做。在军校里，他确实遇到过麻烦，但他在那里学会的事情之一，是区分什么事情值得一争，什么事情不值得。父亲似乎意识到他身上发生了变化，但不能肯定是什么。不是儿子突然比他高出了两英寸。不是，而是他身上有一种新的镇静。是驯服吗？难道这孩子身上的那股倔犟劲儿终于被打破？努南可以看出，他父亲在动脑筋，观察，掂量证据，试图形成一个站得住脚的结论，但他一点也没有猜到，至少是尚未猜到不可想象的事实。

第二天下午，努南开车去富尔顿车站接母亲。她的身体像座巨大的房子。他拥抱她时，她说："我差点儿认不出你来，你长这么大了。"旅程非常艰苦，她看上去苍白、虚弱。"我忘记你已经有驾照了，"她对他说，"我还以为得在这里等到你父亲下班呢。"

他拿过她的箱子，经过停车场的垃圾箱时，他说："爸爸让我把它扔垃圾箱，不过让他见鬼去吧。"他意识到她当了真，赶紧补充了一句："实际上这是个笑话。"

"你不应该说这种话。"她告诉他。

"为什么，妈妈？"他问，真的好奇为什么只有他们两人时，他也应该如此谨慎。

"你不应该刺激他。你知道他是什么样子。"

"我是知道。"他对她说，想起那个他现在已经明白的道理，可她还没有明白，而且可能永远不会明白。

她告诉他自己没钱了，从前一天起就没吃过东西。他听后坚持要停在托马斯顿郊外一个免下车餐馆，她在那里狼吞虎咽了一个汉堡包、一袋薯条和一大杯香草奶昔。她一边吃，一边告诉他，为什么她觉得现在事情会好一些。不光是努南本人回到了托马斯顿，而且她生完这个孩子，就要结扎输卵管。这次必须剖腹产，而前两次已经是剖腹产了。"我让他做出保证了。"她说，很骄傲自己没有让步。为了回报这一延误已久的体贴，她同意不再纠缠她丈夫与那个女人的事。努南一直不了解她甚至知道那个女人的存在，但她承认，她经常与他纠缠这事，尤其是她怀孕的时候。但现在，她不会再怀孕了。

"你信任他？"他问，这问题让她猝不及防。

"他做了保证，"她说，"他以前从不保证。他从不向我许诺任何事情。"

努南差点儿就说出来，很久以前，他的父亲曾经许诺过爱情、荣誉和服从。

他们到家时，努南的弟弟们已经放学回来，父亲也下班了。男孩们看到母亲回家尽管很高兴，却都默不作声，可能是因为她看上去很不舒服，也可能因为他们完全明白，在父亲面前最好不要表现出热情。父亲既没有从桌旁站起来，也没有从报纸上抬起头，但他确实说了："欢迎回家，D.C.。"这是此种情况下他的固定习惯。

努南一直在等待母亲回家的这一刻。他花了整整一上午和午后的一段时间打扫房间。实际上他从前一天晚上就开始了，但他父亲不让他做。每次妻子出逃，他都坚持什么都不做，这样她回来后，所有的事情都在等待她做，洗碗池里堆满了脏盘子，放洗衣机的小屋里，满地的脏衣服堆成了山，车库散发着垃圾的臭味。但那天早上，父亲刚去上班，努南就开始干活，一直干到要去火车站接母亲。他无法把所有的事都做完。她离开的时间太长，家里太脏，但他干了大部分的活儿，而且意外地发现他很喜欢干活。在父亲禁止他打扫之后，干这活儿就是不服从，就是接近反叛，但他的直觉告诉他，老头子无法为此责备他，因为他可以宣称，他是像自己保证的那样重新做人。可以把挑衅和蔑视如此彻底地包装在貌似的美德之中，让这家务事产生了加倍的满足感。

他转向母亲，希望分享她对家里干干净净的惊奇和快乐，但她停在门口，一只手托住肚子，另一只手抓住门框，眼睛紧紧闭上。"妈妈？"他说。

"回来真好，"她在宫缩过后告诉他们，"但抱歉，我待不住，我现在必须去医院。"

半小时之后，她的医生还没来得及赶到医院，她已经自然产下了那个孩子。医生过后把努南的父亲叫到一边，告诉他损害已经造成。"你必须明白，"努南听到他说，"再怀孕对你的妻子将是灾难。"

后来，他的兄弟们去婴儿室欣赏最小的马库尼，留下他单独与他父亲在一起，他抓住这个机会定出自己的基本规矩。"你说了，我就按你说的做,"他对父亲保证,"你让我跳,我只问跳多高。只是明白这一点:你要再让我母亲怀孕,或者再叫她 D.C.,我就杀了你。"

这是他在军校时意识到的另一点。他母亲的名字是德伯拉,但她中间的名字是玛格莉特,所以为什么是 D.C. 呢?有一次,她在场时,他问过父亲。他永远忘不了她脸上的表情。"你母亲知道它的意思,"他咯咯笑着说,"如果她愿意,什么时候她可以自己告诉你。"

那天半夜,他在宿舍里醒来,忽然明白了。它的意思是傻屄。

回来后不久,努南接到他的老朋友露西·林奇的电话,他不知怎么听说他回来了。努南料到会有这个电话,实际上是害怕这个电话,因为他想不出有什么好理由,要来重续他们的友情,他觉得这友情始终基于两位母亲的秘密友谊和露西对别人的可怕索求。

自从与父亲对峙(父亲听了他的威胁,额头的颜色暗了下来,但他只是微笑了一下),他就决定,无论后果如何,都把重点放在自己的前途上。他明白,高中的最后一年是一个必经的考验。他一旦达到十八岁,拿到高中文凭,父亲就不再能控制他。他可以去西部某个地方,找个工作,上夜校,开始某种远离纽约托马斯顿的生活。为了达到这个目的,他也得卖命工作,少找麻烦,而后者永远是个挑战。他已经决定参加橄榄球队的选拔,这既能强健体魄,又能让被压抑的能量和仇恨有地方发泄。他还决定,只要自己应付得了,尽量多找几个非全日的工作,这样他可以省下一些钱,远走高飞时,经济上也可以独立。他下定决心,绝不要父亲的任何东西。

但他还有一种同样强烈的冲动,想留在托马斯顿,至少到他们的冲突获得令人满意的结果。在军校时,他对父亲的憎恶加深了,浓缩成一种纯粹的、令人心满意足的骨子里的东西,如果他毕业后突然去西部,憎恶的理由就会消失。他假定,这一强烈的恨有可能只是他对母亲的爱的反面。毕竟他有义务保护她不受更多的伤害。留下他的弟弟们受老头子的欺负也不公平。这些自我辩解尽管有吸引力,但丑陋的真相是,他从对父亲的这种极度仇恨中得到的满足,远远超过他对母亲的爱和义务,那些爱和义务虽然很真实,但也纠缠着怜悯,仿佛一条被主人用棍子打来打去的狗,还继续爱主人,对它你会感到蔑视。

问题是,与露西·林奇重续友谊,既不符合他的逃跑冲动,也不符合留下来的冲动。如果计划在高中结束后离开,现在保持忙碌,少找麻烦,那么任何种类的友谊都可能起反作用。如果计划在与父亲的冲突解决之前留下来,无论那意味着什么,重要的都是,注意力始终集中于那个目标。友谊很可能会分散注意力。所以当露西打来电话,邀请他顺路拜访他父母的店铺时,努南找了个借口,说他有个工作面谈。那店铺仍叫艾吉·鲁宾,尽管它归他们所有已经五年,以前的店主也已死于癌症。

"太遗憾了。"露西答道,令人吃惊地克制了他的失望。他们小时候,努南的父亲不许他去隔壁玩,那时露西总是伤心欲绝。"为什么不行?"他会发出哀叫,无论什么时候"我父亲不让"这个答案都不能让他满足。永远要求知道为什么不让。

"也许下回吧。"努南说,同时想,也许下回也不去。

"我只想让你见见我的女朋友。"露西解释说。

露西有了女朋友?努南不禁好奇心大发。

她叫莎拉·伯格,那男孩自豪地告诉他,她第二天就要去和她母亲一起度夏天。他接着说,她父亲是托马斯顿高中的一个传奇式英语教师。"她盼着能见到你呢,"他补充说,"但她劳工节就回来了。"

"她为什么想见我?"努南觉得奇怪。

"她画了你。"

画了他？

"实际上是上初中时，"露西说，解释说莎拉是个画家，他们刚开始约会时，她画了林奇家的小店，把他的老朋友也画了进去，"什么时候来玩玩，我指给你看，妙极了。"

同样没有乞求。下午过了一半时，努南的好奇心占了上风，加上他的第一个工作要到第二天才开始，在此之前，他需要走出父母的房子。那个下午天气很好，暖洋洋的，从伯若区走到第三街让人惬意，但努南突然想到，他很快就会需要有某种代步的工具。夏天他的一个工作在闹市区，另外两个在一英里之外的公路干线上。他若想省钱，是不能考虑买车的。有一辆自行车也胜过步行，但强不了多少。也许一辆二手的摩托车？

自从他家搬走后，他就没有旧地重游过，因此，看到他们原来住过的房子不在了，他觉得很惊讶。相形之下，艾吉·鲁宾倒是扩大了。否则的话，这个街区似乎没有什么变化。他进了小店，大个子卢·林奇站在收款机旁，他看去上似乎和原来一模一样，只是不再穿送牛奶的白制服。努南认出卖肉柜台后面的，是他的弟弟德克兰。显然，两人都没认出他是谁。

"那边原来是不是有栋房子？"他指着十字路口对面，问露西的父亲。

"六年前烧掉了。"那人说，出于某种原因，因想起什么而微笑。

努南点点头，试图回忆是否曾经有人告诉过他这件事。"这么说，我猜我们搬走的正是时候。"他说，期望他能推断出他是谁。

大个子卢眨了眨眼睛，上下打量他，还没完全明白过来，直到努南摆出过去冲浪的姿势，两腿叉开，为平衡而伸开胳膊，他才露出一脸傻笑。"哎呀，老天，"他说，"卢易！快看谁来了！"他的眼睛仍然没有离开努南，仿佛害怕他可能是个幽灵。

"我看看他。"露西说，从后屋出来，也带着同样傻笑。"哇，"

他说,"你变样了。"

"哈,你也变了。"努南咯咯笑着,他们握了握手。实际上,露西看上去基本没变,除了个子更大了。他现在的个头儿几乎与他父亲差不多,样子仍然很嫩,但比较放松和自信了。

"我以为你说你来不了呢。"露西说,仅仅露出一丝以往的哀怨。

"我得到那份工作了,所以……"

大个子卢从柜台后面探出身来,用力握了一下他的手。"手腕子怎么样了?"他说,仿佛努南那次受伤就发生在一星期前,他一直记挂在心上。

"愈合了。"努南说。

"你爸爸好吗?"

"老样子。"努南告诉他,希望这个话题到此为止。

"他在邮局干得不错,是不是?"林奇先生说,"那里的人一定都喜欢他。"

"你打橄榄球吗?"德克兰·林奇打断他的话。

"我这样计划。"努南承认。

"你能挡球、截球或抓紧球吗?还是像其他球员一样?"

"我猜我们可以等着瞧。"

"劝你在这里的好朋友也出去。他可以练得别这么嫩。"

"你从柜台后面出来,"露西让努南吃惊地说,"我们看看谁难对付。"

"你小心点儿,"他叔叔劝道,"比我们两人都难对付的人就要进门了。还更刻薄呢。"

就在这时,门上的铃铛响了,苔莎·林奇提着一个不锈钢大桶走了进来,里面装的像是土豆色拉。她立即认出了努南,一个想法掠过他的脑海:露西的母亲可不像他自己的母亲,她两秒钟就能识破他的老爸属于吓唬人的懦夫。另一方面,她却嫁给了露西的父亲,你对此又能作何解释呢。"

苔莎·林奇向旁迈了一步,拉着门,这时他才意识到,她身后站着一位与他年龄相仿的姑娘,也端着一个色拉盆。她也只看了一眼,就明白了他是谁,而且露出灿烂的笑容。"好啊,"莎拉·伯格说,放下色拉,出其不意地拥抱了他一下,"正好。"

被露西的女朋友拥抱,努南感到的不仅仅是有点尴尬,特别是露西就站在一旁,咧嘴傻笑着,仿佛这一切正是他的希望。

"正好?"

莎拉·伯格绕到柜台里面,从墙上拿下一幅镶了镜框的画,递给他。"我四年前就画了这张画。这是你,正要进来。你花了四年时间才走了两英尺。要我说,你是真不着急啊。"

努南笑起来,很喜欢她的调侃。露西无疑告诉了她,他被送到军校去的事情。通过把他描绘成一个拒不领情的家伙,她免除了他解释那些流亡岁月的必要。

"我们一直都在代你干活儿,"她继续说,把那幅画放回到挂钩上,"干我们自己的活儿,还要干你的活儿,你连一句感谢的话都没有。"

"我在想明天能不能请假?"他说。

现在她向露西走去,拥抱了他一下,露西接受了,显然很高兴但又不好意思。"他有其他更酷的朋友要见,"她告诉他,"他花了四年时间才来看我们,现在他又要走了。"

"也给我一个他们那样的拥抱。"大个子卢说,显然不耐烦这种难懂的谈话。

莎拉绕过柜台,给了他一个似乎是诚心诚意的拥抱。

"那我呢?"德克兰·林奇喊道。

"没你的份儿,"莎拉告诉他,仍然靠在大个子卢身上,"你打赌输了。"她转身向努南解释,假装严肃地说:"他说你永远不会回来。"

"但你知道得更清楚。"

"对，"她说，"我只画真实的事情。"她微笑着用她的黑眼睛凝视着他，等于是一种挑战。林奇一家人也全都冲他笑起来。

那一瞬间，努南觉得他的选择变少了。他毕业后可以按计划离开托马斯顿，去西部的什么地方，但他无法再保持超然物外。从他走进艾吉·鲁宾的大门，让莎拉·伯格的画成为现实，那个选择就蒸发了。他的出现完成了什么，尽管他不能肯定是什么。这种感觉很像他仿佛有了一个新的家庭。很危险，但很好。

后来，他们去后屋拆纸箱子，纸箱堆得山一样高。露西问："你觉得怎么样？"

关于他有了女朋友？还是关于莎拉？努南判断，他一定是指后者，但事实上，他不知该怎样想莎拉·伯格。她不是大美人，但也不像他原来害怕的那样，有什么明显不对头的地方。刚才在前面店里，那女孩不知怎么控制了他的注意力，但现在，他想象不出她是如何做到这一点的。她瘦削、棱角分明，不是通常那种会让他多看两眼的姑娘，现在她走了，他很难回想起她的面部五官。是她的态度，她那种嬉戏感，犹如一股甜蜜的香味，在空气中流连。她仿佛是在嘲笑他，姑娘们通常不这样做。她还有一种自然的优雅，并非特别女性或者刻意，还有一种直率和脆弱，让他觉得需要他去保护，虽然他想象不出要保护她不受什么的伤害。由于说不出确切的原因，所以他对她第二天就要离开感到失望，很遗憾要到九月才能再见到她。

"我父亲让她夏天在艾吉小店工作，"露西解释说，"但她要攒钱上大学。夏天在长岛给去度假的人当临时保姆，照顾小孩，可以赚更多的钱。再加上她只能这时去看她母亲。她父母分居多年，现在她母亲要打官司离婚。"最后这一点，让他一说，仿佛是个无法形容的悲剧。

"对她母亲有好处，"努南回答，想起自己的母亲。然后，他看到露西脸上的震惊表情，"如果大家都痛苦，为什么要待在一起呢？"

"我觉得莎拉并不痛苦。"露西说。他认为，是她弟弟鲁迪的死，造成了他们的分居。她母亲搬回长岛，在那里揽活做，她是工艺美术方面的自由职业者。她尽管在找长期的项目，但找到的大多是零活——设计商标、小册子和餐馆的菜单等等。她父亲预测她最终会失败，除了回来，别无选择，他们会再成为一个家庭，但迄今为止这事并没有发生。她母亲还在努力维持。莎拉的父亲除了是这个镇上举止古怪的英文教师外，还在夏天写一本他已经写了十年的小说。他的书也是莎拉夏天不能留在这里的原因之一。它需要无比深沉的孤独。

他们拆着纸箱子，露西一直在说，讲述托马斯顿和林奇家所有的新鲜事。他解释了他们如何买下艾吉·鲁宾，如何扩张它的生意，他母亲开始不愿意，后来成了合伙人，又怎么让德克兰叔叔加入。他告诉努南，他的远亲卡伦·西里洛在楼上住过一段时间，杰锡·奎恩如何统治初中，茂克三子的遭遇，以及他怎样遇上莎拉。他不再犯病，这真是大好事。他告诉努南，他父亲因为救斯平纳科尔姐妹而成了英雄。去年他右臂下长了一个小包囊，割掉了。大家都吓得够呛，但组织活检是阴性。有些细胞看上去不太正常，而且那个包囊离淋巴结太近，所以阿尔巴尼的肿瘤科医生有些担心。他的病人大个子卢住在托马斯顿，所以为保险起见，现在每隔一个月就要去验血。

露西的喋喋不休，又让努南感受到他们旧日友谊的某种无拘无束。真奇怪，他怎么会只生动地记得露西每一个恼人的习惯，而把他的优点忘得一干二净。还是一副好心肠，而且现在似乎不那么需要别人，也比以前开放了，这很好。如果林奇一家决心在这个夏天收养他，努南至少不会有什么痛苦。实际上，他很高兴自己顺道过来了。他不断希望莎拉会加入他们,但露西告诉他,今天是做色拉的日子,这意味着他的女朋友要忙着帮他母亲做新鲜沙拉,然后作为熟食存放在他叔叔的保鲜柜里,好在周末出售。周末天气应该很好,因此半个东区都会在去湖边前,到他们的小店来,在他们的野餐篮子里,装满苔莎·林奇的色拉和德克兰·林奇的熏猪排。

他们拆完纸箱子,又回到前面店里,除了莎拉,大家都在。莎拉在街对面收拾厨房。林奇太太说,努南好像饿了,于是递给他一大盘冒尖的色拉——土豆、通心粉和鸡蛋。他实际上是饥肠辘辘。他父亲对买食品杂货的钱仍像以前一样抠门,他觉得在家里吃饭,就是从弟弟们嘴里抢食。"见鬼,"他说,吞下一大勺通心粉色拉,"真好吃。"

露西的母亲听了似乎很高兴。"你的夏季工作安排好了?"她问。

他告诉她,他要在三个不同的餐馆打工,半心半意地预料她会主动让他来艾吉工作。

"这么说,我们不会经常看到你了。"她说,向露西望去,后者很生气,拒绝看她的眼睛。这是奇特的一刻。她是想让儿子对失望有所准备吗?努南刚才还断定他的老朋友不像以前那样需要别人,难道他错了吗?

莎拉回来时,努南正吃完盘子里最后的一点儿色拉。她直接走到咖啡壶边上他坐的小桌旁。"你觉得怎么样?"她说,拉过一把椅子。

"什么怎么样?"

"你刚吃完的东西。"

"好吃,"他说,"真的好吃。"

"你最喜欢哪种?回答时小心点儿。其中有一种是我做的。另外两种是苔莎做的。"

"三种我都喜欢。"

"胆小鬼。"

"我最喜欢通心粉。"

"鸡蛋色拉是我做的,"她说,"也许我九月份回来后,我们能相处得更好一点。"

"你真要走整个一夏天?"

"你可以给卢做伴。"

这时露西走过来。"他有三份工作排着队呢。"

"最后你也会来这里工作的,"她警告说,"等着瞧吧。艾吉会让人上瘾的。"

德克兰·林奇正在收拾他那一摊。小店会开到午夜,但肉食和熟食部分六点钟就关了。"你明天要在医生那里待多长时间?"德克兰问他哥哥。

"我正想要取消那个预约呢,"大个子卢告诉他,"我们这里忙成这样,干吗要浪费半天时间,开车去那个办公室里坐着?"他说,"见鬼,我现在感觉挺好。"

"你得去。"苔莎·林奇说。

"蠢透了,"大个子卢发出哀叫,但他似乎明白,关于这个话题,是他妻子说了算,"其实没什么可担心的。制革厂已经关了两年了。"

"毒还在那里,卢,"她提醒他,"如果我三十年来每天早上把一粒砷放进你的咖啡,它也不会因为我现在就开始泡茶了,就从你的身体里消失。"

"我没这么说,苔莎,"她丈夫说,显然对她的比喻,比对有毒的地下水还要担心,"你读了报上那篇报道吗?他们说鱼又回到小河里来了。如果水对它们不好,它们也不会住在那里。"

"为什么不?"他妻子答道,"我们就住在这里。"

"苔莎一贯正确,傻大个儿,"他弟弟尖声说,"上星期我看到有个家伙抓了一条鱼,它的鳃下面有个瘤子,高尔夫球那么大。实际上就在如果你有鳃的那个地方。让那个专家检查一下那里,苔莎。保证傻大个儿腋窝下别长出个鳃来。"

"我倒希望他长出一个来呢,"林奇太太说,"我们可以收钱,让人来参观。"

莎拉站起来,走过去拥抱大个子卢,和他吻别。"人们都对你太刻薄,卢卢。"她说。

"我知道,亲爱的,"他说,使劲搂着她,"他们喜欢刻薄,我猜,否则他们不会这样做。你明天要坐很长时间火车呢。你爸爸不陪你一起去吗?"

"不陪,明天他就要坐在打字机前,在劳动节之前,他是不会停下来的。"

这显然不是大个子卢所能接受的。"别管怎么说,他那本书是讲什么的?"仿佛书的主题可以揭示它是否重要到能够证明,他不陪女儿去纽约是有道理的。

"现在大概有一千页了,单行距。"莎拉告诉他。

这只能有利于大个子卢最初的论据。"耽误一天没什么了不起。"他说。

"你怎么知道,傻大个儿?"他弟弟插话说,"你根本没读过一本书,更别说写书了。"

大个子卢不理睬这一侮辱,他弟弟说的大多数话他都不理睬。"他可以和你一起坐车过去,见到你妈后,再马上坐车回来。"

"那他们就会在中央火车站吵起来。别担心,卢卢。我每年都在同一个地方和我妈妈碰面。她总在那里的。"她拉着他的胳膊肘说,"向我保证,你不会取消那个预约。"

"我向你保证。"苔莎·林奇说。

"我真希望你不必走,"大个子卢说,眼里溢满泪水,这让努南大吃一惊,"你夏天可以在这里工作。"

"别说了,卢,"他妻子警告他,打开大壁橱的门,"我们以前讨论过这件事。莎拉是去做她需要做的事。"

"我没说——"

"你说了,卢。我们都听见了。不要走。你就是这么说的。"

"我只说我希望她不必走。"他解释道,用手背抹了抹眼睛。

"好吧,她的确必须走。"苔莎说,消失在大壁橱里。

"我知道。"大个子卢承认,与其说是对他妻子,不如说是对莎拉。

"我要上楼去了,"德克兰说,虽然没有做出去任何地方的动作,"我受够了这种谈话。"

莎拉穿上外衣。"你们两人要是愿意,可以送我回家。"她说,显然是指露西和努南。

努南很愿意,但他假定,他们两人可能都不愿他在旁边目睹他们告别,所以拒绝了,但他很吃惊莎拉和露西似乎都感到失望。

"你好好过这个夏天,迷人精,"德克兰说,走过去等她告别拥抱,"我不像看上去的那么老,你知道。很多你这个年龄的女孩觉得我很可爱呢。"

"说出三个人的名字来。"莎拉说,努南微笑起来,她轻而易举就制伏了他,实际上是制伏了林奇家的所有人。

"那是吹牛。"

这时苔莎·林奇从壁橱中出来,拎了一大桶土豆色拉,恼怒地看着她的小叔子。"别再挑逗那女孩,把柜子打开好不好?"

"是,夫人。"德克兰说,回到柜台的另一边去帮她。

"多数我这个年龄的女人认为,你的好日子已经过去了。"苔莎告诉他。

努南这时看到的情景,是他的想象吗?保鲜柜的玻璃很厚,而且有曲线,放大并且扭曲了里面紫色的烤肉和一槽槽的肉末,所以这也许只是眼睛的错觉。但是努南似乎觉得,苔莎·林奇走开时,德克兰·林奇伸出手去,在她的手背上捏了一下。

后来在回家的路上,他说服自己放弃了这个想法。他自己父母的婚姻是乱糟糟的欺骗,并不等于其他人的婚姻也有类似的缺陷。实际上,他非常喜爱林奇家为自己营造的世界,以及他们在那个氛围中的轻松自如。不仅是他们,莎拉也一样。显然,她不仅爱林奇家的人,而且爱艾吉·鲁宾,仿佛这小店满足了她内心深处的某种渴望,她想象中渴望的一切就在那些架子上,而她不想要的东西,或者对她没好处的东西,都被体贴地挪走了。努南很肯定,虽然他希望从生活获取的多数东西,艾吉·鲁宾并不出售,但他不得不承认这地方的吸引力,它的温暖、同志情谊和慷慨。如果只是林奇一家人,如果没有莎拉,他会有同样的感觉吗?他猜想今后几个月可以判断出来。

他才走了一半,黄昏降临了,这时后面响起汽车喇叭声,露西的母亲开着林奇家的小货车,停在了路边。"上来吧,"她从座位上向他喊,"我顺路送你一程。"

她的措辞与其说是提议,不如说是命令,他照办了,钻进车里,坐到宽敞的长座上,关上车门。他以前从未与林奇太太单独相处过,虽然他没有特别的理由觉得不自在,但他确实这样觉得。她刚才一直跟着他吗?如果是这样,出于什么目的?警告他远离他们的世界,远离艾吉·鲁宾,远离她的儿子?他又想到莎拉的画,画面上,他在外面,正要进去。难道苔莎·林奇是要告诉他,他属于外面?但她一张口说话,他就松了口气,她说的完全是另一个话题。

"你母亲怎样了?"她问,眼睛离开前路的道路,转向他,等待他回答。

"还好,"他说,"你什么时候应该给她打个电话。"

"我去医院了,"她说,"但你父亲让我走人。上星期我给你家打电话，但她显然答应过不和我说话。"

努南点点头，但没做任何评论。倘若他愿意讨论父母的事情，林奇太太倒是个可以吐露秘密的合适人选。但他不想与任何人谈论这件事。

"你什么也不必说，"她说，显然看出了他的勉强，"但我希望你向我保证，如果情况恶化，你会告诉我。你母亲能忍的已经都忍了，我也许能够帮上忙。不要告诉我丈夫或者卢易。告诉我。"

"不会发生什么事情的。"努南安慰她。

"真的吗？为什么？"

"现在我在家里了。"

她又转过头去看他。他们开到一个停车标志前，正要穿过那条将东区与伯若区非正式分开的大道。他们离马库尼家的房子只有两个街区了，但林奇太太打开她的右转灯，向城外驶去。"听着，我知道你敢作敢为，"她在一阵沉默后说，"我肯定你会尽力——"

"我们到哪里了——？"

"——但你只有十七岁，你可能给不了你母亲所需的帮助。"

"比方说？"

"比方说有人可以倾诉。从伯曼大院，我和她就是好朋友。你或许不知道。"

"倾诉对她有什么好处？"

"很多好处。有些你不知道。不仅对她。我们的谈话是双向的。我们相互倾听。"

努南又想起他刚才看到，或者想象自己看到的情景，德克兰·林奇在她的手上捏了一下。

她突然看上去很担心，仿佛想到什么在此之前没有想到的事情。"我希望你不是觉得，你母亲的问题有个解决办法。"她说，低头瞥了一眼他的膝盖，努南放在那里的手握成了拳头，这让他自己也很吃惊。

他迅速松开拳头,然后才说:"为什么不应该有解决办法?"毕竟他一直在祝贺自己找到了解决办法。他给父亲下了最后通牒,不是吗?老家伙知道他识破了他。情况已经不同了。

"因为人是不会改变的。你确实知道这一点,对吗?"

努南耸了耸肩膀,不想公开对她显然非常坚持的事情发表异议。但人们确实改变,不是吗?他自己与五年前去军校前就不是同一个人了。他与露西一起待了几个小时,可以看出他也变了,和努南变得一样多,甚至更多。

"别把成长与改变混为一谈,"苔莎·林奇说,再次看透了他的心思,"我说的是内心,不是刮了下巴这样的事情。"

努南觉得这是个相当私密的评论,让人很不舒服。露西的母亲为什么看他的下巴?突如其来,车里出现一股电流,而她把车转入灰渣小道,停在古老的惠特科姆庄园大门口,这电流瞬时间增强了。如果情况没有变化,这是一条情侣小道。现在天几乎全黑了,车前灯划破夜幕,映出远处大宅黑色的剪影。林奇太太把车放在倒挡位置,说明她只是想掉头回去,他这才松了一口气。

但是她仔细想了想后,停下车,转身面对他。"告诉我你想做什么。"她说,眼睛盯着他。

"做?你是什么意思,是指将来吗?"

"好吧。如果你愿意,从那时说起,我们可以倒着说。"

"毕业。那之后,也许去西部。我不知道。"

"你计划带你母亲一起去那里?"

"不!"他冲口说,那个字如同打嗝一样脱口而出。

林奇太太笑了一下,并没有恶意。"好。所以当你说因为你在家里,所以没什么可担心的时候,你说的是下一年。"

"这不是——"

"那上大学呢?"

"也许吧。我会申请。"

"你听说过越南,对不对?你知道在这个语境里,'也许'这类词的含义吗?它的含义是,你稀里糊涂就发现自己跑到世界另一边的热带丛林里去了。"他只是耸耸肩膀,她借机说,"那卢呢?"

这个女人疯了吗?卢咋啦?这是个新话题,还是同一个话题?卢去上大学吗?他计划入伍去越南吗?他怎么会知道?"我不——"

"你今天为什么到这里来?"

"他邀请——"

"别耍他,鲍比。你愿意做朋友,很好。你不愿意,现在就走开。你知道他是怎么回事。"

"他现在似乎真的很不错啊,"努南告诉她,对朋友的母亲这样背后议论他,感到有点儿羞愧,"快乐,我是说。他改变了许多——"

"不,他没有。你刚才没有听我说。人是不会改变的。"

"他不再犯病了。"努南说,很自信至少这件事她可以同意。

"那只是枝节,"苔莎·林奇说,"它们总是变化的。今天你很健康,明天发现了一个肿瘤。但你是谁却永远改变不了。卢的变化并不比你大。你仍然是你母亲第一次试图逃跑时的那个男孩,那个出去在大街上捡她的东西,把它们塞回箱子拖回家的男孩,完全不顾自己将要为此挨鞭子。你以为我不知道这事,对不对?那时你也以为你解决了她的问题。"

"实际上,我觉得从那以后,我改变了很多。"努南说,突然觉得自己赤裸裸地暴露在别人面前。

"我知道你这样觉得,但你错了。况且现在还有莎拉。"

"我对莎拉没兴趣。"努南说,很肯定这谈话会向什么方向发展。

"你了解她以后,会对她感兴趣。"

"我觉得不会。再说了,她是露西的女朋友,"他说,但他看到她缩一下,眼睛眯起来,他赶快纠正自己,"卢的女朋友。"

就在这一瞬间,司机一侧的车窗上响起一声清脆的敲击声,他们两人都吓得跳了起来。露西的母亲先恢复过来,摇下窗子。一个看上去有点儿眼熟的小黑人在咧嘴冲他们笑。他们两人都全神贯注于谈话,根本没听见那人走近。

"苔莎·卢皮诺,"他说,"你到这里来和我一起号叫吗?"他把喝了一半的威士忌瓶子放在敞开的窗框上。

"不,不是这样,加布里埃,"林奇太太对他说。加布里埃·茂克,努南想,现在记起来了。"我肯定你知道。"

"为什么?"他说,费力地看她后面的努南。

"对我来说,你太矮了,"她告诉他,"我只跟高个子的男人一起号叫。至少六英尺高。"

德克兰·林奇有多高?努南想知道。没有六英尺,但差不多。

加布里埃听了这话仰头大笑,笑得差点儿失去平衡。"矮?"他说,"是因为这个吗?我太矮了?"

"而且我已经结婚了。"她说。

"你已经结婚了,而我又太矮,"他说,用袖子擦眼睛,"感谢上帝,不是因为别的。不希望还有什么其他障碍。那是谁?"

"我儿子的一个朋友。我在让他明白某些道理。"

他用充血的眼睛打量努南。"你要是聪明,就照这女人说的做。她比你聪明一百倍,我甚至不知道你是谁。不在乎你是谁。你愿意来一口这号叫的果汁吗?你号叫过吗?"

"没有,谢谢。"

那小人的注意力又回到露西母亲的身上。"懂礼貌,"他说,"不知道他是谁,但他懂礼貌。这一点可以承认。但挺傻,是不是?"

"不完全是。"苔莎·林奇说,远不是毫不含糊的赞许,但努南听了挺高兴。

加布里埃又打量他一番。"NCS①。我再见到你,我就这样叫你。NCS。不全傻。只有我和你知道它们代表什么。随你怎么叫我都行。你高兴的话,叫我胗子也行。我不在乎。不管你高兴不高兴,我就叫你 NCS 了。哪天晚上高兴时到这里来。我就住那边。"他朝与大宅连着的小屋的方向挥了一下手,黑暗中刚刚可以看到小屋的剪影。"带一瓶果汁,欢迎你来。带上小林奇。你知道我说的是谁?"

努南点点头。

"小卢·林奇,我是说他。他是个业余号叫手,像你一样,我猜。也许我要开始叫他 NCSE。也不全傻。"

"加布里埃,这两个男孩都不会到这里来和你一起喝醉的,所以你就别胡思乱想了。"

"为什么不呢?也许他们不像你。也许他们对矮子没偏见。"

"他们未到法定年龄。你给他们烈酒,你就要进监狱。"

"给他们?"加布里埃·茂克似乎觉得这是他听到过的最滑稽的想法,"他们给我还差不多。再说了,我该和谁一起在这里号叫?告诉我。人不喜欢永远自己号叫。觉得孤独。"

"我猜是这么回事,"林奇太太承认,"你的儿子怎么样了,加布里埃?"

"不知道,"他说,直起身子,突然清醒起来,"没跟我说过一句话。"

"太可怕了。"

"世界上充满了可怕的事情。也许你注意到了。"

"啊,我是注意到了,加布里埃。是的,"她说,"我还记得那天

---

① Not completely stupid(不全傻)的缩写。下文的 NCSE 是 Not completely stupid either(也不全傻)的缩写。——译注

你和你父亲出现在我家的前廊子上。"努南看到,她的眼睛里有泪花闪烁。

"不是你的错,一点儿不是,"加布里埃对她说,"你除了不喜欢矮人,别的都挺好。一直是这样。别把那天放在心上。都是过去的事了。"他停了一下,凝视着黑暗的远方,手里仍然握着瓶子,但一直没有把它放到嘴边。"猜现在那个老师在照顾他。以为他是那孩子的父亲。跟他谈话,人们说。交谈,他们两人。老师评论一件事,我儿子告诉他自己是否同意。你怎么来解释这件事呢?"

"我觉得你儿子不同自己的父亲说话很愚蠢。"

加布里埃摇摇头,但似乎感谢她投了信任票。"不,我什么都不知道,归根结底是这么回事。我猜他想明白了这一点,决定不浪费时间和一个疯子说话,这个疯子只会浪费时间号叫和干别的疯事。无论如何,晚安,苔莎。我叫你苔莎行吗?"

"你高兴的话,叫我胺子也行。"林奇太太笑着说,将车挂到倒挡位置。只是在他们掉头将车开到车道上时,那个小人才把瓶子举在唇边。

他们回到公路上,向镇里开去,林奇太太摇摇头,睨视了他一眼。"有时站在那个人的角度看问题,能告诉我这个世界是个好地方。"但然后她咯咯笑了起来,"苔莎·卢皮诺。我嫁人前的名字。有二十年没人这样叫我了。它也可能完全属于另一个人了。"

"你刚才不是说人不会变吗?"努南提醒她,很高兴能以其人之道,还治其人之身。

"击中要害。"她说,冲他苦笑了一下。

"廊子上发生了什么事?"努南想起来问。

"啊,也许哪天我不这么忧郁时,我会讲给你听。今晚我不想回忆那事。"但他可以看出,她确实在回忆那事。到他们停在马库尼家的车道上时,一轮满月已经升起,在月光照耀下,可以看到他母亲站在窗前,望着外面的街道,苍白,鬼魂一般。在等待努南?还是他的父亲?林奇太太摇下车窗,挥了挥手,但她一定没认出是谁,因为她没有往回挥手。

整个夏天,努南发现自己在艾吉·鲁宾度过的时间愈来愈多。最初,他去那里是为了躲避回家,但事实上,他愈来愈喜欢那地方。他发现,你不可能只与一个林奇发生关系,莎拉显然在他之前已经这样,她似乎对整个家族都有深厚的感情。仿佛她与艾吉·鲁宾和整个林奇家成了固定情侣,反过来他们对她也是同样。她让他们变得完整。这似乎就是她所画小店的含义所在,不仅对于她,而且对于他们大家。

现在,正如那幅画所预测的一样,努南本人弄响了前门上的小铃铛,进入了林奇世界,他也开始这样想艾吉·鲁宾了。此时他已发现,露西是否在干活并不重要,因为不管怎样,他反正都在店里。努南每次出现,即便那一天已是第三次,一贯善良快活的大个子卢都会宣布:"鲍比·通心粉。"他觉得这是最好的玩笑。"什么时候让你爸也来,"他至少每星期会提议一次,仿佛林奇家和马库尼家这么多年一直是最好的朋友,他们之间没有任何嫌隙,"你从来在哪儿都见不着他。"说"在哪儿"显然是指在艾吉·鲁宾,因为大个子卢从不离开这里。

德克兰似乎也喜欢努南来玩,特别是在八月橄榄球练习开始之后。他天生是个赌徒,虔诚地赌马、赌彩票,但他的第一爱好是体育——职业赛、大学赛,甚至高中的比赛,所以他使劲拷问努南托马斯顿球队的组成情况。他听说努南为了解决在几个工作地点来回跑的问题,正在考虑买一辆二手的摩托车,就把他带到大沙坑对面西区的一个车库里,那里存放着他酷爱的那辆老"印第安人"牌摩托车。他十年前就不再骑它,但因为爱之深切而没有卖掉。"花几个钱修修,就又可以用了,"他说,"归你用了,但保养好,你骑它出事死了，可别赖我。"努南一眼就爱上了这辆"印第安人"，他保证自己死了也不会怪他。露西借给他修理和上保险的钱，这样他就不用跟他父亲要了。

苔莎·林奇在第一个晚上拷问他有什么意图后，似乎也乐于向他显示出谨慎的爱。她意识到他总是饥肠辘辘，所以只要他一进艾吉，她马上就给他盛好一盘食物。店里总有活儿可以干，所以他总是尽量回报。仿佛她凭直觉，就知道他在家里过的是什么日子，而且他们一致认为，他在伯若区那栋房子里待的时间越少，对有关各方就越好。她仍然似乎没有完全信任他，但经过算计，已经得出结论，他在这里造成的威胁小于他不在这里。

他们达成的默契是，他在艾吉的真实作用，是在莎拉不在时，帮助露西度过夏天。尽管露西告诉努南，他的发病已成为过去，但他的母亲并不相信。不错，过去几年，他只相对轻微地发过一次病，但那就是在前一年夏天莎拉不在的时候。大个子卢从来都是乐天派，相信露西长大就会痊愈。露西的医生显然也这样预测，因为他们对这是什么病以及发病原因一概不知。林奇太太没有公开表示异议，但努南能看出，她把这归功于莎拉和她所起到的镇静作用。如果是真的，这就意味着，她希望努南发挥同样的作用。

随着夏天慢慢过去，对他的朋友是否痊愈，努南自己也变得不那么肯定了，他经常回忆起林奇太太的符咒——人是不会改变的。露西虽然变得自然一些，不那么总要人陪了，但在某些方面，也比过去更怪了。他似乎不能想象托马斯顿以外的世界或生活，他对努南在军校的经历没有显示出一点儿好奇心，仿佛他不相信那个地方真实存在，也不相信他的朋友在那里时的真实存在。大家的理解都是，露西高中一毕业就要去上大学，但他拒绝申请路程超过两小时的学校，他要周末回家来帮助照顾店里的事。莎拉申请了纽约市里的大学，周末不能回来，他似乎也没有感到不安，对可以去纽约看她也不觉得兴奋。露西对努南听说的城里的一切，一概不感兴趣：爵士乐夜总会，格林威治村那些刺激人的事情，而且如果你胆大，还有哈莱姆。

不，露西不去思考未来，而是在凝视过去。他只有十七岁，却已经像八十岁老头那样回首往事。他的每一个句子，都以"记得"这个词开始。一天，他们路过玛丽美容店，已辍学的卡伦·西里洛在那里工作。他问："记得那时我们所有的男孩是怎么都爱上了她吗？"努南一点不知道露西曾经对他的表亲卡伦感兴趣，就像露西不知道他们十二岁时努南就让她失去童贞一样。那时她的确肉感，勾起情欲。但现在，短短四年之后，她看去上已像三十五岁，完全衰老了。出于某种原因，露西似乎把卡伦的衰落当成自己的事，仿佛某种基础削弱了，他有义务去加强。"她只是需要减肥。"他满怀希望地说。努南可以看出，他渴望努南同意他的说法。"那个，还有小胡子。"他答道。

努南觉得，他的朋友没有理由迷恋刚刚消失的过去。他毕竟刚刚完成三年愉快的高中生活，而且适应得很好。为什么人，更别提露西·林奇了，要去留恋有那么多斜对称的初中时光？那时他是个悲惨的不合群者，而现在他有莎拉，而且两人在一起似乎很快乐。为什么怀念卡伦·西里洛？他也许听到林奇太太在说，因为人是不会改变的。

在马库尼家，却是一切都变了。他父亲很少在那里，晚上也如此。他声称，为了支撑家里愈来愈多的人口，他在邮局要工作到更晚，还作为咨询人员到处旅行，但努南肯定，他多数晚上是住在分界街那个女人家里。这很好。但母亲很奇怪，现在一副无忧无虑的样子，胸前抱着新生儿，似乎很满足这种和平与安静的状态。他的小弟弟们多数已不那么小了，个个面色苍白，好似大轰炸的受害者，刚听到解除轰炸的警报，筋疲力尽地从地下防空洞里钻出来，被亮光晃得直眨眼睛，不知轰炸是否还会恢复。努南本人也很少在家,他每天工作时间很长,而且经常待在艾吉·鲁宾。半夜或清晨,他偶尔会在冰箱旁遇到他父亲,那里就会有一段小小的,谨慎、无言的礼貌之舞。令人惊愕的是,母亲似乎断定她的丈夫和大儿子已经和好,放弃了他们之间漫长的强烈仇恨。只有一次,她好奇地打量努南,问他是否在她住院时对父亲说了什么。努南觉得没有理由让她不安,所以没说真话。

到了七月中旬,他才注意到,她每天早上起来的第一件事,是在喝橙汁时吞进一个小药片,晚上睡觉之前也一样。他没有很快把这药片与以下事实联系起来:这个婴儿从来不哭闹——这在马库尼家的婴儿中绝无仅有。他总是无忧无虑地冲这个世界微笑,仿佛这里没有父亲,也不需要有父亲。

夏季结束了,莎拉回到托马斯顿,努南几乎认不出她来。忽然之间,她不再是一个女孩,而是一个少女。露西邀请他一起到火车站去接她,他不禁感到奇怪。在停车场等待时,他看到她下火车后拥抱了一下露西。这与几分钟后她给他的拥抱有什么不同吗?他没觉出来。

"你怎么从来不写信给我呀?"在开车回家的路上,她问。他们三人并排坐在林奇家的小货车上,她说话时用胳膊肘重重地捅了一下他的肋骨。

"你从来没给我写过啊。"他指出。

"不对,"她说,"我写的信是给艾吉·鲁宾每个人的,也包括你。其他人都回信了。连德克兰都给我寄了一张脏兮兮的明信片。你先是四年后才露面,然后又不写信。你准备当一个蹩脚的朋友吗?"

"我们还是等着瞧吧。"

"我听说你买了辆摩托车。"

"不完全对。是德克兰让我用他的车。"

"那我想搭车时,是问他还是问你啊?"

"问你的男朋友。"

现在她捅了一下露西,也是那么重。"鲍比能用德克兰的摩托车带我吗?"

说不行,努南想。

"当然行,"他的朋友说,"为什么不行?"

努南可以告诉他为什么不行。他应该告诉他的。

思念一个只见过一面、你并不真正了解的人,这可能吗?或许不可能,但莎拉的归来,就让他有这种感觉,仿佛整个夏天,他都在不知不觉地思念她。那天夜里,他躺在床上睡不着,想起她在停车场上给他的拥抱。他从未从同龄女孩那里,接受过如此无拘无束的拥抱,因此他不知该做何解释。多数女孩到十七岁,都会对自己的身体有意识,会因此调整身体的角度。莎拉像个大姐姐似的拥抱他,一点儿不怕他产生误解。这意味着什么?除了作为姐妹,她对他没有更多的兴趣?毕竟她是露西的女朋友。但努南仍不能确定,她的拥抱是表明信任,还是完全没有信任。她是不能想象他这样的男孩受到她这样女孩的吸引,还是她信任他,信任作为露西朋友的德行?如果是后者,那就是一个错误。

对努南来说,如此困惑让他心绪不宁。他能猜出多数女孩的心思。她们对他有多少兴趣,像光环一样明显。她们尽可以含糊其辞,但他仍然明白。这确实几乎是再简单不过的把戏。但莎拉不同。她并不掩饰很高兴和他做朋友。这应该能够澄清事实,但它反而让事情更混乱了。他困惑的来源,是否可能是她毫不遮掩的喜爱呢?有可能。多数受努南吸引的女孩,并不十分喜欢他。开始,她们不明白这一点,这很好,她们即便明白后,有时又忘记了,这也很好。但莎拉真的喜欢他,是不是这个事实反而把他弄糊涂了呢?

另一个可能的解释甚至更让人痛苦。如果这与她对他的喜爱无关，而与他对她的喜爱有关，那怎么办？该死的苔莎·林奇已经警告过他，一旦了解了莎拉，他会对她感兴趣。他是不是已经爱上了她？以前他受到过许多女孩的吸引，但从来没有真正爱过一个人。解决的办法很明显。就是不要爱上莎拉·伯格。既然他已经下定决心，这甚至不应该那么困难。也许她不再像六月离开时那么瘦削，那么有棱有角，但她依然不是让人销魂的美人。此外，她是露西的女朋友。这就解决了。

但他依然盼着学校开学，猜测他们会不会一起上一些课。可能不会。他在军校的学习成绩保证不了他能预修大学的课程，所以在开车回托马斯顿的路上，莎拉劝他放弃萨默斯太太的课，选修她父亲的英语优秀生班时，他才假装不感兴趣，不想承认他没有资格。如果幸运，莎拉也有弱项，或许是数学，就能让她落到他所在的某个普通班。或者他选一门美术课。他从来没选过美术课——军校里甚至不开这门课。但美术会有多难呢？夏天时，他经常研究莎拉画的艾吉·鲁宾，甚至疑惑在把他不情愿地拽入林奇世界中，它可能发挥了什么作用。倘若不是透过她的眼睛看艾吉，他会如此喜欢它吗？他喜欢这个让人们在毫无意识的情况下，像自己一样看世界的想法。那确实是个值得学习的把戏。

梦见了鱼

努南的班主任萨默斯太太,嘴唇紧闭成一条线,眼睛从双光眼镜的上方怒气冲冲地瞪着他。是不是因为她点名时,他回答"在这儿呢",因此得罪了她?"上第一节课之前先来见我。"她告诉他,引得佩里·考斯洛斯基发出恶意的笑声。这笑声似乎在表示,新学年刚开始十分钟,马库尼已经遇到了麻烦。同一个老鲍比。

"你的课有变化,"在其他学生鱼贯走出年级教室①时,老师通知他,"你被加到伯格先生的名单上了。"他假定她手里举着的,是他的经过修改的时间表。

"真的吗?"他说,很惊讶,然后想:莎拉。这么说,在他希望他们两人可以同上一门课时,她已经在为同一件事做出努力。这至少是个明确的信号。

"我不怪你感到惊讶,"萨默斯太太很恼火地说,但明显不是针对他,"优秀生班本应留给出类拔萃的学生。"

"对。"他说,半心半意地期望她会意识到这话侮辱了他,然后道歉。

"那家伙觉得,规则只适用于别人,"她接着说,脸涨得通红,"而他可以例外。"

---

① 美国学生每天上课前必须去点名或听通知的教室。

"好吧,"努南说,伸出手去接时间表,但又放下手,因为看到她并没有递过来。

"仿佛还不够糟,整整一夏天,我在哈德孙街遇到每个犹太母亲,都得向她解释,为什么她的孩子没有被选入英文优秀生班,而他却躲在家里,装作在写什么愚蠢的书。"她对他说,把时间表紧紧捂在她那庞大的胸脯前。她似乎明白,这是唯一能让他留在那里的东西,给了他,她就只能自言自语了。

"如果——"

"仿佛还不够糟,他占了所有的优秀生班,好像我们其他人都不够格。仿佛还不够糟——"

"哎呀……我要迟到了吧?"他冒险地说,不能肯定还有多少个"不够糟"等着他,但他猜还有不少。

她不情愿地递过那张时间表。"我可盯着你呢,先生。"她警告他说。

大厅外,露西正满面红光地等着他。"伯格先生的优秀生班?"

努南点点头,他的朋友如此为他高兴,倒让他内疚起来。除了露西之外,人人遇到这种情况,都会嫉妒,至少有模糊的担忧,觉得自己的女朋友在为别的男孩走后门。那可怜虫还不明白她为何这样做吗?"你的第一堂课是什么?"他问,试图掩饰自己的狂喜。

"微积分。你呢?"

"几何。第三堂课上见。"

"有点儿心理准备,"露西说,"他相当怪。"

这么说,再过两节课,他就能见到莎拉了。他又想起她的画,现在它的含义有了微妙的变化。他现在看到的自己,不是在准备进入艾吉·鲁宾和林奇的世界,而是即将进入莎拉的爱。

但两小时后,他会得出萨默斯太太说得不错的结论:他不属于学校里最聪明的孩子。他究竟有何理由假设莎拉会选她父亲的课?当然,她聪明用功,是优秀生,但这门课由她父亲教授。他当然不能挑选自己的女儿来上这门课。努南一直在想的都是什么啊?这甚至不是最糟的部分。结果莎拉反而在萨默斯的班里。她把他挪出了否则他们会在一起的那个班。说到明确的信号。

还有其他的事情,他的班主任也是正确的。高四年级最出类拔萃的学生似乎都被有意识地排除在伯格先生关于美国梦的优秀生研讨会外,这个研讨会类似于某种奇怪的社会实验,目的要到学习结束后才会揭示。努南猜,露西在这班里是有理由的。他的分数不错,爱读书,但他读书的趣味趋向于青少年。更糟糕的是,他的想法往往保守得可怕。他以前不仅受到修女的教诲,而且还真的接受了她们的教诲。

但是为什么南·贝弗利也在这个班?是她老爸走的后门?有可能。南长得漂亮,但她身上什么地方有点儿怪——有点儿傻、不谙世事——努南无法确切指出是什么。她身材很好,所以不是这方面。那是什么呢?她与城里每个中意的男孩约会,有的两三次。如果谣言是真的,没一个人取得过一点儿进展。但他猜,那可能是因为他们,而不是她。漂亮女孩,爸爸又有钱,往往会让社会地位不如她们的人胆怯起来。对南来说,很可能所有人都这样。

他刚得出这个结论,她就朝他这边瞥了一眼,与他的视线相交,然后漠然向旁边看去,他很肯定这是假装的,因为她的光环显示出另一回事。如果下课前她再看他,他就可以肯定这一点,他现在已经很肯定了。他拿定主意,她将是转移他注意力的一个绝佳对象,现在他在莎拉的事上摔了大跟头,他需要一个人。无论傻不傻,南都是学校里最漂亮的女孩。他不知她是否会预料,他也像她的其他男友一样没有勇气。为了她好,他希望不会,因为他不会那样。

然而,在伯格先生的优秀生班,佩里·考斯洛斯基是所有孩子中最令人费解的一个。那男孩似乎拥抱自己的乡巴佬名声,与其说他傻,不如说他阴沉。努南猜,这种态度与他脸上密布的痤疮花园有关,此时这些痤疮正在怒放,一层一层的小脓包,相互愤怒地竞争空间,它们的卷须引流出的脓液形成一些深深的小水库。据露西说,有很短一段时间,他因几乎打死茂克家的孩子而受到惩罚。那件事发生后,有几周和几个月的时间,公众舆论出乎意料地谴责考斯洛斯基家。为了把佩里弄出小镇,远离社会监督,他们送他去了一个天主教夏令营。此前,考斯洛斯基先生一直反对使用如此激烈的手段,不愿把茂克三子这件事小题大做,但他们那个爱管闲事的教区神父告诉考斯洛斯基太太,他们的儿子把那个黑人男孩打得昏迷不醒,犯了不可饶恕的大罪,而她是个傻瓜,竟然相信了他。她丈夫在发现夏令营的费用后说:"那让他出夏令营的钱好了。"不就是一个神父拿补赎来为教会的金库赚钱吗?"他肯定拿回扣,你想打什么赌?"

还是据露西说,让他们惊奇的是,佩里实际上很喜欢夏令营,而且从办夏令营的修士们那里得知他所犯罪行的严重性,而且知道了自己有多走运,如果是对一个白人男孩犯下这种罪行,那就不是去夏令营的问题了。经过短短六星期,他回到托马斯顿,晒得黑黑的,而且改邪归正,实际上他觉得是过了一个有宗教意义的假期。修士们个个身强力壮,面色红润,喜欢在室外正午的阳光下打残酷的全场棒球。他们利用体育方面的比喻,来向十几岁男孩解释他们不感兴趣的信仰和道德。他们也喜欢喝酒,并暗示如果允许,他们也喜欢女人。简而言之,这些修士与他以前遇到的那些一无是处、女里女气的神父正好相反。他最喜欢雅各布修士,也许因为他与佩里一样,身材魁梧,地位低微,虽然五十岁了,坑坑洼洼的脸上,也有佩里所苦恼的凹凸不平的破坏痕迹。但佩里最喜欢的是他的态度,他愿意承认,有些事情无可奈何或者无法改变。他喜欢的表达方式是:"事情就是这样。首先是你的钱,然后是你的衣服。"八月从夏令营归来后,茂克三子的事件已经成为遥远的记忆,佩里·考斯洛斯基所说的一切只有雅各布修士,甚至现在,好几年之后,他从不错过一个机会,去提醒人们事情的本质:"先是你的钱,然后是你的衣服。"

但从长远来讲,他还是决定不去做修士。在高中,他发现橄榄球提供了类似宗教的许多好处——条理性、无限的热情,还有一件制服。相比他喜欢修士玩的那种激烈的棒球,橄榄球甚至更有意思。在明确限定的界限内,你可以随便使劲戳人,而且为此受到称赞。人们不把你当做罪犯,反而为你的努力喝彩,喊出"好球,考斯"这类的感激话。如果你捅了的男孩为此冲你发火,你就不断地捅他,直到他烦了,然后你们俩就成了朋友和队友。茂克三子的事可就不同了,他向他道歉——"别在意"是他确切的话,但得到的回报是面无表情的凝视,仿佛那家伙以为,低声下气向一个黑鬼道歉是件容易的事,而且还是他先给他惹的麻烦。

佩里·考斯洛斯基进了优秀生班?

然后是努南本人,他的历史也几乎同样暴力,他出名的代价是被送到军队改造学校。他母亲每次挨打就从家里逃跑,他父亲在下分界街包养一个女人,而且对此毫不忌讳。对他进入这个班,他的同学会怎样想呢?他可以想象南·贝弗利在餐桌上对她的父母说:"你们永远猜不到,他们让谁进了英文优秀生班。罗伯特·马库尼。我可不是开玩笑。"也许这本身就足以构成让努南坚持到底的理由。

露西整个夏天都在谈论伯格先生,但努南即使什么也没听说,也会一眼看出那人是疯子。他来上课时,脸色像洞穴人一样苍白,仿佛一夏天都戒掉了阳光和固体食物。他的皮带上多打出几个孔,都是用锥子扎的,很不专业,但即便如此,他的裤子也危险地滑到那几乎不存在的髋骨上。他在胸前搂着自己那个磨得很旧的四方公文包，他把它放在桌上时，努南才看出是为什么：公文包的提手显然已经裂开。什么样的人才会既不买新公文包，又不去修理旧公文包呢？

茂克三子跟在他身后溜了进来，如以往一样的悄无声息、神情茫然。努南听说，他现在是伯格先生的忠实伴侣。这位教师对茂克家孩子的兴趣引起相当多的猜测。当初大家已经很勉强地接受了后者是个悲剧性人物，结果多数人对他昏迷六个月后突然醒来大吃一惊，那六个月，他基本上是在斯克内克塔迪的一家医院度过的。当他平静地睡在另一市镇的医院里时，他们为他感到难过。但他现在穿行于托马斯顿大街小巷，就成了对他们的一个永远指控。后来，伯格先生把他收归到自己的羽翼之下，雇他干杂活，帮他上职业夜校，许多人想象这是因为他觉得自己有责任，也许是这样。如果他阻止自己的女儿与那黑人男孩一起去看电影，这个不幸事件就根本不会发生。其他人——林奇太太也在其中——则有不同的解释。伯格先生根本没有感到内疚，他是在幸灾乐祸地向全镇展示茂克三子，享受那孩子在人们身上发生的作用。伯格先生认为，全镇的人都要对这一肆无忌惮的暴行负责。也许实际动手打人的是考斯洛斯基家的孩子，但他得到了全镇不言自明的赞许，实际上，他也是在半个托马斯顿的注视下这样做的。而根本没有提出诉讼则是这个社区最后的祝福。伯格先生认为，让受害者保持在迫害者的视线之内，就是简单的公正。甚至有谣言说，在伯格先生的小说里，殴打茂克三子成了中心事件。

努南不禁要问，对这具有讽刺意味的利用，那男孩本人怎样看呢？如果他对这一主题或对其他主题有想法，他都没有说出来。虽然没有做实际的化验，但因为他说话和举止迟缓，大家普遍承认，他的大脑受了损害，但对一个黑人，你无法肯定这一点。他确实能够遵照指示，完成简单的任务没有问题，对机械方面的事情似乎还很擅长，而伯格先生本人正没有耐心去做这些事情。有些人相信，那男孩喜欢待在伯格家，是因为莎拉，但据露西说，他对她的存在视而不见，甚至从来不看她一眼。不，如果他爱什么人，也是那女孩的父亲。

今天，他抱着一台手提电唱机进来，在那里摆弄了一会儿，伯格先生则在先用小车拉进来的活动黑板上，写下一首诗——至少努南猜是一首诗。

> 他从临终病榻上坐起，
> 想要一条鱼。
> 妻子在梦书里查它的意思
> 然后去赌钱。①

这几句诗是伯格先生本人的作品吗？努南想。如果是这样，他是凭记忆写下来，还是当场吟作？努南有点儿喜欢这首诗，但它似乎讲不通。为什么一个垂死的人会要鱼？谁必须去查这个字的意思？他的妻子怎么去玩它？像在钢琴上弹一首歌那样吗？伯格先生是不是少写了一个字？她是不是要摆弄它？他感到露西的眼睛在盯着他，他看过去，绝对是，他的朋友正咧着嘴冲他笑，仿佛在说，很怪吧？努南抬了抬眉毛。对，很怪。

他们的同学也在研究这首诗，表情从困惑到惊骇。努南毫不费力就能看透他们的心思，因为与他自己的心思没什么不同。此时放弃优秀生班，回到萨默斯太太的班上，是否还不太晚？她虽然枯燥无味，但至少按照托马斯顿的标准，她不疯狂。她也是他的班主任老师，回到她的班，可以重新获得她的眷顾。但超出这些考虑的，是难以向莎拉解释这一决定。

伯格先生后退了一步，检查了一下他所写的，然后大刀阔斧地在黑板上写了"希望"两个字，他是那么用力，粉笔都折断了。这

---

① 美国诗人 Langston Hughes（1902—1967）的诗《希望》。

是那首诗的标题吗？那几行诗与希望有什么关系？茂克三子插上唱机的插头，打开开关，然后垂下胳膊，等待进一步的指示。

"找个座位坐下。"伯格先生说。那男孩开始向教室后面走去，他又补充道："别，就坐前排。茂克先生，这里不是伯明翰的巴士。你能看出来，因为它不是黄色，也不会动。"

努南猜，这一定是在开玩笑，因为伯格先生笑起来，露出满口细细的、狼一样的牙齿，那黄色与他本该是灰白色的短袖衬衫的领口和腋下是一个颜色。难道这就是莎拉的父亲？他在伯格先生的五官上寻找遗传上的相似之处，半心半意地希望能找到一些。会见一个女孩的父母，宛如未经授权地瞥到一眼未来。如果他看一眼莎拉，再看她的父亲，或者反之，就足以永远驱逐她的吸引力——无论那些吸引力是什么，因为他还没有把它们想明白。

茂克三子照他说的做了，在离门不远的地方坐了下来。佩里·考斯洛斯基显然原以为他设置好电唱机就会离开，现在用阴沉、憎恨的目光朝老师的方向瞟了一眼。"伯格先生？"他说，仍然凝视着那男孩。

但伯格先生正在翻拣他带来的一摞唱片，最后挑出一张，从封套中拿出来，放在唱轴上，又把它摆摆平。唱片掉到唱盘上，唱针慢慢下到唱片上，发出巨大的嘶嘶声。那唱片显然已经旧到划痕累累，而伯格先生似乎相信，放大音量就可以弥补这个问题，结果引得人人皱眉蹙眼。他叉开双腿，跟着拍子，用手指打榧子，摇头晃脑，还咧嘴笑着，露出满嘴黄牙。这难道是另一个玩笑？似乎没人知道。

"伯格先生？"佩里重复道，眼睛仍然瞟着茂克三子。努南以为他要问那男孩为什么还不离开，但他错了。"我们为什么在这里上课？"考斯洛斯基问。

他们在拿到印出来的时间表时，都假定上面写错了房间，直到办公室秘书通知他们，伯格先生专门要求在这间空气污浊、积满尘土、没有窗子的前储藏室上课,但他为什么不喜欢专为优秀生班留出的明亮、通风的最好房间,那仍然是个谜。

伯格先生不客气地冲佩里·考斯洛斯基咧嘴笑了笑。"哪个答案你更喜欢?"他最后问。

"哪个答案?"佩里重复道,四下望了望,看看这个问题对他的同伴是否比对他更说得通。

伯格先生点点头。"你上其他的课,习惯了得到一个答案,它通常是谎言。在这门课里,你得到两种或更多的答案,取决于什么问题。你在这些答案中寻找真相,但多数找不到。"

"你准备对我们说谎?"

"例如,我可以告诉你,我选这间房间的目的,是可以把爵士乐的音量放得很大,不打扰其他班上课,这是真相,但不是全部真相,除了真相没有其他。不是上帝助我。"他在自己上衣口袋里摸索了半天,掏出一盒揉得皱皱巴巴的香烟和一个失去光泽的银打火机。"真相也可能是,我选一个远离其他教室的房间,是因为——"他点上烟,深深地吸了一口,然后向房间吐出烟雾,"我喜欢吸烟。"南·贝弗利皱起鼻子。

"这违反规定。"佩里指出。

"是的,是违反规定,"伯格先生承认,第二次把烟吸进肺里,又从鼻子里喷出来,"但我真的喜欢吸烟,你不喜欢吗?"

"我吸烟如果被抓住,就要被橄榄球队开除。"

"而且你害怕我会告发你?"

"你应该报告。你是老师。别人也可能报告。"

"你想象谁可能背叛你?或许是茂克先生?"

这样提到茂克三子,佩里显然吓了一跳,后者似乎注意到提到自己的名字,但没露出倾听这一谈话的其他迹象。"也许吧,"佩里耸了耸肩,"我怎么知道?也许是马库尼。"

"你怀疑马库尼先生?"

"我说也许。我不知道。"

伯格先生转向努南。"你喜欢吸烟吗,马库尼先生?"

"喜欢。"努南说,在军校时,他因屡屡违反禁令而给自己招来麻烦,但他觉得没理由提供这一信息。他还因喝酒、与镇民打架、打架时手腕再次骨折而被人告发。也没有理由主动提到这些。

"来一支吧。"伯格先生说,把烟盒扔给他。

"他也在橄榄球队。"佩里说。

努南拿出一支烟,用伯格先生递给他的打火机点燃,这一举动甚至让他自己吃惊。他感到露西用惊诧的目光盯着他。

"好啦,"伯格先生又是对佩里说,"现在你用不着担心马库尼先生了。他背叛你,也就背叛了他自己。"

"但别人有可能。"

伯格先生向前探了探身子,压低嗓音,假装神秘地说:"比如贝弗利小姐?"

南听到这一提议吓了一跳。

"不,不是她。"佩里马上说。

"为什么不是?"

"她就是不会。"

"因为她金发碧眼?"

佩里做了个鬼脸说,"什么?"

"她金发碧眼,对不对?"

"那又怎样?"

"是黑眼睛黑皮肤的人做坏事,对吗?"

佩里左右看看,想找个同盟。"简直疯了。"

"或者你觉得她偷偷喜欢你?"

现在轮到南做鬼脸了。

"不是。"

伯格先生点点头。"或许你是对的。"佩里的脸色阴沉下来,伯格先生补充道:"我的意思是,怀疑是对的。多数人不怀好意,这一点是真的吗?"

"我猜是。"

"我不在意告诉你,我确实担心,"伯格先生说,还是那种语调,让努南不可能认真对待他说的任何话,但他的多数同学似乎都信以为真。这是一场比赛,裁判却是疯子。这意味着没什么办法,只有放松心情,欣赏这场比赛。"我可能因为给马库尼先生一支烟而被解雇,他可能因为吸烟而被踢出球队。正如你指出的,这样做违反规定,所以也许这意味着马库尼先生和我都完蛋了。但事实仍然是,我喜欢吸烟,而且我可以看出,马库尼先生也喜欢。他和我,我们俩非常高兴,校长不太可能来抓住我们,不会跑这么远到这里来,这可能是我选择这个房间的另一个理由。远离窥视的目光和恶毒的流言飞语。我的结论是——你也许有兴趣听一听,贝弗利小姐——如果没人告发我和马库尼先生吸烟,我们也可能会去做其他一些违反规定的事情。你不觉得这一可能性很恐怖吗?"

"其他什么规定?"南小心翼翼地问。

"你肯定不想来支烟,考斯洛斯基先生?"

佩里很想要一支,这一点再明显不过了,因为他用渴望和仇视的目光望着努南。努南却伸展了一下身子,冲他微笑,懒洋洋地从嘴角喷出烟来。

"我真的希望你来一支,"伯格先生说,"这样我就不用担心丢掉工作,也不用担心马库尼先生被踢出橄榄球队了。那两种可能性都让我非常不安。"实际上,努南可以肯定,他根本不在乎这两件事,但佩里似乎没有抓住这一基本事实。

"我最好别这样做。"他阴沉地说。

伯格先生耸耸肩。"当然,我选择这个房间的真正原因可能与吸烟没有关系。也许我把大家弄到这么远的地方来,不是因为要做什么,而是因为要说什么。说我们在那边不想说的话。"他又用那种假装神秘的语调对南·贝弗利说,"我们可能不想无意中被人听到。"

"比如说?"

"没有上帝,"伯格先生说,然后用手捂上嘴,"我不应该说这话。哇,如果有人听到我这样说,我可能会被解雇。就像吸烟一样。"

"你说没有上帝吗?"佩里·考斯洛斯基说。

"不,那只是一时走嘴。这不过是个想法。但我们在这里是件好事,对不对?这种话我们是不愿意让校长无意中听到的。我相信他与贝弗利小姐去同一个教堂,而且在教职员会议上,我听他说到上帝的时候,仿佛他们经常交谈,所以我知道,我刚才说走嘴的话,他听了肯定很不高兴。优秀生班教室就在他办公室的隔壁,他可能会听见。你们有没有注意到他是多么鬼鬼祟祟?多爱在走廊里闲逛,偷听各个教室里在做什么。"

"在这里,他也可以这样做。"佩里指出。

"但他很胖,很懒,"伯格先生说,"他不会跑这么远到这里来。而且他来了,我们可能会听到他,因为他那么胖,走起路来那么吃力,但我或许不该说这样的话。他毕竟是我们的校长。我提到他又胖又懒的唯一原因,是因为它是事实,这有别于光说恶毒话,你们不这样觉得吗?"

"是有区别。"努南自告奋勇地说。

"是有区别,"伯格先生重复道,"马库尼先生表示同意。这是我意料之中的。但贝弗利小姐,我有个问题想问你。关于我们的国家。人们说它很伟大,是所有国家中最伟大的。你同意吗?"

"同意?"她说,左顾右盼寻找支持。

"为什么呢?"

她想了一下,然后说:"因为我们是自由的?因为我们可以成为自己希望的人？"

"这是陈述还是问题？"

"陈述？"

伯格先生叹了口气。"啊，我觉得，或许你那有节奏的变音表明了某种保留。但也许到学期末，你能够用陈述的语调说话。你不觉得有这个可能吗？"

"有？"

"马库尼先生有他的怀疑，"针对努南压抑不住的大笑，伯格先生说，"马库尼先生，你是一个宽泛意义上的不可知论者，还只是针对贝弗利小姐而言？"

"宽泛意义上的。"努南说，小心让自己的语气听上去很肯定。

"这个班上还有其他的不可知论者吗？马库尼先生是我们唯一的实践者？"

没人回答。

"那么你呢，贝弗利小姐？"

南又吓了一跳。已经被叫过一次，她显然没料到自己这么快又被瞄上了。"我不知道？"

"你不知道什么？"

"什么是不可知论者。"这时，她看上去更惊恐了。

"我简直不明白你是怎么回事，贝弗利小姐。你知道答案时，你让它听上去是个问题，但你有实际问题时，譬如什么是不可知论者，你却不提出这个问题。因为你不想知道什么是不可知论者吗？还是你怕自己不喜欢它的答案？"

"你为什么老跟她过不去？"佩里冲口说出。

"现在出现了一个以问题形式出现的问题，"伯格先生答道，仿佛考斯洛斯基提出评论，除了帮他的忙，没有其他的目的。过了一秒钟，他又转向他说，"你更喜欢哪个答案？"

"我不——"

但伯格先生已经又把注意力转向南。"持怀疑态度的人,贝弗利小姐。不可知论者是持怀疑态度的人。一个提出质疑,特别是质疑权威的人。"他现在指着努南,把他作为直观教具,以免大家忘记了说的是谁,"马库尼先生宣称自己是个不可知论者,我相信他。你怎么认为呢?他在这一点上可信吗?你还是觉得,这仅仅是一种姿态?"他再次压低声音,向前探出身子,仿佛这只是他们两人之间的谈话。南·贝弗利向后靠在椅子上,而其他人都向前探着身子。"人们摆出姿态,是不是?装出一副样子,其实并不是。"

"我不——"

然后他又同样迅速不去理睬她了。"不可知论者的反面是什么,林奇先生?"

努南向他的朋友望去,预计露西会被突如其来的聚光吓倒,却发现他并没有,努南松了一口气。

"有信仰者?"

"又一个以问题形式出现的答案。你和贝弗利小姐应该结婚生子,"伯格先生说,这个提议把露西弄了个大红脸,"那么你呢,林奇先生,你是怀疑论者还是有信仰者?"

"我猜两者都有一点儿。"露西说。

"含糊其辞,当然了。"伯格先生答道,然后咄咄逼人地打量着南。

她过了一会儿才明白他的意思。"什么是含糊其辞?"她终于问。

伯格先生鼓起掌来。"好极了,贝弗利小姐。我收回刚才说的关于你的一切话。除了你是金发碧眼那部分。你确实是金发碧眼。"

"那有什么不对吗?"佩里想知道。

"哪个答案你更喜欢?"

"你干吗老问我这个问题?"

"因为我还没有得到一个满意的答案。说到这个,我甚至没得到一个不满意的答案。好消息是,我们有整整一学期,所以我并没有因到此为止没有进展而灰心,我希望你们也别灰心。现在,林奇先生。"

"是的,先生。"

"你为什么认为,自己有一点是怀疑论者,又有一点是有信仰者呢?"

"我还在学习?"

"不太糟的答案,林奇先生,即便是以问题形式说出来的。但我不相信这是真的。你想知道为什么吗? 想,好极了,我知道你想。你可能像你说的那样,还在学习,但你学不了太多。这就是说,你的学习速度不如你两三岁时那样快了。那时是真正的学习阶段。到十七八岁时,我们的性格和态度已经基本形成。我们基本上是在寻找证据,来证明我们对世界和我们在其中的位置已经得出的结论。我们喜欢变化这个想法,即便我们知道它是个幻想。我们不断希望有新的经历,但我们又害怕,因为对我们来说,下一个真正新的经历只有死亡,我们不可能从中学到很多,是不是? 那个小东西很可能就是我们受教育的终结,虽然它会回答这个问题,即是怀疑好,还是相信好,这让我想起最初的问题,贝弗利小姐。你和林奇先生有如此之多共同之处——我在这里是随口说——我不知道你是否可以想象出,他有什么其他的理由应该是有点怀疑论者,又有点有信仰者?"

"谁管这些?"佩里说,希望引起哄堂大笑,却没有做到。

"哪个答案你更喜欢?"努南说,假作沉思地吸了最后一口香烟,引出前面那个男孩没有得到的笑声。

伯格先生转向他,显然对努南抓住了游戏的感觉大喜过望。"你是林奇先生的朋友,对不对?"

努南点点头,"是的。"

"你说你是,但你的回答里有一丝迟疑。是什么让你迟疑呢?"

"你。"努南说,又赢来一片笑声。

"我?老天爷。我让你神经紧张吗?"

"你让每个人神经紧张。怕回答得不对。"

"啊,胡说八道。我承认,我让贝弗利小姐紧张。她不习惯对峙,但是你,马库尼先生?得了吧,别骗一个老骗子行不行?"

屋里其他的人都倒抽了一口气。

"我说了我们是朋友。我认为我知道谁是我的朋友,谁不是。"

"我也认为你知道,但问题在这里,贝弗利小姐,"他说,突然又转开了,"不要神经紧张。我们只是想听听你的见解。你觉得谁最了解林奇先生,是他自己,还是他的好朋友马库尼先生?"

是努南的想象,还是伯格先生确实在说那个"好"字时,用了一种奇怪的强调语气,反而让人怀疑他们根本不是朋友?

佩里打断他的话。"你为什么所有问题都只问这四个人?"

伯格先生像乐队指挥那样抬起手臂,在努南的带领下,全班异口同声地回答:"哪个答案你更喜欢?"佩里差点儿自燃起来。

"鲍比。"南说,她的眼睛直盯着努南的眼睛。啊,他想。她懂了,正在反击。她的光环开始闪耀。

"你可能是对的,贝弗利小姐。像你一样,我也不会低估马库尼先生。我们的马库尼先生不是傻瓜。"

"你准备偏向他吗?"佩里想知道。

"我想说不是,但那是个谎言,对不对?我们都有自己喜欢的人。在这方面,我和你一样。我喜欢某些人,不喜欢另一些人。例如,你不喜欢马库尼先生,我说得对不对?"他等在那里,咧开嘴笑,努南很明白他在等什么。

露西显然也一样,他捅了佩里一下,轻声说:"哪个答案你更喜欢?"

"啊,林奇先生,欢迎上船,"伯格先生说,然后又把注意力迅速转向努南,"但是马库尼先生,我真的必须坚持要你告诉我们,为什么你的朋友有一点是怀疑论者,又有一点是有信仰者。"

他耸耸肩。"他爸是有信仰者,他妈是怀疑论者。"

"啊,"伯格先生戏剧性地叹了口气,"所谓的混合式婚姻。林奇先生,你的朋友说得对吗?"

露西承认对。

"你父亲到底相信的是什么呢?"

"美国,"露西说,"我们的镇子。我们的家庭。还有人性基本上是善的。"

"而你母亲有怀疑?"

"不真是这样。她只是——"

"有怀疑,是的,我明白。认为人性基本上恶的,如贝弗利小姐和我刚才一致认为的那样。我希望,我们没有让你觉得枯燥无味,考斯洛斯基先生,"他说,注意到佩里正坐在椅子上生气,"因为我们正在接近研讨会的主题,我不愿意你已经失去了兴趣,因为拿我来说,我就非常、非常地兴奋。"

那天傍晚,努南仍觉得头昏脑涨。下午练完橄榄球后,他顺路去了艾吉,露西正在那里收款。他们相互看了一眼,就放声大笑起来。当德克兰·林奇从后楼梯上下来时,他们试图恢复平静,却没有用。

"你们俩像女孩子一样傻笑个不停,"德克兰观察说,他把头伸进保鲜柜,从中取出两块厚厚的猪排和一小盘土豆色拉,作为他的晚餐,"你们到底出了什么毛病?"

"哪个答案你更喜欢?"两人异口同声回答,又笑成一团,而他只是站在那里怒视他们。最后，他们终于有了足够的自我意识，停下来不笑了。

"就告诉我一件事，"他说，盯着努南，"我要知道真情。下星期六，我们有机会打败莫霍克吗？"

努南很想再给他一个伯格式的回答，但他能看出那家伙很严肃。他是个赌徒，要知道内幕。"很难说。"他告诉他。

"我知道很难说，"德克兰反驳道，"若是容易，我会问你吗？"

"我并不觉得他们比我们好，但那是他们的主场。"

德克兰嘲弄地哼了一声。"主场？"他说，"你是说，上游十英里的地方。坐巴士十五分钟，还得假定两个交通灯都是红灯。见鬼，他妈的基因都是一样的。如果我们离得更近，两队里就尽是兔唇了。我想知道的是，有没有人受伤。"

"佩里·考斯洛斯基今天练习时被打昏了。"努南告诉他。这是真相，但引用伯格先生的话，它不全是真相，除了真相没有其他。而他更喜欢这个回答，因为他与佩里在五十码线对峙，他们的碰撞让佩里头晕眼花，失去了方向。是这样的：努南在阻截队员之间拿到一个传球，前面第二防线四敞大开。如果他继续在左边跑，可能会一直跑到球门区，但他却低下头，撞到毫无准备的佩里的身上。佩里是球队队长、中线后卫。努南自己的手指头和脚指头也抖了一小时。练球结束后，教练把他叫到一边。"你俩是怎么回事？"他想知道。努南只是耸耸肩，不知他与佩里之间到底是怎么回事，或者为什么他很想用膝盖把佩里按在地上，让他的小脓包一个个发出破裂的响声。糟糕的是，在他觉得满足的那一刹那，他感到对父亲的憎恨有所减少。而那憎恨更加重要。有没有这种可能，即对这种珍贵商品，一个人的拥有量是有限的呢？

"真够意思的，"德克兰说，"我们队里唯一能够截球的人。我也许不得不买个面具，开车去莫霍克看他们练习。"在返回楼上之前，他停在冰柜前，抓起一瓶啤酒，关上冰柜门，轻轻发出砰的一声。努南奇怪,难道让德克兰·林奇住在艾吉楼上就比巴迪·纽尔特强?这难道不是半斤换八两吗?据露西说,他叔叔不付房租,从店里随便拿他需要或想要的东西。另一方面,除了周末狂饮所需的钱,他们不付他任何工资,这都是秘密交易,这样他还能继续领失业金。

"这么说,"他刚一离开,露西就说,"你是准备留在伯格班上,还是转到萨默斯那里去?"

"伯格,"努南毫不犹豫地说,"他也许是疯子,但他不枯燥无味。"

事实上,这堂课简直是太来劲了。当他们终于开始讨论黑板上的那四行诗时,伯格先生像阳光下绽开的花朵一样,耐心地、一瓣瓣地将它展开。开始时,全班一致认为这些词语说不通,诗中一定少了什么,或者什么地方出了毛病,因此当他们听伯格先生说这首诗很完美时,都感到很震惊。的确,他甚至走到那个极端,表示他们可能有毛病。

"好吧,"佩里向他挑战,"那你告诉我们,它是什么意思。"

伯格先生咧嘴笑了一下,反而提出了一个问题。"什么是梦书?"大家面面相觑,"没人知道梦书是什么?"

显然没人知道,所以努南吃惊地听到一个声音说:"查东西的地方。"

大家都忘了茂克三子的存在,除非屋里有个会表演腹语术的人,否则他还真的说话了。他还像原来一样,一动不动地坐在那里,面向前方。看着他,你不会猜到他与任何外界现实有任何联系。

"谢谢你,茂克先生,"伯格先生说,显然一点儿不惊奇,"你愿意说得更详细一点吗?是查什么东西的地方?"

"你做的梦。"

"因此,如果我梦到一条鱼,"伯格先生说,"我可以在这本书上查到它?"

那男孩点点头。

伯格先生又转向班里其他人。"很有趣。怎么会茂克先生知道梦书是什么,你们其他人却都不知道呢?我们怎么来解释这一点呢?"

"很简单,"佩里说,"上课之前,你告诉他了,好让我们其他人看上去像傻瓜。"

"啊,"伯格先生说,"又是世上没好人的理论。茂克先生,上课前我告诉过你梦书是什么吗?"

所有的目光现在都转向他。茂克三子几乎令人觉察不出地摇摇头。

"你相信他吗,考斯洛斯基先生?"

"不相信。"佩里说。

"你呢,林奇先生?"露西犹豫了一下,他又转开了,"马库尼先生?"

"相信,"马库尼说,一定程度上因为他相信,但主要是因为,除非没有选择,否则他不会同意考斯洛斯基的说法。

"我们常驻的不可知论者相信他,"伯格先生轻声笑起来,又转向南,"有时事情的结果很可笑,是不是?怀疑论者相信。相信论者怀疑。"

"有什么区别?"佩里·考斯洛斯基问道,"谁都知道鱼是什么。有什么可查的?"

"茂克先生?"

"梦书给你一个数。"他说,努南觉得内心有一扇门,连着一个看不见的合页,门敞开了一半,让微风吹了进来。他瞥了一眼露西,看上去他也有同感。

但佩里没有。"数有什么用?"

"可以用它赌钱,"露西说,有点儿喘不上气来,仿佛因为这突如其来的认知,变得很虚弱,"你可以用你的梦赌钱。"

伯格先生咧开嘴,露出那狼一般的笑容,下课铃响了。仿佛这也在他的计划之中。

"他一定是想被解雇。"苔莎·林奇推测说。

德克兰·林奇上楼几分钟后,她提着两大桶通心粉色拉和土豆色拉走进店来。她看了一眼努南,就慷慨地从每个桶里挖出一大块,放在纸盘子里,和一把塑料勺一起递给他。他甚至没有像往常那样费心否认自己饥肠辘辘。练习之后,他总是饿得要死,就开始大吃起来。

"家里不给你东西吃吗?"她说,看着他,很高兴的样子。

"我母亲通常给我留点儿东西。"他说,这是真的。但他的小弟弟们个个胃口如狼似虎,别管她留了什么,只要他回家晚,早就被他们吞掉了。楼上飘下来德克兰煎猪排的味道——要能有一块和色拉一起吃就好了,还有他打开电视看球赛的声音。"为什么他想被解雇?"努南说。

"不用仔细想,我就能说出一大堆理由。"林奇太太环顾小店,"我有时就希望有人解雇我。"

努南注意到她说这话时,他朋友的脸上阴云密布。

"有道理。他从来不喜欢这里,莎拉毕业后,他就没有理由再留下来。莎拉说,他的那本书也快写完了。"

"我倒很想读一读。"她离开后,他承认道。但露西似乎没有听见。他正看着母亲穿过路口,表情很不安。努南知道,连想到变化他都憎恨,而他母亲在试图让他对变化的不可避免有所准备。"无论如何,读一部分吧,"他补充说,想把露西的注意力拉回来,"至少看看它是什么样。"

露西的注意力转了回来。"你是他的宠儿。"他说,有点儿嫉妒,努南这么觉得。

课继续往下上，伯格先生把注意力集中在南和佩里两人身上。他的评论和问题变得更加寻根究底，更加私人化，而努南也更加怀疑他在做某种奇怪的实验。对班上每个孩子，他了解得很多——实际上是太多了。仿佛他们读的书实际上只是做做样子，真正的课题是他们自己，十五个他亲手挑选来调查美国梦的学生。不仅他们，还有他们的父母，以及托马斯顿的其他人。努南觉得，他甚至没有点名，就已经认识每一个学生。当然，可能有些学生选过他的其他课，他通过莎拉认识了露西。但在今天之前，他从未见过努南，但他却不需要介绍。是不是莎拉已经谈起过他？他是否已被匆匆地写入那著名的小说？

现在，他们又听到德克兰在楼梯上。他进来时，用餐巾纸擦着嘴，然后把它揉成一团，向露西扔去。露西弯腰躲了一下，然后从地板上捡起纸团，扔到柜台后面的垃圾桶里。

"我担心的是那些波多黎各人。"他告诉努南，显然相信，自他半小时前离开后，这个题目就没有改变。

十年前，十几家波多黎各人搬到莫霍克，为一家制造廉价塑料戏水池的公司工作。工厂车间里的温度一般都在华氏一百度以上，据人们说，那些充气的液化塑料，让他们想起他们的家乡。

"那些小崽子速度快得很，"德克兰说，"他们要是突破了我们的第二防线，一切就全完了。"

"我们的速度也不差，"努南出于忠诚说，在这话冲口而出之前，他还没感到自己有这种忠诚。他也听说那些波多黎各人跑得很快。

"教练应该用一些希尔山的黑人孩子，"德克兰说，"他们能跑，至少那些没被打成脑残的孩子是这样。我猜，茂克家的那个孩子就是现在这样，也比你和考斯洛斯基跑得快。"

"你觉得莫霍克比我们强那么多，那你赌他们赢好了。"

"我也许会，"他说，"但我还得能找到有人赌你们赢才行。"

伯格先生的下一堂课,甚至更让人摸不到头脑。黑板上还是同一首诗,他就从上次结束的地方开始,即露西关于妻子用丈夫的梦赌博的突发奇想。

佩里仍然拒绝明白。"这很愚蠢,"他说,"她为什么要用其他人的梦去赌?再说了,那家伙生出幻觉。全是胡言乱语。"

"谁记得戴维·恩托曼?"伯格先生问,这回努南显然是唯一不记得的人。他后来才得知,他被送去上军校后不久,恩托曼家搬进东区的一栋房子。大约一年以后,一天早上,恩托曼先生走进车库,发现儿子戴维吊在房梁上。第二天,大家都选择用他自杀的日期作为赌钱的数码。当地的赌注经纪人开玩笑说,如果中奖,他们都得去加入房梁上那个倒霉的孩子。

"你父亲从不赌钱吗?"伯格先生问佩里。

"他以前赌,在制革厂工作的时候。"

"现在不赌了?"

"在通用电气不能赌。"他说。

"为什么不能?"

"不允许。他们不让赌注经纪人进去。"

"为什么不让?"

"犯法。"

"在制革厂就不犯法吗?"

"人们想赌。他们喜欢赌。"

"像吸烟一样,"伯格先生说,借此机会点上烟,又主动把烟盒递给努南,这回努南拒绝了,"所以,如果你真喜欢什么事,就可以去做,即便犯法也无妨。"

佩里耸耸肩。

"你觉得赌注经纪人是怎么进到制革厂里面去的?"

佩里哼了一声。"他们走进去的。他们每天去一次。人人都知道。"

伯格先生再次向前探着身子，勾起手指，让佩里也向他探过身来，后者很不情愿地这样做了。

努南开始意识到，这是他们大家都在做的游戏的一部分。仿佛哈姆雷特，一人站在舞台上，以独白的形式，向观众暴露出内心最隐秘的思想：生存，还是毁灭……

"连……贝弗利小姐的父亲也知道？"伯格先生耳语道，但是声音大到大家都能听见。

佩里坐在椅子上反唇相讥道："我怎么知道？"

"不知道？"

佩里耸耸肩，左右为难，又想忠于一个从未理睬过他的漂亮女孩，又不想表现得很愚蠢。"那是他的工厂。"

伯格先生若有所思地点点头。"了解是他的职责，"他说，仿佛承认这一点让他非常痛苦，"我明白你的意思。"然后他又向南看过去，努南注意到，她的眼里溢满泪水。"想知道一个秘密吗？"他问她，声音里忽然充满了令人震惊的快乐，"我从不知道自己的父亲是干什么营生的。"

"得了吧。"佩里说，虽然伯格先生已经不再跟他说话。

"我他妈的说的是真话。"伯格先生说，仍然看着南，仿佛要伸出手去牵她的手。

"你从来没问过他？"佩里说。

"他说那不关我的事。好像我问他不需要勇气似的。他说我需要知道的一切，就是桌上有饭吃。茂克先生对他父亲比我对我父亲知道得多，"他说，转向那沉默的男孩，"你父亲是做什么的，茂克先生？"

"油漆栅栏。"

"看见没有？茂克先生知道他父亲是做什么的。他油漆惠特科姆大宅周围的栅栏。他漆完了干什么呢，茂克先生？"

"再漆一遍。"

"所以你老爸是个无赖?"佩里插嘴说。努南觉得,除非必要,佩里渴望他们快点越过茂克家这个话题。

"这是个谜,"伯格先生说,戏剧性地举起双臂,"这就是我们的父母,我们在这个神秘世界上遇到的第一个谜。我们天天看到他们去干自己的营生。油漆栅栏。再漆一遍。但他们是谁?他们为什么油漆栅栏?有一点是肯定的,即他们不告诉我们。对不对,林奇先生?"

努南回头去看露西,他就坐在他后面,却看到他脸上一副奇怪、恍惚、几乎是恐惧的表情,仿佛他刚想起下节课有个重要的考试,但他忘了准备。他甚至没听见伯格先生的问题。"嘿,"他说,"露西?"

那男孩的眼睛一闪一闪的。

"卢。"努南说,担心他犯病了。

这回露西看了他一眼。

"林奇先生,"伯格先生说,"欢迎你回来。"

露西四下看看,脸红了,惊讶地看到大家都在盯着他。

"我们的主题是父母,"伯格先生接着说,"我们非常希望听听你的意见。你知道他们是谁吗?你的父母?"

"当然知道,"露西眨眨眼,"他们是我的父母。"

"你知道他们所有的秘密吗?他们在想什么?你睡着了以后他们做什么?"这招来一阵窃笑,"你知道在你出生之前,他们是什么人?"

努南不能肯定,但如果他没弄错,这个问题激怒了他的朋友。

"我知道他们现在是什么人。"他说,脸沉了下来。

"你知道。好极了。但我怀疑你知道得有多深?你会说你像了解自己一样了解他们吗?"露西没有回答,伯格先生赏了他的沉默一个露出黄牙的笑容,"你说说看,你对自己有多了解?"

露西还是没有说话,但这次没关系了,因为伯格先生又转回到南。"你想知道另一个秘密吗?我不想吓唬你,贝弗利小姐,但我对自己的了解,并不超过我对我父亲的了解。"

"你怎么会不了解自己?"佩里说。

伯格先生装出绝望的样子,举起双手。"太多证据、太多迹象了。它们多数自相矛盾。这个证据表明一件事,其他迹象表明的正相反。说不清明确的形象。持续不了多久。我喜欢爵士乐,关于我自己,我知道这一点。还有我喜欢吸烟。但有时我心里想,我真的喜欢爵士乐吗?还是我觉得我喜欢?我喜欢吸烟吗?还是喜欢吸烟受到禁止这个想法?如果明天早上我醒来,觉得路易·阿姆斯特朗很讨厌怎么办?我到底是谁?"

"同一个人,"佩里很有信心但气恼地说,"如果明天早上我醒来,喜欢上马库尼,我仍是我自己。"

"只是变聪明了点儿。"努南说,引出南的一个微笑。

"伯格先生?"是露西在说,"我觉得我需要去看护士。"

努南也觉得他应该去。他的朋友面无血色,想站起来,却摇摇晃晃,只好靠在桌上。

"马库尼先生,"老师说,"也许你应该陪着你的好朋友。"

重音与前一天一样。好朋友。

后来,佩里不屑一顾地对全班说:"他就是喜欢跟我们混在一起。我们来赌林奇会放弃这门课,你赌什么?"

"为什么他要这样做?"努南说。

"他永远是个娘娘腔的家伙。"

"这样不太好,"南说,"这样提起戴维·恩托曼。"

"还有你爸爸?"佩里说,"那也很讨厌。那家伙为什么和我们的父母过不去?"

"戴维·恩托曼是怎么回事?"努南说。

"他和露西是好朋友,是不是?"南说。

"我知道我会坚持下去,等着轮到马库尼受罪的时候。"佩里说。

"也许没我的份儿。"努南说。

努南害怕考斯洛斯基有可能说得对。下一节课时,他就很有可能被放在热锅上。当他在伯格的解剖刀下扭动时,别人在旁边得意地窃笑。比方说,那家伙是否知道他母亲婚后就一直在试图逃跑?他是否知道,她第一次逃跑,被他父亲抓住,摔开箱子,把她的内衣扔了一街?还有下分界街的那个女人?如果他们阅读一篇关于通奸的故事,他会提到此事吗?这个可能性是真实的。第一周上课,南的父母、佩里的父母和露西的父母都被扯了进来。难道伯格先生不明白,有些事是有限度的,还是他不知道这些限度在哪里?尽管这家伙聪明过人,努南却不能肯定这一点,而这正是这门课既让人激动又让人害怕的地方。

那天晚上,他顺路去了艾吉。露西的脸色恢复了,他说自己挺好的,一定是因为在食堂吃了什么东西不对头,上课时才不舒服,但努南看得出,他仍然忧虑不安。"你觉得他是不是真疯了?"露西说。

"有可能。"

"我走了以后,又发生了什么?"

"他告诉了我期末考试的题目,"努南对他说,"也告诉了考斯洛斯基。"

下课铃响前几分钟,努南问了人人脑子里都在想的问题。"为什么是我们?"

佩里显然一直在那里等待他提出问题,因为他立即插话说:"你更喜欢哪个答案?"他显然希望别人跟着他一起大笑,却没人这样做,他的脸沉了下去。

"为什么不能是你们?"

"我的意思是,"努南继续小心翼翼地说,"这是优秀生班。上这个班的应该是最优秀的学生。"

"好吧,马库尼先生。这将是你个人期末考试的题目。写一篇关于为什么是你的论文。为什么是你们这十五个人,而不是你们预料之中的精明的犹太人。"当南向后缩了一下时,他说:"你不在乎我用'犹太人'这个词,对不对?"

"我想知道的是,他为什么在这里,"佩里说,暗指茂克三子,后者今天再次坐在前排,但没有说话,"他甚至不在我们学校上学。"

伯格先生对他咧嘴一笑,"这是你期末考试的题目。"

那天晚上,努南躺在床上,想把伯格先生琢磨明白,又不知自己为什么需要这样做。其他老师都是他们本人,所以对他们的期望也是透明的,根本没多高。例如历史老师一开始上课,就宣布不打算让他们闲着,然后发了一份五页纸的提纲,夸大了本来适中的教学目标。

伯格先生则更像是一个牙医,打算用金属丝钩子在每个学生身上探究,直到找到他要找的那根神经。努南猜不出他的目的何在。他显然希望他们思考问题,但又显然认为,如果不事先破坏他们的基本假设,破坏支撑他们个性的东西,就不可能做得到那一点。而且那家伙露出黄牙的笑容,让努南怀疑他的动机是否纯粹、友善。虽然如露西认为的那样,他可能确实喜欢他,但努南相信,他是有理由的,而这个理由实际上与喜不喜欢他无关。甚至在他说"我们的马库尼先生不是傻瓜"时,语气也流露出讽刺和怀疑。

但这一切重要吗?迄今为止,这门课很刺激。伯格先生精妙地展开"希望"的最后一片花瓣,既揭示出它的含义,又将坐在那里的学生暴露无遗。他解释道,他们难于理解这首诗的原因在于,它的作者是黑人兰斯顿·休斯,他住在哈莱姆,那是美国黑人的世界,与纽约州托马斯顿所代表的美国白人世界,没有多少共同之处，或者说根本没有共同之处。哈莱姆的每一个黑人都知道梦书是什么，难怪茂克三子是唯一对这首诗的含义稍有理解的学生——伯格先生用学生这个词来描述他，虽然他并没有在这个班注册。他并非更聪明，不过是唯一接触到那把钥匙的人。那把钥匙深埋在贫穷与迷信、种族歧视与绝望之中，白人世界的读者不可能发现这把钥匙，特别是如果他们并无兴趣去寻找它，如果他们的父母并不鼓励这种寻找，如果他们的美国故意要为确保自己的繁荣而继续征服另一个美国的话。伯格先生一边说，努南一边惊奇地意识到，他自己心里就怀有这种颠覆性的思想，虽然他没有能力清晰地表达它。这正是他所期盼的课程，最终唯一重要的课程。因此，为什么不信任那家伙呢？即便林奇太太说得对，他想被解雇，这跟他的学生毫不相干。为什么不放松下来，坐享这奇观呢？

他快睡着时，听见父亲进来了，厨房门砰地关上，然后是在黑暗中的嘟哝声。自从回到托马斯顿，努南就睡在那间没有门的小房间里，他们称其为小厅。为了给他腾地方，把父亲的大书桌搬了出去。那书桌是他写支票付账单时用的，现在抽屉都锁着。沙发可以拉出来做床，有一个小壁橱可以挂他的衣服。他的弟弟们都挤在二楼的卧室里。六月里，努南回到家的第一个夜晚，他可以在薄薄的床垫上闻到父亲的味道，明白了是自己把他逐回主卧室这一真相，而且母亲也明白，这是儿子回来不可避免的结果，至少是她丈夫不去西区的那些夜晚。

今晚，他听着厨房里笨手笨脚的碰撞声，知道父亲喝醉了，但惊讶地发现，他出现在拱形门洞旁，站在那里凝视着假装睡着的努南。难道他醉酒后忘记了现在是谁占据这个房间？他需要很长时间才能认出谁躺在沙发床上吗？很久很久，他只是站在那里，沉重地呼吸着，最后说："小朋友，你全搞错了。你以为你得到了所有答案，但你甚至不屑于提出问题。"

这是一种奇怪的感觉，在黑暗中被人当成说话的对象，更奇怪的是,他在父亲的声音中听出伯格先生的味道。这可能吗?难道莎拉的父亲在他的脑子里钻得那么深?他们两人的声音完全不同——一个深沉、沙哑,另一个尖细、空洞,而且他父亲的强壮剪影与消瘦的伯格先生也没有相像之处。那么,他们相似在哪里呢?他断定是所传达的信息本身。在优秀生班,老师强调的假设是,他们的答案错了,因为他们没有提出正确的问题。他们以为自己很聪明——毕竟被选进优秀生班,但在那里,伯格先生要证明他们错了。有没有这种可能:伯格先生也像他父亲一样,是个恃强凌弱者,只是种类不同而已。

努南发现自己在黑暗中微笑,因为他忽然想到,有一天,他的父亲可能成为休斯诗中的那个垂死者。他的儿子都长大离开了,有一天他醒来,一文不名、衰弱无力、健康崩溃,他想要一条鱼。努南的母亲去查梦书,用那数字去赌钱,也许还赌赢了。她有这个未来,天知道。也许事情将会这样发展:他的父亲死了(没有鱼),他的母亲赢了钱。除非这并非是对那首诗的很好诠释。当然,它的标题是"希望",但对垂死者和他的妻子,它都没有提供什么希望,仅仅是最小的机会,以及让机会看上去很大所需的无知。

出于某种原因,努南的思路从那首诗飘移到露西。最初他假定,是对父母的讨论,让露西陷入抑郁,因为在一个充满了父母的生活中,那是第一个巨大的谜。但也可能不是这么回事。据南说,他与那个自杀的孩子曾是好友。听说这个友谊,努南非常吃惊,现在他知道为什么了。六月里他回来的第一天去艾吉,露西喋喋不休地讲了几小时,讲述他去军校后这里发生的一切,但他一句没提戴维·恩托曼。或许他只是不愿回忆这样一件悲惨的事情。

可怜的露西。除了莎拉,在朋友这件事上,他的运气总是不好,包括努南本人,他总是竭力掩饰自己的矛盾态度。但也许露西心底里明白。努南猛然想起那天在铁路高架桥上的事情。那时马库尼家已搬出西区,但努南仍想念过去住在周围的朋友。有时,他没按规矩放学后直接回家，而是去了伯曼大院，希望碰上杰锡和其他人，所以他才在那个下午偶然发现了他们，就是他们把露西放进大箱子，假装要把它锯成两半的那个下午。是露西隔着箱子那惊恐的尖叫声，把努南引到高架桥那里去，他本来当时就应该让杰锡把他放出来。但他为什么没有这样做呢？因为并没有真实的危险。那些男孩子不过是在高出箱子五英尺的横梁上轮流拉锯。那个夏天，在此之前，他们曾经也用同样的把戏吓唬过努南。与露西不同，努南是被他们用激将法激得自愿爬进箱子的。然后，他刚一进到里面，他们就说要把他锯成两半，但他们是他的朋友，他可以听出，他们并没有在锯那箱子本身。而露西最终叫烦了，真正听一下，也会意识到这一点。所以努南当时没有干预。杰锡小声说，他们乐一会儿，很快就会放了他，然后他们就都是朋友了。努南记得，后来当他费力地爬上河岸时，他为自己辩解说，这个经历对露西有好处，否则他连自己的影子都害怕。他最终被放出来后，就会明白，其实没有什么可怕的。

但这并不是真相，全部真相，没有其他。没有上帝助他。事实上，他怨恨露西已经有很长时间了。实际上，从一开始就是这样。他憎恨被迫离开卡尤加小学，被送到那些古怪的天主教孩子所上的学校，他特别恨他母亲，非要他与其中最怪的露西·林奇交朋友。他怨恨不得不陪他上下学，可他每次抱怨露西怎么古怪、其他孩子都不喜欢他时，母亲却变得更加坚持，还提醒他林奇一家不仅是邻居，而且是好人，尤其是林奇太太，后者向她吐露了其他孩子如何用残忍的外号取笑她儿子，而且总想吓唬他。

为了母亲，努南尽了全力，但他很快就对自己是露西唯一的朋友感到厌烦。对他来说，从伯曼大院搬走，意味着这一神圣义务的幸运终结。当然，他为高架桥上发生的事感到抱歉，但他仍然不愿再做他的朋友，而在这件事上，他父亲或许第一次站在他一边。当林奇家跟着他们搬到东区后，父亲不顾母亲的反对，将那友谊讨价还价到仅限于星期六,他和露西可以在林奇先生的送奶车上假装冲浪。他在那里了解到,露西在大箱子中的经历并没有让他变得更加聪明,而是更需要人照顾,更缠着人不放。所以,他们搬到伯若区后,他第二次觉得解脱了。

他迷迷糊糊地回想着这一切,又听到他父亲的动静,这次是在厕所里,他怀疑他还会回到小厅里来,进一步观察他。但抽水马桶响过后,父母主卧室的门开了又关上,他母亲轻声问是不是一切都顺利。他又想起伯格先生的坦白(如果那真是坦白的话),他从不知道自己的父亲是干什么营生的,甚至比茂克三子对他父亲的了解还少。而他对自己的父亲是太了解了。

意识到自己再次握紧拳头,他觉得也许想着南·贝弗利入睡,可能会愉快一点儿。她确实漂亮,确实有个好身材,有一天,她会违心地向他屈服。他们有几门课一起上,今天她就提议有时可以一起学习。后来在更衣室,他偶然听到几个男孩说,他是她的新男友。但在睡与醒之间的灰色地带,南变成了莎拉,又一个令人不快的想法迷迷糊糊地袭击了他:如果他偷走莎拉,露西会发生什么事?有这种想法,哪怕只是一瞬间,都让他觉得羞愧。他翻过身,不想对着小厅的拱形门洞,恐怕看见伯格先生露着黄牙、心照不宣的笑容。在那一瞬间,他决定了怎样对付伯格先生:尽可能从那家伙那里学到一切,同时与他保持一定的距离。

然后,他睡着了,没有做梦。第二天早上,他醒来时,没有什么可以去查,没有什么数字可以去赌。

叹 息 桥

等我到达那里，初中里面已经空无一人，美术教室也锁上了门。幸运的是，我认识门房汤姆·希普利，我在放扫帚的壁橱里找到他，发现他正在把盖子拧回到一个袖珍酒瓶子上。"市长先生，"他说，笑着看着我，仿佛是我有这种行为被他抓住，"我能为你做什么吗？"

我告诉他，我妻子有一幅新作在美术教室，我到这里来，是要看那幅画。同样心照不宣的笑容表明，我还有其他秘密的目的，但无论是什么秘密，他都不会告发我。我跟在他后面，沿着走廊向前走，刚才在卡尤加河浸湿的鞋子，走起路来嘎吱嘎吱响，在他那光洁的地板上留下脚印。汤姆的皮带上挂了一大串钥匙，他用一把钥匙去开美术教室的门时，不得不踮起脚尖，骨盆向前挺，一个有点下流的姿势。

"我不会待很久。"我告诉他，已经看到屋子对面妻子的画。那一瞬间，我的心像拳头似的收紧起来，就像我第一次看到她的画时那样，就是小时候在教区大厅看到的那幅，画的是她的小弟弟。当时我心中不胜惊叹，不仅惊叹莎拉的才能，而且惊叹一件如此惨烈的事情可以深埋心底，惊叹她信任我，让我了解她的小弟弟的死，以及她对这一可怖损失的感受。她邀请我进入她的内心。我，露西·林奇。到第二天莎拉画艾吉的时候，我已经爱上了她，爱上她的礼物的那种亲密感,爱上得到如此充分了解和理解的前景。换言之,我那时还是孩子,不知道得到充分了解对自己来说有多困难,遑论另一个人了。"你对自己有多了解?"有一次她的父亲在他教授的英语优秀生班这样问我。

"不用着急,"汤姆说,"门自动锁上。"

他走后,我拉过一个凳子,脱掉毁了的便鞋。在莎拉的画架旁,有一个乐谱架,上面支了一本在有光纸上印刷的意大利旅游书,我拿过来,看了看她在使用的照片。从屋子对面看,那幅画像是画的一个跨铁路立交桥,但事实上,我看出它是威尼斯的一座石桥,连接圣马可广场上的总督宫与邻近监狱的叹息桥。在走过这座桥时,囚犯们,至少是那些无钱又无权的囚犯,开始明白一切希望都破灭了。根据传说,可以听到他们绝望的叹息在邻近的运河上回响。一个悲惨的主题,我觉得。今晚,我要问问莎拉为什么选这个主题。

可能因为我不久前见过他,一个无钱又无权的人,或者因为他失去了一个人所能失去的一切,我发现自己在想加布里埃·茂克,还有惠特科姆大宅焚毁殆尽的那个晚上,大火结束了长达十年的辩论,再不用去争论是否应为它的修复募集资金。消防车到达时已近午夜,火焰吞没了实际上几乎是空壳的大宅。喝得醉醺醺的加布里埃·茂克在附近欢呼雀跃,就在他的栅栏里面,像旧日一般欢乐。是你干的吗?警察问他。是你放的火吗?是约翰尼·K家的男孩干的,加布里埃告诉他们。你们想知道谁该为此负责,去问小约翰尼·K好了。

他指的是佩里·考斯洛斯基。凡是认识少年佩里的人都觉得惊讶,他后来在西部成了一名大学教授。他从父亲去世、母亲搬走后,近二十年没再回过托马斯顿,但那个不寻常的周末,他就在镇里,而加布里埃很有理由了解这一点。事实上,那个下午,佩里在托马斯顿高中的毕业典礼上致辞。我和莎拉都没有参加这个典礼，但后来我们听说，佩里在致辞中说，是他父亲拯救了他的生活，"让他转向"书籍，把他的盲目、无目标的狂怒改造成他所谓的"对知识的酷爱"。显然，那拐弯抹角提到的曾经控制了他的愤怒，是致辞中涉及在电影院后面痛打茂克三子的唯一地方。听众中的年轻人不记得那次事件，但他们的长辈在酩酊大醉的加布里埃打断毕业典礼时，也站在佩里一边。对佩里来说，这一定是个不光彩的时刻，在如此公众场合，面对一个小黑人，而他代表了自己应该遭到谴责和不可原谅的过去。人们说，他的脸色变得苍白，即便加布里埃在一片"让他出去"的合唱声中，被不那么和善地押送出礼堂之后，也是如此。考斯洛斯基教授过了好半天才缓过劲儿来，虽然人人都说他的演讲不错，他似乎已经洗心革面。他也许是，但我听说，第二天回家前，他在一次临时拼凑的篮球赛里，无意中用胳膊肘撞断了助理校长的鼻梁，我不禁微笑起来。

  我是惠特科姆大宅修复委员会的主席，但我在心里也不能真的责怪加布里埃，即便确实是他而不是闪电引起的火灾。我理解。我确实理解。让任何人来承受这件事，都实在是太过分了——他的儿子早就死在越南，而小镇高中的毕业典礼，竟然请那个曾经把他的儿子打得昏迷不醒的人来致辞。我个人一直希望过去的事情就让它过去。如果不是为了莎拉这个通常最宽容的人，还有母亲，我或许会去参加那个典礼。我从不错过一个毕业典礼，而且我承认，我很好奇，想看看佩里成了什么样的人。莎拉愿承认他可能变了，但她不能原谅他所做的事情。母亲当然因为他的凯旋更是怒不可遏。当加布里埃在惠特科姆公园外被逮捕后，是她坚持要我们把他保释出来。

  可怜的加布里埃。那晚他在牢房中呕吐，我们离开时，他又在警察局的台阶上呕吐。我记得他坐在早上耀眼的阳光下，凝视着自己呕吐出的秽物，却什么也没看见，什么也没闻到。路人吓坏了，远远避开我们两人。"小林奇，你告诉我，我们住的这是个什么镇子呀?"他问道。他的意思是,怎么可能有任何镇子会给那个野蛮地殴打他儿子的人如此荣誉?加布里埃的"不痛快",往往与这种让人无言以对的问题相联。"我们生活的这是一个什么国家啊?"二十年前,当他儿子的死讯传来时,他曾这样问我。"把一个男孩弄到半个世界以外的地方去送死。那个永远一言不发的男孩。对谁都不说话。问他是否愿意去那里杀人,他没说话,他们就把他送去了。"当然,如母亲一样,他经常发问,什么样的人民才会在一个男孩被打得半死时袖手旁观。

什么样的镇子?什么样的国家?什么样的人民?如果那天父亲也在法院的台阶上,他也许能够召唤出自己深藏的信仰:我们的镇子是好镇子,我们的国家是好国家,我们的人民是好人民。但我想不出能说什么,加布里埃似乎很感激的一点,即事情对我来说,并不比对他更有道理。

我半沉浸在可耻、可悲的过去,半沉浸在妻子的新作中,突然感到一股可怕的慌乱控制了我,而后是再熟悉不过的模糊感,那种时间本身变得缓慢下来的感觉。我终于意识到,我犯病了。一整天,也许是前几天,我一直在与其周旋。欧文早上问我是否犯病时;后来我发现自己站在脚踝深的卡尤加河水中,却不记得怎样滑进去时,我就应该注意了。如同以往,知道自己"要犯病",并不像想象的那样能有什么帮助。就像知道自己睡着了,在做梦,这个意识应该让你醒来,但实际上并不会。犯病期间,我常常很平静、安详,完全知道我的生活在"别处",我应该回归那个地方,但"别处"离得那么远,我又那么疲惫。此外,我现在所处的地方也没那么可怕,甚至在大箱子里时也是这样。

最后,我听到莎拉在喊我。我不情愿地向她声音的方向转去,不想拒绝她,任何她可能想要的,我都可以给她,即便我刚刚想起自己藏在书桌抽屉里的东西,觉得羞愧难当。

"卢,"妻子说,"我就在这里。"

"哪里?"我想问,但我知道,我嘴里吐出的不是这个声音。我转向门口,期望她会走进美术教室,但我看到,镶在门上那个长方形小窗里的,是我叔叔的脸。这说不通。德克兰叔叔早就不在托马斯顿了。然后我眨眨眼,认出那张脸属于我们的初中历史教师乔斯·奥卡里斯。他长得一点儿不像德克兰,但他的表情是叔叔第一次目睹我发病时的表情:"这他妈的有点儿怪,小家伙。"

"这他妈的有点儿怪,小家伙。"我说,或者类似的话,也许我只是在想。我从乔斯转向莎拉的画,因为她一定在那里,我应该去那里加入她,所以我这样做了。叹息桥上很黑,我独自一人,小心翼翼地踩在滑溜溜的石头上。我又听见莎拉叫我的名字,但现在她的声音更远了。我试图解释这一怪事。如果我在向她走去,如果她在叹息桥上,她的声音怎么会往后退呢?我继续向前走,但每次她呼唤,声音都是愈来愈轻,愈来愈远。我是否应该转身回美术教室,等候进一步的指示呢?不,我想。我爱妻子。我确实爱。但我又想到那封信,感到自己无颜面对莎拉。我现在的方向是对的。我很有把握,虽然说不出原因。我将跨过叹息桥,即便现在我意识到,莎拉不会在那里迎接我。在桥的那边,是无边的黑暗,但我不怕。叹息桥的那边无论是什么,都将是我的新生活。

我在桥的正中央,看到一个人倚在栏杆上,凝视桥下血红色的水。我当然认出他来,但我再次感到羞愧。我想悄悄溜过去,但是他说:"卢易,是你吗?"于是我走过去,站在父亲身旁。过了一会儿,他说:"你保证过。"我当然知道他说的是哪个保证,虽然那是很久以前我做的保证。"你保证过,永远不做你现在做的事情。"他不必要地解释着。他的意思是,让自己这样浮走。很久以前的那一天,他开送奶车带我巡视伯若区,我向他保证,永远不做那种事,但我现在正在违背自己的誓言。

"但是你走了,"我对他说,"你死了。"父亲死后,我怎么还能受到自己保证的约束呢?

"你总是做好事，直到现在。"他伤心地说，仿佛他不能理解是什么控制了我。

我想告诉他，不，他错了，我并非总做应该做的事情，作为儿子、作为父亲，特别是作为丈夫，我都有负于人。但是当然，他从不相信这种事，就像他不相信我白拿店里的香烟送给卡伦·西里洛一样。"我更想留在这里，和你在一起。"我用尖细的儿童嗓音告诉他，希望他能像活着时那样，让我自行其是。

"我也想你，"他告诉我说，"不是这个。是……"

我等他说完自己的想法，他却伸出手来，拉住我的手。

"啊，卢，"我妻子说，现在她的声音很近了，"睁开眼睛。"

我闭上眼睛了吗？我没有这样觉得，但然后我睁开了眼睛，她在那里，我的莎拉，就跪在椅子旁。是她在捏我的手，不是父亲。她确确实实"在手边"，那短语具有了神奇的新含义。我一定是在说什么——也许是试图解释我真的进入了她的画，或许是她画的最好的一幅，因为我能感觉到，词语像石子一样哽在我的喉咙里。

各色人等

莎拉最自豪的,是她处理父母离异的方式。她没有哭泣,没有板脸,也没有生他们的气。他们毕竟是两个固执己见的人,都打定了主意。她本人并不固执己见,也没有认定他们分居是好事还是坏事,她很快就认识到,试图改变不可改变是徒劳之举。她假定,忍受不能修复的一切,意味着成人,尽管具有讽刺意味的是,成年人之中掌握这一技巧的人如此之少——包括她父母在内。她十二岁时,就已经学会减少损失,并从这样做中得到可以得到的安慰。总的来说,她是快乐的,即使做不到那一点,也是基本满足的,但她有时怀疑,自己是否太快就向事情的不可避免让步。如果让步只是让你养成让步的习惯,那怎么办?

然而,父母分居后留下的一切并非微不足道。父母都爱她,她做得最成功,是不去试图认为,他们的幸福比她自己的幸福更重要。她的时间在他们之间的分配是不均匀的:学年期间住在托马斯顿,与父亲一起,每个夏天去长岛,与母亲一起。做出这个安排时,并没有与她商量,但即便当时有人问她的意见,她可能提议的安排也不会好过现在的结果。进入初中时,她对此已经习惯,来去的节奏感很自然,至少是熟悉吧。唯一真正的困难是过渡时期,即六月中和劳工节①的那

---

① 劳工节为每年九月第一个周一,是美国全国的假日,现在许多人都在这一天庆祝夏天的结束,一般学校在这个假日之后开学。

个周末,父母之间交换指挥棒时。

她父母的生活真是再迥异不过了。父亲无论从天性和教养上都是苦行式的,与他在一起,她的生活受到严格控制,并且可预测。放学后与在学校相差无几,只要看一眼墙上的钟,就知道你在哪里,应该做什么:十点,化学实验室;十一点,自习室;中午,吃午饭。在家里,他们轮流做饭,但遵循同一些菜谱,六点准时吃饭。星期五出去吃比萨饼。星期六上午去超市。

在母亲家,要寻找任何结构性的规律都是徒劳。她们出去,就会去购物,买什么全凭母亲当时心血来潮喜欢什么。如果农产品样子漂亮,她会在车里堆满水果和蔬菜,然后在一星期的后两天,将大部分坏了的东西扔出去。她买东西买到自己烦了为止,这时她会宣布,"今天到此为止",然后迅速到收款台排队。所以总出现必需品用完,譬如牛奶和卫生纸,临时去买的情况。母亲的小厨房里堆满了烹调书,她会在它们之间翻来翻去一小时,仿佛里面藏着诗,然后又决定让中餐馆送外卖来。如果莎拉暗示她们的生活有点儿条理就好了,她会说:"什么?要我像你父亲那样死板地活着?"莎拉想,稍微死板一点,可能不会有害。天气炎热晴朗时,母亲往往很早就从画室回来,拿一只结满水珠的鸡尾酒混合器,到公寓的房顶上去晒裸体太阳浴。这个习惯让许多小飞机改变了飞行航线。在经过父亲死板的日常生活后,每年夏天莎拉进入母亲的世界,都会觉得迷惘,而九月转换回去也不容易。她试图不去想,有一天她会被迫面对遗传基因的影响,解决他们的矛盾,或者她会疯掉。

那个公寓房叫做"森德里徽章",无论是刻意还是偶然,它的目的是迎合新近离婚的男人。"各色人等①。就是住在这里的人。"母亲开玩笑说,因为房东名叫哈罗德·森德里。哈罗德的个

---

① 英语俗语 all and sundry,而房东姓 Sundry(森德里)。

头不比中等身材矮多少,但他的脑袋特别大,因此看上去很像侏儒。他的两条腿不一样长,走起路来有一种摇摇摆摆的奇怪样子,在他到达目的地之前,你是猜不出他往哪里走的,但那也不过就是"森德里徽章"的某个地方。莎拉从没在大院外面见过他,他醒着的每一刻,似乎都在收拾最近腾空的公寓,准备迎接新的房客。他本人住在前面一个超大单元里,它的面积是其他公寓的一倍,也是大院的办公室。每年六月,莎拉都会惊奇地发现,除母亲之外,前一年夏天住在这里的人全没有了。他们都去了哪里?显然是哪里都有。有几个软骨头的家伙,回到他们的妻子和孩子身边,结果是妻子永远觉得受了委屈,孩子不再信任他们。其他人在城里找到房子。最幸运者搬进了新的女人家。但也有人搬进"森德里花园",它的拥有者和经营者是哈罗德的前妻伊琳,她在离婚时得到了它,现在就住在街对面的那个大单元里。"滚你妈的蛋,伊琳。"人们常听到他在温暖的夜晚这样喊,那时街上几乎没有车,他想象前妻的窗子可能敞开着。

据莎拉的母亲说,两边大院的生存全靠婚姻这个荒唐的制度来维系,自从她逃离自己的婚姻,这就成为她最喜爱的话题。她可以一连几小时反复论述。关于她父母的分居,怪事之一是它让母亲打开了话匣子。过去他们在一起时,她大多只是怀疑地注视着她丈夫。有时她会张开嘴,仿佛想说什么,或者想说很多,但瞥一眼女儿,她又闭上了嘴。现在,她只是说呀说,仿佛要记住那些年她想说的每一件事,让它如洪水决堤一般。离开丈夫后,她的话语和思想都如大出血一样泉涌而出,几乎是关于所有话题的哲理,但婚姻仍是她最喜爱的话题。

她解释说,婚姻关系建立在两个谬误的基础上,两个都很奇怪。第一个是荒谬地认为,人们知道自己想要什么。没有论据能够支持这一论点,从来也没有,但是人们似乎愿意相信它,好像愿意被爱情、肉欲和希望所蒙蔽,而这三样,只有最后一样是永恒的。

第二个谬误建立在第一个谬误的流沙基础上，同样诱人，但甚至更愚蠢，即人们以为自己今天想要的，也是明天想要的。莎拉的母亲把其归于"想象力失败"这一大标题之下，在整个分类史上，它或许是最大的一类，其起源几乎肯定是上帝。她认为，人是上帝想象力失败的产物。"看看'森德里徽章'，"她喜欢说，"告诉我，上帝就是想造这堆垃圾。"她认为，如果必须有个标志，离婚是比结婚更好的标志。它象征着，至少一个人，或许是两个人都恢复了理性，不仅对配偶，而且对鼓励这种无理智行为的制度，进行了漫长和艰难的审视。终于能够清醒地思考了，这种人通常是在通奸的假象下拥抱自由，在此之后不久，他就需要"森德里徽章"和"森德里花园"了。

在两个大院中，伊琳的"森德里花园"条件比较好，比较新，也比较大，有两间和三间一套不带家具的公寓。搬进那里的离婚男人此前足够聪明，及时明白了什么事情迟早会向他们逼来，因此做好适度准备，制订后撤计划。他们会雇用律师（或者本人就是律师），把钱藏进妻子不知情的账户，认真储备当那一天不可避免地到来时，他们的生活可以或不可以缺少的东西，做出计划，保证获得能够获得的，取代不能获得的。他们设法抢救出来的，通常可以塞进一个搬家租车公司的小卡车，在一两个大学旧友的帮助下，装卸用不了一下午。另一方面，那些患战斗疲劳症、步行而来的伤兵，往往是搬进"森德里徽章"带家具的一居室，他们只有一两个箱子，装箱时都是在女人的监视下，她唯一的分手礼物就是怒火冲天。但这些男人身上有些什么东西引起莎拉母亲的兴趣。她发现楼下院子里有一个不知所措的男人，努力跟上哈罗德·森德里摇摇摆摆的步伐，哈罗德拐来拐去，他也拐来拐去，她就说："又来了一位。尽瞎扯淡。"他们多数不像是会通奸的男人，没有足够的精力、智力或想象力，但他们来了这里，所以他们一定是这样做了。母亲解释说，好几个星期，他们都会如芒在背，小腿吊在空中尽职地晃来晃去，寻找根本不存在的摩擦力，甚至不明白他们真正需要什么，那就是有人来爱他们爱得发狂，这样他们又可以转起来。

为什么母亲实际上喜欢"森德里徽章"，喜欢这些人，而不是街对面他们那些更狡猾、更自给自足的同类，是莎拉不愿意太深想的事情。她怀疑，有一个原因一定与以下事实有关：来"森德里徽章"的男人带来的东西很少，其中一样他们没有的，是毁了他们婚姻的年轻女人，而"森德里花园"的那些男人，在他们的秘书在切尔西为他们找到分租公寓后，就不是单身了。无论如何，她母亲似乎觉得有义务让自己的新邻居快乐起来，帮助他们明白，他们的逗留尽管短暂，却不一定没有快乐。多数人似乎感激她为他们付出的努力。一个月、两个月、六个月之后，他们离开时，会把不适合放入同一些箱子里的东西，留给莎拉的母亲，而不是留给紧挨着他们的邻居：喝了半瓶的杜林标利口酒、几乎全新的有特氟龙涂层的煎锅、适合公寓房用的音响。由于他们的慷慨，她的财产经常升级，而且多年来，她学会了首先帮助这些处境困难的忧郁男人装备自己，因为她明白，不久之后的一天，他们购买的一切都将是她的，所以为何不买最高级的呢？

哈罗德也喜欢莎拉的母亲，他的喜爱也带来不少好处。"森德里徽章"有很多损坏了的家具，那里的居民似乎立刻明白，他们在暴风雨中找到了一个避风港。但他们还想象这个港口是临时的，他们只会在那里住到自己的妻子醒悟过来。当他们发现自己错了的时候，室内陈设常常就飞上了天。每一次有房客搬出，哈罗德都不得不换灯具或椅子，于是他把新东西放在莎拉母亲的房间，把她用过的轮换到新腾空的房间。"哇，"每次她向新来者展示自己的房间时，他们都会说，"你的房间真好。"她能看出来，他们不太知道如何解释。她的房间布局与他们完全相同，大部分家具也相同，但她得到哈罗德的特免，允许她用时髦的百叶窗换掉了沉重的深色窗帘，用自己设计的五彩图案，换掉汽车旅馆 Motel 6 里的那种艺术品。哈罗德本人也为她的房间看上去如此之好感到惊讶。她母亲的解释是:"那些男人一见心灵手巧的女人就不知所措。"

夏天,她坚持要莎拉睡在卧室里。"我反正大多数时间都在电视机前睡觉。"她说得很有道理,这是实话,但不是故事的全部。有时,莎拉醒来听到的不是电视中的对话,意识到自己一定是被敲门声吵醒。有一次,她觉得厅里男人的声音是哈罗德的声音,但她不能肯定,其他几次那声音又肯定不是哈罗德的。这些偶然听到的谈话总是很短,然后莎拉听到前门开了,又关上,她肯定现在公寓里只有自己了。有时,过了一两个钟头,她听到母亲回来的声音。一天早上,她在平时的时间醒来,发现沙发是空的,但她冲了个澡出来后,却发现母亲躺在那里打鼾。另一天,因为需要早起给人看孩子,她摸黑穿上衣服,迅速绕过母亲睡着的身影,溜出前门,轻轻关上,却踢翻了两个鸡尾酒杯子,有人考虑得很周到,把它们送回来,放在台阶上。

"你父亲对这地方知道多少?"母亲有一天想起来问。事实上,答案是知道得很少。(那时他们仍然是分居,又过了很多年,她母亲才开始提出离婚。)"'森德里徽章'那个鬼地方?"他每年九月都会问。"她还住那里?"他立即得出完全错误的结论。她母亲知道会是这样。如果她依然住在同一个带家具的一居室公寓,那么她的日子一定依然不好过。莎拉从来没有泄漏过,她每月花在画室上的钱,大大超过她花在公寓上的钱。她实际上换了三次画室,每次都是面积扩大,光线更佳。她父亲当然对那些男人——各色人等——一无所知,也不知道那些鸡尾酒杯,或者她每星期喝一大瓶必富达金酒,或者她去超市总是买最大罐的绿橄榄,或者她总是牙膏用完了还没有买新的。

对这类行为,莎拉总是抱着两种想法,如同她对多数事情。有时,她为母亲随心所欲的乱交感到难为情,但相比父亲的禁欲,它难道更让人不舒服吗？自从妻子离去，他从不出去与人约会。一次，她告诉他，她不在乎他有女性的朋友，他只是古怪地看着她，说他与她母亲并没有离婚。如果不是完全没有爱情可言，这本来也很罗曼蒂克，而且莎拉知道，尽管父亲盼望有一天经济现实会逼迫母亲回头，但他并不真的想念她。"嫁给你父亲跟当修女差不多。"母亲不止一次这样说，莎拉怀疑，即便他知道"森德里徽章"里的那些男人，也不会引起他在性方面的嫉妒。不，他要妻子回来，完全是因为"我告诉过你吧"那种恶意。

　　她父亲不去约会或喝酒，但他有其他的事情。有时，她在艾吉与卢待了一晚上，回家后发现，他坐在椅子上睡着了，留声机的唱针撞在他的一张爵士乐唱片上，空气中弥漫着一股甜丝丝的怪味。有时她早晨醒来，房子里残留着同一种腻人的香味，但有点走了味儿。她打算问父亲是怎么回事，因为她记起，第一次闻这个味道是一个星期五晚上，在安吉罗比萨饼店外的停车场上。一个瘦骨嶙峋、衣衫褴褛的黑人在入口处闲逛，他很熟悉地向她父亲点点头。"兄弟，有你需要的东西，什么时候要都行。"那人说，似乎并没有特别针对哪个人。他们正在往里走，一群人从餐馆拥出来，所以莎拉的第一个想法，是他在对那群人中的一人说话。但走进餐馆后，她越想，就越肯定他是在同她父亲说话，而他不去注意那个人是谁，反而更证明了她的这个结论。对托马斯顿的黑人，无论场合是否合适，她的父亲总是越出常规，和他们说话，而从他们吃惊的反应上看，那场合往往并不适合。但是那晚，他根本不理睬那个瘦骨嶙峋的黑人。他们从那人身边走过时，离得很近，她闻到他衣服上一股令人恶心的甜味。这样的一个人是否可能像他宣称的那样，有她父亲想要或需要的东西呢？如果是这样，莎拉拿不准自己是否想知道那是什么。"向我保证，"莎拉在"森德里徽章"度过第一个夏天时，她母亲对她说，"你如果看到屋子里有针头躺在那里，会告诉我。"莎拉很害怕会踩在一个针头上，她保证自己会告诉母亲，但她从来没看到针头"躺在那里"，而且在放药的小柜子里也找不到，但她为了保险，还是会定期检查一下。倘若她发现一个，该怎么办呢？替母亲保守秘密，意味着为了荣誉也必须保守父亲的秘密，是不是？假设他有任何秘密。

尽管父母是那样不同，莎拉对与他们一起生活，采取了相同的策略：保持繁忙，让每天的日程排得满满的。在托马斯顿，她尽量参加各种课外俱乐部，到图书馆和沙迪·雷斯特疗养院去当义工，她对父亲的解释是，这些活动会有利于她申请大学。现在当然还有艾吉·鲁宾，她的第二个家。在长岛的南岸，更容易把日程排满。她从十二岁开始短期帮人带孩子，那些夏天来度假的人，大约从阵亡将士纪念日开始到达，许多人到达后的第一件事，就是给莎拉母亲打电话，希望排在前面，能获得她女儿的服务。"真的吗？六月中以前都不行吗？"他们会说，声音里充满慌乱。想到在此之前，他们不得不亲自照看孩子，而且是漫漫长日中的每一小时，就觉得难以忍受。"你终于来了！"当她终于到达后，他们会说。"星期二你能来吗？不能？那么星期三？别对我说，格温·斯宾塞在我之前找了你？那女人怎么做的，去接你的火车了吗？"

不是开玩笑。那些绝望的母亲有时真这样做。她们得知了她的到达日期，那时就装作在火车站接丈夫。"莎拉！"她们大叫道，"碰见你真是太好了。你星期六晚上是不是没事啊？我们能不能把整个夏天的星期六都预订下来？"莎拉本来可以要求她们付更多的工钱，她母亲也怂恿她这样做，但她却愿意自己有更多的选择，只为她喜欢的人工作，而且他们的孩子还不能太闹。

只有一次，有人提议她多干活儿多拿回报，她受到了诱惑。那是高二与高三之间的暑假。那些母亲中，有一位知道莎拉是个崭露头角的艺术家，就提议她可以住在他们车库上面的大公寓房里，不看孩子时，可以把它作为画室。这很有诱惑力，因为他们是她最喜欢的一家人,两个女孩子崇拜她。那家的丈夫年轻英俊,上大学时当过运动员,现在为城里一家广告公司工作。周一到周四,他乘长岛火车通勤,这意味着,平时整个大房子里,只有他的妻子和女儿。有时他以为莎拉和他的女儿不在,就溜进厨房,站在妻子背后,紧紧拥抱她,吻她的后脖颈,她则发出长长的尖叫,疯狂地蹬腿,仿佛在骑一辆看不见的自行车。莎拉喜欢看到这一场面。大厨房里有一张圆桌,桌旁有五把椅子,这意味着,即便那家的丈夫周末三天在家,莎拉也可以自然地坐在那里,不会挤着他们。

这与她母亲在"森德里徽章"的公寓房形成鲜明对比。在那里,她们两人不得不在婉称的早餐角落里,坐在高脚凳上吃饭。"求你了,"那两个小姑娘求她,使劲拉她的手指,"求你来和我们住在一起吧。""行了,孩子们,"她们的母亲责备道,"莎拉得和她妈妈商量后才能决定。"但是莎拉看出,她本人与她的女儿们一样兴奋,后来,她开车送莎拉回"森德里徽章",又加了一个好处,保证星期天让她休息。她说,那一天莎拉总是和母亲一起度过,她不想在她们之间造成隔阂。事实上,莎拉也许可以隔一周休一次,休周六和周日两天。

她应该提起他们的这个提议吗?她的直觉是不应该。她不愿伤害母亲的感情。但她又想,会伤害什么呢?她说的时候可以让人听上去不是她对这件事感兴趣,而是人家需要她。然后她可以衡量母亲的反应。谁知道呢?也许母亲会认为,这对双方都有利。她们挤在"森德里徽章"的小屋里,莎拉知道她的存在约束了母亲作为正常人的生活方式。况且她本人就是艺术家,当然明白,如果有工作空间,有一间光线好的房间,对莎拉有多少好处,那样她也就不必为腾地方吃饭,不得不经常把刷子和颜料挪到别处去。因此,也许吧。

但内心深处,她更加明白,母亲对她去帮忙带孩子的大多数家庭怀着矛盾的心情。她承认他们挺让人愉快,房子当然很好,但又总设法找出欠缺的地方。凡是她没见过的人,她都不许莎拉为其工作。她跑到那些人的家里去面试他们,回到"森德里徽章"后,就说出自己对他们的怀疑。房子越大,庭院越铺张,主人的举止越文雅,她就越相信有什么地方不对头。你仔细观察,就会发现问题。通常,她母亲甚至用不着非常仔细地观察。"我可不羡慕那女人,"在被介绍给一个新家庭后,她会说,"你注意到没有?那位丈夫不断盯着我的衬衣下面看。"

"也许你应该戴上胸罩才是。"莎拉会说,这个建议她母亲肯定不加理会。

"我说他们的婚姻只能维持两年,最多啦。但我喜欢他们厨房的装修。我死以前,有一天也要搞一个中间有独立操作台的大厨房。"

无论如何,当莎拉终于提到那个建议时,母亲的那种沮丧神情,让她谎称自己已经拒绝了那个女人。"她以为她是谁啊?"母亲说,弄得莎拉一连几星期都觉得内疚,主要是因为,她在拒绝之后才意识到,自己曾经多么盼望坐在那张桌旁,成为那个家庭的一部分。那时她不可能知道,到夏天结束时,那对夫妇的婚姻已经破灭,他们的夏季别墅即将出售。两个小姑娘得知要提前回城,而且再见不到莎拉,哭了又哭。据那位母亲说,这一点比父亲以后不再与她们在一起,更让她们伤心欲绝。

"你没看出这事即将发生吗?"莎拉的母亲听到这消息后说。

一星期后,她看到那位丈夫从"森德里花园"走出来。他看上去丝毫未变,出于某种原因,这让她惊奇。难道一个背叛妻儿的男人,看上去还能跟以前一模一样?他的不忠难道没有任何视觉上的证据吗?她知道这种想法很蠢,但依然这样想。有个女人和他在一起。漂亮女人,但并不比他以前溜进厨房拥抱的妻子更漂亮。莎拉不知他对这新女人是否也会做同样的事,而她是否会怀疑他背着自己做了什么。还有一个小女孩和他们在一起,年纪比那男人的两个女儿都小。两个大人各牵她一只手,让她打着悠,向停车场走去。那丈夫看到马路对面的莎拉,微笑着向她挥手,但她装作没看见,他又喊她的名字,她又装作没听见。她知道他需要她什么,但她不会去替他看小孩。

莎拉不情愿地断定,说谎是成年人生活的一部分。似乎是每个人都有秘密,为了保守秘密,只好说谎。了解这一点并没有让她特别不安,除非偶然遇到一个特别擅长撒谎的人,譬如那位丈夫。她不认为自己容易上当受骗,但容易上当受骗的人当然从不那样认为,而且如果她错了,又怎么办?或许最好是保险一点儿,躲着那些不老实的人。她最喜欢她男朋友的,就是卢像他的父亲,似乎没有欺骗的能力。但她也开始意识到,欺骗的方式不只一种。有些人相互欺骗,但也欺骗自己,这很奇怪。有时,为了欺骗别人,他们必须欺骗自己。她自己的父母不就是这样吗?她夏天同母亲住的正式理由是,她在长岛给人看孩子比在托马斯顿挣钱多。每次父亲送她上火车,都要这样提醒她。他说,他会非常想念她,但她可以挣很多钱,她上大学的基金,可以像去年夏天一样增加很多。他接着说,一个女孩子需要有时间与母亲在一起。即便这一切都是真的,它仍基本上是个谎言。她的父亲不会想念她,至少比不上她想念他。他不需要几星期才习惯她不在家。他不会花几个小时想象"森德里徽章"的情况怎样了。六月他去火车站送她时,她能看出他多么急切希望她赶快走,他的两只脚不断来回移动着重心,不断瞟着站台上的大钟。火车刚一出站,他就会快马加鞭回到托马斯顿,在那里,有一叠崭新的打字纸在等着他。这才是她离开的真正原因——她父亲因此可以不间断地写他的书了。

夏天结束时,同样的事情会反向发生。在中央火车站高高的拱顶下,她听到同样半真半假的陈述,与在富尔顿的小车站上类似。"啊,小甜甜,"她母亲哀叹道,"夏天太短了。你好像刚到这里。你知道我为什么必须离开你父亲,是不是?你知道我不是离开你。你对我的意义超过我自己的生活。告诉我,你相信这一点,小甜甜,因为我可受不了你不相信。而且你知道,如果你父亲那边情况变得太糟,你可以来和我一起住,对不对?你甚至不必先打电话。你现在年纪够大了。你可以直接上火车,等到了城里再给我打电话。你知道如何出城去乡下……"

莎拉知道,母亲说这些话时,她真的相信自己所说的一切,但莎拉也知道,她能够做出这些允诺,是因为这样做很安全。无论托马斯顿发生什么,无论她在漫长的冬季多么思念母亲,她都不会抛弃父亲,因此永远不会出现在她的门前,要求留下来。夏天,父亲写书,母亲就是发生的事情。学年期间,母亲享受独立,父亲就是发生的事情。那是她父母谈判的结果。任何改动都得经过他们之间的谈判,她仅仅是被告知他们的决定而已。

但她知道,母亲更有难舍难分之感。不像父亲,她尽可能和她待到最后一刻,有时与她一起上车,帮她安置好,保证行李安全地放在头顶的行李架上。有一次,她算错了时间,没来得及下去,车门就呲的一声关上了,她只好一直坐到福特汉姆。莎拉怀疑——不,她知道,母亲回家后,会觉得公寓里空空荡荡,几个星期受到她不愿承认是内疚的那种感觉的折磨。或许那种感觉从来没有完全消失。但它也没有强烈到让她考虑恢复婚姻、回到丈夫身边,回到纽约州托马斯顿。她的内疚会逐渐减弱,她让自己相信保持现状的智慧,因为不存在补救的办法。她确实热爱她的公寓所代表的自由,但它不够大,不够两人住,至少是不够两人全年住。母亲说,对她来说,莎拉比她自己的生活更重要,这根本不是真话,或者没有真实到足以改变现状。这是她母亲深埋在心中的可怕秘密,她希望女儿不会有所怀疑的秘密。这与她父亲的心照不宣只有程度上的不同,即一旦手指头开始在键盘上飞舞,他的生活就变得既充实又富足。

也许，人人都是如此。也许，谎言是生存的必需。她更年幼的时候，这种可能性想起来很痛苦。但到她上高四之前的那个夏天，莎拉对此已经习惯。她早就原谅了父母，原谅了他们有自己的秘密，也原谅了他们最初告诉自己，然后告诉她的那些半真半假的陈述。当然，在那个夏天，她也有了自己的一个秘密。

莎拉是逐渐意识到自己有秘密的。六月她离开托马斯顿时就有所怀疑。到八月，她已经相当肯定。但他真的有资格成为一个秘密吗？怎么可能呢？她只在艾吉·鲁宾见过他一面，时间很短。他并不是人们称为特别英俊的那种人，似乎也不是特别聪明或有魅力。事实上，她无法解释，他为什么给她留下如此深刻的印象，除非是因为卢，他让她准备见到一个特别杰出的人。也许她听男朋友讲了太多鲍比·马库尼的英勇事迹，等到实际见到他的时候，她已经不可能按照表面价值来评价他。这是她唯一能够得出的解释。

她觉得，如果她大声说出他的名字，他的神秘感也许就会消失一些，因此刚到母亲家不久，她就很随便地提起他。"仿佛他看上去是一个人，"她说，试图把对那男孩的模糊感觉变成话语，"但内心深处，他又企图是另一个人。"

"小心啊，"母亲警告说，"他听上去很像你父亲。"

"五码犯规。"莎拉对她说。

她母亲是个热诚的职业橄榄球迷。一年前，她曾与"森德里徽章"里一个名叫弗兰克的房客约会，此人自称为纽约巨人队打球，准确地说不是打球，是在所谓的出租车队，他强调它的职能不是开车送球员比赛。他说明那是一个中间过渡区，你可能在任何一个星期天被召去穿上运动服，但也可能不被召去。莎拉曾怀疑母亲会认真对待与他的关系，但他消失了，那是"森德里徽章"男人的一贯所为。母亲说她才不会认真，他们只是在一起消遣消遣而已。现在，弗兰克留下的，只是一些橄榄球方面的比喻，她和母亲用它们来规定和实施界限。如果莎拉询问她与各种男人确切关系的话太多，母亲就会挥旗喊犯规，而母亲贬损父亲的话太多时，她也会吹哨叫停。如果母亲说"千万别信任一个不切实际的男人"，或者说"无论如何别因为怜悯而结婚"，凡是这种大而化之的评论，她就让她一带而过。这些话很可能是拐弯抹角地暗指父亲，但也不一定。但那些直接的指称，比如"那个性无力的家伙"，则每次都招来莎拉喊犯规。这当然是个游戏，但也是处理重要问题时轻描淡写的一种手段。从一个层面讲，它是对透露更多消息和私密的一种邀请，但也内含必要时可以援引的制衡机制。莎拉的母亲似乎愿意，甚至需要，告诉女儿关于她在"森德里徽章"里各位男友的事情，但她那些不完全的坦白，往往与其说让人大开眼界，不如说把人搞糊涂了。她想让她理解，她终于有了点儿快乐，这是生活欠你的，对不对？她希望，时机成熟时，莎拉能有丰富而且值得的性生活。"你会非常喜欢性生活。"她不止一次说，虽然她并不确切说出，她会喜欢它什么。除了性的快乐外，她母亲生活中的男人大多提供了一大长串最初需要确认，而后又要避免的各种男性特征。出于这个理由，她希望莎拉到她这个年龄时，不必仍然"在场上踢球"。但她当然不提倡婚姻，远非如此。更像生活伙伴，你受到诱惑去嫁的那种人。但是什么都比嫁给一个傲慢、极端利己的自命不凡者强，她的意思确实是什么都强过这样做。挥旗叫停——"十五码！没必要这么粗鲁！"

莎拉觉得，她明白母亲既需要交出，又需要保留自己的情况。她自己也有同样相互矛盾的冲动，虽然她们的情况不同。母亲需要分享的是经验，她的优势。如果她可以告诉女儿她对男人的了解，莎拉也许可以免去某些伤心事。莎拉的优势是缺乏经验——这一点她比任何人都清楚。她需要谈的，是一个她刚刚遇到的男孩。除了她的男朋友告诉她的事情，她对他一无所知。但这并不是全部。她也想讨论卢,以及他与她之间没有发生的事情,讨论他对她的尊重如何似乎排除了婚前热恋过程中的许多东西。实际上,她愿意一般性地谈论男孩,以及她母亲想象她爱上了的那种男孩。她从父亲那里得到非常明确的劝告,他声称自己确切知道什么样的男孩会给她幸福。他不只一次解释过,事情会怎样发展。她会在哥伦比亚大学遇到她未来的丈夫,或许是上三年级时。他最可能是个研究生,或许是英语专业的研究生。他们会等她拿到学位后结婚,住一年研究生宿舍,然后搬到帕尔克斯卢普①的一个小公寓,那里安全、环境好,也比曼哈顿便宜。莎拉的丈夫是个雄心勃勃的青年,他的志向是托马斯顿一无所知的。当然,现在让她理解这一切很难,但最终她会庆幸自己等到那时。这是她父亲想要强调的一点。

  莎拉在这一蓝图中看到了缺陷,但她从未对他说过。首先,这对卢·林奇和鲍比·马库尼这样的男孩不公平,也许甚至对纽约州托马斯顿这样的地方也不公平。毕竟不只大城市的人才有大梦想。她父亲本人不就是个完美的例子吗?他虽然自认是城里人,但他是在他妈的史坦顿岛②长大的,她母亲在他们仍是夫妻时常以这样提醒他为乐。另一个问题是,他似乎把她的生活与自己的生活混为一谈,即他设想她嫁的男孩/男人,对他来说是更好的伴侣,而不是对她。去年夏天,她犯了个错误,把父亲的劝告告诉了母亲,后者立即发起她夸张的即兴谈话。

  她预测,莎拉未来的丈夫是一位主修英语的学生,不仅是一位才华横溢的学者,而且属于很少见的那类真正品位高尚的仲裁人,这种高尚的品位将主要表现为无限欣赏她父亲的作品。他甚至可能通过评论她父亲的小说来建立自己的名声,到那时,那小说已经出版,并获得热烈的好评,或许还获了奖,但莎拉未来的丈夫认为

---

  ①② 均位于纽约市布鲁克林区。

它还应该有更多的读者。当然,有这种文学洞察力的人,在自己的书桌抽屉里,也有一本完成了一半的小说,而且最终,他会战战兢兢地把它拿给她父亲看,后者将提供只有业者才能提出的那种内行的批评意见。这种意见很难实施,因为它会直指问题的核心,但在时间成熟时,她丈夫的书会得到全面修改,莎拉的父亲会向他的编辑推荐这部作品。那年轻人因此不得不做出一辈子最艰难的决定——是把这本书献给他最亲爱的妻子、画家莎拉·伯格(她当然是保留自己未嫁前的姓氏),还是献给他的岳父,如果没有他,等等等等。莎拉在母亲夸张地重复这些话时,不断罚她犯规,但她说得太高兴,无法停嘴。而莎拉私下里不得不承认,父亲为她的未来设计的场景,或许与她母亲对它的讥讽不会相差太远。

问题是,除了模仿嘲弄,母亲并没有什么可以拿出来。在劝告女儿避免哪种男人时,她可以说得非常具体和透彻,但对她应该寻找哪种人这个题目,她却似乎不感兴趣。她的戒律都采取"不可"的形式。她自己对女儿未来的展望极其模糊,仿佛是没有考虑。她并不把托马斯顿排除在未来丈夫的来源地之外,但她承认,或许她父亲说得对,她会在大学里遇到什么人——"瞎猫碰上死耗子嘛",五码犯规。有没有可能她已在卢·林奇身上遇到了他呢?莎拉的母亲早在她开始约会之前就离开了托马斯顿,但她知道林奇一家,觉得他们是好人。她奇怪人们没有更多地注意到林奇太太,她这个人又聪明又滑稽。但是然后,她又嘲笑自己显然说了很荒谬的话。在没有吸引力的男人身上,聪明滑稽可能是优秀品质,但对恰好又非绝代佳人的女人来说,它们却是让你倒霉的最终因素。她不否认大个子卢和蔼可亲,但她不怎么喜欢他。她从来没喜欢过傻大个儿的男人,他们连怎样蘸奶酪酱都需要人教。出于忠诚,莎拉打破了只对侮辱父亲的话罚犯规的原则,母亲听了说:"你是对的,这样说不太好,但他确实有点儿傻,是不是?"马上又被罚严重犯规。

莎拉为了说服母亲,让她承认不该贬低她男朋友的父亲,于是讲述了卢很久以前讲给她听的故事。当时他很小,周围的一些小流氓把他带到一个废弃不用的铁路高架桥下,把他锁进一个大箱子,装作要把他锯成两半,这个残忍行为促成他的第一次发病,他的童年一直受到这一可怕疾病的折磨。实际上,她母亲对这一事件有模糊的记忆。那男孩的失踪曾引起恐慌,镇里人人害怕他被某个病态的性狂魔掠走。莎拉解释说,到了半夜,卢才从昏睡状态中醒过来。虽然昏昏沉沉、迷迷糊糊,他还知道沿着小河回到他们来的路上,在那里,是大个子卢等在步行桥上,要带他回家。仿佛他父亲有某种第六感觉,知道在哪里等他。

母亲耐心地等莎拉说完,然后说:"小甜甜,想想看,那正是一条狗会做的事情。在那种情况下,什么样的人会出去站在步行桥中央,等几小时,盼望有什么好事会发生?"

"但他是对的。"莎拉坚持说,但她确实没料到母亲会有这样的反应。她从露西那里听到这个故事,不仅接受了他说的事实,而且接受了他的结论。"他知道在哪里等。"

"小甜甜,想一想,"母亲答道,"他在那个桥上做什么?你说他在那里,因为他知道什么,有某种强大的直觉。但是相反的结论不是更说得通吗?他在那里,因为他不知道做什么。不和大家一起搜索,不帮助他的妻子和警察,让她一人去应付此事。"

"卢不是那样想的。"

"好吧,男孩爱父亲。"

她的母亲也记得马库尼家。多数是传言。那女人有什么毛病,是不是?有点太左舵?(她从"森德里徽章"另一个在海军服过役的男人那里借用来这短语)失踪一段时间,又变魔术般地回来,被软禁在家里,说是为她好。也有关于她丈夫的传言,但她想不起来是什么了。她确实记得他额上的那块深色胎记,也记得他向人探过身(太近了)和昂着头的样子,好像你刚说了什么话,让他想揍你一顿。或者如果你是女人,他好像要干其他什么事情似的。是那种让你奇怪干其他事时他会是什么样的男人。无论怎么说,是奇怪的一对儿,这点毫无疑问。这种结合的产物会是什么样的孩子?罗特韦尔犬①与哈巴狗的杂种。最好不过是个内心矛盾重重的人,但是谁知道呢?也许那男孩能解决这些冲突而很正常。最坏则是一个变化无常、不稳定的混合体,在这种情况下,必须放弃这个男孩。

"说这种可怕的话!"莎拉冲口说出,觉得眼泪出乎意料地涌了上来。

"我只是随口说说,小甜甜,"她的母亲说,"别当回事。"

"可你根本没见过他。"莎拉说。

"你如果不想知道我的看法,就不要问我。"

这正是她的问题。莎拉想要的,是母亲经过某些思考后的想法。哪怕只有一次,她不是夸夸其谈,而是在反思之后,第二天再做出答复也好啊。那将表明莎拉提出的问题真正值得认真思考。当然,她意识到,这违背她母亲的天性。

"再说了,"她提醒莎拉,"你自己也只见过那男孩一面,所以你没道理这么生气。"

"我没有这么生气。"莎拉坚持说,但她能觉出来,自己确实义愤填膺。

那天晚上,母亲后来走进她的房间,坐在床边。"你和卢在一起不开心吗?"她问,莎拉很快否认,但她有时确实怀疑自己是不是爱上了林奇一家,而这是个一揽子买卖,超过每个部件加起来的总合。她再次想到长岛南岸的那家人,那圆桌旁的第五把椅子,她曾那么渴望那把椅子成为她的。莎拉知道,她的男朋友也像他父亲一样,有个有点儿傻的名声,但相信这一点的人并不像她那样了

---

① 德国黑色短毛高大猛犬。

解他。可是她仍然不能肯定，如果一个男孩崇拜另一个男孩，像卢崇拜鲍比·马库尼那样，这意味着什么。卢当然有这种倾向。他崇拜他的父亲，她知道他还崇拜她，这倒不错。甚至好过不错。如果他总是把别人想得很好，好得超过他们本人，然后又因这些想象而爱他们，她自己不也是受益者吗？即便她母亲说得没错——莎拉绝不承认这一点，即便大个子卢不完全值得他儿子坚定不移地崇拜，那又怎样呢？这看上去难道不是上帝的恩惠吗？有些东西可能不是你该有的，但当个傻瓜去拒绝吗？

　　由于无法向母亲（或向自己）解释到底是什么让她不安，莎拉在某一时刻忽然领悟到，或许她可以用绘画的方式，走出矛盾的想法和感情的迷宫。为什么她没有早想到这个办法呢？好几年了，她一直在画她的世界，并在这个过程中，发现自己最深层和最真实的感情。譬如，她在画艾吉·鲁宾之前，并不知道林奇家的街头小店代表了一种渴望——对庇护所的渴望，对在这个广大、敌对的世界上，有一个小小的安全之处的渴望。那之后，她画了林奇家的所有人，甚至德克兰，并在他们的肖像中发现了一种深刻的需要，对什么的需要呢？稳定？归属？爱？她知道她的父母都深爱她，对，爱她，但作为互不相连的存在，他们的爱是分开的。她开始把他们对她的爱想作"伯格之爱"，与"林奇之爱"截然不同，后者呈指数型扩大，它的来源是一个家庭。她不知自己最渴望的是否是"林奇之爱"？如果鲍比·马库尼有一天会爱上她，这虽然是极不可能发生的情况，但那会是哪种爱呢？从她对他家庭的了解来看，它肯定不会是"林奇之爱"。马库尼在这个世界上似乎是孤身一人。她画艾吉时，把他画在门外，准备进来。如果他永远不进来，怎么办？也许她已经知道，他不会进来。也许她的潜意识已经告诉她，应该把他放在哪里。如果这是真的，它也许意味着，他永远不能给她最渴望的东西。

　　但如果她全错了，根本没有"林奇之爱"这种事，那怎么办？

如果最后,卢只带来了他自己怎么办?如果她确定的这个环境,只是她出于需要而想象出的幻境,那怎么办?如果艾吉·鲁宾只是一家小店,并不是一个家庭,而林奇一家加起来,也不比每个部件加起来的总合多,那又怎么办?卢本人就承认,他家并非完美家庭,他母亲在大个子卢买下艾吉时气疯了,而且苔莎和她丈夫看问题的方式一贯不同。但莎拉觉得,突出的事实是他们留在一起,解决他们之间的分歧。林奇太太可能生丈夫的气,但她没有离开他和他们的儿子。那是因为她爱那个人吗?还是因为她不像莎拉的母亲,没有足够的吸引力,通过晒裸体太阳浴来改变小飞机的航线?这似乎是一个重要问题,但莎拉不得不承认,她不知道答案。

画鲍比可能是件危险的事。如果她得知了自己宁愿不知的事情怎么办?这有可能发生。它确实发生过。她每次画父亲,都把他画得像伊奇博德-克瑞恩[1]。夏天期间,她几次画母亲,有两次还是在母亲的提议下。有一张素描,画母亲穿着上下分开的游泳衣,莎拉拿给她看时,她的精神大振。"对一个老婊子来说,不坏呀,"她说,"我买那件游泳衣是对的,是不是?"但另一次,莎拉是在她不知道的情况下画的。当时是清晨,她半睡半醒,穿着浴袍坐在早餐角落里,前面放着一杯冒热气的咖啡,右手夹着一根香烟,长长的烟灰开始倾斜。那是莎拉最得意的细节,因为这表明,她母亲已经在那里坐了很久,茫然凝视着前方。观者不禁会想,再过一秒钟,那烟灰就会掉下来。母亲只看了一眼那张画,又看了一眼莎拉,就走进洗手间,关上门。莎拉以为淋浴的喷头会打开,但是没有,过了几分钟,她站在门外问是不是一切都好。"你不懂,"母亲的声音传来,"有一天,你也会成为那个女人。"

最后,莎拉决定妥协。她会画鲍比·马库尼,但到夏天结束时再画,到那时,也许这已经不那么重要了。毕竟,她根据经验知道,

---

[1] 华盛顿·欧文的短篇小说《睡谷传奇》中的人物。

到长岛南岸来生活,在感情上永远不是一个简单、顺利的过渡。有几个星期,托马斯顿那些与世隔绝的问题,继续占据她白天的思想和夜里的睡梦。有时,甚至到了七月初,她已经从一个工作换到另一个工作,从一个避暑别墅换到海滩又换回来,可她仍在想象林奇家的人在艾吉走来走去,以及没有她,他父亲的日常生活会是怎样。然后,世界的支点逐渐变化,她虽然仍想念父亲和林奇家的人,但在长岛南岸的生活占据了主要位置,它虽然暂时,但不再那么像季节性的偏离。每次发生这种情况,她的另一半生活开始失去萦回梦绕的威力,她都很感激。这就像放下一个大箱子,里面装满你所爱的一切。你对它们的爱并没减少,但不必拖着它们到处走,这种感觉很好。既然事情就是这样,为什么不让事情对她有利呢?到八月时,鲍比·马库尼给她留下的强烈印象可能就会淡去。也许到那时,她甚至不想画他了。也许,如果她允许,那魔力将会自行消失。

劳 工 节

"卢九月见到你,会非常高兴的。"八月初的一个早晨,莎拉的母亲这样说。莎拉刚从淋浴间出来,正用浴巾擦干身体,没意识到在脸盆前刷牙的母亲一直看着她。

"他不会看到我这个样子。"莎拉向她保证。

"他不需要。相信我。"

母亲走后,她研究着镜子中的自己,又高兴又不安。那个夏天之前,她从未在镜子前花过这么多时间。现在引她动心的,与其说是虚荣,不如说是惊叹。虽然在感情和智力上,她的成熟程度远远超过同龄的女孩,但在身体发育方面,她却远远落在她们之后。她的月经来得晚,整个高三年级,她的体型一直像男孩。母亲常常提醒她,自己曾经也晚熟,但她总是断定,母亲这样说,只是想让她感觉好些罢了。她仍然觉得,自己永远不会有同样丰腴的臀部和乳房,但现在,母亲毫无疑问是对的。每天早晨,镜子里与她打招呼的女孩,似乎都是一个全新的女孩,而且新得骇人。如果她的男朋友更喜欢在六月时吻别的那个女孩怎么办?而且还有那个她似乎无法撼动的想法,即她迟来的身体成熟可能与鲍比·马库尼的意外出现有关。她知道这种想法超出疯狂。还在上初中时,她父亲就发明了一个主要逻辑推理谬误的游戏,训练她玩这个游戏,因此她明白,只因 B 跟在 A 后面,并不意味 A 引起 B。但从感觉上说,仿佛她的身体一直在等待，等待有个理由去做其他女孩的身体几年前就做了的事情。

莎拉是不是因为太沉迷于研究镜中女孩，所以没充分注意到母亲身上发生的惊人变化？六月她刚到时，注意到她的体重下降了。"我需要这样。"莎拉提到时，她这样解释。但整个夏天，她更瘦了，脸上的五官开始看上去很憔悴。如果她知道有人在看她或给她拍照，她就露出大大的笑容，有时甚至做鬼脸，但莎拉觉得不对头，仿佛母亲在试图记住自己的笑容，以便以后可以模仿。如果出其不意被照下来，她看上去就很像莎拉画的那个穿浴袍的女人，神情与其说是不愉快，不如说是焦虑，仿佛在等待医生打电话来通知她化验结果。而且她的睡眠似乎也不好。前一年夏天，母亲只要往沙发上一躺，手里拿本小说，或者看电视上播放的电影，通常很快就会熟睡过去。第二天早上，莎拉会发现她手里还拿着前一天晚上在看的那本书，或者电视屏幕上一片雪花。今年，莎拉半夜醒来，经常听到前屋里的踱步声。如果她用心回忆，也会意识到后半夜的敲门声少了。这些事情有关联吗？她只是到后来才问自己这个问题，而到那时，答案已经很明显了。

一如既往，她们的夏季在劳工节的那个周末结束。通常，为了庆祝共度几个月培育出的亲密新关系，她们会在星期五傍晚坐火车去纽约，挥霍式地住进一家旅馆，吃一顿时髦的晚餐，如果那个夏天收入特别好，就再去看一场百老汇歌舞剧。那时城里通常人很少，所以能找到不少便宜地方。此外，这样也让莎拉星期天回上州容易得多。所以今年母亲提议留在长岛南岸，倒让莎拉很惊讶。她是少了一个客户吗？没有觉出她手头现金比往常紧啊，但也许过去几天或几小时里，发生了什么她不愿让莎拉担心的事情。然后，她选择把星期六的晚餐订在附近码头区的"尼克和查理"，她甚至不喜欢这家餐馆，声称它定价太高，挤满不了解情况的游客或只喜欢吃稀烂食物的老人。莎拉提醒她这一点,她只是耸耸肩,说也许她自己也老了。这不同寻常的评论,让莎拉疑惑她是否还在为那张穿浴袍的素描而生气。

莎拉问是否需要正式着装打扮,如同以前每个最后一晚她们喜欢做的那样,母亲说好啊,这一前景似乎让她情绪好了一些,但她并没有穿得很裸露,通常她在这种场合总是那样的。她上下打量了莎拉一番,然后宣布,既然她女儿处处看上去都像已经到了十八岁这个合法的饮酒年龄,她们要来试验一下,给她点一杯鸡尾酒。她们来到外面的停车场,把车倒出来,这时莎拉注意到哈罗德·森德里西装革履地离开了他的房间。"是不是有人死了?你觉得呢?"她冲他那边点点头,问母亲。她从未见过哈罗德这副打扮,如果她没弄错,他还穿了一双特殊的鞋子,所以摇摇摆摆、一瘸一拐的模样没那么明显了。无论如何,他似乎真要离开这地方,所以一定是发生了什么事。

到餐馆后,莎拉觉得更加疑惑。她母亲最爱的就是精彩亮相——她经过时,男人们的头扭过来,他们的妻子也注意到她。但是今天,她似乎非常低调,莎拉想,这也好,因为她可以看出,她们穿过餐厅时,人们转过头来,都是打量她的。她们两人被护送到露天平台的一张桌旁,桌上放了"已预订"的牌子,但女招待轻捷地把它拂到一边。"我们真幸运。"莎拉说,想象无论是谁预订了餐馆这张最好的桌子,一定是在最后时刻取消了预订。母亲暧昧地微笑着,仿佛不明白她的逻辑。她给自己要了马提尼,给女儿要了一杯朗姆酒加可乐,女招待听了甚至没多看莎拉一眼。一对年轻夫妇坐在邻近的桌旁,莎拉的母亲从手包中拿出照相机,问那男人能否给她们拍一张照片。这也是传统。母亲在一个剪贴簿中,保存了她们在最后一晚拍的所有照片。

她们等着上酒时,母亲很不耐烦地打量着露天平台,莎拉再次有一种模糊的感觉,即母亲在等待什么,敲门声、电话铃响或什么别的,她整个夏天都时而会有这种感觉。酒上来之后,母亲一口气喝掉半杯马提尼,仿佛她在沙漠里爬了一整天,刚遇到一口泉眼,她很害怕这是海市蜃楼。但这似乎奏效了,因为她深深吸了一口气,眼睛直盯着莎拉说:"好吧,小甜甜,我不知道怎么办,所以我猜,我就说出来吧。"不幸的是,莎拉没有听到她接下来说了什么,因为就在这时,她看到哈罗德·森德里在与女招待说话,她可以发誓,后者指的是她们的桌子。"莎拉?"她母亲说,"你听到我的话了吗?"

"听到了。"莎拉说了谎,试图缩回来。

"那我希望你说点儿什么。"

此时哈罗德一摇一摆地向她们走来,因为穿了深色毛料上衣而大汗淋漓。那绝对不是一件适合这个季节穿的外套,他的衬衫领子扣得很紧,脸都变成紫萝卜的颜色了。

"你来了。"母亲说。

"对不起,"哈罗德说,"我加油去了,没办法。"

"好了,坐下吧。进展不太好。"

"我警告过你。"哈罗德盯着莎拉说。莎拉本来已经觉得莫名其妙,现在极想否认他曾经给过她任何警告。他们一夏天没说过几句话。结婚?刚才母亲说过这个词吗?

"没关系,亲爱的,"哈罗德说,这次真的是对她说,"你一旦了解我,就会知道我并不是一个坏蛋。"

莎拉后来一辈子庆幸,自己当时没有把已到嘴边的话说出来,即她已经有男朋友,她太年轻,不能结婚,而且无论如何,除了哥伦比亚大学英文研究生,她父亲不会接受任何人。她实际上已经张口要说这些话,但在她脑子里,事实开始重新组合。不对,母亲并没有气恼她的长大和成为女人,也没有作为惩罚,要安排她嫁给哈罗德·森德里。怎么能生出如此荒谬的想法呢?哪怕只有一秒钟?是不是因为真相几乎与这想法一样蹊跷?莎拉转向母亲,但她的眼睛不能聚焦。从她的脑壳里面,似乎迸发出一声巨响——小军鼓仅敲了一下。然后就什么也没有了。

她们安全回到公寓后,母亲说:"啊,这可是个令人难忘的夜晚。"她用手指背触了触莎拉的面颊,"脸还是又湿又凉。你应该躺下来。"

"我没事了。"莎拉突然觉得没有能力说出任何真话。她觉得另一个谎言已在嘴边形成,这时电话铃响了。

"她没事,哈罗德,"母亲说,"在离开你之后的这两分钟里,没发生什么事。"莎拉认出这种声调就是她过去与父亲说话的声调。"我会的。我会的,哈罗德。喝杯啤酒,放松一下。啊,不会有人杀了你。好吧,要不去看电影吧。做什么都行。过马路去告诉伊琳,看她会不会晕倒。我知道你感觉不好。莎拉也是,我比你们两人感觉更坏,相信我。你的话绝对正确,哈罗德。这个开端很糟糕。不,她挺喜欢你的。而且她会愈来愈喜欢你,就像我一样。刚开始我一点儿不喜欢你,记得吗?好吧,那时不喜欢,现在喜欢了。我们明天再谈,好吗?不,我没有改变主意。别忘了我们以前谈过的,你说你会努力的地方。总缠着人,对。现在是开始的好时机。不,一起吃早饭不是个好主意。明天是我们在一起的最后一天。我会的,哈罗德。我保证。我从城里一回来。"

她挂断电话,走过来,轻轻捧起女儿的脸。"啊,小甜甜,我不希望你结果把两只眼圈都弄黑了。"

莎拉现在明白了,她脑袋里的小军鼓响是她的前额磕到了桌上。据母亲说,她失去知觉只有几秒钟,但她醒来后,已经平躺着,凝视着上方的一圈面孔,母亲的脸在最前面,哈罗德·森德里的脸在其他人中间,看上去仿佛他希望她能够在那一群人中把他挑出来。尽管满身大汗,但她感觉还可以,实际上很饿,很想吃东西。可是已经叫了救护车,母亲觉得应该给她检查一下。哈罗德开着他的别克车跟在救护车后面,后来他们又回餐馆去取她母亲的车。"我饿死了,"莎拉告诉他们,"我们能点一点东西吃吗?"

"我绝不再回那家餐馆,"母亲说,"永远不回。"回到"森德里徽章"后,她订了一个比萨饼。"真有那么震惊吗?"

"没有,"莎拉说,撒谎,"我的意思是,有一点儿。你恨婚姻。你总是嘲笑那些结婚的人。你说他们自欺欺人。"

母亲露出苦相。"啊,小甜甜,那只是我说说而已。你知道我有多爱说,对不对?请你告诉我,你不相信我说的那些傻话。"

对这个问题似乎没有礼貌的答案,甚至无法知道它是否是一个问题。"这么说,你愿意再婚了?"

"我不知道,"母亲承认,"我是春天时有这个新发现的,想到你夏天要过来有多好,又突然认识到,从你弟弟死后,我真的变了很多。我的意思是,如果那件事不发生,我也许还与你父亲在一起。失去鲁迪让我绝望之极,让我想成为一个完全不同的人。内心深处,我觉得我真的更像你记忆中的那个女人,那时我们都在一起,不是我现在的这个样子。失去你弟弟,让我意识到,我厌倦了原来的那个我,但是现在,我又厌倦了新的这个我。啊,别哭啊,宝贝儿。求求你,别哭。"

当然,她哭是因为提到弟弟。没人提到他的名字已经有多少年了?他曾是他们不能没有的人,没有他仍是个家。有很长时间,她试图让他活着,但她感到一阵内疚,因为她意识到,从画了他以后,很长时间过去了。这个夏天,她甚至没随身带一张他的照片。

"但是结婚?"她说,仍在试图找出这里面的道理,"你就不能……"

"啊,我倒愿意未婚同居呢,"她母亲承认,"但哈尔非要结婚不可。街对面的那个傻女人要再婚了,所以现在他也非要结婚不可。"

这回好了。哈罗德·森德里(现在是哈尔)进入了谈话。但如何用言语表达这个再明显不过的问题呢："森德里徽章"里那么多男人，为什么要嫁给他？"你爱他吗？"

母亲叹了口气。"我不知道，亲爱的。我真的不知道。我整个夏天都在努力拿定主意。但他爱我。对此我很有把握。你不觉得现在到了我停止这种生活的时候吗？你真的很可爱，不来指责我，虽然那么多男人来来回回。但我一直在自责。哈尔帮助我意识到，我需要稳定的生活。我也需要戒酒，他保证要帮我。他自己过去就酗酒，所以他知道如何戒酒。"

"我怎么告诉爸爸？"

"那不是你的事，小甜甜，"她说，"我这一个星期都在给他打电话。"

"他把电话掐掉了。"莎拉提醒她。他也取消了报纸，有人敲门不开，而且不打开邮件，全堆在饭厅的桌子上。没有干扰，一点儿也没有。一旦打字开始，这就是夏天的规矩。

"我知道，我知道，"母亲揉着太阳穴说，"但谁会这样生活呢？我的意思是，如果你出了什么事，我必须找到他怎么办？"

莎拉知道，这都是些虚设的问题，没必要回答。

"也许我和哈尔十月可以开车上去。他想去佛蒙特看红叶，所以也许我们可以一箭双雕。"

莎拉试图想象这种情况实际发生会是什么景象。哈罗德丢下"森德里徽章"的事情不管，整整一个周末，两人开车去佛蒙特，住在某个乡间小客栈，路过托马斯顿时停下来，与她父亲分享他们的计划。最后一部分根本无法想象。母亲绝对不会让他看清楚哈罗德的大脑袋和他那特殊的鞋子。"十月？"她说，"在此之前，我什么也不能说？"

母亲叹了口气。"这不公平，是不是？好吧，那我只好在电话里告诉他了。明天晚上你回去后，我就打电话。反正那时候他也知道，我要打电话确定你安全到达了。"

莎拉摇摇头。"不,还是我告诉他更好一点儿。"

"你真这样觉得?"她满怀希望地说,莎拉可以看出,这是她希望的方式,"还有一个办法!告诉他,我出车祸死了!"

就在这时,比萨饼送到了,但莎拉发现,母亲幽默未成,反而驱走了她的胃口。那盒子里的东西仿佛是迎头撞车的一堆结果,大块儿的意大利香肠是脑子,蘑菇是不同的内脏,小银鱼是一条条的肉和皮肤。"我都没意识到自己有多饿。"母亲说,开始大嚼起来。

她忽然获得了能量,开始解释以后事情的发展方向。她要强调,没那么大的不同。真的还会更好。她向莎拉保证,她会保留在镇子里的画室,仿佛它在莎拉心里很重要。她承认哈罗德不能完全理解她谋生的手段,更愿意他们两人成为经营"森德里徽章"的合作伙伴,共同承担那里浩繁的工作,但他最后并没有要求她放弃自己热爱的东西。他对她这么多年能够成功感到骄傲,在"森德里徽章",如果需要,他可以像过去一样雇人。莎拉当然还会来长岛南岸与他们一起度夏天。这里总有空房间,哈罗德保证每年六、七、八三个月,把最好的房间留给她们两人。

她接着说,而且今年的变化与明年相比,真算不了什么,明年莎拉就要高中毕业,去上大学。好吧,此时此刻,莎拉也许觉得哈罗德·森德里抢走了她的母亲,但实际上正相反。仔细想想,她母亲才直接面对损失。莎拉很快就会有丈夫和自己的家庭,而她在这个世界上孤单一人。她并不遗憾自己过去几年在这里找到了自由。在那个性无力的家伙之后,她需要自由。她获得了各种各样的快乐,一点不遗憾,但寻欢作乐并不等于有前途。你不能指望寻欢作乐永远继续下去,这是主要的。莎拉明白必须得有计划,对不对?如果自己不善于做计划——她承认自己就不擅长于此,就必须依赖别人来为你做计划。哈罗德对未来看得很清楚,他有很好的计划。

莎拉努力集中注意力,听她在讲什么,但它们全变成一个一个的词。母亲像往常一样，利用这些词来创造貌似有理的叙述，一个她自己可以承认和美化的故事，但是莎拉从不相信它们。在比萨饼送来前，母亲脱掉为上餐馆专门穿上的漂亮衣服，卸了妆，换上睡袍，又成了画上的那个女人。她说话时，那些词藻堆砌起来，挤在一起，莎拉意识到，整整一夏天，她都在琢磨怎么说才好，所以才在前屋里踱来踱去。莎拉画她的那天早上，她可能也在想这件事，莎拉在纸上捕捉到的，是她突然失去信心，勇气越来越小，她觉得精疲力竭。难怪她觉得受了侵犯。那张画一定非常残忍。此时此刻，母亲就是那幅画活生生的化身，但这似乎只是一个不高明的借口，她觉得自己身体里有一条裂隙，以前她甚至不知道存在这条裂隙，而它现在裂得更大了。她还回想起，母亲那晚告诉她，有一天，她自己也会成为那个女人，她几乎希望这会变成现实，因为这是她应得的。母亲一直是多么孤独啊。又需要多少勇气，才能在如此之长的时间里维持表面上的坚强。她对衰老和独自终此一生的恐惧，莎拉凭直觉感受的又是那样少。

她仍然觉得这件事很有讽刺意味。这种灼人的亲密感，难道不正是她这个夏天，甚至许多夏天所期待的吗？她不是想让母亲说出真实的想法、发自肺腑的想法吗？她征求母亲对自己未来的意见时，想知道自己对卢的感情是饱满充实还是不足时，希望的不正是这种灵魂的袒露吗？母亲对事情孰重孰轻的来之不易的承认。那个夏天，以前她提起过鲍比·马库尼，但说不清楚她想问什么问题，而此时此刻，母亲正在回答这个问题。她似乎在说，激情和独立是不错，但最终无法持续。最终，一切都会归结到伴侣、友谊、牺牲、妥协。莎拉难道不是始终懂得这一点吗？她突然明白了自己一夏天都想问的真正问题。哪个更重要：爱还是被爱？

"无论如何，"母亲最后说，"如果我错了，也不会比现在更糟，对不对？求求你说对，这样我就可以睡觉了。"她没用莎拉帮什么忙，已经把比萨饼吃到只剩下一叠薄边，整齐地堆在油腻腻的盒子中央。

那天夜里,莎拉立即睡得很沉,一夜无梦。有时当事情多得想不过来时,这种情况就会发生。天刚露出一丝微明,她就惊醒过来,前一天的事件既离奇又贴近。她的母亲要嫁给哈罗德·森德里?这一结局让整个夏天似乎都变得不真实起来,而她傍晚就要回到托马斯顿,过她的另一种生活,这也很不真实。想到这些,她的肠子拧成了一团。母亲卧室的窗外,天色依然灰蒙蒙,几乎还是黑色。太阳还有多长时间才会升起来呢?她们把闹钟定到七点半,差不多还有两个钟头呢。她前一天晚上已经装好箱子,连速写簿都装好了。她的箱子、画夹放在厅里的门旁,还有一个包,里面装着给父亲、卢和林奇家其他人的礼物。莎拉闭上眼睛,觉得他们涌了出来,她试图想象艾吉·鲁宾,告诉自己,她很快就要到那里,想用小店和林奇一家人来安慰自己,但这个形象拒绝出现。集中注意力,她对自己说。你了解它。你了解它的一切。收款机在哪里,保鲜柜在哪里,还有沿后墙而立的那个装满牛奶和啤酒的大冰箱,但她是在跟自己做文字游戏,她觉出慌乱从心中升起,直到听见母亲在另一间屋里的动静。她睡着了吗?

她翻了个身,看到卧室门下透进一丝亮光。前屋的灯亮了吗?然后像是翻书的声音,但比翻书的声音大。她终于明白母亲在做什么了。

母亲坐在沙发上,那晚她显然没有费心把它拉开。莎拉坐到她身旁,她说:"画得真好啊!"莎拉最近画的所有素描和水彩画都摊在咖啡桌上。仅仅数量就足以让人惊讶;仅仅前几星期,她的产量翻了一番,这无疑让母亲大为惊叹,觉得不可置信。但莎拉明白,她真正惊叹的是质量。这些最新的努力代表了重大的飞跃,每一幅都超过这个夏天里前不久的最好作品,而且是远远超过。"上帝,它们都很精彩。"现在她几乎是用胆怯的眼光开始审视莎拉,仿佛怀疑自己的女儿与魔鬼签了约,"你本来没打算给我看看吗？"

　　当然，她本来是打算昨晚吃饭回来，或者今早出发去城里之前给她看的，反正是在没有多少时间提问题和做解释时。她现在明白，她估计错了。不那么聪明的人，也许不会凭直觉知道这幅新作提出的问题，但她母亲确实聪明，她也明白，这种量的飞跃背后是有原因的，即便作者本人不能解释它们。莎拉可以装作不明白发生了什么，但母亲至少想知道，对如此精彩的作品，她为什么要保密，而她通常是很开放的。"我不明白。"现在她开始说了，仔细观察着莎拉，弄得她的脸开始发烧，似乎又骄傲，又难为情。

　　"我知道。"她轻声说。

　　"告诉我，"母亲拉过她的手来说，"这是怎么回事？"

　　莎拉的画夹靠在咖啡桌旁，她拉开里面夹层的拉链，拿出她终于在八月初一挥而就的鲍比的画像。因为事先就有负罪感，她只给自己半小时去画他的肖像，但她甚至连这点时间也不需要。那男孩仿佛就在画簿的空白纸上，一直耐心地等待她去用笔把他勾勒出来。他在她面前出现得如此之快，如此不费气力，仿佛她抬起头来看到他有血有肉地站在面前，吓了一跳。她立即把素描藏到有拉链的夹层里，她知道母亲不会去那里找，她自己也不会去看。这是她一再做出又一再打破的保证，一次又一次，只要独自一人，她就偷偷把它拿出来，研究起来，试图解释发生了什么。魔法在她手里，还是在她所画的对象手里？没有答案。但她确实明白：画了鲍比·马库尼，影响了她以后所做的一切。仿佛他从白纸上跃然而出，部分控制了她的笔。

　　母亲一眼就看明白了这个事实，她把女儿搂过来，用冰凉的嘴唇吻着她发烫的前额。"啊，小甜甜，"她说，"我真为你遗憾。"

　　在中央火车站，母亲想让她高兴起来的努力几乎成功了。她们很早就上了车，把她的箱子和那袋子礼物放在头顶的行李架上，然后面对面坐下。母亲拿过她的画夹,莎拉真希望刚才把它和其他东西一起放在上面,看不见它才好。

"小甜甜,你不知道这意味着什么吗?这意味着你有天赋。"

"我如果不想要它怎么办?"

"你想要。你知道你想要。别撒谎。"

可她怎么能不撒谎呢?因为两种说法——我想要这天赋和我不想要这天赋——都不完全真实。她想在符合自己想法的情况下要这种天赋,不需要母亲来告诉她,她的想法行不通。"这会让我幸福吗?"

"啊,小甜甜……"

"它让你幸福了吗?"因为答案若是肯定的,她为什么需要哈罗德·森德里?

她母亲看上去要哭了。"你不理解,是不是?"

莎拉摇摇头,恐慌又在升起。

"我没有天赋。啊,我有点儿才华。凑合过得去。比多数人强。但你不一样。你的天赋来自别处。"

莎拉的下一个问题像耳语,声音轻得连她都不能肯定自己说了出来。"卢怎么办?"意思是,她对他的爱是谎言吗?她的意思是,她怎么可能爱他,却画了鲍比?意思是,她有天赋,同时又有卢,这可能吗?

母亲张开嘴,又闭上了。"啊,上帝,"她最后说,"我想说,跟随你的心,但我就是那样做的,我嫁给了你父亲。"

莎拉逼迫自己露出笑容。"五码。"

"不是十五码?"

她摇摇头。她不再给母亲严厉的处罚了。

火车终于开动了,莎拉觉得,离开托马斯顿时,她有一个秘密,现在回去,变成了两个秘密。从现在起,事情都会这样吗?秘密叠秘密?这就是成年人的生活吗?还是因为走时是女孩的身体,回来是女人的身体,这是自然而然的结果?她会习惯欺骗吗?就像那个她看到从森德里花园走出的丈夫与他的新女友和她的女儿在一起,脸上一副对所有不幸和恶浑然不知的无辜模样?

火车到阿尔巴尼时,莎拉决心集中精力考虑离得最近的任务:让父亲的生活回到正轨。尽管没有亲眼目睹,但她知道他是怎样度过那些漫长夏日的。据邻居说,他们被打字机的噼啪声吵醒,又伴着这种声音睡去。她知道,他每周七天,每天至少在桌旁工作十四小时。莎拉不在,他除了自己,没有别人需要讨好,于是省去所有社交上的细节。早上起来,他穿件浴袍就开始工作,晚上脱了浴袍就睡觉,因为有两件浴袍,他会把一件穿到汗渍斑斑,然后送进洗衣店,再穿另一件。他不再刮脸,头发长得乱蓬蓬的。去年夏天,卢碰到他从鲍威尔文具店出来,他去那里换打字机色带,卢甚至没有认出他来。卢告诉他,他看上去像本·古恩①;他差点儿觉得那人会张嘴向他讨要一片奶酪。

确实是这样。每次劳工节她回来,父亲的模样总是很吓人。他看上去老了十岁,饿得要死、一碰就碎的样子。但他的身体状况只是事情的一部分。整整一个漫长的夏天,文字从他的指尖上流出,直接上了打字机键盘,完全绕过他的喉咙,因此到八月底时,他已经完全不会说话。他带着复杂的感情欢迎女儿归来,他甚至不试图隐瞒这种感情,但他指示莎拉不要认为,他这种矛盾态度是针对她个人的,她多数时候也不会这样想。事实上,她的理解程度超过他的想象。

他正在写的书,讲述了他被从纽约放逐到荒野中的漫长流亡生活,这个荒野总的来说就是纽约上州,具体来说就是托马斯顿。莎拉知道这一切,因为很多年前的一个劳工节,她发现他的手稿整

---

① Ben Gunn,罗伯特·史蒂文森的小说《金银岛》中的人物。——译注

整齐齐地摞在桌上,她的好奇心占了上风。她认出,书中主人公背信弃义的妻子是她的母亲,她在"坦纳斯维尔"抛弃了他,回到"城里"。母亲离开前,她偶尔听到他们之间断断续续的可怕争论,在这里被逐字逐句复制下来。他唯一允许自己发挥的想象自由,是主人公夫妇没有孩子,莎拉为此大大松了一口气,她当时十三岁,一点不想知道父亲对她的看法。但鲁迪也被抹杀了,这确实让她不安。她父亲嘲弄生活的残酷似乎是不可原谅的。

除此之外,她都能理解。他父亲很难放弃自己在夏天里虚构出的那种现实,在此期间,无论是纸上,还是房子里,他都没有女儿。而她的返回,足以让他患上减压病①。由于他完全失去了时间概念,所以她的返回总是突如其来。在他能够完全习惯现实之前,她的身体虽然确凿无疑在那里,但她多少仍然是不确定的。过了劳工节,她会变得确定起来,这一痛苦的过渡对她来说,是重新进入父亲生活最让人伤心的一部分:她的父亲意识到,夏天结束了,他有一个女儿,他是一个高中教师,在一个偏僻的小镇谋生,他不是作家,不真正是,甚至不能再装作是一个作家,直到他在这个炼狱里完成另一个漫长的季节。莎拉开始明白,她本人是父亲不满的化身。他相信,在打字机前的三个月,才是他最真实、最确凿的生活,她每年九月的归来,都非常戏剧性地提醒他,那只是个逼真的幻觉而已。他实际上把书房的门锁上,整个学年期间拒绝走进那间房间,恐怕它让他想起自己真正的工作,真正的生活,以及他每年被诈取的九个月。星期二,他总把自己打好的那叠稿纸拿到托马斯顿储蓄和贷款银行去,放到一个大保险箱内,和其他的放在一起。在他的生活中,没有什么比这箱子里的东西更重要,这一点是再清楚不过了。

好的一面是,他从作家向教师的转变,从单身汉向父亲的转

---

① 人体因周遭环境压力急速降低造成的疾病。——译注

变，虽然有戏剧性，却从不需要很长时间。莎拉总是星期日下午回来，星期二上午，他就必须出现在高中，准备好教授另一拨阴沉、好斗、不堪造就的托马斯顿少年，因此对他们两人来说，劳工节的那个星期一，都充满了艰苦劳作。她父亲一夏天都拒绝考虑学校的事情，现在不得不为自己所要教授的所有课程写教案或修改教案。女儿回来的第二天，他起个大早，好好冲一个淋浴，洗他那长而密的头发，刮胡子，并且真正穿上衣服。他的裤子表明，他又瘦了一圈，得去高中找他唯一的朋友，教工艺的老师，请他再给他的皮带打个眼。吃早饭时，为了试验一下自己的声带，他会盘问女儿夏天过得如何，帮人带孩子的情况，是否交了新朋友，她母亲过得如何是否交了什么朋友。莎拉能看出来，他希望她告诉他，母亲仍在挣扎，仍输给她的竞争对手，生活中仍然没有男人，因此更接近承认她靠自己不行，更接近准备回到他们的生活中来。

莎拉年龄再小一点时，曾担心自己关于母亲在"森德里徽章"生活的谎言骗不了人。毕竟每次她改变父亲生活的事实时，母亲总是抬起眉毛，让她知道，她了解得更清楚。但是父亲似乎从不怀疑，总是接受她淡而无味的编造和含糊其辞，仿佛他的女儿根本不会撒谎。"他不想知道真相，"母亲有一次这样解释，"他喜欢自己对事情的解释，你告诉他的，让他相信自己想要的一套。你就把自己这样做当成是善意吧，"她提议说，"为什么要捅破他的肥皂泡呢？"莎拉从来没真弄懂，把撒谎当做善意是什么意思，但她确实承认，母亲一定是对的，即为什么这个有如此怀疑精神的人，在搜寻政客、广告商和其他专业骗子的虚伪时，是只完美的猎犬，却从不拷问她，或乞求更多的细节呢？他虽然通常很理性，但就他的前妻而言，他渴望得到的是幻象。甚至他们离婚的事实，都不能让他觉得这件事已经结束。这只意味着，她仍在生他的气。她混不下去了，自会回来。

莎拉的劳工节甚至过得更辛苦，因为全靠她来恢复家里的秩序。她敞开所有的窗子换空气,洗衣服,熨平够他穿一星期的短袖衬衫,那些泛黄的衬衫用多少洗衣粉也洗不白,而她一不小心,却会把他的黑裤子弄白。她还必须挨个屋子收拾他弄得乱七八糟的东西,然后去商店买东西,补充夏天过了一半他就已经用完却不屑于去买的东西。通常,房子里至少有一半的灯泡都憋了,但除了小厅,他都不会在意。一旦有了灯光,她就会把邮件全部翻检一遍,发现供电公司、电话公司、供水公司威胁何时要切断服务,一般就在这时。

晚饭时,父亲通常已经恢复得更好一点,更爱说话,更高兴,更接受他们一起生活和第二天早上新学年即将开始这些事实了。撰写课程大纲往往能振作他的精神,他会解释,他有某些更残忍的计划,来试验托马斯顿青年的敏锐,或者证明他们是多么可悲地缺乏这种敏锐。晚饭后,莎拉会找来剪刀,给他理发,这期间他会问,她夏天有没有读什么好书,希望她说读了,然后愿意一起讨论。但是他更善于谈论思想,她不想让他失望,因此总是称忘记了作者的名字或书的名字,这甚至让他愈发失望,她竟然如此漫不经心地忽视作者。他最大的恐惧,是她与母亲讨论书。当她保证没有这样做时,他大大松了一口气。

到他们结束一天的劳作,准备睡觉时,父亲终于完全恢复原状,拥抱她说:"若是没有你,我可怎么办?"她能看出这是真的,他这么说的意思是,他爱她。但仍然很难不把它看成是口头上说说而已。没有她,他办了什么是再清楚不过的。她觉得心力交瘁,睡着了,为抹掉了证据而高兴和自豪。

如果是一个正常年,只需要保守母亲的秘密,这些就是莎拉所要期待的一切。那些杜松子酒的空酒瓶,"森德里徽章"男人半夜三更的来访,已经足以让她的肠胃搅在一起。但今年,还有哈罗德·森德里这更大的负担,以及藏在画夹夹层里的鲍比·马库尼的画像，她现在明白了，过去的负担是多么轻松。再有半小时，她的火车就要开进富尔顿站，站在站台上迎接她的，将是她那不修边幅、衣衫褴褛、骨瘦如柴的父亲。然后，谎言就开始了。

假设他还记得她。去年，他为了在宝贵的最后几小时里，将尽量多的字敲到白纸上，竟然忘记了时间，让莎拉在小车站等了一个多小时，最后只好叫了一辆出租车。当然，她先试着给家里打电话，但父亲还没有重新连上电话线。二十分钟后，哈德孙公司的一辆出租车驶过来，发出雷鸣般的响声，生了锈的消音器危险地吊在车外面。司机是个邋遢鬼，梨子身材，一对贼亮的小黑眼睛，不断盯着后视镜里的她。她有男朋友吗？他想知道。她说有，因为这样说似乎好一些，但他又问是谁，她说是卢·林奇，他就脱口说出："你是说露西？"几乎所有人都叫他露西，但莎拉从来不这样叫，而且对一个陌生人这样叫很生气。"就我最后所知，"他说，亮晶晶的小眼睛仍然死盯着后视镜中的她。"卡伦·西洛里把他耍了个够……"他不再说下去，"你认识她吗？"

莎拉没有回答。听一位中年男子用如此权威的口气谈论她这个年纪的少男少女，仿佛他只有十六岁，仅仅装扮成一个社会弃儿，这已经不只是让人奇怪了。"我和她妈以前是朋友，"他接着说，使劲强调"朋友"两字，来说明他们的关系，"我和卡伦从来处不好。你的露西，过去只要她一进店，他就神魂颠倒。白给她香烟，要什么给什么。"莎拉的确记得，初中时有个卡伦·西洛里，身上有一种廉价美，十三岁时就每只毛孔都散发出性的味道。她猜，卡伦这样的女孩压垮露西这样的男孩是很可能的，他过去见到女孩就害羞、难为情，现在仍然是这样。但她怀疑他会把艾吉的商品白送给卡伦。

那司机耸耸肩，显然看透了她的心思。"不相信我，去问他好了。"他又打量后视镜中的她，"这么说，现在你让他神魂颠倒了？白给你所有那些东西。"莎拉说，她在艾吉·鲁宾拿每样东西都付钱，就像在其他店一样，但她可以看出，他并不相信她的话。他心里深信，别人得到各种好处，单单把他排除在外。"他从来不肯白给我任何东西，"他阴沉地说，"我和卡伦的妈在那家店里花了那么多钱，他们从来没给过我们任何好处。"

莎拉忽然明白了她在和谁说话。卢给她讲过巴迪·纽尔特的一切，好多年前，那家伙曾在艾吉行窃。现在她坐在他的出租车上，他那对小黑眼睛在公路和后视镜之间瞟来瞟去。她挪动了一下在后排的位置，不让自己在他的视线之内，他只是呵呵一笑，调了一下后视镜，又看得见她了。

莎拉正在想如何能不让他再看她，他却挺直身子说："明白了！"一脸的得意扬扬。"伯格，"他说，"他是你爸爸。伯格先生。"她的脸不禁抽搐了一下，很讨厌听他说出自己的姓。"怎么？你觉得我不认识他？"

莎拉说，她不知道他是否认识他。

"很了解伯格先生，"巴迪·纽尔特向她保证，"可能比你更了解他。开出租车的，人家所有的事儿你都知道。你以为我在说谎吗？"

莎拉还没来得及回答，突然砰的一声巨响，然后是金属发出的尖锐刺耳的声音，让巴迪·纽尔特这回真为正经目的利用了他的后视镜。"狗娘养的！"他说。莎拉扭过头，看到出租车的消音器擦过碎石路面，爆出火花。

巴迪·纽尔特把车停在路肩上，关掉引擎。"混蛋！"他说，然后下了车。他砰的一声打开后车厢盖，莎拉透过缝隙，看到后来发生了什么。他粗鲁地把她的箱子操到一边，开始在一堆凌乱的东西中乱翻，有旧毯子、油抹布、纸箱子、卷了边儿的发黄报纸、卸轮胎的扳子、一小桶机油，她无法想象他在寻找什么，显然他什么也没有找到。"王八蛋！"他吼叫着，摔上后厢盖。但他一定是想到了什么，因为他又把它打开，让莎拉大吃一惊的是，这次他打开了她的一个箱子,在里面翻了个遍,直到找到一个铁丝衣架,拽下上面的衣服,再把衣架弄直。然后他消失在车盘下面,他一定是碰到了什么烫手的东西,因为他怪叫一声,又骂了一句脏话。他就在她的座位底下,猪一般哼哼着。虽然有底盘隔在他们之间,和他离得那么近,仍然让她觉得很不舒服。她可以肯定,如有可能,那双贼亮的小眼睛一定正在仰视她的裙子底下。

十五分钟后,他们回到公路上,巴迪·纽尔特满意的神情表明,他认为衣架对他的消音器,是一个永久的解决办法。"我不得不借你的一个衣架用用。"他对她说,仿佛出租车的维修,是他们共同的责任。"你有一大堆呢。"他补充道,这样她就不会觉得被人利用了。她想了想,觉得他对从艾吉偷啤酒和香烟,大概就是这样看的。

他那双小雪貂眼睛,现在又转回到后视镜。"你怎么会喜欢他呢?"他说,让莎拉觉得莫名其妙,因为提到卢已经是老半天以前的事情,还因为碰巧这时,她瞥了一眼窗外,看到父亲的雪佛兰车飞驰而过,向着相反的方向,即向富尔顿驶去,去接她的火车,她还看到他的身子弓在方向盘上。

"那是你爸爸,"巴迪·纽尔特咯咯笑着说,"猜他不知道,你已经在我的车上。"他冲后视镜点点头,她能看出,他很高兴知道别人不知道的事情,尽管是他以为别人不知道,而且无论那事情是什么。她全心全意希望,这讨厌的家伙永远不要知道任何有关自己的重要事情,他却说:"莎拉,对不对?莎拉·伯格。"

父亲今天会不会又忘掉她呢?若是这样,还不如干脆待在火车上。不是因为还得再叫哈德孙公司的出租车,再冒险坐巴迪·纽尔特的车,而是因为她突然觉得自己没有家,是个漂泊者。这真是毫无道理。毕竟,她不是有好几个家吗?他父亲的家、"森德里徽章"、艾吉·鲁宾。为什么觉得这三个家里都有爱她的人,但她不真正属于它们中的任何一个？再多坐几小时火车，在某个她从没听说过的地方下车，在那里开始新生活，该有多好啊。但她母亲也许说得对。她在期盼下一年里即将发生的巨大变化。她和卢会离开这里去上大学，或许鲍比也会去。到那时，母亲已经再婚。父亲的书终于写完，他会辞掉教书的工作，回到城里。从某种意义上说，这趟火车正在轰隆隆地开往一个已经在变得渺茫的地方。不知不觉之间，艾吉·鲁宾、林奇家的上一辈人、她父亲的房子和托马斯顿本身，都会化为记忆。相信自己无所不知的巴迪·纽尔特，会继续开哈德孙公司那辆永远不变的出租车，用别人的铁丝衣架连着他的消音器。她会忘却也会被忘却。她告诉自己，所有这一切都是正常。当然不值得哭泣。莎拉闭上眼睛，沉湎于车轮的节奏声中，让愚蠢、愚蠢的眼泪淌下来。

她惊醒过来，感到有只手放在她的肩膀上。

"小姐，你到站了，"列车员说，"画得很不错啊。你画的吗？"

她的膝上是鲍比的画像。她不记得自己睡着前把它从有拉链的夹层中拿出来，但它就在那里，所以她一定是那样做了。

"我猜你一定认识那位年轻人。"列车员补充道。她以为他指的是鲍比，直到她看到他在向肮脏的窗外点头，她男朋友的笑脸镶在窗框里。她觉得自己的脸红了，赶忙把画塞回画夹。卢看见了吗？可能透过这么脏的窗子看到车厢里吗？他的神情表明，他与其说是看到她，不如说是看到玻璃反射出的自己。

在外面站台上，他给了她一个大哥哥式的拥抱，他每年都是这样欢迎她回家。若不是他显然非常高兴她回来，她本来会因为他缺乏激情而失望。"哇，"他说，听上去几乎是害怕，但也有赞美，他退后了一步，仔细端详着她，"你看上去……不一样了。"不一样。她也对这个词感到有点儿失望。

"我以为我父亲会来。"她说。

"我告诉过你,我会给你一个惊喜,"他说,满脸笑容,这时她记起来,他们前几天通电话时,他是提到过什么惊喜。现在他骄傲地喘着气,这让他看去上很像他父亲,"我拿到驾驶执照了。"

"哇,"她说,试图听上去很兴奋,"太好了。"

"我去找你爸爸,他同意我来尽主人的义务,"他对她说,每只手拎一只箱子,"实际上,我觉得他可能忘了你坐哪趟车。我们不得不使劲敲门,才能让他听见,他穿着浴袍来开的门。"

"我们?"

"实际上,"在他们从小小的火车站走进停车场时,他说,"我有两个惊喜。"

他再次满脸笑容地俯视着她,又是——好吧,让我们说实话——那个傻样儿。那边,从林奇家小卡车中钻出来、用脚碾灭香烟的,正是她刚才塞回画夹的那个男孩,脸上带着同样不自然的笑容。

"嘿,陌生人。"她说,惊讶地发现,给一个不是老朋友的人一个老朋友式的拥抱,原来竟是这样容易。她还高兴地看到,他一下子慌乱起来。

"是你走了,不是我。"鲍比提醒她。

"但现在我回来了,这就是说,你必须规矩点儿。我刚才看到的是香烟吗?"

"他不应该吸烟的,"卢说,现在是满脸笑容地看着鲍比,"他加入橄榄球队了。后卫。"

"你会告发我吗?"

"我可以这样做啊。但你可以贿赂不这样做。"

"你要多少?"

"两毛五。"

他在口袋里摸索着,找到了一个两毛五的铜板,递给她。

"好了,"她说,"现在你的秘密安全了。"

很奇怪,于是她自己的秘密也安全了。在火车上,她曾经很害怕自己保守不了这些秘密,因为它们似乎很想暴露自己。现在好像没关系了。鲍比成了一种双重存在:有血有肉地站在她面前和安全地藏在黑暗中。现实在成年人的生活中,就是如此分隔开来的吗?想到这种可能性,她觉得自己在火车上的低落情绪又高涨起来。倘若是这样,她可以控制。她甚至可以控制得很好。

"我坐后面。"鲍比主动说。

"不,"卢说,绕到驾驶座一边,"你可以和我们一起坐前面。三个人坐得下。"

他说得对。的确坐得下。

冬 天 的 鸟

意大利之行取消了。

我抗议过,但恐怕是很无力的抗议。当时我费尽全身气力,才说服妻子不要送我去急诊室,而是带我回家。回家后,我躺在沙发上,听她在厨房里打电话,苦恼地睡了过去。等到我醒来,一切都完了。飞机、火车、旅馆,我们的一切计划都泡汤了。我注意到,很久以来大有接管整个房子之势的旅游书和杂志也消失了,我打量她,寻找愤怒的痕迹,因为她有权愤怒。但她没有,只显示出关心。她永远是莎拉,唉,就像我,永远是露西·林奇。

晚餐吃得很随便,为了让她安心,我提醒她这些事情的发展方式。我犯病,就像高压锅的压力阀,是为了安全释放压力,事过之后,要过些时间,压力才会再聚积起来。有时会有好几年。病犯得越重,释放的压力就越多,发病之间的间隔也越长。我告诉妻子,今天发生的是好事。这意味着我们可以有一段时间不必担心了。但莎拉想知道,倘若乔斯没发现我,会发生什么事情。倘若乔斯没打电话,她没能立即去初中把我唤醒,会发生什么事情?我虽然很感激他们两人,但我提醒她,即便那样,可能也不会有太大区别。的确,她若不来,发病的时间也许会长一些。我可能会在半夜醒来,被锁在学校里,不知所措,但最后,我会想办法回家。我第一次发病就是这样,以后每次也都是这样。

吃完饭后,我主动要求帮助洗碗,但被轰走了。她说我看去上筋疲力尽,应该上楼躺下,能睡就睡一会儿。但我退到书房,独自思忖这一最新的屈辱。我希望能让自己相信,我没有背叛妻子,不仅今天,而且是今天之前的所有日子。但我知道得更清楚,有可能从一开始,从她"画我们大家"一起在艾吉时,我就一直在背叛她。非常奇怪,我的故事就是在这里中断的。我写的已经远远超出了我的想象,填满了两大笔记本,现在我拿出第二本,重读最后一页。吃晚饭时,我向她保证,不再往下写了。我知道她怕这变成一种魔怔,她有可能是促使这次犯病的原因。我假设这有可能,反正也写到了一个正好可以停笔的地方。莎拉进入我的生活。她画了艾吉,把我们两人画到了一起,这就是那以后我们的状况。鲍比正要进入,他也确实进入了,但只是短短一瞬间。

当然,我们的生活在继续,可以写的还有很多很多,但我满足于截止在莎拉的画——那及时捕捉到和凝固住的瞬间。在天真无邪与经验之间,在过去与未来之间,事情再也不会如此完美、如此平衡。高四年级时发生的事件偷走了我们的天真无邪,这之后开始了一系列丧失:莎拉父亲的耻辱,她母亲的悲剧;鲍比去了欧洲而且声名鹊起,至少对我们来说,是失去了他;我父亲……我父亲一病不起。我的本意是写下所有这一切,因为我相信,我的生活是一个充满希望的故事,有一个幸福的结局,这是父亲喜欢的那种故事,即努力工作和信仰得到了回报,他最欣赏的美国美德胜利了。毕竟,艾吉最后兴盛起来,证明了他一贯的看法。我们家也兴盛起来。我和莎拉在伯若区买了一栋房子,就在过去父亲送奶的路线上,恰似他当年所说,倘若我想这样做,有一天我能做到这一点。正如他的希望,我和莎拉结了婚,有了一个儿子,他是个性格温和的好人。所有这一切,字字都是真实的。只不过,它不是全部的真相,我想,这是我的故事没有继续写下去的另一个原因。但今天,在叹息桥之后,我若继续写下去,它的结局将是我背叛一个女人的故事,而这个女人不仅一次,而且一次又一次地拯救了我的生活。我们的婚姻,恐怕就是这个背叛的开始。

高中毕业后,莎拉去纽约城里上学,我去了阿尔巴尼的州立大学。当时大家不言而喻的想法是,有一天我们会结婚,可能是在拿到学位后。同时,假日我们会一起过,甚至暑假也一样。可怜的莎拉。去纽约后的第一个秋天,她的信里充满了焦虑和自我怀疑。她说,库珀联合学院里,人人都比她有才华,她很怀疑她的父亲是对的。他是传统人文教育的鼓吹者,一贯认为本科生最需要的是读书,而且是尽可能博览群书。按照他的思维方式,艺术院校比职业学校强不了多少,你想学怎么修理汽化器和冰箱,才去那种地方。学生需要的不是狭窄的技能,而是建造真正思维生活的广泛、坚固的基础。以后有的是时间用在画室里,那是研究生阶段再去做的事情。高中时,莎拉很容易就怀疑他的劝告。她知道,他总是低估她的天赋,而且不论他的抽象论点听上去有多合理,他的基本目的都是,破坏她的天赋,希望她发现与自己更相同的爱好。

但是现在,他不在了,或许这是第一次,她开始记起他的劝告,用自我怀疑来折磨自己。我们通常在星期天下午通电话,那时的电话费比较便宜。九月底的一个星期天,她说:"我如果没那么好怎么办?"我知道她想起她父亲,想起他花了十年时间写他的伟大小说,得到的只有拒绝。"如果我花了多年时间,结果一无所获怎么办?"我对她说,她像库珀学院里的所有人一样有才华,母亲偶然听到,插话说,否则她不会被录取。我们挂断前,父亲接过话筒说,她画的艾吉仍然挂在收款机上方那个显要位置,得到所有人的赞扬。她感激我们的安慰,但她的怀疑并没有消失。后来她的一位教授严厉批评她的一个项目,而她在那上面花了很多时间,她为此开玩笑说,如果被迫退学,也许她会去阿尔巴尼,和我在一起,上帝保佑我,我重复了她父亲关于广泛基础教育重要性的论点。

关于第一个学期我自己在阿尔巴尼州立大学的生活,我告诉了莎拉什么呢？多半是真相，但借用她父亲最喜欢的短语，并非是"真相，全部是真相，除了真相没有其他，因此上帝助我"。在写给她的长信中，我承认自己非常想念她，这是真相。我说，我在班上成绩不错（也是真相），我按时去上课，忠实地完成了学业上的义务（还是真相），但我还让她觉得，我像大家期望的那样适应了大学生活（离真相十万八千里）。那第一个秋季学期，我实际只是一个名义上的大学生。莎拉知道我周末回店里帮忙。我告诉她，这是因为店里需要我，这也不假，但不够真实的是，我没有承认，我周末也需要艾吉，因为一上完课，我就无法想象留在校园里，我在那里没交一个朋友。更糟糕的是，我憎恨莎拉的勇气和毅力：独自在一个陌生的城市，奋勇搏斗，克服自我怀疑。我逐渐无意识地明白了，我的憎恨反映出童年时我对鲍比的感觉。莎拉像他一样敢于冒险，从比喻意义上说，就是在卡车里愿意站在后面，闭着眼睛冲浪，摔倒了也不会哭。但我还是不愿冒险，宁愿在前面，能够事先看清危险的转弯，如果需要，就用手扶住。

那年秋天，鲍比已经离开，但他远远没有被忘记。我不愿看到他走，尤其是他和他父亲之间发生了那件事以后。但没有他经常在周围提供对比，我倒觉得，对我来说也许是件好事。莎拉从来不提他，除非我首先提起，但我知道，她也没有忘记他，为什么她会忘记呢？连我都觉得，也许他们相互属于对方。我在学校宿舍孤独地度过那些无尽夜晚时，就是这样想的。莎拉写信说，如果每周末回家，我在学校就没有社交活动，也无法交新朋友，我在她的关心中，读出她秘密地希望我新找一个女朋友，这样她就可以把我关在外面，等待鲍比，如果他回来的话。我知道这些想法很疯狂，但这并没有使驱走它们变得容易些。

到十一月中，在觉得自己配不上莎拉的折磨下，我开始感觉我们的未来，即我和莎拉的未来在偷偷溜走。我从星期一就开始盼望星期天的通话，但那些通话常常加深我的怀疑，因为我可以听出,每个星期,她都变得快活一些,更习惯城市生活,更不害怕它的陌生,更能在变幻莫测的水域中航行。她宣称自己依然盼望和我们一起度过假期,但以前对她很严厉的那位教授,现在却把她和另一位一年级学生置于自己的卵翼之下,邀请他们提前回校,即新年一过就回校,帮他布置一个展览。她告诉我,她同意了,因此将我们在一起的时间缩短了一周,而我一直在为这些时光做计划,我听了之后,心沉了下去。我既害怕,又盼望圣诞节,极渴望见到莎拉,又恐惧她利用这个机会取消我们的婚约,尽管我们其实并没有正式订婚。

我的恐惧自然是最无根据不过的了。莎拉在离圣诞节四天时回来了,从她走下火车的那一刻,我就看出自己的愚蠢。她又是我的莎拉,或者如父亲对她的称呼,又是"我们的莎拉"了。她带了很多礼物,声称回家真好,她都忘了清新空气是什么味道,她尖叫着拥抱父亲,让他在那天余下的时间里,像圣诞老人一样笑容满面。但后来,我们独自在一起时,她确实承认,一切看上去都比记忆中的小,这让我觉得,她是说一切看起来也更破烂。或许连艾吉也是一样。我们通电话时,莎拉常常谈论城里人的衣着打扮,我现在前所未有地意识到,在那些城里人的眼中,我们林奇家的人可能是什么样。父亲当时恰好穿了一件花里胡哨的格子衬衫,他告诉母亲是在卡洛威买的,其实是在西区的一家廉价男服店。他额前掉下的那绺头发越发茂盛,他见到"我们的姑娘"时露出的笑容,是最傻的笑容。我因为爱和难为情而觉得喉咙发紧。但是,即便她真有尴尬的感觉,也没露出一丝痕迹。实际上她告诉我们,她情绪低落时,就想象我们所有人在艾吉忙碌的情景,一会儿就感觉好些。"我向上帝发誓,卢,你要是敢哭,我就捆你。"母亲看到父亲眼泪汪汪,警告他说。

但是高中毕业后,发生了很多变化。我们两人都能感觉出来。鲍比走了以后,我和莎拉多少都跟以前不同了。过去我们总是三人一体，即使鲍比与南·贝弗利在一起时，也是如此。有时，他站在莎拉一边，反对我，有时站在我一边反对她，但他总在那里，无论我们玩什么游戏，他总是得胜的一方。如果他人不在场，我们总是忙着预测他的到达。其他去上大学的人，现在回来度假，都想知道他的消息，他们当然都来找我和莎拉，我们是他最亲密的朋友。莎拉对承认自己不比别人知道得多，似乎并没有过分不安，但我对鲍比总有一种拥有感。不过，我的确注意到，只要艾吉门上的铃铛响起来，她总是满怀希望地抬眼望去，我怀疑，她在想象漫步走进来的是鲍比，因为他也是我所期待的人。"我们可能永远见不到他了。"有一次我冒险说出这话，我猜我的意思是，在当时那种情况下，他疯了才会回来。莎拉可能觉出，他逃走后再没有与我们联系，伤了我的感情，于是发明了一种游戏。我们决定，鲍比计划在假期中的某个时刻，化装溜回乡下来，只在艾吉露面。走进店里的人，都是伪装的鲍比。"看，他来了！"一个小老太太走进来，沉重地靠在助步车上，莎拉也会高兴地大叫，"我先认出他来的！"

但是他走了，而且走的并不只他一人。茂克三子从新兵营回家，待了很短时间，就被派到海外去了。南·贝弗利和佩里·考斯洛斯基与我们其他人一样，九月里去上了大学，但他们再不会回来，因为他们的父母都已搬走。杰锡·奎恩和卡伦·西洛里还在这里，可我很少见到他们。他们真的出现时，也像很久以前读过的某本小说中的人物，已经忘得差不多了。一天，我在美容院外碰到卡伦，她背后跟着一个蹒跚学步的孩子。"这么说，卢，"她看着我，也许是看着我背后的什么东西，"你还爱我，是不是？"我告诉她，我算是跟莎拉·伯格订婚了。"没听说过她，"卡伦说，"一定不是这里人。"我懒得解释，就说："我猜你一定结婚了。"她的孩子咧着嘴冲我笑，仿佛被我迷住了，就像过去孩子们看到我父亲时那样。"结婚，"卡伦哼了一声，"卢，你总是那么可笑。"我几乎预料会有几个瘦鬼围上来，初中时他们总在那里呵护卡伦，但是没有人，让我疑惑他们到哪里去了。她和她的小女孩走进美容厅，我记得自己四下张望，觉得仿佛一半镇子都消失了。

莎拉的父亲不在了，她没有地方住，这也让她的圣诞节有些尴尬。我们家里没房间，而且那样也不合适，所以她哄骗过去一个从来不是特别亲密的女朋友提出邀请，结果还得花时间与她和她的家人待在一起，即便如此，那个女孩还是告诉莎拉，她觉得自己被利用了，下次莎拉如果想造访林奇家，得另找地方住。也许是这一不快，给我们共度的最后几天投下阴影，但更可能是随着假日即将结束，我愈发觉得自己配不上莎拉。莎拉对她一回纽约就要帮忙去布置的画展兴奋异常，我却嫉妒得要命。我们在一起两星期，我感觉到的与其说是快乐，不如说是——什么？——完整。我问莎拉想不想出去，会会老朋友，做点儿什么，但她说不，她宁愿待在艾吉，这让母亲直冲我和父亲摇头，我们两人站在那里，眼睛都潮湿了。我不知道自己如何面对她的离去。

在开车去富尔顿的路上，我变得惊慌失措，于是让自己的全部不安全感倾泻而出。我告诉莎拉，我有多爱她，多想念她，不禁时时觉得有可能失去她，她会去一个更美好的世界，她父亲希望她去的那个世界，但那里永远没有我的份儿，也没有艾吉或托马斯顿的份儿。莎拉并没有因为我显示出的软弱和不信任而感到厌恶，她只是吻我的鼻尖，斜眼看着我，说我很傻，但这种傻很不错，她可以原谅我。她说她也爱我，过去的这两个星期比以前更爱了。她不仅爱我，而且爱我的父母，爱亲爱的老艾吉，甚至在德克兰叔叔听话的时候，也爱他。我只能相信她。

我相信她。我当然相信她。莎拉不会说违心的话。她表示的忠诚已经到了任何人可能希望的毫不含糊的程度，但我在把她送上回城的火车后，却突然觉得，即使她字字当真，即使这全部是真相，除了真相没有其他，即使因此上帝助我，它也并不是我所寻求的保障。因为我依然可能失去我的莎拉，我们的莎拉，她会有新的激情，去她从未去过的地方，遇到她从未遇到的人并爱上他，超过爱我和我们。

甚至她已经告别的什么人，他已经走了，但也许并非永远。我怎么能防止这种情况发生呢？我不可能做到这一点。我根本不可能做到这一点。

在新的一年里，父亲的病第一次真正确诊。以前大家也担惊受怕过，他的囊肿里有"不正常细胞"。那之后他接受定期检查，但费用高昂，他又感觉挺好，所以他就慢慢停止了检查。秋天时，他变得很容易疲倦，母亲说他一直睡不好。我注意到，他总在揉右侧肋骨上方的那块地方，而且皱眉头。"没事儿，"他不断说，"就是一个结。自己会化开的。"但它根本没有。然后莎拉来了，她因为不是天天见他，所以立即说他瘦了。"就这么定了。"母亲说，凝视着他。这种凝视总是让他低头看自己的鞋。"星期一早上，你去看医生。"

但直到节日过后，他才约到一个专科医生。他摸到他腋下的瘤子，就在几年前摘去囊肿的地方。母亲大怒，认为父亲知道有问题已经好几个月了，却拒绝做任何事情。摘去这个生长物的手术相对简单，但之后的化疗耗尽了他的体力，让我在家里帮忙变得比第一个学期更加不可缺少。一月中旬，学业辅导员勉强帮了我的忙，于是我放弃了星期一、三、五上课的两门必修课，换成星期二、四上课的选修课，这样我就可以赶上晚上的汽车，周末在艾吉工作四天，然后再赶下午的车回学校。可以预见，母亲听到我的安排后大怒。"如果你每周只有三天在学校，上大学还有什么意义？"她想知道。

"就是这一学期的事。"我反驳道，我对辅导员也做了同样的保证，他负责任地告诫我，推迟必修课程，我就可能无法与班里其他人一起毕业。我对母亲说，一旦父亲恢复体力，一旦他脱离了危险,我就会减少在艾吉的工作时间,重新全力以赴地上我的大学。我知道,我的这个论点可以赢。毕竟我有奖学金,没有浪费她攒下的钱,现在这些钱用来付父亲的手术费、住院费,以及术后治疗和康复的费用。母亲可以争论得面红耳赤,但他们的确需要我,我知道那是事实。

然而,这一胜利是有代价的。我与母亲之间酝酿了多年的冲突,现在开始爆发,我们经常吵得很厉害。如同我从小目睹的许多家庭冲突,我们真正的争论是不能承认的:这一次,是父亲能否恢复的问题。他的医生很乐观,告诉母亲,手术很成功。他们摘下的恶性肿瘤是早期,还没有扩散。若是再晚几个月,情况就可能完全不同。他当然不能保证,以后就不再有肿瘤出现,但也没有理由过度悲观。父亲听得最清楚的,是最后一部分。每次母亲说他太着急工作,或者做得太多,他都会对她说:"不用每分钟都担心,我不会因为干这点儿活就累死。如果我需要人帮忙,卢易就在这里。"她咬着牙,什么也没说。母亲常常自诩自己非常实际,极力捍卫自己注重现实的做法,但是现在,她不能这样做,因为她知道,丈夫和儿子与生俱来的乐观,正是病人康复所需要的。但是我知道,她的内心在沸腾,她把自己的挫折感全发泄在我们大家身上。"你到底要我怎么样,苔莎?"有一天我听见叔叔这样问她。

"我要怎么样?"她大发雷霆,"我要怎么样?我要的是这个家里有人——"但她停在那里,怒视着德克兰叔叔,又转向我,然后一阵风似的冲了出去。

"让着她点儿,小家伙,"他说,多少意识到我有多生她的气,"她要是骂人,你可以跟这个地方说再见。"

"你总是满嘴喷粪。"我对他说,一辈子只有这一次,对叔叔说这种话,或许是对任何人说这种话。

有那么一瞬间,他看上去是准备绕到保鲜柜这边来教训教训我,但又觉得这不是个好主意。"好啊,"他说,"你就继续这样下去吧，不管学校的功课，只要醒着就待在这店里。让她伤心，如果你想这样做的话。关我什么事？"

那年三月，叔叔决定，他需要休假。自从退伍后，他还没回过加利福尼亚，他觉得自己可能愿意去看看那里发生了什么变化。那边有几个比较好的赛马场，他想去看看，据说也可以赌狗。如果在蒂华纳①越过边界，可以去赌一种叫回力球的东西，那是一种闪电般快速的运动，打这种球的人手里举一种弧形的长条大篮子，那玩意儿在他们手里像柳条编的香蕉。"再说了，"他告诉母亲，"我走了，可以给你和小大个儿一个机会，看看你们是不是学到了什么。"小大个儿是德克兰叔叔给我起的六七个外号之一，他不叫我小家伙时，就轮流换着叫。他在柜台后面训练我们两人一年多了，现在，凡是他知道的，我们都知道了，但伯若区的女士们到艾吉来，仍愿意让他切皇冠花排。"你不像我这么性感，这不是你的错儿，"她们走了以后，他会这样开玩笑说，"我不在时，可别把手切下来啊。对一只胳膊的屠夫，需求可是有限的。"

"他才不会当屠夫。"母亲说，仿佛担心我真会从事这个新职业。

"你自己也得当心，"德克兰叔叔警告她，"这些日子，你总是同时想五六件事，但拿切肉刀时，只应该想一件事，那就是这件事。"

"嗯，你不挡道儿了，麻烦事就少了。"她让他放心。

"你怎么想，小家伙？"他说，"你觉得我一个月不在，你能行吗？"

我告诉他，我觉得我个人就能应付这个挑战，他听了用鼻子哼了一声，说他想象我行。

---

① 墨西哥城市，位于墨西哥和美国边境。——译注

父亲看上去苍白、消瘦,那时正好坐在收款机旁的一只高脚凳上,那是我们为了他工作更舒服些而专门装的。"你去赌狗、赌马,再跟那些喝麦泰①的家伙一起混,你一个星期就得回来。"

"你说得可能不错,"叔叔说,自从父亲动手术后,他对他的态度变温和了。他说,戏弄身体这么虚弱的人不地道,"另一方面,我也可能发大财,在海边买房子。"

"你要是发了,就叫我过去。"母亲说。

"我什么也不能承诺,"他对她说,"我周围可能都是钓大鱼的女人。据说,那边到处是这种人。正是那种让我这种男人成为牺牲品的女人。"

"人家还说,加利福尼亚肯定会沉到海底去。"她说,大步走了出去,让门在身后砰的一声关上,以示强调。

德克兰叔叔看看我,耸了一下肩膀。"我走了以后,管管你妈的脾气好不好?她在没有你爸和你之前,脾气可要比这快活。"

叔叔三月份不在,放春假时,莎拉就有地方住了,也许这正是他选择三月而不是二月或四月休假的原因。我从来不知道他会出于好心或体贴做任何事情,但他确实非常喜欢莎拉,所以我假设这有可能。还可能是母亲向他提出来的。他刚一走,母亲就上楼关掉暖气,推开窗子,驱逐她所谓的单身汉臭气,廉价食用油、太冲的香水、陈腐的香烟、肠胃胀气和老色鬼的混合气味让人头晕。实际上,对于一个独身男人来说,德克兰叔叔已经是干净和整洁得出奇了。母亲觉得,一定是当兵对他的影响,因为洗碗池里没有堆着大叠的脏盘子,床脚的地板上和厕所里没有堆着脏衣服,虽然厕所还会让女人不满意,但至少不是污秽。澡盆里没有一圈污垢,洗脸池里没有刮下的胡须,马桶周围没有溅出的、已经干了的尿迹。

---

① 用白朗姆酒、黑朗姆酒、柑桂酒和柠檬汁等勾兑成的鸡尾酒。——译注

他要走一个月,所以母亲决定,利用这个好机会,把公寓整个粉刷一遍。墙壁看上去开始泛黄,房子里住个烟鬼,浅颜色的墙壁就会如此。更糟糕的是,电线失火的焦痕又开始显露,因此没别的办法,只能在上面再涂一层。我听到她与油漆工约时间,就问她为什么非要这样做。莎拉只与我们一起住两个星期,德克兰也不会在乎这种事情。况且他肯定不打算戒烟。

"你不想让莎拉住得舒服一点儿吗?"她说,"事实上,我们也可以把那储藏室变成一间不错的客房。"她后来又买了一副新的双人床架、弹簧褥子和床垫,还有一个漂亮的梳妆台和五斗柜。厕所里也换了很多东西,而且好好刷了一遍。

这一切都毫无道理。毕竟家里钱很紧。我逼着母亲告诉我是怎么回事,但她变得很生气,我就放弃了,因为到那时,我们几乎事事都要争吵。最新的一件事是,她偶然听到我和莎拉星期天通电话,里面的一段谈话让她勃然大怒。我们谈到莎拉下一年从库珀联合学院转到阿尔巴尼的可能性。她知道父亲的诊断和其后的手术后很害怕,不知我们是否需要她在近旁帮忙。

我刚挂断电话,母亲就怒视着我。"你让她那样做?"

"阿尔巴尼的艺术系不错,"我没有一点儿说服力地对她说,"他们可能给她全额奖学金。"

"但那不是库珀联合学院,卢,"她说,"你知道不知道,你得多有才华才能进那个学校?有多少孩子被拒绝?"我提醒她,莎拉不是小孩,能够自己做决定,母亲当然不接受这种说法。"如果你告诉她不要这样做,而且你是认真的,她会留在纽约。"

她对莎拉放春假到我们这里来也不热心,至少最初是这样。新年当天,我送走莎拉,回到艾吉后,就提出这个想法。我一进店,就有一种感觉,觉得父母还有德克兰叔叔利用我不在时,争论莎拉和我的事情,因为我走的时间不长,他们还没有达成一致意见。

我刚提到春假,母亲就说:"我觉得这不是个好主意,这样做不好。"

父亲习惯地耸耸肩,表示反对。"你看到她在这里多高兴。"

"我看到你多高兴。"她对他说,他听了又耸耸肩。父亲不打算否认自己多喜欢莎拉在艾吉。

"她也过得很愉快,"我说,"她自己告诉我的。"

"现在我们是她唯一的亲人。"父亲指出。

"一点不错。"德克兰叔叔从肉食柜台后面插话说。

母亲用食指指着他,"你别跟着起哄。"

"苔莎,这是新规矩吗?我不能说话?"

"不,这是老规矩,"她说,"我只是一直没有实施而已。我希望别每次讨论问题,你们三人就结帮来反对我。"

"我们三人和你辩论,"叔叔反唇相讥,"照样还是输。"

"她确实过得很愉快。"我没有说服力地又重复了一遍,引得母亲把注意力转向我。

"你能肯定吗?"她说,"你能区分爱与感激吗?"但是连她似乎也意识到,这不是很光彩的一击。

"你看见她有多——"父亲开始说。

"好吧,"母亲打断他的话,"好吧。过节期间她很高兴。我的核心话题是,向开始热爱独立的人提供安全,是不地道的事情。莎拉是个勇敢的姑娘。她刚刚开始理解,她不需要安全网。"她转向我,"别利用她的恐惧。如果你爱一个人,就不该这样做。"

那天晚上,父母后来仍在争论,他们的声音透过暖气片传过来,像我小时候一样。

"你也必须为她着想,卢。"

"我说的不是这个,苔莎。我只是说——"

"我知道你说的是什么。"

"他没犯过一次病,自从——"

"我知道你说的是什么。"

"她对他有好处。我说的就是这个——"

"我知道你说的是什么。我知道,我知道,我知道。"

若不是因为父亲有病,关于莎拉放春假是否回来的冲突会更加激烈。但母亲知道,父亲最不应该经受的,就是担心。他的化疗剂量虽然很低,但化疗后好几天,他都会觉得恶心、虚弱。刚刚好一点儿,又要开始下一个疗程。他没有胃口,人在继续消瘦。有一段时间,似乎德克兰叔叔不得不推迟旅行了。但到二月下旬,父亲的身体似乎适应了。他又开始吃东西,体重增加了一点,体力和精力也有改善。他觉得,三月里"我们的女孩"来访,正是医生所命令的,即便他的医生并没有下这样的命令。莎拉到达前的几天,这一争论又浮出水面,因为母亲严格命令,在下一年她去哪里上学这件事上,父亲不准向她施加压力。"如果她不提这个话题,就什么也不要说。让她自己拿主意。她的前程远大,她不需要你来告诉她怎样做。"

"见鬼,我什么也不说,"父亲说,"她想怎么办就——"

"饶了我吧,"她抢白道,"你完全知道你会做什么,我也知道。她一进门,你的脸就会像圣诞树一样闪闪发光,你会说,欢迎回家,小甜甜,你总是这样。这里不是她的家,卢。她的家在纽约的宿舍里。这样说就是让那可怜的姑娘不知所措。"

"一个人可以有两个家,"他说,"看看卢易。他一半时间在我们这个家,一半时间在学校那个家。"

但这当然不是实话。我有一半时间在学校,但我的家是托马斯顿。家是第三街。若要追根究底,家是艾吉·鲁宾。这毕竟正是我与母亲的争论所在。

但放春假时,莎拉再次成为我家的一部分。可她没有与我和父亲一起在店里干活儿,大部分时间都是帮助母亲装修楼上的公寓。周末时,她们穿梭于全县的宅前出售和跳蚤市场,寻找各种不错的裝置和其他杂物。第一个星期,她们拉回来一块旧地毯,租了一台打磨机,把木地板下面磨平,然后漆了两层罩光漆。

"你母亲一旦拿定主意,和她说什么都没用。"一天下午,父亲对我说。店里暂时安静下来,只有我们两人,有闲心听头顶上的嗡嗡声。我能看出,他在试图猜测,她为什么要花钱把楼上的公寓装修得整洁漂亮,因为只有德克兰一人住在那里。但德克兰对母亲坦白,他三月出去旅行是一个试验,为了让我们对他的最后退出做好准备。他在艾吉的时间已经超出了他的计划,而过了这么长时间,关于屠宰,如果他没能教会我们,我们可能也就蠢到学不会了。

我当然知道,或者认为我知道,装修楼上的真正目的是什么。我只是不忍心向父亲解释,他仍然很虚弱,仍在努力恢复之中。我不想破坏他的康复,所以保持沉默,试图不去理会每次想到母亲的目的就无法抑制的怒火。在父亲虚弱得无法表示反对的时候,她做这样的事情,甚至不肯对我明说她的意图,甚至卑鄙到利用莎拉来反对我。

父母相互保证,不对莎拉做出的决定施加压力,他们相伴着坚守中立的誓言。但母亲知道,不让父亲表达他的最终心愿是不可能的,那就是我们结婚,在托马斯顿安下家来,以便他能够把艾吉传给我们,还有我们给他生的孙辈。他与死亡的竞赛集中在这些希望上,不把它们表示出来,就像不让他呼吸。他知道,最好别在母亲在场时说,但如果她不在,我又恰巧在后屋干活,听不见,他会告诉莎拉,他希望她的学校不要离得那么远,艾吉没有她就不一样了。他还会告诉莎拉,和她在一起,我从来没有那么高兴过,只要艾吉在,她永远不用担心没有家和家人,而他觉得艾吉会存在很久很久。人们总会需要东西——半加仑牛奶、四卷一包的卫生纸,他们不会专门跑到超级市场去买这些东西。他重申,他们喜欢进艾吉这样的小店,他们在这里可以认识人,找到他们要找的东西,如果找不到，也有人可以问。

我可以肯定，楼上的谈话非常不同，对艾吉的描绘也会非常不同。母亲每个月给艾吉记账，知道我们经营的是什么样的小本生意，多小的波动和意外事件就会让我们陷入困境，我们必须多努力工作，才能勉强维持，我们的订货必须近乎贫乏才能没有损失。即便没做错任何事，我们也常常因未预见到和不可预见的情况而手忙脚乱。是的，我们维持了下来，但情况一年比一年难，而不是相反。现在又传出一家新超市将在城里出现的谣言，一家让 A&P 都过时了的超市。艾吉不是那种让明智的年轻人大展宏图的地方。

托马斯顿同样不是。制革厂关张几年了，却没有其他工业进来，让那些失去工作的人没有任何希望。房屋待售的牌子一年多似一年，在西区、东区，甚至伯若区比比皆是。贝弗利家最后终于贱卖了他们的房子。他们赔得起。而那些赔不起的人，找了一家又一家士气低落的房地产经纪人，策划注定会失败的卖房策略，先出"公平的"价格，代表了房主逐渐降低的希望和期望，然后再"降价"，为了表示房主的"动力"有多大。但只有大拍卖的价格才吸引严肃的买家，而这种买家是少而又少，对他们的激烈争夺，驱动绝望的卖家进一步大砍价。

现在的流行见解是，托马斯顿事实上被毒化了。连我们的地方报纸，也终于放弃了发表社论，来反驳阿尔巴尼那些说卡尤加河和我们的地下水被污染了的告发者，只是没什么说服力地争辩说，我们并不比邻近社区糟多少。为了向居民保证，卡尤加河水现在变纯净了，周末版报纸刊出有人在被遗弃的制革厂的阴影下用假蝇钓鱼的照片。问题是，人们是怀着喜爱的心情回忆起它的污染的。卡尤加河水是红色时，他们的口袋里有钱。现在没有了工作，一旦花完失业救济金，他们就去领社会保险，将政府的支票花在默迪克这样的小酒馆里。分界街甚至不再是东、西区的分界。曾经是分界街以西一切象征的贫困和缺乏机会，现在也侵入以前令人尊敬的东区街道。母亲预测，用不了多久，银行就会拥有镇里所有的房子和生意，然后甚至银行也会离去。莎拉当然基本上了解这些情况，但我肯定，母亲怕她因为离开了一段时间而患上怀乡病，因此抓住每个机会提醒她。

老实说，最折磨我的，是她们单独在一起时，母亲可能对莎拉说我什么。母亲爱我，我知道这一点。那我为什么还要怀疑，她对我的女朋友说我的坏话呢？我从来没和莎拉讨论过我的病，但她知道我从何时开始发病、为什么发病，而且知道我的整个青春期都在与它斗争。父亲相信那是过去了的事情，我长大了，它就像一件难看的毛衣扔在壁橱后面，被遗忘了。母亲是否告诉莎拉，她害怕我永远摆脱不了它们？我承认这也是我自己的恐惧。为什么我想象她警告莎拉，如果我们结婚，她的处境，她以后一辈子的生活就会不仅受到我的病情而且受到我的脾气的限制。"你真的愿意一辈子待在那家店里？"我可以听见她在说。夜里睡不着觉时，我就把所有母亲知道、但我不愿让莎拉了解的事情编成目录：小时候，鲍比从伯曼大院搬走后，我放学不敢一人走回家；拐弯的时候我没有发出警告，让鲍比摔断了手腕；马库尼家搬到伯若区后，我又一蹶不振；我允许卡伦·西洛里偷艾吉的香烟。

我知道这些都是类似偏执的恐惧，仅仅证明我的自我怀疑有时几乎到了自我厌恶的边缘。如果不是如此恐惧失去莎拉，这些事情本来都应由我自己来告诉她。一天夜里，我想得出了奇，结果恶心起来，趴在马桶边干呕，把父母都吵醒了。

春假最后一天，父亲送了我们两人一家时髦餐馆的礼券。那家餐馆坐落在镇外的阿尔巴尼-斯克内克塔迪路边，在一座小山丘上，俯瞰运河。山下，在傍晚渐渐暗淡的余晖中，冬天的鸟成群结队在水上排成整齐的方阵。虽然已是三月下旬，但上州的春天来得很慢，春天即将来临的唯一迹象是雪变成了褐色，可以听见水在雪下面流淌的声音。

我们得到了一张靠窗的桌子,透过窗户,我们可以看见俯冲的鸟群。那天晚上,莎拉看上去是多么美丽啊。岁月蹉跎,但我现在依然可以看到她穿着那件可爱的高领深蓝色连衣裙,我记得我们坐下时,每个人都扭过头来看她。我们的女招待以为我们新婚燕尔,通常,我会为此心花怒放。但那一整天,我都觉得不舒服,仿佛要生病似的,而且心情矛盾,既不希望莎拉第二天就离去,又高兴母亲不再有机会毒害莎拉对我的爱。我也很害怕。我觉得这正是莎拉向我承认的好机会:她经过再三考虑,觉得我们这么年轻就受到诺言的约束,也许是不明智的。

她终于问我为什么闷闷不乐,我小声嘟囔说,不希望她明天就走。她回答说,我们很快又会相会。我听了怨恨地回答,也许她不像我这样,觉得时间那么长。然后她提醒我,只要我愿意,随时可以去纽约看她。实际上,有些人她希望让我认识一下,她愿意带我参观她的学校,还有所有的景点。我们可以去帝国大厦的顶层,坐环绕曼哈顿的游船,去无线电城音乐厅。她这样喋喋不休地说了一阵,她的兴奋更让我的情绪一落千丈。她提出这些当然很安全,因为她知道父亲治疗后仍然虚弱,艾吉需要我,我不可能接受她的提议。

最后她终于束手无策,于是我提出了自己整整一星期都想问的问题:前两个星期,她和母亲在楼上公寓里谈了什么?她的眼里立即充满了泪水。"你可怜的母亲,"她说,"她很害怕,你知道。她怕医生没有讲出全部真情。她不信任卢卢的外科医生,因为她认识的一个女人说,对她丈夫的情况那医生就撒谎了,告诉她不必担心,结果六个月之后,他死了。"

恐怕此后我就开始了刺耳、尖刻的抱怨,它带着昨晚呕吐的味道。"你不明白,是不是?如果发生了那种事情,她就可以随心所欲了。如果他们发现另一个瘤子,她就会把店卖掉。她恨艾吉。她一贯恨它。从一开始,她就说它会失败,父亲太蠢才买下它。现在她证明自己对了。她会告诉他，没有别的选择。他们或者把店卖掉，或者失去房子。她才不管他希望什么或者我希望什么。你觉得她花那么多钱装修这公寓干什么？因为她觉得把它修好，艾吉就可以卖出去了。然后，等到店没有了，我的事她也可以随心所欲了。如果我没有艾吉需要回家照顾，我也就没有选择了，对不对？我就必须服从她的意志，待在学校里。在阿尔巴尼。这样她就称心如意了。"

这中间我随时可以停下来。我看到，我每说出一句尖刻的话，莎拉脸上的震惊表情就会更加深一些。她一点儿不知道，还有更多的话就在我的舌尖上。比如多年前的那一天，南茜·萨尔瓦多在店里对我所说的母亲的事，说父亲从来不知道自己中了什么彩，也许德克兰叔叔也不知道。我依然可以听到那女人可憎的讥讽，急于证明她比我认识母亲的时间长，了解得多，她知道母亲不是我以为的那样。那之后，我会对莎拉讲述德克兰叔叔的事情，因为现在似乎很明显，他就是我在高架桥的箱子里醒来时的那个男人，而母亲就是和他在一起的那个女人。莎拉一旦相信了这一点，就会理解母亲现在想做的一切——装修艾吉楼上的公寓，准备把店卖掉，以便以后父亲一旦不在了……

我本可以讲出这一切，但我没有。让我停下来的，是莎拉脸上极其反感的表情。我也可以感到，那天我在卡伦母亲脸上目睹的同一可憎的表情，也遍布在我的五官上。于是我闭上嘴，将目光转向窗外。那些荒唐的鸟，仍在向已成黑色的运河俯冲下去，它们有成百上千只，排成整齐的方阵，在低处的水面掠过，翅膀让昏暗的天空变成黑色。然后，它们突然全部侧身身子，从视线中消失，仿佛一间起居室的百叶窗，猛地一下拉开，每一叶片太薄，肉眼无法看到，直到它们又猛地侧身回来，天空又变成了黑色。到处都是，或者一点没有。一切或乌有。没有中间状态。

我没有看莎拉，直到听到她温柔地叫我的名字，我不配得到那种温柔。"卢,"她说,"你是说你母亲希望卢卢死去?"

　　这一想法从她嘴里说出,立即让我看到它的荒谬。我开始说,不是,当然不是,但我刚才不正是那么说的吗?还有我差点儿说出来的话,难道不是更疯狂吗?我有什么证据说高架桥下的那个男人是我叔叔呢?除了他们两人用了同一些流行的说法,什么某某人是好蛋,地狱里的人想喝冰水之类。但证据当然不是问题的症结所在。我毕竟可以肯定,那个打开箱盖窥视我的女人不是我母亲。我看到了她。为什么某些我明知道不是真的事情,却总缠着我,有着真相那种可怕的力量?难道我希望它是真的?我能从如此可怕、残忍的虚假中得到什么好处呢?

　　我一定是目瞪口呆,坐在那里很长时间,莎拉用同样温柔、不知所措的表情审视着我。我觉得,如果那时我能说话,我就会做我怀疑母亲所做的事:警告莎拉不要相信我,不要相信我提议给她的生活;她对我的爱,对我们林奇家其他人的爱,都是一个陷阱;现在正是她逃走的机会,明天她就应该离开托马斯顿,永远不再回头。我终于开口说话时,却低声说:"只是……"然后就不得不停下来,因为我突然意识到,餐馆的四个边缘都是模糊的,从我们进来时,就是模糊的。莎拉本人也模糊不清,有一个光环围绕着她的黑色卷发。犯病了,我想。我正在犯病。但意识到犯病,并没有我需要解释那样重要,于是我又再次尝试。"只是……我不想让她卖掉艾吉。"我尽量集中精力,把话说对,说得尽量精确。我不仅不想让母亲卖掉艾吉,而且不想让她对艾吉的看法是正确的,不想她事事正确。我孤注一掷地希望,凡是她与父亲争论的事情,她都是错的,无论是关于我们的家庭,还是关于我们的小镇、我们的国家,她都是错的。我希望她对我的看法是错的。还不只这些。"我不想让父亲死去。"我说。

　　我的莎拉,我们的莎拉听到这里微笑了。"卢卢会好的。"她说,她说得那样肯定,我在模糊和混乱中,接受了她的权威,感到有什么沉重的东西从我身上卸去。"是吗？"

　　莎拉说："卢，听我说。你母亲没有计划把店卖掉。如果必须卖掉什么，她会卖掉房子。她知道你有多爱艾吉，失去它会要你的命。也许她不像你和卢卢那样爱艾吉，但她爱屋及乌。她的确不想失去你们的房子，但她知道，即使这事发生，也不会要她的命。你明白吗？她没有随心所欲。是你随心所欲了。她希望你拥有艾吉，如果这是你想要的。"她停下来，让我慢慢理解，"她希望我们拥有艾吉，如果这是我们想要的。"

　　然后，她把手伸到桌子这边来，拿起我的手。她的触摸让光环消失，所有东西的棱角再次变得分明和清晰起来。多少天来一直在不知不觉中啃噬我的那可怕的憎恨感，也完全消失了，还有舌头后面的那种酸味。

　　"那是我想要的。"我向她保证。

　　今天晚上，我独自坐在书房里，一场犯病已强大到将意大利之行击得粉碎，现在想起这些事情似乎是多么遥远啊。时间上非常遥远，感情上甚至更加遥远。在那个如此之遥远的三月末的夜晚，莎拉握住我的手，在我犯病之前将病魔驱走，我的感觉是，它被治好了，现在回忆起来，那是多么奇怪啊。我一辈子都愿意相信父亲的话："我们的卢易没什么不对头。"母亲像我一样，更明白，我身上确实有什么东西不对头，那东西就是我，它永远不会离开，除非我与它一起离开。无论两次犯病相隔的时间有多长，下一次犯病总潜伏在那里，像癌细胞一样隐藏着，等候分裂、再分裂的密码指令，直到有一天它聚积起所需的质量，把我偷走，让我成为俘虏。只有到那时，完成了这一切，我才能被召回来。父亲尤其擅长这一点，擅长让我回来后，觉得世界没什么不对头，很安全。

　　但即便他也无法阻止我犯病。它一旦开始，从来没人能像莎拉那样把它驱赶走，就是她在餐馆里握住我的手时。片刻之前，我还陷入深深的绝望,这时却乐得头都晕了,而令人惊异的是,她也有同感,仿佛她像我一样,被自己的魔力惊呆了。更令人惊异的是,现在她看到了我最糟的一面,却似乎比以前更忠于我们的未来。我们一直坐到餐馆关门,筹划我们今后的生活。莎拉再在库珀联合学院上一学期,然后转到阿尔巴尼。在那里,她将全职求学,留在校园里,我则周末回家,尽我所能,帮父母保住小店,但绝不能损害或牺牲莎拉的才华——我说话的语气突然变得很像母亲。

我们陶醉在希望中,决定了不仅由我们、而且不由我们决定的事情。我们的结论是,父亲的手术绝对成功,正如他的医生所宣布的那样,母亲的担心是出于爱而不是理智。他不久就会恢复体力,生活又会回到正常。然后我们决定,艾吉会兴盛起来,不会有卖房子的必要。而且我们猜测,装修所花的钱没有浪费。既然莎拉修正了我的思维,我看到了过去视而不见的东西:我们一结婚,我们自己就会搬进那个公寓,直到攒够首付,去买我们自己的房子。我认为母亲和叔叔在阴谋策划什么,这并没有错,但我弄错了他们的意图。他们在为我和莎拉准备住的地方。以后她拿到学位,会在当地的学校教美术,并且继续绘画。她除非愿意,才去艾吉帮忙。我在某一时刻,即安全时,也会回到学校,完成学业,因为那是母亲一贯的希望,她为此做出了牺牲。我们,我和莎拉将会有两个孩子,一男一女,他们会轮流在祖父膝上欢笑打闹。我们决定了这一切,这一切和更多。

今晚,我们当年的无数决定似乎像青春本身一样遥远。但我无法让自己觉得它们愚蠢。我凝视书桌上方父亲的那张英雄照,报纸的颗粒已经变得粗糙,我对自己的失望超过其他一切。我仍然对与父亲在叹息桥上的邂逅感到震撼,现在又深深感到羞耻,首先是因为我试图偷偷饶过父亲,然后因为我乞求他让我留在桥上,不想回到莎拉身边,回到我的生活和责任。他在生命的最后阶段,体重已经只有一百二十磅，剩下的唯有疼痛和担心，但他仍然热爱生命。"我不想死，"一个下午，母亲不在房间里，他下嘴唇颤抖着对我说，"我不害怕，不是那么回事。我只想和你们在一起，就是这个。"他因为困惑，不断说："我不知道自己做了什么，要遭这种报应。"仿佛有人可以向他解释这一点。但他至少清楚自己想要什么，和我们在一起，待在艾吉，不像我今天下午在叹息桥上，试图偷偷溜到什么地方去。

我尽量吞下自己是懦夫的耻辱，提醒自己，今晚睡个好觉，明天又会恢复原样。但现在的事实是，我几乎又像父亲死后那样一蹶不振。那时我意识到，我必须在没有他的运气指导的情况下，度过漫长的余生。在他安息后的几星期和几个月里，我陷入严重的忧郁症，我现在意识到了这一点。母亲和莎拉当时似乎明白正在发生什么事情，但没有力量阻止它。即便她们知道怎么办，我无疑也会拒绝承认自己需要帮助。我在悲痛与狂怒中，变得念念不忘小镇被毒害的事情。我买了一张放大的托马斯顿地图，把它挂在墙上，每天根据报纸上的讣告进行更新，凡有人死，就在他曾经居住的地方按一个黑色图钉。一位在医院肿瘤病房工作的护士帮助我核实哪些人死于癌症。开始时，我忠于相关的事实，用黑色图钉记录死于癌症的人。但没多久，由于不耐烦和急于控诉这种情况，我开始将那些新近诊断出的病人和其他人包括进去，例如老艾吉·鲁宾，我十几岁时他就死了。我相信，我在绘制的是像蛇一样爬出被污染河水的癌症卷须的地图。然而最终，我的地图有了一种隐喻意义。宝石剧院后面的黑图钉，标志着茂克三子被打得昏迷不醒的地方，虽然他实际上是几年之后死于越南。我还在戴维·恩托曼上吊的街道按了一个图钉。我甚至给斯平纳科尔姐妹也按了两个图钉，其实她们早就逃离小镇，不愿面对知晓了她们可怕秘密的邻居。

连我都逐渐明白，地图的目的转移了。不知怎么，我扩大了癌症的定义，让它包括任何恶性、有毒和邪恶的东西，直到我的地图成了残忍、暴力和人类弱点的象征，充满了个人重要性，失去了客观含义。是莎拉帮助我意识到，它成了我小时候所画的艾吉·鲁宾，我为一切画上阴影，因此我越努力，它就变得越阴暗，越沉闷，最终，连我的最爱——艾吉本身——都消失在笼罩一切的黑暗之中。这正是我的放大地图正在发生的事情，黑图钉吞噬了我的小镇。没有白色的空间，就不可能有模式，有意义，有重要性，我只是成功地绘制了自己的绝望。我没有立即得出这个艰难的结论，而是慢慢地、逐渐地恢复自己的生活，这经过漫长的几个月，而且是在莎拉温柔的引导下，她就像父亲在我发病后所做的那样。

但今晚我意识到：的确，这是一个成年人对孩子的拯救，但什么样的成年人需要被反复拖回自己的生活呢？放弃他，让他结束自己的旅程是否会更好一些呢？今晚吃晚饭时，我对莎拉说，即使她不去那里帮我，最终我也会自己恢复过来。这一次，这或许不是真的。在遇到父亲之前，我甘愿跨过叹息桥，甚至现在，我依然感觉到脚下缓缓下坡的平滑石头，缓缓但持续的引力。遵守我对父亲的诺言，不漂走？那是艰难的上坡。如果他没在那里提醒我……

过了一会儿，莎拉也到书房来，和我在一起。我把椅子转了一下，她搬来一把椅子，坐在我的正前方，这样我们就可以面对面、膝对膝。我觉得，很像大人对着小孩。

"我和你母亲谈过了，"她说，我没有因此感到吃惊，"她觉得你应该再去做一次扫描。"莎拉知道我不喜欢这个主意。多年来，我忍受了多少次核磁共振和电脑辅助断层扫描啊？又有什么用处呢？我的病发作起来可能像中风，但它实际上不是中风，医生们大多同意这一意见，所有的扫描也都显示了这一点。但这一次的发作确实很不好。我失去知觉整整三小时，尽管我觉得只要几分钟。

现在我才知道，从妻子在艺术教室找到我，叫我的名字，又过了半小时，我才完全醒来。因此，如果扫描能让她们安心，我会再忍受一次。

"她是不是大怒？"我问，因为我意识到，如同其他所有人，她也预见到这次发作。

"当然没有。"莎拉告诉我。她认为我总是低估母亲，这当然是事实，而且从来如此。

"她一定说了什么？"我冒昧地问，但实际上，我不能肯定自己想听到她对今天事件的反应，倒不是因为她的结论会比我自己的结论更残酷。

"她觉得你身体的一部分从来没有从那个箱子里出来，"莎拉说，然后没有必要地补充道，"就是那些男孩把你锁在里面的箱子。"我知道，母亲是可怜我，才这样说的。她想让我免受责备，不仅仅是意大利之行。但我不能接受她的这个宽恕。不错，那些男孩对我的所作所为是残忍，但他们对其他孩子也搞过同样的恶作剧，我是唯一遭受长期影响的人。母亲总认为，在我的幼年生活中，它是一个分水岭，一个我永远没能摆脱的事件，但是告诉我，世上有谁不是某种行为的牺牲品，或者没有囚禁在这种生活中呢？难道那个对我的遭遇最应负责的男孩杰锡·奎恩，不是比我糟得多的童年的牺牲品吗？他那一伙人中的其他人又如何呢？上初中时，我们东区的孩子认为他们太强硬、太酷，不屑于参加基督教青年会的舞会，但真相比我们的理解要简单得多，也残忍得多。我多大年龄时才终于明白，他们只是因为没钱买门票？他们聚在步行桥上，人们看不见的地方——他们的步行桥！但他们听得到咚咚的音乐声，把嘲讽的笑声赠与我们这些拥有那所需五毛钱的人。他们只在我们的父母关上钱箱，敞开大门后，才到健身房来加入我们。这就难怪他们怒气冲冲地冲进来，在所剩无几的节目中使劲跺脚了。不像我们，他们的家住在靠近有毒小河的地方，保证了他们以后身上肯定会长出恶性肿瘤，或者死在越南。而我们这些跳舞的人、神经质地旁观的人，都去上了大学。我知道杰锡·奎恩那伙人中的每一个，除了佩里·考斯洛斯基，所有的人都死了。杰锡本人是最后一个走的，他一如既往，最坚忍，当救生叉把他从汽车残骸中拖出来时，他依然像狼一样咧着嘴笑，或者是我这样想象。那车祸是致命的正面相撞。读到讣告时，我哭了。用它取代妻子写给鲍比的信，把它塞进她写的信封时，我哭了。因此，告诉我，我怎么会是受到损害的人，有毛病的人呢？

莎拉打破沉默说："你醒过来时，不断想对我说卢卢。"

过了一会儿，我说："他在那里。"

"在桥上？"她显然宁愿希望这样古怪的直觉是错误的。吃晚饭时，我曾轻描淡写地解释过，我觉得自己实际上进入了她的画，听见她叫我时，我正在过桥，但我省去了父亲在那里。我想让她相信，是她把我救了回来。出于某种理由，非常重要的是不要让她觉得，她能使我恢复的力量有所减弱。

"我觉得他对我非常失望，"我告诉她，同时意识到这听起来有多疯狂，"我的意思是，如果他还在这里，他会这样觉得。"

"你父亲一贯为你感到自豪，"莎拉回答说，"你知道这一点。"

是的，我知道这一点。但我也知道，如母亲所说，维系他的这种自豪的，是他拒绝知道他所知道的事情。因此，我深深吸了一口气，做了几星期前就该做的事情。我打开书桌抽屉，"鲍比从来没收到你的信。"我说，把信递给莎拉，我觉得，她接过信时的表情，是我见到过的最忧郁的表情。

亲爱的鲍比。虽然几星期过去了，我一直在心里压制这封信的存在，但我发现，我现在能逐字逐句地把它背下来。记得我们认识前，我画的那幅艾吉吗？我把你放在门外，正要进来。现在的情况正好相反，是我们要走上你的台阶了。我和卢五月要去意大利两星期。先去罗马，然后是佛罗伦萨。我们把威尼斯留到最后。

我们已经在富罗拉旅馆订了房间,我们知道,这家旅馆很小,但很不错。我们是下个月十七日坐火车抵达。你会邀请你的老朋友跨过门槛,进入你的世界吗?你会带我们参观你的画室和你现在的作品吗?你会带我们游览你的城市,观看它的提香和丁托列托吗?我相信你记得卢的母亲苔莎。她公开说,她相信桥下的水太多了①,你不会对我们的访问有兴趣。但我提醒她,威尼斯是一个桥的城市(原谅我,是 Ponti)。我对她说,你肯定会愿意告诉我们,哪座桥通往你家。两种答案,你来决定打赌的结果吧。你的,莎拉。

你的,莎拉。

对这种亲昵,我觉得喉头发紧。莎拉。不需要加上"林奇"二字,亲爱的鲍比就会知道是谁。四十年?两个四十年?他仍然知道。

还有附言:你见到我时,请不要评论,不要说,我不再是你认识的那个瘦瘦的女孩。我将请你相信,我的头发仍然是你看到的颜色。当然,你自己可能也成了一个忧郁、落魄的家伙。如果是这样,我会假装没有注意到。

还有附言后的附言:你还留着当年我画的你的肖像吗?就是你不太丑的那幅?当然不会?你的许多妻子中的一个会把它销毁掉。哪一个呢?我感到好奇。

一封情书。还有其他的解释吗?那种莎拉从我们年轻时就不再使用的调皮、亲密的语气,即便在那时,她也只用这种语气与鲍比一人讲话。这意味着,在写信时,她又变成了那个女孩,那个愿意冒险、爱调情、前程远大的女孩。我不知她更怀念的是哪一个,是她曾经爱上的男孩,还是爱上他的女孩?

我不怀疑妻子对我——她丈夫——的忠诚、清白和挚爱。不

---

① 桥下的水太多了(Too much water under the bridge)是英语俗语,比喻时过境迁。——译注

是这个。但是人心永远难以驾驭,它会不经允许,任性地喜爱这或喜爱那。这是我一直希望避免的:有缺陷的人心。母亲的、鲍比的、莎拉的,尤其是我自己的。父亲的心也有缺陷吗?我假定必然如此,虽然我觉得,它总是跳得很强烈,很真实。

莎拉终于抬起头来,眼里溢满泪水。

"我用蒸汽熏开了信封。"我承认,觉得面颊在发烧。

"我是奇怪过,"她说,"鲍比不会不理我们。"她的意思是,不会不理她。我可以看出,她内心各种感情在打仗,但打赢的是解脱,而我的心则沉得更深了。她终于说:"你打算告诉我为什么吗?"

"我害怕。"我解释道,但我能看出,她不明白。我心里涌起一个讨厌的记忆:那天我透过火车肮脏的车窗,看到沙拉膝上的鲍比的画像,就是她在附言中提到的那幅。我立即明白了它的含义,但我很快将那张画和它的重要性隐藏起来,不再让它使我不安。我觉得从那以后,这么多年,我仅有几次想到过它。

"害怕你会爱上他,"我勉强对她说,"再次爱上鲍比。"

大 教 堂

休坐在旅馆的大平台上,行李袋堆在栏杆旁。努南终于来了,但晚了一小时。"老天,看看你这副样子。"他说。

努南连续工作了好几个小时,浑身是油彩。头发上都是。

黎明时,他把李奇特纳摇醒,后者问:"几点了?"

"是你回家的时候了,"努南对他说,"起床。我需要你离开这里。"

那家伙坐起来,在沙发上看看表,不相信地眨眨眼睛。"这他妈的也太残酷了。我只睡了两小时。"

努南不理睬他的抱怨,忙着架起自己的另一副画架。门外,刚升起的太阳是一个暗红色的圆球,它的大小和形状都像安康教堂的圆顶。一幅透纳①的画,他想,如果此时正好有个透纳的话。

"我可以去买咖啡。"李奇特纳穿上衣服,依依不舍地说,但努南已经在清点自己的绘画用具,甚至没有回答。如果那笨蛋自告奋勇,为他去买一大管镉黄色颜料,他可能会接受他的建议,但是咖啡?几分钟后,努南听到楼下院子里的摔门声。

"我几乎不指望你能来了。"休现在告诉他。

---

① 约瑟夫·马洛德·威廉·透纳(Joseph Mallord William Turner, 1775—1851),英国十九世纪著名画家,曾画过多幅威尼斯风景画。——译注

"我今天早上开始了一幅新作,"努南说,"好画家会待在画室里。"

"告诉我怎么回事。"

"它将是画展中最精彩的一幅。"

"全新的油画?你能按时完成吗?"

"它会自己画自己。"

休笑起来。"太棒了。那么现在那幅自画像就算完了吗?"

"那不是自画像。是我父亲。"好啊,他想。这回说出来了。而且他意识到,让休知道没什么关系;它不再是一个值得保守的秘密,或许从来就不是。"不管怎么说,这不重要。先画完新的这幅。"

他已经有了标题:窗前的莎拉。他昨夜一直梦见这幅画,醒来时感激得泪流满面。这样的事——梦到一幅画——以前也发生过,但他一辈子可能就有过十次。第一次发生时,他甚至还不是一个画家,从来没拿过油彩刷。大约过了七八年,他才意识到,这种梦境是画在跃跃欲试,或者说,如果不是真实的画,就是画中含有的那种感觉,是画布上画的源泉和核心。有时,仅仅一个威力强大的梦,就能产生好几幅画,一连串似乎相互无关的作品,但他本人总能认出一种情感上的联系,尽管无力将它说清楚。好的一面是,他从来没觉得很需要解释。在这一阵冲动袭击他时,譬如现在,他只有一种需要,那就是去画。

"你父亲,"休重复道,"好吧,我确实说过那不是你,对不对?"

努南看了一下手表。"你会误了飞机的。"

"你该走了。"恰好这时侍者拿来休的账单,他手腕一挥,签上名,"送我上出租?"

努南觉得至少这件事自己可以做,于是在朋友的行李袋中抓起大的那个,两人向平台下几条上下摆动的水上出租船走去。

"啊,"休说,"你还会回到这幅画上面来吗?画完那幅新的之后?"

努南不禁微笑起来。他昨天还劝他烧掉那可恨的东西,今天又怕他放弃它。"有可能,"他说。很难解释,为什么一个东西一分钟前还很重要,下一分钟就不相关了,"一旦我知道这幅新的没问题了。"

休耸了耸肩膀,接受必须接受的东西,他一贯如此,因为又能有什么别的办法呢?"好吧,你今天早上的行为像疯子。幸运的是,对你来说,这是件好事。你身体不会有问题吧?"

很奇怪,努南也觉得他不会有问题。如果他没有好到能够画它,上天就不会赐予他这幅新画。有悖常理的逻辑,也许,但就是这样。"我会很好。"

"你需要什么吗?我能做什么?"

你能,努南想。走人。

休仿佛猜到努南的想法,怪笑了一下,然后迈上出租船。努南把行李袋递给司机,休没有伸出手来与他握手,反而叹了口气,看了一眼手表说:"你干脆也上来吧。"

什么?这家伙疯了吗?难道他期望努南陪他去机场?还他妈的有一幅画等他回去画呢。

"我们送你到朱迪卡,"休说,然后用意大利语吩咐司机,"这可以给你省十到十五分钟,省得你等交通艇了。"

"真的吗?"努南一边说,一边迈到船上。他可以为此吻他了。"我可不愿你误了飞机。"但他等到船开起来才说这话,休没有机会改变主意了。纯粹是自私,他对自己说,不过实际上他并不在乎,他从来没在乎过。当画布等待他把油彩涂上去时,他是不在乎这些的。

努南十七岁的时候,第一次做他后来所谓的"绘画梦"。那时,他刚搬出父母在伯若区的房子,搬进镇中心哈德孙街莱克索老药店楼上洞穴般昏暗的空间。这地方曾经分隔成小办公室,但现在内墙倒了,整个地板毁到只剩下木板。这房子两面都有被烟灰熏黑的高窗户,正面临街,背面可看到后面的小巷和一家被遗弃的手套店。房子里没有暖气,又脏又破,但房主是德克兰·林奇的朋友,同意让努南免费住在里面,只要他不搞聚会,不从街上拉一群流浪汉进来。他的朋友们在亲眼看见之前,都羡慕他有了自己的住处,然后他们又猜不出,他为什么宁可睡在冰冷、坚硬的地上,而不愿睡在父母家舒服、柔软的床铺上。只有莎拉立即看出其中的美。她花了大半个下午,刷洗后窗户,然后在那里支起画架。努南后来把它想作自己的第一个画室,尽管在那里作画的是别人。有一件事他能肯定:如果没搬出父母家,他永远不会梦到大教堂,倘若没有那第一个威力巨大的梦,他永远不会成为画家。

在此之前,他做的所有梦,包括涉及性交的梦,都比不上那个大教堂那样栩栩如生。它没有叙述,更像一个幻象。他甚至不能确定它延续了多长时间。在梦中,它似乎延续了好几个小时,但他知道,在现实中,它可能不超过一两分钟,因为阳光透过高大明亮的窗户,洒在他身上,他的眼睑一闪一闪的,他在滑向意识的边缘。他记得意识到自己在睡觉,想醒来又不想醒来。如果醒来,他可与他人分享这个幻象,他不想唯有自己看到如此的美景;但他若醒来,去叫什么人——也许是莎拉,她会喜欢——那奇妙的大教堂就可能消失。有什么东西告诉他,它会消失,所以他屏住呼吸,一间间房间徜徉着,几乎要欢乐得流泪。

大教堂?这是他能描绘那个地方的最接近说法,他觉察出它不属于这个世界。它的拱顶高得令人难以置信,拱形走廊连接无数的房间。要看完所有这些房间,需要很多年时间,而这正是他唯一的愿望。不是美酒、佳肴、爱情或他此前生活中体验的一切。每进一个房间,他都想留在那里,记住所有细节,但又有更强烈冲动,想从一个激动人心的奇迹,迅速走向下一个奇迹,发现每个新的走廊都通向何方,画出整个大教堂的地图(倘若如此之大的地方能够用图来表示)。他被这种矛盾的心情所折磨。尽管只是一个建筑,但它有一个城市那样大,二十个城市那样大。你可以耗费终生,从一个房间走到另一个房间,或许永远回不到你现在所在的房间。有些走廊很狭窄,你得侧身通过,另一些走廊又很低矮,你得匍匐前行,但每个房间都沐浴在柔和与灿烂的金光之中,他能觉出自己的心脏因如此惊人的美丽在胸腔中收缩。记住它,内心深处某个声音不断低语。永远不要忘记。

但他后来意识到,这一希望是醒来的第一个迹象,他一睁开眼睛,梦境就开始退去,枯燥的现实代替了它。他知道,当他彻底醒来,时间将是星期六,那天下午他就要去打那个赛季的最后一场橄榄球赛。橄榄球!还有比它更愚蠢的事情吗?惊恐之下,他绝望地试图再睡过去。在那一刻,觉得自己可能再也找不到那个大教堂的想法(他再不会找到)是那么不可思议。甚至在半睡半醒之间,那个梦的高潮般的强烈感仍然紧紧抓住他,但他已经在想,那是梦,不是一个真实的地方。他瞥到了那个奇迹,然后,瞬息之间,它就消失了。他想哭泣,永不停止。实际上有几分钟,留下的只有梦的光环,和意识到发生了奇迹但现在已永远消失的刺痛感。

甚至到了六十岁,回想起这个梦,努南依然感到手指尖刺痛,或许是因为那个梦没有产生一幅画。这第一个梦来得太快,他还没来得及明白可以怎样利用它。其后的每个梦都是礼物,每次都让他充满惊异和感激,但每个梦都没有上一次强烈。他猜,这有某种道理。他作为艺术家愈是成熟,他的能力就愈是来自训练和习惯磨炼出的技巧,对灵感的需要就愈少,如果梦就是灵感的话。绘画女神很吝啬,只根据你的需要赠与。昨夜的梦很可怜,只是大教堂梦的微弱回声,但这就是他的全部需要。他有一种被唤醒的感觉,仿佛又回到二十岁,如果需要,又可以连续工作四十八小时。

努南还有一种感觉,昨夜的梦可能是他的最后一个梦。但他把这种可能性置之脑后。

那年秋天,托马斯顿遭受了一个平庸的赛季,陷于几乎是病态的反复无常状态,弄得小镇上的赌徒特别沮丧,德克兰·林奇当然是最为沮丧。在该赛季的第一场比赛前,他明知很危险,仍赌托马斯顿赢,结果莫霍克队派上场的,正是他所害怕的波多黎各人,这些奔跑神速的家伙在主队漏洞百出的第二防线上无法无天。但下半场,制革者队的球员仍然很努力,力争终场前持球触地得分,以打成平局,可一直很稳当的努南却丢了球,搞得一切全完了。

第二天早上,努南路过艾吉,德克兰·林奇说:"我当时怎么想的呀?"

"抱歉,德克兰,"努南说,听上去却并不特别抱歉,"下星期你赌乌蒂卡赢吧。"

但德克兰还没了结这星期的事情呢。"你知道你可以绕过别人跑,对不对?如果那里只有你和一个防守队员,没有规则说你必须压在他身上。你绕过他,就不会因为冲撞而失球,因为——事情的本质——是没有冲撞。另外一点,我的钱包里就不会没有钱了,而……"他掏出皮夹子,显示绕过防守者的结果。

"下星期赌乌蒂卡赢吧。"努南再次说。因为所有的报告都说,乌蒂卡的队员比莫霍克的队员个子大,速度快,也更粗鲁,那是一场输定了的客场比赛。

"别担心,"德克兰告诉他,"我是打算这样做。"

但下个星期六,托马斯顿队全队发挥得很好。佩里·考斯洛斯基在争球后的首攻中,就算计了乌蒂卡队的明星跑卫,那孩子摇摇晃晃地下场后,再没上来。努南的带球进攻很有效率,但他的速度不够快,到第四节后期,他发现自己又遇到与上星期同样的局面,只有一个防守队员挡在他与球门线之间。这回他听从了德克兰的劝告,低下头,仿佛要压到乌蒂卡队防守队员身上,但在最后一刻疾驰起来,让那孩子抓了个空,也让德克兰连着两个星期六掏空钱包。

整个赛季基本上都是这样:球队的变化与德克兰的变化呈锯齿形。他猜制革者队没有能力连续打两场好球,或者说两场坏球,因此决定改变赌注时,他们又证明他错了。

在最后一场比赛的前夜,他对努南说:"我通常喜欢橄榄球赛季一结束就去度假。"

他和露西、莎拉聚在艾吉,等待南·贝弗利开车来接他们。南参加了两次驾照考试都没通过,但第三次时通过了,他们要开她父亲的凯迪拉克,去外面吃比萨饼,以示庆祝。

"今年可不行了,"德克兰继续说,"今年得到复活节,我才能赚回这个赛季在你们这些傻瓜身上输的钱。唯一的亮点是你们都要毕业了,不会再折磨我。"

"实际上,我有可能会留级,"努南假装严肃地说,"英语优秀生班可能会杀了我。"事实上,那门课他成绩最好,而且出于某种原因,他仍然是伯格先生的宠儿。

"好极了,"德克兰对莎拉说。她为了打发时间,正在与露西玩纸牌游戏"狂八","告诉你父亲,如果他不让这孩子及格,我会开枪打死自己。"

"那可能会让他更坚决。"她回答说,凡是涉及德克兰,她总喜欢站在他的对立面。

"她又跟我玩刻薄,"他说,企图与努南结盟,"但她今晚看上去特别性感,是不是?我就不明白了,为什么周围有长得很帅、又有经验的单身汉,她却总喜欢和男孩厮混。"

"卢卢不是单身,"莎拉说,像往常一样坐在收款机旁的大个子卢听了满脸放光。

"我说的是我,"德克兰说,"你一定是没听见很帅这个词。"

"我猜,我刚才听见你说你破产了。最后一张。"她告诉露西,他开始抽牌,红桃牌突然变得很少。努南的视线与莎拉相交,她咧嘴笑了,他猜到了真相,她手里拿的是一张"狂八",露西抽一晚上牌也没用,他的命运已经锁定。

"我一直说的就是这个,"德克兰接着说,"这个橄榄球队是个障碍,挡在我和还债,还有真正的爱情之间。"

"挡在德克兰·林奇与美好生活之间的障碍,就是德克兰·林奇本人。"露西的母亲告诉他。他们两人正忙着整理保鲜柜,把保鲜纸展开,盖在一桶桶牛肉末上,把色拉搬到大冰箱里。"我猜一盘通心粉色拉不会完全毁了你的胃口。"苔莎说,递给努南一盘。自从橄榄球赛季开始,他无时无刻不是饥肠辘辘,于是感激地接过盘子。

"我们不该喂饱这孩子,应该让他饿着,"德克兰说,"如果他虚弱到打不动球,我倒知道该赌谁赢了。"

露西终于发现了一张红桃,把它放下来。当莎拉把手里的红桃八放在他那张牌之上时,他说:"你干吗让我抽这些牌啊?"她吻了一下他的前额,又发出一声她最好听的低沉的笑声。努南几乎在自己的眉头上感觉到这个吻,用手触了触它本来可以触到的地方。

他吃完通心粉色拉,抬起头,看到苔莎正用她那种心照不宣的表情观察他。换了她,她是不会像她儿子那样去抽红桃的。她会事先看到她的失败正在来临,知道对此毫无办法。

门外响起一声喇叭声,南把车停在马路旁。

"如果我是你,这星期我会赌我们赢。"努南一边向外走,一边对德克兰说。

"谢谢你的内部情报,"他说,"我是个大傻瓜才会听你的,不过知道你的看法,总让我感觉好一些。"

第二天,努南和他的队友一路小跑进场,那时他几乎已经忘记了那个关于大教堂的梦。那天上午,他还想起几回,还能觉出剩余奇迹的轻微刺痛。到了下午,他已经开始嘲笑那个记忆,特别是因为在此之前,它似乎是那么紧急,那么重要。告诉所有人。告诉他们什么?不知哪里有一个像世界一样大的教堂,数也数不清的房间,天空一样高的屋顶?上帝。他梦到了建筑。下一个是什么,生物?

但他确实感觉不同,世界更明亮了,仿佛那金光泄到了现实世界。在托马斯顿队获得第一个控球权时,努南得到了一个手递手传球,在阻截队员之间跑来跑去,这是为了如果一切顺利,可以前进四五码。但一个裂开的大洞奇迹般地出现,他在一瞬间冲了过去,没受任何阻碍,轰隆隆地进入了端区。

不仅仅在场上。连那些露天的座位都似乎变得更加明亮、更加清晰。他看到南、露西和莎拉坐在一半高的地方,他们看上去离得那么近,仿佛伸出手就可以摸到他们。南从不注意比赛的情况。她喜欢自己的男朋友是明星跑卫这个念头,但当比赛快结束时,她却不明白他是否打得好,失球还是保住了球,得了三个达阵得分还是被人阻截,她只是在别人站起来欢呼时也这样做。"啊,看啊!"她现在正指着计分牌对露西说,"我们领先了。比赛不是刚开始吗?"这些他全看见了,这可能吗?他是真的看到了她嘴唇的蠕动,还是只是猜到她的话?但莎拉回答时,他也能看到她的嘴唇在动:"鲍比刚才达阵得分了。"

无论往何处看,他的观察力都升华到让他有窥视私密行为的特权。他看到,在围在一面端区的人群里,莎拉的父亲正在与一个瘦高个黑人鬼鬼祟祟地谈着什么。那黑人叫杰克逊,努南不知道这是他的名字还是姓。然后,他的老师偷偷给了那黑人什么东西,它迅速消失在他的裤兜中。过了一会儿,杰克逊转过身,像要离开似的,用另一只手将什么东西塞进伯格先生的外衣口袋。努南星期天晚上在默迪克酒馆当侍者,他在那里认识这家伙的,还知道他买卖大麻,天晓得还有什么其他玩意儿。默迪克的老板英格兰德先生在说起杰克逊时,非常直言不讳。"我才不管他干什么呢,只要他把门关上,到外面小巷子里去干。你要是看到他在酒馆里做交易,我允许你把他的黑屁股摔到街上去。只是小心,他身上有刀子。"

努南看到,出于某种原因,他母亲和他那些吵吵闹闹、野性十足的弟弟坐在来宾台的一侧。在老师眼里,他们都是灾星,可对她来说,他们都很可爱。他们现在围着她,仿佛害怕离开伯若区的房子与外部世界接触,可能会过分刺激她。努南可以肯定,那不太可能。她通常面带的那种笑容,今天甚至更宁静了,这表明她离家前又多吃了一粒小药片,来加固自己周围的堡垒。他怀疑明天她会知道自己去看了哪种体育比赛。她醒来后甚至可能会觉得,这一天都是在做梦。但依然,每次他仰望她所坐的地方,她的目光都凝固在他身上,他的队友显然无关紧要。每次他被铲倒,她都用手捂住嘴。每次之后,他的弟弟们都必须安慰她:"没事,妈。看见了吗?他起来了。他没受伤。"

就这样整整一下午。通常搏斗时裹在迷雾里的东西,现在都很明亮,事情不是一下子都发生,而是单独发生,成了慢动作的奇迹。比赛结束后,哈利迪教练在更衣室最后一次对喧闹、狂喜的队员讲话。对制革者队的变化无常,除了德克兰·林奇,可能没人会比它的教练更为恼火了,而比起许多失败,他似乎更因他们今天的不对称胜利而垂头丧气。"你们明白我以前对你们说的话了吧?"他说。当年他在半职业联赛中膝盖受伤,现在还需要有人搀扶,才能站在长凳上,对他的球队训话。"你们明白了吗?"

举个例子,努南就不明白,别人看上去似乎也不明白。

"马库尼,"教练说,几乎抑制不住自己的恼怒,"整整一赛季,我对你们这些家伙说什么来的?"

努南试图猜测他的意思。他对他们说过很多,超过他们在某一时刻所能吸收的程度。现在他似乎要努南把所有这一切,包括他们已经忘记的东西,提炼成单一的教训,而且是在一场让人精疲力竭的比赛之后。他尝试了一下。"基本的东西?"

哈利迪教练用力揉着前额,转向佩里·考斯洛斯基。"考斯,"他说,"八月以来,我一直跟你们说什么来的?"

佩里忽然爆发灵感。"如果齐心协力,我们可以发挥得很好?"

"谢谢你,"教练说,仿佛他真的很感激,而且如果佩里也让他失望,他会借来田径教练的起跑枪,对着自己的脑袋来一枪,"四个月了,我一直在告诉你们这一点。知道我没有白费唇齿,真是太好了。今天,你们是一个团队。明白吗?生活就是团队精神,伙计们。生活就是这么回事。当你们想到这场比赛时,我要你们记住,你们今天发挥得很好,而且如果你们在九月时就全神贯注,本来整个赛季你们都可以发挥得很好。"

这是个精彩的演讲,努南想,而且被它所感动,但他连一个字也不相信。他不怀疑哈利迪真的觉得,生活就是团队精神,而且他猜想自己很感激他高度赞扬他们的能力。他当然感到抱歉,因为他们的表现低于潜能,让他失望了。但他怀疑他们今天就比以往更有团队精神,他觉得他们今天之所以发挥得比以往好,可能仅仅是因为,这是最后一场比赛了。通常阻挡不住对方的孩子,这次成功了,通常丢球的接球员这次保住了球。他们先得了分,还受益于两个幸运的反弹球。在努南看来,他们的胜利是运气、命运、势头和天晓得还有其他什么别的结合在一起,但他怀疑能够将其归于团队精神。努南不会告诉哈利迪教练,但他觉得,更重要的是,他很高兴赛季结束,它教会他的,远远不是生活就是团队精神,而是让他相信,今后要避开一切团队运动。他喜欢竞赛和体能上的挑战,他懂得纪律的必要性,但在教练和佩里眼中似乎如此重要的同志精神,却不是他所重视的。

哈利迪讲完话后,需要两个线上球员和一个助理教练扶他从长凳上下来,带他走出更衣室。然后,队长佩里仅穿着下体弹力护身跳上同一板凳,宣布从此时此刻起,队里的所有人都是他的兄弟。努南不得不移开视线,因为佩里的整个后背就是一幅月球景象:愤怒的紫色脓包,比他那张饱经蹂躏的脸上的脓包更大、更愤怒。"我会为你们这些家伙肝脑涂地。"佩里宣称,眼里充满泪水。"马库尼,连你也一样。"他补充说,招来一片笑声。

他们的宿怨在这学期里逐渐消失。佩里把这归功于他们是队友,努南却归功于伯格先生的那门课。虽然佩里仍喜欢在课堂上扮演对立面和傻瓜的角色,但从英语优秀生班的阅读和讨论中,无人比他获益更多。努南想,具有讽刺意味的是,那门课比制革者队更具集体的努力,不过伯格先生肯定会嘲笑这个想法。

"我还知道,"佩里接着说,拉起弹力护身,"我知道,你们也会为我做同样的事情。"

谢天谢地,这话似乎是对全队说的,免去努南做出类似声明的义务,否则那会是极不真诚的。但是佩里从板凳上跳下来,用一只大爪子抓住努南的后脖颈,把他拽过来,直到他们的前额触到一起。"我刚才说那话是认真的。"他对他说。

"我知道你是。"努南说。

"伙计,九月时我可是想杀死你的,"他承认道,而且如果努南的感觉没有错,那仍然新鲜的记忆足以让过去的某些欲望再度爆发,他后脖颈上的那只手抓紧了。然后,它松弛下来,一种感情战胜了另一种同样不真实的感情,"但我们现在是兄弟了。永远。"

"好吧,这么说。"努南说,试图抽身,但这显然太快了点儿。

"你知道我们明天应该都做什么?我们应该去参军。全队一起。"

"有点儿像自杀合约。"努南说。

"我们可以去那边大闹一场,这支球队。"佩里说。

努南说:"或者我们可以计划每年回家在这里聚会。"

佩里考虑了一下这个不那么致命的选择,似乎觉得还需要强调一下。"就像无论在哪里,正在做什么,付出多大代价,都得放下手头的事,回到这里来。向教练证明,我们仍然是一个球队。我们记得今天。"

"这我喜欢。"努南说,他确实喜欢。他特别喜欢,他们将有整整一年时间来忘记这一天、这个誓言和它煽起的感情。

努南洗过澡,穿好衣服,到停车场去,看到有个人靠在他的摩托车上。为安全起见,努南把车停在了两辆校车之间。德克兰至少每星期要检查一次他的摩托车,看看有没有刮痕或者撞出的小坑。他似乎很高兴这辆车得到了利用,但这也产生了损害的可能性。"你知道这家伙可是经典,对不对?"德克兰不断提醒他,"他们现在已经不生产印第安牌的车。那家公司倒闭了。"因此努南总是把它停在别人碰不到的地方,他也不许别人像这家伙那样靠在上面。努南没有立即认出那人是他父亲,这说明他的感官已经恢复正常。或者是在他父亲身上,它不起作用。

"赛得不错啊。"他父亲说,主动递给他一支烟,他拒绝了。

"我没看见你在那里。"

"可是我在。"

"在哪里?"

"你的比赛我都去。"

"废话。"努南说——并没有生气,只是一个他父亲可以接受,也可以置之不理的意见。

显然是不理。"你知道有个地方叫奈尔吗?"他问。

"在湖泊路?"

"到那里和我碰头,我给你买杯啤酒。"

"我还没到十八岁呢。"

"我知道你的年龄。我还知道,你睡在莱克索楼上的耗子洞里,星期日在默迪克酒馆当招待。"

"我约好和朋友见面的。"

"那之后再见呗。"

"为什么?"

"为什么不呢,儿子?"

奈尔坐落在镇外五英里远的一座小丘顶上,那是一条陡峭土路的顶端。它似乎是分阶段建成的,早期部分是砖砌的,后来又加了外墙的护墙板。努南还记得,那家餐馆最早很繁荣,停车场里总是停满了车,那时他还是个孩子。但那之后,它的日子就不好过了,过去十年中几次易手。现在无论这个奈尔是谁,它的店招牌都歪歪扭扭地倾斜着,有掉下来的危险。他骑着摩托车沿砂砾路呼啸而上,停车场里,他父亲的车是仅有几辆车中的一辆,努南把自己的车停靠在大垃圾箱旁边。

他父亲坐在酒吧的最里端,正与一个大块头的女招待聊天,她看上去四十岁出头,如果不是那么胖,表情那么忧郁的话,可能还挺有魅力。她看上去倒是像那个把自己的最后一分钱都投到这个地方的奈尔。

努南悄悄坐到父亲旁边的凳子上,父亲看了一下手表。

"我差点儿要去找你。"

"我告诉你我会来。"

"我以为你改变主意了。"

"我不会那样做。"努南对他说。从他的微笑中,他可以看出,他们指的都是春天的那一天,当时他警告他,如果母亲再怀孕,他会怎么做。

"人有时应该改变主意。"父亲说。

"为什么?"

"情况变了,"然后,不等努南回答,他就说,"这位是玛克丝。"

并面无表情地冲吧台后面的女人点点头,后者用毛巾擦了擦自己沾满肥皂沫的双手,以便可以和努南握手。

"玛克辛。"她澄清道。

"不是奈尔?"努南说。

"奈尔是我姐姐,得白血病死了。我们用她的名字命名了这地方。"

厨房门被猛地推开,一个先天痴呆的孩子提着一桶冰走进来,他父亲补充说:"这是威利,玛克丝的男孩。"他看上去与努南的年龄差不多,但已经开始秃顶,所以很难说。他咧开嘴笑了笑,发出粗哑的声音,说不清是不是一个词,然后又消失在厨房中。

"那你为什么来晚了呢?"他父亲说。

"我顺路在艾吉·鲁宾停了一下。"

父亲点点头。"林奇家那孩子明白自己是同性恋了吗?"

"说话好听点儿,"玛克辛说,瞪了他一眼。努南为此倒挺喜欢她,但他也不禁奇怪,为什么她觉得在他们的谈话中自己也有一席之地。她也许觉出了这种反应,因为她给他汲了一杯鲜啤酒,推到他面前,就去吧台另一头忙自己的事了。

"实际上,他已经有了一个稳定的女朋友。"努南说。

"他们有时会那样做。"

"人应该不时改变主意,"努南说。英语优秀生班的好处之一,是伯格先生教会了他利用其人之道,还治其人之身。在抵御莎拉父亲的进攻中,他和其他人的辩术,在这两个月里都大有提高。他们在课外利用自己的新技术,迅速击败没学过经受令人难堪的伯格攻击的任何人,"在情况变了之后。"

他父亲似乎很喜欢这一反击。"有些情况变了,有些却没有。"

"随你便吧,"努南说,"让我上这里来干什么?"

"和你老爸喝一杯。让我们看看你的假身份证。"他伸出手来。努南顿了一下,然后递给他。不管怎么说,再有一个月,他就十八岁了,而且他老爸刚给他买了一杯啤酒,他怀疑他现在会没收它。

他父亲察看了那证件一番,赞赏地点点头。"干得不错。你花了多少钱?"

"七十五块。"

"你当初要是求我,我可以弄到更便宜的。"他补充说,但努南没有答腔,"但贾斯说得对。这个做得不错。"

"贾斯?"

"贾斯珀·英格兰德。你的老板。你觉得他为什么雇你?"

努南最讨厌的事情,就是在自己没猜出事情的含义之前,让他父亲又因为出其不意而得意扬扬。有没有这种可能,他真的玩了所有的把戏,而努南却没有注意到呢?那意味着什么?而且,他还未到法定年龄,却从一个一辈子见过无数假证件的人那里,得到一份酒吧招待的工作,可他从没有怀疑过这里面有他父亲的影响,这又意味着什么?

"你饿吗?"父亲问。

"不饿。"努南撒了谎。

"今晚牛排减价。这个菜,他们这里做得不错。"

"我不饿。"他重复道。

"随你便吧。"父亲说,朝玛克辛打了个手势,她从吧台另一头走过来,他点了一份牛排,三四分熟,努南若不是这么固执,也会这样点的。

"他们允许在吧台上吃饭?"努南在玛克辛走进厨房后说。

"一般不允许,但他们让我这样做。"

"你很特殊?"

"嗯,"他说,"我确实是这地方的老板。"

"对。"努南用鼻子哼了一声,然后意识到他父亲是认真的。

意想不到的事情现在来得太快了,实际上是接二连三。

玛克辛拿了一副餐具回来,还端了一小木碗色拉,浇了蓝乳酪调味酱——也是努南最喜欢的。

"你,"他说,"你是这地方的老板。"

他父亲开始大吃起来。"嗯,这么说吧,租约上是我的名字。怎么啦?"

"没什么,"他说,"我刚才只是在想你怎样逼着妈妈勒紧肚皮。"

"你母亲是个孩子。我若是把她当成大人,我们就都会破产。"

"是你总让她是个孩子,"努南说,"你从来什么事都不让她做。"

"是她什么事情也做不了。没有让她做或不让她做的问题。"

努南不相信地摇摇头。"你今天去看比赛了?"

"我告诉你了。所有的比赛我都去。"

"那么你和她坐在一起就会死吗?哪怕让她高兴一次?"

"相信我,她和你的弟弟们在一起更高兴。"

这时牛排来了,鲜红的颜色,泡在原汁中。努南的肚子开始咕咕作响。"你肯定不想尝一块吗?"父亲说,"还不太晚。"

"我不饿,"他说,肯定到现在,自己的谎言已经透明了,"是那些药片。她不能运转。"

"它们是没有用,"父亲承认,若有所思地咀嚼着,"但它们不是问题。"他把瘦肉和肥肉分开。甚至肥肉也让努南口水直流,"就算你是对的,我应该有更多时间在家,对你母亲好一点。那么你呢?这些日子,你不在的时间比我还多。如果你真的爱她,你不会住到城里去。你会在家帮忙,让事情好起来。除非你知道事情没办法好起来,对不对?"

"我住到城里去,是不想碰到你。如果我们两人在同一屋檐下,她的日子更不好过。"

"但我不住在那个屋檐下。我回去看看。像你一样。"他父亲把盘子推开,努南判断他大概吃了一半,"听着,我才不在乎你对我撒谎。你明明饿了,却说不饿,这不是我的问题。但是别自己骗自己。"

"我怎么自己骗自己?"

玛克辛走过来,把盘子拿走了。努南告诉自己不要看它,但还是看着它。

"我是这么想的。你小时候看事情是一种方式,"父亲继续说,"谁知道呢?也许那时,你是对的。但你现在仍然坚持用同样的方式看问题,即使事情不一样了。你知道它们不一样,但你还是按老习惯。如果我是坏蛋,你就感觉好一些。"

"你就是坏蛋。"

"明白我是什么意思了吧?"父亲说,"你甚至想都不想,但你应该想一想。"他冲着吧台另一头喊道:"玛克丝,我是坏蛋吗?"

"不是。"

"叫威利出来一下。"他提议。那男孩出现在门口,他说:"威廉,现在说实话。我是好人还是坏蛋?"

"好人。"威利说,也像努南一样毫不犹豫,甚至更高兴自己答对了,"最好的人。"

"你看。"父亲说,仿佛只有最无理性的人,才会质疑如此毫无瑕疵的证词。

努南轻声笑起来,"我猜这就成定论了。"

"啊,"父亲说,"他没你聪明,因此他就一定错,是吗?"

"我没有那么说。"但他暗示了这一点。

"好吧,"父亲说,不情愿地承认这一点,"你告诉我,我应怎样改变?"

"我不知从哪儿说起。"

"从哪儿都行。也许我应该更像你那样。一辈子都是明明饿了,却装作不饿。我应该装出好像你母亲没毛病……好像她是我梦寐以求的女人?"

"这主意不错,"多半是出于沮丧,努南这样说,"是你让她成了这个样子。欺负她。吓得她神志失常。"

"什么神智?"

努南不理睬他的话。"你称自己是男人?"他父亲额上胎记的颜色深了一层,努南想,好啊,我们来打一场吧,就在这里,就现在。来啊。出手啊,老家伙。你知道你想出手。

但就在这时,厨房的门砰的一声开了,威利再次出现,他的脸扭曲了,浑身颤抖,似乎很害怕的样子。可他们两人刚才并没有提高嗓音啊。难道这男孩一直在门后偷听?

"没事,威尔①,"努南的父亲说,"一切都很好。"

那男孩一动不动。他仔细观察努南的父亲,又观察努南本人,仍在明显地颤抖着。

"他不喜欢人生气。是不是,威尔?"

那男孩使劲摇头。他母亲从吧台另一头过来,把手搭在他的肩膀上,说:"嘘……"

父亲看着努南,"告诉他一切都好。"

"一切都好。"他说。

"努力显出你是这个意思。"他父亲提议,那男孩仍然死盯着努南。

"一切都挺好。"他说,这次很真诚,果然那孩子不再颤抖,而是咧开大嘴,冲他们所有人笑了,然后回到厨房。

"别问我,"玛克辛刚走到听不见他们声音的地方,他父亲就说,"我不知道他怎么知道的,但他知道。你现在如果打一拳,还

---

① 威尔和威利均为威廉的爱称。——译注

没击中,他又会出来。"

"也许我们应该另找个地方。"

他父亲耸耸肩,"这里的啤酒免费,除非你觉得控制不了自己。"

"我猜我在想,你控制不了自己。"

父亲没理睬这话,朝玛克辛打了个手势,再要两杯啤酒。"这么说,你现在了解当男人是怎么回事了?"

"我怎么会了解。我了解的一切就是你。"

"但你并不了解我。"

玛克辛向这边走来,努南挥了一下手,表示不要那啤酒。

"放这儿吧,"父亲对她说,"他可喝可不喝,他的选择。他是个男人了。"她走了以后,父亲改变了话题,"告诉我那贝弗利女孩是怎么回事。"

"为什么?"努南说,放下啤酒,他这样做时,才意识到自己无意中已经喝了一大口。他从没对父亲——或者母亲——提起过南,但不知怎么他知道了。

"她很可爱啊。娶了她,你一辈子就有保障了。"父亲说。

"也许,但这不是我的计划。"

"你的计划是什么?"

性,努南想,但她还没向他投降,主要是因为他也没有强求。可为什么会是这样呢?或许是因为莎拉。既然他们现在都泡在一起,她和南成了密友,出于某种原因,她似乎断定南很脆弱,需要保护。"她真的喜欢你,你知道。"莎拉不断告诉他,仿佛喜爱是脆弱的原因。而努南觉得,这只意味着他们最终会性交。莎拉认为正因为如此,他们不应该那样做,这似乎不仅仅是有悖常情。

"也许是上大学吧。"努南说,首先放个试探性气球,他好奇地想看看老爸怎么想。

"为什么不呢?"父亲说,让人意想不到。努南以为他会建议他参军,"如果你这样决定,我也许能帮忙。"

"谢谢。"

父亲注意到他的口气,"谢谢,不过是谢谢,不用?你是这个意思吗?谢谢,但我不饿?谢谢,但我不渴?"他冲努南的杯子点点头,那杯子不知何时已经空了。

"那是怎么回事?我们应该突然成了朋友吗?"

他父亲耸耸肩,"有什么理由我们不应该成为朋友吗?"

"只有过去的十七年。"

"我们可以从今晚开始以后的十七年。"

他有可能是认真的吗?"我想想吧。"

"但你不喜欢这主意?"

"好吧,是时机问题。现在你吓唬不了我了,所以你想和我做朋友。"

"这是看这个问题的一种方式。"

"另一种方式是什么?"

"也许并不太突然。也许你一直没有注意到。也许你并不像自己觉得的那般聪明。也许你只是不想放弃习惯。也许你惧怕新情况会让你失去平衡。"

"你是说你变了?"

"我是说,如果你决定上大学,也许我可以帮一点儿忙。我是说,下次我主动提出给你买晚餐,你应该接受。我说的还有一件事,但得等一会儿,因为我现在要撒尿。你也去尿一泡吧。"

"不,我很好。"他撒谎道。

父亲只是咧开嘴对他笑,"很难改变,是不是?"

他刚走开,玛克辛就从吧台另一边走过来。"在格特当酒吧招待,干得怎么样?"

"不错。"努南说。关她什么事,他想问。

"默迪克有时有点儿难对付。"

"星期天那里挺安静的,"努南说,"我只被迫拒绝招待过一个家伙。他骂我,但我还没来得及揍他,他就醉死过去了。"

"好吧,有一天你要是腻烦了,不愿再给疯子上酒和揍他们,就告诉我。我可以不时歇一个晚上。星期天和其他日子都可以,只要是你能来干活的一天。"

"现在橄榄球赛季结束了,我的时间比较灵活了。"

"我可以教你调鸡尾酒。让你有个技术。在美国,酒吧招待饿不着,"她说,"当然也发不了财。"

"谢谢。我想想吧。"努南对她说。

"你是第二次说这话了。"玛克辛评论道。

她微笑时,努南很吃惊。这女人有一张如此严厉的脸,笑起来却柔和温暖。"告诉我老爸,我谢谢他的啤酒。"他说,从凳子上滑下来。但就在这时,他听到男厕所的门开了。他转过身,看到父亲在往回走,他只能呆呆地盯着他。在清空膀胱的这短暂时间里,他老了十岁。

"怎么了?"父亲问。

"没事,"他说,眯着眼睛看他,"你看上去不一样了。"

"与什么不一样了?"

努南想说与你一贯的样子,但住了嘴。有没有可能,他父亲说得对,是他没有注意到呢?如果老家伙看上去突然老了十岁,这是不是意味着,努南有十年没有真正看过他?是不是因为这个,所以在所有的橄榄球比赛中,他都没看见他,而且那天下午他靠在德克兰的摩托车上,他也没有认出他?

"我马上就回来,"父亲对玛克辛说,"我儿子有点儿笨,算不出二加二是怎么回事,所以我得让他了解点儿最新情况。"

到了外面之后,他们向摩托车走去。努南把一条腿跨在车上,等着听父亲到底要说什么,然后就可以离开了,但他出于什么原因,似乎很勉强。"听着,我该去见我的朋友了,"他对父亲说,"如果你想告诉我什么,快说吧。"

父亲若有所思地点点头,仿佛在寻找适当的词语。"确切说,不是有什么事情我要告诉你。我只是觉得你也许愿意见见玛克丝。"

努南听了,眨眨眼睛,几乎要问为什么他愿意见她,但他突然明白了。"是她。"努南说。他父亲多年来一直有私情的那个女人?

"小心点儿,"父亲说,仿佛他要说出什么在他们之间挑起仇视的话,"我只是觉得,你可能愿意知道她不是一个坏人。实际上,她也活得很艰难。"

"像妈妈一样艰难?"

"再加上她愿意见见你。"

"为什么?"

"她觉得这样对你有好处。我们为你争论起来。她说有一天你早上醒来,会疑惑你老爸到底是怎样一个人。"

"你不同意。"

"好吧,否则这就不是一场争论了。不过到现在为止,是我赢了。"

"对,是你赢了。"努南一边说,一边转动引擎上的钥匙。

"但她很固执,"他父亲的喊声盖过引擎的吼叫,"像我能举出名字的另一个人一样。祝你和你的朋友们玩得好。"

努南看着他回去,消失在餐馆里,疑惑这种感觉到底是什么?内疚?得了吧。但他继续坐在那里,摩托车在身下发出隆隆的响声,最后他大笑起来,只为了听到自己的声音,然后他挂上挡。上了高速公路后,他才注意到车座左边的挎包在微风中摆动。他把车停在老制革厂的停车场,发现包里是他父亲剩下的牛排。是玛克辛把它放到那里的吗?不对,他很肯定,她没有离开过吧台。那男孩威利?他觉得也不是。这就是说,父亲一定是在上厕所时做了这件事，或者就在他们一起从奈尔出来时。他当时手里拿了一个装剩饭的牛皮纸袋吗？努南想，有一件事可以肯定。以后凡事涉及父亲，他一定要多多观察。

当然，他应该做的，是把那些肉扔进草丛，从而把自己的假话变成真话，或者至少前后一致。但现在，当他骗的只有自己时，那诱惑太大了，因此他狼吞虎咽，吃完纸袋里的一切，怀疑自己是否尝过如此鲜美的东西。但吃完后，他仍像当初一样饿——而且愤怒。对父亲？对自己？你怎能知道？

他到安吉罗时，他的朋友们已经走了。"你刚错过他们，"杰里在柜台后面说，"他们说告诉你，他们——"

"在艾吉·鲁宾。"努南对他说。通常，这种可预测性让他觉得安慰，现在他却突然沮丧起来。在奈尔经过一连串并不想要的惊奇后，回到过去的日常生活中，多少有些让人泄气。他发现自己想跳过今后的六个月，醒来时已经直接是下一个阶段，无论这下一个阶段是什么，在哪里。到那时，托马斯顿的一切，都整整齐齐地装进了后视镜的小长方块。

但是现在，除了去艾吉加入他的朋友，别无选择。他们将围坐在那些古怪的老家伙早上喝咖啡的小桌旁，喝免费的汽水，南和露西争论给他们的孩子取什么名字。这个反反复复的恶作剧，来源于九月在优秀生班上，伯格先生立即意识到，他们两人都是天生既传统又保守，于是开玩笑，建议他们结婚生子。随着学期的展开，他继续把他们作为一对夫妇，抓住每个机会说他们在智力和感情上有多相配，甚至推测他们将意识到他们心心相印，命运相连，以及他们的孩子会是什么样。这是一个颇为可笑的念头，因此很容易去拥抱它。那里面有什么东西对他们两人都有利。南甚至在说笑话时，也无法掩饰她对这个想法的恐惧：有一天嫁给露西·林奇，为他生孩子。但她发现，通过参与，她可以在肤浅的同时不显得那么肤浅。至少努南是这样认为。她有很多很多男朋友，但没有一个男孩是她的朋友，这件事却提供了一种全新的经历。露西因为有了莎拉，在恋爱上对她并不感兴趣，对此南最初觉得有些窘迫，但是后来意识到，这意味着她可以信任他，和他在一起不必紧张。露西则对众人眼中自己与学校最漂亮的姑娘（不太久之前，他还对她充满恐惧）联系在一起感到骄傲，尽管这种联系滑稽可笑。而且，伯格先生当然说得对。他们确有很多共同之处，比他们两人了解的要多得多。

努南也参加这个游戏，但不断重复"给我们的孩子取什么名字"，让他很不舒服，或许因为莎拉父亲的玩笑总带有一股残忍的潜流。他猜这对露西是件好事，能够放松到取笑自己，取笑他做了一辈子的那个腼腆、容易紧张的男孩。但努南很怀疑他的朋友明白，这一特定笑话的对象是他而不是南。南这样的女孩会倾心露西这样的男孩，这个想法本身就很滑稽。他们假装争论取什么名字，意味着她愿意与他性交，这是一件人人想起来都会大笑的事情。努南不愿露西把这错当成自己人缘好的象征。但也许努南错了。也许现在是他的老朋友以新的面貌出现在众人面前的时候了。孩子们仍叫他露西，但现在带上了喜爱的色彩，许多人似乎忘记了，最初这样叫是为了伤害他的感情。或许露西自己也忘记了。或许他现在的好人缘，是他天生脾气好的结果，就像他父亲一样。毕竟莎拉从未显出她也像努南一样担忧，或者为他感到尴尬，而且努南相信，她永远不会有意识地容忍羞辱她男朋友的玩笑，无论那目的是公开还是暗示的。

那么努南本人为什么也参与这个玩笑呢？他不得不承认，他的主要目的是自私。在露西和南假扮成一对儿时，他和莎拉就成了实际的一对儿。他们两人为孩子的名字斗嘴时，他和莎拉绝不缺少真实的事情来谈论。在安吉罗，或者在艾吉，努南和露西总是面对面坐，这意味着看过去，你不知道哪个男孩和哪个女孩是一对儿。他们不是两对,而是四人一伙,轻松随便。九月时,他们刚刚开始一起出去,那时的组合不一样,效果就没这么好。那时露西坐在努南右边,南坐在他左边,莎拉坐在桌子对面,谁和谁是一对就很明显,但现在南和露西假装将来会在一起,导致了未说出口但更复杂的真相——真实的一对儿与玩笑中的一对儿同样有道理。晚上结束时,南和努南又回到一起,露西和莎拉也是一样,但在此之前,他们花了晚上的大部分时间享受相反的对称。难道只有努南认识到这一点吗?他怀疑莎拉也认识到了,但当然没有办法问她。

无论如何,他跌跌撞撞走进艾吉,看到这种情况,本来已经恶劣的心绪更加阴沉了。倘若莎拉没有绽开她那光芒四射的微笑,他可能真会转身走掉。他真想做的,是大步走过去,问露西的女朋友是否愿意跟他去什么地方,只有他们两人。事实上,这个冲动是如此强烈,他很感激德克兰·林奇在入口处挡住了他的路。德克兰刚洗完澡出来,身上散发出一股廉价的香水味,这证实他像平时一样,在格特度过了星期六晚上。

"你干吗不干脆就把它拿走呢?"他说,把自己的钱包递给努南,显然还在对比赛的结果耿耿于怀,"显然不把这钱包交给你,还有里面的一切,你就不甘心。"

"我劝过你。"努南自卫地说。

"是的,好吧,你没有使劲劝我。你想知道真让我发疯的是什么吗?"

"不知道。"

"我真会发疯的是,我绝对肯定你会毁了我的摩托车。"努南把车停在店前,就在贝弗利家的凯迪拉克后面。德克兰站在那里忧心忡忡地注视着它,"我脑子里能想象出它变成一堆废铁的样子,弯弯曲曲的,清楚极了,就像我看见你站在这里一样。"

"高兴起来吧。也许我会被撞死。血染公路。"

南听到这话,大叫"鲍比——比——比!"听到他竟然拿这种事情开玩笑,真吓坏了她。

"不,他会安然无恙,逃之夭夭的,"德克兰向她保证,仿佛他认为这才是悲剧,"我也能看到那一点。我将是唯一的受害者,一向如此。"

虽然口气是在开玩笑,但德克兰的情绪像他一样恶劣,原因绝不仅仅是输了钱。他站在门口的样子,让努南觉得,他不能决定是留下,还是离开,永远不再回来。这时苔莎·林奇进来了,她刚才一直在后面工作,他们最近为她搭起一个小隔间,还在里面挂了一只没灯罩的灯泡。

德克兰注视了她半天,才转向她丈夫。"大个儿,"他说,"我有个问题要问你。"

苔莎一定是觉出这句平平淡淡的话中有令人不快的地方,因为她说:"别说了。"

"不,真的,"德克兰继续说,仍然看着他哥哥,"你为什么不今晚索性关门?带你妻子到什么地方去。"

"我不能在应该营业的时候关门。"大个子卢对他说。

"为什么不能?这店是你的。"

"就因为我想这样做,就把店关了?"

"问题是你不想,"德克兰说,"别对我说你想,因为我们两人都知道是怎么回事。"

努南注意到,露西和其他人都安静下来。这不是林奇家通常那种温和的口角。收款台前唯一的顾客也感到空气中的紧张气氛,所以把零钱塞进口袋,抓起自己的六罐装啤酒走了出去,没等大个子卢来得及坚持把啤酒放进纸袋。

"你上次什么时候带苔莎出去的?"德克兰要求知道。

大个子卢局促不安地耸耸肩。"我说的不是这个——"

"德克兰。"苔莎说,声音里有一种冷酷无情的坚定,要是努南,就会重视它。

德克兰却没有。"我告诉你,"他继续说,"今天晚上我待在家里,给你卖啤酒。反正我也没钱出去。你和苔莎出去。"

努南看得出,这是一个真诚的提议,但德克兰提出它的动机却与善意无关。他来之前,是否发生了什么事情?还是这一争论有更遥远的起因?德克兰显然是为什么事生气。

"但我们有什么地方可去?默迪克酒馆吗?"苔莎嘲弄道。

"我他妈的怎么知道?"德克兰说,仍然看着大个子卢,"去城外什么地方好了。你知道跨过县界,你不会从地球另一边掉下去,对不对?"

"德克兰,"苔莎说,"是你自己今晚想出去。你就去吧。"

德克兰仍然拒绝看她,他举起双手。"好好好,"他说,"但你知道吗,大个儿?事情发生时,你就是自作自受。"

努南听到椅子发出刺耳的声音,他看到露西跳了起来,满脸通红。他以前从未见过自己的朋友生气,但他现在看上去要燃烧起来。

"坐下,小家伙,"德克兰对他说,"趁你那著名的犯病还没发生,否则大家都得来怪我。"

露西仍然站着,苔莎说:"大家能不能都冷静一点儿?没人为什么事情怪什么人。"

"对对对。"德克兰说,砰的一声把门摔上。

努南意识到,他本人还站在最初的地方,所有的人都看着他。"你是进来还是走人?"苔莎说。

"我正在决定呢。"他答道,但这玩笑没引起什么反应。

"那告诉我你的决定,"苔莎厉声说,然后看到儿子的脸色,又补充道,"啊,老天,算了。"

"我不知道这都是为了什么。"大个子卢说,凝视着外面的人行道,仿佛他弟弟仍在那里。

"什么也不为,"苔莎对他说,"算了吧。"

露西终于坐下来,但他的表情仍然怒不可遏。努南注意到,莎拉在桌子下面拉住他的手。

苔莎走到收款机旁时,大个子卢对她说:"我不知道我对他做了什么。我们一直相处挺好,我和他。"

"算了。他早上就会好了。"

"你想去什么地方吗?"他问。

"今晚不想。"

"我们有时候可以出去,"他温柔地说,虽然没有特别大的热情,"让卢易看店——"

"你要是再不住嘴,我就要哭了。真的。"

他伸出手,拉过她的手,然后他们都不做声了。

因此努南和南成了店里唯一没有拉着手的人,所以他刚一坐下,她就立刻拉住他的手,显然因为这愚蠢的争吵结束而松了一口气。"帮我们决定,"她快乐地对他说,"哪个名字更好,杜鲁门还是斯宾塞?"

在德克兰·林奇怒气冲冲地离开后不久,其他人也决定散伙回家。露西说自己身体不舒服,但努南觉得,更可能是他叔叔莫名其妙的发作让他不高兴,而他为此不仅怪德克兰,也怪他母亲。苔莎已经走了,她走时,莎拉轻声对露西说了什么,努南没有听清楚,但他朋友脸上的肌肉放松了一点。似乎只有南,对那晚这么快结束感到失望。努南告诉她,自己因为比赛累得要死,她恼怒地对他和露西摇摇头。她对莎拉解释说,她们需要新的男朋友。她提出送莎拉回家,但她往伯若走,方向相反,莎拉说她还是搭努南的车。

"很冷啊。"她爬上后座之前,他警告她说。事实上,在来艾吉的路上,他一直在想,很快就得把这摩托车收起来了。一下第一场雪,骑它就不安全了。但莎拉说没事。

路上他们都没有说话,莎拉用胳膊搂住他的腰。通常她一坐上摩托车,就会一直在他耳边说话,但今晚没有。努南猜想,刚才艾吉发生的事情也让她心烦意乱。他想,也许他情绪好一点儿,她愿意谈谈这件事。九月里有一次,他顺路送她回家,她请他进去,他们在封闭的前廊子上静静地聊了一小时。她吐露了自己的恐惧,她害怕母亲会为所有错误的原因而再婚,而她真成了另一个男人的妻子时,她父亲可能会歇斯底里大发作,因为他从来都坚持认为,那是永远不会发生的事情。这些坦白是如此直截了当,如此私密,她又是如此信任他,努南也出乎自己预料地承认,自己与父亲关系紧张,母亲每天吃一种小药片,因此迷迷糊糊,满足现状,但基本上是什么也不关心。他甚至告诉她,医生警告过他父亲,不能再让她母亲怀孕,因为再生孩子,她就肯定得丧命。当然,他还聪明到没有告诉她,自己威胁父亲,如果他忽视这一警告,他就要杀了他。

他希望今晚她也邀请他进去,因为他想告诉她刚才在奈尔发生的事情。但是他们拐进她家的车道时,楼下灯火通明,屋里的立体声音响传出迈尔斯·戴维斯①的音乐,而且她父亲一定是听到了摩托车的声音,因为他们看到,他从起居室的椅子上跳起来,疯了一样扭着胳膊。这看上去很可笑,但努南知道,莎拉担心,她周末晚上回到家里,尤其是像现在这样提前回来了,迎接她的只能是那股大麻的味道。

他让摩托车停下来,但仍然震动,莎拉却没有下车的意思。"我们能不能在这里坐一会儿?"她说。

当然能,当然能。他喜欢她在车上偎依着他的那种信任、自然的方式。事实上,远远超过喜欢南在艾吉外面告别时给他的那个充满激情的吻。南最喜欢吻给别人看,今晚她尤其急于让他明白,他因为脾气这么坏失去了什么。

---

① Miles Davis (1926—1991),美国黑人爵士乐手。——译注

"你要我跟你一起进去吗？"

"不要，"她说，"我们给他一分钟就行了。"

于是他们坐在那里，面对那栋破旧的小房子，自从母亲离去，莎拉和她的父亲就住在这里。他终于明白，莎拉在无声地哭泣。

"你觉得，我们最后的结局也会像他们一样吗？"她说，他立即明白了，她说的不只是她在场的父亲和缺席的母亲，而且是他们所有人的父母——露西的、他的，也许甚至还有南的。

"我猜，那要取决于我们自己。"他说。

伯格先生不再举着双臂转风车，而是走到窗前，向外窥视，或许他在奇怪女儿怎么还没有进屋。但你能看出，他看到的主要是自己的影子，过了一会儿，他放弃了，坐回到椅子上。

"他恨卢。"莎拉说。

"你爸爸？"努南说，真的很惊讶，"真的吗？"他想转过身去面对她，但她的胳膊仍然紧紧搂住他，仿佛她害怕摩托车会自动启动起来。她是不愿让他看到她哭吗？还是害怕，如果她让他扭过脸去，他就会把她抱在怀里？

"什么样的成年人会恨一个男孩啊？"她说。努南想说，露西马上就到十八岁了，不再是男孩。但她补充道："他说美国所有不好的东西，露西身上都有。"

"简直疯了。"努南说。这话是不禁脱口而出。

"他说他是个既容易受骗又怯懦的墨守成规者，"她说，"甚至更糟。"

"那是什么？"

"天真的人。他说没什么比那更糟了。"她现在甚至把努南抓得更紧了，"他要我们分开。"

"你会吗？"努南说，心揪了起来。

"当然不会。"

"对。"

"他认为我应该和你约会。"

她是想听他的意见吗？他不能确定。他不能确定她是对这个主意强烈反感，还只是觉得不可能。"我看不出这关他什么事。"他说。

她有一会儿没再说话。最后，她把额头贴在他的两个肩胛骨之间，说："有时我恨他，鲍比。我自己的父亲。"

"你很幸运，"他对她说，"我什么时候都恨我父亲。"

过了一会儿，她说："我们来立个约吧，我和你。从今往后，我们再也不谈这些恐怖的事情了。"只在他表示同意后，她才在他的腰上最后捏了一下，下了摩托车。他也要这样做时，她把一只手放在他的肩膀上。"别。"她说，于是他留在那里没动。她用袖子抹了一下眼泪，然后出乎意料地拉住他的手。"如果不取决于我们怎么办？"她轻声说，像个受惊的孩子，"如果我们最后也像他们一样，如果我们无可奈何，那怎么办？"

努南不知如何回答这个问题，因此说："你觉得德克兰和林奇太太之间有什么事吗？"

她忽然松开他的手，仿佛刚察觉出自己拉着它。"没有，"她说，语气之肯定，让他有点儿吃惊，但他也可以看出，他的问题并没有让她吃惊。她也考虑过这种可能性，"苔莎爱卢卢。"

是你爱卢卢，他想。你不想让这事成真。"这并不意味——"

"我知道这不意味什么，鲍比。"

"对不起，"他说，虽然不太肯定自己为什么应该觉得需要道歉，"我不是——"

"没什么。只是……他们都那样可爱，林奇家的人。我不知道，如果失去艾吉，我们大家会怎么样。"

然后她走了。

努南没有把车退出车道，而是骑在上面没有动。房子里，莎拉拥抱她父亲——她刚刚承认她所恨的人，吻了他一下，然后向楼上走去。过了一会儿,二楼的一盏灯亮了,她出现在一扇窗前,沐浴在黄色的灯光中,现在他的心在他的胸腔中像一只拳头一样。她一定是到那时才意识到,没有听到摩托车启动和轰鸣离去的声音,因为她举起手,向他的方向摇了摇手指,忧伤地微笑着。他鸣了一下喇叭,转动引擎上的钥匙,努力不去明白他已经绝对肯定的事情:他爱上了露西的女朋友,如果她要他,他与露西的友谊不会是障碍。那他自己的女朋友呢?可怜的南,她甚至不是一个需要考虑的因素。

他把摩托车开进奈尔的停车场,停在那盏孤独的路灯下,停车场里空空如也,只有他父亲的一辆车。他站在那里,仰视黑漆漆浩瀚夜空中那一圈黄色的灯晕。这让他想起什么,但又记不起到底是什么,直到他突然明白了:那天早上,他的那个怪异的关于大教堂的梦。不可置信。他觉得仿佛已经过了一个月。想到那天开始时,一切是那样清晰,但没过几小时,一切都成了毫无希望的一团糟——包括他究竟为什么又回到奈尔来。

他的父亲还坐在吧台尽头的同一个位置,但现在他是在喝咖啡了。他瞥了一眼自己的手表,说:"恰好可以再喝一杯。"

"不,谢谢了。"努南说,也坐在原来那张凳子上。餐厅里空空的,只有一个女招待和一个助手在为第二天摆桌子。后来,玛克辛从吧台后面的储藏室出来,推门进了厨房,走到她儿子身后,紧紧抓住他的胳膊肘。他正从洗碗机中拿出一托盘冒着热气的盘子。她吻他有些秃了的头顶,在门关上之前,努南听到他发出快乐的驴叫声。他扭过头来看他的父亲,试图猜出有多长时间了,他是这幅家庭美景的一部分。

"那男孩……"努南说。他本来想说完这个句子,结果却只让这几个字在他们之间的空气中浮动。

"与你没有血缘关系,如果你担心的是这件事。"

"我没有担心,只是好奇。还好奇为什么你更喜欢她而不是妈妈,或者说是喜欢这个家而不是我们的家。也许你解释完这一点……"他又想不出说什么好。

"什么?"他父亲说,"说下去。你是攒足了劲儿要找碴儿。你最好把它说完。"

但他却不知道该怎么说。他想要的,是对一件事的解释,还是对一切的解释?不知不觉之中,他父亲突然不再是一个简单的人。难道努南是想要他解释,为什么他对这位玛克辛和她的傻孩子这么善良,而对他母亲、弟弟和他就那样凶狠地欺负?威利称他为最好的人。在什么样的现实生活中,他父亲甚至是个通情理的人呢?这仿佛是,努南头十七年的生活都是在满月下发生的,现在这月亮突然缺了,他的豺狼父亲现出了普通人的人形。他怎么会没有看到这种转变呢?刚才莎拉在她父亲的房前提出的问题——他们是否最后都会像他们父母那样?实际上成为他们的父母,在这件事上没有任何选择?他现在觉得,他长久以来所珍惜的憎恨开始消融,被恐惧所取代,恐惧她的话可能正确。

在这种沉默拖了很久之后,他父亲说:"听着,你需要明白的事情很简单。你想从我这里得到什么?如果它是我能给你的,很好。例如现在,如果你想要一杯咖啡或一块馅饼,就把它说出来。明年,如果你需要有人帮你付大学开支,我会尽力。我不是富人,但我有一些储蓄。实际上,我存钱时是考虑到你的,万一你改变了。如果你真的不想从我这里得到任何东西,或者你想要我没有或者不能给你的东西,那我有什么可说呢?"

努南仔细打量着他父亲,吞下想以恶语相向的冲动。如果他能让他恼火,让他真的生气,也许又可以诱回以前那种纯粹的恨。阻止他这样做的原因,是他意识到,虽然父亲主动提出给与的,与他欠他的相比要少得多,与他欠母亲的相比更要少得多得多,但这可能是他从他那里能得到的最好交易。再想讨价还价毫无意义。

"给我点儿建议怎么样?"他听到自己问。

这招来咧嘴一笑。"嘿,什么样的父亲会没有建议呢?"

这是讽刺吗?努南好奇地想。伯格先生教导他们,有三种不同的讽刺:戏剧性的、言语的和情景的。如果他没有记错,这属于言语的讽刺,即言者所说或所暗示,与他真正的意思不同,甚至相反。难道他父亲是在承认,甚至他对自己迄今为止的作为也评价不高?

努南深深吸了一口气,意识到自己刚才对莎拉所说已不再绝对真实。他不是什么时候都恨他父亲。他想这样。他曾经是这样,而且将来肯定还会这样。但他却说出:"有个女孩。实际上是两个。"

他父亲点点头,等着听他下面的话。

激情曲线

努南很少对绘画做出预测，但只要他预测，通常就很准。他已经告诉休，莎拉会自己画自己。那天剩下的时间，他在画室里狂热地工作，直到天黑才停下来。他洗了一个澡，然后吃惊地发现自己很饿，而且不仅需要食物。有两秒钟的时间，他考虑顺路去伊万杰琳的画廊，但决定不这样做。再接下去，他遗憾休走了，但又想还是这样好。

安妮·布列塔尼看到是谁在敲她画室的门，真是惊诧无比。

"我请你吃饭好吧，"他说，"只要不去哈里，哪里都行。"

他们去了卡纳雷吉欧①的一家街头小馆，努南的胃口之好，超过了过去几个月的任何时候。安妮像只啄食的鸟，而且眼睛盯着他不放。

"怎么啦？"他终于说。

"你不像精神失常的样子。"她评论说。

休是否告诉了她那幅画的事情？或者更笼统地提到关于他的流言飞语？"你可以帮我一个大忙，"他一边喝浓咖啡，一边对她说，"我可不盼望这次坐飞机去纽约。"

安妮也承认，每次坐飞机，她都怕得要命。他们决定，让休为

---

① 威尼斯最北端的一个区。——译注

他们订同一班飞机的票,这样他们至少可以互相拉着手。

努南回到画室时,天已经很晚,他必须考虑自己怎样选择。他可以利用每画一幅新画时的焦虑和兴奋,干个通宵,这样还可以避免午夜的恐惧。另一方面,他喝了一瓶葡萄酒,根据经验,他知道,进展顺利而且确切知道自己下一笔怎么画和为什么那样画的时候,是停止工作的最好时间。他有些不安地决定冒一回险,去睡觉,因为他知道自己需要睡眠。前一天晚上,他冒了更大的险,让李奇特纳在他的画作中过夜。在精疲力竭之前,他最后一个有意识的想法是也许他能连续两天运气好。

他醒来时,太阳已经晒到脸上,他诧异自己幸福无梦地熟睡了多少个小时。他穿着浴袍站在那里,审视并排倚在画架上的两幅画。昨天,他支起那个多余的画架,未加思索,就做出了长期以来最重要的艺术决定。他本来可以从第一个画架上拿开他父亲的画像,让那个悲惨的讨厌鬼脸冲着墙,只画莎拉。但他允许它们共存,他现在开始看出那一冲动的智慧所在。无论怎样异想天开,它们也不会成为伴侣,但它们之间有一种奇怪的相互依存。从莎拉的窗户洒进的光,别无选择地落在他父亲和他身后的叹息桥上。虽然一幅画已近完成,另一幅才刚刚开始,它们将相互并行一段时间。

努南觉得,这就是他高中最后一年,在那个叫纽约托马斯顿的遥远地方的生活。六十岁了,在半个地球以外的地方,他现在能够看清楚当时他不明白的事情——他的生活分成两条轨道,至少有一段时间,它们是紧密平行的。他和他的朋友在一条轨道上,他们的父母在另一条轨道上,两边的人都没有意识到,远处轨道的交汇并不是视觉上的幻象,直到一切都太晚了。马库尼家、林奇家、贝弗利家和伯格家。在这些家庭中,没有一家经过这一碰撞而未受损害。只有一家将存活下来。

虽然莎拉确信德克兰·林奇和苔莎·林奇之间没有瓜葛，但他仍然怀疑。德克兰没有再发脾气，至少努南在场时没有，而且不久艾吉的一切就恢复了正常。他的印象是，苔莎私下里为她小叔子的行为宣布了取缔闹事法，因为有一段时间，他似乎很节制。努南依然琢磨不出德克兰当初爆发的原因。如果他没弄错，莎拉或者知道，或者怀疑是怎么回事，但她不愿说。当他再次问起这件事时，她严厉地看着他，说："鲍比，苔莎爱卢卢。"讨论结束。

如果说努南继续怀疑苔莎·林奇，她对他仿佛也没有拿定主意。她似乎真喜欢他，每次他在店里露面，她都很高兴，赶快给他端来一大盘食物，仿佛她有两个而不是一个儿子。但甚至在狼吞虎咽，吞下她给他的食物时，他都意识到，她在仔细观察他，尤其是如果莎拉也在场。而且她的某些表情表明，她在提醒自己不要信任他。她是否凭直觉，发现了他对莎拉的感情，恐怕有一天他会背叛露西？这一未经证实的怀疑，是否源自她本人的背叛经历？他自己对她的怀疑是怎么回事？难道不是与其说这些怀疑来源于他所目睹的她与德克兰之间的任何事情，不如说它们来源于他自己父母的婚姻？

尽管他的怀疑还在继续，林奇家似乎仍是这四个家庭中最稳定的一个，而艾吉·鲁宾似乎是这一稳定的延伸，这或许解释了努南和他的朋友们为什么在那里度过了那么多时光。从露西无意中讲出的各种事情中，他知道艾吉随时可能倒闭，每个月都挣扎在捉襟见肘的边缘，但努南觉得，它像托马斯顿别的生意一样扎实，或许因为林奇家的人本身就很扎实，即便不那么令人兴奋。他们也许永远发不了大财，但也无法想象他们会失败，他们的店或他们自己。露西似乎不那么乐观。当然他天性爱担心，但自从他叔叔大发雷霆后，他对艾吉的一切变得更加警惕。努南能够看出，他不愿离开小店，甚至不愿意去上学。每天下午回来，发现一切都与他走时一模一样，林奇家的三个成年人各司其职，没有明显的重新组合,他显然是大松了一口气。

奇怪的是,如果把稳定作为标准,努南会把自己家排在林奇家之后,名列第二。的确,他父母的婚姻不能称为真正的婚姻,但在其他许多方面,生活不像他小时候那么紧张了。他的弟弟们仍然野性十足,但他们也相当独立。他们溺爱自己精神恍惚的母亲,分担照顾她的责任。现在既然她不太可能怀孕,她似乎对逃跑也没了兴趣。他们都在打零工,设法避开父亲,而且相互避开。努南不把他们当成单个的男孩,而是当做一个单独机体的一部分,每一部分通过分离的任务,来推动整体的存活。他们从学校回来时,带着黑眼圈和红肿破裂的嘴唇,像一群年轻的饿狼相互角力,甚至在饭桌上,母亲却在一旁宁静地观看。父亲会不时回来恢复所谓的秩序,但大多数时间,他似乎已经放弃了这块阵地。

努南和父亲终于达成了某种休战状态,也许比这还更好一些,但远远不是信任或喜爱。无论是什么,它都与奈尔有点关系。努南发现,在那里,他如果遇到父亲,可以不必害怕冲突,这在很大程度上要归功于威利,他对不和极其敏感,这事实上似乎防止了不和。那男孩头脑很笨,但努南很快就喜欢上了他。他父亲也喜欢那男孩,至少不在意他在左右。就好像对他既无期望也无责任,可以随便他怎样做,这种奢侈,他从来不肯给努南哪怕一分钟。他也不能肯定父亲对玛克辛是什么感情,他对玛克辛有一种温柔和体贴,努南最初怎么也无法相信,觉得他一定是在演戏,目的是让他相信,他母亲在他手中所受的虐待是自找的,延伸到努南也是一样。他不断等待这虚假的面具崩溃,等待他所了解的人在玛克辛和她的儿子面前暴露自己,但迄今为止,这并没有发生,他开始疑惑它是否会发生。毕竟,他父亲一直是他们生活的一部分,时间之长,与跟他最早的家庭差不多。

但在家里,事情仍然会变得紧张,所以虽然从没讨论过这件事,他和父亲达成了未言明的协议,即如果两人同时出现在家里,即便这种时刻很少,其中一人会离开。于是他们之间的关系仿佛变得和地点有关,伯若区的房子本身就有毒。

努南星期天继续在默迪克酒馆当招待,但十一月底以后,就转到奈尔来了。玛克丝——他立即开始这样称呼她——教他调马提尼、曼哈顿和其他几十种鸡尾酒。他直接从顾客那里拿到小费,再从餐厅侍者的小费中得到一点儿提成,这加起来相当不错,比他在默迪克汲啤酒的收入要多得多。一个月之后,除了星期天,玛克丝还让他在星期五做几小时。那天晚上是每周生意最忙的时候,鸡尾酒吧虽然不大,但他和玛克丝简直忙得脚打后脑勺,努力尽快调出顾客点的鸡尾酒。他们一起工作了第一个星期五以后,他问:"我来之前你是怎么应付的?"

"啊,我把你父亲哄过来。但他没有你一半能干,"她说,声音大到他可以听见,"至少是在吧台这一边。"努南猜想,这是指他父亲没有一次不喝酒。老家伙喝架子顶层的威士忌,但从来不醉,可努南觉得,他或许从来也没有完全清醒过。

到星期五晚上九点,高峰已经过去,这时玛克丝通常会让努南去找他的朋友,他有时这样做,但也经常坐到他父亲旁边的高脚凳上,要点东西吃。有时威利在后面厨房里,他会帮助他擦锅,或者把洗干净的玻璃杯拿出来,放在吧台上。由于德克兰的摩托车要放到春天才能用,他不得不搭父亲的车回镇里,因此更方便的做法往往就是待在奈尔。许多次,当玛克丝宣布关门前的最后一轮酒时,他惊奇地抬起头来,意识到这个晚上又溜过去了,他喝免费的啤酒喝得微醉,而南和露西还有莎拉,可能又在艾吉或者安吉罗白等了他一晚上。

一天晚上,他们开车回镇里时,父亲问:"你今晚想回家吗?"

"不,到我的地方时,把我放下来就行了。"努南说。

"为什么不回家呢?你那里没有暖气,一定很冷。"

"是很冷。"他承认,但只有在外面温度降到冰点以下时,他才会觉得不舒服。暖气从楼下的药店透上来,而且他有羽绒睡袋和一个小电暖器。

"你母亲想你。"父亲说。

"我也想她。"他答道,这话半真半假。她处于用药后的朦胧状态时,已经不是他记忆中所爱的那个女人,而且无论如何,从他的弟弟们身上,她已经得到了所需要的一切。

"从你上次和她在一起到现在有多久了?"

"我不知道。你有多久了?"

"好吧,如果你想这样。"

"不是我想这样。是事实如此。"

"而你觉得这应该怪我。"

"反正肯定不该怪我。"

"你觉得你永远不会成为别人不快乐的原因?"

"我不知道。"

"会有那一天,"父亲向他保证,把车停在莱克索前面,"相信我。"

"好吧。"他说,一边打开车门。

"为什么不能放弃这些呢,儿子?再打下去有意义吗?"

"我们没有打架,"他说,"如果我们打了,你会流血的。"

"我们都会流血的。"

这也是新情况了。他们现在能够不提高嗓门说这种事。两人似乎都理解,即便这些言辞激烈、有危险,但它们不一定带来可怕的后果。仿佛他们单独在车里时,威利也经常陪伴着他们。他们可以说愤怒的事情,只要他们不真正变得愤怒。他们这些带刺儿的交锋采取了一种玩笑的口气,但两人都明白,他们并不是在开玩笑,至少不完全是。事实上,谈论让对方流血,具有防止这种事情发生的力量。

"别管怎样,"他一边下车一边回答说,"像你说的,没有理由打架。你不再让她怀孕,一切都没事。"

努南的结论是,他们两人都在学习如何相处,而他的弟弟们对此是又感激,又怀疑。有一天,他无意中透露出,这些日子他经常在奈尔见到他们的父亲,戴维就说:"这么说,你现在站在他一边了?"努南向他保证,绝不是这么回事,但是既然弟弟首先提到这个话题,他决定问他一个问题。这问题从在奈尔的第一个晚上,就一直压在他心头。"你觉得他变了吗?爸爸?"

那回答让他吃惊。"你们两人都变了。"

努南觉得弟弟一定是在玩什么奇怪的新外交把戏。"我的意思是,你觉得他不同了吗?不那么气哼哼了?"

"你们两人都是。"

他虽然失望,却不想再逼那孩子,于是说:"别管怎么说,你不必担心。我仍然站在妈妈一边。"

他假定这个话题结束了,但戴维再次让他大吃一惊。"你觉得我们都是他的孩子吗?"

"你说什么呢?"

"我和菲利普。我们和你们其他人都不像。我们两人也不像。"

"你疯了。"

戴维耸了耸肩膀,"有一天我碰上她了。"

"碰上她什么?"

"和电话公司的一个男人在一起。他们都穿着衣服,但他在吻她。她也没有制止他,你知道。她看到我时,只是微笑。这很奇怪。"

"你问过她怎么回事吗?"

"没有。"他的脸红了。

"你怎么没告诉过我?"

"这是以前的事。你那时不在这里。"有什么东西让他觉得,弟弟在撒谎。他所描述的事情就发生在最近。

"她也吻了他吗?"

"我不知道,"戴维说,显然希望自己没有提起这个话头,"我不该告诉你的。现在,你会——"

"不会,"他说,"这不是她的错。"

"我知道。"他表示同意。

这不是她的错,努南再次对自己说。这是真话。这不是母亲的错。具有讽刺意味的是,弟弟的故事甚至更让他确信,苔莎与德克兰·林奇之间有什么瓜葛。当然,那可能也不是露西母亲的错。

但是,遇到最大麻烦的家庭,必然是伯格家。莎拉的新继父是个酒鬼,显然当初的主意是他们相互制止对方过量饮酒,因为莎拉解释说,她母亲自己也需要减少饮酒量。有一段时间,情况似乎不错,但最近,莎拉周末打电话时,她母亲往往言语不清。但努南觉得,她父亲才需要人注意。前妻再婚之后,他尽管非常恼火,却没有像莎拉害怕的那样精神崩溃。而且他继续认为,一旦他的小说出版,一旦他凯旋,回到市里,她就会像丢掉坏习惯一样,丢掉她的新丈夫。但他在公开场合的行为举止,本来就很怪异,现在变得更加危险,不可捉摸。例如十月时,一群犹太母亲正式控告他反犹。对这个令人惊讶的指控,她们的证据是:第一,伯格先生和他的女儿从来不去犹太教堂;第二,今年的英语优秀生班里,没有一个犹太人。伯格先生的反应是,她们胡说八道。他自己就是犹太人。她们坚持说,你不算在内。他回答说,怎么会一个犹太人不算犹太人。如果你们到处计算犹太人,就必须把他们都算上。不是他提倡计算犹太人。他认为,按照严格的定义,许多有资格的人并不符合标准,至少不符合他的标准。他认为,托马斯顿的犹太人,总的来说,基本上都不是真货。至多只能说,他们有犹太人血统。他提醒她们,前一年,他的英语优秀生班几乎全部由犹太人组成;到那年结束时,他觉得够了。犹太人够多了,应该做一些不同的尝试。因此,今年不再有犹太人。他向犹太母亲保证,他不会允许他的女儿与他们的儿子约会。他的理由是,以后有的是时间给犹太人,真正的犹太人。她的女儿一旦上了哥伦比亚大学,那里绝不缺少犹太人。不是小镇的犹太人或者郊区的犹太人。是真正的纽约犹太人。在这一点上,争论变得如此激烈,只好把沃特金斯校长请来调停。他也找不到令人满意的办法,就提议由整个教职员轮流教英语优秀生班。针对这个提议,伯格先生提出自己的解决办法。他说,一旦他的小说被接受,他立即就提出辞呈。等到书出版时,他已经不再教书。人家就要来教他了。

露西显然不知道,他女朋友的父亲对他评价那么低,因此同意努南的看法,认为伯格先生的整个行为越线了。但他还真喜欢那家伙,不愿相信他有什么地方严重不对头。他争辩说,伯格先生的荒谬不正是来自他的天才吗?露西虽然热爱和捍卫托马斯顿,也不得不承认,那人与这个地方格格不入。多数教员蔑视他,私下里拿他开玩笑,但甚至那些最讨厌他的人,也惧怕他那种尖刻的机智,那种灼人的智力。他尽管怪异,却是他们两人遇到过的最好教师,优秀生班的价值超过所有其他课的总和,与其说尽管它的讲师危险得有点儿怪,不如说正是因为这一点。事情越是怪异,越不理睬界限,就愈发有趣。但是,如果他们跨越的界限是精神健全与疯狂之间的界限,那怎么办?露西或许是出于对莎拉的忠诚,不愿意相信这正是他们所见证的事情。但努南很担心。

冬季学期的第一本书碰巧是《白鲸记》①。他们必须在假期里读完前半部分,但刚上第一堂课,情况就变得很清楚,开始读这本小说的人寥寥无几。正常情况下,伯格先生不会容忍委靡不振的

---

① 美国作家赫尔曼·麦尔维尔的著作,下文的亚哈、皮普、斯达巴克均为《白鲸记》中人物。——译注

讨论,但那第一个星期一,他似乎并没有被激怒,而是思想不集中。第二天,他们到达后,教室里却没有他的影子。通常,他和茂克三子都会已经在那里,架好录音机,放蒙克、迈尔斯或路易斯的音乐,伯格先生会双腿叉开站在那里,跟着音乐的节拍打榧子,咧开嘴笑着,露出黄牙。只有他们全部到齐,有了进行非常规学习的适当情绪,他才会降低音量。但那天,屋里也没有茂克三子和录音机的影子。房间中央搭了一个窄窄的、摇摇晃晃的舞台,课桌都推到墙边。他们正要断定教室被用于其他目的,却听到走廊远处咚咚的响声,而且愈来愈近。努南扭过头去看露西,露西正咧嘴冲他笑着,仿佛刚刚明白了最奇妙的事情。

在教职员工中,伯格先生唯一的朋友,是工艺美术教师戴维斯先生。多数人觉得他有轻微的痴呆,也许正因为如此,伯格先生才很喜欢公开宣布,他是托马斯顿高中第二聪明的教师。他从没说出最聪明的是谁,但人人都可以猜出他的意思。人们说,他对戴维斯先生的赞美,与其说是对那位工艺教师的恭维,不如说是对其他所有人的侮辱。

今天,戴维斯先生为伯格先生制作了一块二乘四长的东西,有凉鞋一样可调整的皮条,系在他磨得很旧的棕色皮鞋上。努南和露西同时意识到,从走廊那边向他们冲来的不是伯格先生,而是疯狂的亚哈本人。努南知道伯格先生喜欢戏剧效果,所以当他砰的一声推开教室的门,在茂克三子的服侍下走进来时,努南反而因没有看到海船船长的盛装而惊讶起来。除了绑在鞋上的那块木头,他还像平常一样,穿着沾了烟灰的黑色便裤和领口有黄渍的白色短袖衬衫。他很费力地爬上舞台——戴维斯先生所做的笨拙器具显然是想作为亚哈的鲸鱼假体。茂克三子帮了他的忙——努南假定他是黑人皮普。在不再需要他时,他退到离舞台最远的角落。

伯格先生背对全班学生,静静地站了一会儿。最后他终于说话了,声音仿佛发自一个深深的地下黑洞。"所有……可见……

之物……不过是纸壳面具。"他说,然后又默不作声了。

"伯格先生?"佩里·考斯洛斯基说,但没人理睬他。

"每个未知的,但仍然合情合理的东西,从不合情理的面具背后,显露出它的模样。要想击打——"

随着"击打"这两个字出口,那块木头垛在摇摇晃晃的台上,发出震耳欲聋的响声。每个人都吓了一跳。努南瞥了南一眼,她恰巧坐在离门最近的地方,看上去要逃出去的样子。

这时伯格先生痛苦地转过身来,看上去很像是一条腿被白鲸咬去的人,脸扭曲着,反射出疯狂的光芒。"击打那面具吧!"他说,狂暴地冲他们挥舞着拳头,但他用力太大,失去平衡,几乎摔倒,"囚犯除非打破牢墙,否则怎能逃脱?"

这问题显然是修辞上的,佩里却举起手来。"啊,伯格先生?"

天哪,努南想。难道佩里真以为他能让他停止这戏剧性的表演,去回答"测验会有这道题吗"这样愚蠢的问题?

伯格先生把注意力集中在佩里身上,他跌跌撞撞走到台子边上,向下怒视着佩里,面部狰狞,像对待一个参与哗变的水手,吓得佩里仰靠在椅子上。亚哈压低了声音,像在密谋什么。"对我来说,"他承认,"白鲸就是那堵牢墙。有时……我觉得除此之外,一切皆不重要。"佩里看上去并不像因为这种可能性而不安,但这个表演的其他一切都让他不安。

"但够了,"伯格先生继续说,现在直起腰,跌跌撞撞走下台来,停在班上每个人面前,像船长审视船员一样审视着他的学生们,估量他们的性格和勇气。"罚我做工的是它,带给我重压的也是它;我从它身上,看到一种狂暴的力量,支撑它的,是深不可测的怨毒。我恨的就是这个深不可测的东西,这白鲸是胁从也罢,主犯也罢,我的仇恨都落在它身上。"

佩里现在绝望地扫视着小说的目录表。"伯格先生,"他乞求道,"你能不能至少告诉我们,你演的是哪一章?"

伯格先生又冲回到台上。"别跟我说亵渎,老弟!"他勃然大怒,仿佛佩里所做的正是这一点。"太阳招惹了我,我也得还手!"为了强调这一点,他再次在台上跺着那块木头。"谁能主宰我?"他要求知道,首先是问佩里,然后是其他人,"谁能主宰我?"

努南心不在焉地以为,佩里会说是沃特金斯校长,但出乎所有人意料之外,说话的是露西。"上帝?"他说,如果努南记忆正确,这正是"裴廓德号"的大副斯达巴克在书中所说。他前一天晚上读了这段。然而,他的朋友似乎是自发提出自己的观点,努南看得出,他是认真的。但他不知道,是游戏本身变得严肃起来,还是游戏之外的什么。究竟是斯达巴克终于勇敢地面对亚哈,还是露西·林奇敢于对抗这个蔑视他的人?

伯格先生久久没有说话,当他终于开口时,他的声音低得几乎听不见,努南觉得,是只说给他盯着的男孩听的:"真理……是……无边的。"他在说这个字时,语调里含着恶毒和蔑视,努南不记得小说里是这样的。亚哈不是视斯达巴克为唯一的朋友吗?"裴廓德号"上唯有他可能理解他的目的。露西竭力不回避他的凝视,但终于不得不低头看着桌面。仅仅这时,伯格先生才把注意力转回到佩里。"第三十六章,"他用自己的声音说,"亚哈在甲板上的演讲。为准备今天的课,你们应该已经读过了。"

这时,他咧开嘴巴笑了,亚哈的疯狂从他的眼中消失,大家都明显地放松下来。露西尤其似乎松了一口气:这毕竟只是一场扮演角色的游戏。只有努南觉察到更多的个人疯狂,它的程度又上升了一级。与亚哈相比,伯格先生可能还算神智正常,但用其他任何标准衡量,努南就不能肯定了。

对伯格先生日益古怪的行为,存在一个解释,但努南认为,这个解释不但于事无补,而且让事情变得更糟。这就是伯格先生的小说写完了。至少莎拉从长岛度假回来,他是这样对她透露的。

过去,他只在夏季才会写它,因为那时他可以有连续两个月的时间,但今年,从圣诞节到新年这个星期,莎拉去看她母亲和她的新丈夫了,伯格先生于是去银行,从保险柜中取出那一千五百页的单行距手稿,从头到尾读了一遍(这花费了他几乎一星期的时间),然后宣布大功告成。莎拉回来的那天晚上,他们出去吃比萨饼,以示庆祝。他告诉她,那本书不仅已经完成,而且精彩之极。这让他激动不已。他写出了自第二次世界大战结束以来,最雄心勃勃、最全面、最精确的美国故事。除了将它付梓出版,然后凯旋,回纽约,别无选择。

莎拉对努南吐露说,她担心的是所有这一切的时机。得知妻子准备再婚,他第二天就与那些犹太母亲发生了冲突。他扮演亚哈,又是因她的婚礼而引起。现在,他比以往更需要向他的前妻证明,她看错了人。所以那小说不只是完成,而且是完美无缺。他告诉女儿,他们的生活就要改变,她要对名望和财富有所准备。他已经决定给这部著作取名《制革镇》,它的出版,将引发人们对给予作家灵感的真实地方的兴趣,以及对其中每个人物的兴趣。有一天,莎拉会嘲笑自己竟然曾经对这种地方的男孩认真过——在这一点上,她必须相信他。

自从伯格先生扮演亚哈,露西勉强开始同意努南的不祥预感。在得知伯格先生的小说完成后,他更是格外担心。"他甚至没有修改?"而修改正是伯格先生整年都在强调的事情。"写作就是要反复修改。"每次发回他们被改得满篇通红的作文后,他都要这样提醒他们,并坚持要他们先按他的提议进行修改,然后再做下一次的作业。

"显然是字字珠玑,"努南说,"是圣灵口授的。"伯格先生告诉他们,这是凯鲁亚克[1]把《在路上》交给他的编辑时所说的话。

---

[1] 杰克·凯鲁亚克(Jack Kerouac, 1922—1969),美国作家,美国"垮掉的一代"的代表人物。——译注

据莎拉说,她父亲一月初向纽约的一些出版商提交了这本书,当然都是最好的出版社及其最好的编辑,那些与海明威、菲兹杰拉德、福克纳和埃里森①联系在一起的人。而且他立即就开始每天飞快地检查信件。到了二月,经过进一步反思,他承认自己的期望也许不切实际。那部手稿的篇幅、其中大量的散文、众多的人物和他们相互之间冲突的复杂性,可能暗含着它的伟大,但他挑选的编辑,都是纽约最忙碌和最重要的人物,不可能指望他们在读完全书之前,就能判断出它的精彩程度。他最初想象,他们把他的手稿从纸盒子里拽出来,一头扎进去,但是现在,他觉得这本书有可能一直在经历臭名昭著的"泥浆堆"遭遇。没有代理人的无名作家,提交手稿时都会遭遇这种情景。可能需要几星期甚至几个月,它才能从那堆泥浆中冒出头来。尽管他在投稿信中明确说明,他的手稿只想让他指定的编辑过目,但首先读它的很可能是一个低级编辑,他很可能是个经验不足、没什么洞察力的读者,意识不到自己手中捧的是什么宝贝。错误是会发生的,他因此越想越后悔,不该向那个笨蛋校长沃特金斯鼓吹小说立即会出版。他并不怀疑最后的结果,但任何拖延保证都会引起沃特金斯和英语教研室的同事不断询问,而他只能说,他仍在等待答复,然后忍受他们妒忌、心胸狭窄的窃笑。更糟糕的是,这意味着,他的前妻可以在那种无知的狂喜中生活更长时间。他本来希望,她能更及时地开始痛心疾首的过程。

第一封拒绝信是在三月十五日到达的,一封套用信函,说这部书不适合出版商此刻的需要。由于那封信上没有签名,所以没办法判断读到这本书的是他选择的编辑还是别人,但伯格先生相信一定是后者。他过去说对了!这种错误不仅发生,而且发生在他身上。那个月过了几天,又来了一封拒绝信,也是没有签名的套用

---

① 拉尔夫·埃里森(Ralph Ellison,1914—1994),美国黑人作家。——译注

信函。这封信又让他遭受了另一怀疑的打击。自从寄走手稿,他已经想到小说可以有更好的结尾,于是坐下来,给所有剩下的编辑写了一封信,概述了新的结尾,并解释了自己为什么觉得这对过去的结尾可能是一个改进,但如果他们坚持原来的结尾,他当然也可以理解。海明威不是总说"初念最佳"吗?

这封信唯一的直接效果,就是产生了另一封拒绝信,也是套用的公函体。在伯格先生收到这封信的第二天,优秀生班教室的门上出现了一张便条,没作任何解释就取消了那堂课,让大家到图书馆去看书。但在那堂课结束时,露西看到他离开校长办公室,脸色灰白。是他自己请求见校长,还是被校长召见?他们是解决了在犹太母亲一事上的分歧,还是冲突更加深了?那天后来努南看到沃特金斯,他似乎兴高采烈。这一切都发生在一个星期五。到星期一,伯格先生又恢复了常态——疯狂、尖刻、假作神秘、无礼、夸张。但据莎拉说,他整个周末几乎没说一句话。星期六,他冒着刺骨的严寒,坐在前廊子上,用发白的指节紧紧握住柳条椅的扶手,直到邮差到来。他拿着一封信走进书房,关上门。那天莎拉再也没见到他。

努南并不爱南·贝弗利,而且看不出有什么理由应该爱她,但显然只有少数人会像他这样想。学校里,几乎所有其他的男孩都公开嫉妒他的好运。毕竟南与他一起出出进进已经六个月,大大超过了她与所有其他人谈朋友的时间。他们也不能理解这是为什么,因为他似乎并没有努力留住她。他甚至不给她买礼物。她和别的男孩调情,想让他嫉妒,他也似乎根本不在乎。而她的这个策略以前从没失败过。到头来,总是那可能的竞争者偷偷溜走。露西不嫉妒他,他毕竟有莎拉,但他似乎同意大家的一致意见,即他的朋友不知道自己有多幸运。

有一天,露西因感冒待在家里,莎拉在与努南一起放学回家的路上对他说:"你不该误导她。"自从那天晚上他开摩托车送她回家,以后他们没有多少时间单独在一起。冬天到了,天太冷,莱克索楼上他那间"画室"没有暖气,她不可能去那里作画。骑摩托车也太冷,这意味着在他们四人聚会之后,他不可能提出送她回家。如果他的感觉没错,她对他们没有机会单独相处,反而感到解脱,仿佛那晚的谈话太私密,让他们危险地接近于……什么呢?

"我怎么误导她了?"他说。在他的记忆中,他从没有对南说过爱她,甚至没有暗示过爱。他当然没有直截了当地说不爱她,但他有义务做这种宣布吗?莎拉似乎认为他有义务。

"因为她真的喜欢你。"她说。

"嗯——"

"可你没有那么喜欢她。"

"你知道这一点?"

"我知道。"

"那又……怎么样?你是说我应该和她断了?"

"不是,我是说她很容易受伤害。如果你诚实待她,她可以去和别人谈朋友。"

"那我可就没有女朋友了。"他忍不住要指出这一点。而且这也是他们舒服的四人天地的结束。

"我是你的朋友。"

"但你是露西的女朋友。"

"那你告诉南,你只想做朋友。"

不幸的是,这并不是真相。他虽然不爱她,但仍然期待不久的将来,有一天她会把自己给他。他如果强求,她可能已经这样做了。他很想向莎拉指出这一点,为自己绅士般的克制得到一点儿赞许。无论如何,在他看来,如果说南有什么地方容易受到伤害,那就是她的虚荣心。如果莎拉也操心要保护她的天真无邪,那她也错了。他们一起出去时,南对性,至少是对性的想法,变得愈来愈着迷。"你觉得他们做了那事没有？"她经常问他对某对男女的想法。对努南来说，这些一再重复的猜测很讨厌，就像她与露西玩的那个给孩子取名的游戏。

开始时，他以为南喜欢谈论性，是某种性交前的口头挑逗，但他逐渐开始怀疑，她很焦虑，甚至处于重重矛盾之中，一方面，她不愿意在朋友们之前先做这事，但她也不愿他们在她之前，先进入这块应许之地。她是最后一批拿到驾驶执照的人，这已经够让人难为情了。她拒绝去努南在莱克索楼上那肮脏的公寓，但如果晚上她父亲允许她开他的凯迪拉克，她就喜欢拉上他，到镇子外面古老的惠特科姆庄园去，停在离入口不远的树丛里。大多数晚上，附近都会有两三辆车，他们有时认出，那些车属于他们的朋友。他们原来只是坐在前排座位上，搂着脖子亲嘴。但最近，在后排座位上，事情开始变得有趣了。南允许努南把手伸进她的毛衣和乳罩下，这很好。有时他们不熄火，开着暖气，她会脱下毛衣和乳罩，这就更好了。车的后排座位很大，但南不肯整个躺下，声称他们可能会受到诱惑，走得太远。他怀疑真正的原因，是她喜欢看其他车子里发生了什么。每次他们在后排做完打算做的事情，爬回前排，她都会把布满水汽的挡风玻璃擦干净，大声说，不知道附近车里的人在干什么。她讨厌去想，他们干的事有可能比搂脖子亲嘴和在身上摸索更有趣，更令人兴奋，但他可以看出，她也怕自己成了这里唯一脱掉衬衫，露出乳房的女孩。她真正喜欢做的，是透过其他那些布满水汽的车窗，偷窥一下，不是真正去看别人做爱，只是看在激情曲线上，他们是走在她之前，还是在她之后。南希望自己处于安全的中间地带。她的难题是，说到性，那中间地带很难定位。更糟糕的是，每星期都有变化。

在她好奇的各对男女中，她最经常想到的，莫过于露西和莎拉了。"你觉得他们走了多远？"她至少每星期提一次这个问题。他告诉她不知道，但他实际上也在猜测同一件事。他敢打赌，露西害怕性交。莎拉,他想象她不会害怕。他猜露西的恐惧是张王牌,但谁知道呢?

一天晚上在后座,南扣上乳罩并调整自己的乳房在其中的位置,一边得意地对努南说:"他们还没有呢。"努南自己也需要一些痛苦的调整。"我今天下午问了莎拉,她说他们没有。"

"好了,"他说,"这回你知道了。"

然后她又突然有了一个不愉快的想法。"她可能说谎。"

"我怀疑她会说谎。"努南说,这是真的,他的确怀疑。但里面也有一相情愿的地方。

"人人都有说谎的时候。"南说,忽然变得很严肃,眼睛闪闪发光。

这让努南怀疑莎拉是不是说对了,除了虚荣,南确实还有其他的地方容易受伤害。有可能,而且他不愿意伤害她。但他确实愿意和她做爱,莎拉劝他避免那样做,他觉得这太不公平。的确,他不爱南,这是真的。但他需要一个比这更有说服力的理由。那个理由要由莎拉来提出,但她迄今没有,甚至没有暗示这个理由,而且他怀疑,她可能永远也不会提出这个理由。但他记起他们最近的谈话,确实有一件事很突出。她说她是他的朋友,努南说,是的,但你是露西的女朋友,她没有证实这是个事实。她只是说,他应该向南提出做好朋友。她是否期望他证明自己像她现在的男朋友一样善良、正派、无私,然后他有希望代替他成为她的爱呢?他希望不是这样,因为他不是那么善良、正派、无私。这应该已经一目了然。他毕竟是他父亲的儿子。

莱克索楼上的公寓里没有淋浴或浴缸,只有当年整层楼作为办公室租出去时留下的一个盥洗架和小水池。秋天时,没有下水设备还没有太大问题,因为他每天训练后都会冲个淋浴。星期六或星期天,他提着满满一包脏衣服回家,用那里的洗衣机和烘干机。他向母亲保证,橄榄球赛季一结束,她就能更经常看到他了,因为他需要回家洗澡。但到那时候,他却加入了基督教青年会。那不需要交多少钱,而且只要走一条街就到了。他还在街角发现了一个洗衣房,那里的烘干机中有一台,只要你知道其中的把戏,转起来可以不要钱,所以他回家的次数实际上是更少而不是更多了。第一场雪后,他把德克兰的摩托车存起来过冬,而步行去伯若区又太远,或者说他这样告诉自己。但他很少回家的真正原因是,他忍受不了和母亲在一起,他觉得她那种深深的宁静令人坐卧不安。在奈尔,父亲不时提醒他,她很想他,他已经好久没去看她了,他总是允诺会去,但父亲挖苦的微笑,每次都表明,他知道他不会去。

但是到了三月下旬,他的弟弟戴维去艾吉·鲁宾找到他,说他们的母亲要见他,她不明白他为何这么久不回家,有些事情需要和他谈。他允诺星期六下午回去。因为是当着林奇家人的面说的这个话,他真的回去了,还拖了一大包脏衣服。据说那晚要下暴雪,冬天的最后一场大暴风雪,因此最好是把这件事先做了。他可以在洗衣服的同时发现母亲到底想要什么,假定她仍然记得的话。但一到那里,他却觉得自己没法面对她,就径直进了洗衣间,在洗衣机里放了一大桶衣服,开动起来,然后爬上烘干机,跷着二郎腿,读起拉尔夫·埃里森来。优秀生班下星期的课上,要讨论他的作品。他刚把衣服放进烘干机,门开了,她站在那里。

"妈妈,"他说,"你好。我正要去找你呢。"

他们拥抱了一下,她摸上去好像在发烧,身上有强烈的药味和刚睡过觉的味道。她拉过一把摇摇晃晃的塑料椅子,坐了下来,他问:"你想到起居室去吗?"

"不想去,我喜欢这里,"她睡意蒙眬地说,像只猫似的合上眼睛,"这里很安静。"

"你开玩笑吧,是不是?"他说,一边仔细打量她。安静?那台老烘干机噪音巨大,洗衣机里如果衣服摆得不平,也会像个癫痫病人一样发疯。

"有时候,我看腻了电视或杂志,就会上这里来,坐着出神。"

秋天的时候,他惊奇地发现父亲老了许多,现在,他同样惊奇地发现母亲看上去有多年轻。她甚至比十年前还显得年轻了。例如,她胖了一些,这抚平了她脸上和脖颈上焦虑的皱纹。她的身材一贯苗条,几乎可以说是纤弱。她怀孕时,总是前面挺着一个大肚子。努南小时候总觉得,她的怀孕看上去是假的,像是电视情景剧中的那些人。产后,那些额外的重量立即就消失了。这一次,新的重量是永久的,让她看上去柔软和年轻了。这些日子,她还散发出婴儿爽身粉的味道,这让他想起父亲恶毒的评价:"你母亲是个孩子。"据戴维说,她有什么事情想跟他谈,但现在看上去,她似乎完全专心于透过烘干机的小窗子,看他的衣服在里面转来转去,仿佛他也在里面,和那些衣服在一起,她在耐心等待那一循环的结束。

她终于说话了:"记得那天吗?你出去把我的衣服全捡起来,装进那只破箱子,拖了回来。我在那里,你父亲对我大发雷霆。记得吗?他警告你,把我的东西留在街上,但你虽然很小,却走过去,把我的箱子从河里拽出来,尽你所能,把每件东西都放回去,拖着你的小腿艰难地走回来。多数衣服都毁了,我后来不得不把它们扔掉,但你在那里,我的小人。我现在仍能看到你用力把箱子拖上台阶的样子。"

她说起来,仿佛那是一段值得怀念的美好记忆。她自己的悲惨遭遇,绝望地试图逃离他父亲的欺辱——那个故事里的这些部分,显然都不值得一提。他当然明白,她真正怀念的,是他以前对她的忠诚。那时候,他是她的小人,而现在,一星期两个晚上,他都坐在台前的高凳子上,坐在他曾经勇敢地保护她免遭凌辱的人身旁。这只可能意味着,他开始像他父亲那样看问题了。

她再次闭上眼睛,久久没有作声,努南开始陷入沉思,直到他感觉她的眼睛在盯着他。他看到,她用那样可怕的忧郁审视着他,还有一种通常因为药物而丧失了的警觉。"她长得什么样?"她问他。

他当然知道她说的是谁,但假装不知。"谁?"

"那个女人。"

"玛克丝?"他说,看到他称那女人玛克丝而不是玛克辛,让她有多伤心。

"是的,她。"

"她没你漂亮,"他说,因为他想象这会让她高兴,但情况似乎不是这样,"实际上,看上去有点儿粗。我不知道她有什么诱人之处,如果这是你想问的。"

"她不是我,这就诱人,"她说,"你喜欢她吗?"

努南最害怕的就是这个问题。"妈妈,我们不一定非得谈论这件事。"

"你喜欢她吗?"

"她干活很卖力,"他说,"她不吃爸爸那一套。"

"你喜欢她吗?"

"挺喜欢的,我猜,"他蹩脚地承认,意识到即便如此微弱的认可也是一种背叛,"我没有不喜欢她。"

"你过去是喜欢我的。"

"我爱你,妈妈。"

她不以为然地看着他,仿佛承认,是的,他当然爱她,但是所有人都知道,爱不是答案。"她有个儿子。"

"威利,"努南告诉她。"他是个好孩子。他先天痴呆。"他为什么要告诉她这个呢?为了她因此不会嫉妒那女人?"人家说他可能活不到三十岁。"

就在这时,烘干机停了,屋里一片寂静。

过了一会儿,母亲站起来走了。"很好。"她说。

努南离开母亲家时，天已经开始下雪。那是傍晚时分，天空黑压压的。他从伯若区进入东区时，路灯开始一盏盏亮起来，照亮了他的路，仿佛有这个必要似的。他想直接去镇里，可以把洗好的衣服放回去。从那里，如果能找到人带他，他可以去奈尔。餐厅里如果很忙，他可以在吧台后面给玛克丝帮忙，或者摆桌子，也可以后面给威利搭把手，换一顿饭吃。但如果像预报的那样继续下雪，就不会有多少生意，除了与父亲聊天，没别的事可做，父亲会想知道他是否去看了母亲，可他却不急于叙述那里发生的事情。他必须撒谎，说她似乎很好，他们随便聊聊，聊得挺高兴。他永远不会告诉他，她说了威利什么。

一般星期六晚上，他和南，还有露西和莎拉会去看电影，然后从那里去安吉罗吃比萨饼，或者回艾吉，但那天下午，贝弗利太太坐飞机从亚特兰大回来，所以那天晚上南要和她的父母在一起。努南以前总是假定，如果托马斯顿有一个家庭与争吵无缘，那就是贝弗利家，但情况显然并非如此。上星期，南对莎拉吐露，她家对所有人所说的贝弗利太太先去亚特兰大，为他们的新家和新生活做准备，南毕业后和她父亲一起去那里加入她，都是假的。事实上，她的父母已经分居。出问题的是她家的财富骤减，她母亲认为，这都是她父亲的错，他只是个拙劣的仿制品，比他自己的父亲和祖父差远了，他们才是真正的生意人，他们绝不会允许制革厂就这样倒闭，也不会做出那么糟糕的投资决定，让贝弗利家族前几代人聚积的财富付之东流。一个真正的男人会主动出击，而不是像贝弗利先生这样胆小怕事，只是从技术层面上辩驳对他们提出的无数官司，实际上等于承认那些肆无忌惮的指控有道理，即贝弗利家族不仅污染了卡尤加河，而且明知故犯地毒害整个社区。这是什么战略啊？由于他的懦弱，他们的财富消失了，除了她从自己娘家继承的财产。她绝不能让他染指这些财产。南爱她的父亲，在漫长的冬季里,这一争端升级,她站在了他一边。她不愿意他同意试分居,但他捍卫婚姻的态度与他捍卫财产的态度一样被动。他向女儿保证,分居只是暂时的,他仍然爱她的母亲,而且希望,暂时不在一起可以让她的心变软一些。他说,这个周末就能看出有没有这种可能。

努南不愿去奈尔与父亲共度星期六的晚上,但独自待在自己那间没暖气的小屋里,这个想法甚至更让人难受,因此他决定去艾吉。露西和莎拉如果有什么计划,他们也许会邀请他一起去。如果没有,他们可以像平时那样,在那里待一晚上,而且他可以指望林奇太太会给他饭吃。他后来觉得,这个决定是那天晚上他犯的许多错误中的第一个,在即将倒下的多米诺骨牌中,他是看上去似乎无害的第一块。事实上,在艾吉·鲁宾门前,他停了一下,手伸出去,正是四年前莎拉所画的那个姿势,只是他当时没有这样想。后来他意识到,他本来可以改变主意的。林奇先生和太太都在那里,但是他们还没有注意到他。是他们脸上担忧的表情让他停了一下吗?他们的注意力集中在店后面的一张桌子上。莎拉和露西似乎急切地在那里与什么人谈话,那人有一部分被遮住了。他看到莎拉探过身去,把手放在那人的手上,有一刻,努南觉得那一定是个孩子。下一瞬间,他已经在里面了,他是突然决定进去的。

"鲍比!"南看见进来的是谁,跳起来大喊着向他跑去,碰倒了身后的椅子。他看到她的眼睛红红的,肿成一条缝。"我恨她!"她呜咽道,把变形的脸埋在他怀里,"我恨她,我恨她,我恨她。"

他的唯一想法是,她看上去真丑啊。

从她母亲在阿尔巴尼走下飞机的那一刻起,事情就已经很清楚,暂时的分居并没有让她对丈夫,甚至对女儿的心肠软下来。事实上,她在酝酿大闹一场。从她的箱子放进后备箱,他们的车子拐上通往托马斯顿的公路起,她就开始恶语相向,她的丈夫多数时间都在默默忍受。到家后,她把怒气转向南,说她虚荣、浅薄、被宠坏了。"若不是你那么自私,我们早都一起住到一个好地方去了。"她尖刻地提醒女儿,去年春天,有人出了不错的价钱,要买他们在伯若区的房子。但不行,大小姐必须得和她的朋友们一起念完高中。为什么呢?因为她害怕,害怕到了新学校,她就不是最漂亮的女孩,甚至可能不是第五漂亮的女孩了。到了亚特兰大,她爸爸就算不上什么特殊人物,她也算不上了。"好吧,小女孩,你知道吗?这就是生活。做好准备吧。"她接着说,失望就在前面等着呢,大批大批的失望。她一心想望的大学女生联谊会?别做梦了。英俊的大学兄弟会成员?他们不知道有她这号人。她满心期望的毕业礼物——那辆新跑车?别打这个主意了。这仅仅是他们应该卖那栋房但没有卖的代价。还有更巨大的损失她可以感谢她亲爱的父亲,他与其说是男子汉,不如说是老鼠。南知不知道,他让他们成了什么人?穷人!这就是他们现在的处境,学着习惯吧,小女孩。

南的叙述可不是这样连贯的,它不断被呜咽和愤怒所打断,但在整个晚上,努南将要听上好几遍。在艾吉时,他一边听,一边为林奇家的人感到难过,他们显然是又得从头到尾听一遍,因为南在那里大约已有一个钟头了。她决心惩罚自己的父母,所以临走时没有告诉他们自己要去哪里。"让他们以为,我在路边的雪堆上冻死了。"她阴沉地说。

"啊,你不会真要那样做的。"露西的父亲说。但事实上,她的叙述似乎真的让他很震惊。努南不知道更让他惊讶的是什么,是有人竟对如此显赫的贝弗利家族这样说话,即便说话者本人就姓贝弗利,还是住在全县第一豪宅里的托马斯顿第一家庭,也会像其他人一样,显示出同样的仇恨,在婚姻中有同样的互责。他们几乎一点儿不比别人强。

"卢,别多管闲事。"他的妻子说。

"我没要管闲事,"大个子卢告诉他们所有人,"我只是说——"

"好了,别说了,"苔莎说,"一个字也别说。假装你没有看法行不行?"

就在这时,德克兰·林奇走进来,身上有一股刮完胡子的香水味,光滑的黑发湿漉漉地向后梳去。"究竟是怎么了?"他说,一眼就看出情况不对头。

"假装你也没有看法。"苔莎对他说。

"我是没有,"德克兰说,"我敢肯定,在弄清所有事实后,我的看法肯定与大个儿不同,除此之外……"

努南很怕南为这个新听众再讲一遍,但幸运的是,她因为呜咽了半天而打起嗝来。"我恨我母亲,"她说,"她毁了我的生活。"

"啊,这事儿啊。"德克兰说。

"我是认真的。"她说,大声打着嗝。

"对,我知道,娇宝贝,"他说,"但别那么大惊小怪好不好?反正过了一百年,我们都会死的。"

"我要回家去,吞一整瓶阿司匹林,"苔莎在她的小叔子走后说,"你们这些孩子无论怎样决定,最好快一点儿。"她指着外面。雪已经下得很大,连路灯都几乎看不见了。

显然,应该送南回家,但她固执地反对这一点。"我宁可冻死在雪堆上。"她反复说。他们最近在优秀生班上刚读过《伊桑·弗罗姆》①,一定是那个故事在她心中牢牢扎下了根。露西接受了母亲的劝告,决定在道路还能通行时送莎拉回家。努南和他一起去取车,留下莎拉握着南的手,等他们回来。

"可怜的南,"露西说,"我为她难过。"

"我想是吧。"也许露西对父母不和这种事有很高的标准,但

---

① 美国女作家伊迪丝·华顿(Edith Wharton, 1862—1937)的小说。——译注

在努南看来,这一争执没什么了不起。毕竟,贝弗利先生没有举着拳头威吓贝弗利太太,没有骂她傻婊子,没有摔开她的箱子,在从机场回家的路上把她的内衣从车窗里一路撒出去。就他所知,南的父亲也没有秘密地还有另一个女人。他不怀疑她母亲的狂怒是真实的,但这至少证明,她还各种功能齐全。如果你让她坐在烘干机前,她不会看着自己的胸罩在里面转来转去,忘记了自己在想什么。在离开艾吉前,他试图提醒南,她所认识的其他人境遇更糟糕。她勉强承认,可能确实如此,但然后又说,他们因此很幸运,因为他们已经习惯,而她的父母过去轻率地把她与所有不愉快隔绝,现在又在最后一刻,不公平地把他们的不幸压在她的肩头。难道他们就不能等到她安全地进了大学再说吗?

难道露西可能实际上也同情这一荒谬的论据?难道他真的为她难过?倘若如此,莎拉父亲的话是有道理的。如果没有沾染一丁点儿健康的怀疑,那种纯粹的容易上当受骗和天真,即便不代表美国的一切毛病,也是一个怪异的结合。

他把自己的那袋子衣服扔进林奇家的小旅行车,然后坐到前排,和他的朋友坐在一起。露西把车钥匙插进点火装置,却只坐在那里。过了一会儿,他露出傻呵呵的笑容。"还记得过去怎么在我爸的卡车上冲浪吗?"

上帝,努南想。容易上当受骗、天真,再加上怀旧。"我记得我的手腕子断了。"

露西严肃地点点头,因为这一部分故事而难为情。"拐弯前我应该先喊的。"过了一会儿,又说,"那时候事情很简单,对不对?"

没有女孩儿的时候?他是这个意思吗?还是别的什么?

"你从没希望过事情不变吗?"露西问,"我们不必去上大学,而且——"

"实际上,我等都等不及。"他答道,想截住这个话题。

"如果这意味着我们永远不回来怎么办？如果我们忘记了怎么办？"

"忘记了什么？"

"一切。"

"我想象，我们会记住重要的事情。"

"如果一切都很重要怎么办？"

"这是个谜语吗？"

当然，他这么说是在开玩笑，而露西的确窘迫地笑了，仿佛是嘲笑自己的愚蠢。但努南摆脱不了一种感觉，即他的朋友是认真的，而且为了他自己都不能想象的理由，断定他们迄今为止生活的每一细节都有无比的重要性。事实上，那将是个谜。

他们把车停在艾吉门前，南和莎拉钻进来坐在后排，露西慢慢地向镇中心驶去。雪已经没到车轮的一半。南现在平静下来，也不打嗝了，她建议一起去吃比萨饼，但露西说小旅行车在雪中不好开，他不想困在雪里出不来。努南说他觉得吃比萨饼不错，这让南高兴了一点儿。他们停在莱克索时，他拎着那袋衣服三步两步跑上楼，其他人在车里等他，但他下来时，看到莎拉有些担心地站在楼梯平台上等他。

她拉住他的手，就像那天晚上他开摩托车送她回家时一样。"今晚对她好一点。"

"我原来觉得应该和她断的。告诉她我们只该做朋友。"

"不要今晚。"

"那什么时候？"

"我不知道，鲍比。但不要在今晚。"

是因为她握住他的手，所以他探身去吻了她吗？还是因为楼梯平台上很暗，楼梯上唯一那只没有灯伞的灯泡几个月前就烧坏了？还是因为露西刚才分享了他根深蒂固的希望：事情永远不变？

当他的嘴唇触到莎拉的嘴唇时,他想,看啊,现在已经变了。还是因为这样做的渴望由来已久?他说不上,但有一件事情可以肯定。这一吻让他吃惊的程度超过莎拉,她现在冲他恼怒地微笑着。

"老天,"他说,退了回去,"对不起。"

"为什么?"

对此他没有现成的答案,因为他当然一点也不觉得抱歉。

"实际上,"她说,"你朝这个方向努力很久了。"

"是吗?"

"是的。"

"你为什么不制止我?"

"因为我是女孩。这感觉很好。"

"但是——"

"去照顾南吧。她需要你。"她推他下楼到街上去,"别好像你做了什么可怕的事。不过是吻了一下而已。"

露西把南和努南放在卡尤加小饭馆,然后继续开车送莎拉回家,这时,雪已经没过他们的靴子。此前他们去了安吉罗,但它的门上贴了一张手写的纸条:因暴风雪而停止营业。的确,只有这个小饭馆还在营业。努南惊讶的是,南居然从没到这里来过,但他仔细一想,这也有道理。这里是那些被她父亲解雇的人的领地,那些粗鲁、心怀不满的人,责怪他毒害了水源,引起了癌症,让他们的生命愈来愈短。"我上这里来,我妈妈会大发雷霆的,"南说,有一瞬间忘记了她恨她,但然后,她高兴起来,"我们进去吧!"

小饭馆里没有别人,所以他们坐进角落里的座位,可以看到外面堆满雪的街道。南看到一大盘油腻腻的薯条浸在褐色的肉卤中,和他们的汉堡包一起端上来,大叫:"真恶心!"如此马虎的生活似乎改善了她的情绪,但没过多久,她又开始叙述她的倒霉故事,这是第几次了——第四次?"啊,我刚才忘了告诉你。"她会这样开头，然后继续说下去，脸因回忆引起的愤怒而变成粉红色，尽管她已经给他讲过两次了。努南相信自己能够完整地背出整个叙述，于是让自己的心思浮回黑暗的楼梯平台。莎拉认为那里发生的"只是吻了一下而已"，这像那吻本身一样让人丧失勇气。他早就意识到，莎拉既没有光环，也没有设法掩饰这一点，但是这种反应也太模棱两可了。他在不适当的时机吻了她，这样做既背叛了他最好的朋友，也背叛了他自己的女朋友，如果现在坐在对面与他聊天的女孩确实是他的女朋友的话。至少吻了莎拉应该让事情变得清楚起来，但相反，他比过去更觉得疑惑。他不知她是否愿意他吻她，也不知她是否愿意他再这样做。另一方面，她看上去不像是特别愿意，但又不像是不愿意。她没有捆他耳光，也没有推开他。她甚至说这感觉很好，可它听上去又很难说是认可。

最气人的是，他竟然记不得她是否回吻了他。在吻她之前，他并不知道自己会那样做，而在关键时刻，他的注意力又没有集中。这有点儿像读到书中的一段话，然后意识到自己走神了，一点儿记不起来读了什么，虽然眼睛尽职尽责地扫过每一个字。如果那个吻是一段话，他还可以回去再读一遍，看看是否有什么东西激起遐想。但这不是一段话，没有什么可以激起遐想。

但那一吻确实有一个意外的神秘效果。他坐在卡尤加小饭馆里，听着南追诉那天的事件，他觉得自己的心软了。刚才在艾吉，她又悲又怒，真的似乎很丑，但是现在，她的美丽恢复了，她又成了城里最漂亮的女孩。努南觉得一点儿道理也没有，怎么会吻了一个女孩，却让另一个女孩更有吸引力，但此时此刻，许多事情都没有道理。也许有一个事实与它有关：那个女孩，即他吻了而且还想再吻，而且下次要更集中注意力去吻的女孩，特别要求他对另外一个女孩好一些，而露西本人，即他因为吻了那个女孩而且还想再吻而背叛了的朋友，也暗示了这一点。通过实现他们的希望，他可以弥补自己的背叛。至少他可以为他们这样做。因为南也许确实易受伤害。这一年她过得艰难。对于婚姻失败,莎拉和努南都是老练的见证者,露西的父母多年来也一直在为维持艾吉而挣扎。但对南来说,经济上的不确定和父母不和是崭新的经历。它们让她陷入困境,但为什么不呢?当然,他们一直溺爱她,保护她,鼓励她以自我为中心,但是她并不傻。莎拉的父亲规定优秀生班阅读的多数书籍,颠覆了她从小熟识的一切,但她在用天真的目光认真阅读它们时,感到的更多是惊讶,而不是愤怒。关于它们,她偶尔也会说些有趣的话。没有伯若区的教养作为装饰,她比露西更大胆,诚然,这并不能说明多少问题。但如果露西和莎拉希望他今晚对南好一点儿,他会这样做。

他们吃完汉堡,又喝了几杯咖啡,这时外面的街道上,除了呻吟着的扫雪车,已经空无一人。负责烧烤架的拉里,人少时喜欢和他的顾客聊天,这时不请自来,挤进他们的半圆形座位,自信会受到热情欢迎。即使南赶快移到努南那一边,他也不生气。他不愿看到美食被浪费,因此把他们剩下的油腻腻的薯条一扫而光。他穿了一件油渍斑斑的T恤衫,薄到能清楚地看到下面的乳头和肚脐,南用毫不掩饰的惊诧注视着他。他吐露说,他觉得今晚可能要早点儿关门,然后蜷到后屋一张简易床上,这样早上就可以按时开门,假定那时雪已经停了,街上也已经清扫干净,人们能够铲出自己家的车道,镇中心没有停电,以及各种可能证明正好与事实相反的假定。他似乎决心不仅解释他的意图,而且解释这些意图所基于的理由。他再次为不得不提早关门道歉,然后坐在那里,和蔼地微笑着,直到努南说,他们最好走吧。

到了门外,他们注意到的第一件事,就是四周变得寂静一片。在两个街区外工作的扫雪车发出唯一的声音,那声音也被厚厚的雪毯减弱了。南似乎终于说得筋疲力尽。他们在扫雪车扫过的街道上走着,一直走到莱克索。她停下来,抬头看着他的房间,那黑暗的高窗子,表情是又害怕又迷惘。最后她说:"你是怎么做到这一点的?"

他以为她是说,他怎么住在这样一个可怕的地方,而且是一个人。但显然不是。

"你怎么能做到不在乎?"她进一步说,"你的父母。他们并不相爱,对不对?"

他实际上从未与南谈论过他们,所以他假设,她一定是从莎拉和露西那里得知的。

"你怎么能忍受这一点?"

"下决心就是了。"他说,也对自己的答复感到吃惊。

"你的意思是你假装不在乎?"

"不,我的意思是你决定不在乎,然后你就不在乎了。"

她看上去很怀疑,仿佛他在告诉她,飞行的诀窍就是确保有足够的高度,你应该爬到你能找到的最高楼房的楼顶,然后跳下去。"你觉得我能做到这一点吗?"

"不知道。我的整个童年都花在这上面了。你必须想这样做才行。"

"我都不知自己在今晚剩下的时间里能否不在乎,"她说,显然这主意让她兴奋,"或者在这个星期剩下的时间。"

"然后又在乎了?我不能肯定这能行得通。"

"但也许看到我不在乎,他们就会在乎了。"

"我觉得那也行不通。"

"好吧,我准备试一下。我下决心了。今天晚上我不回家了。我要你带我去更多像小饭馆那样的地方。"她深深吸了一口气,"我要你带我去看整个西区。"

努南觉得很累,宁愿给她父亲打电话,告诉他到哪里来接他的女儿,但她用两臂搂住他的脖子,用小女孩撒娇的声音说"求求你啦",她似乎觉得,只需要用这种声音,她就可以得到想要的一切。

他同意后,她说:"等我告诉他们,他们不会相信的!"

"啊,他们会相信,"努南预测,"而且他们会怪我。"

他们跟在扫雪车后面,沿着分界街向南走。经过伯曼大院时,他指给她看他小时候住过的那个二楼公寓,那时他父亲还没有在邮局得到那份全职工作。出于某种原因,南很难理解为什么马库尼家和林奇家都曾住在那里,他和露西最初都是西区的孩子。他看不出她到底是什么意思,是认为出身伯曼大院的人就该永远留在那里,还是认为让他们在那里是宇宙的一个错误,这个错误后来被发现,并且得到了纠正。

下一个她要看的地方,是黑人聚居的希尔小丘。"那里没什么可看的,"他对她说,"只是一堆房子。这会儿外面不会有人。"

"我还是想去看看。"她说。

于是他们在愈来愈深的雪里,艰难地跋涉了几个街区。到达松树街时,他们不得不停下来,因为扫雪车还没来这里,而且早晨之前可能也不会来。

"这不公平,"南说,"为什么最后才扫到他们这里?"

努南表示同意,这不公平。

"我真是这个意思。"南坚持说。

"我也一样。"

"应该有人想点儿办法。"

"应该有人。"

"但从来没人这样做,"她悲哀地说,变得内省起来,"我们都站在那里,看着佩里打那个茂克男孩。没人做任何事。"

"我不在那里。"他提醒她,并不想为自己开脱,只是为了记录在案。

"你要是在,会出手制止的,"她说,"我了解你。"

努南感激她的赞美,但怀疑这没有什么根据。他的确不希望看到茂克三子挨打,但他如果介入,也只是乐于看到佩里的大鼻子嘟嘟往外冒血。不是最好的理由。总而言之,他很高兴自己当时不在场。

南觉得自己有了保护者,宣布再下一个,她要去默迪克酒馆,一个她听说已久的地方。

"我觉得你不会喜欢那种地方,"他说,"特别是星期六晚上。"

但她非要去不可,而且那里只有两三个街区远。看上去,那条街仿佛傍晚时扫过,但又有一英尺左右的雪堆了起来。到处停的都是车,歪歪斜斜的,车顶上覆盖着白雪,车的前身或后身伸到街上,仿佛那些人来的时候就已经喝醉了,而他们中很多人可能就是如此。酒馆里面,音乐有节奏地震动着,一个女人尖叫着,努南希望那是狂喜的尖叫。"我们进去吧。"南对他说。

"你要后悔的。"

"听上去他们很快活呀。"

"你父亲不会愿意你在这里。"

这当然是不该说的错话。

"你要是不带我进去,我就自己进去了。"

但就在这时,前门突然大开,德克兰·林奇出现在门口,拉开裤链。他似乎醉了,没有注意到几英尺之外的他们。为了用舌头去接落下的雪花,他昂起头,几乎失去平衡,他的尿弯弯地射过栅栏,在雪地上发出嘶嘶的声音。

等他尿完,拉上拉链后,努南说:"你好,德克兰。"

他转过身,凭声音找到努南所站的地方。"鲍比,"他说,伸出手来。努南不挑剔地握了握他的手,"你最好别在这种天气骑着我的车到处跑。"

"我没有。"

"很好,别那样做。"然后他注意到南。"嘿,娇宝贝,"他说,显然完全忘记了自己刚才还手握阴茎站在那里,"你不哭了,我明白了。你们进来吗?"

"不。"南说,急忙使劲拉着努南的袖子。

回到镇中心,南拿定主意。"我想,"她说,"今晚。"

"那上面冷得像地狱,"努南说。现在他们又站在莱克索的前面。他希望她说这话,是因为忘记了那地方没有暖气。"比冷还糟糕。那里很可怕。我只有一个睡袋。"而且,我爱上了你的朋友莎拉,我自己最要好的朋友的女朋友。我今晚先前还吻过她,我的舌头上还有她嘴唇的味道。

"没关系。"她说。

"你现在这么说。"

"我想。"她说。

在黑暗的入口处,他看到她的鼻子因嗅到陈旧的尿味皱了起来。她在又陡又窄的楼梯上走了一半,犹豫起来,显然很害怕。他告诉她,这也许不是个好主意。不,她非常肯定自己要这样做。她很阴沉地说,仿佛她要在这一个晚上,了解生活中一切俗丽的丑陋,包括性在内,然后就可以有个了结了。

过去几个月,努南已经学会不去注意他住的地方,但是现在,他不禁透过南惊恐的眼睛去看它。它很大,像个飞机棚,一切都暴露在外——隔热绝缘材料、管道、碎裂的砖墙。天花板上有的地方缺了瓦片,露出留给工人干活时爬行的空间。德克兰的摩托车靠在最远的那面墙上,撑着脚架。十一月时,他找了露西和佩里·考斯洛斯基来帮忙,费了九牛二虎之力,才把它弄上来。从那时以后,它就一直在漏油,漏到一个破旧的浴垫上。屋子中央摆了一个中间陷进去的旧沙发。一个旧床头柜发挥了双重作用,既是咖啡桌,又是衣柜。再往那边一点儿,是没有卷起来的睡袋,躺在只有薄薄一层泡沫的垫子上。

但最令人尴尬的细节,是那个便桶,它一目了然地立在几英尺之外,旁边是一个永远污迹斑斑的小水池子,仿佛马上就要从墙上掉下来的样子。只要一冲马桶,水池子就会跳起来,咚咚地撞在墙上，仿佛有人在外面过道里使劲拽它。至少南不会目睹这一幕。努南不能想象，今晚他们两人都用这便桶时的极端情况。说老实话，他每天晚上会到最后才用它，也是关上灯，然后钻进睡袋。

"啊，鲍比。"她能说的就这么几个字。他能看出，他们在西区走了一圈目睹的一切，都不如他住的地方给她带来的震动大。

"没什么，"他说。"人会习惯的。天暖和时，也没这么糟。"看到她在发抖，他这样补充说。他不知道她是因为冷，还是因为道德上的厌恶而发抖。出于某种原因，她的厌恶（如果是这么回事的话）反而让他自豪。当然很尴尬，但又很自豪。

然后，南看到了立在后窗旁的画架。那些高高的窗户俯视着后面的小巷。她知道秋天时，莎拉利用这个洞穴般空间的一部分作为她的画室，但是努南可以看出，现在看上去，这整个的布局似乎很亲密。她本来以为会有内墙，把莎拉的那部分与他的那部分分开。但是没有，什么也没有。你仍然能够闻到莎拉的松节油和亚麻籽油的味道，他发现自己喜欢这些味道。她的所有刷子都笔直地立在罐子里。

他后来怀疑，是莎拉残余的存在让南留了下来。她久久无言地审视着那个证据，是她无法想象出的情景的证据。最后，她深深叹了口气，转向努南，用胳膊搂住他的脖子，吻了他。

不像早先的那个吻，他对这个吻全神贯注。它不同于南知道有别人看着时给他的那些吻。那些吻是带有戏剧色彩的、受到电影启发的、湿润的，完全是成人的吻，这个吻却很干燥、充满恐惧，完全是个南早已不是的小女孩式的吻。喜欢一个你不记得的吻，更甚于喜欢一个你记得的吻，他不知这真正意味着什么。

南一定是感到了他的犹豫，因为她说："鲍比？你不想吗？"

答案是又想又不想。但他只说了想。

黎明前的某个时刻，她把他弄醒了，因为她在睡袋中疯狂地挣扎,哭喊道:"让我出去!让我出去!"他让她不要扭来扭去,但她神志失常了,最后他不得不把她的胳膊按在身子两边。"镇静。让我把拉链拉开。"

她虽然两眼发直,什么也不明白,但终于停止了挣扎。在他费力地拉开拉链时,她抽泣着说:"快点儿。"

"你没事。"他安慰她,明明知道并非如此。他终于把拉链的锯齿拉开,她又变得疯狂起来,在钻出睡袋时,她的胳膊肘捅了他的嘴。还好她及时冲到马桶前,头伏在马桶上,身子堆成一堆,样子是那样可怜,努南简直看不下去,因此急忙在床头柜中到处摸索,想找出一条浴巾。等他找到一条,在水池里把它弄湿,最糟糕的情形已经结束。

"我想回家。"她对着马桶说,声音听上去空洞洞的。他把湿毛巾递到她手里,她用它抹了抹嘴。"别看,"她对他说,"回那边去。"

他照她的吩咐做了,她摇摇晃晃地站起来,冲了马桶,水池子着魔似的跳起来,咚咚地撞着墙。等到它终于停下来,南又说:"我要回家。"

闹钟的绿色钟面显示出五点十七分。"还有一小时天才亮呢。"他对她说。

"我现在就要回家,"她抱住自己的双臂,冷得直打哆嗦,活像一个吓坏了的孩子。努南想,这正是莎拉所预见而且试图防止发生的事情,"求求你了,鲍比……我恨这里。我以为我行,但我受不了。"

他想反问一声"是吗",又觉得还是别这样做为好。性只是她受不了的一部分,她受不了的还包括他这个肮脏的公寓、默迪克酒馆、希尔山和他本人。她在呕吐出拉里的那些油腻薯条的同时,也呕吐出了所有这一切。昨天晚上,西区是她报复自己家庭的手段,但在这黎明前的黑暗时刻,她的勇气丧失殆尽。她是给了自己而不是父母一个教训,现在她想回到以前的世界去了,她在伯若区的家,她自己那间粉红色的房间,甚至她那怒气冲冲、满腹牢骚的母亲。

"我的衣服在哪儿?"她困惑地问,甚至更加孩子气了。

它们就在她脚下堆成一堆,但当努南向她迈了一步,想把它们拾起来时,她却尖叫道:"离我远点儿!"并用一只手捂住她那一堆浅色的阴毛。

"好好好。"他说,赶紧退后一步。

"你也穿上衣服。"

当然,他像她一样赤身裸体,他忽然想到,他们做爱时,她实际上并没有看他。她现在的表情和昨晚看到身穿油渍斑斑的T恤衫来加入他们的拉里时一模一样。如果她不是真的吓坏了,事情本来是有点可笑。

"转过身去,行不行?"她说,正把内裤举在身前,准备把腿伸进去,但他若不转过身,她就做不了这件事,仿佛穿上衣服反而更让她赤身裸体。"别看我。"

努南照她的吩咐做了,迅速穿上衣服,然后等她穿完。等他猜她一定穿好时,就转过身来,却发现她还没有。她戴着乳罩站在那里,正要把毛衣往头上套,可她又不肯这样做了,直到他再次转过身去。

"好好好。"他说,走到房间另一边的水池旁,轻轻按了一下电灯开关。

"关上灯!"她厉声喊,虽然她现在已经穿好衣服。

他关上灯,但在此之前,他朝裂了的镜子瞥了一眼。她的胳膊肘让他的下嘴唇像葡萄一样裂开,下巴上和嘴的四周都是血。"看看你做的好事。"他对她说,希望她看出事情的滑稽可笑,如果不行,至少也承认受伤的一方是他,而不是她。

"带我回家,"是她所说的一切。

他们出现在楼下的街道上,这时东方的天边已经泛白。努南不能相信下了那么大的雪。预报是两英尺,但现在看上去接近三英尺了。停车计时器完全消失在扫雪车在路边堆起的雪墙中。马路对面的电影院前,一辆车空转着发动机,车顶上覆盖着厚厚的积雪,在它鸣笛之前,他没有认出来。

"那是我父亲,"他告诉南,但她即使听见他的话,也没有任何表示,只是一动不动站在门口。在楼上时,她只想回家,但是现在,面对这一切,她看上去只想站在那里,等到雪化,"我马上就回来,好吗?"

他父亲摇下车窗,会意地看着他爬过巨大的雪墙。

"爸爸,你在这里做什么?"他说,靠在车上。

父亲把烟灰弹到雪地上,目光绕过他,窥视着南,她站在那里没有动。只能越过雪墙看到她的头。"等你们下来。你是不是宁愿我上楼去?"

"不。"他承认。

"我再给你五分钟。你的嘴唇怎么了?"

"一个意外。"

"她怎么了?"

"没事。不关你的事。"

"你也计划这样对她父亲说吗?"

"昨晚她和她父母吵架,所以留在我这里了。"

"还有呢?"

"还有就是她现在想回家。"一个直觉突然闪现出来,"她父亲给你打电话了?"

"给我和所有人。他想知道你住在哪里,但我觉得,我先来可能更好一点儿。"

"谢谢。"努南说,真是这个意思。

"他给我一个小时找到你。如果他女儿在,"他看了看表,"十五分钟内不回去,他就打电话叫警察。"

努南回到门口,南已经又在哭泣。"你用胳膊搂住我的脖子。"他对她说。

"我不想,"她说,"我不再爱你了。"

"我抱你过雪墙,没别的意思。然后我送你回家。你父亲要给警察打电话了。"

"可怜的爸爸,"她说,吸着鼻子,"人人都会知道我们做了什么。"

"南,听我说。我们被暴风雪困住了。这里没有电话。所有人只需要知道这么多。"街对面,他父亲已经从车里出来,站在那里看着他们。"我们得走了,南,"他说,"试着忘记昨晚。一切都会好的。"

"我们不应该做那事。"

"但我们做了。"

"你怎么这么说话啊。"

"南。"

"你根本不喜欢我。"

"这不是真的。"

"你真喜欢的是莎拉,我能看出来。"

"现在我们得走了。"

"我不知道我为什么喜欢过你。我所有其他的男朋友都比你对我好。他们也还爱着我。"

"现在我把你抱起来,行吗?"

"行。"

他这样做时,她用胳膊搂住他的脖子。"如果我有了孩子怎么办?"

"不会的。"

"如果我已经是怎么办?"

如果你已经是个孩子怎么办?这句话已经到了嘴边,但他没有说。"南,你不会怀孕的。"

他们走到车旁,父亲把车钥匙递给他,并为南打开车门,她只是站在那里,不知所措,好像他期待她开车似的。

"坐过去。"努南对她说,忽然变得很不耐烦。她甚至没有感谢他父亲的存在。

"别激动。"他父亲说。

努南没理睬他的话。"你一会儿在哪里?"

"小饭馆,"父亲说。努南注意到,不远处的灯刚刚亮了起来。拉里又在柜台后面忙了,"你饿吗?"

努南决定这一次说真话。"饿。"他说,看着他。

他笑了。"如果她老爸不开枪打你,我来买早饭。"

在东区,第三街是扫雪车已经扫过的很少几条街道之一,所以努南走了这条街,尽管这意味着要经过艾吉·鲁宾。他不想碰到林奇家的任何人,在早上这个时辰,他们见到他和南在一起,一定会猜出发生了什么事。现在正是艾吉开门营业的时候,果不其然,大个子卢·林奇正在十字路口吃力地过街。

"别停下来。"南说,故意扭过头去看另一边。

他考虑了一下。那人可能是半睡半醒,根本认不出这辆车。然后……他放慢速度,摇下车窗。"你好,林奇先生。"他说。

露西的父亲咧开大嘴,露出傻呵呵的笑容。然后他看到是谁在跟他说话,脸上的笑容消失了,这意味着,半夜时林奇家也接到了一个电话。大个子卢费力地朝南看过去,然后又看着他,显然因为她没有打招呼而受到伤害。

努南看得出,他在疑惑这是否意味着她以后不会再来艾吉。"我送南回家,"他说,"不过回来的路上,我会停下来帮你们铲雪。"

"我猜我们能应付。"林奇先生说,仍然胆怯地注视着南。

"可得干一整天呢。"努南对他说。他们不仅必须把店铺前人行道上的雪铲干净,还要铲出通过雪墙的路和停车场。"多一个人帮忙可以快得多。"

"你自己家呢?你妈妈不会——"

"我的几个弟弟会照顾那里的事。"

"鲍比。"南说,又哭了起来。

"行了,"林奇先生说,退后一步,"我猜我们可以指望你帮忙。"

努南刚摇上车窗,南就说:"他知道了。"

"知道什么?"

"我们做了什么事。"

"南,"他说,"那不过是性交而已。而且是你要这样做的。"

"我们应该先结婚。"

"好吧,我们没有。对不起。"

"我丈夫会知道的。"她说,哭得更厉害了。

努南对此不知说什么好,但她无论正在想象什么样的未来,都没有把他包括在内。这让他松了一口气。

他们到达南的家时,天已经亮了。伯若区的所有街道,甚至小街,也已经被扫雪车扫过,有几辆带雪铲的小车正在清理各家的车道。贝弗利家肘状车道上的雪已经铲过了,因此他把车停在房前。贝弗利太太穿件长大衣,像尊雕像一样站在里外两道门之间。南一看到她,就打开她那边的车门,没等车停稳就跨了出去。地上很滑,她差一点摔倒,但又找到平衡。"等一下。"他说,拿下点火装置上的车钥匙,但她已经向母亲跑去,后者把她拉进去,迅速关上门,仿佛外面的空气不仅寒冷,而且有毒。

努南因此独自坐在车里,不知自己是有义务跟过去,敲那扇用力关上的门,还是感激显然可以自由选择逃之夭夭。他还没来得及决定,就从后视镜中看到贝弗利先生从车库方向朝他走来,车库的门大开着。努南从车里出来,挣扎着在一个雪堆上站稳,手仍然握着车门的把手。他本来是想迎接他,也许还想伸出手来和他握手。但贝弗利先生不等他绕过车身到一块平地,就沿着车旁的雪堆向他走来。他的脸扭曲了,因为愤怒和疲惫,努南想,更别提他妻子马不停蹄的辱骂了。他比努南高出几英寸,而且有运动员的身材,但据南说,他能优雅掌握的只有滑水。他盯着努南肿裂的嘴唇说:"你打我女儿了?"仿佛那视觉上的证据表明,这是唯一应该得出的有效结论。

"没有,先生。"努南已经开始伸出手去,但看出这样做毫无意义。

"那是怎么回事?"贝弗利先生问。

努南瞥了他一眼,努力想跟上他的逻辑。在这种情况下,提到睡袋似乎不是最明智的策略。"是个意外,"他说,"我对昨晚的事很抱歉。我们应该打电话的,但南很生气——"

"生气?"她父亲说,"你碰了她吗?"

这个问题的模糊不清让他犹豫了片刻,就是这一瞬间,贝弗利先生凭直觉明白了事情的真相,或者是大概的真相。努南立即看出他想出拳,下一秒钟,那拳头已经到了面前。因为他仍然扶着车门把手,所以能够向后闪了一下而没有滑倒。除了空气,贝弗利先生使足力气兜过来的拳头,没有碰到任何东西,反而让他自己在滑溜溜的斜坡上转了一圈,双脚飞起来,仰面倒地,头磕在雪堆上,然后整个人消失在车下。努南吓了一跳,透过挡风玻璃窥视着,希望他滑到车外,在另一边站起来,结果车下却传出呻吟声。

努南小心翼翼地退到前车轮处,趴在地上,向车下看去。贝弗利先生的大衣似乎钩在了底盘上,他的眼睛盯着努南,仿佛需要一个解释。"啊……啊……啊。"他呻吟着。

"我到另一边去,"努南说,"把你拽出来。"

但他到了另一边,却见贝弗利先生正好是在车下的正中央。他趴在地上,可以够到他,但没有牢靠的立足点把他拽出来。"贝弗利先生?"他说,"你一点儿不能动吗?"

很显然,他的头能动,因为他又盯着努南了。"肩膀,"他呻吟道,"脱臼了。以前发生过。打电话叫救护车。"

他按了三次门铃,南的母亲才来开门,她的袖子挽上去,小臂湿漉漉的。"她在澡盆里,"她说,"洗掉你的污秽。"

"对,"努南说,"你丈夫说打电话叫救护车。"

"他在哪里?"

他指了指车下。

"你轧了他?"

"他滑下去的。"

"你是个魔鬼。"

"我不是。"努南说。老实说,他的自我感觉并不好,但他肯定自己不该得到如此严厉的评价。

"在这儿等着,"她说,"别进我们家里一步。你明白我的话吗?"

他点点头,贝弗利太太走过去,站在车旁。她不是那种能跪在雪地上的女人。"杰克。"她尖声叫道。

"救护车。"是她丈夫发出的声音。

"是那男孩把你弄成这样吗?"

"不是。"努南喊。

她不理他。"我要打电话叫警察。"她对丈夫说。

"别。是我的错。全是我的错。"

"当然全是你的错,"她说,"你以为我过去二十四小时对你说的是什么。确实全是你的错。我的上帝,你算是什么男人?"

"疼。"

贝弗利太太大步走回房子,努南为她拉着敞开的门。"让他在那儿待着吧,我才不管呢。"她说。

"你愿意我打电话叫救护车吗?"

"我愿意你离开这里,永远别再回来。"

"行,"他说,"只是——"

"走。滚。就现在。"

"那是我父亲的车。"

"走开。"

"我得还他车。"

贝弗利太太想了一秒钟,然后尖叫起来,声音大到超过他听到的任何女人的尖叫声。"滚蛋!滚!马上滚!"

努南沿着车道走去,经过他父亲的车。他听到大门在他身后关上,就转过身,小心翼翼地回到车旁,又趴在地上。

"她打了电话吗?救护车?"贝弗利先生凝视着他。

"我不知道。"

他点点头。"我觉得,我要……晕过去了,"他说,闭上眼睛,"很抱歉。"

"我也一样。"努南说。他站起来,最后回头瞥了一眼贝弗利家的房子。南穿着一件粉红色的袍子,站在一扇窗旁,他猜那一定是她的卧室。他挥手告别,是再见的意思。她也挥手告别,却是分手的意思。

这场暴风雪是几个冬天以来最大的一场,倾泻了差不多三英尺厚的雪。但到那天早上七点半,太阳已经出来,天空湛蓝湛蓝的,预示了春天的到来。努南穿过东区被雪困住的街道,向艾吉·鲁宾走去。人们从屋里出来时,都严严实实裹在厚大衣里,钻过可怕的雪墙。但现在,他们都脱掉大衣,只穿鼓鼓囊囊的毛衣了。即便这样,他们干活时,额头仍然沁出闪闪发光的汗珠。人们喜欢温暖的阳光,但它让雪变得又沉又滑,铲起来很费劲。但似乎人人兴高采烈,相信这是冬天的垂死挣扎了。努南在街中央艰难地行走,有几个人高声与他打招呼。他试图分享他们的欢乐,但要做到这一点不容易。刚才,他女朋友的父亲要揍他,却在这个过程中伤了自己;她母亲像个女鬼一样尖叫,还称他为魔鬼。更糟糕的是,他一到艾吉,就必须给他父亲打电话,解释为什么把车留在贝弗利先生的车道上,而后者在车下动弹不得。然后还有更严重的问题。昨晚他与一个自己不但不爱而且不太喜欢的女孩做爱。如果她怀孕了……仿佛是为了完成他的这些想法,教堂的钟声响了。今天是星期日。不知怎么,他竟然忘记了。

艾吉的生意很兴隆。人们因为被雪困住,不愿开车出去,当然更不愿意开很远去 A&P。努南到那里时,露西和他的父亲已经在艾吉门前开出一条道,通到街上。大个子卢看上去面色苍白、筋疲力尽,很高兴把铁锹递给努南。上午过了一半时,德克兰下楼来,一副宿醉的难受样子。他打量着周围的情形。"见鬼,"他说,"我还希望到这时,你们已经解决完了这些爱斯基摩垃圾呢。"

"好吧,我们没有。"露西告诉他。

这时苔莎走出来,拿着从储藏室找出的另一把铁锹,二话没说递给德克兰。

"星期天我休息,"德克兰提醒她,"你忘了吗?"但他还是接过铁锹,向停车场走去,那里的雪他们甚至还没有开始铲。他站在那里足有一分钟,然后对着雪地剧烈地呕吐起来,弄得努南直怀疑下一个呕吐的是谁。

苔莎用胳膊肘捅了他一下。"看见没有?"她说,"你不是世上唯一的傻瓜,对不对?"

也许他不是,但他就觉得自己是唯一的傻瓜。南说得对。除了德克兰,林奇家的人似乎都知道了昨晚的事情。整个一上午,露西一直在用眼角的余光瞥他,努南不知道,他的朋友是失望,还是因为知道事情的后果而害怕。中午时分,苔莎坚持要他们休息一会儿,而且在纸盘子里堆了冒尖儿的冷熏猪排,还有通心粉色拉和土豆色拉。努南狼吞虎咽下自己的一份,他们又劝他吃了第二盘。大个子卢看上去仍然苍白、虚弱,吃了几口,就把盘子推开。

"大个儿,你还好吗?"他弟弟问,"我问你,是因为你看上去糟透了。"

"我好像一点儿劲儿也没有。"

"你从来就没有,"德克兰回答说,"就是在农场时,你也总是想方设法,把最重的活儿推给我。"然后他转向努南,"你昨晚去默迪克了吗?"

"没有。"他说。他们没有进去,所以这不算完全撒谎。

"见鬼,"德克兰说,"我明明记得你和娇宝贝在那里。"

吃完午饭,他们又继续干活。似乎每次他们在雪墙上铲出一个足够宽的出口,扫雪车就又开过来,把它合上。艾吉的小停车场只够停八辆车,但三英尺厚的雪在那样大的地方就是惊人的数量。等到他们把那里清出来,努南受过伤的手腕又开始突突地抽动。但很奇怪,这疼痛让他感激,因为它帮他找到艰苦的体力劳动所需要的节奏,他的努力变得经济、紧凑,每次扬锹,使的力气仅够把又湿又滑的雪堆在雪墙上。露西也是一锹一锹地和他比着干,但他高兴地注意到,他的朋友没有铲一满锹,而且他扬上去的雪有时又滑下来,落回到他脚下。下午过了一半,德克兰像个残疾人似的哈着腰说:"姑娘们,其他的活儿就留给你们了。"然后,他消失在楼上。

他们终于铲完停车场的雪,苔莎让努南回家去,说他已经尽了自己的一份力。但他知道,街对面的林奇家还困在雪里,因此他又跟着露西到了那里,开始干起来。有一次,露西听到屋里电话铃响,他进去接电话,让努南休息一会儿,但努南没有停下来,仿佛诚心诚意的精疲力竭可以平息上帝的怒气和嫉妒,而他能够决定小城的姑娘是否怀孕。他的手腕疼得更厉害了,这也不错。

十字路口对面,人们继续在艾吉进进出出,把车停在他和露西还有德克兰刚清出的停车场里。出于某种原因,他看着这一情景,心中涌起一种感情,他没有立即意识到这是自豪感,因为没有什么理由感到自豪。难道为一个街头杂货小店铲雪,就可能产生如此强烈的满足感?他靠在铁锹上,几乎筋疲力尽,他感激一整天的劳作,不仅为自己感到自豪,而且为林奇一家,甚至为德克兰感到自豪,为他们每天为艾吉做出的奉献感到自豪。昨天晚上,他带着南看了一圈西区世界,她又受到吸引,又感到害怕。他为自己向她展示了残酷的现实而偷偷高兴,过去她一直受到保护,看不到的这些现实。但它与他现在的这种自豪感完全不同,因为实际上,他现在跟她一样,已经不再属于西区那个世界。今天早上送南回伯若区,他忽然觉得自己也不属于那里。他记得,当她母亲尖叫着让他滚出去时,他觉得她完全有权那样做。

但是这里,就是这里,是一个他可以属于或者至少值得属于的地方,在这里,他永远受到欢迎,即便他最后成为一个像德克兰·林奇那样靠不住的人物。十一月时,莎拉眼泪汪汪的,害怕艾吉会出什么事。当时,她的恐惧似乎有些夸张,但他现在明白了。她是反对她父亲的价值观的。努南对伯格先生的小说一无所知,但他可以肯定,他的小说里不会有像艾吉这样的事情。不,无论是哲理上,还是戏剧性上,他都会走极端。那个梦到鱼的穷苦黑人,还有他的用数字去赌博的妻子,都很投合他那崇高的种族不公平感,因为那些人从来就没有机会。而他们觉得自己有机会,则更加深了讽刺意味,伯格先生是多么喜欢具有讽刺意味的事情啊。在另一个极端,是伟大的梦想家——盖茨比①和亚哈们。他们或者决心

---

① 美国作家 F. S. 菲茨杰拉德(F. Scott Fitzgerald,1896—1940)的小说《了不起的盖茨比》中的主人公。——译注

征服整个世界,或者决心摧毁和重塑整个世界。在课堂上,他们还读了《推销员之死》①,但伯格先生显然并不喜欢威利·洛曼,他对他只有怜悯。对只有小梦想的小人物,他是没有兴趣的,即便他们的梦想需要巨大的信仰和无尽的耐心。艾吉·鲁宾是桩小事。一桩很好的小事。你可以指望它,就像你可以指望林奇家的人,不是因为他们没有什么,而是因为他们有什么。他父亲投资奈尔时,是否也渴望这样的事情呢?很好的小事情。

"是南打来的电话。"露西说,回到外面,又拿起铁锹。

"真的吗?"他吃惊地说。如果南给露西打电话,那么也许表明,她即使想与努南吹了,仍愿意与露西和莎拉做朋友。那天早上,她在窗前向他招手时,他得出的明显印象是,她要跟他们都断绝来往。

"她说昨晚什么也没发生。"露西说,高兴地咧嘴笑了。

"是吗?"

"她说你几乎就要做了,但后来又决定不做。"

他点点头。

"这样很聪明。"露西说,努南能够看出,他的朋友大大松了口气,仿佛他自己的处境受到威胁。"她和她妈妈也和解了。"他补充道。

努南怀疑这是否真实,但没说什么。

"他们明天飞亚特兰大,要去整整一星期,"露西接着说,"她妈妈想让她去看看南方的一些大学,有一个在亚特兰大。其余的他们准备开车去。"

他怀疑这是否意味着贝弗利先生将留下来。也许她们就让他待在车底下。

----

① 美国剧作家阿瑟·米勒(Arthur Miller, 1915—2005 年)的剧本,威利·洛曼是剧中主人公。——译注

"就这点不好,"露西继续说,"我本来希望她以后在纽约上学。这样你们就可以继续来往了。她真的喜欢你,你也喜欢她,因此……"

他们继续干活,露西快活地东拉西扯,因为相信他们没有做爱,精力又变得充沛起来。努南不禁为他难过。南太精明了,把他选为最佳欺骗对象,因为他是最可能相信她的人,而且她知道,他会尽其所能来让别人相信。露西永远是那种让人骗的人。他身上有种东西诱使你那样做,而且你还可以告诉自己,你这样做是为他好。露西要去说服的第一个人就是莎拉,这倒有好处。努南一整天都在担心,如果莎拉得知,他在楼梯平台上吻了她,过几小时之后又和南睡觉,她会怎样想。

昨晚的秘密可能有一段时间不会泄漏出去,他本来应该为此而高兴,但却没有这种感觉,而此前一直受到抑制的疲惫终于袭来。他忽然几乎站不住了,每往上甩一锹雪,手腕子就像一根即将折断的干树枝一样抽动。等到他们终于铲完车道上的雪,已经是傍晚时分。《托马斯顿卫报》的摄影记者抓拍了一张他们穿过十字路口的照片,他们托着铁锹,像一对十二岁的男孩。走进艾吉,他去了后面没有暖气的小厕所,一屁股坐在冰冷的马桶上,累得站不起来。他的头脑洗刷干净了,身体麻木了。有一瞬间,他多少意识到前面发生了什么事,店里有些不安的活动。难道他真的坐在那里睡着了?

一定是发生了什么事,因为等他回去,店里的一切都变了。莎拉在那里,露西搂着她。大个子卢在收款机旁,沉默的泪水顺着面颊流下来。苔莎没有责骂她丈夫的伤感,这个景象,甚至比德克兰在屋子对面冲他摇头,更证明了事情的严重性,无论那是什么事。他的第一个内疚的想法,是莎拉受到良心的谴责。她昨天回到家,意识到那并不只是一个吻,而是可怕的背叛。因为她当然回吻了努南。他现在记起来了,她的嘴唇张开,迎接他的嘴唇。他记起这一点，微笑起来，这时她注意到他站在那里，他们的目光相交。就在这一刻，他明白自己错了，这事情与他无关，与那个吻无关。南也没有给她打电话，报告他做了什么。发生了更大也更严重的事情。

"不可理喻啊。"大个子卢说，努南的心沉了下去，因为凡是他这么说，总是发生了可怕的事情、不公平的事情，或者是意外，发生了与他对世界的总体看法、与他认为世界应该运作的方式不符的事情。

最后是苔莎把他带到一边，告诉他，前一天晚上，长岛南岸也发生了与托马斯顿同样的暴风雪。莎拉母亲的新丈夫驾车失控，撞到一棵大树上。显然，他在冲撞的瞬间就死了。莎拉的母亲没系安全带，所以从车前的窗子飞了出去。如果是正常的夜晚，她的伤不至于致命，但人们直到早上才发现那车的残骸，她已因流血过多死在雪地上。此前，他们两人都喝醉了。电话打来时，莎拉不在。她回家后，看到父亲正在把他的小说投入壁炉中。所以他还没开口，她已经明白了。

林奇太太刚讲述完这一切，一辆汽车停在路边，按响了喇叭。那是努南的父亲，努南知道他为什么到这里来。今天是星期日，他晚上应该去奈尔的酒吧干活，而且一小时之前他就应该在那里了。他告诉苔莎时，她说："你走吧，我来解释。我们会照顾她的。"

他知道他们会照顾她。不光露西，林奇家所有的人，甚至德克兰。他又想起昨天的吻，在他的嘴唇碰到莎拉嘴唇的一瞬间，他觉得一切都变了，但他现在明白自己错了。正如莎拉所说，那不过是一个吻。当她意识到他在那里，直视着他的眼睛时，他看出，对莎拉来说，那个吻从来没有发生过。她只看了他一眼，就掉转了视线。

"玛克丝把一切都给你预备好了，"父亲告诉他，"别忘了谢谢她。"

努南说他不会忘。父亲显然很不高兴,又怎么能怪他呢?早上他在小饭馆等了他一个多钟头,才终于放弃,独自吃的早饭。然后,努南终于打去电话,解释在贝弗利家发生了什么事,他又不得不让玛克丝开车,送他去伯若区取车。现在他又不得不来接他去上班。但是争论着走进奈尔是不行的,威利能看出来,还会担心,所以他们一路沉默。

在吧台后面,他尽了最大努力,但一杯接一杯的酒都没调好。"今晚你他妈的怎么回事?"父亲终于问。努南说,是因为铲了一天雪,太累了。他觉得挺幸运,父亲没想起来问,他去艾吉时打断了什么事。但是有一瞬间,威利超自然的敏感音叉又颤动起来。他从厨房出来,温柔地把努南的手握在自己手里,又把宽大的前额放在努南肩头,告诉他不要担心,一切都会好的。"嘿,威廉,"父亲在吧台那头喊着,"到这里来一下。"努南听到父亲对他解释说,男孩不和男孩手拉手。

后来,努南在威利听不见的时候说:"他只是想对人好。"

"我理解,"他父亲说,"下回他亲你,也是想对人好。"

九点半时,去镇里养老院看母亲的玛克丝回来了。她只瞅了努南一眼,就让他赶快回家去。

他父亲把车停在药店前,熄了火,努南已经开始下车,他让他等一下。"这么说,"他说,"我猜,你真正喜欢的是伯格家的那个女孩了?"

他已经累得要死,实在受不了再与父亲进行这一谈话或任何其他的谈话。"我猜是吧,"他说,"我不知道。"

"但你睡的是贝弗利家的女孩。"

"有点儿难解释。"

父亲摇摇头。"不真是这样。你知道我在你身上看到了什么?"

"不知道。"但他知道下句话是什么。

"我自己。"

努南咽下想说的话,但很高兴旧日某些令人愉快的憎恨又恢复了。

楼上很冷。也许没有前一天夜里冷,但感觉上却是更冷。他一钻进睡袋,就嗅到南的味道,肠胃开始翻腾起来。他拉开拉链,把睡袋拽到灯下,拿起早上给她用的那块浴巾,使劲擦着她留在布料上的干了的血迹,仿佛擦掉它,就可以消除引起它的行为。但这样做的结果,是让他的手腕子又疼起来,而且让一小块干了的污迹变成了一大块湿漉漉的污迹。那被娇惯、任性的小女孩令人倒胃口的气味仍然留在那里。

他努力不去想他如何失去了莎拉。他禁不住疑惑的是,究竟在什么时候,她决定选择卢·林奇,而不是鲍比·马库尼。有什么东西告诉他,昨天他们接吻时,她还没有做出决定,这意味着在今天之前,她还没有确定。她是在得知母亲出事后明白了吗?她是不是在遭到那残忍打击的一刻,明白了自己想要而且需要的,是谁的慰藉的拥抱和真正的体贴?还是在她走进艾吉的那一刻?如果当时是他在前面,露西在后面,那同样的悲痛和损失也会让她扑进他的怀抱吗?但这些问题已经没有意义了。她如何选择和为何选择都不重要。她只是已经做出了选择。

努南在试图钻进睡袋时,才意识到,平时他都是头冲着前面的街道,现在却是冲着楼后面。他想这没什么关系,于是钻进去,拉上拉链。反正一分钟后他就会睡着。结果却不是这样。尽管精疲力竭,他却躺在那里睡不着,身子因为触到湿着的地方而发抖,手腕子的疼痛现在也如波浪一样,不慌不忙地袭来。如果莎拉已经做出选择,那么他应该做的,就是不在乎。昨晚他不就是这样对南说的吗?在乎还是不在乎,是你自己可以决定的。他不是早就掌握了这个把戏吗？早上醒来，他可以变得一点儿不在乎。

他躺在那里这样想时，看到房间另一端有一个奇形怪状的东西——一个披斗篷的人？过了一会儿，他才认出那三角形的顶端是莎拉画架的尖顶。不知为什么，这让他想起自己梦见的大教堂。这几个月，他不时会想起它，甚至考虑过问茂克三子，他是否在希尔小丘认识什么人有解梦的书。但那只会给他一个数字，一个他可以去赌的数字，而他想知道的，是这个梦的含义。很奇怪的是，今晚他觉得，也许他知道了。倘若必须用一个字来总结那大教堂给人的感觉，那就是"家"。

白天和露西一起铲雪时，他觉得艾吉·鲁宾可能是家，但现在他明白了，那仅仅是一种渴望。林奇家的小店不是他的家，就像奈尔不是他父亲的家一样。艾吉只是一个让他变得投入的地方。一个很好的小东西，但这很好的小东西不是他的。的确，他在那里受到欢迎，但他永远是客人。莎拉在她的画中，把他放在门外，正要进去，她是对的。努南意识到这一点，可能是第一次有失去的感觉——失去他不能肯定自己输得起的东西——还有恐惧，恐惧可能没有什么能代替它。毕竟，倘若你唯一真正的家，是一个只存在于你心里的地方，那将意味着什么？那难道不是表示，你不属于任何地方吗？

他极渴望再梦到大教堂，因为这一次他准备好了。第一次时，他想与别人分享它的妙处。现在他明白了，不应该失去重点。如果他再做这个梦，他知道，这个梦只是为他一人的，有些东西不能分享。那大教堂，如果它是大教堂的话，它的魔力和美妙一次只能向一个人展示，而且这个人还不能分心。任何其他人在场，甚至你爱的人，也许尤其是你爱的人，都会让它消失。他现在懂了，它是来替代你所爱的人的。

努南躺在那里，凝视莎拉的画架在黑暗中模糊不清的形状。他不会知道，他正在目视自己的未来、自己的命运：他将在画架前度过自己的成年生活,他的画笔常常受到一系列他所谓的"画梦"的神秘指引。所有那一切还太遥远。然而,他的确感到了更切近的未来:一些黑影在他的睡袋与屋子另一端的画架之间游走。他能感觉到它们在积聚力量。他发现,捏自己怦怦直跳的手腕,可以让它们在黑暗中变得更加清晰。此后几个月,即从暴风雪到毕业之间的几个月,这些黑影在实际世界中获得了实质性的存在,驱使发生了除努南本人之外让所有人吃惊的事件。尽管南对露西说过那样的话,她和她的母亲都没有从亚特兰大回来。她的父母设法让她念完了课程,缺席考试。她的毕业证书通过邮局邮寄给她。可以预见,这件事让露西受到的打击最大。"我只想知道,她为什么连信也不写,"他至少一星期说一回,还补充道,"而且不给你写。"他希望努南能够解释。"少管闲事,卢。"他的母亲会这样说。他的父亲也张开嘴想说这不可理喻,她同样警告他:"你也一样。"

五月,莎拉的父亲因持有毒品而被捕,努南当然也没吃惊。他秋天时就看出了苗头。最终没有对伯格先生提出指控,但他必须同意辞职。据了解,当初他就是因为受到类似指控,才离开在纽约的教职到托马斯顿来。由于接近期末,找不到代课教师,校方同意他教完这学期,但是后来报纸把这事抖了出来,他就再没回去教课。优秀生班的学生都得了 A。可怜的莎拉,努南想,幸亏她还有露西和他的家人来安慰她。"我们会照顾她的。"她母亲死时,苔莎曾保证过,他们确实这样做了。

当然,最让人们震惊的,是发生在努南与他父亲之间的事情。但是对他来说,相比其他事件,这些事件甚至更像人们熟识的故事:它的情节早已开始,它的结局不可避免,谁也阻止不了。六月初的那个下午,他参加完毕业典礼的演习后回到莱克索,发现他的弟弟戴维在楼上的公寓里等他。他以前从不到这里来,但他的出现并没让努南吃惊。戴维是来告诉他,他们的母亲又怀孕了,对此他也没有非常吃惊。同一个下午,他的印第安人摩托车失控,撞在钢筋水泥支柱上,尽管以前他曾上百次顺利地通过那个弯道,拐上通往奈尔的土路。但他同样没有真正吃惊。整整一个冬天,德克兰·林奇一直在说,这种事的发生只是一个时间问题。德克兰唯一没有说对的地方,就是他预测努南能够完好无损地逃脱,但他在地上翻滚时,觉得手腕子里有什么东西折断了。这难道不是一个优美的对称吗?当然,同样没有让他吃惊的是,餐馆的门大开,可怜的、迷惑不解的、有预知力的威利飞奔而出,沿着长长的车道向他跑来,双臂在头顶疯狂挥舞,脸成了扭曲了的恐怖面具。他一遍又一遍地尖叫:"不!"

他的父亲是否也感到了同样的宿命?也感到试图改变早已命中注定的事情是徒劳的?因为当努南走进去时,他甚至不屑于从高凳上站起来。他确实转过身来面对儿子,再次让努南看到他儿时就很熟悉的那双嘲弄的眼睛,它们以前的狂怒现在变得内向了。努南对父亲的恨曾经是绝对和纯粹的,那时他一直向往这一天的到来。现在,他深深遗憾后来的那些夜晚,他们坐在毗邻的高凳上,获得了来之不易的休战。这些夜晚让他的矛盾超出了他愿意承认的程度,甚至愿意对自己承认的程度。但他警告过父亲,如果他不顾后果,他还有什么选择?他记得当时想,如果莎拉选择了他,可能会有所不同,但她没有选择他。现在,是让她看看她有多明智的时候了。

打架的细节像接吻的细节一样难以回忆,除了第一拳就正好击中,父亲的牙齿在他的指节下一败涂地,他瘫倒在地后,高脚凳仍在旋转。除此之外,努南只记得模糊的景象和声音。玛克丝打电话叫了警察。威利在停车场上被他推到一边,现在发了疯,对他又踢又捶,野兽般地嚎叫着让他住手,住手,住手。他父亲的鲜血从鼻子和嘴巴里一股脑地向外冒,他的眼神不再嘲弄,而是逆来顺受。努南用左拳砸着,右手无用地垂在身边。他记得自己想停下来,但是没有停,甚至在父亲开始翻白眼之后也没有。他诚实到没法告诉自己,这样做是为了母亲,因为她愿意他这样做的程度,不会超过她愿意再一次怀孕。他这样做,只是因为,他说过会这样做,现在他父亲可以一劳永逸地明白,他的儿子和他完全不是一种人,因为他一辈子都在威胁打那一拳,却永远没有真正兑现。

爱 情

待我终于上楼去,莎拉已经熄了灯,这可能意味着,她一直在哭泣,又不愿让我看到,但也可能不是这回事。我摸黑脱了衣服,换上睡衣,然后钻进被子里,躺在她旁边。她翻了个身,让我知道她没有睡着。

"今天下午,我在西区看见布琳迪了。可她对欧文说的是去阿尔巴尼。"我对莎拉说,因为这件事很重要,但我在今天的一片混乱中却把它忘记了。

"我很难过,"莎拉说,声音低下去,让我直琢磨她到底为什么难过。为和我一样怀疑?为欧文?为了我目睹到此事,又要担心?为了我需要把重点从自己转到儿子身上?

"如果他发现……"我没有说完这想法。

"他可能已经知道,"妻子说,让我吃了一惊,"有些事情人们知道,但装作不知道。"是我理解错了,还是这话不仅在说儿子和我,而且在说她自己?最后她说:"卢,我已经决定了,我需要离开一段时间。"

我几乎早就预料到会有这些话,况且还发生了今天的事情,但它现在竟然让我透不过气来,这有多奇怪啊。我绝望地想求她别这样做,但是当然,我知道这不可避免。"去哪里?"我愚蠢地问。离开,显然。离开我。

"我不知道。我只是……需要一个人,把事情想清楚。你自己待一段时间,可能对你也有好处。"

"不会,"我向她保证,"没有你——"

"卢,我不打算对你说谎。我不知道自己打算做什么。我甚至不能肯定,我知道怎样独处。也不知道我们不在一起,我会成为什么人。也许我会发现。但我希望你明白,我并不生气。我知道你也尽力了。你那么做事是不对,但并不是只有你一人做过可耻的事。"

我等待她继续说下去。

"你以前说的,有一部分是对的,"她终于说,"我确实爱过他。"

当然。我们两人都爱过他。

"也许只是他身上的某些东西。他的……"

勇气。

她清了清嗓子。"我在库珀联合学院时,他寄过一张明信片给我。没有说很多,只说他在多伦多,一切都好。他开玩笑说,他注册了一门美术课,还参加了一个讲习班,我最好小心点,因为他打算追上我。我当时想给你看那明信片,但我知道,那会让你伤心,因为他是写给我而不是我们两人的。我最初并没有给他回信,直到卢卢生病。后来我们结婚时,我又给他写过信。我不能跟你说的事情,却可以告诉他,大概因为他不在这里,还因为你把什么事都看得那么重。"

啊,卢,为什么你一定要这样……

"你父亲死后,我又给他写了信……我很恐慌,我猜是因为你总是郁郁寡欢。我小产后,心情很郁闷,也给他写过信。那是最后一封信。那之后,我就没再写。"

"为什么?"

"那开始像……欺骗了。他给我的信寄到一个邮箱,我告诉自己,它们只不过是信,但是有那样的秘密,让人感觉不对头。而且到那时,鲍比自己也结婚了,那样对大家都不公平,所以我告诉他,我以后不再写信了。我说我爱你,我爱我们的生活,这是真的,但主要是,似乎到了应该结束的时候。后来生了欧文,我们忙了起来,也就没有这个需要了。"

"那么为什么又要开始呢?为什么是现在?"

我的眼睛已经适应了黑暗。屋里的光线刚够我辨认出她的微笑,所有这些年来,那甜蜜的微笑始终是上帝的赐福。"因为现在终于安全了。你看不出这一点吗?也许是因为我们都老了。我不知道,但在某一时刻,我意识到危险已经过去,鲍比只是一个老朋友而已。经过这么多年,鲍比对我也会这样想了。不过,这与我得了癌症也有关系。做完手术后,我希望与人谈谈,但是个只在过去认识我的人,只了解过去的我。我真正希望的,是与我母亲谈谈,但她不在了。出于某种原因,我想起鲍比,想起我们以前是怎样谈话的。"

谈她不能对我说的话。

她拉住我的手。"你觉得我还让另一个男人向往,这叫我高兴,但是——"

"莎拉。"我说,声音低到连我自己都几乎听不见。

"卢,别觉得我现在告诉你的是个爱情故事。我和你才是爱情故事,不是我和鲍比。"

"你永远不会回来了。"我说,我的深信不疑甚至让自己吃惊。

可能因为她太了解我,知道这时无法让我相信,至少今晚不行,所以她并没有尝试说服我。"有一件事我需要告诉你。我要你明白,我所做过的不诚实的事情,并非只有许多年前给鲍比写信。卢,我一直在读你的故事。整个这星期。我不该不问你就这样做,但是我太害怕。我害怕会发生比今天更糟的事情。"

害怕我跨过叹息桥。害怕我不再回来。她不必明说。"里面的许多事情都不真实,我猜。开始写时,我是想努力忠于事实的,但我不断觉得迷茫。"

"你对卢卢的感情是真实的。还有你对艾吉的感情。我还喜欢你写的我。但有一件事,你能解释一下吗?在基督教青年会楼梯上的那个女孩,你为什么说是其他女孩?就是那个看上去很害怕被留在后面的女孩?你知道,那是我。"

"不,那是——"我开始说那是谁,因为我脑子里一点儿不怀疑这一点,但我停住了。不知什么原因,我现在无法像描写那一事件时,清晰地想象出那女孩的模样。我也记不起她的名字。

"你就在我下面那级楼梯上。我知道你是谁,但这是在你遇见我之前。我不是那种引起男孩注意的女孩。我转过身,你在那里,而且——"

"不对,"我又说,不想把自己弄糊涂,"不对,我记得——"

"我和我最好的朋友萨莉·多伊尔。所有的舞会都是我们两人一起去。你和那个后来上吊自杀的可怜男孩在一起。戴维。"

"不对。"我又说。我真的在黑暗中摇头。

莎拉觉出了我的不安,说:"卢,没事的。"

我睡得断断续续,天亮前一小时醒了,多少意识到莎拉当然是对的。多年以前,是她站在那楼梯上。我现在看见了那女孩眼中的希冀和渴望,认出它们属于睡在我身旁的这个女人,这个我把自己的生活与之交织在一起的女人。在我们卧室的窗外,东方的天空露出一窄条灰色。我记起很小的时候,在黎明前的黑暗中醒来,听到奶瓶的叮当声,感到很安心。尽管父亲从来没有在我家的路线送奶,但那声音告诉我,他在外面,给人们送去需要的东西,可靠,风雨无阻,让我们感到骄傲。当时,我觉得他是个做重要工作的重要人物。那种工作你是不会随便交给什么人去做的。

我想到可怜的戴维。我拒绝过他多少次?最后的一次最糟糕。因为关于这一点上,莎拉也没有说错,那个星期五,戴维确实在那里,不声不响地站在我身旁。为了道义上相互支持,我们总是一起去参加舞会。他家刚搬到托马斯顿不久,他急切地需要一个朋友,而我也是一样。最后,我既是导师,又是保护者,很像以前鲍比·马库尼之于我的角色。我记得自己很喜欢这个新角色。我和戴维住在东区相反的两侧,于是我们轮流送对方回家。有一个星期五,舞会结束之后,我们去了戴维家。让我震惊的是,在黑漆漆的车道上,他吻了我的嘴唇,然后赶忙跑进屋去。第二天在电影院,他似乎像我一样,为他的行为难为情,我们两人都没有提前一天晚上的事。但看完电影后,他送我回家,又吻了我,这次是在光天化日之下,就在我家门前。我记得自己当时想,父亲就在街对面看着,于是推开戴维,告诉他,我不想再和他做朋友。我现在仍能记得他脸上的表情。

我本来可以把他写进我的故事,解释那个吻和以后发生的事情:那天在学校,我们得知可怜的戴维上吊了。没有正式宣布,但是上午过了一半,大家就都知道他死了。那天早上,他父亲发现他吊死在车库里。我本来可以写写,我们那些受到打击的教师在走廊上窃窃私语,后来整整一天,他们和其他孩子都使劲盯着我——戴维唯一的朋友,仿佛他们怀疑也许我知道他为什么这样做,或者怀疑我将是下一个。放学后,我骑自行车去了惠特科姆公园,用双手发白的指节紧紧握住加布里埃·茂克的栅栏,大声呜咽,沉浸在悲哀之中,试图从身体中抽干悲痛,这样回到家里,我就不会看上去比其他同学更悲痛。

那天晚上吃饭时,我觉得自己装得不错,只表现出某些悲痛和哀思,比我实际的感情要轻得多。但母亲更明白,她经常都是这样,知道我的伤心程度超过表面的流露,因为等我上床后,她来到我的屋里,含着眼泪告诉我,她有多难过,那时我才明白,不管多努力,眼泪是哭不干的。"宝贝儿,这是一个丑陋的世界,"她说,"而且永远不会停止。我真希望能有什么好事来安慰你,但我没有。"

戴维自杀一个月后,他父亲来到艾吉。显然戴维留下了一张纸条,其中提到我。我当时恰好在后屋干活,听到父亲说:"我的卢易不是那样的。"后来,恩托曼先生走了以后,他来到后屋,看见我坐在箱子上,目光呆滞。"你不是那样的,对不对,卢易?"他问道,我向他保证我不是。"男孩不应该那样喜欢男孩。"他耐心地解释。我告诉他我知道,戴维要吻我,我把他推开了,那以后我们就不再是朋友,这让他放了心。

除了在选举箱投了谁的票,父亲对母亲没有任何秘密,因此那天晚上吃饭时,他讲了戴维的父亲所说的可怕事情。"那可怜的孩子。"母亲看着我叹了口气。

"这并不意味着,你就一定要很刻薄地对待他。"父亲告诉我,仿佛忘记戴维已经死了。或许他只是说,如果这样的事情再发生,别的男孩再这样,我没有义务做得很残酷,但母亲看他的样子,仿佛他变得更蠢了。"天哪,卢,"她说,难以置信地摇摇头,"见鬼了。"

照父亲的说法,我是否是"那样的"? 我不知道。确实不知道。戴维是吗? 我也不知道。他只是个男孩。我只知道,他新到一个陌生的地方很害怕,特别感谢我和他交朋友。他对我的感情,就像我一度对鲍比的感情。那强烈的爱与依赖令人眩晕地混合在一起,用"崇拜"二字来形容,或许并不过分。我们住在伯曼大院时,甚至后来在第三街,我们在父亲的卡车上"冲浪"的那个夏天,我的确想亲鲍比。的确。我知道不允许这样做,但我又想,那能有何大错呢? 我记得自己想到很久以前,年幼的加布里埃·茂克吻了我的母亲。明知接踵而来的后果,还要冒那个险,他对她的感情该有多么强烈啊。而且他也像戴维一样,是在光天化日之下做的这件事。有没有这种可能:有些事情可以在暗处秘密进行,只是到了大庭广众之下,它才是错事? 这不正是佩里·考斯洛斯基试图向我传播的成人智慧吗？那天我们坐在电影院的楼上，不一会儿，他出去了，在午后灿烂的阳光下，把茂克三子打得半死。

我本可以写出所有这一切，但我没有。为什么？因为我怀疑，可以从书房墙上父亲的照片中找到这个问题的答案。我的故事是在他警惕的目光下写出来的，如果我没有老老实实地讲出来，是因为我不想让他尴尬。写出戴维的事情，意味着我在内心最深处，承认了母亲如此精确描绘的我们共同分享的"丑陋世界"，它的丑陋深深植根于我们每一个人。它会揭示出，我其实早就知道真相，但一直不肯向母亲、父亲和自己承认，即我既像他，又像她。对父亲来说，世界并不复杂。它的规则大多是有道理的，是为我们自己的利益制定的。我一直想成为他眼中的我，但这有时妨碍我成为更好的人。这是一个可怕的认识。

我朝莎拉看去，不知道没有她，我将怎么活下去。她有能够看清真相的能力，我这个人却只看到自己想看的事情，今后，我将不得不自己去弄懂事情的含义。她很快就会醒来，然后离开，因此我要看一会儿她的呼吸和梦。那可爱啊。她穿着朴素、不透明的棉布睡袍，但它当然显出了不在那里的东西：去年为了拯救她的生命而切除的乳房。现在看着她，知道她善良的心中隐藏着小小的秘密，我的自我感觉稍好了一点儿。或许，我们都有权利为自己保留一小块地方。

地平线上灰色的一条现在亮起来。随着光的到来，我觉得有一点确定无疑，即不管我们有多少疯狂的想象，生活只有一个。那些幽灵般的其他生活，无论看上去多么真实，无论我们多么需要，都是幻影。留给我们的唯一生活，足以让我们不完美的心中充满和再充满欢乐，然后它们破碎了。循环往复，无休无止。

责怪爱情吧。

蓝色的门

的确,莎拉并没有什么计划。她打算在阿尔巴尼号列车抵达宾州火车站①时,叫辆出租车去华尔道夫酒店。一个劳工节的周末,她和母亲曾在那个酒店住过,她们称其为"挥霍一把",但付钱的是母亲。莎拉给人看孩子挣的钱,到八月底已经有相当可观的一笔,但都存了起来,为她上大学做准备。她记得,在那些夏末的告别前,她们去参观博物馆,浏览商店橱窗,有时跑到城的另一边,去看母亲喜欢的百老汇歌舞剧,那是一种视觉上的奢侈铺张。除了这个计划之外,她没有认真想过。"妈,"在阿尔巴尼火车站时,欧文不断地说,"你都六十岁了。你打算怎么办啊?"

她猜他并不是有意想侮辱人。他是担心她最近的病,所以她真诚地努力不生气。"我知道自己的岁数。"她说。她以前提起过不喜欢"妈"这个称呼吗?还是叫"妈妈"更好些。

"我知道爸爸把事情搞得一团糟,"他承认,"我也很生他的气。"

"我不生气。"她纠正他。伤心,这是真的,也许甚至心碎,但说到生气,她是生自己的气。毕竟,她了解卢能做和不能做什么,

---

① 宾州火车站和下文中的中央火车站是纽约市曼哈顿的两大火车站。——译注

却眼看着最近的这场灾难来临,选择了袖手旁观。

"妈,"欧文说,"你要是不生气,就不是人了。我只希望,你别把我排除在你的计划之外。我可是站在你一边的,记得吗?为什么不让我帮助你呢?"

"你要帮我吗?"她说,"拿那个包。"

因为事实上,她也不知道自己要去哪里,做什么,不知道什么时候会感到厌倦,然后回到自己的生活。或者是否她会这样做。不太久之前,她在杂志上读过一篇文章,讲一个女人,一个摄影师,离开她在波士顿的生活和工作,搬到新墨西哥。她在沙漠里买了块地,还买了一栋简陋的小房子,在那里体验她所谓的艺术与精神上的再生。她是离开丈夫,还是他刚死不久?莎拉记不清了。但这个女人比莎拉大十岁,这证明那种事情是可以做的。莎拉说不清关于这个想法,她最喜欢的是什么,大沙漠的孤寂,还是摆脱男人,摆脱他们的需要别人照顾和故意不去理解别人。也许她会去设在华尔道夫酒店的旅行社咨询一下。她带了护照,可以去任何想去的地方。

在火车上,她打开新出版的弗里达·卡洛[1]传记,把第一页读了三遍,也没有读懂,于是她决定,这本书作为道具的用处最大。没有它,可能会有人想和她聊天,而那是她决心要避免的。火车一开,她就回想起许多年前自己来往于纽约的那些旅行。这些日子,她经常想起母亲。她死的时候只有四十六岁。莎拉猜,是更年期刚刚开始的时候。但当时莎拉太年轻,无法理解更年期对女人来说意味着什么,遑论母亲那样的女人了。莎拉小时候总觉得,弟弟的死是引起父母离异的原因,因为他们悲痛和迷惘。母亲也经常这样宣布。"鲁迪死后。"她开始说,然后那想法就没有下文了,这

---

[1] 弗里达·卡洛(Frida Kahlo,1907—1954),墨西哥女画家。——译注

是她典型的让人恼火的地方。有些时候，她会说："事实上，你父亲和我从来就合不来。"当时莎拉觉得，她的意思是，父亲是知识分子，是一个不仅为思维，而且为写下这些思维所需的文字而活着的人。母亲却不同，她用图像思维，一旦在画布和速写本上画出她喜爱的图像，任何文字都是多余的。她所做的无论是好是歹，争论（她丈夫最拿手的把戏）都是改变不了的。莎拉想象，父母之间的这种不同，也很像父亲与她之间的不同。

她当然错了。实际情况要比这深刻得多。莎拉对他们分居之前的生活没有多少生动的记忆，但她记得他们的争论。"有时读读书，不会要你的命。"他厉声说。"你不也一样？放下书也不会要你的命。"她反唇相讥。在家里，父亲私下贬低母亲的一切，从她的逻辑到她喜欢电视。而在公开场合，往往是在晚会上，她又鄙视他不会社交，对书本以外的东西一无所知。她曾经很媚人，喜欢穿挑逗性的衣裳，喜欢享乐。丈夫在众人面前夸夸其谈文学或政治话题时，她会装出全神贯注的倾听状，然后在他讲完后大笑道："他说得倒好听，是不是？"莎拉自己结婚后才明白，父母离异的真正原因或许是性生活有问题。这或许是真的，因为父亲总流露出，在智力上母亲是个令人失望的伴侣。母亲也暗示过，只是莎拉那时年纪太小，听不懂，当然母亲反正也不想让她听懂。

十几岁时，她明白了母亲为什么在"森德里徽章"有情人，而每年九月她从长岛回去后，父亲提出的问题表明，他也很明白，对母亲来说，他们的分居提供的自由，主要是性生活的自由。莎拉现在怀疑，他对此的感情一定很矛盾。他总是认为，一旦他的小说完成，一旦他出了名，母亲就会爬着回来。但他一定也知道，在最重要的那方面，他永远无法跟上她，尽管这一点他很难承认。他只是说得好听。这话肯定深深地刺痛了他。他花了十多年时间，写了单行距的一千五百页，才写出他的反驳。那时，莎拉不理解，为什么他在那小说上花费那么多时间和精力，却因为几个编辑不喜欢它就放弃。现在她理解了。那些退稿对于他来说是双重的:首先,他不是出色的作家——他甚至做不到自己希望的那样说得好听;而且他的妻子是对的,那另一件事情,他也不擅长。

对母亲生命的最后一年,莎拉感到特别困惑的是,她的勇气为什么会失去得那样快。前一年,她还浑身洋溢着以往的那种反抗精神,犀利抨击父亲那样的男人,抨击婚姻是体制上的一种奴役。然后她变了。仿佛一天早上,她在镜子里看到自己,看到自己的前途,看到不用太久,甚至"森德里徽章"里最绝望、最糊涂的离婚男子,也不会再来她这里寻找慰藉。或许,她还在自己眼睛下面的暗色眼袋中,看到自己干瘪的双颊和乳房,在那些地方,沉淀了所有的马提尼酒。或许,与其说是浴室的镜子,不如说是男人的面孔这面镜子,他们不再注意她,或者更糟,是短暂地注意了一下,却没有让她及格。性是她生活中的货币,而她很快就要破产。如果她的丈夫说得好听,至少他还有生意可做。那至少是你仍然可以做的事情,而且也许是年龄越大,做得越好。但她是做爱做得好,而这个游戏很快就要结束,没有别的什么可以替代它。就莎拉所知,父亲可能警告过母亲,有一天,她的调情可能得不到回报,聚会时,男人不再聚在她的周围,低头看她的衬衫里面,她将不得不面对不复存在的一切,而且是独自面对。也许她嫁给哈罗德·森德里,就是为了不让父亲预言的最后一部分得以实现。

然而莎拉最大的恐惧是,在母亲放弃来之不易的自由、做出致命的再婚决定中,她发挥了作用。最后那个夏天,她太沉溺于自己青春期的担忧,没有留意母亲经历的一切。那张她身穿浴袍的画像,让她看上去又老又疲惫,像烟屁股上的烟灰一样了无生气。那个夏天,莎拉一直在观察镜中的自己,观察自己从女孩向年轻女人的变形。倘若她没有那么自我专注,也许可以减轻母亲的绝望,安慰她,劝她不要因为恐惧而做任何事情。母亲看到自己穿浴袍的那张画像时,曾对她说:"你不明白,有一天,你也会变成那个女人。"有一天,她也会感到迷茫,孤独地寻找方向。

她现在是否正处于这种状况呢?当然,母亲当时指的是,有一天早上醒来,莎拉会发现青春和美貌已经逃之夭夭,她不再是男人渴望的对象,更年期销蚀了她的自信,让她恐惧、绝望,急于抓住救命的稻草。从这个意义上讲,母亲的预言并没有实现。因为莎拉显然没有成为那种女人。但岁月无情,这一点无法否认。她的身材变粗,头发开始花白,眼角出现皱纹,而且在加深,脖颈上皮肤松弛。但是更年期没有侵蚀到她的基础,她没有感到恐惧或绝望,在一定程度上,这是因为她并非独自一人。她有卢,他的爱和忠诚从来没有动摇过,她有欧文,而且她有,好吧,自己的生活。也许五十多岁时,相比三四十岁时,她在性生活上的货币少了,但性曾经是母亲唯一的货币,或者母亲自己这样认为,这是同一回事。所以她才会在那最后一个夏天觉得自己不再是女人,而莎拉却躲过了这种感觉。

或许说到现在为止。是否就在她庆幸自己的情感历程与母亲不同时,他们切除了她的乳房,最终实现了母亲的预言,或者说是这一预言更具讽刺意味的版本?莎拉只确切地知道,她从麻醉中醒来时,深信母亲与她一起经历了这一切。不是在手术室里,也不是与卢和欧文一起在候诊室里,她是与她一起在麻药引起的梦境中,飞快地度过整个时光,但莎拉记不得她说了什么。在恢复知觉的过程中,她第一个有意识的想法,就是母亲残缺不全的尸体在浸满鲜血的雪地上躺了好几个小时。后来,当她能够查看医生对自己做了什么时,她再次想起那个警告,即她最终也会变成那个女人,举着香烟,烟屁股上拖着长长的没有生气的烟灰。莎拉怀疑,她是否低估了自己的母亲?她是否比莎拉想象的更有智慧?如果她谈论的不是更年期,而是生活能够展示出人实际上会有多么孤独,那怎么办?

手术后的几个月里,母亲继续经常出现在莎拉的梦中。她假定这是有道理的。在那次事故中,母亲的外形毁损得太厉害,因此葬礼时她的棺材是盖上的,以致或许在莎拉的潜意识里,总有一部分在顽固地希望,躺在棺材里的,是另一个女人。噩耗传来时,她与父亲住在一起,她总觉得自己没能好好哀悼母亲。当时父亲本人的麻烦正在迅速接近,他正处于崩溃的边缘。如果她对母亲的去世悲痛欲绝,会向他显示出真情,即她更爱母亲。那么现在,是她自己最近的恐惧,让她做出耽搁已久的决定,允许她去想象母亲的孤独,最终去哀悼失去她的痛苦吗?

或许是这样。但又不太像哀悼,那是……什么呢?莎拉说不太清楚,但更像是她们两人之间进行一场过去未完成的谈话,仿佛其中一个人说了什么重要的事情,但被打断了。是什么呢?几个谈话都悬在那里。是同时爱上两个男孩吗?她是否应该担心一个男孩过于谨慎,另一个男孩却不顾后果,而且粗心?爱和被爱哪个更重要?莎拉的才华横溢(这是她母亲的看法)与爱能够相容吗?这就是她为什么说"我真,真难过"吗?莎拉当时提出这些问题和其他许多问题,但是没有用,因为母亲总是进一步陷入自我怀疑。倘若母亲没有死,她们还会进行其他许多谈话。母亲会觉得她嫁给卢是辜负了自己的才华吗?她会因为莎拉浪费了如果是她她会最珍惜的东西而生气吗?莎拉只需要母亲再陪她一小时,也许就在她们去的那些又小又窄的纽约小餐馆。莎拉回托马斯顿前,她们在纽约看完表演后总去那些小餐馆吃夜宵,除了最后一年的夏天。

一小时。这是她在铁轨的节奏引诱下睡去之前,最后一个有知觉的想法。

醒来之后,她有一种奇怪的梦幻般的感觉,仿佛她的希望实现了,火车不是去它的终点站宾州车站,而是为她破了例,像她小时候那样,把她带到中央火车站,而母亲正在金色大钟下的问讯亭前等候她。更奇怪的是,母亲仍是四十六岁。这部分很让人尴尬,自己比母亲还老。否则的话,这是一个甜蜜的幻觉,莎拉迷迷糊糊地沉溺于其中。也许她们两人会一起搬到新墨西哥去,住在沙漠里。等到火车进了城,这一美好的远景不是变小了,而是变得更加有力,事实上它是如此强烈,以至于莎拉发现它是宾州车站,而不是中央火车站时,真的很惊讶。

她唤来一辆出租车,把酒店的地址给了头上裹着包头巾的司机,但经过中央火车站时,她改变了主意,让司机把车停在路边。她已经有四十年没进这个火车站了,但它与她的记忆一模一样。问讯亭仍在大厅中央,上方还是那面四边形的金色大钟。问讯亭前有一位中年妇女,正提高嗓门,愤怒地与里面提供信息的年长妇女争吵。莎拉小时候多少次目睹过这种情景?母亲明明错了,却还固执地与那些政府小职员争吵。现在的这个女人想知道,如果不是在中央火车站,为什么旅馆的雇员会告诉她到这里来?这是莎拉的想象吗?还是那女人的语调和音色都与她母亲一模一样?

"你一定是误解了他的意思,"那位雇员冒险揣测,"你要去长岛,需要坐从宾州车站出发的长岛火车。"

"我没有误解他的意思,"那旅客坚持说,"别跟我讲什么误解。你又不在那里。"

年长的女人承认,是的,她是没在那里。但她在这里,在这个问讯亭工作了十年,她知道哪列火车往哪儿开。"你要坐长岛火车,"她说,"不管你喜欢不喜欢,它都是从宾州车站出发。"

她的敌手听了转向莎拉,说:"你能相信吗?"

尽管她们身量同样高,但她明显觉得那女人在俯视她,仿佛在看一个孩子。莎拉看到,那女人的外表没有与母亲相像的地方,但她认出了那疯狂的恼怒,几乎觉得她会拽住她的手腕冲出去。

"你要坐长岛火车。"那小职员在她身后喊,然后看看莎拉,假定她在排队,是下一个。她们的视线相交,她仿佛一直在跟她说话。就在这时,莎拉忽然明白自己要去哪里了。

"森德里徽章"也像环绕它的小镇一样处境艰难。现在它的名字是"阿姆斯公寓",住户都是黑人和拉美人,混凝土的院子里野草丛生,无人料理。那里还有一股莎拉以前没有闻到过的气味,它与做饭或者与生与死都没有关系。她一辈子住在托马斯顿,觉得自己知道贫穷的气味,但这不同。停滞?绝望?狂怒?院子里的游泳池已经填平,上面搭了一个简易游戏场,但滑梯歪向一边,生锈的秋千只剩下一条链子,座位晃来晃去。肮脏、褪色的玩具散落得四处皆是,内墙上满是涂鸦。栏杆上晾着毛巾和床单。

莎拉已经忘记,在"森德里徽章",每间公寓的门都漆了不同的鲜艳颜色。现在许多扇门四敞大开,过去是门把手的地方,现在是一些惹人注目的圆窟窿,悲惨地承认,里面没有值得一偷的东西。离得最近的一间看上去更像是个储藏室,而不是某人的住所。屋里的家具上是一沓沓儿童和大人的衣服,摞得高高的,按种类分开——内衣、衬衫、裤子、外衣等等。靠在最里面墙上的,是大概上百双鞋子堆成的小山。那里有人住,还是作为某种公共房间,堆积偷来的或者别人捐的物品?又是为了什么目的?莎拉不禁想,这可比希尔小丘的情况还要糟。她现在明白了,为什么出租车司机在她下车时说:"夫人,你肯定这里是你要去的地方吗?"

其实,她并没有期望一切如旧。她母亲和哈罗德死去一年后,"森德里徽章"就卖掉了,这中间,一位律师给她打过几次电话。由于他们最近的婚姻,莎拉有资格继承这个大院的一部分,但哈罗德自己也有个女儿,此外这地方借了三笔按揭贷款,所以银行是排在第一位的。最后,那房产售出的价格只够还贷款的一半,这意味着大家都是输家。现在看上去,是四十年来一直都没有赢家。

当年她母亲租住的房间在二楼的尽头,莎拉微笑起来,因为看到它依然有一扇天蓝色的门。除了哈罗德的公寓(它实际上是两个单元),母亲的公寓总是最好的,现在看来可能依然如此。外面窗台上的花坛里盛开着鲜花,它们可能是这里能够见到的唯一活着而且在生长的东西,除非你把那些邋里邋遢、基本上没人管的孩子也算上。楼上,一个棕色皮肤、淌鼻涕的小家伙把脑袋伸进栏杆之间,正用莎拉听不懂的一种语言哭喊着,叫人来解救他。

莎拉不知自己在那里站了多久,观察着这一切,然后被近旁的一个声音吓了一跳。

"你是州里来的吗?"一个又矮又胖的黑人女人说,她的年龄让人无法确定,"你看上去迷路了。"

"我是觉得迷路了。"莎拉承认。在中央火车站时,她那么肯定应该到这里来,仿佛母亲留下了一条撒了面包渣的小路,让她跟上她。

"你来找谁?"

"不找谁,"莎拉对她说,"实际上,我以前住过那间公寓。夏天,和我妈妈一起。"

"一定是很久以前的事情了。"那女人说。确切地说,没有不相信她的话,但是让莎拉知道,编她的故事还需要费点儿力气。几个好奇的孩子蹒跚走来,有男孩也有女孩,不少是混血。一个又高又瘦、大概十二岁左右的黑人女孩,从堆满衣服和鞋子的那间公寓向这边张望。她为什么没去上学?

"实际上,我刚才在想是否租一间公寓。"莎拉对那女人说,但立即就后悔自己强调刚才,并且意识到可能已经得罪了她。那听上去一定是这个意思:她原来想租房,直到看到住在这里的人们的肤色。

那女人即使生气了,也没有表现出来。"到街对面去。'森德里花园',"她提议说,然后看了一下自己的手表,"事实上,你最好走吧。我并不想没礼貌,但土匪们就要醒了。"

"土匪们?"莎拉说,不能肯定自己听得正确。

"他们多数都想当土匪,"那女人承认,"但在这里?如果你想,最后就会成为土匪。"

"如果你是女孩呢?"莎拉冲门洞里那个又高又瘦的女孩笑笑,她也冲她笑笑,这让莎拉很惊奇。

"你要是聪明,就快点儿学,"她顺着莎拉的目光,转过身去看那女孩,"你不想什么都不是。你就什么都不是。"她的声音很大,为了让那女孩听见,但莎拉不禁觉得,这是为了那女孩好,表明也许她应该更聪明。

在"森德里花园"的办公室里,有一个年龄与莎拉相仿的女人,她说话时嘴角叼着一支点燃的香烟,看上去很粗鲁。她对莎拉刚才去了街对面似乎很震惊。"算你运气,活着出来。那边可是个匪窝。"

莎拉站在一张桌旁,可以看到隔壁的居所,一个十几岁的男孩,长了满脸痤疮,正四仰八叉地躺在一张沙发上。这房子的格局与她记忆中哈罗德·森德里的办公室加公寓一模一样。"匪窝?"

"帮匪,"那女人解释说,香烟上的烟灰掉到登记表上,"你等到太阳下山以后看。他们全像蟑螂一样出动,在旧加油站前面的角落里晃来晃去。他们就在外面公开做交易。警车每一两个小时开过一次,装出他们挺在意的样子。真正的乐事要到后半夜才开始。希望你不在乎脏话。全是操你妈,互相骂黑鬼。可你要是骂,就开枪打死你。"

莎拉微笑起来,记得四十年前,哈罗德半夜打开窗子,冲着街对面喊:"滚你妈的蛋,伊琳。"

"无论如何,我把你安排在后面安静的地方。相对安静。这么说,你的丈夫要死了,还是什么别的?"

"对不起,你说什么?"莎拉说,吓了一跳。卢又发病了吗——这个女人怎么会知道?

"像你这样的女人,一周一周地租房子?丈夫通常都住在癌症病房里。医院附近的汽车旅馆更贵。你不是,对吗?"

莎拉摇摇头。

那女人等她详细说,看她没有,就把表格推过来让她签字。"仔细看好啊,"她说,用手指着带星号的一段话,那段话解释了退款政策,"你可能以为我不是这个意思,但我确实是。"

她说"我"而不是习惯的说法"我们",莎拉觉得奇怪。"你是房主?"

"是的。我一定看上去很倒霉,是不是?"

莎拉想告诉她,街对面才倒霉,但她只把签了名的表格推回去,还有她的信用卡。"你不会姓森德里吧?"

"曾经是。我从我母亲那里继承了这个地方,她抽烟,把自己抽得老早就进了坟墓。"她掐灭香烟,好在机器上划卡,"她和我老爸离婚时,通过离婚协议得到这地方。他拥有街对面的那个鬼地方,那时住的还是白人。一天晚上他喝醉了,开车撞到大树上,那时我还是个小孩。大多数人都是傻瓜。也许你注意到了。"

莎拉表示同意,而且直盯着她的眼睛,但哈罗德的女儿没懂她的意思。的确,她似乎很高兴她们有相同的哲理。"一个星期以后,你如果决定接着住——我想你不会——我也许可以再给你点儿优惠。我让你住在二楼,因为我孙子是个窥视狂,"她一边说,一边把钥匙递给莎拉。隔壁房间里的男孩一定听到了她的话,但没有反应,"别管怎么说,拉上窗帘。因为他能像只猴子一样爬上去。那是他的技能之一。"莎拉已经走到办公室门口,听到那女人说:"托马斯顿。"她又点上一支烟,透过烟雾研究着表格上的个人信息。"那是哪里?"

"上州。"

"为什么听上去有点儿耳熟?"

"你父亲撞树的那天晚上,坐在他车里的女人曾经住在那里,"她说,"她是我的母亲。"

那女人的嘴张开了，但没有吐出声音。莎拉关上办公室的门时，那张嘴仍然张着。

虽然帮匪和窥视狂都离得很近，但莎拉却睡得惊人得好，无梦的沉睡，醒来后觉得精神爽利。她租了一辆车，开到公墓，找到母亲的墓碑。她与哈罗德·森德里并排葬在那里。葬礼那天的情景，她记不得很多，只记得天寒刺骨。冷到如果她哭，眼泪会冻在面颊上，但她没有哭。她吃惊的，倒是父亲完全失去控制，爆发出剧烈、愤怒的呜咽。这是以后许多崩溃中的第一个。他再也不能应付任何事情，他的班级、女儿，甚至他自己。莎拉毕业后不久，他就离开托马斯顿，在阿尔巴尼的一家旧书店找了份店员的工作，短短三年以后，他死在那里。但从某种意义上说，那一天，她埋葬了他们两个人。

莎拉在墓前放了一个花圈，然后开车向海边驶去。她经过了一些很老的社区，在那些遥远的夏天，她曾经在那些地方给人看孩子。这些房子已不再像当年那样宏伟，当年它们是度假别墅。许多房子现在有一种颓败、一年到头有人住的感觉，而且停在杂草中的车辆，也多是小卡车和没有窗子的货车，车上漆着她母亲过去设计过的那种标识；而且车轮都生锈了。看上去，金钱找到了其他的出口。

过了一会儿，她把车开回镇里，寻找母亲灵魂的痕迹。当年莎拉听说母亲要嫁给哈罗德而晕厥过去的那个餐馆还在营业，但换了另外的名字，母亲租画室的老纺织作坊已经被夷为平地。她们每周去采购的超市现在像是"阿姆斯"的延伸，产品也像它的顾客一样是棕色的，货架上的物品早就过了保质期，但对穷人来说，这显然不是问题。莎拉在那里买了麦片、牛奶、橙汁、面包和奶酪，够她吃一两天的。等回到"森德里花园"，她已经彻底地心灰意懒，不知自己为何鬼迷心窍，付了整整一星期的房费。刚刚过去的这一天,已经足以让她相信,这是一个错误。昨天,她的预期很明显。仿佛那个儿童游戏①,有个物品藏了起来,一个孩子告诉另一个孩子找到它的线索。暖了……暖了……更暖了。这就是莎拉在长岛火车上的感觉。出租车停在阿姆斯门前时,她是那样胸有成竹——热得发烫!她没有真正看到自己在哪里,眼前是什么。甚至进了大院,败落的景象一目了然,但看到那扇蓝色的门,她的心跳起来!后来,到了马路对面的"森德里花园",她再次听到那些声音,但却是嘲弄的口吻了:凉了……凉了……冰凉了。今天,无论走到哪里,那声音一直在她耳边低语,等她回到公寓,锁上门,把外部世界挡在外面,它欢快地宣称:你成冰块了!

住嘴,她想。谁问你了?

她最想做的,是给家里打电话,告诉丈夫和儿子,她很快就会回去。也许她会在纽约市里待上一两天,像她最初计划的那样。是什么阻止她打这个电话呢?她觉得是骄傲。在向所有人解释说她需要独处后,她不愿承认,自己不知如何独处。卢不会在乎。他巴不得见到她,只会松一口气,感激事情又恢复了正常。欧文很像他父亲,也会因为同一些理由而高兴。她难以面对的是苔莎。她们一直是朋友,但在大个子卢死后的这些年里,她们变得愈来愈亲密。只是出于需要,亲密的程度是她们的秘密。莎拉从来不理解是什么原因,但她早就知道,卢不信任他的母亲,怀疑她的意图。他们结婚前,有一次,他谴责她计划卖掉艾吉,只是在等他父亲"不再碍事",莎拉被迫劝他说,情况正好相反,苔莎仅仅试图把这个小店隔离起来,免得它最后遭受丈夫的癌症复发可能造成的可怕结果。卢终于明白了自己的想法大错特错,当时很羞愧,有一段时间对自己相信母亲能够做出如此背叛之事而内疚。但没过多

---

① 在这个名叫"热—暖—冷"的儿童游戏中,寻找的人离所找的东西越近,线索就是越暖,离得越远,就是越冷。——译注

久,又出现了不同的怀疑。他们结婚后,只要莎拉与苔莎在一起,他总想知道她们谈了什么,仿佛相信他的母亲会说他的坏话,但这实在是谬之千里了。

不过确实,苔莎·林奇对她的信任,常常恰巧是在她儿子最困难的时刻,即将犯病或刚刚犯病时。最具戏剧性的一次,发生在大个子卢刚刚去世。他的离世对他们的打击都很大,但有好几个月,两个女人怀疑卢是否能恢复过来。就是在这时,苔莎决定告诉她德克兰·林奇的事情。莎拉早就担心他们之间有什么瓜葛,但结果她全搞错了。德克兰是苔莎的第一个情人,那时她还没有遇到大个子卢,后者还在他父母即将破产的农场里。德克兰刚从军队复员,回到托马斯顿,据苔莎说,他身上的一切都是既危险,又刺激。苔莎的父亲听说了他的事,禁止她与林奇家的小伙子有任何来往。但是德克兰买了一辆崭新的印第安人摩托车,提出带她去兜风,她立即就爬了上去。第一次兜风结束时,她已经决定了,一定要跟德克兰·林奇来往。这意味着她不得不撒谎。为了躲避监视,他们通常在城里某个地方见面,然后开着摩托车呼啸而去。回来时,德克兰把她放在离家几条街之外的地方,这样在寂静的夜晚,她的父母就不会把她回家与摩托车的轰鸣声联系在一起。

德克兰告诉她,她天生就是这块料。车开起来,她俯身顺着那个曲线的姿势,就表明她不害怕。当他看到她不害怕时,不禁疑惑这世界上有什么会让她恐惧,于是松开油门踏板。尽管摩托车风一般行驶,苔莎却从没有要求他慢下来。她觉得,他没有能力吓倒她,这一点倒让他自己有些害怕起来。她当然没有对莎拉讲过性的事情,但在莎拉的脑海中,摩托车的意象无疑让人得出他们也进入了那些曲线的印象。苔莎承认,回想起来,他们的恋爱似乎是一场疯癫,几乎到了病毒引起高烧的强烈程度。她说,如果继续下去,他们最后可能一起去抢银行。无论何时,只要他们在一起,就会被一种彻底的放纵感压倒,他们个人的疯狂会因为相互接近而迅速扩大。

后来,一天晚上,那种不计后果的愉悦几乎要了他们两人的命。他们去了派恩山顶峰附近一个喧嚣的路边酒馆,虽然没有喝很多,也许只有两三杯啤酒,但他们忘记了时间。下山时,因为远远超过了苔莎应该到家的时间,德克兰骑着摩托车呼啸而下,试图在窄窄两条线的沥青路上,超越一长串行驶缓慢的车辆。在他们超过大约一半车辆时,苔莎看到对面一辆卡车从山那边转了出来,它的前灯晃得他们睁不开眼。两人立即明白,这回他们躲不过了。卡车司机使劲按着喇叭,但德克兰继续让印第安人压在黄色的中线上,苔莎把额头顶在他的两个肩胛骨之间,紧紧闭上眼睛,等待撞车的一刻,但是这没有发生。当她再次睁开眼睛时,路上已经没有车了。她意识到,德克兰甚至没有放慢速度,他们一路兴高采烈,激动无比,大喊大叫着回到镇里。

但是那天晚上,苔莎独自躺在床上,想起当时没有真正注意到的事情,即有一瞬间,摩托车夹在卡车和他们正在超越的小轿车之间,她闭着眼睛,感到它们离得那么近,两个膝盖感到两辆车的巨大拉力。这时她终于真的害怕了,在黑暗中发抖,试图让自己镇静下来。她对自己说,到了早上,在青天白日之下,恐惧就会蒸发,但它没有,一点儿也没有,因此她对父亲说了实话,告诉他,自己不仅与德克兰·林奇约会,而且事情失去了控制,她不知如何收场。

那时,德克兰住在格特区一栋寄宿公寓的三楼,她父亲去拜访了他。那天早晨,德克兰还在睡觉,他昏昏沉沉地意识到,他女朋友的父亲坐在床沿上,手里举着枪,在他没有完全醒来时对他说,不许他再见他的女儿。德克兰冲那枪点点头,对他说:"我也有一支枪。"完全实事求是,没有一点儿威胁的味道,只是一点儿他可能会感兴趣的信息。苔莎的父亲回答说,他不在乎他有什么或没什么,只要他同意永远不再见他的女儿。据苔莎说,德克兰并不是特别害怕那支枪,但他不知道自己会不会性命难保,他怀疑自己会被一个面色苍白的保险推销员打死,那家伙在用枪威胁人时,甚至不知道关上保险栓。但这个机会确实让德克兰有借口退后一步,考虑一下每次自己和苔莎在一起时驾驭了他们的疯狂。"有可能我们并不合适。"他在下一次见到她时说,很担心她会怎样接受他的这个供认。也许她会断定,在对她随心所欲之后,他现在想把她甩了。她可能会回家,拿起她父亲的枪。如果她拿枪对着他,老天作证,他会非常认真对待的。被一个愤怒的女人用枪打死,更符合他对有一天生命如何结束的总体感觉,因此,当苔莎也承认对他们关系的爆发性感到担忧时,他很高兴。也许让这关系冷淡下来,并不是什么坏事。

那年稍后一些时候,她遇到了卢,她的第一个想法是:这两个小伙子怎么可能是兄弟?德克兰机智、刻薄,从不微笑,但总是似笑非笑的样子,言语中时时露出讥讽。而大个子卢·林奇呢?每次她进门,他都咧着大嘴笑,说话不慌不忙,流露出直截了当的善良和未经故作幽默发酵的友善。大个子卢总是认为,事情会朝更好的方向发展,而他的弟弟总是假定,事情最终会变得更糟糕,但对他来说,可能不会像别人那样糟糕。他的怀疑是根深蒂固和无所不在的。如果说,他还相信什么,那就是他能够像猫一样安全着地的能力。他听说他们开始约会,就警告苔莎说:"我哥哥可有一半时间会是大肥屁股着地,另一半时间尖脑袋着地。"

苔莎的父母对卢并不比当初对德克兰更感兴趣,但她的父亲认识到,他不可能用枪指着女儿看上的每个小伙子。卢与他的弟弟不一样,他不喝酒、勤劳,那都是有名的。而且,他不像是那种会逼着他女儿做爱的人,而他怀疑在这上面,德克兰已经得手。卢显然疯狂地爱上了苔莎,因此她的父亲决定,最好的赌注可能就是让他们继续当年轻的蠢货,希望有一天,她清醒过来,看明白她的新男友是个大傻瓜,奇怪自己当初到底是怎么想的。苔莎告诉莎拉,她父亲从来没有真正明白,她未来丈夫的简单、善意的乐天、不愿说任何人的任何坏话深深地打动了她。他的身上就没有一根怀疑的骨头，他也认识不到别人身上的口是心非。某个油嘴滑舌的人骗走他两毛五分钱，他只会耸耸肩说："他干吗不直截了当地跟我要呢？我可以借他这个钱。"显然，甚至在那时，苔莎就不得不向他解释这个世界。"卢，我觉得他并不想借钱。他想的是没有代价地拥有它。以后你如果觉得给他这钱是干蠢事，那就是个红利。"大个子卢听了只是摇头，伤心地承认，他猜世上有那种人。事实上，他认为，说到骗人老手，他弟弟就是头号证据。"除非你想输得精光，否则不要与他来往。"他劝苔莎，不知道她已经不只输得精光。德克兰在苔莎和他哥哥订婚时对她说："二十年后，我会去找你老爸，看看他是否仍然觉得自己的枪口指对了人。"

多年来，莎拉逐渐明白，苔莎的知心话发挥了双重作用。向儿媳吐露的大部分事情，她从没对另一个人说过，而且莎拉感觉到，终于向另一个女人卸下自己的负担，她是多么轻松。但莎拉也意识到，苔莎在谈论自己的丈夫和婚姻时，也是在谈论她的儿子以及他与莎拉的婚姻。他们父子俩是那样相似。苔莎给她的，不仅是她漫长艰难经历的智慧，而且让她意识到别人也有类似经历，并从中得到安慰。最终，卢和他的父亲一样，是不可能改变的，对此毫无办法。这最后一点，莎拉还需要时间，才能真正意识到。苔莎讲述了她与德克兰短暂而几乎是悲剧性的放纵，莎拉得知德克兰在大个子卢之前，松了一口气，而且想象自己的丈夫也可以放心了。毕竟，他不能因为母亲在认识父亲之前的作为而责怪她。但她提到这点时，苔莎只是微笑着看了她一眼，仿佛在说，她还是太嫩了。"你想告诉他，就告诉他好了，但他不会这样看问题。时间的前后不重要。他就是不愿想到我和德克兰在一起，就是这么回事。"

此处，莎拉的理解是，她的婆婆谈论的还有性。苔莎仅仅隐讳地谈到她的婚后生活，但与大个子卢在一起，显然没有摩托车，没有令人震颤的放纵。他开起车来慢悠悠的，属于她和德克兰下山时飞速超越的那种人。就苔莎流露,她的丈夫并没有不喜欢性生活,但他因此而尴尬,因为它的必需,因为其他人似乎如此沉迷于此。他想做个好丈夫,因此认识到自己在这方面有义务,但肉体上的行为似乎让他不知所措,这模糊而不是澄清和增强了他对妻子的感情。他在农场长大,知道性是最自然不过的事情,而且儿子的出生,让他更充分地了解了它的好处和智慧。但他对达到目标后,自己还得继续这样做似乎很惊讶。

关于自己的婚后生活,莎拉对婆婆甚至更加谨慎小心,一方面这是隐私,另一方面也没这个必要。苔莎了解卢的程度不低于任何人,她知道他哪些地方像父亲,哪些地方不像。事实上,莎拉愈来愈肯定,苔莎透露那么多的隐私,是为了帮助她明白,如果她的丈夫不总是"形成曲线",那不是莎拉的问题。他的忠心耿耿将以另一种方式表达出来,他的承诺绝不会动摇。他们的婚姻将很幸福,除非莎拉期待狂喜,否则她不会后悔的。

在苔莎解释了德克兰的事情后,莎拉问她:"你后悔过吗?"她斩钉截铁的回答让莎拉惊讶。

"从没后悔过。"

"你从没受到过诱惑吗?以后?"

"啊,当然。"她承认。她和德克兰那段短暂的激情熄灭后,偶尔还会旺烧起来,从来没有完全熄灭,但多数是在记忆中。甚至多年之后,当德克兰在艾吉工作时,她还会因为偶然随便的触碰,产生旧日触电的感觉。这种情况无论何时发生,德克兰都会咧嘴一笑,甚至冲她挤挤眼睛,仿佛在说,是的,我也感觉到了。但这是他们两人所希望的,况且还有记忆中那辆卡车的前灯和刺耳的鸣笛声。

也许因为她们两人的这些谈话瞒着卢,莎拉觉得内疚,仿佛自己有什么不贞的行为,但她也感谢每一次谈话,觉得自己不仅获得了一个朋友,而且有了第二个母亲,来替代那个因流血过多死在雪地上的母亲。而且苔莎给了她亲生母亲未能给的东西,即关于生活和如何生活的切实忠告,一个聪明女人的经验。她的母亲当然不聪明。这是核心问题。一直到最后,她一直在形成曲线,而路早就变成了哈罗德·森德里这一漫长、枯燥的笔直大道。苔莎和莎拉都不会这样描绘她们的婚姻。她们爱自己丈夫的程度超过任何人的想象,反过来又都受到宠爱。但她们两人都走过一道开着的门,然后听到门在她们身后砰的一声关上,而且上了锁。她们尽管都不后悔自己的决定,但知道门锁上也依然仓皇不安,就像她们的丈夫如果听到同一关门和锁门的声音,不会觉得不安一样。对他们来说,知道没有退路是一种慰藉。他们从不觉得受到羁绊,从没对自己没有走过的山路感到好奇,从不觉得自己身体的某一重要部分在另一部分盛开时凋零了,从来不渴望他们没有得到和没有经历过的东西。

苔莎感激自己得到了爱,但也明白自己如何受到这爱的羁绊。她从来没机会做莎拉现在做的事情,即逃脱爱的樊笼,哪怕只是暂时逃脱。当莎拉开始不必要地解释自己需要离开一段时间时,苔莎说:"走吧。找到你自己。事实上,也找找我在哪里。我在那里的什么地方。"

这意味着,倘若她仅仅因为失去了独处的能力,就放弃努力回家去,这也是对苔莎的背叛。不,她至少要在这里再试一天,然后去纽约市里再试几天。如果一切都很愚蠢,也许她会想出不那么愚蠢的事情。她站起来吃了一碗麦片,然后上床睡觉,希望明天会有更乐观的感觉。

然而到了早上,她觉得更加无聊。幸运的是,她以前也有无精打采的时候,所以才无论走到哪里,都带着写生簿。她小时候住在街对面的"森德里徽章"时,就明白了绘画比思考更容易让她走出困惑。最后一年夏天,她的情绪很低落,直到她终于不再固执,画了鲍比，他毫不费力、兴高采烈地从白纸上跃然而出。当然，这没有解除她的焦虑，也没有解决她的根本问题。她爱上了两个男孩，很可能是因为，他们各自给了她不同的东西，她需要的东西，或者说至少她觉得他们给了她。的确，这个问题的澄清本来应该会更加深她的危机，但她反而因知道了真相而欣喜若狂，这个真相就是，我爱上了两个男孩，即便这是不可能的。其推论甚至更让人激动：我是那样一个人，一个可以爱上两个男孩的女孩。那个夏天，她的其他每一幅油画和素描都充满了那种信心。就因为她了解了那个握画笔的人，她看一切都更加清楚了。母亲一眼就看出了她的转变，她说："我很难过。"莎拉当时觉得，她是为鲍比的画像揭示的真相而难过，但她现在明白了。母亲担心的是才华本身，以及伴随才华而来的潜在不幸。

她从箱子一侧的大夹层里找出速写簿，然后离开了"森德里花园"。直到走到马路中间，她才意识到自己是去"阿姆斯"。清晨时分，院子里静悄悄的，唯有睡意蒙眬的孩子和压低了的电视声音从开着的房门和窗户里泄漏出来。一道低矮的煤渣砖墙围住过去游泳池所在的地方，莎拉坐在那里，把速写簿翻到新的一页。她很快画了一张速写，是母亲以前住过的那间公寓窗台上的花坛。她的感觉好了一点儿，不再觉得自己那么傻了。她在同一页纸上又画了两幅速写，然后站起身来，挪到墙的另一边，把窗台上的花坛镶在生锈的秋千里面。这让两者都有了点儿意思。也许回家后可以把它作为某幅画的基础，如果她回去的话（"你得坐长岛火车。"那个女人坚持说）。她又翻到新的一页画起来。她只在那里坐了半个小时，但可以觉出自己的血液和忙着的手变热起来。又是孩子的游戏。难道她疯了？坐在这里，让笔在粗糙的纸上飞舞，这难道还不够吗？还要加上一个已经证明是徒劳无益的幻象？另一方面，只要承认这是幻象，她又能失去什么呢？

莎拉只是模模糊糊地意识到时间的流逝，门开了又关，孩子们出现在院子里,大人们的对话片段。"她在那里干啥呢?""是昨天那女人吗?""她是不是疯了?"还有一辆儿童三轮车的声音,大塑料轮子咚咚地轧过人行道上的裂缝,合着大人指示的节拍:别、别、别、别。她终于意识到,有什么人在近旁看着她,她转过头去,看到前一天曾回报了她一个微笑的那个又瘦又高的黑人女孩,那个本该去上学的女孩。她很别扭地单腿立在那里,用一种可怕的渴望,眼巴巴地看着那速写簿和莎拉本人。

"你能教我吗?"她问。

莎拉想说不能,话已到嘴边,但看到她还没有说出来,那女孩已经接受了她的回答,开始离去。以前她在哪里同时看到过这种渴望和立即的认输呢?

"我当然可以。"她说,尽管事实上,她并不太肯定自己是什么意思。指绘画是一种可以教授的技能?还是指她本人成年后几乎一直当教师?还是她可以用这个上午余下的时间,告诉女孩一些基本功,甚至出去给她买一本便宜的速写簿和一盒初学者用的笔?或者她是说,那女孩如果真正想学,甚至在这种地方,也是可以学的?

"真的吗?"那女孩说,眼睛睁得又大又圆,拿不准自己是否听得准确。

真的吗?茂克家的那个男孩也是这样说的,一模一样的方式。"真的吗?你会?和我?"事实上,她甚至没有给他肯定的答复。她只是说,她要问问父亲,然后警告他不要抱希望,因为他从来不许她同男孩一起出去。那时,她觉得自己是好心,让他相信她父亲是唯一的障碍,如果让她选择,她会和他一起去看午场电影,但实际不是这么回事。这与他个人没有关系。不是她不喜欢他,也不是因为他是黑人就不能提出这个邀请。但他预料的是一种"不行",而她给他的回答是另外一种"不行",一种里面含有"行"的不行,而且不含有他所预料的羞辱。那之前的一瞬间,他脸上的那种渴望与放弃，与莎拉改变主意前那女孩脸上的表情一模一样。她想，这一定很可怕，提出一个你知道会遭到拒绝的请求。得有多大的勇气，才能依然提出这个请求，而不是偷偷溜走，在无数其他的拒绝之上再加上这个新的拒绝。

"什么时候？"女孩问，可能觉得，这样对方会说出"不行"。

莎拉把速写簿翻到新的一页，打手势让她坐在墙上。"我们现在就开始怎么样？画窗台上那个花坛，蓝色的门旁边的那个。"

女孩拿过速写簿，平放在膝盖上，像她刚才看到莎拉所做的那样，然后几乎是胆怯地拿过那支笔。

"这样拿，"莎拉说，教她如何拿笔，"别担心画不好。我们会一遍一遍画的。"

"先画什么？"

"笔在你手里。这就是说，要由你来决定。"

莎拉记不得自己见到过更加胆怯的样子。最后，女孩终于试探着画了一条横线，立即就抬头看着她，仿佛在问，她是否已经应该放弃了。

"很好嘛，"莎拉告诉她，"但你最好先告诉我，你叫什么名字。"

她叫凯拉。她爸爸呢？"她爸爸是所有人的猜测，但即便你猜对了，又能怎样？"罗莎小姐这样说。她就是前一天下午和莎拉说话的那个又矮又胖的黑人女人。"她妈妈？艾滋病毒携带者。你知道是在哪里和怎么得的。去年全年，这女孩都被从一个亲戚家扔到另一个亲戚家，直到他们把她带到我这里。把孩子们带到我这里，就像丢一件掉了轮子的便宜玩具。我都七十三岁了。你告诉我，"她的语调中有一种愤懑，让莎拉更喜欢她了，"你告诉我基督现在怎么想，因为我不知道。"

让莎拉来猜罗莎小姐的年龄，她会说快到六十岁，而不是七十三岁。而她在这里已经住了三十多年。她实际上是"森德里徽章"的第一个黑人居民。十年前,她"感觉不舒服",医生在她的肚子里发现了一个瘤子,有柚子那么大,但她向基督祷告,那瘤子变小了,然后消失得无影无踪。从那以后,罗莎小姐就把一切交给基督来决定了——金钱上的担心、健康问题、一切事情——上帝决定一切,不仅是对她。她开始把自己的公寓作为旧衣服分发中心。邻居都是年轻母亲,多数是单身母亲。她们中的许多人是旅馆女仆,或者在更繁荣的北岸或纽约市里做其他体力活儿,把孩子留给自己的母亲、那些四十岁的外祖母照看。这就是为什么在罗莎小姐的公寓里,各式各样的衣服和鞋子从地板摞到房顶。她折价卖了双人床,因为她丈夫死了,她不再需要那张床,这样可以扩大一点的空间。然后人们开始拿其他东西来,家具、食物和坏了的玩具,她的东西突然多得要涨出来了。

然后耶稣又帮忙了。她隔壁的那间公寓空了出来,但第一晚就发生了火灾。此前大院的房主正好中止了保险,现在又不愿自己花钱清理和修缮损坏的地方。莎拉怀疑这地方很容易失火,但没有对罗莎小姐这样说。后者解释道,既然这地方空在那里,而且那时她已经成了当地的名人,房主屈服于公众压力,允许她扩大自己的业务,不收她房租——希望这样的慷慨行为可以避免另一次火灾。莎拉感到怀疑。离得最近的施粥棚都在几英里以外,但罗莎小姐说服了那里的工作人员,一周两次把他们考虑扔掉的东西送到这里来。很快,第二间公寓也从上到下堆满了东西。

"我的生活就是一个接一个的礼物,"罗莎小姐说,"每次我转身,那里都站着耶稣,带着什么新东西。有些东西在他给我之前,我根本不知道自己有这个需要。我对自己说,我拿这东西干什么呢?但最后我发现,一切都是礼物。那瘤子是第一个。让它消失是第二个。你自己就是一个礼物,对我和那个孩子。"她说这话时,莎拉教凯拉绘画已经大概有一星期了,"别那么怀疑地看着我,好像你不相信我似的,因为我知道得更清楚。你是个太善良的女人,不会一辈子不信上帝。也许你现在不相信,但你不会到死不相信。你只有想一想,就会看清楚一切。"

食物、衣服、小电器、锅碗瓢盆。它们全到了第108号和第110号公寓。"扔掉它们?别那么做。罗莎小姐知道它们的用处。"有几个老年妇女,每天帮她几小时,还有几个看上去年纪很大的黑人老头,帮她拖东西,修理玩具。住在"阿姆斯"的几个小伙子,除了做毒品交易,其他全无用途。傍晚之前从来见不到他们。他们一边挠着自己的瘦屁股,一边疑惑自己为什么没有东西吃。奇怪的是,这群人就害怕罗莎小姐,对她非常尊重,而且出于敬畏,从来不在这个院子里做交易。她讲述自己的想法时,而且她经常这样做,他们站在那里听着,虽然有时她说完后,他们会问,她天生就是疯老太太还是后来变成这样的。莎拉有一次听到她对他们说:"我有七十三年的精明。你们活不到三十岁就会丧命,所以告诉我,谁是疯子。"

这女人有惊人的记忆力。无论什么事情,只要一过她的脑子,立即就在那里的什么地方归类,尽管它们发光的时间不长。她举着一双刚学步孩子的帆布鞋说:"我知道该把你们放在哪里。别以为我不知道。我可有条理了。"她告诉莎拉:"问题是,只有我一人知道。我只祷告自己永远不死,或者别得奥兹海默病,因为如果真是那样,就得有十个比我聪明的人,来做我现在做的事。我怀疑这就是耶稣为什么还没把我带走。让我……那个词怎么说来的?"

"不可或缺?"莎拉提议道。

"就是它。"

有一天,莎拉问她,人们拿来的东西里,有没有你希望他们自己留下的?

"不经常有,"罗莎小姐说,"有时有。"

凯拉正坐在墙上,手里的速写本已经是这个星期莎拉给她买的第二本了。罗莎小姐看着她,点点头。

更暖了。这就是莎拉每天早上去街对面时的感觉。正因为如此,第一周结束时,她又把信用卡给了"森德里花园"办公室里那个不友善的女人。"又是整个一星期?"她显然满腹狐疑地说。她的孙子仍然四仰八叉地躺在隔壁屋里的沙发上,一动不动。他是不是从来也不起来?"你不在乎我问问你每天在那边做什么吧?"莎拉在等待信用卡得到批准时,她又问道。

"一点不在乎,"莎拉告诉她,"你也不在乎我不告诉你吧?"

那女人耸耸肩,脑子里显然还想到了别的什么。"那女孩?"

前一天,凯拉陪她一起进了"森德里花园"。莎拉做了简单的午餐:三明治和罐头汤,然后她们开始了下午的旅行。两天前,她们一路开到蒙托克,在那里,凯拉又把一半新的速写本画满了灯塔。然后她们早早吃了一顿晚餐,有贝、蛤和炸鱿鱼,这些东西,那女孩以前从没吃过。但她真正的胃口,是知道莎拉本人的情况,特别是她和母亲在长岛度过的那些夏天,于是她们驶过那些古老的街道,莎拉讲述她当初帮忙带孩子的那些家庭。在凯拉眼里,这些现在看上去破旧的房屋也是宫殿,很像莎拉在那个年纪时的感觉。她听着住在里面的那些人的故事,仿佛以后会有人盘问她关于他们的事情。但莎拉很快就发现,她自己将是受到盘问的人。莎拉愿意带她到哪里去,凯拉无所谓,但她更愿意回到那些地方,让她重复以前讲过的故事。莎拉若是加了一个新细节,她就会皱着眉头说:"你过去没说过这事。"她同样不能容忍空白和遗漏。"那个小妹妹的头发是金色的。"她抱怨地打断她,"你以前是这么说的。"

"我要开始叫你海绵了,你像海绵一样,什么都吸收进去。"莎拉说。

凯拉觉得受了伤害,眼睛愤怒地眯了起来,身体也变僵硬了。"我不喜欢被人骂。"

"我没有骂你啊,凯拉,"莎拉回答说,"我是在夸奖你呢。你的记忆力真好。"

女孩似乎接受了这个说法,但那天余下的时间,她一直沉默不语,让莎拉琢磨了一路。虽然就年龄而言,她很聪明,但莎拉怀疑,她的情感发育有障碍,发育程度接近九岁十岁,而不是她实际的十二岁。

第二天早上,她对罗莎小姐提到这件事。

"一辈子都是别人对她说谎,"她说,"她妈妈说去店里买烟,一个钟头就回来,然后一走就是两天。那孩子不相信你或任何其他人对她说的话。总是在盘问你的故事,看看你是不是在撒谎。一遍一遍地听才行。"

"你是说,她根本不相信我?"

"我是说,那孩子的需要是无底洞。"

现在,莎拉对她的房东说:"凯拉。她的名字叫凯拉。"

"她不属于街这边,就像你不属于街那边一样。"

"这里可是美国。"莎拉对她说。

"一点儿不错,"她说,递回她的美国运通卡,"我说的就是这个。看看周围,告诉我,你看到了什么。"

"我看到了一个没事找别扭的女人。"莎拉说,把信用卡塞回钱包。让她大吃一惊的是,那女人一下子变得眼泪汪汪。"对不起,"她说,"但也不值得这样啊。"

听到她道歉,那女人挥挥手,点上一支烟,等莎拉走到门口时才说:"是什么让你母亲鬼迷心窍,嫁给哈罗德?"

莎拉注意到,他是"哈罗德",而不是"我父亲"。她耸耸肩。"我不知道。我看到你爸爸成天围着她转,但我不知道他们……无论怎么说,他告诉我,我一旦了解他,就会更喜欢他。但我从来没有机会。"

"我也一样,"他女儿说,"倒不是什么了不起的损失,他只是个醉鬼。"

"我很抱歉。"莎拉说,又准备离开。

"我请了律师,"那女人说,"只想让你知道。"

"我不明白。为什么——"

"这地方只属于我母亲一人,现在归我所有。如果你觉得自己也有一份,三思而后行吧。"

"对不起,"莎拉又说,"但我不知道你叫什么名字。"

"见鬼了你不知道。"

"是真的。我不知道。"

"帕米拉,"她说,手哆嗦得很厉害,烟都快拿不住了。"帕米。我希望你别以为我他妈的是一个彻头彻尾的白痴。"

"帕米拉,"莎拉缓缓地说,"我对'森德里花园'没兴趣。我到这里来,不是为了这个。我不知道如何让你相信我,但这是实话。你请律师是好事,但如果因为我,你并不需要律师。"

这似乎让那女人平静了一点儿,但她并没有立即答话。"有可能,只是有可能,我可以相信你的话,但你得告诉我,你来这里做什么。"

"我倒希望我能告诉你。"莎拉说,这是真话。事实上,她考虑告诉她一个貌似真实的谎言,它至少接近真相。她与一个十二岁的黑人女孩,建立了一种奇异的友谊,那女孩之所以深深地打动她的心,或许是因为,她让她想起一个不幸的、皮包骨的黑人男孩,有一次,他就因为坐在她旁边看电影,而遭到一顿暴打。但她怀疑这个故事对帕米拉来说会貌似真实。

那么真相呢?好吧,真相更是不值得考虑。它不仅荒唐可笑,而且骇人听闻。她几乎是在无意中,听到自愿给罗莎小姐帮忙的两个老祖母的对话片段,主要是住在"阿姆斯"的并非都是黑人或拉美人。在那扇蓝色的门里,住着一个离群索居的女人,她在罗莎小姐搬来之前,就已经住在那里。过去的一年中,她只出来过两次,都是被救护车带走。她一天二十四小时吸氧。她已经足足九十五岁了。

而且,那个女人是白人。

一天下午,罗莎小姐说:"你最好快点儿回你男人身边去。"她们坐在院里的墙头上,"松松骨头",她喜欢这么说。凯拉在另外一头,听不见她们,她在画罗莎小姐,这是她第一次尝试画人像。"你把我画得挺漂亮,这意味着,你还得多上课,小妞儿。说明你该学的东西还多着呢。"莎拉在给丈夫写明信片。前一天,她在杂货店买了半打明信片,今天早上吃早饭时,给他写了两张,午饭时又写了两张,当时她带凯拉去了镇里的一家三明治店。这中间,她把信用卡给了帕米拉,又订了一星期的住宿,再次向她保证,自己对"森德里花园"没任何企图。她差点儿告诉她自己要付以后一个月的钱,但又不想吓坏她。

通常情绪稳定的罗莎小姐,今天脾气却不好,仿佛她知道了街对面的交易,也像帕米拉一样不高兴。她虽然喜欢莎拉,但过去两星期,她继续待在那里,让她从觉得奇怪到担心,从困惑到恼火。

亲爱的卢,莎拉写道。她已经知道,自己不打算寄出先前写的几张明信片,它们看上去都不对头。她尝试用聊天的口吻,结果完全不像她自己;提供消息,又没有写出任何实际情况,活像白宫的新闻稿;乐观的口吻,没有任何明显的理由;诚实,但这张最短,因为可以说的没有什么不是假话。她知道丈夫只想知道一件事:她什么时候回家?而这正是她无法告诉他的。我想让你知道,我很好而且爱你,不生你的气,我在外面待的时间不会超过我的需要。她知道,这糟糕的礼物几乎不值得花那张邮票钱。她离家之前,就说过那三句话,每一句都有明显的问题。如果她爱他,那她为什么还待在这里？至于生气，如欧文所说，谁会不生气呢？而且已经两星期了，她还需要多长时间？最初几天，给家里打电话的欲望让她绝望，但现在，它差不多已经消失了。如果这是进步，那么是朝什么方向的进步呢？而且第一句话也不怎么样：我很好。是这样吗？罗莎小姐显然不这么认为。

莎拉放弃了写明信片，只注视着凯拉的笔在飞舞。莎拉教了她两星期，每星期这女孩都画了满满一本速写簿。她很快就得要求她慢下来，用脑子思考，画的时候更加谨慎。但此刻，她想，就让她奔跑吧。

"别的女人会把他抢走的，"罗莎小姐说，仍然在教导她，"好男人不好找啊。你要是不信，就看看周围。"

"你说得对。"莎拉承认。有一段时间了，她怀疑自己是不是属于那种女人，她们在生命的稍后阶段，得出不情愿的结论：男人太麻烦，不值得。她们有些人甚至找了女性情人。莎拉知道，自己永远不会那样做，但她对这些人持同情态度。而且近来，她似乎对男性也没什么用处了。"阿姆斯"里的那些小伙子是坏家伙中的最坏，懒惰、无能、皮包骨、趾高气扬地走来走去。但事实上，她厌倦了男人和他们的需要，包括她的丈夫和儿子在内。还有鲍比。她对再次见到他已经不感兴趣，这表明，自从取消了意大利之行，自从中央火车站的那个女人让她相信，自己向往的是长岛，情况发生了多大的变化。为什么不承认这一点呢？去意大利不过是想见鲍比的一个借口。卢有权利感到嫉妒。她的癌症和之后的手术，让她不顾一切。如果能够再次见到鲍比，那个她曾经爱过、那个也爱过她的男孩，然后又怎样呢？对此她还没有想明白，但她现在怀疑，如果她在罗伯特·努南身上瞥到鲍比·马库尼的影子，她也许能够说服自己，莎拉·林奇身上仍然存在莎拉·伯格。疯狂。比疯狂还糟。现在，她坐在低矮的水泥墙上，能够看明白了。鲍比不过是另一个雄性，并没有特别的意思。不幸的是，她无法庆贺自己抛弃了这一困扰,因为她显然是用另一更荒唐的困扰替代了它。

"活该,"罗莎小姐说,"落得孤单一人。到那时你会有什么感觉?"

"没有丈夫不等于孤单一人,"莎拉指出这一点,只是为了辩论,"你的丈夫去世了,但我不知道什么人比你生活得更充实。"

"就告诉你一件事,"罗莎小姐说,"我丈夫活着的时候,到这里来了,说跟我走,我们走,要不你就一个人坐在这墙头上,只有你一人,没人理你,包括我在内。"

"我不信。"莎拉说。

"再告诉你一件事。你在这里待得越久,对那孩子就越困难。你也不该给她讲很多你住的那个地方的事情,还说她可以去看你等等。"

这可能是对的,莎拉现在希望自己没给凯拉讲过那些。开始时,那女孩只对她过去的生活感兴趣,即莎拉在她这个年龄时的生活。提到她当下在托马斯顿的生活、她的丈夫或已经长大的儿子,她就会皱眉头和改变话题。这种情况第三次发生时,莎拉问她,为什么不想听听她现在住在哪里,她说那里离得太远了,她反正永远不会见到它,所以为什么要谈它?

"你可以去看我嘛,"莎拉说,"特别是以后,等你长大一点儿。它不是地球的尽头。有一趟火车从这里开到纽约,换另一趟火车,到站后就离我住的地方很近了。"

但就凯拉而言,这确实就是地球的尽头,莎拉知道这一点。蒙托克就够远了,那地方更是偏远。

但第二天,凯拉又对这个托马斯顿是什么样的城镇感到好奇了,于是莎拉告诉她几件事。"三个店?"凯拉说,眼睛睁得大大的,"你们有三个店?"不是超级市场,莎拉解释说。很小的店,街头杂货铺。她说她丈夫的名字叫卢,但大多数人叫他露西,凯拉听了笑起来,但然后,她的眉毛皱了起来。"他不在乎别人骂他吗?"

莎拉承认他不喜欢这个绰号,他小时候特别不喜欢。"我总是叫他卢。"她补充说,凯拉说她也会这样叫他。然后她的表情阴沉下去,或许是回忆起自己声称哪里也不去的立场。"那间是你住过的公寓,"她指着那间门是蓝色的、窗台上有花坛的房间宣布,"如果里面住的是你妈妈,你现在就会住在那里,就是你和她,你就不会回另外那个地方去了。"

"托马斯顿。"莎拉说,非常清楚凯拉并没有忘记这名字。她只是不愿意说出来。

"你就会永远在这里,我们就会是邻居,直到我长大,找个男人,然后搬走。"

"但住在那里的不是我母亲。"

"但以前是。"

"是的,"莎拉承认,因为她看出那女孩开始不高兴了,"很久以前了。"

第二天,她说:"你觉得他会喜欢我吗?"

"谁?"

"卢。"

"会,我觉得他会。"

"如果我叫他露西呢?"

"你说你会叫他卢。"

"但如果我叫他露西呢?"

"我觉得他怎样都会喜欢你的。他是个好人。他喜欢大家,大家也喜欢他。"

这似乎让她很满意。莎拉又告诉她店铺的事情,她说:"艾吉·鲁宾?这名字很滑稽。"

"我猜是吧。"莎拉说,但她以前从没这么想过,而且现在,它似乎离得很远。地球的尽头。

现在,罗莎小姐对她说:"那孩子什么事情都不会忘记。重复你说过的每一个字。你可不能再这样往她的脑子里填东西。"

"原谅我,罗莎小姐,"莎拉说,"但你不是也在做同样的事吗?告诉她耶稣会确保事情好起来。"

"那不同,"她说,"耶稣不管具体的事情。"

她这么说有一定道理。"你觉得我对凯拉没好处。"

"我觉得你在这里没好处。等你走了,受伤害的是她。"

"她会发生什么事情呢,罗莎小姐?"

"儿童服务局。以前,我不能这样做。必须让她在一个地方安定一段时间。但现在我必须这样做。她很快就到十三岁了。那些男孩已经盯上她了。"

实际上,莎拉已经注意到这一点。他们先看凯拉,然后憎恨地看着莎拉。仿佛这个世界从来没给过他们公平的待遇,这次真是走得太远了,让一个白人女人来照顾这个黑人女孩,一个自己反而受到罗莎小姐照顾的白人女人。这公平吗?

"你知道她是否——"

"没有,只是没人理睬她,不管她,让她知道自己不重要,让她滚开。"

"这就够了。"

"是这么回事。"

"让人很难离开她。"

罗莎小姐点点头,但她脑子里想的不只是这些。最后她说:"说出实情,让魔鬼害羞吧。"

"什么?"

"我妈妈总是这么说。说出实情,让魔鬼害羞吧。你以为我没看到你总盯着那扇蓝色的门?"

确实,当然,她总盯着那扇门。看着它,看别处,然后又转回去看它。

"你知道那里面的白人老妇人不是你妈妈,对不对?"

莎拉没有立即回答,这让罗莎小姐用甚至更严厉的目光盯着她。最后,莎拉被她的审视弄得惶恐不安,只得说对,她知道。"我来这里的第一天就去了母亲的墓地。"

"那不就得了,"罗莎小姐说,"至少你还没有全疯。"

没有,没有全疯。莎拉的确意识到,那生病的老妇人根本不是她母亲。如果是这样,那么去假设她如果不在哈罗德·森德里的车里,没有死于车祸,她现在的年龄恰巧与那老妇人的年龄相仿,就没有任何意义了。这老妇人从不离开自己的公寓,除了给她送午餐的人,没有人见过她,这一点也没有意义了。她只是菲尔德曼太太,如她的邮箱上所说。有多少次,莎拉凝视着这个名字,用一百种不同的方式重新组合那些字母,想找出一条线索。这还不是最糟的。最糟的是,如果真有奇迹,如果真是别的女人死于车祸,如果菲尔德曼太太真是她的母亲,匿名活着,这意味着,过去四十年里,她一直躲着莎拉,而这是她永远不会做的事情。换言之,如果蓝色的门背后是她母亲,她也就不再是她的母亲了。

"我知道,罗莎小姐,"莎拉最后说,"我确实知道。"但她想问,为什么她可以把一切好事都归于耶稣,把他作为想象中的朋友,却不允许莎拉想象。

"那就得了,回家去吧。"

是个忠告,但是。"你见过她吗?"

"见过谁?不是你妈妈的那个女人?"她现在甚至不试图掩饰自己的恼怒了,"我当然见过她。很早以前了。干巴巴的犹太老妇人。比我还矮。你妈妈长得是那样吗?"

"不是。"

"那不就得了。"

"我知道。"莎拉说。

她确实知道,而且不只一次。卢卢死后,她尽了最大的力量来耐心对待丈夫,他一来就独自在书房待很久,与他那张放大了的托马斯顿地图，还有上面黑色图钉组成的森林。他无法明白，这一死亡是生活和他们婚姻中的现实，他无法走出来，享受上帝给他们的其他赐福。所有这些终于销蚀了她的信心，很难让她相信他们之间的事情会再次好转。有一段时间，她甚至考虑要让他自己去对付这一痛苦的哀思了，他对它的珍惜，似乎超过了对他们自己生活的珍惜。但最终他从中跃出，感谢上帝，事情有了好转。他最近对她承认，他从来没有完全赶走那种感觉，即大个子卢的死是宇宙的一个错误，他仍然活在某种平行的存在中。这曾经让莎拉很不安，但现在，她自己也沉浸在完全同样的幻象中。

而且罗莎小姐说得对。每天，为了维持这种幻象，她在利用一个孩子。没有凯拉，她就没有理由每天跑到阿姆斯，继续守望那蓝色的门。她可以告诉自己，她的行为出于善意，也许她真的喜爱那女孩，但她无论买多少新的速写簿和午餐，花多少小时指导她，或者带她去蒙托克或北岸，真相仍是她在利用那个女孩。她从最开始就全明白。当凯拉提出那第一个悲哀的问题——"你能教我吗？"——她就准备说不能，但她明白，说"能"可以让她留下来，而这是她最想要的。这是她父亲的一贯作为——为错误的理由做正确的事情。比如让她和茂克家的那个男孩一起出去，因为他是黑人，后来带着他在镇里招摇过市，让人人为他挨打的事情感到内疚。他是否知道莎拉的自责呢？他是否理解，当初她说行，是因为她肯定父亲永远不会允许她和一个男孩出去？她知道茂克家的那个男孩迷上她有好几个月了，她没有不喜欢他；不是那么回事。她也没有因为他是黑人而讨厌他。但是她知道，人人都会盯着他们看，都会窃窃私语，那些以前不认识她的人，现在能够认出她来——伯格家的女孩，跟黑人去看电影。"我为你感到骄傲。"当茂克家的男孩走上台阶，按响门铃时，她父亲这样说，她这才明白自己没有退路了。

茂克家的男孩也知道这一点。他并不傻，可以看出她不想去，现在既然她父亲同意了，而他也已经邀请了她，他还能怎样呢？他给她买完票之后说："你不一定非得和我坐在一起。"给她脱钩的机会。所有的人——他在希尔山的朋友，所有西区、东区和伯若区的白人——都已经在看他们，用手捂着嘴，窃窃私语。她自己最要好的朋友态度最糟。当他们在座位上坐下来（引得近旁的几个孩子都挪开了）时，她走过来说："过来跟我坐一起。"一个命令。甚至不承认坐在她身旁的男孩的存在。"不行啊。"莎拉告诉她，可是她的语调清楚地表明，她是多么想那样做。"那可就是你的错了。"她的朋友说，莎拉当然相信她。如果她照朋友的要求做了，站起来，让茂克家的男孩自己坐在那里，他就不会遭那顿毒打了。但她当时怎么知道会有那顿毒打呢？她只知道父亲对她的期望，还有茂克家的男孩迷上了她，仍然希望在漆黑的剧院里坐在她身旁，即便他现在知道最好不要拉她的手，或把胳膊搭在她的肩膀上。有一瞬间，她听到什么响声，朝他看过去，看到他在哭。整个电影期间，他们相互没有说过一个字。

亲爱的上帝，莎拉想。亲爱的上帝。她能够原谅那时的自己，那时她只有十三岁，可怜、惊恐，但到了现在，她六十岁了，又在利用一个黑人孩子，这意味着什么？"那孩子的需要是无底洞。"罗莎小姐这样形容凯拉。过去的两星期，莎拉一直在说服自己相信，她至少是在解决几个这种需要，但真相是，她给她的只是自己可以轻易付出的东西。无底的需要。罗莎小姐似乎没有明白的是，这不仅精确地描述了多数孩子，而且精确地描述了至少有时活在多数成人内心深处的那个惊恐的孩子。她第一次理解这一点，是很久以前在电影院里的那个下午，所有其他孩子都已离去。她坐在经理办公室里，鼻子在混战中被打破了，流着血。她抬头看见卢的脸在走廊里，她看到他内心的仁慈，是的，一种可怕的需要深深触动了她。她把他从她画中的叹息桥呼唤回来时，他脸上也是带着同样的表情，她记得自己当时想，她受不了这表情，就是受不了。

"如果那楼上是你妈妈又怎么样？"罗莎小姐说，"然后怎么办？差不多一百岁了。可能有一半时间不知道自己是谁，另一半时间不知道自己在哪里。你需要她什么呢？让她恢复神智，告诉你该怎么办？"

"不，"莎拉说，"我母亲从来不善于给人忠告。"啊，小甜甜，我不知道，你看见了，我把事情搞得一团糟。就……尽你的最大力量，好吗？莎拉能感到自己眼里含满泪水。"只要能再和她谈一次。"也许她并不完全知道自己想对母亲说什么，但她至少要让她知道，她终于明白了生活是怎么回事，有一天你醒来，发现自己处于绝望之中，处于你以为自己早已甩掉了的怀疑之中，你的自信心成了碎片。"我们在一起的最后一个夏天，她很迷茫，做了一件最傻的事情。我也许可以阻止这事的发生，但我没有，我不知道为什么。也许我害怕自己说得不对。但现在，我自己成了那个迷茫的人，而且——"

"而且你自己也在想做一件傻事。你想说出来是什么事情。"

莎拉看着她的眼睛。"这么说，你也认为这是件傻事？"

"你不告诉我，我怎么会知道这是聪明事还是傻事呢？"

"我就不能像耶稣那样，不说具体的吗？"

"不能，夫人。"

莎拉深深吸了一口气。"我觉得对凯拉来说，我要比儿童服务局好一些。"

"接着说。"

"但我去年得了癌症。现在处于缓解期，但是……不能保证。"

罗莎小姐点点头。

"我想在附近租个公寓房，或租栋小房子。这样我们就可以来拜访。"

"拜访谁？"

"你。"

"你是说,我和楼上的那扇门,"她说,看莎拉没有说话,"往下说。"

"还有,如果我在这里,癌症复发了——"

"你可以把孩子送回来。"

这听上去很糟糕,但是这么回事。"我觉得自己无法回去继续过去的生活。我不知道为什么,但是——"

"接着说。"

"说完了。"

"不对,没说完。说出真相,让魔鬼害羞。"

更深地吸一口气。"我想见菲尔德曼太太。"

罗莎小姐拉起她的手,让她很吃惊。"在我知道你不是疯子之前,我不能让你把那孩子带走,带过街都不行。你知道我不能那样做,所以别求我。"

莎拉感到凯拉的目光从罗莎小姐身上移到她身上。然后她自己开始流泪。"为什么我觉得她在那里?"她说,"如果不是真的,为什么我觉得是真的呢?"

"我会为此祷告,"罗莎小姐说,"你知道我会。"

两天之后,罗莎小姐突然命令凯拉回到公寓里去。那是傍晚时分,结成帮伙的孩子多数已经起床,光着膀子出了门,在栅栏周围晃来晃去,练习如何显出很危险的样子。莎拉觉得,也许这是罗莎小姐让女孩进屋的原因,但她后来意识到不是这么回事。她们刚从奥连特开车回来,凯拉在那里画了一幅速写,画的是从那里驶往康涅狄格州新伦敦的轮渡。这是一次让人很不舒服的短途出行。

"那个可笑的店名是什么来的?"她问。

"你知道得很清楚。"莎拉说。她认真考虑了罗莎小姐的话,觉得不该在凯拉的脑子里塞满关于托马斯顿、卢以及艾吉·鲁宾的事情,但凯拉没有让事情变得容易起来。

"你应该说它叫什么。"

"你画得不错。"莎拉说。凯拉正确地画出了轮渡的线条——这不容易,因为那线条具有欺骗性。她开始放慢速度,先观察,再动笔。

"你说得对,"她说,"我确实知道。是米吉。"看莎拉没反应,她又唱道:"我说对了。是米吉,米吉、米吉、米吉。"

现在那女孩刚安全地进了屋,罗莎小姐就说:"必须这样做才行。你去街对面,打电话给你男人,说你准备回家。我不会让这孩子第二次当孤儿,你明白我的意思吗?"

"但是——"

"你希望过新生活,那就去过,但你如果想要这个孩子,就必须带她回去,过你过去的生活,而且那个好男人在等着你呢。你要是不肯打这个电话,我就打电话给儿童服务局。"

"如果你能多给我点儿时间——"

"听我说完,然后你再说。那样做也没什么区别,但如果你告诉我,这样让你感觉好一点儿。"

莎拉努力不抬头看那扇蓝色的门,但还是看了。

"你今天打这个电话,明天早上我和你一起上楼去,去向那个白人老妇人问个好。"

她觉得自己的心跳了起来,充满期望,还令人惊奇地充满恐惧。倘若那屋里的女人不是她母亲,她就会失去那扇蓝色的门,而她意识到,现在仅仅是那扇门就已经够了。"她同意了?你问过她了?"

"五分钟,"罗莎小姐接着说,"我告诉她,因为你妈妈的缘故,你只想问个好。因此我们就去问个好,你看见这犹太老妇人不是你妈妈,我们就离开。你明白了吗?"

莎拉点点头,不信任自己的声音。

罗莎小姐笑了。"然后你像个脑筋正常的女人一样生活,别像个疯子似的。也许还可以帮助一个孩子。"

莎拉只需看一眼罗莎小姐,就明白这是最好的交易——唯一的交易。她准备与她达成这个交易。"这是耶稣的忠告吗?"

"耶稣告诉我,做出自己的最好判断,这也是我们关于耶稣能说的一切。我活了这么长,不会让你说得不相信他了,不会,夫人,所以别来这一套。"

莎拉回到"森德里花园",按照自己的允诺打了那个电话。"我要带一个人和我一起回去,"她警告丈夫说,"你会爱她的。"他说,如果你爱她,我也会爱她。她觉得感情的堤坝决口了,一种强烈的解脱感,就像癌症医生告诉她处于恢复期时一样。事实上,这种感觉是如此刻骨铭心,第二天早上,她告诉罗莎小姐,甚至不需要去麻烦菲尔德曼太太了。那股疯狂劲儿已经过去,她没有问题了。

让她惊讶的是,罗莎小姐对此毫不理睬,她们爬上楼梯,敲了敲那扇蓝色的门。里面有一个微弱的声音说门没锁,罗莎小姐就一下把它推得大开。莎拉首先看见的,是她的母亲,然后是立起来迎接她的地毯。

第二天下午,莎拉向罗莎小姐和"阿姆斯"辞别。这老太太在另外两位老祖母的帮助下,设法清开一个双人沙发上成堆的衣服,然后她们歪着坐下来,膝盖几乎碰到一起。罗莎小姐本来就很瘦小,但今天在衣服、鞋子堆成山的屋里,她几乎就要完全不见了。

"希望你别觉得,你到我这个年龄会更聪明,"她说,抹掉眼里的泪水,"因为事情不是这样。你得到的是愚蠢。愚蠢地等待死亡。不知道为什么,但一定是耶稣希望这样,因为事情就是这样。"

"你与愚蠢相差十万八千里,罗莎小姐。"莎拉告诉她。

"那你来解释一下,"她说,"上个星期,整整一星期,我都在赶你回家,回去找你那个好男人。现在你要走了,我却想求你留下来。告诉我这不是愚蠢。我丈夫过去总对我说,罗丝巴德,如果你不知道自己要什么,我怎么能给你所要的呢? 所以,女人,在我为了讨你喜欢让自己变成疯子之前,拿定主意。我觉得,有时他离开,是因为他再也受不了,受不了讨好一个天天都不知道自己想要什么的女人。我替你的男人难过,因为看上去,他的处境相同,对不对?"

她在研究莎拉刚刚递给她的信封。如果有人来找凯拉,那信封里有罗莎小姐需要的所有信息:他们在伯若区那所房子的地址和电话号码、艾吉的电话号码,还有欧文的名字和电话号码,以防万一。还有一张支票。老太太发现它时,莎拉解释说:"那是为了帮助你在这里的工作,罗莎小姐。我已经和卢谈好了,他同意。"

"太多了,"她说,但话音未落,那支票已经消失在她的围裙口袋里,"但我确实知道拿它做什么。"

现在,她的目光越过莎拉,看着前门外的凯拉。她在墙上有点坐不住了,旁边放着她们前一天给她买的大箱子。两个女人告别时,她被打发到外面去了。"你是打算有时带那孩子去教堂,还是想让她长成一个不信上帝的人?"这个问题既不完全严肃,又不带批评性质,却让莎拉感到,它是一个几乎来得太迟的疑虑。更可能的是,她也如莎拉一样,感到她们要做的事情之大,不亚于改变一个人的命运。或者可能是完成一个人的命运。

"她看上去很害怕。"莎拉承认。

"她当然害怕。"

"我们会好好照顾她,"她说,"不光是我。我丈夫——"

"我知道。否则不会让她跟你去那不知名的地方。"

她们站了起来,凯拉在外面也跳到地上,两脚来回挪着,仿佛在试图确定,哪只脚可以提供更坚实的支撑。

"我要你遵守去看我们的诺言,"莎拉说,"我们会给你寄钱买火车票的。"

"上帝的意愿,"她说,"只是得找个人来替我几天。"

两个女人拥抱了一下。"没你不行,罗莎小姐。"

"确实是,"另一个女人微笑着说,"需要两三位女士来替我,就那样,她们也还需要帮手。"

她们走到院子里,凯拉开始发出奇怪的声音,她们两人都没有立即意识到那是哭声,直到她的脸扭曲了。

"别哭了,"罗莎小姐对她说,"很快又会见到你的,我还期望听到你的好消息呢。弯下腰来,亲老太太一下。你会做个好女孩吧?"

"我会,"凯拉抽噎道,"我保证。"

"我期望至少一星期收到一幅画。我要你给我画一张你去的那个小镇,我特别想知道这位女士的丈夫长得什么样,所以在那里好好给我画一张。什么引起你注意了,就画一张给我。好看的画威力大着呢,真的。就是别让它好到让我晕过去,像有些人似的,摔个乌眼青。"她放开那女孩,转向莎拉。"这让我想起来,"她说,"你甚至没抬头看一次那蓝色的门。我猜你没事了。"

"我想是这样,"莎拉说,"我希望菲尔德曼太太也没事。"昨天走进那房间,莎拉首先看到的是,那老妇人受到惊吓的脸,它在不明净的氧气面罩下有些模糊,乱蓬蓬的白发围成了一个光环。那老妇人要是被她昏厥过去吓得发了心脏病怎么办?她流了大量的鼻血,衬衫成了鲜红的、黏糊糊的血衣。对那可怜的老妇人来说,这有多可怕啊。除了给她送午饭的人、打扫卫生的人和换氧气瓶的人,任何人都不得越过那道蓝色的门。但在罗莎小姐的怂恿下——很可能是纠缠下,她为莎拉破了例,而结果就是这样。沾上血迹的地毯。

"知道我怎么想吗?"罗莎小姐说,"我想上帝忘记了那个老妇人,她独自一人,可能永远不跟上帝说话。但他很快就会想起她,因为我会提醒他。"

"你不喜欢她吗?"

"什么样的人才会那样生活?像她那样,住在一个洞里,永远不把头伸出来,不跟任何人打招呼。"

"罗莎小姐,你从来没希望过独自一人吗?为自己操心,而不是把所有的时间都花在为别人纠正错误上?"当然,莎拉在离开托马斯顿时,打算做的就是为自己操心,所以当初才会有搬到新墨西哥州去的幻想。但是现在,她要回家去,还带回一个需要操心的人。

"太孤独了。不应该是这样的。不,夫人。我要提醒上帝那老妇人的事情。我觉得他可能忘记了她。"

莎拉不禁微笑起来。上个月,她不止一次注意到,罗莎小姐虽然慷慨,但遇到不理解的事情,她的反应就是拒绝它。菲尔德曼太太选择把自己关在屋里,甚至不与邻居说话,一点儿道理也没有,那就什么都不必说了。"你不害怕吗?如果耶稣忘了你怎么办?"

"他不会忘了我,"她说,拍拍自己的口袋,那里面放着莎拉的支票,"他每天都给我送点儿新东西,让我知道,他在谋划怎样使用我。我不忘记他,他不忘记我。这是我们达成的交易。"她用批评的眼光打量莎拉。"你为什么不肯拿。她说你可以拿。那属于你妈妈。她要一幅不认识的两个人的画像干什么?"

"她告诉我,她自己的女儿死时,就是我在画中的那个年纪。我猜我让她想起女儿。所以她才把它保留了这么多年。"

罗莎小姐并不信服地耸耸肩。"没关系,"她说,"这画不会有什么事。到她归天后,我会保证它不到别处去,除非你不想要它。"

"不,我想要。"莎拉说。那幅画平息了她最大的内疚。现在她知道了,母亲最后的几个月并非全是后悔和绝望,她并没有完全失去自己的个性,这反过来又意味着,莎拉无须为此而责备自己。那幅画证明了那一切都是误解。那幅画充满了自豪,不仅为莎拉自豪,而且描绘了莎拉的美丽来自何方。母亲并没有通过缩小岁月的影响来美化自己,但它肯定表明,哈罗德·森德里中了彩,他如果对此不珍惜,就会在一瞬间失去它。倘若她嫉妒女儿的青春美貌,这会在画像中显示出来,但画上却没有一丝痕迹。此外,绝望的女人是根本不会作画的。一件艺术品,任何艺术品,都是希望的产物,这是她告诉女儿不用担心的方式。也许把这幅画挂在那公寓里,是希望第二年夏天让莎拉吃惊,但后来她死了。莎拉从来不是鬼故事的爱好者,但如果这是个鬼故事,它是第一流的。如果母亲的鬼魂在她过去的公寓中萦绕,那她是个可爱的精灵,一旦工作完成,就逃走了。

"不用你费任何事,"罗莎小姐说。莎拉觉得,她带有恶意地盯着那扇蓝色的门,"我有自己的做事方式,你知道的。"

她们三人一起走到街上,凯拉拖着那只带轮子的新箱子。莎拉已经装好箱子,但她必须回"森德里花园",去拿自己的行李,并把钥匙交还给哈罗德的女儿。在路边,罗莎小姐又拥抱了凯拉,再次让她保证听话和做祷告。她转向莎拉时,似乎又想起什么事情。"我就希望你说说,你怎么知道它在那里。"她说。

"我不知道,"莎拉告诉她,"我甚至不知道那幅画存在。"她已经在记忆中搜寻过这一切。她和母亲在一起的最后一个夏天即将结束时,她们去附近一个餐馆吃晚餐,在那里,母亲拿出照相机,请一位男子给她们两人拍照。从画像上她们穿的衣服判断,这张照片就是后来挂在菲尔德曼太太屋里那幅画的基础。莎拉还告诉罗莎小姐,这张照片刚拍完,她就因为听说母亲要嫁给哈罗德·森德里而晕厥过去。从那时到现在,四十年过去了,她没有再晕倒过一次,直到她走进菲尔德曼太太的公寓,看到母亲的面孔镶在墙上的镜框里。

然而罗莎小姐不接受这个说法。第一次听到这个故事时,她说:"你一定是知道的,但忘记了。你妈妈告诉过你这幅画,说她准备把它挂在墙上。你只是忘记了。否则真闹鬼了。所以我要相信耶稣。关于他,没有什么事情会闹鬼。知道你会得到什么,也没有巫术一说。"

现在她又在重复这一点。"耶稣不会让事情闹鬼。没有鬼魂,我们这个社区的麻烦已经够多了。我住的地方不允许闹鬼,这点不能改。不过告诉你,我回去后,要在我的解梦书里找一找蓝色的门,赌一赌那个号码。可能是个象征。可能是耶稣想让我发财,他现在找机会做这事了。对我真是好极了。"

"还有我。"莎拉对她说。

"我也是,"凯拉满脸放光地说,"我喜欢钱。"

家

后墙是面大镜子,努南在喝第三杯鲜啤酒时,看见休在镜子里咧嘴冲他笑。他去威尼斯拜访努南时,穿的是一身黑;此时是纽约的春天,他穿了一身白,还从胸口的衣袋里,抽出一条丝手帕,戏剧性地掸了掸凳子,然后才坐下去。

他厌恶地打量着苏荷的这家酒吧,推开盛了带皮花生的木碗。"你至少可以找个我们能点香槟酒的地方吧。"

"我不喜欢香槟。"

吧台上方的电视中正在播放棒球赛,当酒吧招待终于恋恋不舍地转过头来照顾顾客时,休点了努南从未听说过的一种品牌伏特加。

"好吧,我尝一口,"他说,"你怎么找到我的?"一小时之前,他偷偷溜了出来,一是厌烦了那些介绍、握手、虚情假意的颂扬和纽约的闲言碎语,二是希望他不在场,人们可以把更多注意力放在安妮身上。这一活动唯一真正有趣的部分,是与一小群哥伦比亚大学研究生的对话。这完全出乎意料。他们在波波夫教授(即痛悔的埃文)到场之前就来了。那家伙仍是个目空一切的傻瓜,但现在柔和多了,或者说是努南变柔和了。他的学生则是五颜六色的一群,身上布满怪异的文身和可怕的钉子,有几个看上去像是酷刑幸存者,但又设法保持了天真无邪。他们似乎认为,努南知道一些他们不知道的东西，但在努南看来，情况可能恰恰相反。他们不断热情洋溢地提到某些他从未听说过的画家和其他艺术家，但对他的无知，他们似乎根本不在乎，仿佛这是他的地位应当得到的。"我们很快就会追上你。"一位年轻姑娘预言。她显然也不在乎，她和她的朋友们支付了高额学费，却需要来教育将获得高额工资的他。"反过来我能给你们什么呢？"他问，错误地以为这个问题会难住他们。"你告诉我们，我们的作品不行，还有为什么。"一个男孩阴沉地说，但并没有明显的憎恨。"你们的作品不行吗？"努南问那男孩。"是的。"一个姑娘说，显然是他的女朋友。另一个小伙子说："肯定是这样，我们都不行。但你会激励我们，让我们快速改进。还有星期五下午，我们会全部出动去喝酒，你会给我们买啤酒。"

你怎么可能不喜欢他们？努南不相信自己会让他们变得更糟糕，但他觉得，无害并不是个特别高尚的学术目标。他们知道吗？他们最想要的东西，即蓝图，他是不可能给他们的。他们理解吗？他不能告诉他们怎样做，他只能告诉他们，他是如何做的。他可以告诉他们，他作画，而且一直在画。他可以看他们的作品，提出问题，或许可以纠正几个坏习惯。而且到了星期五，他可以给他们买啤酒。

"我看到你离开画廊后向右拐了，"休解释道，"所以我照此办理，进了第一家看上去可能会有人操刀打架的下等酒馆。"

他说最后这句话时，酒吧侍者恰好端来他的伏特加。"别理这家伙，"努南告诉他，"他是同性恋。"

"我也是，"那侍者说，怒目而视，"那又怎么啦？"

当他终于轻飘飘地走回吧台另一端时，休说："一个没自嘲感的纽约男同性恋？这些人都是从哪儿来的啊？我倒挺喜欢他的时髦。"

"嘲弄不是一切。"努南指出，转了转凳子，这样可以方便拿花生。他把碗放在两人之间,剥开花生,把空壳甩到肩膀后面的地板上。两人坐在那里对笑,直到休笑出声,努南不禁也加入进来。

"妙极了。"休说。

"不坏。"努南表示同意。

"不坏?你这傻瓜,不坏。我告诉过你《莎拉》会卖出大价钱吗?"

实际上,那幅画命名为《窗前少女》。他从最初就一直称它《莎拉》,但在最后一刻决定改成《少女》,以防不太可能发生的万一,即莎拉看到它,或者更糟,露西看到它。

画运到纽约那天,休打来电话。"你过去不是开玩笑,对不对?它真的是自己画自己。"

"你能腾出地方给它吗?"

"你开玩笑吧?"休说,"她是谁?"

"很久以前我认识的一个人。"

休现在惊叹道:"罗伯特·努南的一幅没有蛀虫的画。"与他在电话里说的一模一样。"初恋。我来猜猜。可爱的莎拉因为没有屈服于你的魅力而逃避了不完美?"

"可能有点儿关系吧。"他承认。

"你和她联系过吗?告诉她,她存在于画布上,成为不朽,她的美德完好无损?在你僵硬但柔软的笔触下,她栩栩如生?"

"啊,去你妈的。"努南说。但事实上,他希望莎拉看到这幅画。

"或许不是个好主意,现在我想起来了,"休承认,"她结婚了吗?"

"我最后知道时是这样。"

"据说这样的画会引起离婚。谈到离婚,我也不急于把她拿给其他姑娘看,"休说,"她们看一眼就会明白,为什么你与她们的婚姻还没开始就注定要失败。她们再不会借你一分钱。当然,从今以后，你有一段时间也不需要借钱了。"

努南在电话中听到休为《莎拉》的定价时，手中的听筒差点儿掉在地上。

"我只希望早一个月知道她。那样我就会去找印刷商，提高画展中其他每幅画的价钱。"

"甚至《叹息桥》吗？"在画展中，它的售价第二高，只低几千美元。

"好吧，那幅画与以前不同了，对不对？"休沾沾自喜地说。无疑，他觉得这是自己的功劳。他可能已经在对人们说，几个月前，他去威尼斯，和努南好好谈了谈。人们现在看到的，就是他们谈话的结果。谁知道呢？也许这话确有几分道理。

"那里仍有很多蛀虫啊。"努南辩护道，但休当然是对的。虽然没有改变多少，但它不是原来那幅画了。《莎拉》改变了它。他同时画这两幅画，它们肩并肩摆在一起，从莎拉那幅画中敞开的窗子射进来的光，仿佛照亮了另一幅画。它先落在叹息桥上，即那幅画中画。最初，努南是灵机一动把它放进画中，然后又用重重的阴影去否定这个一时的念头，所以休看那幅画时，只看到了绞刑架。一旦能够看清它的真实面目，努南就可以接受它作为控制全景的隐喻，表明这幅画的主题是绝望而不是司法。直到那一刻之前，他一直不知不觉地在画自己童年时代的吃人恶魔，一个将要为此付出代价的人。一个恶霸、控制狂、玩弄女人的大两面派的画像。他永远狂怒地举着拳头，他是母亲再三逃跑的原因，是她在早上喝咖啡时吞服那些小药片的原因。努南逃走后，又过了很长时间，她终于变得神志恍惚，有一天吞服了太多的药片。

而一旦沐浴在莎拉窗口射进的光线中，他变成了已经付出代价，已经失去了一切的某个人，跨过叹息桥只是正式宣布了这一点。他完全明白，鲍比·马库尼虽然已经到了可以占据他身旁座位的年纪，但他还太年轻，无法理解一个人能够变得如此厌恶自己,坚持自己的本性是多么让人精疲力竭和沮丧,不知道这种忠诚索取的沉重代价。鲍比·马库尼一贯认为,父亲与西区女人的另一种生活,是他伪善透顶的见证,他需要把道德强加于别人,同时又给自己扩大舒适和愉悦所需的最大自由。现在,罗伯特·努南开始改变看法了。为什么不承认这一点呢?父亲在某一时刻,厌倦了自己的恶霸生活,厌倦了自己。可怜又可爱的威利坚持说,他不仅是好人,而且是"最好的人",那时他一定是几乎相信了他的话。如果不是鲍比,如果不是他了解得更多,而且以一千个直截了当的方式让父亲知道,自己不会被他的伪装所愚弄,谁知道呢?也许他会成功。也许,没有这么一个愤怒的儿子来否认他的真实性,他真的可能成为那个"最好的人"。

在修改这幅画时,努南想,有一点是可以确定的,那就是鲍比·马库尼一贯把对父亲的憎恨作为贵重商品,这商品必须贮藏,可能用完,不警觉就会被人偷走。鲍比是个守财奴,他并不想理解自己所恨的那个人,而且害怕同情造成的代价。他把注意力集中在保护和积累自己的仇恨上,像所有守财奴一样,生怕自己的贮藏不够维持,有一天箱子会变空。鲍比从未认识到真正的危险,其实是他死时很富有。仔细想想,你会惊叹仇恨毫不费力溜了进来,占据为爱保留的空间,反之亦然,仿佛这两样东西的大小和形状一模一样,天生可以互换,相互完全可以替代。所有艺术的本源都是激情,努南知道,他并不是第一个受狂怒驱动的艺术家。而且它的确有效。在相当长的时间里是这样,直到有一天,它不再奏效。直到如休所说,它变成了"全是蠕虫"。努南现在怀疑,他的夜晚恐惧来自于一种不受欢迎的直觉,即作为艺术家,他已经到了穷途末路,想要继续走下去,必须另辟蹊径,跨入未知的领域。

"得了,不说那些画了,"休说,屈服于酒吧的花生,"我们来谈谈昨天。"

"化验结果出来之前,什么也确定不了,"努南说,"但我的症状不像癌症。我以前的症状。"如果不是休的坚持,他或许会取消那些检查。毕竟,他的大多数麻烦——他妈的,是不计其数还是众多?——突然都神秘地消失了,和它们出现时一样。自从那天晚上李奇特纳击中他的胸口,后来他开始画莎拉,夜晚的恐惧就没有再出现过,他也没有在公共场合悲哀过。更美妙的是,他的胃口恢复了,食物恢复了原本的味道,或者至少是他记忆中的味道。他的体重开始恢复,这不完全是个好事。"怪极了。我提到失去味觉时,一个大夫问我是不是画家。"

"可能是你把油彩涂到胡须上了。"

努南没有理睬他。"所以镉中毒是一个假设。"

"因为油彩?"

"不是全部油彩。红色和黄色。他们似乎觉得这可以解释夜晚的恐惧。"

"那好。别再用红色和黄色。"

"真他妈的。我们死于自己所爱的东西。"

"别说我们。"休说,努南不记得曾经听到他的朋友如此严肃地说过任何事情。

倘若镉中毒能够解释手足刺痛、味觉丧失和夜晚恐惧,还剩下随时袭来的悲哀没有解释。为了避免听到"我告诉过你吧",他决定不告诉休,昨天还有另一个假设,即过去九个多月里,他患了慢性忧郁症。他对这个诊断仍有怀疑。"如果忧郁,我自己会知道吗?"他问。(不一定。)"抑郁必须有原因吗?"(还是不一定。)它会无缘无故出现吗?(不知道原因不等于没有原因。)它会无缘无故消失吗?(还是……)然后,轮到他们提问题了。他是否突然觉得压力消失了?(是。)仿佛云消雾散,太阳出来了?(也是。)以前他是否有什么心结无法解开?近来是否解开了?他知道六十岁可以是个分水岭吗?人们开始看到自己生命地毯上的图案,有时会很困惑?然后又轮到他提问:会复发吗?(可能会。可能不会。)

他应该担心吗？（你喜欢担心吗？）人们为什么要花钱去看医生？不如去见神父，他们可是免费的。

"现在他们最担心我的血压。"努南接着说，尝试用实事求是的口吻。

"有多高？"

"挺高。"他承认。

"多高？"

"他们给我开了处方药，"他说，"要我避免压力。没有具体说你的名字，但是——"

"你要是精明，就该这么做，"休说，"把画展的收入存进美国的一个账户。每个月第一天，我给你寄一笔津贴，足够支付你的画室和合理的支出。"

"由你来界定什么是'合理的'。"

"算是这样吧，"休答道，"我知道其中的含义。而且我在大通银行认识的人神通广大。也许他能提出什么投资建议。"

"我会考虑的。"努南说，也许他会。这些日子，他有一种难得的灵活。

休喝完伏特加，推开杯子。"我该回去了，"他说，"画廊里人开始少了，安妮想出去吃饭，庆祝一下。你应该来。"

"好吧。"

休显然很惊讶，疑惑地打量他。"今天那位女士身上有某种光彩。"

"她的画也卖得不错。"

"的确，"休说，"但除非我错了，可我很少错，那特殊的光彩与此无关。现在让我来看看你，你通常苍白的腮帮子上也露出了一点红色。"

努南拒绝评论，这引出休挖苦的微笑。与安妮睡觉并不是计划的一部分，或者说，如果他有一个计划，这也不在其中。他们以前做过情人,但时间很短,而且是差不多十年前的事了,一个愉快的插曲。由于两人都是画家,他们永远无须相互解释自己怪异的行为和习惯,这是好事,但也莫名其妙地让人窘迫。他猜自己习惯了解释或者解释不清自己,所以这让他觉得,好像在过程中越过了必要的步骤。无论怎么说,那事没有维持多久。但昨晚的感觉不同,他们的做爱出乎意料地感动了他。上次与伊万杰琳在一起时,她是怎么提问的?他们的做爱向他表明了什么?他不知如何作答,或许他知道,但不想伤她的感情,因为那做爱是生硬和烦躁的。只是后来,他才想到,提出这个问题的女人,是在强烈暗示,这种做爱对她也没有"表明"什么,至少不过是耳语。昨晚与安妮做爱也不是电闪雷鸣、让人膝盖发软,但却甜蜜和温柔。他们都知道自己要什么,在他们这个年龄——虽然安妮几乎比他年轻十岁——也许甜蜜、温柔是你能得到的东西。或者是有疗效的东西。"好了,"过后安妮在拉上被单时说,多半是自言自语,"现在我可以应付明天了。"他觉得,她这么说指的是画展的开幕式。奇怪的是,这是很私密和暴露内心的说法,只是有点儿侮辱人。它表明了信任。

"但是对我来说,你靠的是什么?镇静剂?"

"加一杯马提尼。"

"好啦,"努南说,感觉困倦、舒服,"很高兴能够对你有用。现在我该回我的房间去吗?"出于休的好意,他们住在同一酒店,"我要是在这里睡着了,我的夜晚恐惧有可能伤到你。"

"等一下。我有一个建议给你,"她说,语调奇怪地顽皮起来,"我提议我们接受哥伦比亚的聘书。"

他在飞机上向她提过这事吗?他觉得没有。那么是休这个多嘴多舌的家伙。"我们?"

"如'你和我'中所说。我们可以分享这个职位。"

"你要愿意,都给你好了。"

"他们不要我。他们要的是你。但如果这是得到你的唯一途径,他们也许会接受我。"

他听不出这话里有任何积怨,这让他奇怪,她通常那种渴望安慰,那种脆弱的自负到哪里去了。

"那怎么运作?教书。"

"我猜由我来教他们,你纠正我。"

"那我们需要结婚吗?"

"我觉得不用,不。"她说,轮到她猝不及防了。

"因为它让你弄得像这么回事。"

"不,我看到我们是无数闲言碎语的对象,分享大学的公寓和一切。"

"你可是在拿自己的生活冒险。"冒险与他共度一个良宵是一回事,整整一学期是另一回事。除非那些怪异行为永远消失了。

"我觉得你不会伤害我,努南。醒着或者睡着。"

"为什么我觉得我已经伤害了你?"

"啊,那个啊,"她停了一下说,突然变得很严肃,"好吧,我猜我觉得你不会再伤害我了。"

出于什么理由,他也觉得自己不会,但他有让女人失望的漫长历史,现在习惯了让她们最初就做好最坏的准备。"如果哪天下午你早回家,发现我和某位漂亮的女研究生在一起怎么办?"不是埃文那一群瘦骨嶙峋、皮肤灰黄、身上尽是钉扣的家伙,而是他尚未遇到的某个胸部丰满的美人。

"这事要是不发生怎么办?"安妮顽皮地说,"如果你意识到,那漂亮的女研究生不要你,或者要你也是因为你有名望,对她的职业有利,那怎么办?还也许你发现你要的不是她而是我,又怎么办?"

还有那怪异、可怕的部分,现在、今天,在苏荷酒吧里?她可能说得对。

休似乎不仅仅是有点儿焦虑了。"让我想想,"他说,"这得到我的批准了吗?"

"有人请你批准了吗?"

"啊,好吧,我猜我可以批准。只是向我保证,这只是一种分享松节油式的安排,绝不是固定的,你不打算娶那可怜的女人。"

"别管闲事好不好?别担心我用僵硬但柔软的刷子做什么。"

休已经从凳子上滑下来。"我是不是应该告诉我们那个没有自嘲感的朋友,八点半把你赶出去?你九点钟必须到可可·帕佐餐馆。"

"好极了。意大利菜。我从来吃不够。"

"恭喜你,罗比,"休严肃地说,"你——"

"滚开。你什么时候伤感,我都能看出来。"

"老天,我是有点儿伤感,是不是?"休看上去很窘迫,"啊,我差点儿忘了。"他把手伸进衣服口袋,"给你的,留在画廊了。"

他递给努南一个信封,上面用整齐的小字写着"鲍比"。谁还会这样称呼他?

"留下信的女人说,她是你的一个老朋友。她似乎没有意识到,这个故事有多离谱。你实际上可能注意到她了。她和一个瘦瘦的黑人女孩在一起。那女孩有个习惯:单腿站着,像只鹦。"

因为休提到这一点,努南确实有模糊的印象。她们的样子确实与画廊的开幕式格格不入,他当时的结论是,她是教师,或者是社会工作者,试图扩大某个内城女孩的文化视野。他特别注意到那个女人,因为她一直在凝视他,或者似乎是这样,从她的墨镜后面。当然在这种场合,这也不奇怪。开幕式上,人们总是对艺术家指指点点,或者盯着他们看。当他们的目光相交时,她很快把视线转向别处,脸上挂着一丝笑容。后来,他溜出去时,再次注意到她,这次她在与安妮交谈,这让他惊奇,因为他原来觉得,她感兴趣的是他的作品。她在《窗前少女》的正前方站了很长时间。

那封信有五页长,但努南直接跳到最后,去证实自己已经明白了的事情。怪不得她在那幅画前站了那么长时间,仿佛在把每一个细节嵌入记忆中。

"我来找你时,她还在画廊里,"休说,"无疑是希望说服你,去访问她在牙买加平原①教授的八年级。有什么好笑?"

"你不知道她是谁?"

"我应该知道吗?"

"不一定。如果我认出她来——"

"老天啊。"休说,终于明白了。

亲爱的鲍比,信是这样开头的。休走之前问他:"你肯定没事吗?因为你看上去有点儿——"他等到酒吧的门在他身后关上后,挪到靠近彩色玻璃的一张桌旁,那里的光线稍微好一点儿,但仍然像鬼火。我希望这封信不会让你太震惊。我必须承认,今天早些时候,我在什么人留在火车上的一本光滑的杂志上,看到你的脸(你父亲的脸?)凝视着我,我感到很震惊。我问自己,什么人专门把这本杂志留在我选择去坐的座位上,这个可能性有多大?而那本折了的杂志又恰好翻到那一页,让你的脸冲着我,而没有冲着座位。但这确实在我们六十岁的时候发生了。随意的星星构成了充满了个人意义的星座。无论怎么说,我在火车上看到了你举办新画展的文章,就在今天开幕——星座中的又一颗星星!我知道我必须去参加,但我与自己约定,不去接近你,因为画廊里肯定挤满了人(它确实是),你将被许多大人物包围(你确实是)。四十年之后,你认出我的危险很小(你没有)。卢没有与我在一起,这样很好,因为他会控制不住自己。他会向画廊中的每个人夸口,说你们曾是最好的朋友。的确,我怀疑你知道他平均一星期会提到多

---

① 牙买加平原(Jamaica Plain),波士顿郊外的一个地名。——译注

少次你的名字。

　　这是我写这封信的部分原因,我本来是要把它写成一封简单的邀请信。鲍比,你一定要来看我们,我希望你带上自己的女友安妮。我在画廊中注意到她,她的视线不断扫过房间,落到你身上。她也注意到我,可能是出于同样的原因。女人不像男人,女人实际上注意到的是事情。我们聊了一会儿,是她去取纸来,让我写信(为了拿更多的纸,她回去了两次)。我很喜欢她,还有她的画。有她陪伴,你来看卢会容易一些。他认为我们曾经相爱过,我们还可能再次相爱。我觉得这想法很甜蜜。他现在看我,看到的仍是他娶的女孩。换言之,他是完全地视而不见。

　　但命运有许多巧合,对不对?还记得我得知母亲死后去艾吉的那天吗?卢当时在店里,苔莎和卢卢也在。他们都只看了我一眼,就明白发生了可怕的事情。卢搂住我,我觉得就在那时,我一定是得到了一个暗示,即我以后的生活将在艾吉度过,它温暖、安全、舒适。我甚至不知道你在那里。你从后屋进来时,面带微笑,仿佛在回忆我们头一天的亲吻,我们唯一的一次亲吻,我记得自己移开了视线。因为那时我彻底明白了,以前整整一年,我相信或者试图相信,我不一定非要在你们两人中间做出选择,这一点我是大错特错了。在今天之前,我没有告诉过你,也没有告诉过任何人,我是因为羞耻而移开视线的。去艾吉之前,我先去了药店楼上你住的地方。听说母亲出事后,我第一个想告诉的是你,鲍比。我不知道在那里等了多长时间。长到了让我觉得自己是个坏人。

　　为什么现在我要告诉你这些呢?因为我猜,现在终于安全了。因为我爱我的丈夫和我的生活。最近我曾怀疑过这一点,但我现在知道,我错了。事情有了完美的结果,而且不仅是对我和卢。看了你的画,就知道你过得不错。你的《少女》让我想起你用摩托车带我回家的那个晚上。记得我在卧室窗前向你挥手告别吗?但我特别赞赏你的《叹息桥》,我觉得这意味着你终于与你爸爸和解了。你让他有一双备受折磨、悔恨的眼睛。你自己的眼睛,如果你允许我这样说。这是否意味着,你也原谅了自己呢?

是这样吗?努南不知道。你怎能知道呢?出于某种原因,他想到露西。他曾经多么希望他能解释为什么在步行桥上,有人必须付钱,有人分文不花。他的回答是,事情就是这样——现在他觉得这很残酷。不仅残酷,而且不真实。因为到最后,所有人都要付出。

不久前,莎拉继续写道,卢问我,是否我觉得他娶了我,是偷走了我本来的命运。我告诉了他真相:我爱他,不后悔我们一起生活所经历的一切。但我们对所爱的人所说的话,甚至对自己说的话,是否如我父亲过去所说,都是"真相,全部是真相,没有其他,因此上帝助我"呢?甚至最美好、最幸运的生活,难道不都暗示着其他的可能性、其他种类的甜蜜,乃至痛苦吗?不正因为如此,我们不禁感到受了欺骗,甚至在我们明知并非如此的时候?

爱,莎拉。

所有的人都要付出。

努南坐在那里,凝视着面前一片模糊的信纸,这时传来酒吧侍者的声音:"嘿,傻蛋!酒吧里不许哭!"

永远是条该遵守的规则。

在中央火车站的大屏幕上,没有阿尔巴尼这个目的地,可在此之前,他就没有想到过,莎拉的火车可能从宾州火车站出发。这意味着,他浪费了——多少时间,二十分钟?他坐了一辆往北开的出租车,现在又抓住另一辆,而它立刻就堵在横穿中城的车流里。他一边想着住在威尼斯——一个没汽车的城市——有多好,一边艰难地计算莎拉领先了他多长时间。他在酒吧喝酒时,她花了多少时间在画廊写那封信?她和她的伴侣(那个黑人孩子到底是谁?)是必须先回旅馆退房,还是直接从画廊去了火车站?虽然不知道为什么,但他假设那孩子不是她随便遇到的什么人,她会与她一起旅行,而不会留在城里。她们的时间是正好呢,还是必须得等下一趟往北去的火车?那需要四十五分钟或更长时间。这里面的变数太多了。

在宾州车站的大厅里,他没有看到她们。据大屏幕显示,唯一一辆在阿尔巴尼停的车五分钟后出发,因此他记下站台号,冲了出去,用胳膊肘在人群中开出一条路。当他找到正确的站台后,嘶嘶叫着准备出发的火车看上去有十几节车厢。他大步向一个穿美国铁路公司制服的女人走过去,她对他说:"赶快。"显然断定他要上车,其实他是想这样做,只是没有特别的理由相信她们就在这趟火车上。她们有可能上了一小时前就已离开的火车,也有可能准备上一小时后出发的火车。他回画廊时,安妮还在那里,告诉他,莎拉只说要去赶火车。他决定去站台的尽头,然后往回走,查看每一节灯火通明的车厢。上帝保佑,因为有那黑人女孩,可以更容易认出来莎拉。也许火车出站的时间会推迟。他真正想做的,只是告诉她,她不是唯一觉得受了欺骗的人,例如他,虽然生活给予他的远远超出他理应得到的,他仍这样觉得。

但等他走到站台尽头时,火车开始移动,他焦急地窥视每一节嘎吱嘎吱从他身边缓慢经过的车厢,他的心脏不习惯如此剧烈的体力劳作,在他的胸腔中砰砰乱跳,他的呼吸变得微弱起来。他正要断定她们不在车上,却突然看到她们在倒数第二节车厢里,慢慢向他驶来。如果那个黑人女孩就是画廊里的女孩,如果她旁边那个黑头发戴墨镜的女人,不是碰巧坐在旁边座位上的一个陌生人。关于不可能的可能性,莎拉是怎么说的?但这必定是她们,才会赋予所有这些愚蠢的混乱以意义,他想,让星座成为星座,而不仅是一群随意的星星。

那个女孩注意到他在挥手。她看他的神情是认出他来了吗?她是否捅了捅坐在旁边的女人?因为她从书上抬起头,透过车窗看到他。同时,火车加快了速度。她诧异的神情是否意味着认出了他,还是因为有人如此靠近站台边缘而惊恐?美国铁路公司刚才那个催促他快上车的女人现在喊:"先生!先生!后退!"是努南的想象,还是那位乘客确实绽放出莎拉光彩照人的笑容,就在她的车厢和后面那节车厢全消失前的那一刻?

美国铁路公司的那个女人现在抓住他的胳膊肘。"先生,"她说,"你必须后退。火车已经走了。一小时后还有一趟车。你没事吧?"

努南呼吸困难,试图说自己很好,但觉得心脏跳得更快了,仿佛要从胸腔中跳出来。他大汗淋漓,几秒钟的工夫,已经全身湿透。他真是个傻瓜,多少年没跑过了,刚才那样拼命地跑。

"先生,"那女人说,"你需要坐下。"她在用力拉他,但就在这时,他注意到站台对面的一列火车,它的门嘶嘶地关上了。在离得最近的一节车厢里,有一个男人在恶狠狠地盯着他,还咧嘴笑了。最初,努南没有认出他是李奇特纳,他当然应该在威尼斯。他来纽约的前一天,在圣马可撞上了他。难道他因为什么原因一直跟着他到了这里?因为那确实是他。

"先生,"那女人语气坚决地说,"我不得不请你跟我来。"

"我认识那个人。"他指着李奇特纳说,然后,奇怪的事情发生了。最初,他觉得李奇特纳不愿让人看见,拉下了车窗的帘子,但然后他意识到,那帘子是拉下来遮住他的左眼。他的右眼仍能看到那个人,除了他不再咧嘴笑,他也不是李奇特纳。那列车也开始行驶起来,努南意识到一股强烈的、刺鼻的腐朽味道,一股与家和威尼斯运河相联系的味道。

终　点

　　我先看见她的自行车倚在栅栏上,离惠特科姆公园入口四周的石柱不远,我依然觉得那些栅栏属于加布里埃·茂克。只看见自行车,让我很害怕,因为孩子们有时会出事,特别是在他们认识不到这一点的时候,而凯拉——上帝保佑她——是天不怕地不怕。而且她很快就成为我珍爱无比的孩子。

　　我把车停在入口处,熄了火,只是坐在那里,劝自己摆脱不必要的担心,然后再去找她。我们有四十五分钟的时间,那之后需要去艾吉,为莎拉的新画揭幕,但这一切都是个秘密。凯拉已经看到它,所以兴高采烈,因为知道了我不知道的事情。为了庆祝,我们将喝一杯普罗塞克,她已经告诉我,那是一种意大利香槟。实际上,成年人有一杯,凯拉只许喝半杯,还是兑上果汁的。

　　我没注意到老加布里埃·茂克坐在石柱的阴影里,直到他动了动。"茂克先生。"我说,钻出汽车,并且认真研究了他一下。虽然有一点儿睡意,但他的眼睛是清澈的,四周也找不到酒瓶的痕迹。"我在荫凉地打个盹。"他承认。

　　如果不是"号叫",我奇怪他在这里做什么,但这不关我的事,他和其他人一样有权在这里。而且他的权利还更大,因为他花了那么多时间在那栅栏上刷油漆,当时这里还有个大宅,需要有栅栏围住它。"天真好啊,正适合打盹,"我说,而且确实如此。六月这个美妙的下午,我们真是有福了,"茂克先生,这么远,你是走来的?"

"走了一半。有个家伙带了我一段,"他说,"正式的司机今天歇班了。我打赌,你在找那个骑这辆自行车的孩子。"

我告诉他正是这么回事,我们找到她以后,如果他愿意,我可以顺道送他回镇里。

"是你找到她,"加布里埃纠正我,仍然坐在那里,为了进一步强调这一点,"我太老了,追不动孩子了,而且我从没见过腿那么长的女孩。像匹赛马。"

我问他是否知道她上哪里去了。惠特科姆公园可大着呢。

"找去吧,"他一点儿不帮忙地说,"去找那些洞了。像过去有人做的那样。告诉她,我以前怎么告诉你的。要是掉进洞里,别喊救命。让我说,就让她在那又潮又黑的地底下过一辈子算了。在潮湿的地底下结婚,生一大堆孩子。"他扫了一眼我的新面包车,"那是你的车?"

他以前见过它,至少两三次,但显然忘记了。我点点头,再次告诉他,这是辆超小型面包车,后座可以折叠起来,放到地板上,为凯拉的自行车腾地方。一会儿我们找到她,就需要这个功能了。事实上,是她帮我挑的这辆车,说服我买了一辆深紫色的,我本来不会选择这个颜色,但我愈来愈喜欢它,因为买这车还有其他的目的:我们可以出去旅游。莎拉回家后讲明的第一件事,就是我们要让凯拉看到托马斯顿以外的更大世界。我们已经带她去看了离这里不远的卡那祖哈蕾图书馆,它有傲人的精彩艺术收藏品。我们还去了阿尔巴尼的几家博物馆和画廊,正在计划今年秋天去波士顿一星期。甚至意大利又提上日程,但要到明年夏天,当然,我们不会开车去那里。到那时,我们就会知道凯拉是否已经是我们的,而且也有了离开这个国家所需的证件。

她们两人不断拿我不愿出远门开玩笑,我自然也与她们周旋。

每次出发之前，凯拉总是拉着我的手，把我拽到前门，我抓住门框，她嘟嘟囔囔，直到把我拉出去，塞进车里，向她们计划去的地方进发。到了那里，我假装不喜欢，于是凯拉耐心解释我为什么应该喜欢它。最后我放弃，说我很高兴出来，虽然我更喜欢待在家里，凯拉表示同意，我们住的确实是个好地方。这是个不错的游戏，我猜在某种程度上是这样，因为它植根于事实。无论如何，她们是想把我慢慢培养成一个愿意旅行的人；迄今为止，一切顺利。我是老狗玩新把戏。我意识到，我确实还跟过去一样，是露西·林奇。但这个孩子，这迟来的礼物，引起了惊人的变化，让我一反常态的时间远远超过我的想象。

"茂克先生，"我说，"你的栅栏可是年久失修了。"至少十年没有人走近，红锈取代了古老的、成片剥落的油漆，莎拉的父亲如果还活着，这个事实会让他兴高采烈。实际上，我最近常常想起他。我仍然记得，关于我们这位可尊敬的祖先，他的讲课有多辛辣，一开始他就愉快地提醒我们，他是个奴隶主，倒卖军火和烈酒给当地的莫霍克人，煽起他们嗜血的狂热，然后放他们出来攻击他们的邻居——德国人和荷兰人，一直远到阿尔巴尼。他骨子里是保皇党，在独立战争前夕逃到加拿大，完全打着在叛乱平息后再回来的算盘。莎拉的父亲相信，托马斯爵士本人有时去参加那些残忍的异教徒仪式，脱光衣服在树林里奔跑，身上涂得像所有莫霍克人一样花哨。跟他一起的早期殖民者不知道谁是那个兴高采烈用印第安战斧砸烂他们脑壳的人。没有证据表明他在卡尤加大屠杀中发挥了作用，但伯格先生这样认为，所以当河水第一次变红时，在某种意义上说，他是第一个污染者。我们现代人只赞美他的财富，我们是多么可怜、渺小的生物啊。我们聚在为挡我们设置的栅栏外面，眼巴巴地盯着那大房子的躯壳，想象我们自己的祖先从未受过邀请的盛大宴会。

这总让我想起父亲带我来这里的那天，我们是在伯若区兜风后到这里来的。我们看上去一定很怪异,坐在一辆送牛奶的车里,停在大门旁,仿佛装作在给一个一百多年没人住的房子送牛奶。我记得父亲说:"我不知道他做了什么,能变得这么富有,但人们一定喜欢他。"他就是这样看问题,财富就是那样聚积起来的——人们更喜欢你,而不是另一个家伙。我一直认为,莎拉的父亲与我父亲的最大区别,不是一人受过高等教育,另一人没有。不是,他们最珍视的信仰都不是建立在知识或缺乏知识的基础上,而是性格使然。我父亲习惯把过多的功劳归于别人,莎拉的父亲恰恰相反。我认为两种倾向都不一定使人成为傻瓜,但我们的两位父亲都急于让世界符合他们的信仰。倘若是这样,他们就高兴,不是这样,他们就不高兴,两人似乎都不能适应相反的证据,而我从自己的经验中得知,这样做是极不健康的。奇怪的是,我在成长期间,认为我的父母是对立的,父亲是乐天派,母亲则愤世嫉俗。事实上,她占据了他和伯格先生之间的中间位置,他是任性地盲目相信同胞的基本善良,伯格先生是同样盲目和没有证据地相信人的腐败。

我正要开始去找凯拉,却听见她叫"卢卢!"我看见她顺着栅栏飞奔而来。听到她用莎拉对我父亲的昵称来称呼我,我别提有多高兴了。

片刻之间,她已经吊在我身上,细长的胳膊搂着我的后脖颈。"你一天比一天沉。"我在她终于松开手后说。

"还一天比一天快呢。"她说,仿佛我忽视了最重要的事情。"看啊!"然后她就箭一般飞了出去,足足跃起五十码,跳到最近的那棵大橡树旁,双臂剧烈地摆动,又跳了回来,把脑门抵在我的胸骨上,已经气喘吁吁。大多数的日子,她都要我看,她比前一天又快了多少,仿佛我有秒表,可以事先丈量出各种不同的距离。

"这女孩让我看着都累得慌。"加布里埃说。

"我和你一样,茂克先生。"我表示同意,拢住她。她松开我,又过去拥抱加布里埃,我能看出这让他喜出望外。第一次,她告诉他,他身上有味,但那以后他就通过了个人卫生检查,所以我不是唯一因凯拉的到来而改变的人。差不多十年了,加布里埃事事敷衍,与其说是活在现实的骄阳下,不如说是活在记忆的暮光中。

"我觉得我可以成为奥运会的田径明星,"她叹了口气对我们说,在我们一直在编撰的长名单中,又加上这种可能性。她的体力刚恢复,就又跳了起来,"我真的擅长很多事情,是不是?"

"最好别让苔莎奶奶听到你吹牛。"我警告她。

一提到我母亲,她脸上出现了乌云。"她怎么会不喜欢我呢?"

"她很喜欢你啊。"我安慰她,就像我每天都做的那样。在这方面,凯拉可以说是我父亲的直接后代。她简直无法理解为什么会有人不喜欢她,这个看法只能推断出是故意作对。事实上,我不知道母亲为什么没有对她产生好感。我怀疑这与凯拉本身没关系,而是因为我和莎拉想领养她,在托马斯顿把她抚养成人,照母亲看来,这个实验注定要失败。"你还没看够伤心事吗?"我第一次向她解释时,她这样说。当然,她指的是加布里埃·茂克和他的儿子,以及她认识的所有黑人孩子,他们大多仍住在希尔小丘。她似乎认为,我们的目的是个社会实验,近似伯格先生的实验,但这离真相真是最远不过了。

"我也从来不能肯定她喜欢我,"我告诉凯拉,"如果我这样说,你觉得好过一点儿。"

但她基本上没听见我的安慰话,因为她抓住我的左手,想弄直我的手指头,但刚一松手,它们又弯曲起来。

"你觉得它们怎样?"我问道,"今天是不是好一点?"

"肯定的。"她说,但这又是一个主观的衡量,和她跳到大橡树边上的距离一样。

"我也这么觉得,"我说,冲加布里埃挤挤眼睛,"你觉得呢,茂克先生?"

"别管那些手指,"他劝她,"纠正那个坏笑。要不他更像他爸了。他看上去已经够像的了。"

她踮起脚尖,把食指放在我的嘴角边,向上推了推,这样我的微笑就不再歪向一边。左手指有点弯曲,笑容有些不对称,它们是我上个月中风的后遗症。一天结束时,我的左脚有时会有些拖拉,除此之外,我已经恢复了正常,好久都没有感觉这么好了。治疗高胆固醇的药物似乎起了作用,凯拉把每天监督我遵守饮食限制作为自己的使命。人们似乎没有意识到,那次中风对我来说是个礼物,一个实际上留下某些证据的可论证的生理事件。电脑断层扫描首次揭示出某些损害。当然不严重,或者说并非不可修复,对此我很感激,但证明确实发生了某些事,某些可以有文件证明的事情。不是有问题,而是有毛病,除我之外,对其他人来说,这只有语义上的很小差别。具有讽刺意味的是,就是因为这件事,现在确定了,我可能一直受到小中风的困扰。它们被称为短暂性脑缺血发作,非常普通,但在儿童中却很少见。对我的发病,另一种可能的解释,甚至更是只有内行才能明白,它称作器质性脑综合征,就我所知,它是任何其他诊断无法解释的一些症状的聚合。我看过无数专家,其中最诚实的一位,只是耸耸肩,承认道:"我们不明白的东西实在太多了。"

把面包车后排的座椅折起来放在地板上费不了什么力气,凯拉又爱干这活儿,所以我让她来做,我自己扶加布里埃·茂克上车,坐到中间的座位上。然后我和凯拉把自行车抬起来,塞进刚腾出的空间,再关上车门。我坐到方向盘后面,凯拉在我旁边系上安全带,却突然想起什么事,兴奋得几乎把气囊弄出来。"我发现那个洞穴了!"她大声喊道。

我的心狂跳起来,甚至比刚才停下车,没看到她人影,只看到自行车倚在栅栏边时跳得还疯狂。"你进去了吗?"我最后问。

她睁大眼睛看着我。"没门儿!"她说,仅仅想起来都打颤。我倒是很高兴,知道她的莽撞是有界限的。

还让我安心的是,知道我们俩的共同点还不少。因为我清楚地记得,那一天我也找到洞穴的进口。我找了它一夏天,结果大失所望地发现,它不过是山坡上的一个小洞,小到藏在一丛灌木中,根本不像电影里演的,洞口很大,够一个武士骑着一匹骏马疾驰进去。我还记得自己绝望地站在那里,因为发现了寻找已久的东西,却害怕进去探索。我趴在地上,窥视黑暗的洞口,想一直看到里面,结果却仿佛是直接凝视一潭黑水,我闻到里面一股酸臭的气味。我觉得,别管搞出这种臭味的是什么,它都可能从里面凝视着我。我记得对自己说,明年夏天。明年夏天,我长得更大一点,也更勇敢一点再说吧。我要带一个手电筒。我要这样做。我会这样做。当然,我永远没有这样做。

这一切都让我想起自己那个没有写完的故事。自从那天下午我在莎拉画的叹息桥上走了一半之后,就再也没去碰它。但我仍然想着它,尤其是在想起早年的一些事情没有写进去时,例如现在。不过,记下一切的欲望,写我整个历史的欲望几乎消失了,我要把这归功于凯拉,是她让眼下比往昔变得更紧要。的确,大多数时间,我能应付和我所需要的就是眼下。

去艾吉之前,我们先送加布里埃回伯曼大院。路上,他告诉凯拉,我小时候脑子特笨,非说如果顺着梯子爬上月亮,在那里仍然得仰头看地球。凯拉当然站在我一边,使用我多年前的论据,即上下是由引力而不是方向决定的,但加布里埃仍然拒不接受,但他在反光镜里冲我挤挤眼,表明他从中得到多少乐趣。

凯拉在我扶加布里埃下车,向公寓走去时说:"这就是你小时候住的地方。"她指着楼上我们的公寓,还有鲍比和他家住过的地方。

"也许你以后可以写我们的家史。"我开玩笑说,把车挂上挡,向艾吉驶去。

凯拉却把这个可能性当了真。"也许。"她说。假如她不当画家、奥运会短跑选手,或者最近我们讨论的无数可能性中的一种。然后,我们停在前门,她兴奋地说:"莎拉在这里,"又迅速改口:"我是说妈妈。"

我们并没有特别鼓励她叫莎拉妈妈,因为她的亲生母亲还活着,也许有一天她会出现,虽然这种可能性并不大。但凯拉有自己的想法,她到托马斯顿后不久就宣布,以后莎拉就是"妈妈"了,而且她一直这样叫,除非发生了出乎意料的事情,速度快到让她应付不了。

欧文站在收款机旁,与精英咖啡俱乐部的几个家伙在聊天,这些人仍在早上聚到艾吉,很多是原来那伙人的儿子,甚至孙子。今天早上,我提到下午有件新艺术品揭幕,他们都允诺要来参加,还真有两三个人记在心上。莎拉的新作,用布苫着,就挂在她以前画的艾吉右边,那是店里的宝地。

凯拉跳着绕过柜台去和我儿子拥抱亲吻,他说:"凯拉,宝贝儿,有什么好事?"

"我找到那个洞穴了!"她告诉他,"茂克先生说我分不清上和下的区别,卢卢也分不清,其实是他闹不明白,不是我们。"欧文咯咯笑起来,扫了我一眼。凯拉的热情几乎不允许有细微的过渡。我们一直想让她慢下来,问她:"两句话之间有什么联系?"并提出各种建议:"因为"、"然而"、"仍然"和"也许"。

我听到墙的另一边有母亲轮椅的嗡嗡震动声。她也来参加揭幕,证明了这个事件多么具有历史意义。我必须承认自己有些奇怪,因为莎拉通常不允许对她的作品有一点煽情,所以这意味着,这一事件一定是与我们而不是画的本身有更大的关系。凯拉已经看到苫布下的画,一整天都在兴奋地想掀开给我看,显然觉得她等的时间够长了。她跳上一张板凳,正准备揭开盖布,欧文说:"等一下,宝贝儿。"他双臂搂住她的腰,轻轻把她放回到地上,她的长腿在空中乱蹬。"我们应该等妈妈和苔莎奶奶来。"

但凯拉不想再等了,她跳回到板凳上,决心就在那一刻,露出下面遮住的东西。欧文再次制止她,这一回,他把她放回地上时,她的眼里闪出愤怒的火花,真实而且明亮。我们不常看到这种情景,但凯拉兴奋过度或者受到意外阻挠时,是会失去控制。"松开我。"她对欧文说,后者现在站在她与凳子之间,她再次试图绕过他。

"嘿,"他说,表情变得严肃起来,"咱俩谁大啊?你还是我?"

有那么一瞬间,凯拉看上去仿佛要推他或打他的样子,只要能挪开这个阻碍她意志实现的障碍物。由于她决定了想在莎拉和我母亲出现前做什么,所以只有这样做才能让她高兴,而且时间越来越少。我们听到轮椅停下来,凯拉转向我,面孔成了一具狂怒的面具。"告诉他!"她说。

"凯拉。"我说。我们僵持在那里,直到前门的铃铛声响起来,这解除了咒语。母亲和莎拉进来时,凯拉的狂怒消失得无影无踪。我迎着莎拉的目光,她一眼就看出,我们刚刚经历了我和她所谓的凯拉的鬼脾气。

这女孩与我们一起生活没多长时间,我们就意识到,她的个性中有一些阴暗的隐秘处,在那里,某些往事的余火还没有完全熄灭,在适当的条件下,它会引起冲天大火,但又会忽然消失得无影无踪,你不能确信自己刚刚目睹的一切。最初,这些突然发作似乎出现在她不能为所欲为的时候,但这一解释又不符合全部情况,有些时候,她的意愿虽然被阻,却没有引起发作。凡是这些不经常的插曲的发生时,似乎都是凯拉出于什么理由,认为自己没有得到爱,或者是认为别人得到了更多的爱。

无论是什么原因,我们对这个问题都很警觉,因此去咨询了阿尔巴尼的一位社会工作者。她是儿童问题专家,问我们在法律上领养凯拉的态度有多坚决,我们听了更觉得担心。"你们不了解这孩子受过什么苦,"她说,"你们可能永远不会知道她受伤害的程度。"莎拉怀疑凯拉受过性虐待或其他方面的身体虐待,但她在此之前肯定没有得到过渴望的爱。"人会伤心的,"那社会工作者说,"有时可以修复,有时修复不了。你们可以把一切都做得很好,但仍然没有好的结果。"

"如果什么都不做,结果又会怎样呢?"莎拉问。她并不是采取对立态度,或否认那女人的任何说法,但我以前听到过她语气中的这种决心,知道这意味着什么。那社会工作者本人似乎也怀疑起来,因为她转向我,问:"林奇先生,你的想法呢?因为我能肯定告诉你们的就这么多。你和你妻子最好有同样的态度。"

我的想法?此时此刻,我正在想我的父亲,尤其是他习惯礼貌、周到地对待每一个人。在下分界街,他总是停下脚步,和蔼可亲地与希尔小丘的那些黑人老人交谈,他是以前送牛奶时认识他们的。他的善良和关心不是装出来的,而且我相信,也不是出自有意识的责任感。他的行为仅仅是他为人的延伸。但是关于父亲,有些道理我只是最近才很不情愿地明白:他不是造成同胞处境困难的原因,但也不是解决办法。他相信"己所不欲,勿施于人",那确实是为人应遵守的准则,但他从来没有想到,这可能还不够。我记得早年在艾吉,他向精英咖啡俱乐部的家伙们宣布:"不要爱人们。"他不明白为什么会有那些恶毒的行为,他总在解释,有礼貌,对人好并不需要付出代价。别人倒霉时,让他们感觉好一点,是因为明天也许你就会倒霉。小事一桩。他似乎觉得,爱可是一件大事,它的代价高昂,你如果很挥霍,还可能负担不起。而且没人期望你那样做,就像没人期望你在街上施舍一百美元。我记得,他在饭桌上不断重复在店里对那些人说的话,母亲听了之后的反应是:"真的吗,卢?那不正是我们应该做的事情吗?爱人们?那不是

《圣经》里说的吗?"

所以当那位社会工作者问我,在凯拉的事情上是否与莎拉的看法一致时,我让自己都惊奇地站在了母亲一边,说我们的看法很一致,我们决心爱这个孩子,不会半途而废。

最近我和母亲的关系改善,也许这就是原因。最初我以为,她是因为我中风而变得温和,因为在莎拉离开的那段时间,她对我的所作所为,一直克制不了自己的愤怒和失望。或许我的中风让她想到,她虽然已经高龄,还有可能比我活得长。但更可能的是,她对我态度的软化反映出我对她态度的软化。现在我走过去,拥抱了她,她倚在我身上的时间比过去长了一点儿。我们相互松开时,她几乎是胆怯地看着我,仿佛想保证我没事。我向她笑了笑,表明我挺好,过后才意识到,我笑起来歪嘴,并不一定能够安慰人,但这次,它似乎起了作用。

凯拉在求莎拉,让她揭开那幅新作上的盖布。"求求你啦!"她乞求道,莎拉说,因为现在大家都到齐了,她当然可以这样做,这样说是为了让她知道,她刚才错了,但凯拉太高兴,并没有真的明白这个具体的教训。她又跳到凳子上,摆出让电视竞赛节目女主持都会脸红的炫耀姿势,揭开了那块布。

乍一看,莎拉仿佛只是简单复制了她以前画的艾吉,但这次用的是彩笔。新作用了红、绿、蓝、紫色,与旧作的黑白两色形成对照,给人一种彩色照片放在以前黑白照片旁边的印象。但然后,我开始注意到了不同之处。尽管惊人的相似,站在收款台旁的男人不是我父亲,而是我。我身旁的女人是莎拉,不是我母亲。过去是德克兰站的肉食柜台后面,现在是欧文。我注意到,在他旁边,莎拉为布琳迪留出了足够的空间,以后如果她回来,可以添上去,如果不回来,还会有别的什么人。肉食柜台里装着现代的色拉,柜台前的那把宝座一样的椅子上,坐着我母亲,看上去更像第一张画中的女人,而不是现在的她。她似乎很感谢这种善意。这张画中,也有人正要跨进门槛,但不是鲍比,而是凯拉,她马上就会让我们的生活变得完整。画中看不出她的种族,或她与我们林奇家的人有什么不同。每个人都是灵巧的几笔线条,与其说是描绘,不如说是提示。陌生人不见得能认出收款台旁的男人是我,椅子上坐的是我母亲。只有我们自己知道谁是谁。

尽管不会弄混,凯拉还在扮演女主持的角色,向我们介绍画中人物。"艾吉·鲁宾,"她又做了一个大幅度的挥手动作,然后才具体介绍,"卢卢、妈妈、欧文、苔莎奶奶。"她在此处顿了一下,以产生戏剧性效果,然后用食指点出画中的自己说:"我。"她很骄傲,也在挑战任何对立的解释。是她将进入我们的生活,而不是任何别人。谁有不同看法,赶快说出来,否则永远保持沉默。没有人说话。沉默的一群人。我们聚在一起,回首往事,分享对未来的梦想。

"老天啊。"母亲最后假作厌恶地说,因为当然,眼泪淌下我的双颊,我大声擤着鼻子。

一小时后,艾吉里只剩下我一人。欧文去接布琳迪,还有他们夫妇一直在看的治疗专家。过去几个月,他们每星期见一次这个专家,希望能解决分歧,不要立即放弃,迅速离婚。我不能理解儿子为什么会忍受这一特定的咨询。布琳迪坦率承认了她与西区那个男人的婚外情,也没有表现出想放弃那家伙。据欧文说,他们咨询的那个女人似乎并不关心布琳迪的行为,反而关心他不愿表现出愤怒,乃至憎恨,仿佛是说,布琳迪的行为是被欧文逼出来的。"你明白你的沉默有多伤人吗?"上一次咨询时她问,"你明白吗?固执的沉默可以是一种形式的进攻。你拒绝交谈,拒绝明确说出你想从布琳迪那里得到什么,这是在把她非人化,你知道吗?你的沉默是真正和解的重大障碍。布琳迪还没有放弃你们的婚姻,欧文,但你的沉默告诉她,你放弃了。现在布琳迪的生活中有了另一个男人,欧文。你意识到了吗? 你甚至没有告诉她,你希望她与那人断绝关系。你意识到这种冷漠是多么伤人吗? 如果你想要布琳迪忠实你和你们的婚姻,你就必须说出你的感情。"

我注视着儿子,或者说莎拉新作中的那个男人,里面有什么东西传达出了他的基因上的含混不清。这位婚姻问题顾问,无疑让欧文想起他的那些老师,每一位都善意地想把他拉出来。他的策略是,熬到他们不再说话,我非常怀疑这种情况有所改变。所有那些老师最后都放弃了,我相信,他觉得这位顾问也一样。他们最后一次接受咨询时,听了她无情的问题后,突然发作的是布琳迪而不是欧文。"你看看他,"她对那个治疗专家说,"他不会说话的。你还不明白吗?"

我不禁怀疑,莎拉在我们儿子身旁留下的空白,有一天会不会被那个治疗专家本人占据,因为在最后那次残酷的咨询之后,她请欧文留下来,拉住他的手,为自己的粗暴道歉,这着实让他大吃一惊。她说这是她的工作,为了他,也为了布琳迪,想实现一个突破,让他至少承认自己想要什么。他当然一定想要什么,她补充说,捏了一下他的手。那天晚上,他后来忧郁地告诉我:"我还以为她是同性恋呢,看来不是。"

我猜对妻子的新作,我最喜欢的一点,是几十年过去了,它仍然未改当年那张画的初衷。在当年那幅画里,她把我们——她和我——画在一起,那时我就是这样知道的。现在她以这种方式告诉我,我们仍然在一起,她永远回来了。我不再处于缓刑期,或许永远也不会了。在某种意义上,她重申了自己的誓言。在最黑暗的时刻,我想象自己迷失在莎拉的叹息桥上,现在她给了我一幅我真正能够生活在其中的艺术作品。它不是鬼魂艾吉,不是平行世界。它是我们的生活。

莎拉要开车送凯拉回家,然后准备我们的晚饭。在此之前,她问:"你能接受它吗? 我想过也画上你爸爸。我是说,我每天都在店里感到他的灵魂的存在。那将是最善意的谎言了。"

"不，"我对她说，"你做得很对。而且把凯拉放在原来鲍比所在的地方……"但我一下住了嘴，无法再说下去。

"感觉上也正好。"她说，举起食指，触摸着旧作上的鲍比，这个动作以前会让我不安，但现在没有了，我希望不是因为他死了。两个月前的那天上午，电话铃响了，我预料是莎拉，告诉我火车晚点了，或者她和凯拉决定在城里多待一天。但那是阿尔巴尼一家主要报纸的记者打来的，想知道我对画家和托马斯顿前居民罗伯特·努南在纽约猝死于动脉瘤有什么反应。她已经打电话给我们的地方报纸，那里的某个人记得鲍比和我曾是好朋友，而且肯定可以在艾吉·鲁宾找到我。那个记者向我提供的消息是，鲍比死在庆祝他的新画展大获全胜的晚餐上。他只是从椅子上沉重地摔出去，就完了。

我也去摸了摸莎拉旧作上的他。那个记者问我他小时候的情况，我告诉她，我们在父亲的送奶车上冲浪，鲍比无所畏惧，喜欢在拐弯时闭上眼睛，喜欢路上出现的一切都是惊奇，即便这意味着受伤。那个故事一定非常动人心弦，因为其他的几个讣告，包括《时代周刊》的讣告，都采用了它。那个记者问我："你觉得，想要成为伟大的艺术家，他们必须是这样的吗？"我对她说，我不知道，我只知道鲍比很勇敢，我以前钦佩他的勇气，现在依然如此。然后她问我是否知道鲍比离开托马斯顿的原因。她听说，他在一次激烈的争吵中差点儿打死自己的父亲，是因为这个吗？还是因为逃兵役而离开这个国家？他真把一个女孩搞怀孕，为逃避娶她而跑掉了吗？我赶快找个借口，说店里人忙起来，我必须挂断电话。她问在托马斯顿还能找到别人谈谈吗？其他认识努南先生的人？我说，没有，没有别人。

鲍比。他去世的消息让我深深认识到，我花了大半生的时间与他告别：第一次是他家搬离伯曼大院，几年以后，是马库尼家要从东区搬到伯若区。所有这些,我都在我的故事中叙述过了,如果继续写下去,我猜就不得不描述鲍比永远离开托马斯顿的那一天。那天他母亲出人意料地出现在艾吉,看上去面色苍白、胆战心惊。店里只有我和父亲,但马库尼太太是来找我母亲——她的老知己。父亲一贯同意,如果有人能帮忙,那就是我母亲。"他们不必坐在外面。"他对她说。外面停了一辆家庭型轿车,鲍比所有的弟弟都挤在里面,最大的一个开车。"他们可以进来喝瓶汽水。我不会收他们钱的。"

他们于是鱼贯而入,从冰柜里选了免费的汽水,我去街对面叫母亲。我们回来后,母亲把几个男孩轰到外面,然后领着马库尼太太来到摆着咖啡壶的桌旁,坐了下来。父亲看上去仿佛希望我们也被打发走。那个春天已经很艰难:莎拉的母亲去世,父亲身败名裂,还有满天飞的谣言说南·贝弗利没有回来和我们一起毕业,因为她怀孕了,现在,又发生了鲍比与他父亲的事情。所有这一切,都在痛苦地检验父亲的乐观态度,他深信事情最终会好起来。"好像一切都疯了。"前一天晚上,我听见他对母亲说,他的声音再一次透过暖气片传过来。现在,他不想再听到更多坏消息,而只要看看马库尼太太,就知道她有的只能是坏消息。

"医生说了,我可能会死,"我们听到她小声对母亲说,母亲把她的两只手握在自己手里。我记得过去放学回家,也看到她们这个样子坐在马库尼家的厨房里,"我该怎么办啊?"

母亲说:"我和你一起去。"

"他会气死的。"

听到这里,我和父亲对视了一下。显然马库尼太太没有充分理解自己的真正处境。她丈夫目前在医院里,情况危急,进食都得用皮管。但出于多年可悲的习惯,她最害怕的还是他发怒,甚至在怀孕可能让她丧命之时。

"一切都会过去的,"母亲向她保证,"他不得不接受。"

马库尼太太虽然为自己感到害怕,但还有其他的事情让她更害怕。"他们认为是鲍比的责任,"她说,仿佛这是最不公平的地方,"他们要逮捕他可怎么办?"

实际上,那天早上,我们听说警察正在等待法官签发逮捕令。"我们会照顾鲍比。"母亲对她说。

"怎么照顾?"

"卢会想办法。"她说,马库尼太太先看看父亲,又看看我,仿佛在决定母亲指的是我们两人中的哪一个,或者我们能否实现这样的奇迹。"你回家去,"母亲对她说,"一切都会好起来的。"

父亲的腔调。他们的角色转换了。我瞥了他一眼,看到他也有同样的想法,而且他在怀疑,尽管怀疑不是他的工作,而是她的责任。

马库尼太太和她的一窝孩子刚开车离开,母亲就走到放钱的抽屉旁,拿出我们总是压在抽屉下面的钱,举到我面前,但我有自己省下的钱,不愿用艾吉的。我正在犹豫,她说:"你要是不能做,我就自己去。"

"不,他是我的朋友。"我对她说。我之所以犹豫,是因为我不能肯定鲍比是否愿意我或其他人来帮助他。我听说出事后,去他住的地方敲门。没人来开门,但我觉得他在里面,但不愿跟我说话。那扇门从来不锁,所以我本来可以直接走进去,但事实上,我也并不真想和他说话,多半是因为我不知道说什么好。"再说了,莎拉可以一起去。"

"不行,"母亲厉声答道,"你一人去。"

我的计划不是带鲍比去阿尔巴尼,而是去乔治湖。在那里,他可以乘巴士去蒙特利尔。我想象在这种情况下,我们一路上会闷闷不乐,我猜不出我们能有什么可谈的。他会告诉我,他很高兴做了这件事,他父亲是自找吗?或者他精神崩溃,说这件事很可怕,很糟糕?他会做此前他一直坚定拒绝做的事情,承认他很疼吗?但我很清楚,他还是当年冲浪时的鲍比,就像我还是那时的露西·林奇。我回到莱克索的楼上,再次去敲他的门,眼里溢满了泪水,这就是证明。我并没有告诉他我要来,但他似乎在等我。他已经把自己的东西收拢好,在那洞穴般空间里堆成扇形的一小堆,衣服统统塞进一个行囊。我告诉他,我们将怎么做,他只是点点头,我明白了,我们根本不会谈论发生的事情。

在正常情况下,开车去乔治湖顶多用一个多小时,但我拐错弯,迷了路,然后又迷路两次才找对路。到那时,我们俩已笑得像一对傻瓜,鲍比说,我一定是犯罪史上开车逃跑的人中最糟糕的司机。我提出让他开车,忘记他的右手绑在石膏里,这让我们笑得更加厉害。在汽车站,他不愿拿我从银行取出的钱,但我们都知道,他不得不拿,最后他终于拿了。他让我告诉德克兰,他为摩托车的事感到抱歉,总的来说,他把事情搞得一团糟。我没有否认他的说法,因为我们两人都很清楚是怎么回事。

"记得步行桥吗?"我说,主要是为了找个话题,"我只要和你在一起,就从来不用付钱?"

"我根本不该让他们那样做。"他说,我知道他指的是那个大箱子。

他的承认让我很难受,仿佛是我欠他一个道歉,而不是反之。"你会写信吗?"我问,觉得我的声音里也许又悄悄带上了一点少年时那种哀求的语气,就像他家要搬到伯若区去,我让他保证打电话,说出他们的新号码一样。"等你到了要去的地方?莎拉会想给你回信。我们两人都想。"

他点点头。"你们的信应该写给罗伯特·努南。"

我的脸上一定是现出全然不解的样子。"为什么?"

"因为现在我叫这个名字了。我在十八岁生日那天填了表,但几天前才正式生效。"

我只能重复："为什么呢？"

他耸耸肩。"让他生气。我承认，现在看上去似乎过分杀伤了。"

我看出他理解"过分杀伤"这个词，如果他父亲不能恢复，它就可能实现了字面上的意思。

我猜，我看上去惊骇的程度与我感觉的一样，因为他说："嘿，没事的。"但那怎么可能是事实？做出如此可怕和无法挽回的事情，怎么可能没事？这本身比那殴打更让人震惊。鲍比把行囊背到肩上，我无法克制自己，禁不住问："你不害怕吗？"我不能肯定自己是什么意思——害怕进入一个疯狂的世界却不知道自己的目的地，还是害怕在没有父亲的状态下去任何地方。对我来说，它们基本上等于同一回事。

"怕什么？"他说，听上去真的觉得好奇，仿佛对前面的路，我比他看得清楚，我能看见即将到来的拐弯，喊出来是我的义务。但我只是对他说，照顾好自己，他告诉我照顾好莎拉，我有她很幸运，我说我知道。此时此刻，我隐约明白了，我再也不会见到他。

莎拉相信，如果鲍比没有死在纽约，我们很快就会见到他。我愿意相信这一点。我确实愿意。我希望他再次进入我们的生活时，艾吉的小铃铛还能叮叮当当地响起来。我在心目中，能够清清楚楚看到他用冲浪者的姿态站在那里，虽然我们并不需要这个姿态就能认出他来。是的，如果能够再见他一次，真是妙极了。

但那又需要再一次告别，而我们已经有过这么多次告别。毕竟，同一个人能让你伤心多少次呢？

欧文与布琳迪和那个咨询顾问见完面回来，我提议早点关门，这样他可以与我们共进晚餐，但他谢绝了。他说今晚会过得很慢，正点关门对他有好处。但他很高兴是在这里，而不是在西区的店里，那里要开到酒馆关门，等那些输不起的人排队买完彩票。

欧文环顾四周,把店里一切都看在眼里,我一个人在店里时也会这样。最后,他研究起他母亲的两幅画——那时的艾吉和现在的艾吉。"爷爷开这个店是个好主意。"他说。

"是奶奶想出如何让它成功的。"我觉得必须这样提醒他。除此之外,我同意他的话。我确实同意。不久以后,我会再次提出卖掉西区那个店的问题,即便欧文说得对,它的收入是艾吉的一倍。因为如母亲所说,所有那些绝望的人都在为他们的无知赋税。去年,在全州卖彩票的便利店中,那个小店再次名列前五名,父亲会为此感到羞愧,我也感到羞愧,虽然我们并没有违法,而且得到纽约州政府的大力支持。

"我希望我了解他。"欧文说,看着第一幅画中我的父亲。

"你会喜欢他,"我说,"几乎人人喜欢他。"

欧文绕过柜台,拥抱了我一下,这让我很惊奇。

"我什么时候需要他,"我说,"他就在那里。"

"你也一直在那里,"他说,"但是现在?此时此刻?你应该回家去。你没毛病的那边也开始歪下去了。"

"好吧,我回去,"我对他说。今天是漫长的一天。漫长、精彩的一天,又一个明天即将到来,"但早上我来开门。你要是愿意,可以睡在这里。"

就这样说定了。早上我来开门。这是一天中我最喜欢的时间,打开店门,让世界走进来。黎明时分,艾吉里挤满了仁慈的鬼魂。这个星期余下的时间和整个下星期,将由我来为艾吉开门,享受它的每一分钟。接下来,我们要带凯拉去波士顿,我相信莎拉已经计划好了其他一些我不知道的小旅行。夏天,还有意大利。这一次,我们会去。我们将把这个美妙的小世界留在身后,放心地知道,我们回来时,它就在那里。但是,我们会走的。